ज्ञान चतुर्वेदी

2 अगस्त, 1952 को उत्तर प्रदेश के मऊरानीपुर, झाँसी में जन्मे डॉ. ज्ञान चतुर्वेदी की मध्य प्रदेश में ख्यात हृदयरोग विशेषज्ञ के रूप में विशिष्ट पहचान है। चिकित्सा शिक्षा के दौरान सभी विषयों में 'स्वर्ण पदक' प्राप्त करनेवाले छात्र का गौरव हासिल किया। भारत सरकार के एक संस्थान (बी.एच.ई.एल.) के चिकित्सालय में कोई तीन दशक से ऊपर सेवाएँ देने के पश्चात् शीर्षपद से सेवा-निवृत्ति।

लेखन की शुरुआत सत्तर के दशक से 'धर्मयुग' से। प्रथम उपन्यास 'नरक-यात्रा' अत्यन्त चर्चित रहा, जो भारतीय चिकित्सा-शिक्षा और व्यवस्था पर था। इसके पश्चात् 'बारामासी', 'मरीचिका', 'हम न मरब' तथा 'स्वाँग' जैसे उपन्यास आए।

दस वर्षों तक 'इंडिया टुडे' तथा 'नया ज्ञानोदय' में नियमित स्तम्भ। इसके अतिरिक्त 'राजस्थान पत्रिका' और 'लोकमत समाचार' दैनिकों में भी काफ़ी समय तक व्यंग्य स्तम्भ-लेखन।

अभी तक तक़रीबन हज़ार व्यंग्य रचनाओं का प्रकाशन। 'प्रेत कथा', 'दंगे में मुर्गा', 'मेरी इक्यावन व्यंग्य रचनाएँ', 'बिसात बिछी है', 'ख़ामोश! नंगे हमाम में हैं', 'प्रत्यंचा' और 'बाराखड़ी' व्यंग्य-संग्रह।

शरद जोशी के 'प्रतिदिन' के प्रथम खंड का अंजनी चौहान के साथ सम्पादन।

भारत सरकार द्वारा 2015 में 'पद्मश्री' से सम्मानित। 'राष्ट्रीय शरद जोशी सम्मान', (म.प्र. सरकार); दिल्ली अकादमी का व्यंग्य-लेखन के लिए दिया जानेवाला प्रतिष्ठित 'अकादमी सम्मान'; 'अन्तरराष्ट्रीय इन्दु शर्मा कथा-सम्मान' (लन्दन) तथा 'चकल्लस पुरस्कार' के अलावा कई विशिष्ट सम्मान।

मरीचिका

ज्ञान चतुर्वेदी

राजकमल पेपरबैक्स

पहला पुस्तकालय संस्करण
राजकमल प्रकाशन प्राइवेट लिमिटेड द्वारा
2004 में प्रकाशित

राजकमल पेपरबैक्स में
पहला संस्करण : 2007
पाँचवाँ संस्करण : 2022

राजकमल पेपरबैक्स : उत्कृष्ट साहित्य के जनसुलभ संस्करण

राजकमल प्रकाशन प्रा.लि.
1-बी, नेताजी सुभाष मार्ग, दरियागंज
नई दिल्ली-110 002
द्वारा प्रकाशित

शाखाएँ : अशोक राजपथ, साइंस कॉलेज के सामने, पटना-800 006
पहली मंजिल, दरबारी बिल्डिंग, महात्मा गांधी मार्ग, प्रयागराज-211 001
36 ए, शेक्सपियर सरणी, कोलकाता-700 017

वेबसाइट : www.rajkamalprakashan.com
ई-मेल : info@rajkamalprakashan.com

बी.के. ऑफसेट
नवीन शाहदरा, दिल्ली-110 032
द्वारा मुद्रित

मूल्य : ₹399

MARICHIKA
Novel by Gyan Chaturvedi

ISBN : 978-81-267-1306-6

बेटी नेहा को,

जिसके कारण मैं जान सका कि बेटियां ही इस जीवन को जीने लायक बनाती हैं।

और बेटा दुष्यन्त को,

जिसकी 'विट', अद्‌भुत 'सेंस ऑफ ह्यूमर' तथा चुस्त फिकरों से भरी भाषा को नित्य ही सुनकर मुझे यह आत्मीय संतोष रहा आता है कि मेरे खानदान में व्यंग्य की परंपरा चलती रहेगी,

परंतु,

जिसकी खरी बात को (दु:)साहस के साथ बेबाक कह डालने की आदत मुझे भयभीत भी करती है कि कहीं जीवन में इसका हश्र भी मेरे जैसा ही न हो!

जो रचना में कहने से रह गया, वह...

व्यंग्य रचने की चाह है आपकी, परंतु संदर्भ पौराणिक हो, ऐसा कुछ भी चाहते हैं आप; और सारा मामला पौराणिक होते हुए भी रचना के पात्र पौराणिक नायक/मिथकीय चरित्र आदि न होकर उस युग के सामान्यजन हों, ऐसा हठ भी यदि आपका है; और फिर इस सारे पौराणिक खटकरम की फैंटेसी के बहाने समकालीन भारतीय समाज की कथा कहने की इच्छा भी आप धरते हैं— यदि इतनी सारी 'अंट-संट' सदिच्छाएं आप एक साथ रखते हैं (जब तक मैंने 'मरीचिका' को पूरा नहीं कर लिया, तब तक मैं अपनी इस इच्छा तथा कोशिश को 'अंट-संट' का नाम ही देता रहा)— तब आप जानिए कि आप 'तुलसी गाये-बजाये के' कठिनाइयों के दलदल में उतर रहे हैं।

...'पौराणिक भाषा' (?) के संस्कृतनिष्ठ घटाटोप में व्यंग्य को रचने और संप्रेषित करने की कठिनाई, इस बात की धुक-धुक कि कहीं, किसी धर्मप्राण-आत्मा की अतिरिक्त-सजग संवेदना को चोट न पहुंच जाये और फिर उस बहुश्रुत, बहुप्रसारित, बहुप्रचारित पौराणिक समय के भारतीय समाज की कथा को आज के भारतीय समाज की कथा से ऐसे जोड़ना कि जोड़ कतई न दिखे और जो बने वह पैबंद न लगकर पोशाक का ही हिस्सा दिखे— और फिर ऐसी ही ढेरों कठिनाइयों के कीचड़ में व्यंग्य का कमल भी खिल जाए ऐसी कुछ कठिन मांग भी इस उपन्यास की थी। इस सबके बीच अंततः जो बन पाया, वह आपके समक्ष प्रस्तुत है। मेरा पापी, मूरख मन तो इसे 'पौराणिक व्यंग्य उपन्यास' की संज्ञा देने को कर रहा है, परंतु विद्वान आलोचकों के सहज भय के कारण यदि ऐसा कह पाने की हिम्मत मैं नहीं कर पा रहा हूं, तो हिन्दी-आलोचना के बीहड़-वन की बेताल-कथा से सुपरिचित मेरे मित्र इसे मेरी कायरता न मानकर समझदारी ही मानेंगे, ऐसा मेरा विश्वास है। जंगल के अपने नियम होते हैं और वहां किसी तर्क का कोई स्थान होता नहीं।

यह तो हुआ इस अंट-संट कोशिश की सफ़ाई में एक छोटा-सा अंट का संट वक्तव्य। 'मरीचिका' से गुज़रते हुए आप मेरी इन कठिनाइयों को ख़ूब समझ पायेंगे और तब इस 'अंट-संट' के नये अर्थ आप पर खुलेंगे, यह 'अंट-संट' विश्वास भी मुझे है।

एक बात और।

इस उपन्यास के पहले ड्राफ्ट से लेकर अंतिम ड्राफ्ट तक जिस एक व्यक्ति ने इसकी भाषा, कथा तथा संपादन में मेरे पीछे लग-लगकर लगभग छह माह तक अपना तथा मेरा जीना हराम कर डाला, उस हरि भटनागर का नाम लिखे बिना 'मरीचिका' पर मेरा वक्तव्य पूरा नहीं हो सकता। 'मान लो कि जैसे उनकी ख़ुद की अटकी हो'— ऐसे डटकर उन्होंने इस उपन्यास के संपादन पर दिल लगाकर काम किया है। कलियुग में यदि ऐसे सतयुगी मित्र मिल जाएं, तब कलियुग का मतलब ही क्या रहा, यार! उन्होंने संपादक, मित्र, आलोचक तथा प्रशंसक की मिली-जुली भूमिका का निर्मम निर्वाह करते हुए मुझे इतनी मात्रा में प्रेरित किया कि वह प्रेरणा अभी एक और उपन्यास रचने तक काम आएगी।...मैंने लिख दिया ताकि सनद रहे कि हिंदी साहित्य में इस तरह की 'अंट-संट' दोस्तियां भी अभी जिंदा हैं।

फिर मेरी हर बड़ी रचना के दौरान सदैव ही प्रभु जोशी तथा अंजनी चौहान से डटकर चर्चाएं, सलाहें, बहस तथा जूतमपैजार होती ही हैं। मेरी पत्नी शशि भी दांपत्य की रुटीन बहसों से उठकर इस तरह की बहसों की अहम हिस्सेदार होती हैं। श्रीकांत आप्टे से भी उपन्यास की भाषा पर बातें हुईं। इस उपन्यास की भाषा पर विशेष तौर पर लंबी चर्चाएं इन सबसे जब तब हुई हैं— और सभी ने डटकर 'अंट-संट' सलाहें भी दीं— सो मैंने मानी भी, नहीं भी मानी— पर एक जिम्मेदारी का अहसास तो रहा ही कि आपके ठीक आसपास ही ऐसे ख़तरनाक लोग घूम रहे हैं, जो आपको जिम्मेदार बनाये बिना मानने को तत्पर नहीं, और जो स्वयं चाहे जो करें, न करें, परंतु आप पर घनघोर विश्वास रखते हैं कि आप अपने तथा उनके सपनों को साकार करेंगे। ऐसे लोग आपको भयंकर डराते हैं और अपना श्रेष्ठतम करने को मजबूर करते हैं।

वैसे भी अपनी रचना तो श्रेष्ठतम होती ही है। यह विश्वास या 'मरीचिका' न हो, तो लेखन के इस वियाबान में यात्रा करना कठिन हो जाये। बहरहाल, 'जैसा है, जहां है'— उसी रूप में अब यह उपन्यास आपका है। इति!

— ज्ञान चतुर्वेदी

अयोध्या :
पादुकाराज के अंतिम कुछ दिन

।। पादुकाराज की अयोध्या ।।

''राम के बिना अयोध्या उस सेना के समान जान पड़ती थी, महायुद्ध में जिसके कवच फट गये हों, जो आपत्ति में फंस गई हो;

राम के बिना अयोध्या उस गर्भिणी होने की इच्छुक गाय के समान लग रही थी, जिसे गोशाला में बंद कर दिया गया है और जिसे सांड़ छोड़ गया हो;

राम के बिना अयोध्या उस वनलता के समान प्रतीत होती थी, जो वसंत के कारण फूलों से लदी हो,पर दावाग्नि के कारण झुलस गई हो;

राम के बिना अयोध्या उस ध्वस्त मधुशाला के समान लग रही है, जिसके पियक्कड़ चले गये हों और जिसकी सफाई न हुई हो;

राम के बिना अयोध्या उस दुर्बल किशोरी के समान प्रतीत होती थी, जिसे कोई युद्ध कुशल अश्वारोही लेकर भाग गया हो और अपनी वासनापूर्ति के पश्चात् छोड़ गया हो;

राम के बिना अयोध्या उस बावड़ी के समान लग रही थी, जिसका जल सूख गया हो...''

— महर्षि वाल्मीकि (रामायण)

अयोध्या...।

राम को वन गये चौदह वर्ष होने को आये।

अयोध्या में चौदह वर्षों से **पादुकाराज** चल रहा है, पर लगता है कि मानो सदियां हो गईं।

इसी पादुकाराज के अंतिम दिनों में से कोई एक दिन...।

अयोध्या में सुबह :
सूर्योदय हो रहा है क्योंकि रामराज
अभी भी एक संभावना तो है ही...

सुबह हो रही है।

धूप की स्वर्णिम किरणें अयोध्या के दुर्ग पर गिर रही हैं।

दुर्ग का पूर्वी द्वार है यह।

अयोध्या का दुर्ग विशाल, सुदृढ़ तथा अलंघ्य है। कहा यही जाता है, अन्यथा दुर्ग जैसा है, सो आपके समक्ष है ही। प्राचीर की स्थिति आप देख रहे हैं। ध्वस्तप्राय प्राचीर। जीर्ण भोजपत्रों-सी भुरभुरी। जर्जर। यत्र-तत्र दरारें। बल्कि सर्वत्र ही कहिए। पत्थर टपक रहे हैं या लगभग हिलगे हुए हैं। चूना झर चुका है। चींटें-चींटियों के अनगिनत बिल। काई के बड़े-बड़े धब्बे। दरारों में उग रहे पीपल के अनेक पौधे, तृणमूल भी।...वस्तुतः इसे खंडहर कहने की बलवती इच्छा हो रही है हमारी, परंतु देशभक्ति का आग्रह हमें रोक लेता है। अयोध्या में देशभक्ति का सबसे सुगम रसायन यह है कि आप अयोध्या की दुर्बलताओं को ढांके रहिए। इसी नीति के अंतर्गत हमने इस दुर्ग को अलंघ्य कहा है, अन्यथा, वस्तुतः यदि कोई शत्रु काई पर फिसलकर पतित होने से भयभीत न होता हो, कोहनी छिल जाने पर रोता न हो, माथे पर गूमड़ के लिए हल्दी साथ लेकर चले और अधोवस्त्रों में चींटियां घुस जाने पर भी प्राचीर के गड्ढों में धरे पंजों का संतुलन न खोये, तो वह कहीं से भी इसे लांघ सकता है। यह अवश्य है कि प्राचीर के साथ गहन खाई खुदी है तथा वह नित्य ही जल से आकंठ भरी है। उसे यह खाई पार करना अवश्य दुष्कर होगा क्योंकि वर्षों से भरा जल इसमें सड़ रहा है। जल में काई है, कीड़े-मकोड़े हैं, जोंकें हैं और वे जलचर भी हैं जिनका नाम कथालेखक को ज्ञात नहीं परंतु जो यदि कभी काटें तो ऐसी-तैसी हो जाती है।

द्वार कपाट अभी बंद हैं।

कपाट सुदृढ़ प्रतीत हो रहे हैं। वैसे द्वार की काष्ठ पुरानी होकर सड़ रही है। सड़ी काष्ठ पर ही ऊपर से लौह-पट्टियां एवम् कील-कांटे ऐसे कौशल तथा कारीगरी से ठोक दिये गये हैं कि द्वार कपाट बिना किसी अन्य कारण के अति सुदृढ़ से निकल आये हैं। सुबह की धूप में ये कील-कांटे ऐसे चमक रहे हैं कि द्वार यूं ही भव्य तथा दृढ़ दीख रहा है।...और पादुकाराज में सर्वत्र बल इस बात पर ही तो है कि कोई वस्तु दीखती कैसे है— वह वस्तुतः है कैसी— इस प्रश्न में किसी की भी रुचि नहीं। जो मूर्ख

जिज्ञासु ऐसे मूढ़ प्रश्न पूछते हैं, उनको अयोध्या में कोई नहीं पूछता। वे खाई में ठहरे जल की भांति सड़ते रह जाते हैं।

बंद कपाटों के भी बाहर एक प्रहरी खड़ा है। खाई तथा दुर्गद्वार के बीच की भूमि पर खड़ा प्रहरी सजग, उसनींदा, चपल तथा ढीला एक साथ है। खाई के भी पार विराट मैदान है, जहां सैकड़ों बैलगाड़ियां खड़ी प्रतीक्षरत हैं कि द्वार खुलें, तो वे प्रवेश करें। मैदान के भी परे अरण्य है, जो अनंत क्षितिज तक विस्तीर्ण है। क्षितिज सूर्योदय की लालिमा से रक्तिम है। रक्तिम प्रकाश की अनंत चादर से मुख ढांपकर अरण्य के वृक्ष सो रहे हैं। सुबह हुई। अरण्य चादर ओढ़े निद्रामग्न है। आलसी कहीं का! उठ रे! अबेर हुई।...चिड़ियों ने पुकारकर कहा और चादर उठाकर आकाश में ले उड़ीं। अनंत आकाश चिड़ियों की चहचहाहट से भर गया। शोर हुआ तो अरण्य अंगड़ाई लेकर जाग उठा।...सुबह हो गई।

द्वार-प्रहरी ने वस्त्र ठीक किये, नेत्र मले, खाई-जल में थूका, अपान वायु को प्रातः के मंद समीर को सादर अर्पित किया और पुनः वस्त्रों में ही कहीं धरी दातुन के टुकड़े को निकालकर दातुन-चर्वण में लीन हो गया।

रत्नेशजी दृष्टिगोचर नहीं हो रहे?...दातुन-चर्वण में डूबे प्रहरी का नाम सुदर्शन है। वे जिन रत्नेशजी को खोज रहे हैं, वे यहां के दूसरे प्रहरी हैं, जो पूर्वी द्वार बंद हो जाने के पश्चात् खाई और प्राचीर के बीच सुदर्शनजी के साथ रात्रिपर्यंत पहरा देते हैं। खाई पर पड़ा काष्ठ का अस्थायी पुल भी रात्रि में उठा लिया जाता है। रात्रि में अयोध्या को सुदर्शन, रत्नेश जी, खाई में भरे जल, ध्वस्तप्राय दुर्ग प्राचीर तथा प्रारब्ध के भरोसे सुरक्षित मान लिया जाता है।

दातौनजनित थूक अब सुदर्शनजी के ओष्ठों के कूलों से बहकर ठुड्डी पर उगे बालों में उलझता-झूलता धरा की दिशा में गिरकर अयोध्या की माटी में मिल रहा है। वे खाई पर झुक गये। ढेर सा थूक उन्होंने खाई को समर्पित कर दिया। थूक उस अनाम जलचर पर जा गिरा, जिसकी चर्चा हमने प्रारंभिक पंक्तियों में ही की थी। जलचर चौंककर डुबकी मार गया।

सूर्य भगवान प्रकट हो चुके हैं।

धूप की टुकड़ियां बगटुट आईं और समस्त सुरक्षा व्यवस्था को धता बताती हुई अयोध्या में प्रविष्ट हो गईं।

दूर खाई तट पर कोई भाला-सा चमका।

सुदर्शनजी न चौंके, न सतर्क हुए। वे दातौन चबाते रहे। वे जान गये कि रत्नेशजी पुनः खाई के किनारे उकडूं बैठकर अपना वह कर्तव्य पूरा कर रहे हैं जिसमें उन्होंने अपना पूरा जीवन ही होम कर दिया। बेचारे उदर के अर्वाचीन रोगी हैं और जल को देखते ही निकट की भूमि पर उकडूं बैठने की हूक-सी उठ जाती है उनके उदर में। खाई

मानो उनको पुकारती है। पहरे का बहुत सा समय वे खाई तट पर ही गुजारते हैं। ऐसा प्रतीत होता है कि वस्तुतः खाई रत्नेशजी हेतु ही निर्मित हुई है— अयोध्या की सुरक्षा भी लगे हाथों हो जाती है, यह संयोग ही है।

द्वार कपाट बंद हैं।

धूप में चमक रहे हैं कीट-कांटे।

मंद बयार का झोंका चोरी छुपे आया और प्राचीर लांघ गया। सुदर्शनजी थूकने में व्यस्त थे।

'सेतु कब तक स्थापित होगा महोदय?'

किसी ने खाई के उस पार से पुकारकर पूछा।

सुदर्शनजी ने मुंह उठाकर देखा। एक बुजुर्ग से व्यापारी हैं, जो यह पूछ रहे हैं।

खाई के उस पार का विराट मैदान बैलगाड़ियों से अंटा है। व्यापारी जब तक माल भरी बैलगाड़ियां लिए रात्रि में पहुंचे थे, तब तक कपाट बंद हो चुके थे। खाई पर पड़ा काष्ठ का अस्थायी पुल भी रात्रि में उठा लिया जाता है। व्यापारी की उत्कंठा है कि पुल कब पुनर्स्थापित होगा।...व्यापार करते हुए वृद्धावस्था को प्राप्त हुए, परन्तु जिज्ञासाएं शिशुवत् हैं। रात्रि में व्यापारियों ने लगनपूर्वक जो सेवा की और जो उत्कोच राशि उनसे सुदर्शनजी ने रात्रिपर्यन्त वसूली है, यदि उसका ध्यान न होता तो वे वृद्धात्मा को इस पार से ही खड़ाऊ फेंककर मारते!

'प्रथम द्वार-कपाट तो खुलें...तब न सेतु स्थापित होगा?' सुदर्शनजी ने दातौन के शेष बचे टुकड़े को खाई में फेंकते हुए कहा।

दातौन उसी जलचर पर गिरी है, जो जल सतह पर पुनः प्रकट हो गया था।

'सत्य भास रहें हैं श्रीमान...' व्यापारी ने सहमत होते हुए कहा।

सुदर्शनजी ने थूक की अंतिम किस्त खाई में गिराते हुए कहा, 'पुनः अभी हम सेतु डाल भी दें, तो भी द्वार कपाट तो बंद ही है ना? पुनः अयोध्या प्रवेश हेतु बैलगाड़ी किस मार्ग से घुसेड़ोगे?'

'उत्तम उद्गार हैं महोदय के ...' व्यापारी ने माना कि बंद द्वार से बैलगाड़ी घुसेड़ना संभव न होगा।

सुदर्शनजी कुल्ला करने लगे।

वे गले से नाना ध्वनियां करने लगे और लोटे से पानी ले-लेकर खाई को आप्लावित करने के प्रयास में लीन हो गये।

'द्वार-कपाटों के खुलने की कब तक आशा है?' व्यापारी ने पूछा।

अंतिम कुल्ले का जल उसी हठी जलचर की पीठ पर गिराते हुए सुदर्शनजी ने अंगोछे से मुख पोंछते हुए कहा, 'खुलते ही होंगे...विशालचंद्रजी कभी-कभी लंबी निद्रा में लीन हो जाते हैं।'

विशालचंद्रजी पूर्वी द्वार के उप-प्रभारी हैं। वे ही द्वार-कपाट खुलवाते हैं।

'आपके साथी दृष्टिगोचर नहीं हो रहे प्रहरीश्रेष्ठ?' व्यापारी ने रत्नेशजी के विषय में पूछा।

'खाई की दिशा में दृष्टिपात करें महोदय...वे वहां उकड़ू बैठे हैं...।'

'क्या किसी शत्रु पर गुप्त टोह लगाये बिराजे हैं...?'

'परिहास उत्तम है।...जैसा चटपट, मसालायुक्त भोजन आपने रात्रि में करवाया, उसके पश्चात् मनुष्य जल से भरी खाई के दुकूल पर बिराजा और कौन सा उद्योग करेगा?'

'उदरस्थ तो आपने भी किया था...बल्कि दोगुना किया होगा।'

'हमसे तुलना न करें उनकी ...।'

'सो भला क्योंकर...?'

'क्योंकि वे ईमानदार, सदाचारी तथा सत्यनिष्ठ कर्मचारी हैं...।'

'अरे मरे...! बेचारे...! ईमानदार क्या तो खाये...क्या पचाये...।'

'सत्य वचन...।'

'तभी तो वे रात्रि में भी कहां तत्पर थे...वो तो आपने बलात् ही खिलाया उन्हें...अब बेचारे वहां विराजे हैं...।'

'सत्य कहा श्रीमान ने...।'

'क्या है कि सत्यनिष्ठ मनुष्य का उदर सदैव ही रिक्त रहने के कारण जठरतंत्र निर्बल हो जाता है...'

'भूखे मनुष्य की क्या तो पाचन शक्ति...!'

'वही तो...'

'पुनः आप-सी पाचन शक्ति तो अयोध्या में भी दुर्लभ ही है।'

'हमारा तो ऐसा है कि लौह खायें तो लौह भस्म और काष्ठ खायें तो...'

'प्रहरी की पाचन शक्ति यदि ऐसी प्रबल न हो तो अंततः पादुकाराज ही लज्जित होगा...।'

'सत्य कथन है...।'

चर्चा भंग करते हुए द्वार-कपाटों के खुलने की चर्र-चर्र ध्वनि सुनाई दी। चरमराहट सुनकर सतर्क हो सुदर्शनजी ने निकट ही धरती पर टिका भाला तत्परतापूर्वक उठाया और वे सावधान की मुद्रा में स्थिर हो क्षितिज पर स्थित किसी काल्पनिक शत्रु को घूरकर देखने लग गये। व्यापारी वृद्धावस्था में भी ऐसी चपलगति से अपनी बैलगाड़ी की दिशा में भागा कि बैल तक चौंक गये।

द्वार शनैःशनैः अंततः पूरा खुल गया।

विशालचंद्रजी प्रकट हुए और निष्कंप खड़े सुदर्शनजी को मंदस्मितपूर्वक देखते रहे।

'चिंतित न हों...हम अकेले हैं,' उन्होंने कहा।

उनके साथ कभी-कभी द्वार प्रभारी शुभचेतनजी भी निकल आते हैं तो सतर्क रहना पड़ता है, अन्यथा विशालचंद्रजी तो उन्हीं की भांति क्षुद्रमार्ग के पथिक हैं।

सुदर्शनजी ने सुना और सुनकर तनी मुद्रा से सीधे ऐसे ढीले हो गये कि मानों जलसिक्त लत्ते की भांति धरा पर चू जायेंगे।...भाले का संबल लेकर तिर्यक खड़े होकर वे बोले :

'और गुरुजी...?'

गुरुजी ने अब तक बैलगाड़ियों की भारी भीड़ का आकलन कर लिया है।

'वसूली से निवृत्त हुए?' गुरुजी ने वह प्रश्न किया जिसका उत्तर उन्हें स्वयं ज्ञात था।

'रात्रिपर्यंत और क्या करते रहे...?' सुदर्शनजी ने कहा।

'स्थिति रस-सिक्त प्रतीत होती है...।'

'चू रही है...'

'द्वार प्रभारी कुपित हो रहे थे कि पूर्वी द्वार पर अपेक्षित वसूली नहीं हो रही...,' विशालचंद्रजी ने हंसते-हंसते ही कहा, मानो यूं ही स्मरण हो आया हो, सो कह दिया।

सुदर्शनजी रूठ चले...

'अब क्या चाम उतार लें व्यापारियों की ...?'

'वह तो चर्चा हुई थी, सो हमने बताया...।'

'पुनः आपने ऐसे ढपोरशंख साथ में पकड़ा दिये हैं कि...'

'अरे हां...रत्नेश जी नहीं दिख रहे...।'

'खाई तट पर प्रतिष्ठित हैं...वहीं बैठे रहते हैं...काहे का पहरा और क्या वसूली...।'

'सदाचारी ठहरे...।'

'हम अकेले क्या-क्या करें...?'

'वसूली के लिए तो आप अकेले पर्याप्त हैं...।'

'एक-एक मुद्रा के लिए जैसा विकट विमर्श हम करते हैं, अन्य कोई भी प्रहरी करके बताये तो...।'

'तभी तो शुभचेतनजी आपका हार्दिक सम्मान करते हैं। उनके ही उद्गार हैं कि सुदर्शन को यदि बैल भी पकड़ा दो तो वह उससे भी दुग्ध निकाल दे...।'

'ये तो अतिवचन कहाये श्रीमान, क्योंकि अयोध्या की गायों तक में तो दुग्ध शेष रहा नहीं, यहां आप बैलों की चर्चा करते हैं...!'

'ऐसे कुबोल उच्चारने से पूर्व आगे-पीछे दृष्टिगत कर लिया करो मित्र...।'

'हम तो दसों दिशाओं में दृष्टिपात के पश्चात् ही सत्य उच्चारते हैं अयोध्या में...।'

दोनों हंसने लगे।

कि रत्नेशजी प्रकट हुए। एक हाथ में भाला, दूसरे में लोटा। मुख पर अतृप्ति के स्थायी भाव।

'कहां अदृश्य थे पंडितजी...?' विशालचंद्रजी ने पूछा।

'और कहां जायेंगे महोदय...,' रत्नेश ने लोटे की दिशा में इंगित करते हुए कहा।

इधर सूर्य भगवान पूर्वी क्षितिज पर धूप का लोटा संसार पर उड़ेल रहे हैं। धूप बह निकली है चहुंओर।

'आप कर्तव्य स्थल तजकर वहां खाई तट पर लोटायुक्त बिराजे रहते हो, और यहां कदाचित् कहीं से कोई शत्रु आ जाये, तो...?' स्पष्ट है कि विशालचन्द्रजी परिहास कर रहे हैं।

'अयोध्या पर कौन मंदबुद्धि आक्रमण करेगा महाराज...यहां शेष बचा ही क्या है? शत्रु को ऐसा मूर्ख भी न मानिए गुरुजी...।'

उत्तर सुदर्शनजी ने दिया। संतों की वाणी सी खनक एवम् उत्तर में ऐसा निस्पृह भाव कि मानो अयोध्या को इस जीर्णावस्था में पहुंचाने में उनका कोई योग ही नहीं रहा हो।

'अभी-अभी हमने निषेध किया था कि यत्र-तत्र टोह कर ही अनर्गल बोला करो...,' विशालचंद्र जी ने प्रताड़ना के दुर्बल स्वरों में कहा।

'तो...?'

'तो यह कि वे वहां आपका समस्त प्रलाप सुन रहे हैं...,' विशालचंद्रजी ने खाई के उस ओर एकत्रित हो गये व्यापारी गणों की दिशा में इंगित करते हुए कहा और पुनः व्यापारियों को फटकराते हुए बोले, 'क्या प्रयोजन है?'

'स्वामी सेतु स्थापना करा देते...,' एक व्यापारी ने प्रार्थना प्रस्तुत की।

'तुम तो ऐसे प्राण उत्सर्ग करने पर तुले दीखते हो कि मानो कदाचित् सूर्योदय न होकर सूर्यास्त की बेला आ गई हो...?'

'आदरणीयों में सर्वश्रेष्ठ, समय पर अयोध्या प्रवेश कर लेते तो मंडी में सामग्री पहुंच जाती और...।'

'कर लेना प्रवेश...पर मरो मत...।'

'उत्कंठा में कहीं प्राण न त्याग देना बुढ़ऊ!...और बैल किंचित् विश्राम कर लेंगे तो पुण्यार्जन ही होगा...।'

'महाराज, पुण्य पुनः कभी अर्जित कर लेंगे, संप्रति तो मुद्राअर्जन का योग बने तो...,' एक युवा व्यापारी ने हंसते हुए कहा।

'नितांत दुष्ट और नटखट हो रे तुम,' विशालचंद्रजी ने हंसकर कहा और संकेत दिया।

सुदर्शनजी ने यही संकेत रत्नेशजी को स्थानांतरित किया, जो लोटा भूमि पर धर कर उदर पर हस्त फेर रहे थे।

रत्नेश ने द्वार की चौखट के निकट किसी कल में चाभी डाली और कोई कल घुमानी प्रारंभ कर दी। चर्र-चर्र की ध्वनि के साथ काष्ट के विराट पटिये द्वार के निकट से प्रकट हुए एवम् वायुमंडल में शनैः-शनैः नीचे आते हुए इस तट से उस तट तक खाई पर बिछ गये। अस्थायी काष्ठ-सेतु स्थापित हो गया।

सैकड़ों बैलगाड़ियां सेतु पर चल पड़ीं।

सूर्यभगवान आकाश में।

पादुकाराज अयोध्या में।

अयोध्या में एक और सुबह हो रही है। अयोध्या में आपका स्वागत है। पधारें। परंतु ध्यान से पधारें। काष्ठ-सेतु के पटिये यत्र-तत्र सड़ चुके हैं। आप किंचित् भी चूके कि खाई के सड़ते जल में टपक जायेंगे।

वही प्रातःकाल। वही अयोध्या।

आकाश में एक विमान उड़ायमान है।

विमान में मनोहारी पुष्पों से भरे स्वर्ण पात्र लदे हैं। दुंदुभियां तथा अन्य वाद्ययंत्र भी धरे हैं। तीन चारण घुटनों पर माथा धरे ऊंघ रहे हैं। परदे के पीछे पड़ी कोमल शय्या पर एक सुकोमल, सुन्दर, कोमलकांत, तेजस्वी, चमकीली त्वचा-युक्त, स्वर्णाभूषणों से सुसज्जित एवं स्थूल गोलाकार उदर पर रेशमी वस्त्र का वितान ताने जो पुरुष निद्रा एवं मूर्च्छा के मध्य कहीं उठंग विद्यमान है, स्पष्ट है कि वह कोई देवता है। ऐसा विराट उदर सामान्य जन का तो संभव नहीं। पुनः मुख की स्थायी मुस्कान पर भी ध्यान दें। देवता निद्रा में है, परन्तु मुस्कान वही। देंवता ही है। संदेह की संभावना नहीं। परंतु कौन सा देवता है यह?

यक्ष-प्रश्न पूछ बैठे हैं आप। उत्तर कठिन है।

हमें ज्ञात नहीं कि कौन सा देवता है यह। अनगिनत देवता। असंख्य देव। सभी मुस्काते। सभी चंद्रमुखी। समस्त तेजस्वी। सकल मुकुटधारी। समस्त दीप्तिमय। सारे ही भव्य-भव्य। प्रत्येक ही रेशमी-वस्त्र धारी। सभी का उदर विशाल। सभी आभूषणों से लदे। सभी की केशराशि लहराती...। दो देवता यदि साथ-साथ आपके समक्ष प्रकट हो जायें तो आपकी ऐसी-तैसी हो जाये। हमें ज्ञात नहीं कि इंद्र इनको कैसे पहचान पाते हैं।

देवता अनेक हैं।

देवताओं के मध्य इंद्र ने दायित्व-विभाजन कर रखा है। उचित होगा कि हम बड़े देवताओं के दायित्वों की चर्चा न करें—वे तो अपनी पूजापाठ करनेवाले पृथ्वीलोक वासियों से ऐसे घिरे रहते हैं कि उनके निकट स्वयं की स्तुति सुनने के इतर अन्य किसी कार्य के लिए समय ही शेष नहीं रहता। पुनः कुछ मझोले देवता हैं, जो बड़े देवताओं की सेवा-टहल में लगे रहते हैं। धार्मिक चित्रों में प्रायः ये बड़े देवताओं के आसपास कर जोड़े मुस्काते हुए खड़े पाये जाते हैं। ये सदियों से बड़े देवता के समक्ष कर जोड़े खड़े हैं और हें हें कर रहे हैं। कार्य कठिन है। पर क्या करें? देवता होना कौन सा आसान है! निरन्तर गद्‌गद दृष्टि लिए बड़े देवता के आसपास मंडराना कितना क्लांत कर देने

वाला कार्य है, यह समझने के लिए आप मात्र एक दिवस सारे समय मुस्कुराते रहने का प्रयास करके देखिए। मुंह दुखने लगेगा।...सो ऐसे परिश्रमी और अध्यवसायी-से मझोले देवता।...अब शेष रह गये लघु देवतागण। इनका दायित्व?...इनको इंद्र ने विमान दे दिये हैं। समस्त धरा के करोड़ों भाग कर इन देवताओं को आवंटित कर दिये हैं इन्द्र ने। अपने-अपने आवंटित जनपद के आकाश में विचरते रहते हैं ये देवता। विमान उठाओ और बीच-बीच में अपने जनपद का चक्कर मारकर आओ। जहां किंचित् भी सराहनीय अथवा शुभ कर्म होते दृष्टिगोचर होते हैं अथवा धन्य किस्म के चरित्र पर दृष्टिपात होता है, वहीं आकाश में मंडराते ये देवता अपने विमान से ही 'अहो अहो', 'धन्य है, धन्य है', आदि उच्चार कर धन्यजन के ऊपर पुष्पों की वर्षा कर देते हैं। अनंतर लौटकर ये देवता अपने लेखे-जोखे में इस कार्रवाई को प्रविष्ट कर लेते हैं और पुनः इंद्र की सभा में यह लेखा-जोखा संचित कराके सोमरस, अप्सराओं, नृत्य, निंदा-स्तुति आदि उन महत्त्वपूर्ण कार्यों में रत हो जाते हैं जो देवताओं को ही शोभते हैं।

पुष्प-वर्षा का कार्य भी देवता स्वयं अपने शुभ्र करों से नहीं करते। यदि स्वयं ही स्व करों को आंदोलित करना पड़ा, तो पुनः देवतागिरी का तात्पर्य ही क्या? इस कार्य हेतु चारण, भृत्यादि साथ चलते हैं विमान में। वे यह तुच्छ कार्य करते हैं। देवता तो शय्या पर पड़ा रहता है। पड़ा-पड़ा वह धरा पर दृष्टि धरे रहता है। कहीं भी शुभकर्म सम्पन्न होने का किंचित् भी संदेह उसे हुआ, कि वह चारणों को संकेत कर देता है। चारण तुरन्त दुंदुभि बजाते हुए, स्वर्ण पात्रों को उलटकर पुष्प-वर्षा करते हुए 'अहो अहो' के अभ्यास से सधे वचन उच्चारने लगते हैं। समझिए कि यह सब दो-तीन घड़ी चलता है। जिस व्यक्ति पर पुष्प गिरे, वह चौंककर यत्र-तत्र कूद जाता है और यदि एकाध पुष्प कपाल पर लग गया तो वहां सहलाते हुए वह सौभाग्यशाली अपनी राह लेता है। तब तक विमान आगे निकल जाता है, देवता ऊंघने लगता है और चारण तांबूल पत्र आदि के चर्वण में रत हो जाते हैं।

और पुष्पवर्षा के योग्य शुभ कर्म हैं कौन से?

किनके ऊपर पुष्प-वर्षा की जायेगी, इसकी अर्हता के नियम लचीले हैं। वस्तुतः सब कुछ देवता की बुद्धि, इच्छा और सनक पर निर्भर करता है। अन्यथा करते रहिए शुभ कर्म और टापते रहिए आकाश की दिशा में कि कहीं से कभी आप पर भी पुष्प-वर्षा होगी। ऐसे कभी न होगी। होना होगी, तो हो भी सकती है। पुष्प किसी पर भी गिराए जा सकते हैं। देवता ने यदि भरपूर निद्रा ली है, इंद्र ने यदि कल ही इंद्र सभा में उसकी सराहना की है और देवताइन से उसके संबंध तनावपूर्ण नहीं चल रहे हैं तब वह तुच्छ, छोटे-मोटे सद्कर्मों को भी पुष्प-वर्षा के योग्य मान सकता है।...नहीं समझे?...आप उदाहरण लिए बिना नहीं मानेंगे। यही सही। मान लीजिए कि अयोध्या

के नागरिक की ढीली धोतिका की अंटी में एक खोटी मुद्रा बंधी हुई है जिसे चलाने के चक्कर में वह सभी दिशाओं से पदाघात पा चुका है। यह मुद्रा किंचित् अधिक ही खोटी है तथा इसके चलने की कोई आशा अब शेष नहीं है।...कि तभी उसे अयोध्या के किसी मार्ग पर एक अंधा भिखारी दीखता है। वह शुभ निर्णय लेता है कि इस खोटी मुद्रा से अब मात्र पुण्य ही अर्जित किया जा सकता है। खोटी मुद्रा नेत्रहीन भिखारी को सप्रेम भेंटकर तथा उससे आशीर्वचन ग्रहण कर वह दो पग ही गमन कर पाता है कि उसके ऊपर आकाश से पुष्प बरसने लगते हैं। प्रथम तो वह मूर्ख भ्रमित होता है कि कदाचित् किसी गवाक्ष से, किसी ने जूनी-पुरानी पूजा सामग्री का कचरा मार्ग पर फेंका है, परन्तु तभी आकाश से 'अहो अहो' के स्वर सुनकर समस्त कार्य-व्यापार का संज्ञान उसे हो जाता है कि देवता प्रसन्न हैं उस पर। यह सत्य है कि उसने जो मुद्रा दान की, वह खोटी थी, परंतु फिर भी उसने नेत्रहीन भिक्षार्थी को तात्कालिक प्रसन्नता तो प्रदान की ही क्योंकि अभी तो उसे पता ही नहीं है कि यह मुद्रा भविष्य में खोटी सिद्ध होनेवाली है।...तो ऐसे होता है शुभकर्मों का निर्णय और ऐसे बरसते हैं पुष्प।

ऐसे ही अभियान पर निकला है अपना यह देवता।

इस देवता को अयोध्या जनपद का प्रभारी जानिए।

नित्य ही अयोध्या पर मंडराता है। यही विमान। यही देवता।

देवता ऊंघ रहा है। विमान अयोध्या पर मंडरा रहा है। नीचे अयोध्या में सुबह हो रही है। नागरिक दैनिक क्रियाओं से निवृत्त होने हेतु सरिता की दिशा में जा रहे हैं या वहां से आ रहे हैं। अनंत आकाश। विमान आकाश के द्वितीय भाग तक उतर आया है, जहां से अयोध्या की बीथिकाएं तक स्पष्ट दृष्टिगोचर हो रही हैं। चारण फुसफुसाकर वार्तालाप में लीन हैं :

'कब से निद्राहीन हैं देवता...जगा दें क्या?' ...एक चारण ने फुसफुसाकर परदे की दिशा में संकेत करते हुए कहा।

'क्यों विपत्ति को आमंत्रण दे रहा है?' द्वितीय ने चेताया।

'चैतन्य देवता की अपेक्षा निद्रालीन देवता निरापद है,' तीसरे ने ज्ञान दिया।

'कल इंद्र ने मदनोत्सव का आयोजन किया था— वहीं देर रात्रि तक देवताओं के मध्य घनघोर आनंद मचा,' प्रथम ने बताया।

'अपने देवताश्रेष्ठ भी कदाचित् वहीं रहे होंगे?'

'भला वे क्यों न होंगे?'

'सोमरस तो ऐन प्रवाहित हुआ होगा?'

'सो उसकी तो पूछिए ही मत...।'

'पुनः अपने देवताश्रेष्ठ का तो आपको ज्ञात ही है कि सोमरस प्राप्त भर हो

जाये— उनको अन्य किसी सुख की कामना शेष नहीं रह जाती।...'

'कल तो अपने देवता ने छककर सोमरस पान किया...।'

'तुम साथ ही थे क्या?'

'चारण के बिना देवता शोभता है क्या?...हम पीछे-पीछे ही थे...।'

'मद्यपान में तो आप भी दुर्बल नहीं?'

'देवता की अनुकंपा से तीन पात्र भर सोमरस हमने भी...।'

'धन्य भाग्य...!'

'एक बार में गुटक गये होगे?'

'और क्या...!'

'धन्य भाग्य...!'

'धन्य भाग्य की शुभ ही कही...। देवता सोमरस पान कर जो भूलुंठित हुए, तो कंधे पर लादकर हम ही रथ तक लाये। समस्त मद्य-प्रभाव की ऐसी-तैसी हो गई जानिए...।'

'पुनः अपने देवता भारी भी तो हैं।'

'देवता भारी ही होते हैं...।'

'सोमरसपान के पश्चात् तो और भी भारी हो जाते हैं...।'

फुसफुसाहटें। कानाफूसियां। बतकहियां। चुगलियां। विशुद्ध गल्प। निरर्थक वार्तालाप चल रहा है चारणों के मध्य। विमान आकाश में ऐसा शांत उड़ायमान है कि सब कुछ थिर सा प्रतीत हो रहा है।

देवता ने करवट ली। धूप देवता के वर्तुलाकार मुख पर इस भांति गिर रही है कि उसका मुख अकारण ही स्वर्णिम एवं भव्य प्रतीत हो रहा है। ताप से देवता कुनमुनाया। शय्या चर्र-मर्र हुई। जागनेवाले हैं क्या? चारण आशंकित हो मौन हो गये। परदा किंचित् खिसक गया है। उसी रंध्र से देवता पर दृष्टि साधे हैं चारण। जगा कि चारणों को तुरंत ही स्तुति-गान गाना होगा। एक मुख्य गायक। साथ में दो चारण सहगान करेंगे— शेष चारण ढोल-मंजीरे-वीणा इत्यादि वाद्यवृंदों पर। शांत आकाश में किंचित् विलंब तक विकट ढोल-ढमाका मचेगा। चारणों द्वारा जब-तब देवता का स्तुतिगान प्रस्तुत करने का नियम और परंपरा है। देवताओं को अपनी स्तुति सुनने की कुटेव-सी है। वे सदैव ही आशा करते हैं कि जन-जन उनकी स्तुति करेंगे।

अब देवता अर्ध जागृत है एवं मिचमिचे नेत्रों से न जाने क्या देखने का प्रयास कर रहा है।

एक चारण ने मुख में हिलोरें मारते तांबूल-रस को भलभलाकर विमान से नीचे थूक दिया है। तीव्रगति से नीचे गिरकर अदृश्य होते तांबूल-रस को लखते हुए दूसरे चारण के मुख पर मंदस्मित क्रीड़ा करने लगी।

'मुस्काते क्यों हो भ्राता...?'

'मन में एक दुष्ट-विचार उत्पन्न हुआ, सो मुस्का दिये...।'

'विचार प्रकट करें तो कदाचित् हम भी मुस्का लें...।'

'हमें लगा कि ये जो हम तांबूल-रस थूकते हैं, तो यह भी कदाचित् किसी अयोध्यावासी के ऊपर ही पतित होता होगा?'

'सत्यवचन भास रहे हो मित्र।'

'पुष्प-वर्षा तो धरावासी को समझ आती है, परंतु यह जो तांबूलयुक्त थूकपात उसके कपाल पर घटित होता होगा, इसे वह किन कर्मों का फल मानता होगा? बस, यही विचार करके हम मुस्का दिये...।'

'बंधु, पादुकाराज में अयोध्यावासी की स्थिति ऐसी वीतरागी सम हो चुकी है कि उस पर पुष्प-वर्षा कर दो, थूक दो अथवा मूत्र-धार गिरा दो— वह भाग्य को दोष या श्रेय देकर मौन ही निज मार्ग पर गतिमान चला जाता है।'

'यह भी सत्य ही कहा।'

अचानक विमान किसी वायुचक्र में प्रविष्ट हो गया और पुनः विलंब तक कंपित हो हिचकोले खाता रहा। ढोल लुढ़ककर देवता की शय्या से टकराया। देवता के रेशमी वस्त्र अपने स्थान से सरक गये। परिणामस्वरूप स्थूल उदर दर्शनार्थ प्रस्तुत हो गया। गहन नाभि। विमान के हिचकोलों में उदर आंदोलित हुआ तो चर्बी के सागर में मानों तरंगें उठीं और नाभि की भंवर के चहुंओर हिलोर सी होने लगी। स्थूल ग्रीवा। हार, मालाएं। चंदन। कुंडल। भुजबंद। अन्य आभूषण। देवता स्वर्णमय है। देवता करवट ले उदर के बल लेट गया। कुहनियों के बल। हथेलियों में मुखचंद्र। लटके गोल गालों में धंसी मुट्ठियां। उसने परदा खींच दिया। अब उसी उठंग मुद्रा में वह भृत्यों की दिशा में देख रहा है।

देवता जागृत हुआ।

चारणों ने तुरंत स्तुतिगान प्रारम्भ कर दिया।

मुख्य गायक ने आलाप लिया। शेष ने आऽऽ आऽऽ करके आलाप उठाया। ढोल मंजीरे बज उठे। वीणा टुनटुना उठी। सहस्रों बार दोहराई-तिहराई स्तुतियां। तेज धूप। अभी भी अस्थिर सा कंपित विमान। श्वेद की धारा रेशमी वस्त्रों के नीचे अविरल प्रवाहमान है। देवता पसीने में लथपथ। व्याकुल। पुनः वही चारण, वही स्तुतियां, वही गायन, वही ढोल, वही मंजीरे। देवता की इच्छा हो रही है कि ढोल को बलात् छीनकर किसी के कपाल पर फोड़ दे।

व्याकुल देवता चिड़चिड़ा उठा।

'समापन भी करो...।'

'स्वामी?' एक स्तुतिगायक ने प्रश्नवाचक स्वर में पूछा है। शेष गायन में

जुटे रहे।

'स्वामी के पूत...समाप्त करो यह स्तुति...!'

चारण मौन हुए।

चारण सिर झुकाये खड़े हैं।

'कैसा स्तुति-गायन करते हो रे?...मंजीरे की चाम को कबसे नहीं कसा?'

'हे देवताओं में श्रेष्ठ...,' एक चारण ने स्पष्टीकरण देने का प्रयत्न किया..., 'संभव है कि ज्वर तथा खांसी के कारण स्वर की मधुरता कदाचित उतनी न रही हो, परंतु...'

'वाह...चारणों में श्रेष्ठ!' देवता ने विहंसकर कहा, 'स्वर की मधुरता की तुमने ऐन कही...स्तुति कर रहे हो, कि किसी की अकाल मृत्यु पर विलाप कर रहे हो, ज्ञात ही नहीं होता...।'

'क्षमायाचक हूं श्रेष्ठात्मा...' चारण ने हाथ जोड़कर कहा।

'पुनः वे ही अर्वाचीन स्तुतियां...'

'..............'

'कदाचित् नवीन स्तुतियां रचनेवाले विद्वान पंडितों का अकाल हुआ है स्वर्गलोक में? कदाचित् वे सब भी ज्वर से पीड़ित चल रहे हैं?...क्यों?'

'नहीं महामहिम...नवीन श्लोक हमें प्राप्त हो चुके हैं। श्लोक रचनेवाले कवियों का अकाल कहीं नहीं है देवताओं में उत्तम! वे तो स्वर्ग और नरक दोनों में ही लाखों घूम रहे हैं।...हम शीघ्र ही देवताश्रेष्ठ की सेवा में नवीन स्तुतियां संपूर्ण वाद्यवृंद के साथ प्रस्तुत करेंगे...।'

'अनुकंपा आपकी...!' देवता ने व्यंग्यपूर्वक कहा।

चारण मौन रह गये।

मौन रहने में ही सार्थकता है। देवता का मन अभी स्थिर नहीं।

देवता शय्या पर आलथी-पालथी मारकर बैठ गया।

विशाल उदर उसकी गोद में।

देवता यत्र-तत्र दृष्टि डाल रहा है। चारण तदनुसार अपने नेत्र घुमा रहे हैं। देवता ने आकाश को देखा, चारणों ने भी देखा। देवता ने बादलों के समूह को देखा, चारणों ने भी देखा। देवता ने अपना कुंभवत उदर देखा, चारणों ने नेत्र झुका लिए। देवता ने पुष्पों से आप्लावित स्वर्ण-पात्रों को देखा और चारणों की श्वास अटककर रह गई।

'समस्त पात्र पुष्पों से आकंठ भरे दीखते हैं?' देवता ने कहा।

'महाराज इंद्र के उपवन के ताजे पुष्प हैं ये, हे भीमकाय उदर के स्वामियों में सर्वोत्तम...,' एक चारण ने सूचित किया।

'जब तक ये बासे होकर कुम्हला न जायेंगे, तब तक किसी पर भी पुष्प-वर्षा

न करने की शपथ ले रखी है क्या...?' देवता ने कहा।

'प्रातः से कोई सुपात्र ही दृष्टिगोचर नहीं हुआ, हे देवताश्रेष्ठ...!' एक चारण ने विवशता प्रकट की।

'आपको संपूर्ण अयोध्या में अभी तक एक सुपात्र सद्कर्मी प्राप्त नहीं हुआ कि जिस पर पुष्प-वर्षा कर सको? क्या अयोध्या में सद्कर्म होने समाप्त हो गये हैं, उलूकपुत्रो...?' देवता रोष में आकर, शय्या पर लेटे-लेटे जितनी व्याकुलता प्रकट की जा सकती है, कर रहा है।

'पुनः आप शय्यालाभ में लीन थे, सो बिना आपसे अनुमति प्राप्त किये...' एक और चारण ने अटकते-अटकते स्पष्टीकरण प्रस्तुत किया।

'अब सद्कर्मों की दिशा में भी मैं ही इंगित करूं, तब ही तुम उन्हें पहचानोगे?...स्वयं सद्कर्म करो न करो, परंतु सद्कर्मों को पहचानना तो सीख लो...,' देवता भर्त्सना पर उतारू है।

चारण मौन हो गया। देवता ज्वलंत नेत्रों से घूर रहा है उन्हें।

'...परंतु कल ही मैंने आपकी अनुमति के बिना एक सज्जन पर पुष्प-वर्षा संपन्न कर दी थी, तो आपने मुझे प्रताड़ित किया था, हे प्रताड़ित करनेवालों में उत्तम...' एक चारण ने कर जोड़कर, भयभीत होने का निकृष्ट अभिनय करते हुए कहा।

'वे सज्जन तुम्हारे चचेरे भ्राता होते हैं, यह सत्य है न?' देवता ने पूछा।

'सत्य ही है महामहिम...।'

'अपने समस्त कुटुंब पर ही पुष्प-वर्षा कर डालने की प्रतिज्ञा ली है क्या? विगत कृष्णपक्ष में ही तुमने अपने ससुरजी पर पुष्प-वर्षा की थी। परंतु मैं मौन ही रहा आया कि कदाचित् इससे तुम्हारी भार्या हर्षित होगी...अथवा कदाचित् भार्या के आदेश का ही तुम पालन कर रहे होगे, अन्यथा कौन ऐसा मूर्ख होगा जो ससुर पर पुष्प डालेगा?...अपनी भार्या को प्रसन्न रखने का प्रयास करना सभी का कर्तव्य है एवं विवशता भी, परंतु...'

'अभयदान पाऊं तो कुछ कहूं...?' चारण ने कहा।

'हम कौन से तुम्हारे प्राण हरे ले रहे हैं..., बोलो...!' देवता शनैः-शनैः शांत हो रहा है।

'वस्तुतः ससुरजी से उस दिन अनायास ही एक सद्कर्म भी हो गया था, हे महाभाग्य...!' चारण ने संकोचमिश्रित भय के साथ कहा।

'अहो...अहो...किंचित् हमें भी ज्ञात हो...!' देवता ने उपहासपूर्वक पूछा।

'वे दुग्धपान कर रहे थे कि तभी उनके कर से दुग्धपात्र छूटकर धराशायी हो गया। पुनः धरा पर बिखरे उस मीठे, सुस्वादु दुग्ध को संयोगवश वहां से निकलती एक बिल्ली ने चाट लिया था...सो हे सद्कर्मों का सदैव ही सम्मान करनेवालों में सर्वोत्तम,

क्षुधा से व्यथित बिल्ली को दुग्ध चटाने के सद्कर्म के उपलक्ष्य में हमने उन पर पुष्पवर्षा कर दी...।'

'अहो...धन्य है...?'

'यदि कोई त्रुटि हुई हो, तो क्षमाप्रार्थी हूं...।'

देवता अब तक शांत तथा स्थिर मनःस्थिति में आ चुका है। उसे वे चारण भाते हैं, जो समय पर, समुचित बहाने बना सकते हों।

'क्षमायाचना की आवश्यकता नहीं...उचित ही किया तुमने, परंतु ससुरजी को सलाह देना कि भविष्य में दुग्धपात्र को सावधानीपूर्वक पकड़ा करें,' देवता ने पुनः शय्या पर अधलेटा होते हुए कहा। वह लंबे समय तक बैठ नहीं पाता।

'धन्यवाद महाराज...मैं अवश्य कह दूंगा...।'

'अन्यथा बिल्ली कभी निकट ही न विचर रही हो तो पतित दुग्ध अकारथ ही जायेगा...,' देवता ने आगे समझाया, 'पुनः विमान भी आवश्यक नहीं कि तभी वहां से निकल रहा हो...।'

'सत्यवचन महाराज, विमान का भी क्या विश्वास...?'

'सद्कर्मी को सचेत रहकर ही सद्कर्म करने चाहिए, अन्यथा अनंतर रुदन करते रहेंगे कि हमारे सद्कर्मों को कोई देखता ही नहीं...।'

'सत्यवचन देवताश्रेष्ठ...।'

'सत्यवचन ही भाषते रहोगे कि सुरा भी प्रस्तुत करोगे?' देवता ने कहा।

भगदड़ मच गई।

सोमरस पात्र प्रस्तुत किया गया।

देवता, अधलेटा, घूंट-घूंट सोमरस पान कर रहा है।

चारणों ने देवता को प्रसन्नमन देख शनैः-शनैः, धीमे स्वरों में पुनः स्तुति प्रारंभ कर दी..., 'हे आकाश के स्वामी, ग्रहों-नक्षत्रों-पृथ्वी के अधिपति, हे साम-दाम-दंड-भेद के परम पारंगत, विश्वभावन, तेजों के भी तेज, हे रात्रि-दिन के स्वामी तुम्हें नमस्कार है।...'

देवता रसपूर्वक सोमरस का आनंद ले रहा है।

विमान उड़ रहा है।

आनंद की झीनी-झीनी अनुभूति।

स्तुति में जुटे चारण।...

'हे तीव्रबुद्धि के स्वामी...हे सुदर्शन..., हे अंतर्यामी..., हे...'

कि देवता मानो तंद्रा से जागा।

'समापन करो,' उसने कर उठाकर संकेत दिया।

चारण चुप। ढोल-मंजीरे शांत। वीणा के तार स्पंदनहीन।

'अब हम शयनलाभ लेंगे...' देवता ने सुरापात्र से अंतिम घूंट गुटकते हुए कहा और शय्या पर लेटकर उदर पर हाथ फेरने लगा।

'मैं फेर दूं देवताश्रेष्ठ?' एक चारण ने चारणत्व की नई नीचाइयों में उतरते हुए कहा।

'कुछ कार्य तो देवताओं को भी स्वयं ही संपन्न करने होते हैं...,' देवता ने उसे घूरकर देखा।

चारण माथा नत किये खड़े हैं।

पुनः देवता कुछ घड़ी तक ऊंघता रहा।

तभी विमान ने हिचकोला लिया तो देवता ने नेत्र खोले।

'मान लो कि हम निद्रामग्न भी हों, तब भी यदि तुम किसी सुपात्र को देखो तो उस पर पुष्प-वर्षा कर ही देना।...दृष्टि धरे रहो, सुपात्र मिलेंगे। माना कि यह अयोध्या राम के बिना अब वह अयोध्या नहीं रही कि जब हमें पुष्पों का अकाल पड़ जाता था, परंतु सुपात्र सद्कर्मी अभी भी अयोध्या में हैं।...खोजो— अवश्य प्राप्त होंगे,' देवता ने ऊंघते हुए निर्देश दिये।

'यदि अभयदान पाऊं तो प्रार्थना करूं...?' एक चारण ने कहा।

'तुम बारम्बार अभयदान-अभयदान की अभ्यर्थना क्यों करते हो? एक बार भी और अभयदान मांगा तो मैं तुमको विमान से नीचे फेंक दूंगा...' देवता पुनः रुष्ट होता प्रतीत हो रहा है। देवता का ठिकाना नहीं। चारण मौन खड़े रहे। देवता उन्हें घूरता रहा।

'कहो...,' देवता ने अंततः अभयदान देते हुए कहा।

'हे महाप्राण, मुझे सहज ही ज्ञात हुआ है कि अयोध्या में एक ऐसे सद्कर्मी सज्जन निवास करते हैं कि जो पुष्प-वर्षा के सहज पात्र हो सकते हैं...' चारण ने कर जोड़े हुए ही निवेदन किया। देवता के समक्ष कर जोड़े रहना ही सुरक्षित है। पुनः कर जोड़ने में अपना चारणत्व ही द्विगुणित होता है।

'ये सज्जन तुम्हारे कौन हैं?' देवता ने सहज जिज्ञासा की।

'किम तात्पर्यम देव?' चारण घबराकर टूटी-फूटी संस्कृत पर कूद गया।

'ये तुम्हारे बंधु-बांधव हैं क्या?'

'हे महामति, ये सज्जन मेरे कोई संबंधी नहीं...,' चारण ने स्पष्ट किया।

'तब भी तुम उस पर पुष्प-वर्षा कराने हेतु प्रयासरत हो? अहो, तुम सत्य ही स्वर्ग के अधिकारी हो...,' देवता प्रसन्न हुआ।

चारण क्या कहता? देवता प्रसन्न हुआ— चारण किस और सुख की याचना करे?

'इनके सद्कर्म क्या हैं?' देवता ने प्रश्न किया।

विमान के निकट से एक चील निकली।

विमान बादलों के मध्य है।

देवता उदर खुजाता चारण की दिशा में देख रहा है। कदाचित् वह स्वयं देवता का उदर खुजा सकता, तो चारणत्व सार्थक हो जाता। परंतु हरि इच्छा।

चारण ने हरि इच्छा के दबाव में सदिच्छा को दबाया और देवता के प्रश्न का उत्तर इन शब्दों में दिया, 'हे भृत्यवत्सल, वह गुणी मनुष्य सदैव ही राम का स्मरण करता रहता है एवं 'राम शीघ्र ही वन से लौटकर अयोध्या में रामराज की स्थापना करेंगे'— ऐसे सद्वचन अयोध्या में सर्वत्र ही उच्चारता फिरता है।...'

देवता ने खुजली का क्षेत्र व्यापक कर लिया है।

'धन्य है वह पुरुष जो राम-स्मरण द्वारा अपना जीवन सार्थक कर रहा है। पादुकाराज में रहकर भी जो मनुष्य रामरट लगाये हो, वह निःसंदेह ही पुष्प-वर्षा का सुयोग्य पात्र है। डालो। उस पर अवश्य डालो...,' देवता ने कहा।

देवता उदर खुजाने में मग्न हो गया। परमानंद की जो स्थिति खुजली क्रिया में आती है, देवता उस परमस्थिति में पहुंच रहा है। परमानंद के इन क्षणों में वह उदार हो रहा है।

'...मैं तो कहता हूं कि तुम प्रतिदिन ही इस सज्जन पुरुष पर पुष्प-वर्षा कर दिया करो। अपने पूज्यपिता का इसमें क्या जाता है? यूं भी ये पुष्प अंततः यत्र-तत्र फेंकने पड़ते हैं...,' देवता कह रहा है।

'धन्यवचन देवताश्रेष्ठ...,' चारण और क्या कहे।

'शुभनाम क्या है इनका...?' देवता पूछ रहा है।

खुजलाहट अब मद्धम पर है।

विमान और नीचे आ गया है।

अयोध्या की बीथियां, राजमार्ग, अट्टालिकाएं, रथ, अयोध्यावासी— सब कुछ खिलौनावत, परंतु स्पष्ट दृष्टिगोचर हैं।

'अग्निमुख नाम है उनका...,' चारण ने सूचित किया।

'तुम तो विमान को अभी उस दिशा में मुड़वाओ जहां अग्निमुख रहते हैं...,' देवता ने निर्देश दिया।

'संप्रति वह अपनी कुटिया में होगा, हे महाबली!' चारण ने बताया।

'दिन चढ़ रहा है, तब भी कुटिया में बिराजे हैं? काम-धाम नहीं करते क्या ये अग्निमुखजी?' देवता ने पूछा।

'मशालची हैं अग्निमुख, हे देवताश्री...रात्रिभर राजमार्ग के दीपस्तंभ बालते हैं, सो दिवसपर्यन्त विश्रामरत रहते हैं।'

देवता अचानक चौकन्ना हो गया। उसने खुजली रोक दी। सतर्क हो वह सतर बैठ गया। अनर्थ होते-होते रह गया। ये चारण तो मूर्ख हैं। अभी अनर्थ ही हो गया होता।

देवता को ज्ञात हुआ कि जिस पर पुष्प-वर्षा करने के आदेश उसने अभी-अभी प्रसारित किये हैं, वह अयोध्या का श्रेष्ठिजन न होकर सामान्य-सा मशालची है, तो उसका समस्त उत्साह ही कपूरवत विलीन हो गया।

'किस वर्ण से हैं ये अग्निमुखजी?' देवता ने कुछ विराम के उपरान्त पूछा।

विमान अयोध्या के दुर्ग की प्राचीर पर मंडरा रहा है।

पूर्वी द्वार पर इक्का-दुक्का बैलगाड़ियां ही दृष्टिगोचर हैं। प्रातः की भीड़ छंट चुकी।

'निम्न जाति से ही हैं। मशालची का नीचकर्म ब्राह्मणजन तो करने से रहे...' दूसरे चारण ने देवता के आशय का अनुमान करते हुए और प्रथम चारण को उखाड़ने का उचित अवसर जानकर तुरंत बताया। वह स्पष्ट करना चाहता था कि इस चारण ने नीचवर्ण के लोगों पर पुष्प-वर्षा करवाने का आयोजन सिद्ध करवाकर जो पापकर्म किया है, वह उसमें भागीदार नहीं है।

समस्त चारण मौन हैं।

देवता कुछ पल मौन बैठा रहा। पुनः वह नेत्र मूंदकर कुछ विचार करता रहा।

आकाश में अनंत शांति है।

विमान निःशब्द उड़ रहा है।

कि देवता ने नेत्र खोले।

'चलो...,' देवता ने कहा।

'ले चलें विमान को अग्निमुख की बस्ती की ओर...?' चारण ने आश्चर्यमिश्रित हर्ष से पूछा।

देवता ने कुछ सोचते हुए कहा, 'ले तो चलो ही...राम का ऐसा भक्त पुनः चाहे वह नीचवर्ण से ही हो, पुष्प-वर्षा का अधिकारी तो हुआ ही...। परन्तु...'

'परन्तु क्या, हे शुभदर्शन...?' चारण ने पूछा।

'उस पर मात्र गेंदे और गुड़हल के पुष्पों की वर्षा ही करना। गुलाब-चमेली की वर्षा न कर बैठना अन्यथा अनर्थ हो जायेगा...' देवता ने चेताया। कथन को आगे स्पष्ट करते हुए देवता ने कहा, 'नीचवर्ण पर गुलाब की पुष्प-वर्षा का प्रावधान नहीं है...।'

विमान अग्निमुख की बस्ती की दिशा में मुड़ रहा है।

सभी मौन हैं।

किसी में भी देवता से यह पूछने का साहस नहीं है कि नीचवर्णों के लिए ऐसा नीच प्रावधान क्यों है?

संकरी बीथियों, कीचड़, दुर्गंध और दुख की यह बस्ती मानो अकारण तथा अयाचित ही अयोध्या की इस धन्य धरा पर उग आई है। अयोध्या के दरिद्रों की बस्ती। भिश्ती, श्रमिक, राजगीर, बढ़ई, लुहार, जुलाहे और ऐसे ही जन। वंचित मनुष्य। पदाघात के अधिकारी। अयोध्या के श्रेष्ठिवर्ग की पगथलियां झाड़कर खानेवाले। प्रयोजनहीन-से। अयोध्या को जिनकी उपस्थिति का भान तक नहीं। भूखे। सदैव ही बुभुक्षित। पसलियों का पिंजरा। रिक्त नेत्र। अयोध्या की धन्य माटी पर बसी एक ऐसी बस्ती जहां कोई धन्य नहीं है और न धन्य होने की कल्पना तक करनेवाला।

धन्य हैं भुवनभास्कर जो इस अभागी बस्ती पर भी उसी उदार मन से धूप का आशीर्वाद लुटाते हैं जिससे वे महालयों के कंगूरे चमकाते हैं। पादुकाराज ने यदि अभी तक इस बस्ती की धूप नहीं छीनी है, तो यह उसकी सदाशयता और प्रजावत्सलता नहीं है— यह उसकी विवशता है कि भगवान भुवनभास्कर पर अभी उसका शासन नहीं चलता।

सो सुबह होती है तो यह बस्ती भी धूप में खिल-खिल जाती है।

सुबह हो रही है अयोध्या की इसी बस्ती में।

धूप इधर-उधर टकराती, बचते-बचाते, संकरी बीथियों से होकर उन कच्ची झोंपड़ियों में प्रवेश का महती प्रयास कर रही है, जिनमें न वायु के प्रवेश का प्रावधान है, न धूप का, न ही जीवन-रस का। सूर्य भगवान भी बेचारे करें क्या? लगे हैं। फेंक रहे हैं धूप के सुनहरे दाने इन बीथियों में।

बस्ती की संकरी बीथियों में पत्थर हैं, कीचड़ है, श्वान हैं, सुअर हैं, कचरा है, दुर्गंध है, ढोर हैं, बिलबिलाते कीड़े हैं, टोह रत मकोड़े हैं और मनुष्य तो हैं ही। सूर्य भगवान नित्य ही देखते हैं कि इन बीथियों को जैसा दयनीय एवं उदास वे सूर्यास्त पर छोड़ गये थे, सूर्योदय में भी वे वैसी ही हैं। यहां कुछ भी परिवर्तित नहीं होता। शुभ जैसा कुछ घटता नहीं। आनंद को इन बीथियों का संज्ञान ही नहीं। प्रसन्नता को राजमार्ग से ही अवकाश नहीं। सौभाग्य इनसे परिचित नहीं।...भुवन-भास्कर जानते हैं कि वे कितनी भी धूप इन बीथियों में उंडेल दें, एक अबूझ-सा अंधियारा न तो इन बीथियों से विस्थापित हो पाता है, न इन मनुष्यों के जीवन से।

सो, इस बस्ती में सुबह होती भी है और नहीं भी होती।

ऐसी ही एक न होती हुई सी सुबह हो रही है अयोध्या की इस दरिद्र बस्ती में।

बीथिका आशंकित से प्रकाश से भर गई है।

संकीर्ण सी बीथिका। पर्णकुटीरों द्वारा छेंकी गई बीथिका। कुटीरों से जल निकलकर बीथिका में आ गया है और उस धन्य माटी से मिलकर कीचड़ में परिवर्तित हो रहा है। आपकी सदिच्छा हो, तो इसे धन्य-कीचड़ की संज्ञा भी दे दें, अन्यथा तो कीचड़ एवं इस बस्ती, दोनों को धन्य कहने की कोई परंपरा तो है नहीं।

इसी कीचड़वती बीथिका में ही अग्निमुख निवास करता है।

कौन अग्निमुख?

कीचड़ धन्य न भी हो, पर आप अवश्य धन्य हैं!...अरे वही अग्निमुख कि जिस पर पुष्पवर्षा करने के लिए विमान विलंब तक इस बस्ती पर मंडराता रहा, परंतु उसे खोज ही नहीं पाया। दरिद्रों के साथ यही कठिनाई है। सबकी मुखाकृति एक सी। ऐसे एक समान श्रीहीन, पिचके, निचुड़े, चिंतित, उदासी पोते मुख। प्रत्येक मुख चिंतित, प्रत्येक जन उदास। सत्य तो यह है कि यह बस्ती चिंतितों की ही बस्ती है।...अब आपकी सहज जिज्ञासा यह होगी कि ये किस प्रश्न पर चिंतित रहते हैं? क्या बतायें श्रीमान! कथन में लज्जा आती है। वस्तुतः इनकी चिंताएं इतनी तुच्छ हैं महोदय, कि यदि कभी अयोध्या के श्रेष्ठिजन सुनें तो हंस-हंसकर उनके उदर में शूल उत्पन्न हो जाये। इस बस्ती की एक चिंता सबसे मुख्य है।...बिहंसिये मत। जैसी है, सो प्रस्तुत है।...'कल की रोटी कहां से आयेगी?'— इस हास्यास्पद चिन्ता में इन बीथियों का मनुष्य रात्रिपर्यंत सो नहीं पाता।...मैंने प्रार्थना की थी न कि बिहंसियेगा नहीं। आप वही कर रहे हैं। पर आपकी भी त्रुटि नहीं। जिस अयोध्या के महालयों एवं अट्टालिकाओं की नालियों तक में दुग्ध एवं घृत प्रवाहित होता हो, वहां की एक बस्ती के नागरिकों को ऐसी तुच्छ चिंताएं पालना शोभा नहीं देता। परंतु क्या करें? और क्या कहें? उदर से उठकर भी कभी यह बस्ती कुछ सोच पायेगी, हमें तो संदेह है। रोटी, रोटी और बस रोटी। बुभुक्षित उदर की रिक्तता इनके संपूर्ण जीवन में भर गई है। और कुछ चिंता नहीं। अन्य कोई विचार नहीं। जीवन में इतना कुछ सार्थक चिंतन हेतु पड़ा है। अनगिन संत-समागम, भजन-कीर्तन, प्रवचन, कथा-महोत्सव पादुकाराज के धर्मावतारों द्वारा अयोध्या में आयोजित किये जाते हैं, और ये दरिद्र नागरिक ही श्रोतासमूह में सर्वाधिक संख्या में होते हैं, एवं प्रवचन सुनते हुए खुपड़िया इस भांति हिलाते हैं कि मानो आज संपूर्ण आत्मज्ञान प्राप्त करके ही यहां से कृष्णमुख करेंगे— परंतु यहां से उठकर अपनी झोंपड़ी में पहुंचते भर हैं कि पुनः उसी सांसारिक ओछेपन में लिप्त हो जाते हैं कि कल की रोटी कहां से आयेगी?

इन दरिद्रों की चिंताएं तक दरिद्र हैं!

अग्निमुख अयोध्या के ऐसे ही ओछे दरिद्रों में से एक है। रहता है इसी बस्ती की एक ध्वस्तप्राय झोंपड़ी में।

वह अयोध्या का मशालची है।

उसका कर्तव्य है, अयोध्या के राजपथ पर बने अनगिन दीपस्तंभों को रात्रि-पर्यंत बालते रहना। राजपथ रात्रि-भर जगमगाता है। राजपथ जगमगाना चाहिए। अग्निमुख और उस जैसे अनेक अन्य मशालची धाते हुए इन दीपस्तंभों में तेल भरते रहते हैं। राजपथ तथा ऐसे ही अन्य महत्त्वपूर्ण पथों को आलोकित रखने में पादुकाराज इतना तेल जला देता है कि शेष अयोध्या अंधेरे में रहने को अभिशप्त है। वैसे भी राजपथों के आसपास की अयोध्या को छोड़ दें, तो शेष अयोध्या है भी ऐसी दारुण स्थिति में कि इसका अंधकार में रहना ही श्रेयष्कर है। अंधकार के अभ्यस्त वंचितों की अयोध्या है यह। अग्निमुख रात्रि भर धाता है राजपथ पर तेल की द्रोंणी और मशाल लिए कि कदाचित् कहीं कोई दीप (स्तम्भ) बुझ गया तो अयोध्या उसे इस अपराध के लिए क्षमा नहीं करेगी! अंततः अर्धरात्रि के बाद के प्रहर में अभिशप्त प्रेत-सा अग्निमुख इन अंधियारी बीथियों में लौटता है। पुनः प्रयत्न करता है निद्रा के लिए तो ऐसी छुद्र चिंताएं घेर लेती हैं उसे। फिर अधबुझी मशाल-सा सुलगता, पड़ा-पड़ा वह कब अपने झोंपड़े में निद्रामग्न हो जाता है उसे भान ही नहीं हो पाता। पुन: अधजागा, अलसाता, उठता, जागता, सोता सूर्योदय होने के पश्चात् भी निद्रामग्न रहता है वह।

आज भी सुबह हो चुकी।

परंतु निद्रामग्न है अग्निमुख।

अन्यथा दरिद्र बस्ती में चहल-पहल है। विकट चहल-पहल कहिए। सुबह की धूप अभी उतर ही रही है कि इस बस्ती ने मानो दौड़ना प्रारंभ कर दिया है। जीवन की इस लंगड़ी दौड़ में (जिसमें इनकी एक टांग दरिद्रता से बंधी है) इनको उन दो टांगवालों के साथ दौड़ना है, जो अयोध्या को रौंदते फिरते हैं। इनकी पराजय निश्चित है। फिर भी नित्य ही दौड़ते हैं ये। प्रत्येक सूर्योदय के साथ ही ये दौड़ने लगते हैं, पराजित होने के लिए। क्लांत नहीं होते। रुकते नहीं। लज्जाहीन की संज्ञा दे रहे हैं आप इन्हें क्योंकि ये बार-बार पराजित होने पर भी लज्जित नहीं होते! जीवन को समझने की यह भी एक दृष्टि हो सकती है। क्या कहें आपको और आपकी दृष्टि को। पादुकाराज आपका। दृष्टि आपकी भेंगी हो, अथवा नितांत अंधी भी— आपसे कौन विवाद कर सकता है?

बीथियों में सुबह है और सुबह की चहल-पहल भी।

परंतु इस चहल-पहल में भी एक सन्नाटा है।...कुटीरों के समक्ष बूढ़े बैठे हैं और शून्य में कुछ अबूझ-सा ताक रहे हैं। ये सूर्योदय से पूर्व ही जाग गये थे। अब ये दिवसपर्यंत यूं ही निरर्थक विराजे रहेंगे। अयोध्या युवाओं को तो काम दे नहीं पाती, पुनः डगमगाते वयोवृद्धों को कौन पूछनेवाला है? इन्हें बस्ती में ही कोई नहीं पूछता।

वस्तुतः इन्हें जीवन ने ही घसीटकर किनारे पटक छोड़ा है। ये स्वयं से ही वार्तालाप करते हैं, बड़बड़ाते हैं, कूलते हैं, कराहते हैं, खांसते हैं, उन दिनों की जुगाली करते हैं कि जब इनके भी दिन थे, कोई सुनता नहीं पर सुनाने का प्रयास करते हैं, बालकों के उपहास का पात्र बनते हैं, सुना-अनसुना करते हैं, अत्यंत क्रूर उपेक्षा में पल-पल बिताते हैं, परंतु फिर भी जीवन में कुछ ऐसा आनंद पा रहे हैं कि जिये जाते हैं। कभी-कभी ये आकाश की दिशा में ऊर्ध्व मुख कर कहते हैं (विशेषतः तब, जब कोई सुन रहा हो) कि हे ईश्वर, हमें उठाता क्यों नहीं? यह तो अच्छा है कि ईश्वर के पास निरर्थक कार्यों के लिए समय नहीं अन्यथा यदि वस्तुतः वह इन्हें उठाने आ ही जाता, तो ये नासिका रगड़ते क्षमा मांगते फिरते कि हम तो बस यूं ही कह रहे थे।

...पुनः बहुत से बच्चे भी हैं, जो सूर्योदय की किरणों पर सवारी गांठते हुए सुबह-सुबह बिखर गये हैं, बीथियों में। जन्म के तुरंत बाद से ही इन बच्चों को आत्मज्ञान-सा है कि अनायास यूं ही जन्म हो गया है इनका और इनके होने न होने से अयोध्या को कौड़ी भर अंतर नहीं पड़ता। भिन्न-भिन्न आयु के बच्चों के समूह हैं। ये माता-पिता से पिटते हैं, अश्लील अपशब्दों के आचार्य हैं, गालियां ऐसी मौलिक देते हैं कि इनकी प्रतिभा पर चमत्कृत रह जाना पड़ता है, पत्थर सन्नाकर सटीक लक्ष्य-संधान करने में सिद्धहस्त हैं, अयोध्या के चप्पे-चप्पे के ज्ञाता हैं, भूखे पेट को ही पेट मानते-जानते हैं तथा दुर्बल, नग्न एवं भूखे शरीर में भी कल्पनातीत चपलता लिये कुछ न कुछ ऐसे कर्म में लीन रहते हैं कि बस्ती के बुजुर्ग लात मारने को विवश हो जायें...। सूरज भगवान अयोध्या में अपना मायाजाल बिखेर भी नहीं पाये हैं कि ये बालक सक्रिय हो गये हैं। बीथियों में प्रहरी-चौर्य, कंदुक, छुपा-छुपाई, दौड़, नाली कूद, चौपर, द्यूतकर्म...न जाने क्या-क्या कर्म संपन्न करते ये बालक दृष्टव्य हैं।

एक सुअर फंस गया है इन बालकों के मध्य।

खदेड़ रहे हैं बच्चे। अस्त्र-शस्त्रों से सुसज्जित। संटी, डंडा, पत्थर...। शोर करते, उत्साह में उफनते बच्चे भाग रहे हैं सुअर का अनुसरण करते। भाग रहा है सुअर। इस बीथिका से उस बीथिका। क्रीड़ारत हैं बच्चे।...भागता सुअर उन वयोवृद्ध महोदय की टांगों के निकट से सर्राता निकला है, जो अपने झोंपड़े के समक्ष उकडूं बैठे विलंब से इन बालकों को प्राणिमात्र पर दया करने का पिटा हुआ उपदेश दे रहे थे। टांगों के निकट ही सुअर लखकर वे अपना उपदेश विस्मृत कर लात चला बैठे और पुनः निजी टांगों में ही उलझकर पीछे को लुढ़क गये। अब उनकी टांगें वायुमंडल में हैं एवं उनका मुखमंडल धरा को चाट रहा है। बच्चे सुअर से अधिक मनोरंजक संभावनाएं इस दिशा में उत्पन्न होती देख वृद्ध महोदय को घेरकर खड़े हो गये हैं और हंस रहे हैं। कुछ ने तो करतल ध्वनि भी की।

बूढ़ा गालियां दे रहा है।

बच्चे हंसे जा रहे हैं।

बीथिका सुबह की धूप और बच्चों की खिलखिलाहट से भर गई है।

बस्ती में सुबह हो रही है।

प्रतीक्षा कर लें। कर लें और थोड़ी देर तक मस्ती ये बच्चे। अभी सूर्य भगवान को अयोध्या के आकाश में किंचित् और चढ़ने दें। तब प्रस्थान करेंगे इन बीथियों से अनगिन नन्हे बच्चे, माता-पिता के पीछे-पीछे अथवा निचाट अकेले। कहां को? किस दिशा में? काम पर, और कहां? कर्तव्य उन्हें पुकार रहा है, सुबह-सुबह। उदर धमकी दे रहा है। जीवन समस्त सुंदर मायावी मुखौटे उतारकर अपना भयावह मुख लिए उनके ठीक समक्ष खड़ा है। बांहें गहकर घसीट रहा है जीवन, इन बालकों को पादुकाराज के कंटीले यथार्थ पर। यथार्थ यह कि कुछ अर्जित करोगे, तभी खाओगे। बच्चे कमाना सीख रहे हैं। बच्चे जीना सीख रहे हैं। बच्चे करेंगे आयोजन आज की रोटी का। कल की रोटी तो वैसे भी सतत ही एक स्वप्न है। पादुकाराज के निकट अवकाश नहीं कि वह इन बीथियों में यूं ही निष्प्रयोजन उत्पन्न हो गये इन बच्चों की चिंता करे। यही उसकी असीम कृपा है कि इन नन्ही हथेलियों को कुछ कार्य तो दे पा रही है अयोध्या। अगर कोई कवि हृदय व्यक्ति उस सुखद स्वप्निल दिवस की प्रतीक्षा में बैठा है कि जब ऐसी सुबह भी होगी कि इन बीथियों के बालकगण भी कुनकुनी धूप में मासूम किलकारियां मारते दिन व्यतीत करेंगे, कि जब ये बालक भी सुबह-सुबह आश्रमों में विद्याभ्यास हेतु निकलेंगे तो वह कवि हृदय, मूर्ख व्यक्ति निश्चित ही अब तक न तो अयोध्या को चीन्ह सका है, न ही पादुकाराज को।...ऐसी कोई सुबह यहां कभी नहीं आयेगी श्रीमान!...इस बस्ती में तो सुबह प्रतिदिन ही आसमान से बाज की भांति उतरेगी और जीवन को अपने पैने पंजों में दबोचकर यत्र-तत्र-सर्वत्र भंभोड़ती फिरेगी।

यह जो धूप निद्रामग्न अग्निमुख के मुख पर अभी गिर रही है, उसे पंजे के रूपक में देखिए।

अग्निमुख अयोध्या के धन्य समाज से नहीं है, परंतु अभी उसे धन्य कहने की इच्छा बलवती हो रही है। वह व्यक्ति धन्य ही होना चाहिए जो झोंपड़े और बीथिका के मध्य की संकरी भूमि पर औंधा लेटा हो और फिर भी गहन निद्रा में लीन प्रतीत होता हो। वह गोबर लिपी भूमि की गंध में मग्न है या मुंह के ठीक पास बह रही नाली की गंध में—कहना कठिन है। हठयोगी-सा पड़ा है वह, यत्र-तत्र से असंपृक्त। मक्खियां उड़ रही हैं, कीड़े नाली से रेंगते हुए उसके शरीर पर भी आ-जा रहे हैं, निकट ही कहीं कोई जुझारू सज्जन ऐसी तल्लीनता से हार्दिक कुल्ला कर रहे हैं कि मानो आज इसी गतिविधि में प्राणोत्सर्ग करके मानेंगे, एकाध श्वान भी उसे सूंघकर निकल गया है, कुछ बच्चे भी शोर मचाते भागते आये हैं और उसके ऊपर से छलांगें मारते निकल गये हैं—पर धन्य है रे यह अग्निमुख कि निद्रामग्न रहा आता है।

'स्नान कर आते...' भार्या कुटीर से निकली है।

अग्निमुख कुनमुना कर रह गया। पलटकर चित्त हो गया। पलटा, तब दो मक्खियां जो उसकी पीठ पर भ्रमणरत थीं, अंतिम क्षणों में उड़ निकलीं। अभी कुचलकर काल के गाल में समा जातीं। 'जीवन, जल के बुलबुलेवत है'— एक मक्खी ने कहा। या कदाचित न कहा हो। मक्खियां प्रायः दर्शन नहीं बघारतीं।...झोंपड़े से अग्निमुख के दो सुपुत्र 'मशाल-मशाल' का खेल खेलते सन्नाते हुए बाहर आये हैं। दोनों के हाथों में ठठेरे की मशालें। पुनः उनका अनुगमन करते तीन और बच्चे। वे अद्‌भुत कौशल से अग्निमुख को बचाते हुए तीव्र गति से निकले हैं और आगे मोड़ पर अदृश्य हो गये हैं।

'स्नान हेतु क्यों नहीं उठते?' भार्या अब एकदम कपाल पर है। उसी कपाल पर कि जिस पर मक्खी-द्वय विराजमान हो आगे की कार्रवाई पर विचार करती दृष्टिगोचर हैं।

अब पत्नी को अनसुना कर पाना असंभव है एवं शास्त्रविरुद्ध भी। अग्निमुख ने अंगड़ाई ली। वह हाथ-पांव टेढ़े-मेढ़े करता हुआ शरीर के विभिन्न जोड़ों से चट-चट की ध्वनि उत्पन्न कर रहा है। मक्खियां चौंकीं, परंतु खोपड़ी पर ही विराजमान रहीं। फिसलने से बचाव हेतु अग्निमुख की खोपड़ी के रूखे केशों में टांगें उलझाये हैं वे।

अग्निमुख के केश बिखरे और रूखे हैं। केशों के मध्य से गंजापन वातावरण में उभर रहा है। केशराशि यत्र-तत्र श्वेत हो रही हैं। मूंछें यूं तो झब्बेदार हैं, परंतु वे मुख को तेजोमय या भव्य बनाने के स्थान पर दयनीय ही अधिक बना रही हैं। संक्षिप्त सी झाड़ीनुमा दाढ़ी भी दृष्टिगोचर है। सामने के दो-तीन दांत टूट चुके हैं। बोलने पर यहां से वायु निःसृत होती है और उसके सुर में विचित्र-सी सिसकारी भर जाती है। माथा विशाल है, भव्य नहीं। किनारे के बाल भी झड़ रहे हैं। नेत्र अबूझ-से सूनेपन से भरे हुए। ग्रीवा पतली और झुर्रियों से भरी। कभी किसी साधु महात्मा ने एक कंठीमाला आशीर्वाद स्वरूप प्रदान की थी कि धारण करने से शुभ होगा। शुभ तो क्या होता— परंतु ग्रीवा में वह कंठीमाला अब वर्षों से है। होंठ पपड़ियाये। गालों की अस्थियां उभरी हुईं।...कुल योग यह कि ऐसा व्यक्तित्व कि जैसे अयोध्या में कौड़ी में सहस्र उपलब्ध हो जायें।

'हृदय ही नहीं कर रहा...' अग्निमुख ने टूटे दांतों के मध्य हिलगी मंदस्मित से भार्या को देखा।

भार्या का मुख भावहीन एवं कठोर।

'स्नान के लिए तुम्हारा मन करता ही कब है?'

'अनर्गल भासती हो...' अग्निमुख ने कहा।

'तुम सरिता की दिशा में प्रस्थान तो करो,' पत्नी का आदेश।

'प्रस्थान हुआ ही मानो...'

'लौटते हुए तेल ले आना...।'

'अभी तो लाया था...?'

'मैं पी गई...'

अग्निमुख बुद्धिमान पति है। वह जानता है कि कब मौन रह जाना श्रेयस्कर होगा। वह उंगलियां चटखाता उठा। बिखरी उलझी केशराशि के मध्य खुरदुरी उंगलियां प्रविष्ट कर उन्हें सुलझाने का असफल प्रयास उसने किया। मक्खियां पुनः चोटिल होते होते बचीं। आज नाली में किस मक्खी का मुख देखकर वे जागी हैं? बारम्बार दुर्घटना योग घट रहे हैं। मक्खियां उड़कर पुनः उसकी पीठ पर सतर्क बैठ गई हैं। अग्निमुख की धज वाले ही एक सज्जन निकट से निकले हैं— दोनों मानो अभ्यासवश मुस्काये हैं। अग्निमुख झोंपड़े में घुस गया। अंगोछा कंधे पर, धूप माथे पर, धूल शरीर पर, तेल-पात्र कर में, अग्निमुख की सवारी प्रस्थान को तत्पर है।

'लौटकर शीघ्र आना।' निर्देश आया।

'वहीं सरिता में तैरता रह जाऊंगा क्या?...' गमनरत अग्निमुख ने चिढ़कर कहा।

अग्निमुख अबूझ सा कुछ बड़बड़ाता हुआ बीथिका में चल पड़ा है। ठठेरे की मशाल उठाये बच्चे निकट से निकले हैं, तो छुटका पिता को कहीं जाता देख उसका अनुगमन करने लगा है। पीछे-पीछे। हठ है कि हम भी साथ चलेंगे। अग्निमुख ने चलते हुए समझाया है कि वह सरिता तट पर जा रहा है, जहां छोटे बच्चे डूब सकते हैं। छुटका नहीं मान रहा। लात खाये बिना वह कभी नहीं मानता। उसका संक्षिप्त जीवन-इतिहास इस तथ्य का साक्षी है। सो दो थप्पड़ उसे प्रदान करके अग्निमुख दूसरी बीथिका में मुड़ गया। पीछे से बच्चे के रुदन के स्वर। सम्मुख ही सूरज भगवान। सूर्य सामने कपाल पर दमक रहा है। तो क्या अग्निमुख अंधकार से प्रकाश की ओर यात्रा कर रहा है?...मित्र, भाड़ में गये आपके बिंब और उपमाएं। इधर अग्निमुख का कपाल फटा जा रहा है। पर्याप्त निद्रा नहीं हो सकी गत रात्रि। मच्छर, उमस, चिंताएं। चटख रहा है कपाल।

अग्निमुख बस्ती से बाहर पहुंच गया। उसने पीछे पलटकर देखा।

दूर तक झोंपड़ों का अंबार। धूप में धूसरित झोंपड़ियां। और दूसरी ओर देखो तो महालयों की अटारियां धूप में स्वर्णिम चमक रही हैं। कैसी अयोध्या है रे यह? और क्यों है ऐसी? पूछना चाहिए किसी को यह प्रश्न। परंतु पादुकाराज में प्रजाजन प्रश्न उठाना विस्मृत कर चुके हैं।

एक चिड़िया आसमान से धीरे से उतरी।

वह एक झोंपड़े की छत पर बैठ गई है। देख रही है चहुं दिशा। चिड़िया को दाने की तलाश है। चिड़िया दाने की आशा में पर्णकुटीर पर बैठी है। उसे ज्ञात ही नहीं कि यह दरिद्रों की बस्ती है। चिड़िया को मनुष्यों के अर्थशास्त्र का ज्ञान नहीं। मूरख प्राणी।

प्रातःबेला।

झाड़ियों में हलचल है।

कहीं मानो कोई सरका।

सूखे पत्ते चटखे। झाड़ियां आंदोलित हुईं।

शतबली चौंककर ऊर्ध्व दिशा में गतिमान हो बोले, 'कौन हे रे वहां, शठ...?'

शतबली अयोध्या के सेनापति हैं। महालय के विशाल उपवन में आसन पर विराजे वे मेवे-फल इत्यादि ग्रहण कर रहे थे, कि पीछे की झाड़ियों में उपरोक्त संदेहास्पद गतिविधि हुई और शतबली ने चौंककर प्रश्न उछाला कि कौन हे रे!

प्रातःकाल में सेनापति अतिव्यस्त होते हैं।

उन नित्यकर्मों से निवृत्त होकर जिन्हें स्वयं ही संपन्न करने की विवशता होती है (और जिनके लिए अयोध्या तथा ईश्वर ने अभी तक ऐसी कोई व्यवस्था नहीं की है कि वे कार्य भृत्यों से कराये जा सकें) शतबली बादामयुक्त दुग्ध पीते हैं। पुनः वे व्यायामशाला की दिशा में प्रस्थान करते हैं। मुग्दर भांजना, मलखम्भ करने का प्रयास करना, डंड-बैठकें एवं अंत में खड्गाभ्यास। खड्ग चालन में शतबली कभी ऐसे निपुण थे कि शत्रु भी 'अहो अहो' उच्चार उठते थे। भाला फेंकने में भी उतने ही अचूक। धनुर्भ्यास अवश्य शतबली को अखरता। धनुषबाण चालन में वे सदैव ही गड़बड़ रहे। युवा विद्याभ्यासी के रूप में गुरुजी के प्राणपण से किये प्रयासों के पश्चात् भी शतबली इस विषय के दुर्बल छात्र ही रहे। उनका तीर कभी लक्ष्य नहीं भेद पाया। यत्र मारें, तत्र लगे। एक बार जब स्वयं गुरुवर के बायें नेत्र को लगभग स्पर्श करता उनका बाण लक्ष्य से योजनों दूर गिरा, तब गुरुवर ने खड़ाऊं उतारकर प्रथम तो युवा शतबली को ठोका था, पुनः कहा था कि रे मूरख, आज तो तूने एक दिशा का दीपक ही बुझा दिया होता रे! तत्पश्चात् शतबली खड्गाभ्यास ही अधिक करते रहे और अयोध्या जनपद के सर्वश्रेष्ठ खड्गयोद्धा के रूप में विख्यात हुए।...पर वे इतिहास की बातें हुईं। वर्तमान में वे अधिक समय तक खड्ग भी नहीं घुमा पाते। मुटा गये हैं। स्थूल तन। अब वे यदि कुछ घड़ी ही खड्ग भांजते हैं तो भुजायें क्लांत हो जाती हैं एवं श्वास उस श्वान सी भरने लगती है जिसके पीछे दूसरे श्वान भाग रहे हों। उन्हें स्मरण

हो आते हैं कि वे दिन जब वे पहरों खड्ग घुमाते थे और वायु के कटाव से उत्पन्न सर्र-सर्र के संगीत में डूबे रहते थे। अब खिंच नहीं पाता। अभी युद्ध हो जाये तो वे कुछ घड़ी भी खड्ग चला पायेंगे, इसमें उन्हें स्वयं ही संदेह है। एक तो वर्तमान में ये दुष्ट खड्ग भी भारी बनाने लगे हैं। भुजाओं की ऐसी-तैसी हो जाती है। आज तो कुछ घड़ी खड्ग चालन में ही भुजाएं ऐसी क्लांत हो कंपित हुईं कि उन्होंने स्वग्रीवा ही काट ली होती।...उम्र हो रही है— यह कथन भी अर्धसत्य है। शतबली को अभी युवावत ही मानिए। उदर अवश्य बहिर्गमन कर रहा है। कर क्या रहा है, विकट कर रहा है। उदर पर वस्त्र ऐसे तन जाते हैं कि श्वास खींचते हुए भय लगता है शतबली को। उदर क्या सारा शरीर ही दसों दिशाओं की ओर लालायित-सा फैलता जा रहा है। व्यायामशाला में नित्य प्रातः इतना समय व्यतीत करने के पश्चात् भी यह दारुण स्थिति है— क्या करें शतबली!...सुरापान त्याग नहीं पाते। सुरापात्र देखकर ही जिह्वा श्वानवत लटक आती है। संझाबाती की बेला से ही प्राण तड़पने लगते हैं। पुनः सुरा के साथ क्या-क्या तो भक्षते हैं शतबली। राजवैद्य का कथन है कि बिना यह सब त्यागे स्थूल काया कम न होगी। वैद्यों का क्या है? कुछ भी अनर्गल कह देते हैं।...चलो आज से सब त्यागा। नित्य ही अखंड प्रतिज्ञा करते हैं शतबली। नित्य ही। आज भी उन्होंने वही की। सूर्य भगवान मुस्कुराते रहे उनकी प्रतिज्ञा सुनकर। वर्षों से नित्य खंडित हो रही है यह अंखड प्रतिज्ञा।

व्यायामशाला से निकलकर सेनापति उपवन में विराज गये थे। यहां सुखद छांव है। मंद-मंद प्रातः समीर बह रहा है। पंछी चीं-चीं कर रहे हैं। इसी को राजकवि अपने काव्य में कहते हैं कि पंछी गा रहे हैं। कवियों की भली कही। पुनः गत रात्रि के आकंठ मदिरापान के पश्चात् प्रातः जब आपका भाल पीड़ा से फटा जा रहा हो, तब पंछी यदि वस्तुतः गा भी रहे हों और वह उच्चस्तरीय संगीत ही क्यों न हो, सहनीय नहीं होता।...सेनापति को चिड़चिड़ाहट हो रही है। उनका कपाल चटख रहा है। भुजाएं फट रही हैं। वक्ष जल रहा है। मुख में अम्ल आ रहा है। उनकी इच्छा हो रही है कि एकाध चिड़िया को पकड़कर उसका टेंटुआ दबा दें। पर चिड़ियां गाये जा रही हैं। गवैयों वाली प्रवृत्ति। प्रारंभ कर दें तो रोकना दुष्कर। सेनापति का मन कर रहा है कि न सही चिड़िया, किसी को भी बुलाकर उसकी प्रताड़ना करें, अपशब्द कहें या गरियाएं, एकाध करारा थप्पड़ ही मार दें। वे त्रस्त हैं। व्यायाम करके क्लांत हैं। पादुकाराज में चल रहे तिकड़मों के अनवरत छाया-युद्ध में षड्यंत्रों की खड्ग भांजते-भांजते वे पूर्व में ही क्लांत रहे आते हैं। ठीक इस समय वह किसी को भी पीटना-डांटना-पछीटना-पटकना-कुचलना-लतियाना-घसीटना-थपड़ियाना चाहते हैं। इस शुभ कार्य के लिए वे किसी भृत्य को करतल नाद द्वारा आदेशित ही करने को थे, कि उनके आसन के पीछे की झाड़ियों में कुछ गतिविधि हुई। सेनापति उछले एवं वही बोले जो इस अध्याय के प्रारंभ में बताया

गया है, अर्थात् 'कौन हे रे वहां शठ...?'

आंदोलित झाड़ियों की दिशा में ललकारकर शतबली आशंकित नेत्रों से वातावरण का आकलन करने लगे।

कौन है वहां?

कोई शत्रु?

...शतबली ने दृष्टि घुमाई। खड्ग कहां है? व्यायामशाला में ही खड्ग भूल आये हैं वे! धन्य है! ऐसी असावधानी। अभी कोई शत्रु सैनिक झाड़ी से प्रकट होकर उन पर टूट पड़े, तो सारी सेनापतियाई धरी रह जायेगी।

कोई भी स्थान कहीं भी कभी भी निरापद न जानो— पादुकाराज में सत्ता के खेल के खिलाड़ी यह सिद्धांत जानते हैं। उनको सतर्क रहना चाहिए था। सेनापति सतर्कतापूर्वक झाड़ियों की दिशा में दृष्टि धरे आसन से उठ रहे हैं। कदाचित् भागना ही पड़े। पादुकाराज के षड्यंत्रपूर्ण वातावरण में उनके विरोधी कभी भी, कुछ भी कर सकते हैं। यहां कोई भी किसी को दूसरा अवसर नहीं देगा। उन्होंने ही कब, किसी को दिया है।

सूर्य भगवान आनंद ले रहे हैं। सेनापति व्याकुल तथा चिंतित-से आसन से उठ रहे हैं। भुवनभास्कर अब ऐसी दिशा में आ गये हैं कि धूप सेनापति के भाल पर गिर रही है, जो पहले ही चटख रहा था।

'कौन है रे...?' सेनापति खड़े हो गये। भागने अथवा टूट पड़ने को तत्पर। झाड़ियों में हलचल अब इतनी स्पष्ट है कि संदेह के लिए कोई स्थान नहीं। कोई तो है उधर। मान लो कि शेर हो? शेर यहां कैसे आयेगा बंधु? मन ने हंसकर पूछा है। निकल ही आया तो वह यह पूछने देगा क्या?...मन की मूर्खता पर सेनापति आश्चर्यचकित हैं।

'कौन है रे...निकलता है कि मारूं एक बाण...?' सेनापति ने खोखली चेतावनी दी। अब वे किंचित् पीछे हटकर सतर्क खड़े हैं।

'किसी को पुकारूं...?' शतबली नाद करें तो तुरंत ही भालाधारी सैनिक भागते प्रस्तुत हो जायें। पर गले से मानो ध्वनि ही नहीं आ रही। शतबली सशंकित देख रहे हैं झाड़ियों की ओर।

कि झाड़ियों को हटाता वह प्रकट हुआ।

लंबी दाढ़ी, घनी मूंछें, विचित्र सा केशगुच्छ कपाल पर— परम मूर्ख भी एक दृष्टि में भांप ले कि ये सज्जन कृत्रिम दाढ़ी-मूंछें-केश धारण किये विचर रहे हैं। दाढ़ी का एक भाग तो झाड़ियों में फंसकर वहीं अटका दृष्टिगोचर हो रहा है। झाड़ी से अचानक प्रकट हो वह दोहरा होकर शतबली को दंडवत प्रणाम कर रहा है। अपने समस्त दांत वह एक साथ प्रदर्शित कर सादर मुस्कुरा रहा है। दांत घनी मूंछों और दाढ़ी की बाधा को चीरकर मानो समस्त परिदृश्य पर छा गये हैं। सेनापति जानते हैं कि यह

विनम्रता की प्रतिमूर्ति जो दंडवत के फेर में उपवन की मिट्टी चाटने की स्थिति में अपने श्रीमुख को ला चुकी है (एवं जिसकी दाढ़ी उपवन के तृणमूल में ऐसी बिछ गई है कि घास में विचरण करता हुआ एक कीड़ा राह भूल केशों में भटककर अब रो रहा है) कौन है।

'गायों एवं ब्राह्मणों का कल्याण हो...' दंडवतमुद्रा में ही उसने विधि सम्मत प्रणाम प्रक्रिया प्रारंभ कर दी।

'कल्याण हो!' सेनापति ने कर उठाकर कहा। उनका हृदय अभी तक तीव्रगति से स्पंदित हो रहा है।

'लोक सदैव स्थित रहें...' वह अब दंडवत की स्थिति से उठ रहा है।

सेनापति ज्वलंत नेत्रों से निहार रहे हैं उसे।

'सेनापति की जय हो...'

'प्रसन्न रहो...!' सेनापति ने औपचारिक उत्तर देते हुए कहा।

'अयोध्या की जय हो...!' वह अब खड़ा हो गया है। परंतु वह ऐसा विनम्र बन रहा है कि उसके खड़े होने में भी दंडवत की ही मुद्रा परिलक्षित है। अयोध्या में जिसने भी यह मुद्रा साध ली, वही सफल है।

'किस-किस की जय बोलोगे?...' सेनापति चिढ़कर बोले।

धूप आम्र पत्रों के मध्य से झरती हुई टुकड़ों में बटकर चहुंओर बिखर गई है।

'आप शतायु हों...' वह रुकने को तत्पर नहीं। वह जय-जयकार का महत्त्व जानता है। पादुकाराज में वह इतना ज्ञानी तो हो ही गया है कि अपनी स्तुति सभी को सुखद लगती है।

सेनापति मौन रह उसे घूर रहे हैं।

'आपका सदैव कल्याण हो...!' स्तुति चल रही है।

यदि इसी बीच उसके नेत्र शतबली के नेत्रों से न टकरा जाते तो वह स्तुति बंद नहीं करता। शतबली के नेत्रों में कुछ ऐसा था, जो चेतावनी दे रहा था कि अब वह किसी भी पल लात खा जायेगा। वह मौन हो गया। सर झुकाये खड़ा है वह अब। भजन का भी अवसर होता है और वह अभी नहीं था— यह जानता है वह।

सेनापति उसे घूरकर देखते रहे। कीड़ा दाढ़ी में भटक रहा है।

'मैंने तुम्हें शताधिक बार तो चेताया होगा कि ऐसे अचानक आगमन न किया करो...,' सेनापति ने उसे घूरते हुए ही कहा।

'क्षमा करें मानवों में सर्वश्रेष्ठ, मेरा धंधा ही ऐसा है...,' उसने शेष दाढ़ी को मुख से हटाकर दूसरे हाथ में लटके झोले में धरते हुए कहा। दाढ़ी में भटकता कीड़ा भी झोले में चला गया।

'कभी हमारे हस्त में खड्‌ग हुआ और चौंककर हमने बिना देखे ही घुमा दिया

तो यह कृत्रिम दाढ़ी धारण किये हुए तुम्हारा मुंड धरा पर लुढ़कता दृष्टिगोचर होगा...।' सेनापति ने चेताया।

'आपके करकमलों द्वारा मृत्यु को प्राप्त हुआ भी तो स्वर्ग का अधिकारी होऊंगा, हे दयानिधान...!' वह उस प्रकृति की चापलूसी में प्रवृत्त हो गया, जो पादुकाराज में श्रेष्ठिजनों के समक्ष करने की परंपरा-सी है और जिसे कुछ ज्ञानीजन कला के स्तर पर पहुंचा चुके हैं।

'तुम मुख्य द्वार होकर क्यों नहीं आते हो?...' सेनापति बड़बड़ाते हुए पुनः आसन पर विराज रहे हैं।

इधर उसने अब अपनी मूंछें और कृत्रिम केश भी उतार लिए हैं। कृत्रिम दाढ़ी वह पूर्व में ही उतारकर झोले में डाल चुका है। ये केश भी उसने झोले में डाल दिये। कीड़ा, जो दाढ़ी के बालों से येनकेन प्रकारेण मुक्त होकर झोले की खुरदुरी अंतःसतह पर चढ़कर स्वतंत्रता की दिशा में अग्रसर था, ऊपर से गिरे केशों में उलझकर पुनः नीचे जा गिरा है।

कृत्रिम केशों के घटाटोप से निकलकर जो मुख प्रकट हुआ है, वह साधारण और असाधारण का अनोखा मेल है। गंजा, बलहीन सा, जिसके गाल पिचके हैं, परंतु नेत्रों में वह चालाक चमक और पिचके मुख पर वह कुटिल गहन आत्मविश्वास कि जिसे देखते ही अयोध्या का सामान्य प्रजाजन जान जाता है कि इसके मुख लगना उचित नहीं होगा।

'ऐसा धंधा है महामति कि मुख्यद्वार से आगमन विधिसम्मत नहीं लगता...,' उसने मुस्कुराते हुए कहा। मुस्कुराने से पिचका मुख अनोखे ढंग से खिंचकर विकृत हो गया और एक अव्यक्त क्रूरता उसके मुख पर क्रीड़ारत हो चली।

शतबली ने व्याकुल होकर आसन पर मुद्रा बदली। चिढ़े स्वर में शतबली ने कहा, 'सभी पहचानते हैं तुम्हें। अयोध्या का जन-जन जानता है कि तुम गुप्तचर हो। एवम् जो नहीं भी जानते, वे तुम्हारे इस कृत्रिम वेशधारण से तुम्हें जान जायेंगे।...किससे छुपा रहे हो तुम...? ऐसी दाढ़ी! ऐसी मूंछें! मनुष्य जाति में कभी किसी की भी ऐसी दाढ़ी मूंछें कहीं देखी हैं तुमने? वेश धारण करना भी नहीं जानते और गुप्तचरी के अभियान पर निकलते हैं! धन्य हैं...! किसके बालों से बनाई गई हैं तुम्हारी ये दाढ़ी मूंछें? बकरे के या श्वान के...?'

शतबली बड़बड़ाये जा रहे हैं।

गुप्तचर मौन खड़ा है, सिर झुकाये।

क्या कहे वह?

पादुकाराज में कुछ बातें न ही की जायें तो उचित होगा। उचित भी, निरापद भी।

'...दूर से देखनेवाला व्यक्ति भी जान सकता है कि कृत्रिम वेषधारे कोई गुप्तचर

गमनरत है...,' शतबली बड़बड़ा रहे हैं।

गुप्तचर क्या कहे? सत्य कड़वा है। शतबली को क्या संज्ञान नहीं? गुप्तचरों के लिए दाढ़ी-मूंछें, वेश धारण करने के लिए वस्त्राभूषण आदि बनवाने का दायित्व सामंत सुशेष के जामाता का है। और सुशेष को पादुकाराज में कौन नहीं जानता? पादुका मंत्री का मुंहलगा। पादुका मंत्री की पत्नी को भाभी कहता है और पादुका मंत्री को भ्राता। स्वयं के पिता को तो ज्ञात नहीं कि क्या बोलकर पुकारता है, परंतु पादुका मंत्री के बाप को बाप ही कहता है एवं इसमें गर्व भी अनुभव करता है। ऐसे सुशेष, जिन्होंने पादुकाराज में पादुका मंत्री से लेकर कुणाल ऋषि तक को साध तथा नाथ रखा है। उनके जामाता जैसी भी सामग्री गुप्तचरों को प्रदान करेंगे, वे सहर्ष धारण कर गुप्तचरी संपन्न करेंगे।...परंतु संप्रति इस विषय में मौन रहना ही श्रेयस्कर होगा। सिद्धांततः अयोध्या में श्रेष्ठिजनों में दोष नहीं देखे जाते, क्योंकि श्रेष्ठिजनों में दोष होते नहीं— यदि कहीं आपको दोष दृष्टिगत होते हैं, तो यह आपका दृष्टिदोष है।

सो वह मौन रहा।

उचित स्थान पर मौन रह जाना एक ऐसी कला है कि जिसे यदि आपने साध लिया, तो आप पादुकाराज में बहुत दूर तक जायेंगे।

घुनघुन करता एक भंवरा न जाने कहां से प्रकट होकर सेनापति एवं गुप्तचर के मध्य मंडराने लगा। धूप में उसका कृष्ण वर्ण चमक रहा है।

'और क्या समाचार हैं अयोध्या के?' शतबली ने प्रश्न किया। शतबली के मुख पर व्यंग्यात्मक मुस्कान है। उनके भाल पर धूप है। श्वेद की बूंदें भी।

'अयोध्या के क्या समाचार हैं?' शतबली ने पुनः पूछा है।

'चहुंओर आनंद-मंगल है, हे नरव्याघ्र...।'

'तुम्हारी नहीं, अयोध्या की पूछ रहा हूं...?'

'उसी का निवेदन किया, हे नरोत्तम...।'

'तुम लोगों का कथन सदैव यही रहता है कि सर्वमंगल है, पुनः अयोध्या में सदैव ही यत्र-तत्र समस्या खड़ी हो जाती है, सो कैसे?'

'कुछ दुष्ट प्रकृति एवं शठ प्रकृति के कुटिल अपराधी हैं अयोध्या में, हे नरश्रेष्ठ...!'

'तो बंदी बनाओ न उनको...।'

'हम उनके पीछे हैं, हे बलशाली...!'

'अहो!'

'हां नरशिरोमणि, हमारी तीक्ष्ण दृष्टि उन पर है, और हम सतत उनका अनुसरण करते रहते हैं...।'

'कब तक अनुसरण करोगे?...'

—

'नरमणि?...'

'नरमणि के सुपुत्रजी, मेरी जिज्ञासा है कि कब तक पीछा करोगे? चौदह वर्षों से मात्र अनुसरण ही कर रहे हो...या...'

'कुछ को बंदी भी बनाया है श्रेष्ठतम...।'

'शेष को...?'

'वे भी बच नहीं सकेंगे...।'

'अब तो वे वृद्धावस्था को प्राप्त कर गोलोकवासी होनेवाले होंगे...क्यों?'

'हमारा जाल उन पर कस चुका है, हे नरदेव...।'

'तुम और तुम्हारा जाल! तुम ये निरर्थक वाक्य क्यों उच्चारते हो? और वह भी मेरे समक्ष...। गुप्तचरी का जाल! अहो!...शब्दों का यह मायाजाल तुम राजसभा के मूढ़ सदस्यों के लिए सुरक्षित रखो।...'

शतबली बड़बड़ाते रहे।

गुप्तचर मौन खड़ा सुनता रहा।

आज महाराज का मन अस्थिर प्रतीत होता है। होता है ऐसा भी। अयोध्या के महाजनों, शीर्ष पुरुषों के जीवन में नित्य ही सहस्रों घटनाएं घटती हैं। महान जन। महती समस्याएं। हम आपके चिंतन एवं संज्ञान से परे का संसार। ज्ञात नहीं कि किस कारण मन उखड़ा हुआ है। हजार बातें। लाख चिंताएं। पादुकाराज में श्रेष्ठिजन या महाजन होना परिहास तो है नहीं— उत्तमोत्तम की भी धोतिका खुल जाती है। सिंहासन यों ही प्राप्त नहीं हो जाते। एवम् प्राप्त होने के पश्चात् सिंहासन आपके नितम्बों तले यथावत बना रहे, इसके लिए भी महती प्रयासों की आवश्यकता होती है। सिंहासन को दबोचकर रखना होता है। कदाचित् ध्यान दिया हो आपने कि यदि कभी किसी श्वान को मांस का टुकड़ा या अस्थि प्राप्त हो जाये तो वह क्या करता है?...वह सर्वप्रथम अस्थि को पंजों में दबोचे हुए भागकर किसी निरापद कोने में पहुंच जाता है, पुनः उसके पश्चात् ही बैठकर अस्थि चबाता-चूसता है।...इस निरापद स्थान में बैठकर भी वह शांतिपूर्वक नहीं खा पाता। खाते हुए वह निरंतर आशंकित रहता है। वह निरन्तर चहुंदिशा में सतर्कतापूर्वक दृष्टि धरे रहता है। पंजे में हड्डी को सावधानीपूर्वक दबोचे, निरंतर भय एवं आशंका से ग्रस्त, प्रतिआक्रमण के लिए सदैव तत्पर, चहुंओर सतर्क निरीक्षण में रत रहकर मुंह चलाता, लंबे कान किसी अनहोनी आगत की आशंका में हर क्षण खड़े हुए— यह सब कुछ एक साथ; पुनः हड्डी को चबाना एवं उसके स्वाद का आनंद भी लेना! सरल कार्य नहीं यह। असंभव सा प्रतीत होता है। अन्य जन, जो संयोगवश श्वान नहीं हैं, अथवा कहिए कि अयोध्या के महाजन नहीं हैं, वे आश्चर्य कर सकते हैं कि कोई किस भांति ऐसी तनावपूर्ण स्थिति में रसास्वादन कर सकता है? परंतु जो श्वान हैं, अथवा अयोध्या में श्रेष्ठिजन हैं, उन्हें अपनी इस विचित्र स्थिति पर न तो

आश्चर्य होता है, न ही क्षोभ। वे इसे श्वान होने अथवा महाजन होने की नियति स जोड़कर देखते हैं। श्वान को भलीभांति ज्ञात है कि कोई अन्य श्वान कभी भी, कहीं से भी प्रकट होकर उसकी हड्डी बलात् छुड़ाकर धा सकता है। यही सिंहासन का भी समझिए। श्वान क्या करता है?...वह बीच-बीच में अकारण ही गुर्राता है। वह अनाम, अज्ञात शत्रु के विरुद्ध सदैव संघर्ष को तत्पर रहने की उद्घोषणा-सी करता रहता है। पादुकाराज के श्रेष्ठिजन भी बीच-बीच में अपने आसपासवालों पर गुर्राते रहते हैं। यह उनकी अतिरिक्त सतर्कता का द्योतक तो है ही, साथ ही निरंतर आशंका में जीवन काटते-काटते क्लांत हो जाने का भी द्योतक है।...

महाजनों की गुर्राहट को सहना जानता है गुप्तचर।

वह कर जोड़कर मौन खड़ा रहा।

भंवरा अभी भी दोनों के मध्य घुनघुन करता भ्रमणरत है।

उपवन सुबह की धूप में स्नानरत है।

पवन गुपचुप विचर रहा है उपवन में। यदाकदा, यत्र-तत्र पुष्प आंदोलित हो जाते हैं तो उसकी चोरी पकड़ में आ जाती है।

'किसको कहां धरा है...?' सेनापति ने अकस्मात् ही पूछ लिया है।

शतबली के प्रश्न का आशय क्या है, यह जान लें।

शतबली अयोध्या पर तीक्ष्ण दृष्टि रखते हैं। अभी हमने श्वान एवं हड्डी के पिटे हुए रूपक द्वारा यही तथ्य आप तक पहुंचाने का प्रयास किया था कि श्वान अपने पंजे में दबोची हुई अस्थि की रक्षा के लिए किसी भी सीमा तक श्वानपन प्रदर्शित कर सकता है। सेनापति का पद किसी रसयुक्त अस्थि की भांति ही शतबली के पंजे में है। इस पर पादुकाराज की षड्यंत्र की बीथियों में घात लगाये विचरते अनगिन अन्य श्वानों की लोलुप दृष्टि सदैव ही है। सो तीक्ष्ण दृष्टि धरनी होती है शतबली को। गुप्तचर उसके नेत्र हैं। नेत्र भेंगे हैं, एवम् कुछ सीमा तक मोतियाबिंद से ग्रस्त भी— परंतु अब जैसे भी हैं, सेनापति के गुप्तचर अयोध्या में पग-पग पर बिखरे हैं। सेना का कर्तव्य बाह्य आक्रमणों से अयोध्या की रक्षा करना है— ऐसा भोला विश्वास रखनेवाले मूर्ख सेनापति नहीं हैं शतबली। सेना के वे गुप्तचर, जिनको अयोध्या के पड़ोसी राज्यों-जनपदों एवं शत्रु सम्राटों के महालयों में प्रविष्ट होकर शत्रु देश की गतिविधियों पर तीक्ष्ण दृष्टि रखनी चाहिए थी, उन्हें शतबली ने उनकी तीक्ष्ण दृष्टि के साथ अयोध्या में ही नियुक्त कर रखा है। बाह्य आक्रमण तो जब होगा, तब होगा, परंतु पादुकाराज में प्रतिपल जो घात-प्रतिघात का भय (अयोध्या में, अयोध्या पर, अयोध्या के ही द्वारा) आच्छादित रहता है, उसके लिए आवश्यक है कि न केवल हड्डी पर पंजे की पकड़ दृढ़ हो, वरन् यह भी कि अन्य श्वानों पर सतर्क दृष्टि भी धरी जाये!...शतबली के गुप्तचर अयोध्या में सभी महत्त्वपूर्ण कोनों में विचरते हैं। उनके

लिए शतबली का हित ही सर्वोपरि है; अयोध्या के हित से भी ऊपर। उन्हें ज्ञात है कि इसी में उनका भी हित है। शतबली ने जब जिज्ञासा की कि कौन कहां है, तब वे इन गुप्तचरों के विषय में ही प्रश्न कर रहे हैं, यह अब स्पष्ट हो गया होगा। अस्तु...।

'हे शत्रुतापहारी...,' गुप्तचर का उत्तर प्रारंभ हुआ।

'शीघ्रता करो...' शतबली का मन विचलित है। निवेदन किया न कि महाजनों के मन का कुछ कहा नहीं जा सकता।

'हे विघ्नहारी...,' गुप्तचर उचित विशेषण उच्चारे बिना कथन की विपत्तियों से परिचित है। उसे शीघ्रता के फेर में मरना नहीं है। उसने उत्तर दिया, 'हे शत्रु-अधोवस्त्रहारी, दधिमुख, गवाश, द्विविध एवं पनस तो दासों एवम् भृत्यों का रूप धर मंत्रियों एवं महात्यों के महालयों में कर्तव्यरत हैं,...कमलमुखी, वारिणी, कटीली, तिलोत्तमा आदि गणिकाएं बनकर राजपथ पर गुप्तचरी में रत हैं...पुनः कुछ भिक्षावृत्ति में संलग्न हैं, जो अयोध्या की बीथिकाओं से लेकर राजमार्गों तक भिक्षाटन करते हुए प्रत्येक प्रजाजन पर दृष्टि धरे हैं...'

'दृष्टि ही धरते हैं अथवा कभी कोई उपयोगी सूचना भी देते हैं...?' शतबली को आज सभी पर संदेह हो रहा है।

'देते हैं, हे शत्रुमर्दन...!'

'मैं तो संतुष्ट नहीं...' शतबली ने कहा।

गुप्तचर मौन साध गया।

'मौन क्यों हो?'...सेनापति चिढ़ रहे हैं।

भ्रमर घुनघुन करता हुआ सेनापति के कुछ अधिक ही निकट घूर्णन कर रहा है। उस अकिंचन को ज्ञात नहीं कि शतबली होने का क्या अर्थ होता है। सेनापति ने अचानक हस्त प्रहार किया तो भ्रमर एक सूत के अंतर से बचा। प्रहार ऐसा तीव्र था कि वायु का एक झोंका उठा और उसमें फंसकर भ्रमर धराशायी हो खोपड़ी तुड़वा बैठता कि ऐन धरा के निकट अधोगामी होते-होते उसने स्वयं को संभाल लिया। भ्रमर निकल भागा। मनुष्यों के व्यवहार को वह कभी न जान पायेगा। विचित्र है यह जीव भी।

'क्या सूचनाएं हैं?' सेनापति पूछ रहे हैं।

अब गुप्तचर उसे सूचनाएं देगा।

सूचनाएं वह सचेत होकर सोच-विचार कर, गढ़कर देगा। उसे ज्ञात है कि सेनापति क्या सुनने से प्रसन्न होंगे। वह तोड़-मरोड़कर सूचनाएं देगा। पादुकाराज में सत्य के प्रति आग्रह रखना मूर्खता है, पुनः आप गुप्तचर ही क्यों न हों। मीठा झूठ सुनने की इच्छा रहती है प्रभुजनों की। जो सत्य इनके मनोनुकूल न हो, वह गुप्तचर भी इनको नहीं बता सकता। सत्य से साक्षात्कार से भयभीत व्यक्ति हैं ये। मीठा झूठ और बस

मीठा झूठ। इनकी इच्छा रहती है कि कोई इनसे कहे कि पादुकाराज में सर्वत्र सुख है, आनंदरस की वर्षा हो रही है, प्रजा आनंदमग्न हो नृत्य में लीन है, कि साधुगण 'साधु-साधु' उच्चार रहे हैं, कि स्थिति नियंत्रण में है, कि पंछी पादुकाराज के गुन गा रहे हैं, कि प्रजा सदाचार का पालन मन-प्राण से कर रही है और उनके कारण कर रही है, कि प्रजा पादुकाराज के अनाचार को अनाचार ही नहीं मानती, कि पादुकाराज की अयोध्या में स्वर्ग महामारी-सा फैल गया है, कि...। ये बातें। ऐसी चर्चाएं। ये असत्य। और ये छल।...वे चाहते हैं कि कोई इन्हें रात्रि-दिन ऐसे ही मीठे झूठ परोसता रहे।

सुबह की इस गुनगुनी धूप में खड़ा गुप्तचर शतबली को मीठे झूठ परोस रहा है। भ्रमर कहीं भी दृष्टिगोचर नहीं हो रहा। कहां गया? होगा यहीं उपवन में कहीं। वह इधर नहीं पधारनेवाला। सेनापति के आसपास मंडराना खतरनाक होता है, इस कटुसत्य से परिचय के लिए उसे किसी गुप्तचर की आवश्यकता नहीं।

सरयू तट पर सुबह हो रही है।

कहें कि होने को है। भगवान भास्कर अभी पूर्णरूपेण उदित भी नहीं हुए हैं कि सरयू तट पर नाना प्रकार की गतिविधियां दृष्टिगोचर हो चली हैं। नित्य क्रियाओं से निवृत्त होने की बलवती उत्कंठा लिए पुरजन पहले ही सरयू तट के किनारे बने खेतों में उकड़ूं बैठ चुके हैं। इधर बहुत से पुरजन कुंभ इत्यादि में सरयू जल भर, सिर अथवा कटि पर धर के भागे जा रहे हैं। उधर अनुभवी कहारगण भी कांवरों में जलकुंभ लटकाये, रेत में गहन पदचिह्न छोड़ते तीव्रगति से यूं भागे जा रहे हैं कि मानो आज अयोध्या को जलप्लावित करके ही विश्राम करेंगे। एवं तनिक उस दिशा में भी दृष्टि डालें। वहां लगभग निर्वस्त्र ब्राह्मण गण सरयू जल में प्रवेश कर रहे हैं। ब्रह्ममुहूर्त का स्नान उनके धंधे का महत्त्वपूर्ण भाग है। जल अतिशीतल है। ब्राह्मणजनों की ऐसी की तैसी हुई जा रही है। वे सी-सी की ध्वनियां उत्पन्न करते हुए एवम् उन ध्वनियों को अबूझ-से श्लोक पाठन के आरोह-अवरोह में डुबोते हुए स्नान कर रहे हैं। स्नान भी क्या, काक-स्नान कहिए— अल्प सी लंगोट धारण कर, 'हूं हूं हूं' करते हुए जल में प्रवेश किया, डुबकी मारी, शिखा गीली की, शरीर पर थप्पड़ सम हस्तचालन किया, सरयू जल को मुख में भरकर कुल्ला करते हुए सरयू का पवित्र जल पुनः सरयू को ही सादर समर्पित किया, लंगोट में हस्तप्रवेश कर समुचित स्थलों की यथोचित सफाई का भ्रम उत्पन्न किया, और पुनः 'हरि ओम' करते हुए जल से बहिर्गमन।

कोहरा पड़ने की ऋतु अभी आने को है। हां, सूर्योदय-पूर्व का धुंधलका अभी आकाश में है।

यह तो हुआ सरयू का एक तट।

अब आगे हम चर्चा करें सरयू के उस एकांत तट की, जो अरण्य में अयोध्या से किंचित दूरी पर स्थित है। इधर वैसी गहन गतिविधियां तो नहीं हैं, जैसी अभी हमने वर्णन कीं। वे उस तट पर थीं, जो अयोध्या में था। यह दूसरा तट सरयू के उस भाग में है, जहां वह सघन वन के मध्य कहीं प्रवाहित हो रही है। हमने पूर्व में बताया ही था कि दुर्ग प्राचीर के परे घने वन प्रारंभ हो जाते हैं। वहां, वन में सरयू के किनारे किसानों के खेत हैं या पुनः दिग्गज ऋषि-मुनियों के आश्रम। सरयू जल में फल-फूल

रहे हैं आश्रम। अयोध्या यूं तो सदैव ही ऋषि-मुनियों के प्रभाव में रही है, परंतु पादुकाराज में तो स्थिति ऐसी सुखद हो गई है कि सरयू के साथ-साथ पग धरते पदयात्रा करें तो पग-पग पर ये आश्रम प्राप्त होंगे। आश्रम स्थापित करना अब लगभग एक व्यापारिक गतिविधि है— अयोध्या जनपद के बुद्धिमान ब्राह्मणों ने इस रहस्य को गहन हृदयंगम कर लिया है।

सो, सरयू तट पर आश्रम ही आश्रम। चहुंओर।

अयोध्या में ऋषि-मुनि ही ऋषि-मुनि। सर्वत्र। सभी महान, सभी प्रभावशाली।

परंतु इनमें भी कुछ ऋषियों के प्रभाव का तो कहें ही क्या।

और ऋषि कुणाल तो पुनः इन प्रभावशाली महाऋषियों के भी महर्षि। उनका आश्रम भव्यतम। वे समर्थतम। पादुकाराज में ऋषि कुणाल के आश्रम के विषय में सर्वत्र चर्चाएं, अफवाहें। चहुंदिशा कानाफूसियां। सर्वत्र नाम। प्रत्येक दिशा में आतंकमिश्रित आदरभाव...। ...पधारें। स्वागत है। इन्हीं ऋषि कुणाल के आश्रम में पधारें। यहां भी सुबह हो रही है।

अयोध्या की दुर्ग प्राचीर पर उठंग होकर यदि कोई सुदूर क्षितिज की दिशा में निहारे तो विमल क्षितिज पर जो धूम्रपंक्तियां सरयू तट से उठकर आकाश में विलीन होती दृष्टिगोचर होती हैं, वे ऋषि कुणाल के भव्य आश्रम से ही उठ रही हैं।...नहीं मित्र, चिलम का धुआं इतनी दूर से नहीं दीखता। माना कि ऋषिगण प्रायः चिलम खींच-खींचकर प्राण दिये जा रहे हैं, फिर भी...। प्रिय मित्र, यह कुणाल आश्रम की यज्ञशालाओं से उठ रहा पावन धूम्र है। ब्रह्ममुहूर्त में ही आश्रम में स्नान, ध्यान, यज्ञादि की अंट-शंट गतिविधियां प्रारंभ हो जाती हैं। जब तक सूर्यनारायण पूर्व दिशा में उदित होते हैं, तब तक तो न जाने क्या-क्या कर्म यहां हो चुके होते हैं।

कुणाल ऋषि का आश्रम अतीव भव्य है और विस्तृत भी। सरयू तट से यह जो प्रारंभ होता है, तो अंदर वनभूमि के बड़े भाग को जलाकर उस पर आश्रम तान दिया गया है। आश्रम की भव्यता से ऋषि कुणाल का पादुकाराज पर दिव्य प्रभाव ही परिलक्षित होता है। अन्यथा इसी सरयू तट पर कुणाल-से भी विद्वान ऋषियों के आश्रम भी हैं, परंतु उनकी स्थिति हृदयविदारक है। ये ऋषि हठी तथा सांसारिक ज्ञान से हीन हैं। ये साधना को ही सर्वोपरि मानने की मूढ़ता में लीन हैं। अब साधना का तो ऐसा है कि इस पर मधुलेप करके भी यदि कोई चाटे, तो भी उस मिठास का रस उसे उपलब्ध न होगा, जो ऋषि कुणाल-सम बुद्धिमान ऋषियों की उस मायावी साधना से उत्पन्न होता है, जो पादुकाराज की भृकुटि के उठने-गिरने के अनुसार सधने-साधने को तत्पर हो। ऋषि कुणाल ने पादुकाराज को साध रखा है। आतंकमिश्रित प्रभाव है उनका अयोध्या में। वे कभी अयोध्या पहुंचते हैं, तो उनके पदप्रच्छालन करने की होड़ सी लग जाती है, अमात्यों के मध्य। कुणाल को सभी साधना चाहते हैं। कुणाल यूं भी बड़े

गुणी हैं। वे वास्तुशास्त्र, सामुद्रिक, मृत्युंजय विद्या, लौहशास्त्र, रसायन, युद्धकला, अश्व प्रशिक्षण, फलित ज्योतिष, कुंडलिनी जागरण से लगाकर कामशास्त्र तक न जाने किस-किस विद्या में पारंगत हैं।

सो कुणाल ऋषि के आश्रम का बड़ा नाम है।

अयोध्या जनपद के कोने-कोने से ब्रह्मचारी प्रयास तथा जुगत में रहते हैं कि येन-केन-प्रकारेण कुणाल ऋषि के आश्रम में ज्ञान प्राप्ति का योग निर्मित हो, तो मान लो कि जीवन सफल कहाये। माता-पिता रिरियाते घूमते हैं, आश्रम के द्वार पर। कठिन प्रतियोगिता है। भारी गुरु-दक्षिणा भी देय है, यह कहने की आवश्यकता नहीं। पुनः ऋषिवर गुरु-दक्षिणा में जो भी मांग लें, उसे पूरी करना शिष्य का अनिवार्य कर्तव्य होगा अन्यथा कुणाल श्राप दे सकते हैं। वे ऐसी-तैसी कर सकते हैं। जो दक्षिणा का वचन भंग करे, उस पातक को वे अयोध्या में अछूत बना सकते हैं। परंतु इसका अवसर नहीं आता। आश्रम का शिष्य आश्रम में नाना प्रकार की शिक्षा ग्रहण करते-करते ऐसा चलायमान हो जाता है कि गुरुदक्षिणा का कौल पूर्ण करने के सीधे एवम् चौर्यमार्गों, दोनों में उसकी समान गति हो जाती है। कुणाल आश्रम से दीक्षित शिष्य आज पादुकाराज में महत्त्वपूर्ण पदों को गंठियाए बैठे हैं। कुणाल ऋषि की पहुंच गहन तथा मार मुंदी है, यह समस्त ज्ञानी जन जानते हैं।

सो ऐसे चमत्कारी कुणाल ऋषि के आश्रम की एक सुबह की चर्चा कर रहे हैं हम।

सूर्योदय से पूर्व ही जाग चुका है कुणाल का आश्रम।

वेदपाठी ब्रह्मचारी उच्च स्वरों में वेदों की ऋचाएं कंठस्थ करने में प्राणपण से संलग्न हैं। वेद के छह अंगों के ज्ञाता एवं सांसारिक शोक-मोह को विजित कर चुके ऋषिगण ब्रह्मचारियों को रगड़कर अभ्यास करा रहे हैं। पठन-पाठन की वही लोकप्रिय पुरातन भारतीय शैली जिसके अंतर्गत ज्ञान को डंडे के माध्यम से शिष्य की खोपड़ी में प्रविष्ट किया जाता है। ऋषियों के पवित्र करों में जो सोंटें दृष्टिगत हैं, वे वस्तुतः ज्ञान मार्ग की चाभियां हैं।

ब्रह्ममुहूर्त के सन्नाटे में, सरयू के जलप्रवाह की एकरस हरहराहट के भी ऊपर वेद पाठ के स्वरों का मधुर संगीत कोहरे-सा तिर रहा है।

शनैः-शनैः आश्रम पर सुबह उतर रही है।

ब्रह्मचारियों की टोली का नेतृत्व करते हुए एक वयोवृद्ध ऋषि सरयू में उतर गये हैं। समस्त ब्रह्मचारी अनुशासनपूर्वक पंक्तिबद्ध हैं। प्रवाहमान जल में पंक्तिबद्ध होना सरल कार्य नहीं। तीव्र जल-प्रवाह में पगथलियों के नीचे रेत गतिपूर्वक सरक रही है। किसी विधि पग जमाये हैं शिष्यगण। अर्धनग्न शरीर सरयू जल में अर्ध निमग्न। मानो सुबह-सुबह सरयू में कमल उग आये हों।

वयोवृद्ध ऋषि सूर्य-स्तुति का अभ्यास करा रहे हैं।

शीतल जलधार में, सूर्य की दिशा में मुख उठाये ब्रह्मचारी, ऋषि के शब्दों एवं हस्तमुद्राओं को दोहराते हुए सतर्क खड़े हैं। पीठ पर अप्रत्याशित सोंटा-प्रहार कभी भी हो सकता है। एक ऋषि, जो कदाचित् सोंटा चलाने के परम उद्देश्य से ही ऋषि बने थे, गीला सोंटा हस्तगत किये शिष्यों के मध्य जल में मगरवत घूम रहे हैं। वे ब्रह्मचारी को सूंतने का कोई भी अवसर नहीं चूकते। वे अवसरों का आविष्कार करने में निष्णात हैं। उनका सोंटा-प्रहार अचूक है। वे सूर्योदय बेला में मारें, तो गोधूलि तक पीठ में सनसनाहट विद्यमान रहती है। माता-पिता ने बालक को सौंपते हुए कहा ही था कि इसकी अस्थियां भर हमारी; शेष समस्त आपको समर्पित, मारो, कूटो, जो करो— बस, इसे शिक्षित मनुष्य बना दो। वे यही कर रहे हैं। हड्डी नहीं तोड़ पाते, क्योंकि अस्थियां इनके अधिकार-क्षेत्र से बाहर रखी गई हैं।

सरयू की तरंगें मानो सूर्य-स्तुति के गायन की संगत पर ताल दे रही हैं।

स्तुतियां घोटाने के लिए यह आश्रम विख्यात है। कुछ अन्य स्तुतियां तो स्वयं ऋषि कुणाल ने रची हैं। यथा 'रामपादुका स्तुति' का दो माह का प्रशिक्षण तो स्वयं कुणाल अपने निर्देशन में प्रदान करते हैं। पादुकाराज में पादुका-स्तुति का महत्त्व सर्वोपरि है। वे इसे अन्य ऋषियों के भरोसे पर नहीं छोड़ सकते।...हां, सूर्य-स्तुति इत्यादि अन्य ऋषियों के भरोसे है।

सो, सूर्य-स्तुति चल रही है।

ऋषि ऊंचे स्वरों में श्लोक उच्चार रहे हैं। ब्रह्मचारीगण नेत्र मूंदकर इनकी आवृत्ति कर रहे हैं। सोंटाभ्यासी ऋषि आखेट की आकांक्षा में सरयू-जल में घड़ियाल की भांति घूम रहे हैं। घात लगाये। सोंटे का सिरा जल में डुबोये। ब्रह्मचारियों की नग्न पीठें मानो उन्हें हार्दिक आमंत्रण दे रही हैं। वे मारेंगे। वे अभी मारेंगे। सोंटे पर उनका हस्त कस रहा है। उनके जबड़े भिंच गये हैं। वे आखेट पर आक्रमण के लिए तत्पर चीते की भांति लपलपाते घूम रहे हैं। वे प्रहार करने ही वाले हैं।

भगवान भास्कर पूर्व दिशा में शनैः-शनैः उदित हो रहे हैं।

समस्त आकाश लालिमा में स्नानरत है। रक्तिम क्षितिज पर उठ रहे सूर्य की दिशा में प्रवाहित सरयू ऐसी प्रतीत हो रही है मानो उगते सूर्य पर सरयू की धार का अर्घ्य चढ़ाया जा रहा हो...। सूर्य की तिर्यक् किरणों की झिलमिल है सरयू की लहरों पर। और उत्थान-पतन करती जल तरंगों पर सूर्य-स्तुति के स्वर प्रवाहित हो रहे हैं..."हे आकाश के स्वामी, अंधकार का वेधन करनेवाले ऋग, साम के पारंगत, मेघों एवम् वृष्टि के कारण, विंध्य पर्वत की घाटियों में भ्रमण करनेवाले, आलपी-मंडली-पिंगल, समस्त जगत को तपानेवाले, आदित्य, सूर्य, सुवर्ण, सुद्रश, भानु, स्वणरिता, सप्त अश्वोंवाले, शंभु, अंशुमान, हिरण्यगर्भ..."

'सटाक' की तीव्र ध्वनि सूर्यस्तुति की ऋचाओं के संगीतमय सहगान को ठोकर

मारकर उछली है और सरयूजल की हरहराहट में गिरकर डूब गई है।

'हिरण्यगर्भ' का अशुद्ध उच्चारण करनेवाला अभागा ब्रह्मचारी सोंटा-प्रहार से बिलबिलाकर रह गया है। ऋषि ने सोंटे को जल में अधर्ममग्न छोड़कर, दूसरे हाथ से ब्रह्मचारी के शीतल कान को मरोड़ते हुए चेतावनी दी है..., 'गदर्भराज, हिरनगर्भ नहीं, हिरण्यगर्भ...।'

सूर्यस्तुति अनवरत है। सोंटाचालन भी मानो उसी का अभिन्न भाग है। इससे कोई बाधा नहीं पड़ी है सूर्य-स्तुति में। कुटते रहते हैं ब्रह्मचारीगण। होती रहती है उनकी भी पूजा। साथ ही चलती रहती है सूर्य की पूजा। चल रही है सूर्य-स्तुति..., 'हे अदिति के पुत्र, ज्योतियों के समूह के स्वामी, दिन के अधिपति...तुम्हें बारम्बार नमस्कार है। सहस्रांशु को बारम्बार नमन है...' सूर्यस्तुति चल रही है। शीतल जल में खड़े ब्रह्मचारी मानो डूब ही गये हैं सूर्य-स्तुति की अद्‌भुत संगीत लय में। अपितु पीछे की पंक्ति के जिस ब्रह्मचारी की पीठ पर अभी-अभी सोंटा पड़ा है, उसकी पीठ वहां चुनचुना रही है।

एक ब्रह्मचारी सुदूर सरयू के रेतीले किनारे को रौंदता हुआ भागता इसी दिशा में आ रहा है। सूर्य-स्तुति समाप्त हो चुकी है। सोंटे वाले गुरुजी का हृदय अभी संपूर्ण संतुष्ट नहीं हुआ था कि स्तुति समाप्त हो गई। यद्यपि इसी बीच वे तीन-चार को और ठोक चुके हैं। भागकर छपछप आता हुआ ब्रहाचारी वृद्ध ऋषि के निकट आकर जल में खड़ा हो गया है। ऋषि ने स्तुति समाप्त कर अर्घ्य चढ़ाया। पुनः जलसिक्त कर को दाढ़ी पर फेरते हुए उन्होंने प्रश्नवाचक दृष्टि आगंतुक शिष्य पर डाली, तो वह फुसफुसाकर कुछ बताने लगा। उसने कुछ ऐसा उत्तेजक फुसफुसाया है कि ऋषि महाराज चौंककर जल में ही जितना उछल सकते थे, उछल गये हैं। उन्होंने पूछा हैं, 'सत्य तो उच्चार रहा है ना, रे...?' आगंतुक मौन रहा। ऋषि असहज हो उठे। सोंटे वाले गुरुजी, वयोवृद्ध ऋषि की व्याकुलता को भांप गये। अवश्यमेव पादुकाराज का कोई महत्त्वपूर्ण श्रेष्ठिजन पधार गया है। इतने प्रातः? हां। इतनी प्रातः और इतनी रात्रि भी। वे कभी भी पधार जाते हैं। आश्रम से सौ कार्य सधने हैं सत्ता के, जैसे आश्रम के सौ कार्य उनसे सधने हैं।

'सामंत शंभूप्रसाद पधारे हैं...ब्रह्ममुहूर्त में किस प्रयोजन से आगमन है, अनुमान कठिन है,' ऋषि ने सोंटेधारी गुरु को बताया।

'आप उनकी अगवानी हेतु प्रस्थान करें...मैं ब्रह्मचारियों को देख लेता हूं...'

'कुणाल महाराज के अति निकट श्रेष्ठि है शंभूजी...,' ऋषि मानो स्वगत ही बड़बड़ा रहे हैं।

'कुणाल ऋषि तो अभी ध्यान में होंगे?' सोंटेवाले गुरु ने बताया है।

'वही तो...'

‘कहते हैं कि उनको ध्यान से बस मृत्यु ही उठा सकती है?’ सोंटेवाले गुरुजी ने कुणाल ऋषि के विषय में फैली किंवदंतियों में से एक के विषय में यूं ही स्वगत कथन-सा कहा।

‘कथन मात्र ही है...’ ऋषि बड़बड़ाते सरयूजल से बाहर निकल रहे हैं। मृत्यु ही उठा सकती है...! कैसी-कैसी अनर्गल बातें उड़ी हुई हैं कुणाल ऋषि के विषय में। कल ही कोई पूछ रहा था कि कुणाल कितने समय से निर्जला उपवास पर हैं— अयोध्या में सब तरफ ‘अहो, अहो’ मची हुई है। वे क्या कहते? कैसे कहते कि ऋषिवर ऐसे ठूंसकर भोजन-जल ग्रहण कर रहे हैं कि मानो स्वयं के उदर के शत्रु हों। ऐसे ही यह ध्यान की बात। पादुकामंत्री पधार जायें, तो ध्यान छोड़कर भागे-भागे आते हैं कुणाल।...परंतु किंवदंतियां अनेक फैला रखी हैं। ऋषि का मायाजाल कौन भेद सकता है? सहस्त्रों ऋषियों में यह विद्या बस किसी-किसी को ही साधनी आती है कि स्वयं को ऐसा रहस्यमय बनाकर प्रस्तुत करो कि सामान्य भक्त चमत्कृत रह जाये।

वयोवृद्ध ऋषि सरयू की रेत में भागते हुए आश्रम की दिशा में जा रहे हैं। सामंत शंभूप्रसाद शताधिक गायों के दान की व्यवस्था करनेवाले थे। उचित अगवानी आवश्यक है। इधर सोंटाधारी ऋषि जल में खड़े ब्रह्मचारियों के सामने आ गये हैं। ऋषि के पीछे सूर्य उदित हो रहा है। उनके नेत्रों में हिंस्र चमक है। ब्रह्मचारीगण कोमल मेमने-से आशंकित खड़े हैं।

सोंटाधारी ऋषि चेतावनी दे रहे हैं, ‘सूर्य-स्तुति का अंतिम अर्घ्य समर्पित करने के उपरांत सीधे नापित महोदय को प्रणाम करो एवम् कपाल पर उस्तरा-घूर्णन कराओ। जिसकी भी चुटिया के आसपास एक भी रोंया उतिष्ठावस्था में प्राप्त हुआ, उसी का कपाल सोंटा-प्रहार द्वारा खोल दूंगा...’

सोंटाधारी ऋषि की चेतावनियां चल रही हैं।

सरयू प्रवाहमान है।

सरयू में उगे कमलों पर सूर्योदय हो रहा है।

पादुकामंत्री का महालय।

अयोध्या के सर्वाधिक मनोहारी महलों में से एक। वस्तुतः उनमें भी अनुपम।

प्रातः की चहल-पहल।

भगवान सूर्यनारायण को उदित हुए बहुत समय नहीं बीता है कि महालय के, भयभीत कर देने की सीमा तक भव्य लगनेवाले मुख्य द्वार पर पुरजनों की भीड़ एकत्रित हो गई है। प्रतीत यों हो रहा है, मानो दातुन, शौचादि से निवृत्त होकर आधी अयोध्या सीधे इस महालय की ओर ही प्रयाण कर गई है। सभी को पादुका मंत्री से कुछ कार्य है। समस्त जन उनके दर्शनाभिलाषी हैं। अयोध्या में पादुका मंत्री की अनुमति बिना एक पत्ता भी नहीं खड़कता। सो यह भीड़। द्वार के समक्ष राजमार्ग पर दूर तक अश्वों एवं रथों की अनियंत्रित तिर्यक पंक्तियां हैं। स्पष्ट है कि पादुकामंत्री से भेंटाकांक्षियों में अयोध्या के वे श्रेष्ठिजन भी अनगिनत हैं, जो अयोध्या को चलाया करते हैं। रथ दरिद्र, टुटपुंजिया के पास तो होते नहीं। अश्वों के चारा-भोजन के प्रबंध में ही अच्छे-अच्छों की धोतिका सरक जाती है। सो भीड़ प्रायः उन श्रेष्ठिजनों की है जो पादुका मंत्री की कृपा पाने के अभ्यर्थी हैं, जिसे प्राप्त कर वे अयोध्या को और अधिक निचोड़ सकें। अयोध्या रस-पूर्ण रही है। संभावनापूर्ण। और ये निचोड़ने के लिए कृतसंकल्प हैं। पादुकाराज में अयोध्या को इतना निचोड़ा गया है कि अब चौदह वर्षों में इसके छूंछ मात्र ही शेष हैं। परंतु छूंछ में भी कहीं न कहीं रस तो अटका होता ही है। निचोड़नेवाला निष्णात हो, बस। और वे पर्याप्त निष्णात हैं। रथ एवं अश्व इन्हीं निष्णातों के हैं। पादुका मंत्री अवसर दिलावायें तो ये निचोड़ें।...तो एक तो ये। दूसरी ओर ऐसा नहीं है कि दरिद्र सामान्य प्रजा जन इस भीड़ में न हों। वे भी हैं। वे तो रहते ही हैं। वे तो अयोध्या में लगी प्रत्येक कतार में लग जाते हैं। वे हर क़तार के भाग हैं। वे हर भीड़ में हैं।

पादुका मंत्री के महालय पर दरिद्रों एवं श्रेष्ठिजनों, दोनों को ही एकत्रित देखकर 'अहो...,अहो' उच्चारने का हृदय करता है। अहो, कि कहीं तो दोनों एक ही स्थिति में हुए। परंतु वस्तुतः ऐसा भी नहीं है मित्र! प्रतीत जो भी हो, परंतु दोनों एक सी स्थिति में नहीं हैं। दरिद्र अपनी स्थिति से परिचित हैं। इसी कारण जब तक द्वार न खुलें,

तब तक दरिद्र जन अयोध्या के इन श्रेष्ठिजनों को ही प्रणाम फटकार रहे हैं। ये भी उनके माई-बाप हैं। ये रथ में विराजे हैं। वे बाहर से 'हें हें' करते प्रणाम करने के प्रयास में हैं। उन्होंने इनके प्रणाम पर ध्यान ही नहीं दिया। ये भी क्या करें? एक बार मुस्कुराए तो थे। अब प्राण हरोगे क्या उनके? पुनः श्रेष्ठिजन किस-किससे प्रणाम स्वीकारें? पुनः वे इस समय स्वयं न जाने किस अघट के वशीभूत पादुका मंत्री के महालय पर याचक बने खड़े हैं। महाजनों की महाविपत्ति ही होगी जो उन्हें यहां लाई है।...वैसे हमारा क्या एवं हमारी विपत्ति क्या! हम तो यही रुदन करते आये हैं कि कृषि-कर में किंचित् कृपा हो जाती तो ज्येष्ठ पुत्री के हाथ पीले कर लेते।...आप विहंसते हैं?...सभी विहंसते हैं। सत्य है कि महाराज के निकट इन छुद्र समस्याओं के लिए समय नहीं। वे कहते हैं कि तुम्हारी पुत्री के हाथ पीले करने से बढ़कर लाख महत्त्वपूर्ण कार्य महाराजा के सिर पर हैं। उन्हें निष्पादित करें कि तुम्हारा रुदन सुनें?...कौन से महत्त्वपूर्ण कार्य? कितने कार्य हैं मित्र— राजमार्गों को चौड़ा किया जाना है, राजसभा भवन के कंगूरों पर स्वर्ण-पट्टी मढ़ी जानी है, नवीन मदिरालय आदि कहां खोले जायें, यह सुनिश्चित करना है, गांधार से पधारे अश्व-व्यापारियों से सेना के लिए अश्व क्रय की चर्चा होनी है, विराट संत-समागम प्रस्तावित है, कवियों को स्वर्णमुद्राएं वितरित होनी हैं, सैनिकों का चयन होना है, भंडारे होने हैं, झोपड़ियां ध्वस्त कर अयोध्या में सौंदर्यीकरण अभियान चलाना है, नवीन कारागार का शिलान्यास होना है, दस लाख राम पादुकाएं निर्मित करवाकर निःशुल्क वितरित होनी हैं, मल्लविद्या विशारदों को मिथिला नरेश के राज दंगल में भेजना हैं, यज्ञ होने हैं, गणिकाओं एवं नर्तकियों की समस्याएं सुलझानी हैं, पादुका मंत्री की भार्या हेतु नवीन रथ क्रय किया जाना है, पंडितों-ज्योतिषविदों को दान दिये जाने हैं...कितने तथा कैसे-कैसे महती कार्य हैं, जो होने हैं और मूर्ख पुरुजन पुत्री के विवाह हेतु रुदन करते आकर खड़े हो जाते हैं। सीमा है मित्र, प्रजा जन की मूढ़ता की भी। मित्र, क्षुद्रता से ऊपर उठो। अयोध्या की सोचो। अपने देश की सोचो। ओछी व्यक्तिगत समस्याओं से उबरो। अयोध्या बलिदान मांग रही है। देश बलिदान मांगता ही है। प्रजा का कर्तव्य है कि वह बलिदान करे। अयोध्या के भी प्रजा के प्रति कर्तव्य हो सकते हैं, परंतु उन कर्तव्यों की चर्चा करने का दुःसाहस न करें। बलिदान दें, बस। बलि-बलि जायें अयोध्या पर। अयोध्या के महलों, राजमार्गों एवं पादुका का कौल है प्रजा को।

कितना भी आह्वान कर लें आप, पर अयोध्या का सामान्य जन स्वार्थी है। बलिदान की चर्चा करो, तो वह मौन मार जाता है। हां, स्वयं का स्वार्थ हो तो मंत्रियों, अधिकारियों, अमात्यों के महालयों के आसपास ऐसी ही भीड़ मचाता खड़ा हो जाता है। कैसा स्वार्थ श्रीमान? अरे, यही कि रोटी चाहिए, और क्या? रोटी का रोना रोते-रोते जीवन तिरोहित हो जायेगा इसका।

पादुका मंत्री का महालय विशाल है।

ओर-छोर का ज्ञान नहीं होता। चहुंओर ऊंची प्राचीर। भव्य, स्वर्णिम द्वार। विराट प्रांगण। आम्रकुंजों का घेरा। पुष्पों की क्यारियां। मनोहारी पौधे। रंग-बिरंगी पत्तियां। दिव्य प्रतीत होते प्रहरी कि जिनके करों में लंबे, पैने भाले और कटि पर शोभायमान खड्ग। महाराज इंद्र का महल समझिए। पुनः अप्सराएं? वे भी हैं मित्र, वे भी हैं। महल अप्सराओं के बिना होते हैं क्या? वे हैं तथा जहां, जिस उचित स्थिति में उन्हें होना चाहिए उसी में हैं। अब तुम्हारे समक्ष थोड़े ही लाकर धर देंगे।

महालय का मुख्य द्वार अभी तक बंद है। प्रहरी भीड़ पर दृष्टि धरे हैं। ठोकने का अवसर प्राप्त हुआ, तो चूकेंगे नहीं।

सूर्य भगवान विस्फारित नेत्रों से सारा कार्य-व्यापार देख रहे हैं।

घास, पेड़, पौधे, पुष्प, धूप, प्रातः की मंद समीर।

कि अचानक मुख्य द्वार खोल दिया गया।

कतारबद्ध प्रजा जन प्रवेश कर रहे हैं। महालय के उद्यान में यत्र-तत्र बिखर गये हैं, वे। पादुका मंत्री यहीं सबसे भेंट करेंगे। उद्यान में सत्ता का रसायन सर्वत्र बिखरा है। बेलें, लताएं, घास, श्रृंगारिक पौधे, सुगंध, मंद बयार इत्यादि तो उद्यान में होते ही हैं। यहां भी हैं। परंतु यहां इनके मध्य एक अबूझ आतंक और आकारहीन भय भी सर्वत्र है, जो सत्ता का अभिन्न भाग होता है। भृत्य तथा सैनिक परम गति से यहां से वहां आवागमनरत हैं। वे भी आतंकित कर देने की सीमा तक भव्य हैं। वे आदरणीय हैं। पादुका मंत्री के बाहर आने में विलंब हो रहा है और वे और भी आदरणीय हुए जा रहे हैं। वे ही जानते हैं। वे ही ज्ञानी हैं। कब पधारेंगे पादुका मंत्री? सोमपादजी कब दर्शन देंगे? इन्हें ज्ञात है। कौन पूछे? इनसे पूछने को साहस चाहिए। या पुनः कृपाधन देने की क्षमता। जो कृपाधन दे चुके हैं, या देने योग्य दीखते हैं, उनसे तो ये स्वयं घिघियाकर भी वार्तालाप करते पाये जा सकते हैं। पादुकाराज का वर्णन करनेवाले इतिहासकारों को बाद में यह तथ्य उल्लेखनीय लगेगा और वे इसे रेखांकित कर लिखेंगे कि पादुकाराज में अयोध्या के राज-कर्मचारी अतिशय विनम्र तथा व्यवहारकुशल हुआ करते थे। संभव है कि आपके साथ उन्होंने अपमानजनक व्यवहार किया हो, धक्का मारा हो कभी, या दुत्कारा ही हो—पर यह भी तो ध्यान कीजिए कि आप कभी अपनी अंटी भी तो ढीली करने को तत्पर नहीं रहते। सम्मान का भी एक मोल होता है मित्र! लात अवश्य बेमोल मिलती है। अब आप एक कौड़ी तक व्यय करना नहीं चाहते, तो राजकर्मचारी किस भांति आपका सम्मान करे! भ्राताश्री, आप मंदिर भी जाते हो तो ईश्वर के चरणों में कुछ अर्पित करते हो, तभी न वरदान की याचना का साहस कर पाते हो? वहां यह विमर्श तो नहीं करते कि दुखियों को तारना तो ईश्वर का कर्तव्य है एवं वह तो यह करेगा ही— पूजा-अर्चना क्योंकर करें? आपको ज्ञात है कि संसार

दुखियों से भरा पड़ा है एवं ईश्वर मात्र एक है। तभी न पूजा, तपस्या, घंटावादन, भजन, रुदन, प्रसाद, चढ़ावा नाना प्रकार के खटकर्म करके आप प्रयत्न करते हैं कि ईश्वर आपकी सुन ले।...ऐसी ही स्थिति यहां है। भीड़ पर दृष्टि डालिए। कितनी है। उद्यान उफन रहा है। इतने तो कीड़े-मकोड़े भी पेड़-पौधों पर नहीं रेंग रहे। और यह समस्त भीड़ ही वरदान की आकांक्षी है। संप्रति पादुका मंत्री को ईश्वर मान लें, तो वस्तुस्थिति स्पष्ट हो जायेगी। सो यहां भी पुजारी की शरण में तो जाना ही होगा। भृत्य आदि को पुजारी ही मानिए। ये ही भेंट-पूजा स्वीकार रहे हैं। इनके समक्ष ही पादुकाराज के भजन गाने होंगे। ये ही अयोध्या के ईश्वर से आपका साक्षात्कार करायेंगे।

उधर एक ऐसा ही पुजारी भोज पत्र पर, साक्षात्कार आकांक्षी जनों के नाम उकेर रहा है। उसके मुख में तांबूल रस ऐसा लबालब भरा है, कि कभी भी पके फोड़े सा होंठों को फोड़कर बह निकलेगा। वह सोमपादजी का प्रमुख सहायक है। दसों उंगलियों में विभिन्न नगों से जड़ी मुद्रिकाएं धारे। ज्ञात नहीं कि कब, कौन सी प्रभावशाली सिद्ध हो जाये! एक नग पर विश्वास करके बिराजनेवाले ऐसे महत्त्वपूर्ण पद पर नहीं विराज पाते। सभी को साधना होता है मित्र! पुनः इस पुजारी का तो पूरा व्यक्तित्व ही जोड़-तोड़ को समर्पित प्रतीत होता है। माथे पर चंदन। केश लगभग झड़ चुके। एक सपाट चिकनी सतह है कपाल पर कि जिस पर न लज्जा ठहरे, न सद्विचार। अनुसरण करती भीड़ पीछ- पीछे। वे आगे-आगे। भोज पत्र में नाम की प्रविष्टि के लिए रिरियाते प्रजा जन। प्रविष्ट हो जाये, तो कदाचित् आज दर्शन हो जायें।

'हमारा लिख लें, देवता...'

कोई गिड़गिड़ा रहा है।

धन्य हैं कि उन्होंने सुन भी लिया। नाम प्रविष्टि की प्रक्रिया प्रारंभ हुई।

'क्या कह रहे हो बुढ़ऊ?'

'महाराज, हमारा भी नाम तनिक लिख लेते?'

'तनिक, कि संपूर्ण...?'

'हें, हें...देवता...।'

'क्या नाम है श्रीमान का?...'

'महेशनंदन कहके बुलाते हैं...।'

'बुलाते हैं, कि बुलाती हैं?'

'हें, हें, हें, देवता...।'

'कौन से ग्राम से पधारना हुआ है?...'

'ग्राम बिष्णुपुर की प्रजा हैं, प्रजावत्सल...।'

'वहां के गणेश प्रसाद जी से परिचित हो?'

'नहीं, महाराज।'

'संकटाचरन से?'

'...नहीं तो अन्नदाता...।'

'मायाकरण को चीन्हते हो?'

'...नहीं तो नरोत्तम...।'

'विष्णुपुर के ही हो अथवा अन्य देश से पधारे हो?'

'वहीं के हैं देवता...वहीं जन्म लिया...।'

'वहीं के हो और कभी गणेशप्रसादजी से पिटे नहीं?'

'पिटे होंगे स्वामी...।'

'पुनः पीटनेवाले का नाम स्मरण नहीं?'

'...नाम पूछने का साहस तो हममें है नहीं स्वामी कि जिज्ञासा करें कि ये जो आप पादप्रहार करके जा रहे हो, तो तनिक अपना नाम भी बताते जायें— कौन सा हमें बही-खाता धरना है स्वामी। गणेशप्रसाद मार लें या नरेशप्रताप! हमें तो पिटना ही है महाराज...'

'ज्ञानी हो एवं व्यवहारकुशल भी...।'

'कृपा बनाये रखें कृपानिधान...।'

'क्या कार्य है सोमपाद महाराज से...?'

...पड़ताल चल रही है। नाम प्रविष्ट किये जा रहे हैं। भीड़ घेरे है। सुरक्षाकर्मी धकिया रहे हैं। भृत्य दुरदुरा रहे हैं। भीड़ रिरिया रही है। घोड़े हिनहिना रहे हैं। चिड़ियां चहचहा रही हैं। चिड़ियों को अपना नाम किसी भोजपत्र में नहीं लिखवाना— आनंदित हैं वे। पुष्प मंद बयार में नृत्यरत हैं— पादुका मंत्री से इनका कोई कार्य अटका नहीं है। पेड़, पौधे, पवन, पुष्प, पर्ण, पंछी, तितलियां, कोयल, कबूतर, तोते, घोड़े...पादुका मंत्री से असंपृक्त भीड़। पुष्प उनसे अनुमति लिए बिना ही खिल जाते हैं। इनका दुःसाहस देखिए। सौभाग्य इनका कि पादुकाराज की दृष्टि अभी इन पर पड़ी नहीं। कल को राजसभा आदेश प्रसारित कर दे कि पुष्प को खिलने के लिए पुष्प-अधिकारी से अनुमति का भोजपत्रक लाना होगा, तब देखिएगा कि इस पुष्प के बच्चे की कैसी दुर्गति होगी। पुष्पित-पल्लवित होना, नर्तन करना सब विस्मृत हो जायेगा।

'कब तक पधारेंगे मंत्री महाराज?' भीड़ में किसी ने किसी से कहा। जिससे कहा गया वह इनकी मूर्खता एवं ढीठता पर चकित है।

'उनकी इच्छा— वे जब पधारें।'

'प्रतीक्षा लंबी हो गई, मित्र।'

'संपूर्ण जीवन ही प्रतीक्षा में व्यतीत हो सकता है, मित्र...।'

'आश्चर्य है।'

'हमें आपके आश्चर्य पर आश्चर्य है...। भीड़ तो मित्र पादुका मंत्री क्या, प्रत्येक

मंत्री, अमात्य, अधिकारी आदि के चहुंओर नित्य ही घूमती प्रतीक्षारत है। भीड़ का कार्य ही प्रतीक्षा करना है। मंत्री क्या करे? नहाये-धोये नहीं क्या...?'

वैसे, संप्रति पादुका मंत्री स्नानरत ही थे।

स्नान सम्पन्न कर वे स्नानागार से निकले। चंदन सुगंध में आप्लावित। चंदन लेपन उपरान्त पुष्पजल से स्नान उन्हें स्फूर्ति से भर देता है। सुगंध के प्रेमी हैं वे। वस्तुतः वे हर सुंदर वस्तु के प्रेमी हैं।

सुंदर स्त्रियों के प्रति उनकी आसक्ति की कहानियां सर्वविदित हैं।

स्नानागार से निकलकर वे शृंगार कक्ष में आ गये हैं। जलसिक्त गीले केश कपाल पर चिपक गये हैं। गंजत्व चौर्यवत झांक रहा है। जनेऊ का धागा, कंधे से उतरकर छाती के सघन केशों के मध्य अदृश्य होकर पुनः स्थूल उदर पर प्रकट हो चढ़ता-गिरता हांफता-सा लौटकर पीठ पर यात्रा करता हुआ अंततः स्थूल ग्रीवा की सिलवटों में धंसकर फंस गया है। छाती के केशों में जल की बूंदें अभी भी यत्र-तत्र अटकी हैं एवं गिरने न गिरने के मध्य कहीं हैं। सोमपादजी की उंगलियां मोटी-मोटी हैं, जिसके पृष्ठभाग पर बालों के घने गुच्छे हैं। भारी अंगूठियां इन गुच्छों के मध्य स्वर्णिम टापू सी दीखती हैं।

स्वर्णजड़ित पट्टी युक्त विशाल दर्पण।

सोमपाद दर्पण के समक्ष खड़े हैं।

अंग वस्त्रविहीन।

निचाट नग्न खड़े हैं वे दर्पण के समक्ष।

विराट दर्पण में स्वयं को संपूर्ण नग्न निहारना उनकी प्रिय क्रीड़ा कहिए। यौवन के दिनों से। परंतु तब उनका शरीर सौष्ठव दर्शनीय था और ऐसा मनोहर कि युवा तन पर मांसपेशियां मीनवत उछलती दिखती थीं। शरीर यों प्रतीत होता था कि मानो सुनहरा सरोवर कि जिसकी सतह पर तरंगें आंदोलित हों। परंतु अब उम्र ढलान पर है। शरीर तो मानो मारक ढलान पर। अब न तो शरीर में कुछ मनोहारी शेष रहा, न ही दर्पण में कुछ भी दर्शनीय। संप्रति तो दर्पण में जैसा तन दृष्टिगोचर हो रहा है वह ऐसा है कि यदि दर्पण में प्राण होते तो वह इस तन पर थूक देता...। स्थूल उदर धरा की दिशा में लालायित सम लटक रहा है, मांसपिंड ग्रीवा, ठुड्डी, वक्ष, जंघाओं आदि पर मानो अपनी नियति ढोते लटक रहे हैं, गाल बर्तुलाकार एवं ढीले हैं, नेत्रों के नीचे पपोटे सूज गये हैं और मुख पर उम्र ने झुर्रियों भरे हस्ताक्षर अंकित करने प्रारंभ कर दिये हैं।...दर्पण असत्य भाषण में निष्णात होते हैं, यह सत्य है, परंतु, श्वेत झूठ परोसने में तो वे भी संकोच करते हैं।

सोमपाद दर्पण देखकर निराश से हैं।

दर्पण में एक लगभग गंजा, स्थूलकाय, भद्दा, अधेड़ नग्न व्यक्ति खड़ा है। दर्पण

में से उन्हें निहारता हुआ वह नितांत अश्लील तथा धृष्ट प्रतीत हो रहा है।

वे व्याकुल हो गये। दृश्य वितृष्णा उत्पन्न करनेवाला है। सुरा, सुंदरी एवं सत्ता के इन चौदह वर्षों की मानों संपूर्ण कथा ही तो उनके तन पर अंकित है। अनगिन अत्याचार किये हैं उन्होंने तन पर। परंतु ये अत्याचार ऐसे मीठे हैं कि तजे ही नहीं जाते। न सुरा त्यागी जाती है, न सुंदरी। पुनः सत्ता तजने की तो कल्पना तक नहीं कर पाते वे— सुरा, सुंदरी एवं अन्य उपादान इसी सत्ता के बल पर ही तो हैं।

सोमपाद एकाग्र होकर विलंब तक दर्पण निहारते रहे।

परंतु एक भिन्न ही कोण से विचार करें तो उनका शरीर ऐसा निराशाजनक भी नहीं। उदर किंचित् अधिक ही बाहर निकल आया है, परंतु रत्नजड़ित वस्त्रों से ढका हुआ यही मोटा उदर एक अलग प्रकार की भव्यता उनके व्यक्तित्व को प्रदान करता है। गंजत्व भी माथे को भव्य विस्तार देकर स्वयं भव्य मुकुट के नीचे अदृश्य हो जाता है। अब शेष रही स्थूल ग्रीवा, तो उस पर माणिक-मुक्ता के ऐसे अमूल्य चमकीले हार झूलते हैं कि वह तो यूं भी कहीं दीखती नहीं। जहां तक मुख का प्रश्न है, तो उस ओर नेत्र उठाकर दृष्टिपात करने का साहस किसी का नहीं— सभी 'हें हें' करते सिर झुकाये ही संवाद करते हैं।...सोमपाद सांत्वना देने तथा मूर्ख बनाने में निष्णात हैं। यदि आप बड़े धूर्त हों, तो इसमें यह भय तो निहित है ही कि अंततः आप स्वयं को ही मूर्ख बनाने लगते हैं और आपको इसका भान भी नहीं हो पाता। दर्पण निहारते सोमपाद अभी यही कर रहे हैं। दर्पण की माया में उलझे वे अनगिनत तेल-उबटन-सुगंधित द्रव्य तन पर मल रहे हैं। केशों में देर तक उन्होंने किसी सुगंधित तेल की मालिश की, जिसके विषय में गांधार देश के उस व्यापारी ने चेताया था कि यह तेल गंजेपन से मुक्ति का ऐसा अचूक रसायन है कि इसे लगाने के पश्चात् हमारी सलाह रहेगी कि आप हथेलियों को भलीभांति धो डालें, अन्यथा हथेलियों पर भी केश उग आयेंगे! कैसा मूर्ख बनाकर गया है। कभी दोबारा जनपद में पग धरे, तो सूली चढ़वा दें। वे, जो समूची अयोध्या को मूर्ख बनाये रहते हैं, कैसे उसके मायाजाल में आ गये!

महालय के प्रांगण में शोर बढ़ गया है।

अयोध्या के नागरिक उनके दर्शनों के लिए व्याकुल हैं। मरे जा रहे हैं। प्राण न्योछावर करने को तत्पर प्रतीत हो रहे हैं। अभी ये सब घेर लेंगे उन्हें। 'हमारा यह कार्य', 'महाराज हमारा वह कार्य...' सबके क्या-क्या तो कार्य और न जाने क्या-क्या विपत्तियां। वे क्या करें? किस-किसका कार्य करें? मानो समूची अयोध्या ही घूम रही है किसी न किसी प्रयोजन से।...सत्य कहें तो मन तो यह होता है कि बाहर आएं और खड़ाऊ अथवा कोड़ा, जो भी हस्तगत हो (एवं जिसके चालन में भुजायें न थकें) उसी को लेकर एक छोर से दूसरे छोर तक सबको तब तक ठोकें कि जब तक वे यह न कह उठें कि अब कोई कार्य या प्रयोजन शेष नहीं रहा महाराज!...वे कल्पना करके

ही मुस्कुरा दिये। कितना आनंददायी होता यह। पर ऐसा कर सकना संभव नहीं। सिंहासन पर आरूढ़ होने से जुड़ी विवशताएं भी होती हैं। कटु सत्य यही है कि अभी उन्हें इस भीड़ से भेंट करनी है। श्रवण करनी होंगी सबकी बातें। श्रवणरत होते हुए भी न सुनना। सबको यह आभास देना कि उनका कार्य संपन्न हुआ समझो। किसी को पुचकारना। किसी के कपोल थपथपाने। किसी को अचानक ही प्रताड़ित कर बैठना। किसी की व्यथा-कथा सुन अंगोछे से अपने नेत्रों के उन अश्रुओं को पोंछना, जो आये ही नहीं।...लीलाएं करनी होती हैं। पदासीन व्यक्ति से अयोध्या की प्रजा आशा करती है कि वह प्रजावत्सल होगा। और प्रजावत्सल दीखने के लिए ये लीलाएं करनी आवश्यक हैं। अभिन्न ठनगन हैं ये प्रजावत्सलता के नाटक के। सोमपाद इसमें निष्णात हैं। वे तो नेत्र पोंछने के साथ गला भी भर लाते हैं, जिससे स्वर में एक आत्मीय आर्द्रता का कोमल स्पर्श आ जाता है, जो दुखी प्रजाजन को यह आश्वस्ति प्रदान करना है कि उसका दुख समझा जा रहा है।

किसी तीव्रगामी रथ के चक्रों की ध्वनि महालय के परिसर में प्रविष्ट हुई। द्रुतगति में धरा पर लुढ़कते रथचक्रों का शोर, पुनः उनका अचानक थम जाना, साथ ही अश्वों की ऊंचे स्वर में हिनहिनाहट। प्रतीत होता है कि अश्वों की अर्गला को बलपूर्वक खींचा गया है।

महालय परिसर तक रथ ले आनेवाला कौन हो सकता है? अयोध्या में प्रत्येक में न तो इसका साहस है, न ही अधिकार। अवश्य कोई महत्त्वपूर्ण अतिथि होगा। सोमपाद ने त्वरित वस्त्र धारण करना प्रारंभ किया।

सिर पर पगड़ी, पुनः उस पर रत्नजड़ित मुकुट, ग्रीवा में छोटे-बड़े मोती, मुक्ता, पन्ना आदि के स्वर्णयुक्त हार, वक्ष तथा स्कंधों पर झूलता हुआ ऊनी वस्त्र (कि जिस पर रत्न जड़े हुए) स्थूल कटि पर धोती, चरणों में स्वर्णजड़ित पादुकाएं, भुजाओं पर स्वर्ण का मोटा भुजबंद, उंगलियों में रत्नजड़ित अंगूठियां, कलाई पर स्वर्णपट्टी, कटि पर स्वर्ण तारों से बुना और माणिकों से काढ़ा गया दुपट्टा, कर्ण कुंडल, नेत्रों में गहन काजल...। समस्त साज-सज्जा ऐसी कि जो देखते ही भय, आतंक एवं प्रशंसा भाव एक साथ उत्पन्न करे।

सोमपाद ने सज-धजकर दर्पण में झांका। एक अद्वितीय अनुभव है इस चमत्कार का साक्षी होना कि कैसे इन राजकीय वस्त्राभूषणों को धारण करके एक नंगा व्यक्ति शनैः-शनैः दिव्य विभूति में परिवर्तित हो जाता है।

वे मुस्कुराये।

दर्पण में अब तक भव्य बन चुके सोमपाद भी मुस्कुराए।

वे पलटे कि द्वार खटखटाया गया। बंद द्वार के पार से उनके सहायक ने सूचना दी है, 'सेनापति शतबली पधारे हैं, हे नरव्याघ्र...!'

तो उसका रथ था!

अश्वों की स्वस्थ एवं ऊंची हिनहिनाहट से ही अनुमान लगा था कि कदाचित् गांधार के श्रेष्ठ अश्वों से चलित रथ पधारा है। गांधार के अश्व रखना आसान बात नहीं है। श्रेष्ठिजनों में भी श्रेष्ठि यह कर पाते हैं। गांधार अर्थात् कैकेई का मायका। पादुकाराज में गांधार की वस्तुओं ने अयोध्या के व्यापार पर एकछत्र आधिपत्य कर लिया है। गांधार के व्यापारीगण अयोध्या की विश्रामशालाओं में वर्षपर्यन्त पड़े रहते हैं और अयोध्या के बुद्धिमान शठ उधर गांधार में।...ऐसे बुद्धिमानों की अयोध्या में कभी न्यूनता रही भी नहीं।...सेनापति के गांधार संबंधों का ज्ञान है सोमपाद को। सोमपाद को पूरा संज्ञान है कि शतबली कितना धूर्त है, परंतु हर्ष का विषय यह भी है कि वे यह जानते हैं कि वे स्वयं महाधूर्त हैं।

'अतिथि कक्ष में सादर आसन दो उन्हें।'

'जो आज्ञा, महाराज...एवम्।'

'एवम्...क्या?'

'द्वारपाल पूछ रहा था कि आप नीचे आकर प्रजा जनों से कब तक मिलेंगे? भीड़ बढ़ गई है। आपकी आज्ञानुसार ही वहां व्यवस्था की जायेगी...'

'आज मात्र दस प्रजा जनों से ही भेंटकर पायेंगे क्योंकि...।'

'शेष से, महाराज?'

'उनको विदा करो...कहो कि अनंतर प्रयत्न करें...।'

'जो आज्ञा, महाराज...! वैसे उनमें बहुत से पहले भी लौटाये जा चुके हैं...'

'वे शोर कर रहे हैं? अथवा विरोध?'

'इतना दुःसाहस उनमें कहां...।'

'पुनः वह करो जो कहा गया है...।'

भृत्य की लौटती पदचापें।

सोमपाद शृंगार को अंतिम स्पर्श दे रहे हैं।

मुकुट किंचित् वक्र प्रतीत हो रहा है? या कदाचित् सिर ही घूम चुका है उनका? कहना कठिन है। सिर उनके नियंत्रण में नहीं। वे मुकुट को ही सीधा करने लग गये।

नीचे परिसर में शोर बढ़ गया था। कदाचित् प्रहरियों ने प्रजाजनों को बाहर खदेड़ना प्रारंभ कर दिया है।

कविराज स्नान कर सरिता से निकले।

सरिता कौन सी? सरयू।

कवि कौन से? पादुका राजसभा के एक राजकवि। मंत्रियों की चिलम भरनेवाले। राजसभा जैसी चाहे, वैसी लय की कविता तुरंत रचनेवाले। मुख से सदैव ही 'हें' 'हें'। ओष्ठ (मुस्कुरा-मुस्कुरा के) फटे से। 'साधु-साधु' व 'अहो-अहो' उच्चारनेवाले। चितवन सदा ही चरणों पर धरे। चरण किसके?...किसी के भी–राजसत्ता से जुड़ी किसी गादी भर पे धरे हों, बस। पुनः वे किसी के भी हों। मुखमंजन सों काम मुखारी काहू की। नेत्रों में काजल धारे। ठुमक-ठुमक चाल के स्वामी। स्त्रैण। काव्यगोदित भोजपत्र लिए महालय-महालय भ्रमण करनेवाले। कविता से धनार्जन को कटिबद्ध। काव्य एवं वेश्या में अंतर मिटाने के लिए कृत संकल्पित। राजसभा में नग्न नृत्य न करवा दिया तो पुनः कविता हमारी चेरी नहीं।...कविता, विचार, अनुष्ठान, शास्त्रार्थ, प्रवचन, मनन, चिंतन—अर्थात् प्रत्येक वह बात, जो बुद्धिजीवी के मन में घुमड़े, या उनके द्वारा भोजपत्र पर गोदी जाये, तभी सार्थक कहाये कि जब वह राजसभा के मंत्री से लगाकर यत्र-तत्र भ्रमणरत श्वान-बिलौटा आदि तक का भी मनोरंजन कर सके। जिस कवि ने काव्य का यह रहस्य जान पाया, वही सुकवि कहलाया, जैसे कि ये कवि कहलाये जो कि अभी सरयू से निकले।

ये राजकवि हैं। ऐसे पांच और राजकवि हैं राजसभा में। टुकड़ी है पूरी।

कवि के साथ हैं उनके शिष्य।

सरिता तट पर सुबह की धूप में खड़े।

कवि को निहारते। गुरुजी सरिताजल से बाहर निकलें, तो गुरु सेवा में रत हों। सच्चे शिष्य का अन्य प्रयोजन ही क्या! पुनः जैसे कविराज, शिष्य भी वैसे ही। बल्कि उनसे दो योजन आगे। वे शठ, तो ये महाशठ। वे मूर्ख तो ये बज्रमूर्ख। वे अच्छे काव्य के शत्रु, तो ये परमशत्रु।...शिष्य चार हैं। युवा छोरे। अश्लीलता को ही शृंगार रस माननेवाले। जब उनके गुरु सम मूर्ख सुकवि बन गये, तब पुनः उनको कौन सी बाधा है? ऐसी दीन कविताओं पर उनके गुरु राजसभा में इतनी स्वर्णमुद्राएं बटोरते हैं, कि कहीं काव्य-रसिकों के मध्य सुनाते, तो लात खा जाते।...परंतु राजसभा का अपना

सौंदर्यशास्त्र है। राजसभा की कविता का व्याकरण, सत्ता के व्याकरण से प्रसूत है। जो कविता में बस कविता की खोज करते हैं, ऐसे काव्य-शास्त्रियों को यहां कोई नहीं घास डालता— न राजसभा में, न ही अयोध्या में। वे खड़ाऊं चटकाते अयोध्या में विचरण करते फिरते हैं। यदि आपकी कविता व्यापार नहीं बन सकती है, तो आप अयोध्या में कविता रचते ही क्यों हैं?

कविराज सरयू से निकले तो चेलों ने गुरुजी को घेर लिया।

जल की बूंदें चू रही हैं।

गुरुजी का कपाल गंजत्व एवम् केशराशि का अद्‌भुत संगम है— आगे की दिशा में माथा ही माथा, जो गंजत्व में विलीन होकर सुदूर क्षितिज की दिशा में जाता प्रतीत हो रहा है। पुनः मध्य में कहीं प्रारंभ होती लंबी केशराशि, जो पीछे ग्रीवा तक लटकती है। भव्य विराट माथा, कि जहां झुकाओ तो खूब झुका प्रतीत हो। अस्तु।

शिष्यों ने अंगोछा प्रस्तुत किया।

पोंछा रगड़ के पुनः वहीं रेत पर अधोवस्त्रादि धारे। अंततः धोतिका धारण करते समय शिष्यों ने उचित अवसर जानकर काव्य चर्चा प्रारंभ कर दी, जो कि शीघ्र ही काव्य से हटकर राजसभा चर्चा में परिवर्तित हो गई। राजकवियों की काव्योचित चिंताएं और होती ही क्या हैं?

'कल की क़विता हृदयहारी रही...,' एक चेले ने कहा।

'गुरुजी की नित्य ही रही आती है,' जो चूक गया था, वह बोला।

गुरुजी मौन रह मुस्कुराते रहे। पुनः धोतिका बांधने की तरफ भी ध्यान देना आवश्यक था। चेलों को प्रोत्साहन मिला।

'सो तो है...।'

'सो तो होनी ही है...।'

गुरुजी की धोतिका की गांठ सरक-सरक जा रही है।

'और तुम कुछ काव्याभ्यास भी कर रहे हो कि...' गुरुजी ने धोतिका की गांठ को उचित क्षण पर संबल दे दिया अन्यथा घाट पर ही धोतिका पतन संपन्न हो जाता।

वे अब घाट की सीढ़ियां चढ़ रहे हैं।

गुरुजी आगे-आगे, चेले ठीक पीछे।

'नित्य ही काव्याभ्यास करता हूं मैं तो...' एक शिष्य ने बताया।

'मैं भी...' दूसरे ने भी स्थिति स्पष्ट की।

'कल ही एक श्लोक कुछ यूं रचा था कि...' वह कवियोचित व्यवहार पर उतर आया।

गुरुजी ने चेतावनी भरे स्वर में कहा, 'रहने दो...।'

'वस्तुतः पुष्प पर मंडराते हुए एक भंवरे को लखकर मुझे प्रेरणा प्राप्त हुई और

मैं तुरंत ही शीतलपाटी धर के काव्याभ्यास को बैठ गया...' चेला बताने लगा।

गुरुजी ने मार्गदर्शन का उचित अवसर जान समझाना प्रारंभ किया..., 'वत्स, प्रेरणा का तो ऐसा है कि जहां से भी प्राप्त हो, वहीं से ग्रहण करने में चूक नहीं करनी चाहिए। पुनः इसमें अपने बाप का कुछ जाता भी नहीं और हाथों-हाथ कविता रची जाती है।'

सभी ने 'अहो' 'अहो' उच्चारा।

'वैसे, भंवरे पर हमने भी चार श्लोक राजसभा में गाये थे, सो तुमको स्मरण होगा ही...।'

'मैंने तो अपने भोजपत्रों में उनको तुरंत उकेर भी लिया था...,' एक शिष्य ने बताया।

'उचित किया..., उनकी प्रेरणा भी हमें मंडराते भंवरे को निहारते हुए ही प्राप्त हुई थी...,' गुरुजी ने प्रेरणा के विषय में बताया।

'पुष्प पर मंडराते?' एक शिष्य ने प्रश्न पूछने के लिए प्रश्न पूछा।

'और क्या नाली पर मंडरायेगा भंवरा?' गुरुजी ने प्रताड़ित किया।

'हो सकता है कि यह वही भंवरा हो...' एक शिष्य दूर की कौड़ी लाया।

'वत्स, भंवरा वही हो, या कोई और हो— बस मंडराता भर रहे— हमें कविता के लिए प्रेरणा का अकाल नहीं होगा। प्रेरणाएं तो वैसे चहुंओर ही हैं। परंतु कहीं कुछ और दृष्टिगोचर न हो रहा हो और तुम कविता रचने के लिए मरे जा रहे हो, तो भंवरे को पकड़ो।...मूर्ख, पकड़ने से हमारा तात्पर्य उसे हाथ से पकड़ने का नहीं है—काट खायेगा, तो हाथ सूज जायेगा...। पुनः कविता तो गोद ही न पाओगे, अन्य दैनिक क्रियाओं से निवृत्ति हेतु भी रुदन करते फिरोगे...। जाने कौन-कौन तथा कैसे-कैसे मूढ़ जन हमारे शिष्य बन जाते हैं...।'

गुरुजी बड़बड़ाते हुए घाट की सीढ़ियां चढ़ने लगे।

सुबह की धूप। तट पर विविध गतिविधियां तीव्र हैं। प्रजाजन आवागमनरत्। सर्दी है। शीतल जल से निकलकर 'हूं हूं' की ध्वनि करनेवालों के स्वर वातावरण में तैर रहे हैं।

गुरुजी ने निश्चित किया कि धोतिका बांध ही ली जाये। एक सीढ़ी पर वे थम गये। धोतिका बंधन में लीन वे काव्य-प्रेरणा के विवेचन को आगे घसीटने लगे...

'कवि को अनिवार्य है कि वह स्व-नेत्र सदैव खुले रखे, तो उसे कभी भी प्रेरणा का अकाल नहीं होगा...,' वे ज्ञानदान देने लगे। शिष्य ज्ञानार्जन पर उतारू थे ही। वे सब समझ रहे हैं, यह सिद्ध करने के लिए ही एक ने कहा—

'गुरुजी, हम तो अपने नेत्र सदैव ही खुले रखते हैं...।'

'निद्रावस्था में तो मींचते होगे?' गुरुजी ने पूछा।

'बस, निद्रा में मींच लेते हैं...,' एक ने कहा।

'और काव्यपाठ के समय भी,' दूसरे ने बताया।

दोनों के स्वर में ऐसा अपराधबोध है कि कदाचित् संभव होता, तो वे निद्रावस्था में भी नेत्र न मींचते।

राजकवि ने आश्वस्त किया..., 'जब आप निद्रालीन होते हैं, तब तो स्वप्न में हृदय की आंखें खुल जाती हैं। स्वप्न में प्रेरणा ग्रहण करके हमने अनगिन काव्य रचनाएं करी हैं। अतः सोते हुए तो नेत्र बंद करना ही उचित है। अन्यथा भी, निद्रावस्था में यदि नेत्र खुले रहें तो टांड से कचरा टपक सकता है एवं नेत्र फूट भी सकते हैं। सो, निद्रा में नेत्र बंद रखना ही उचित है।...हां, काव्यपाठ के समय जो आंखें मींच लेते हो, सो वह भी उचित ही है। प्रत्येक संवेदनशील कवि यह करता है। श्रोता से दृष्टि नहीं मिलानी पड़ती, यह लाभ भी है, अन्यथा कई श्रोता तो इस भांति क्रोध से घूरते हैं, कि श्लोक विस्मृत हो जाते हैं...'

चेलों ने सहमति में सिर हिलाया।

गुरुजी धूप को रौंदते शेष रही सीढ़ियां चढ़ने लगे।

चेले पीछे लगे रहे।

'प्रत्येक श्रोता सहृदय हो, यह आवश्यक नहीं...,' गुरुजी ने चेताया।

चेलों ने हुंकारा भरा।

गुरुजी ने धोती की गांठ को टटोलकर आश्वस्त होते हुए कहा, 'परंतु श्रोताओं की ऐसी चिंता करके बैठ जाओ, तो काव्य पोथी ही बंद करनी पड़े...।'

चेले समझ रहे थे।

एक चेले ने तो उत्साहपूर्वक बताया, 'हमें तो एक श्रोता ने पीछे से नोंच तक लिया था, पुनः हम तो काव्यपाठ संपन्न करके ही उठे...।'

'तुच्छ सांसारिक बाधाओं से भयभीत होकर कविताकर्म नहीं त्यागा जा सकता...,' गुरुजी ने बताया।

गुरुजी आज काव्यकर्म के गूढ़ रहस्यों को अनावृत करने को कटिबद्ध दीखते हैं...

'कविकर्म के मार्ग में अनेकानेक बाधाएं आयेंगी। आप कैसी भी मनोहारी कविता रच डालें— प्रजाजन ऐसे दुष्ट हैं कि वे श्रवण को तत्पर ही न होंगे। सो काव्य रचते ही मत बैठे रहना। सार्थक कविता रचने से महत्त्वपूर्ण कर्म है, कवि के रूप में अपना नाम स्थापित करना। अच्छी कविता भिन्न कर्म है एवं अच्छा नाम बनाना नितांत भिन्न क्रिया। आप तो सामंतों, मंत्रियों, अधिकारियों, व्यापारियों—इनको पकड़ो। माना कि इनका काव्य ज्ञान दो कौड़ी का भी नहीं है, परंतु इनके पास और सब कुछ है— धन, शक्ति, नाम...सब, और ये मूर्ख हृदय से आकांक्षा धरते हैं कि अयोध्या का सामान्य-जन इनको काव्यरस मर्मज्ञ, साहित्य संस्कृति का संरक्षक माने। इन्हें कैसी भी कविता

सुनाओ, ये 'अहो, अहो' ही उच्चारेंगे।...'

गुरुजी सफल एवं सुफल कवि बनने के उपायों पर चर्चा में ऐसे मग्न हो गये कि उन्हें यह भान ही नहीं हुआ कि शिष्य पहले ही ये समस्त खटकर्म हृदयंगम किये बैठे हैं। चेले नित्य ही कविराज तथा उनके जैसे अन्य कवियों को राजसभा तथा महालयों में यही आचरण करते देखते हैं। प्रत्येक कवि दूसरे को गिराता है। ऊपर उठने तथा आगे जाने का यही एक उपाय इनके मध्य है कि दूसरे को पटको। सो कविता के निमित्त नित्य ही वैसी रोचक घमासान राजसभा में होती थी, जैसी कि नित्य ही अयोध्या की संकुल बीथियों में श्वान समूहों के मध्य देखी जा सकती थी।

'और कल आपने श्रीमान चतुर्भुज प्रसादजी का काव्यपाठ सुना...?' एक चेले ने उपहास के स्वर में गुरुजी को सुनाते हुए, दूसरे चेले से पूछा। चतुर्भुज गुरुजी के विरोधी समूह के कवि हैं। बल्कि उस समूह के छत्रपति मानिए। एक-दूजे को धराशायी करने का कोई अवसर चूकने को वे ब्रह्महत्या-सा पाप मानते हैं। पहला चेला गुरूजी को प्रसन्न करने के लिए चतुर्भुज को चर्चा के मध्य लाया है। उसे यह भी ज्ञात है कि दूसरा चेला, कभी-कभी, छुप-छुपकर चतुर्भुजजी की चिलम भी भरा करता है। सो वह प्रयासरत है कि इस चेले को भी यदि साथ ही ध्वस्त किया जा सके तो आनंद द्विगुणित हो जाये।

गुरुजी मुस्कुराते रहे।

'उसमें श्रवण अथवा मनन को था ही क्या?...' दूसरे चेले ने उत्तर दिया और उत्तर देते हुए गुरुजी की दिशा में देखा।

गुरुजी मुस्कुराए। चेले को समुचित प्रोत्साहन मिला।

'हम निरर्थक काव्य श्रवण नहीं करते...'

'करना भी नहीं चाहिए...,' गुरुजी ने साथ दिया।

'परंतु सुनेंगे नहीं तो साहित्यसभा इत्यादि में चतुर्भुज की समुचित आलोचना कैसे कर सकेंगे गुरुवर?...उनके ही काव्य से समुचित उदाहरण उद्धरित करके ही तो हम उन पर आक्रमण कर सकेंगे,' प्रथम चेले ने काव्य नीति के कूटनीतिक पक्ष को गुरुजी के समक्ष धरते हुए निवेदन किया।

'तुम्हारा कथन भी एक सीमा तक अत्यन्त महत्त्वपूर्ण है...,' गुरुजी ने उसकी पीठ भी थपथपा दी।

गुरुजी की नीति सभी चेलों को इस भांति पुचकारने की है कि वे परस्पर लड़ते रहें। इसी में गुरुजी का महत्त्व सुरक्षित है।

अब वे ऊपर बने, घाट के चौड़े विस्तार पर आ गये थे। टोली गहन विचारों में भीगी हुई। गमनरत अयोध्या के सामान्य जन। आते-जाते कवियों पर दृष्टि पड़े, तो परे हो जायें। कौन उलझे इनसे!

गुरुजी को रुचि का विषय मिल जाये, तो वे ऐसी भीषण मीमांसा करते हैं कि मानो कोई श्वान मांसपिंड को भंभोड़ रहा हो...।

चतुर्भुज उनके प्रिय विषय हैं... 'चतुर्भुज के काव्य की दुर्बलता का ज्ञान है तुम्हें कि वह क्या है?...उसके काव्य में रस नहीं है। रसविहीन काव्य का तात्पर्य ही क्या!...रस समझते हो न? नहीं? माना कि काव्य रचने में बहुत बुद्धि नहीं लगती, परंतु ऐसी मूर्खता भी ठीक नहीं। रस का तुम्हें ज्ञान नहीं?...वत्स, जैसे गन्ने का रस होता है न अथवा जैसे कि आम्ररस होता है।...समझे न! हां...हां, निचोड़ने पर निकलता है।...नहीं, नहीं, नीबू की चर्चा हम नहीं कर रहे। वह खट्टा होता है।...यह किसने कहा कि काव्य में रस हुआ, तो भोजपत्र भीग जायेगा?...हे ईश्वर, कैसे-कैसे बज्रमूर्ख हमारे चेले बन बैठे हैं। तुम पीछे हटो एवं मौन धारण किये रहो। मल्लविद्या में प्रवीण होने तथा राक्षसों-सा बलशाली शरीर होने के कारण ही हमने तुम्हें अपना शिष्य स्वीकारा है। काव्य चर्चा तथा शास्त्रार्थ में जहां भी मारपीट की स्थिति आयेगी, वहां हम तुम्हें संकेत कर देंगे। अन्यथा तुम मौन रहो, इसी में काव्य का शुभ है।...हां, तो हम रस की चर्चा कर रहे थे। चतुर्भुज के काव्य की दुर्बलता ही यह है कि उसमें रस नाममात्र को भी नहीं...'

'हमने कल ही उनके भोजपत्र को निचोड़ने का प्रयास किया था तो भोजपत्र फट गया, पर एक बूंद रस न निकला...' मल्लविद्या विशारद कवि ने चेतावनी के बाद भी अपनी बात कही।

'तुम मौन न रहे, तो हम सरयू में कूद जायेंगे,' गुरुजी ने पुनः चेतावनी दी।

सभी मौन हो रहे।

गुरुजी ने मल्ल कवि को घूरकर देखते हुए कथन को वहां से पुनः पकड़ा, जहां वह छूट गया था—

'कविता तो रसमय होनी चाहिए...।'

'जैसी कि आपकी होती है...,' एक चेले ने उचित अवसर जानकर अत्यंत उचित बात कह दी।

'हमारा तो यह है कि हमारा काव्य ऐसा रससिक्त रहता है कि रस छलक-छलक जाता है...'

'कल से हम लोटा लेकर आया करेंगे...।'

'क्यों रे?'

'छलकेगा तो रस बटोर लेंगे...।'

'मूर्ख, हमने तो एक बात कही, तू लोटा ले के न आ जाना...'

'अच्छा, हम चुल्लू में भर लेंगे...।'

'तू मौन न रहा तो हम विषपान कर लेंगे...।'

अयोध्या में जब सुबह हो रही है, तब सरिता तट पर हो रही इस अद्भुत काव्य-चर्चा से पाठक इस भ्रम में न रहें कि अयोध्या में सच्ची कविता कहीं नहीं रची जा रही और सच्चे काव्य के रचयिता ही शेष नहीं रहे। ऐसा नहीं है। प्रसन्नजित जैसे लोक कवि भी अयोध्या में हैं। परंतु राजसभा के संबल तथा छत्रछाया में पनप रही कविता ने सार्थक काव्य को मानो बुहार कर कोने में डाल दिया है। वैसे यह भी सत्य है कि कोई धूप को मुट्ठी में बांध भी ले, तो क्या अंधियारा हो जायेगा? प्रसन्नजित जैसी धूप इन छोटी-छोटी मुट्ठियों में नहीं बंध पाती। परंतु जहां तक राजकविता का प्रश्न है, वह तो इन लंपटों की ही चेरी है।

कविराज घाट के बाहर आ गये।

कविराज की शिविका वहीं धरी है।

कहार प्रज्वलित चिलम को त्यागकर ससम्मान खड़े हो गये।

कविराज अब शिविका में।

कहारों ने शिविका कंधे पर धरी।

प्रस्थानरत कविराज ने चेलों को चेताया, 'हम पुखराजजी के महालय की दिशा में गमन करते हैं। तुम कल की काव्य-मीमांशा-गोष्ठी की तैयारी करो। कुछ काव्याभ्यास भी करो...।'

कविराज की शिविका बीथिका के मोड़ पर अदृश्य हो गयी।

'स्वयं तो पुखराज की पूजा-अर्चना करेंगे और हमें कहेंगे कि काव्याभ्यास करो...।'

चेलों ने वितृष्णापूर्वक कहा और हंसने लगे।

अयोध्या का एक राजमार्ग।

अयोध्या के समस्त राजमार्ग एक समान हैं— विशाल, भव्य, चमकीले, स्वच्छ। राजमार्गों के दोनों ओर महालयों की कतारें हैं। रथों की फेरियां हैं। देवतावत श्रेष्ठिजन निवासी हैं इनके कि जिनकी चिकनी, स्निग्ध चाम। कि जिनके कपोल कैसे तने, भरे। कि जिनके मुख पर रहस्यमयी मुस्कान और नेत्रों में इतने स्वप्न कि टपक टपक जायें। कि जिनकी गति में दर्प। कि जिनका वक्ष आगे और उदर उससे भी आगे। ग्रीवा सतर। माथा आकाश में। स्वयं सातवें आकाश पर। कि जिनके पांव अयोध्या की धरा से ऊपर।...यहां से अयोध्या को निहारो तो अग्निमुख की बस्ती एक अफवाह प्रतीत होती है।

राजमार्ग पर सुबह हो रही है।

सूर्यनारायण आशंकित-से उगे।

राजमार्ग का आतंक सप्तम आकाश तक।

धूप भयभीत उतरी एवं सहमी किरणें कंपित-सी राजमार्ग पर बिखर गईं।

सुबह की धूप मुख पर गिरी तो राजमार्ग ने कुनमुनाकर करवट बदल ली और सूर्योदय से अनभिज्ञ अर्धनिद्रित गतिहीन पड़ा रहा। रात्रि देर तक मस्ती की है राजमार्ग ने। विकट शोर रहा। आनंद मचा। राजमार्ग की रातें प्रायः रंग-बिरंगी। कल की भी यही रही। गणिकाओं, सामंतों, मंत्रीपुत्रों, रथों, अश्वों, नर्तकियों का जमघट रहा। रात्रि पर्यंत। मदिरा की सरिता प्रवाहमान रही। गोरे टखनों तक सुरा में डूबी कोमल पगथलियों की स्वामिनी कोमलकांत स्त्रियों के सानिध्य में व्यतीत हुई है रात्रि। सो अब जो राजमार्ग का तन टूट रहा है एवं नेत्र खोलने को हृदय तत्पर ही नहीं वह सर्वदा उचित ही कहाया। अलसाया स्निग्ध तन राजमार्ग का। अभी सूना है राजमार्ग। कोई गतिविधि नहीं। रात्रिपर्यंत आमोद-प्रमोद के पश्चात् राजमार्ग के स्वामीगण भी महालयों में इसी भांति अलसाये पड़े हैं। सूर्य देवता अभी लाख द्वार खटखटा लें, विलंब तक निद्रामग्न ही रहेगा राजमार्ग एवं उसके महालय। सो सूर्य भगवान क्षमा करें।

यहां अभी उनके सप्त अश्वोंवाले रथ के स्वागत के लिए कोई नहीं है, सिवाय उस भिश्ती के, जो राजमार्ग पर जल छिड़क रहा है। सेवकगण अवश्य दृष्टिगोचर हैं,

परंतु वे महालयों के प्रांगण बुहारने में व्यस्त हैं या अन्य उन कार्यों में रत हैं जो भृत्यों को शोभा देते हैं। वैसे कुछ श्वान भी स्वागत के लिए हैं, जो प्रत्येक महालय में होते ही हैं। महालयों के श्वानों से आप परिचित हैं ही। ये अयोध्या की बीथियों में निरुद्देश्य भटकनेवाले श्वान नहीं। वे कूकर हैं। ये श्वान हैं। महालय के श्वानों की खाल नायिकाओं सी स्निग्ध, रोयें ऐसे स्वर्णिम कि प्रातः की धूप इन पर पड़ी, तो ये श्वान होते हुए भी दिव्य प्रतीत हो रहे हैं।...ये दिव्य ही हैं। वस्तुतः इन्हें श्वान कहना इनका अपमान-सा प्रतीत होता है। ये वैसा विलासपूर्ण जीवन जी रहे हैं कि जिसका स्वप्न भी अयोध्या क़ा सामान्य जन नहीं देख पाता। वस्तुतः ये श्वान हैं ही नहीं। पूर्वजन्मों के अर्जित पुण्य हैं इनके कि ये इन महालयों में श्वान रूप में जन्मे। वस्तुतः पुण्यात्माएं हैं ये। अयोध्या की बीथियों में जब इनके सहोदर लातें खाते विचर रहे हैं, तब ये पूर्वजन्म के उन सद्कर्मों की मलाई चाट रहे हैं। क्या कार्य करते हैं ये श्वान श्रेष्ठ?...इनके कर्तव्य...? आपने भी विचित्र जिज्ञासा की। ऐसे श्वानों के कार्य क्या! स्वामी दिखे, तो कदमों पर लोट गये और राजमार्ग पर भिश्ती दिखा, तो भौंक-भौंक कर उस आकाश को सिर पर उठा डाला, कि जिसमें भगवान भुवन भास्कर विराजते हैं। जिह्वा सदैव ही बाहर, कर्ण स्वामी की पदचाप पर चौकन्ने खड़े, पूंछ स्वामी की दृष्टि अनुसार आंदोलित एवं मुख-मुद्रा सतत् ऐसी कि एक साथ ही रौद्र भी दिखें एवं भूखे भी।

सो ऐसे कुछ श्वान, ऐसे कुछ भृत्य, एक भिश्ती, दूर तक सूनापन और पीतवर्णी धूप है राजमार्ग के आसपास।

सुबह हो रही है।

सुबह हुए अब तो विलंब हुआ।

अब इन महालयों के स्वामी निद्रा से जागेंगे। शनैः-शनैः, अलसाये। नेत्रों में रक्तिम धागे। क्लांत। शिथिल। कोमल शैया से उठने का उपक्रम किया कि पुनः शैयासीन। पर वे अंततः उठेंगे। आलस्यपूर्ण अंगड़ाई लेंगे, तो स्वर्ण कंकड़ युक्त भुजबंद खनखना जायेंगे। पुनः ये शयनकक्ष से बाहर निकलेंगे और पायेंगे कि पादुकाराज का एक और दिवस इनके चरणों में दंडवत है। एक और दिवस जो इन्हें विजित करना है।

यह महालय वणिक का है। कौन वणिक? नहीं पहचाने? पहचानेंगे भी कैसे। मात्र सात वर्ष पूर्व यह व्यक्ति अयोध्या में पादुकाएं चटकाता यत्र-तत्र भटकता था। इसके पिता की किसी संकुल बीथिका में छुद्र सी दुकान थी। पुनः सुपुत्र को पादुकाराज की बयार का किंचित् दिशाभान प्रारंभ हुआ। वह जब भी राजमार्ग से निकला, तो उसकी तिर्यक दृष्टि में राजमार्ग से प्रसूत वे चौर्यमार्ग आये जो पादुकाराज में इतने विस्तीर्ण एवं सुव्यवस्थित हो चुके थे कि ज्ञानी जन उनको ही प्रमुख पथ मानने लगे थे। अयोध्या

में कहीं भी पहुंचने एवं कहीं से भी सुरक्षित पलायन के लिए ये चौर्यपथ अत्यंत लोकप्रिय हो रहे थे। वणिक ने ऐसा ही एक चौर्यमार्ग पकड़ा और कुछ वर्षों में ही इस ज्ञानमार्ग पर यात्रा संपन्न करते हुए वह उन संकुल, अंधेरी बीथियों से निकलकर राजमार्ग के इस दिव्य महालय में आ गया।

...वह अयोध्या के ऐसे नवकुबेरों में से है, जो प्रचुर मात्रा में पादुकाराज में पनपे, पल्लवित हुए, पुष्पित हुए और अब फलों से लदे खड़े थे।

धूप वणिक के महालय के द्वार पर है।

पूर्वमुखी है महालय। पूर्वमुखी-द्वार धन लायेगा, ऐसा वास्तुविद ने कहा था। परंतु धन तो हर दिशा से आ रहा है जिसमें पूर्व दिशा भी सम्मिलित है।

धूप थोड़ी और चढ़ी।

वणिक अपने शयनकक्ष से निकलकर गवाक्ष में आया और वहां खड़ा है। अलसाया, अर्धजागृत, मिचमिचाये नेत्र लिए, केश अस्तव्यस्त। लंपटता, धूर्तता एवम् भोग का लेप किसी मुख पर पोत दो— और सघन लेप ही हो तो जैसी मुखाकृति बनेगी, वैसा मुख वणिक का।

उसने सूर्य की दिशा में दृष्टि डाली।

उसे सूर्य भगवान से न तो कोई लगाव, न श्रद्धा, न लेना-देना। जिसे चौर्य व्यापार में ऊंचे लाभ पर विक्रय न किया जा सके, उससे लगाव रखने का कोई कारण वणिक की बुद्धि में नहीं आता...। इस गणित से सूर्य उसके किसी काम का नहीं। फिर भी सूर्य 'भगवान' कहाता है एवं उसे प्रणाम करने न करने से कदाचित् कभी कुछ बन-बिगड़ सकता है— ऐसा उसने पिता के श्रीमुख से एवं ब्राह्मणों के वचनों द्वारा जाना है। प्रणाम करने में अपनी गांठ से कुछ जाता भी नहीं। पुनः ब्राह्मण भी ज्ञानी कहाते हैं और ये शठ, कहीं मान लो कि सत्य ही भास रहे हों, तो!...अतः वणिक् ने सूर्य को प्रणाम किया।

धूप अभी कुनकुनी ही है। वणिक आज के दिवस पर मनन कर रहा है। आज का दिवस अत्यन्त व्यस्त रहनेवाला है...। वैसे तो उसका प्रत्येक दिन नित्य ही व्यस्त रहता है। पादुकाराज में राजमार्ग पर अडिग रहना इतना सरल कार्य नहीं— न जाने किन-किनको, कहां-कहां साधकर रखना पड़ता है। कभी वणिक के हृदय से पूछिए कि राजमार्ग पर रहने के अर्थ क्या हैं। पर कोई क्या पूछे— वणिक हृदय से संवाद ही नहीं करता। वह हृदय को घास नहीं डालता। वह जानता है कि यहां आपकी प्रगति इस एक तथ्य पर निर्भर करती है कि आप अपने हृदय से पूछकर कार्य करते हैं या मस्तिष्क से—और पुनः आपका मस्तिष्क तिकड़मी है, या सार्थक विचारोंवाला निरर्थक पदार्थ। षड्यंत्रकारी, तिकड़मी मस्तिष्कों का अयोध्या में स्वागत है। पधारिए। बिराजिए। उच्चासन ग्रहण कीजिए। राजसभा में डटिए। यज्ञ में अग्निकुंड के ऐन निकट बिराजिए।

अश्व हैं। रथ हैं। वल्गाएं हैं—अश्वों की भी, अयोध्या की भी। संभालिए।...संभाल लिया? बिराज गये?...कोमल गादी पर पृष्ठ भाग धर के स्थापित हो गये?...अति उत्तम।...परंतु अब सतर्क रहिए। कोमल गादी पर निद्रा आने का भय रहता है और इन गादियों पर बिराजकर निद्रा लेना विपत्तिकारक हो सकता है। जागृत रहना है। सतत सतर्क। आप सम शठ, कुटिल और षड्यंत्रकारी मस्तिष्क राजमार्ग पर अनगिन हैं एवं सुअवसर की खोज में हैं।...और कुटिल मस्तिष्क के विषय में यह तो आप भी स्वीकारेंगे कि पादुकाराज में उसे सुअवसरों की न्यूनता नहीं है। पादुकाराज में खलु जनों के लिए सहस्र मार्ग प्रशस्त हैं। ये खलु जन कब गादी से आपको पटक दें, पता नहीं। सो निरंतर सतर्क रहना होता है।

वणिक् गवाक्ष में है।

सेवकगण कुछ अधिक ही उत्साह से यत्र-तत्र गतिमान हैं। प्रतीत होता है कि शठों ने कहीं से ताक लिया है मुझे, तभी ऐसे विकट उत्साह से कार्यरत हैं, अन्यथा तो ये जैसे आलसी एवं कामचोर हैं, सो ज्ञात ही है वणिक को। वणिक् को प्रत्येक् व्यक्ति कामचोर, कुटिल, ठग, खलु, शठ या चोर प्रतीत होता है। दरिद्रों, सेवकों, भृत्यों तथा अयोध्या की सामान्य प्रजा पर तो उसे सदैव ही संदेह रहता है कि आंखें फेरते ही ये शठ चोरी करने का प्रयास करेंगे। सो वह एक वक्र दृष्टिनित्य ही इस वर्ग के कार्यकलापों पर धरता है और उन्हें रंगे हस्त पकड़कर उचित दंड देने का कर्तव्य निर्वाह करता है।

एक श्वान भी पाल रखा है उसने।

वैसे उसे श्वान पर भी संदेह है। शठ कामचोर प्रतीत होता है। प्रतीत क्या, है ही। देखो अभी रथ के नीचे पड़ा कैसा मस्ती में अलसा रहा है! सुबह की धूप अभी तीखी भी नहीं हुई कि महाराज जाकर रथ की छांव में बिराज गये हैं! जिस देश के श्वान तक ऐसे आलसी हों उसकी तो ईश्वर ही रक्षा करे। वणिक को अयोध्या का भविष्य अंधकारमय दीख रहा है। वह इसे नहीं सह सकता। उसने नीचे झांकते हुए श्वान को 'हुश'...'हुश' कहा। श्वान तो पुनः श्वान ठहरा। वह 'हुश हुश' से निरपेक्ष विश्रामरत रहा। एक सेवक ने अवश्य ऊर्ध्व दिशा में मुख उठाकर पूछा...'कोई आज्ञा, स्वामी?'

'श्वान को रथ के नीचे से निकालकर बाहर करो'...स्वामी ने आज्ञा दी। सेवक मूर्ख। समझ न सका। श्वान रथ के नीचे बैठकर भलीभांति ऊंघ रहा है, सो उसे क्योंकर वहां से हटाया जाये? कदाचित् स्वामी ने कुछ और ही आज्ञा दी होगी।

'क्षमा करें स्वामी?'...सेवक ने प्रश्नवाचक मुद्रा में पूछा।

'स्वामी के पूत...इस श्वान के पूत को रथ के नीचे से निकालो और चार लातें प्रदान करो शठ को...'

स्वामी की बातें। स्वामी की सनक। अपने पिताश्री का क्या बिगड़ना है। सेवक

के कर में बांस में बंधी झाडू है। श्वान यूं भी स्थूल हो रहा है। दरिद्रों पर भौंकता है दुष्ट। सेवक ने बांस द्वारा श्वान को ऐसे कोमल स्थान पर कोंचा है कि श्वान सीधे वायुमंडल में गतिमान हो रथचक्र से अपना सिर फोड़ बैठा।...और जा ससुरे कुतियों के पीछे! सेवक बांस कोंचकर मुस्कुरा रहा है। श्वान प्रांगण में वर्तुल में घूमता हुआ भाग रहा है।

वणिक् ने इस कर्तव्य से निवृत्त होकर राजमार्ग पर ध्यान दिया।

राजमार्ग पर जल छिड़कता भिश्ती...। वणिक् ने संसार को हस्तामलकवत देखा है। चालीस वर्ष की वय हो चुकी उसकी। पांच बच्चों का पिता यूं ही नहीं बन गया। चंदिया उभर आई। दांत हिलने लगे। उदर इस वेग से अग्रगामी है कि उठना-बैठना दुष्कर। ग्रीवा मोटी। गतिमान हुए कि श्वास फूलती है। कदम धरें कि तन में चर्बी की तरंगें उठती हैं। पपोटे सूजे। कुल व्यक्तित्व कुछ ऐसा कि जिसे वणिक् भव्य मानता है।...अस्तु। हम चर्चा कर रहे थे कि वणिक ने भिश्ती को देखा और चूंकि वह संसार को समझने का भ्रम धरता है, सो उसने तुरंत ही जान लिया कि हो न हो यह भिश्ती कामचोरी कर रहा है। उसी कर्तव्य भावना के वशीभूत हो (जिसके अंतर्गत अभी उसने श्वान को कर्तव्यरत किया था,) उसने भिश्ती को पुकारा...

'क्यों रेऽऽऽ?'

भिश्ती जान गया कि उसे ही पुकारा जा रहा है।

अयोध्या में 'रे,' 'रे रे शठ', 'क्यों बे...' 'अबे ओ' आदि उच्चारकर ही उसे तथा उसके वर्ग के अन्य जनों को श्रेष्ठिवर्ग पुकारता है। मशक का मुख हथेली में दबोचकर उसने ऊपर को देखा, तो वणिक् को गवाक्ष में खड़ा पाया। उघारा तन। सूर्य की किरणें उदर पर, जो ऐसी चमकें कि मानो एक और सूरज धरा हो गवाक्ष में।...कित्ता भकोसते हैं ये!

'स्वामी...?' भिश्ती ने आदरपूर्वक पूछा।

'स्वामी के सगे...किस भांति जल छिड़क रहा है मार्ग पर...?' राजमार्ग की दिशा में अपनी स्थूल तर्जनी से इंगित करके वणिक ने पूछा है।

वणिक की दसों उंगलियों में नग पड़ी अंगूठियां हैं। ग्रीवा में मंत्रबद्ध डोरा। भुजा पर मंत्रबद्ध कंकड़ बंधा है। जिस भांति पादुकाराज के सभी महत्त्वपूर्ण कारकों को साधने की व्यवस्था उसने की है, उसी भांति ग्रहों, नक्षत्रों, देवताओं आदि को भी उसने साधा है।

अंगूठी के नग पर धूप की किरण गिरी। नग चमक उठा। किरण मानो चकाचौंध से सहमकर वापस लौटी है।

'भलीभांति तो छिड़क रहा हूं, स्वामी...,' भिश्ती ने अतिशय विनम्र होकर निवेदन किया। उसे ज्ञात है कि इन अधमों से मात्र सामान्य विनम्रता द्वारा पार नहीं पाया जा सकता।

'अभी कपालस्थि पर चार पादुकाएं ठोक दूंगा तो सारा 'भलीभांति' ठीक हो जायेगा,...' वणिक ने कहा।

भिश्ती मौन रह गया।

मौन में ही सुरक्षा है। महालय के स्वामी नित्य ही सत्य भाषते हैं और मार्ग पर डोलता दरिद्र नित्य ही मिथ्या सिद्ध होता है। सत्य-असत्य को सिद्ध करने की यह प्रागैतिहासिक विधि इतनी सटीक है कि इसमें भ्रम की संभावना रहती ही नहीं। सो भिश्ती तुरंत जान गया कि कौन सत्य सम्मत है। वह मौन रहा।

'क्यों रे...विकट वाचाल हुआ जाता है?' वणिक ने कहा।

भिश्ती मौन ही रहा।

'जल तो ऐसी कृपणता से छिड़कता है, मानो...'

भिश्ती मौन ही रहा।

वणिक् के घूरते नेत्र उसे भस्म करने का प्रयास कर रहे हैं, इसका भान उसे तब भी है, जब वह सिर झुकाये खड़ा है।

'रे रे शठ, क्या मुख में दही जमा रखा है? कुछ भाषता क्यों नहीं...?' वणिक् को अब भिश्ती का मौन रहना अपनी अवज्ञा प्रतीत हो रहा था। परंतु भिश्ती को यह भी ज्ञात है कि इस स्थिति में कुछ भी उच्चारना उसे और गहन कठिनाई में धकेलेगा। सो वह मौन ही रहा।

'चिड़िया भी लघुशंका करे, तो इससे अधिक धरा भिगो दे...'

क्या उत्तर हो सकता है?

भिश्ती मौन है।

'जल ढोने में नानी मरती है?...क्यों?'

भिश्ती मौन ही रहा।

'बोल न रे...'

'........'

'हम आज्ञा देते हैं...बोल...'

वह मौन ही रहा।

'क्यों रे...?'

'.........'

'इसकी ढीठता तो द्रष्टव्य है...!'

'........'

'बड़ा दुसाहसी है रे...!!'

'.......'

परंतु वह मौन ही रहा।

वणिक् क्रोध में कांप उठा। भिश्ती का मौन मानो उसे चुनौती दे रहा था। कर्तव्य में ऐसी अक्षम्य चूक और ऊपर से ऐसा ढीठ मौन! रात्रि में मदिरापान कुछ अधिक ही हो गया। कपाल चटख रहा है। जठराग्नि उदर से लेकर वक्ष तक धधक रही है। धूप भी कुछ अधिक ही तीखी है।...पुनः यह तुच्छ प्राणी दिक करने पर तुला है। वणिक् यदि क्रोधित हुआ तो उचित ही हुआ। क्रोध से कंपित स्वरों में वह गवाक्ष से ही चीखा :

'अरे कुछ तो बोल! जल के छिड़काव में ऐसी कृपणता?...क्यों रे...?'

भिश्ती मौन ही रहा।

वणिक् की क्रोधभरी वाणी सुनकर भृत्य गण अवश्य धाते हुए मुख्य द्वार तक आ गये। वे अब भिश्ती के निकट खड़े हैं। पड़ोसी महालय के सेवकगण भी आमोद का अवसर आसन्न जान वहां एकत्रित हो गये। दरिद्र अब किसी भी क्षण पिटेगा, यह वे जानते हैं और उस उत्तेजक पल की एक-एक बूंद पीना चाहते हैं।...

वणिक् गवाक्ष से झांक रहा है।

भिश्ती मौन खड़ा है। मशक का मुंह दाबे, ठीक अपने मुंह की भांति।

'अरे, कुछ उत्तर है तेरे निकट?'

'.........'

'भासता है कि नीचे पधारकर लगाऊं चार ठोकरें...?'

'.......'

भिश्ती मौन ही खड़ा रहा।

वह मानो ठोकर खाने की प्रतीक्षा में ही खड़ा है। पिटे, तो मानो एक कर्तव्य से निवृत्ति हो। यही हो। तथास्तु।

'इस शठ को ग्रीवा से गहकर दस-पचीस पादुकाएं तो कपाल पर मारो...'

वणिक् ने एकत्रित भृत्यों को आदेश दिया।

भृत्य तो पुनः स्वामी-भक्त। भृत्य तो पुनः भृत्य। भृत्य तो पुनः ऐसे सद्कार्यों के लिए सदैव ही तत्पर। भृत्य तो पुनः स्वामी की आज्ञा को ही नियम माननेवाले। भृत्य तो पुनः सदैव ही यह तथ्य विस्मृत करने को तत्पर कि वे अपने ही वर्ग के एक साथी को पीटनेवाले थे, जिसका एक मात्र अपराध यह था कि वह दरिद्र वर्ग से था, जिसका किसी भी कारण से अथवा अकारण भी पिटना पादुकाराज में सदैव ही न्यायोचित माना जाता है।...अस्तु ये तो हुए कुछ आदर्शवादी, नैतिकतावादी, धार्मिक से विचार, जिनका आप अचार भी नहीं डाल सकते। अन्यथा छोटी सी घटना मात्र यह हुई कि सेवकों के हाथों (और लातों) भिश्तीश्री की तन्मयतापूर्वक ठुकाई हुई। मशक्र हाथ से गिर गई, सो जल भलभलाकर वहीं आसपास राजमार्ग पर प्रवाहित हो चला। पीटपाटकर भिश्ती को भी उसी जल को अर्पित कर दिया गया।...भिश्ती अब जल में साष्टांग पड़ा है।

भिश्ती मौन ही पिट लिया।

नित्य की बात। श्रेष्ठिजनों एवं उनके सेवकों से पिटते अब तो जीवन ही बीत चला।

वणिक् गवाक्ष से समस्त कार्य-व्यापार संतोषपूर्वक देख रहा है। धूप की किरणें राजमार्ग पर बिखरे जल में यत्र-तत्र झिलमिल हो रही हैं। अब चहुंओर शांति है।

सेवक विहंस रहे हैं।

भिश्ती जल में सिक्त! होंठों से बहता रक्त। जीर्ण धोतिका और चिर गई। केश अस्त-व्यस्त। खरोंचें। नीलवर्णी धब्बे तन पर। नेत्रों में आंसू हैं अथवा गीले केशों से चूता जल ही माथे से बहता नेत्रों में प्रवेश कर रहा है, कहना कठिन है। दरिद्रों के नेत्र प्रायः शुष्क ही होते हैं क्योंकि वे भलीभांति जानते हैं कि आंसू बहाने से कुछ भी नहीं होता।

वणिक् अभी भी घूर रहा है उसे।

भिश्ती लड़खड़ाता हुआ राजपथ से उठा।

उसने किसी भी दिशा में नहीं देखा। रिक्त नेत्रों के साथ यह भी कठिनाई है कि भान ही नहीं हो पाता कि दृष्टि वस्तुतः किस दिशा में है।

उसने रिक्त हो चुकी मशक गही।

'अनुमति दें, तो प्रस्थान करूं स्वामी? मशक भर लाऊं?...संपूर्ण राजपथ ही शेष पड़ा है...,' उसने सिर झुकाये हुए ही मानो पवन को कहा। पुनः उत्तर की प्रतीक्षा किये बिना ही वह लड़खड़ाते पगों से चल दिया।

वणिक् उसे देखता रहा।

जा रहा है वह।

वणिक् के मुख पर असीम संतोष। अभी जो भी घटित हुआ, शुभ ही रहा। तुच्छ नीच जनों को सिर ही न उठाने दिया जाये— यही सर्वाधिक उचित तथा बुद्धिमतापूर्ण नीति है। अन्यथा इन्हें आपके कपाल पर प्रतिष्ठित होते बिलंब नहीं लगता।

'स्नान-ध्यान से निवृत्त हो लिया जाये...' वणिक् ने निश्चय किया। वह गवाक्ष से हटकर अंदर कहीं अदृश्य हो गया।

राजपथ अभी सूना है।

दूर जाता भिश्ती शनैः-शनैः चलता हुआ मोड़ पर अदृश्य हो चुका है।

सुबह की धूप राजमार्ग पर निर्द्वन्द्व पसरी है। भिश्ती की मशक से बिखरा जल अनगिन धाराओं में बंट गया है। भिश्ती के फटे होंठों से बहा रक्त अवश्य राजपथ पर कहीं भी दृष्टिगोचर नहीं हो रहा। वस्तुतः भिश्ती के रक्त को, भिश्ती के ढोये जल ने ही ऐसा धो डाला है कि अब राजपथ पर उसका कोई भी चिह्न शेष नहीं। प्रातः की सुनहरी धूप में आलोकित स्वच्छ राजपथ कैसा निर्दोष प्रतीत हो रहा है!

अयोध्या की राजसभा।

'कोई है?',...उन्होंने क्रोध भरे स्वर में पुकारा।

वे सभागार के मध्य खड़े हैं। कृशकाय तन की सीमाओं में जितना थरथराया जा सकता है, उतना थरथराते हुए क्रोध प्रकट कर रहे हैं। क्रोध किस पर कर रहे हैं? क्योंकि सभागार में वे हैं और कोई नहीं। परंतु वे क्रोधित भी तो इसी कारण हैं कि कोई और नहीं दीख रहा। सीमा होती है आलस्य एवं अकर्मण्यता की भी! सूर्योदय हुए विलंब हुआ, परंतु एक भी राजकीय सफाई कर्मचारी या भृत्य कहीं दृष्टिगोचर नहीं हो रहा। दोपहर में यहीं पादुकासभा की बैठक होनी है और अभी गवाक्षों से परदे तक नहीं हटे हैं! परदों से झरती सुबह की धूप के दुर्बल आलोक में उनकी व्याकुल काया वैसी विह्वल दीख रही है, जैसी धोतिका में चींटियों के प्रवेश करने पर दिखती है, अथवा पुनः नपुंसक क्रोध में हो जाती है। ब्रह्मप्रसादजी का क्रोध इसी श्रेणी का होता है।

ब्रह्मप्रसादजी अयोध्या के राजसभागार के प्रभारी अधिकारी हैं। वे छोटे स्तर के बड़े अधिकारी हैं। हैं छोटे, परंतु बड़े-बड़ों के कर्ण काट सकने में निष्णात। दुर्बल काया, परंतु पादुकाराज में भारी।

राजसभागार का बैठककक्ष विशाल तथा भव्य है।

कक्ष में अंधकार-सा है। गवाक्षों पर परदे तने हैं। अंधकार में ब्रह्मप्रसादजी प्रेत-छाया से डोलते प्रतीत हो रहे हैं। कक्ष में ऊंचा मंच, पुनः उस पर और ऊंचा स्वर्ण सिंहासन, पुनः उस पर विराजी रत्नजड़ित राम पादुकाएं हैं। ये राम की पादुकाओं की अनुकृति मात्र हैं। मूल पादुकाओं में रत्न आदि नहीं थे। मूल पादुकाएं तो साधारण-सी पादुकाएं थीं। अब वे नन्दिग्राम में भरत की कुटिया में स्थापित हैं, जिनके समक्ष समाधिस्थ भरत गत चौदह वर्षों से स्वनिर्धारित तथा स्ववरण्य वनवास काट रहे हैं। इसी अंतराल में रामपादुकाओं की सहस्रों अनुकृतियां अयोध्या में यत्र-तत्र सर्वत्र स्थापित कर दी गईं। कुटिल श्रेष्ठिजन, जिन्हें अयोध्या में बुद्धिमान कहे जाने का चलन है, इन्हीं पादुकाओं के नाम पर अयोध्या में अपना पादुकाराज चला रहे हैं। राम पादुकाओं को साक्षी मानकर, इसी राजसभा में ऐसे प्रजाविरोधी निर्णय लिए जाते हैं कि यदि स्वयं राम उपस्थित होते तो इन्हीं पादुकाओं से इनका कपाल फोड़ देते। परंतु

इनके सौभाग्य से राम वन में हैं एवं भरत नन्दिग्राम की कुटिया के स्वरचित कारागार में। सो अयोध्या का पादुकाराज उन षड्यंत्रकारियों की कुटिल मुट्ठी में आ गया है, जो स्वार्थ सिद्धि के लिए अयोध्या को अंतिम बूंद तक निचोड़ने को कृतसंकल्पित हैं।

बाहर मनोहारी धूप बिखरी है, परंतु भारी परदों के रहते सभाकक्ष में झीना-सा तिमिर तैर रहा है। छत के निकट मोखे हैं। परदों के मध्य झिरियां छूट गई हैं। प्रकाश की कुछ उत्साही किरणें इन्हीं से प्रविष्ट होकर चोरी-चोरी भीतर आई हैं और परावर्तित होकर सभा कक्ष के वैभव को मानो अवाक् देख रही हैं।

ब्रह्मप्रसादजी ने दो पग और धरे तो मोखे से लटक रहे प्रकाश के खड्ग के ठीक नीचे आ गये।...खड्ग के रूपक से आपको भय लगता है? तो कहिए कि उनके कपाल पर मानो दीपक लटक गया है। प्रकाश के वृत्त में ब्रह्मप्रसादजी का मुखड़ा अब स्पष्ट दृष्टिगोचर है। मुखड़े में ऐसा कुछ भी उल्लेखनीय नहीं है। यदि वह अंधेरे में अदृश्य रहता तब भी कोई हानि नहीं थी...। यही चालीस से पचास वर्ष के मध्य की वयवाला मुखड़ा..., जब यौवन का डेरा उखड़ चुका हो परंतु बुढ़ापे की खूंटियां अभी गड़ी न हों—सो उम्र का बहुत सा मलबा मुखड़े पर बिखरा पड़ा है। ऊंचा माथा, जो सुदूर गंजत्व में यूं विलीन हो रहा है जैसे आत्मा परमात्मा में समा गई हो। चंदन का वृहद् टीका। पुनः घनी घुंघराली सी भौंहें। किंचित् अधो दिशा में खिसकें, तो विराट झब्बेदार मूंछें जो व्यक्ति को अकारण ही भव्य एवं प्रभावशाली सिद्ध करने का दयनीय प्रयास कर रही हैं। स्थूल नासिका। उस पर दुर्बल-सा तिल। पुनः घनी मूंछों के मध्य छटपटाते से अधर, कि मानो घनी मूंछों के मध्य उनकी श्वास घुट रही हो। गोल सी ठुड्डी।... कुल योग में मुख पर ऐसा तेज कि जो अयोध्या के अधिकारियों के मुख की पहचान तथा स्थायी भाव बन चुका है। अधिकार, दासत्व एवं भक्तिभाव के मिश्रित तेज से लिथड़ा मुख।

ब्रह्मप्रसादजी ने चहुंओर निरीक्षण दृष्टि डाली।

'कोई है?'...उन्होंने पुनः पुकारा।

कोई नहीं है।

उनकी पुकार रिक्त सभागृह की भीत से प्रतिध्वनित होकर उन्हीं के गाल पर तमाचा मार अंधकार में छुप गई।

अब कहिए।

क्या कहें! वे क्या कहें? सुबह हुए कितना समय व्यतीत हुआ। वे स्नान-ध्यान, पूजा-पाठ से निवृत्त होकर घर से निकले, मार्ग में दो अमात्यों को प्रणाम भी कर आये, एक बार उस मार्ग पर भी परिक्रमा कर आये जहां 'वो' निवास करती है और प्रायः ही प्रातःकाल केश बिखराये दीख जाती है— यूं आज वह नहीं दिखी— तात्पर्य यह कि इतने सारे कार्य संपन्न करके वे सभागार पहुंचे हैं। कहां तो वे सोच रहे थे कि उन्हें

बिलंब हो गया और यहां देखो तो कोई कर्मचारी ही नहीं पहुंचा है! अभी संपूर्ण सभागृह व्यवस्थित होना है। दोपहर में पादुकासभा बैठनी है। स्वयं पादुका मंत्री पधारने को हैं। और यहां अभी तक कहीं कोई नहीं...! पादुकासभा को तो ये आलसी कर्मचारी कब का डुबो चुके होते, परंतु सौभाग्य का विषय यह रहा कि उनके जैसे कर्तव्यनिष्ठ अधिकारी भी अयोध्या में अभी शेष हैं!

कि एक द्वार के निकट आहट हुई।

ब्रह्मप्रसादजी चपलगति से द्वार की दिशा में गतिमान हुए।

जैसा कि त्वरा में गतिमान होने पर होता है, उनकी पादुका में धोतिका कुछ यूं उलझी कि वे द्वार के निकट भूलुंठित होते बचे। बच तो गये, परंतु इस उद्योग में कांच ढीली हो गई। द्वार खोला तो सामने मुरली था। ब्रह्मप्रसादजी पहले ही क्रोधित थे। अब इसमें उस क्रोध का योग कर दीजिए, जो अप्रत्याशित रूप से कांच खुल जाने पर आता है। ऐसे अतिशय क्रोध में धोतिका को कटि पर कसते हुए वे मुरली से बोले, 'अब आ रहे हो?'

'क्या तात्पर्य देव...?' मुरली ने भोलेपन से प्रश्न किया। उनका क्रोध द्विगुणित हो उठा। कर कंपित। धोतिका उंगलियों से छूट चली...।

'धोतिका कस लें...' मुरली ने सलाह दी।

'आप चिंतित न हों...' उन्होंने मुरली की आत्मीय चिंता का तिरस्कार करते हुए शुष्क स्वर में कहा।

'निबक रही है, सो कहा...।'

'नग्न हो जाने दो...।'

'हरि इच्छा...।'

'धोतिका में हरि को न घसीटो। यह स्पष्ट करो कि अभी तक पादुकाएं तथा सिंहासन स्वच्छ क्यों नहीं किये तुमने?'

'करते हैं।'

'कब करोगे?'

'धैर्य धरें।'

'हमें धैर्य की शिक्षा देते हो...? एक तो विलंब से आगमन...'

'हम तो कब के आये हुए हैं।'

'पुनः?'

'पुनः क्या?...धूप में खड़े थे...।'

शास्त्रार्थ बरामदे में प्रारंभ हुआ था। ब्रह्मप्रसादजी के साथ कठिनाई यह है कि उनको क्रोध आ जाये, पुनः वे एक स्थान पर स्थिर नहीं रह पाते। मानो गर्म तवे पर धर दिये गये हों, ऐसे व्याकुल होते हैं। उपरोक्त संवादों के मध्य वे बरामदे से गमन

करते प्रांगण में उगे पीपल के विराट वृक्ष के तले आ गये। कथोपकथन निरंतर है।

'खड़े-खड़े क्या कर रहे थे?'

'क्या करेंगे...? खड़े-खड़े कोई व्यक्ति क्या कर सकता है—खड़े होने के अतिरिक्त?'

'तब...?'

'तब क्या?'

'तब यह कि अभी तक सभागार अस्वच्छ है, पादुकाएं धूल धूसरित हैं, सिंहासन भी धूल धूसरित ही होगा— यह संज्ञान है आपको?'

'धूल इतनी क्यों है अयोध्या में महाराज?'

'निरर्थक बातें न करो। स्वच्छ करो, बस।'

'हम ही नित्य करते हैं।'

'पुनः...?'

'पुनः क्या...?'

ब्रह्मप्रसादजी उसे घूरकर देखते रहे। मौन रहे। नपुंसक क्रोध का जो उबाल आया था, वह उफनकर बाहर निकल आया और क्रोधाग्नि में गिरकर उसे ही बुझाये दे रहा था। वैसे भी उनकी क्रोधाग्नि में कभी ताप नहीं होता। उनकी क्रोधाग्नि में आंच क्यों नहीं होती है? अपनी शीतल क्रोधाग्नि पर उन्हें लज्जा भी आती है और क्रोध भी। ऐसी शीतल क्रोधाग्नि!...परंतु इसके अतिरिक्त अन्य उपाय भी तो नहीं। अयोध्या में राजकर्मचारियों से कार्य लेना ऐसा सरल कार्य नहीं। सहस्त्र ठनगन करने होते हैं। क्रोधाग्नि उनमें से एक है। प्रदर्शन के लिए प्रदर्शित क्रोधाग्नि। अग्नि का तैल चित्र सा। अग्नि का चित्र उकेरें, तो क्या भोजपत्र पर आग लग जाती है?

'तो स्वच्छ करो न...' ब्रह्मप्रसाद के स्वर में अब आज्ञा से अधिक आग्रह है। पवन का मंद झोंका कहीं से आया। पीपल पत्र नृत्य कर उठे।

पत्रों के मध्य से झरती धूप ब्रह्मप्रसाद और मुरली के आसपास धूप-छांव के वृत्त बनाती नृत्यमग्न है।

'अंधकार में किस भांति करें?'

'गवाक्षों से परदे खींच लेते, तो...'

'वह कार्य संकटाप्रसाद का है...'

'एक दिवस तुम वह कार्य निष्पादित कर लोगे, तो...'

'हम तो नित्य ही निष्पादित कर लेंगे, परंतु पुनः आपके संकटाप्रसादजी क्या करेंगे?' मुरली ने लांछन सा लगाते हुए कहा तो वे रुष्ट हो गये।

उन्हें ज्ञात है कि मुरली ढीठता पर तुला है।

परंतु उन्हें यह भी भान है कि यह समय रिसाने अथवा रोष व्यक्त करने का नहीं।

पादुकाराज में यदि कोई राजकर्मचारी कर्तव्य के लिए तत्पर नहीं, तो कृपया इसे उसकी ढीठता न मानें। यही शास्त्रानुकूल व्यवहार है। यदि आप रोष प्रकट करते हैं, तो हम कहेंगे कि आपको लज्जा आनी चाहिए। ब्रह्मप्रसादजी जो रुष्ट होने को तत्पर थे, शास्त्रानुसार लज्जित होने में व्यस्त हो गये।

'अभी तक नहीं पधारे संकटाप्रसाद?' उन्होंने कृत्रिम आश्चर्य से पूछा। उनके स्वर में लज्जा का स्पर्श पाकर मुरली ने अवसर उचित जाना और संसार को यह सूचित करना भी उचित जाना कि यहां मात्र वह ही कर्तव्यपालन कर-करके मरणासन्न हुआ जा रहा है, शेष जो कर्तव्य की बेदी पर टांग धरकर सो रहे हैं, उनसे कुछ भी कह पाने का दुस्साहस किसी में है नहीं!

'आपको सब तो ज्ञात है, पुनः हमसे पूछते हैं?' मुरली के स्वर में भर्त्सना है, जो ब्रह्मप्रसाद से छुपी नहीं।

'कल तो समय पर आया था...' ब्रह्मप्रसादजी के स्वर में अब शनैः-शनैः दयनीयता प्रवेश कर रही है।

'गांजा पत्ती सभाकक्ष में भूलकर प्रस्थान कर गये थे। सो अगले दिवस ही आकुलता हुई सो प्रातः धाते हुए पधार गये होंगे...'

'ब्रह्ममुहूर्त से ही मदपान के लिए कोई क्योंकर व्याकुल होगा...?'

'गांजे का भी कहीं कोई समय होता है क्या श्रीमान?...यह संध्यावंदन अथवा सूर्यनमस्कार सम बाध्यता तो है नहीं कि समय पर ही करो...।'

'मदपान एवं पूजापाठ में यह अंतर तो है— सत्य कहा तुमने...।'

'गांजा पूजापाठ से इक्कीस ही बैठता है...।'

'ऐसे अधम कुबोल न बोलो। पूजापाठ का पुण्य भी तो तौलो...।'

'एक बार गांजा प्राप्त हो जाये तो पुनः उससे बड़ा और कौन सा पुण्य लाभ होना है महाराज...?'

'तुम भी कदाचित् चिलमपान करके पधारे हो? क्यों?'

'कितना हाड़तोड़ कार्य कराते हैं आप, यह अनुमान भी है आपको...बिना मदपान किये कोई कर सकता है क्या?'

'परंतु राजकीय सेवा में कर्तव्य-स्थल पर मदपान करके आना नियम विरुद्ध तथा निषेध है...'

'तो हम प्रस्थान कर जाते हैं...।'

'मित्र, तुम रूठ जाते हो।'

'आपने बात ही ऐसी कही...।'

'हमने तो एक बात कही।'

'बात कहने भर को की हो, तो आप सहस्र कह लीजिए, हम सहर्ष सुन लेंगे...।'

'बस...तो पुनः चपल गति से सिंहासन तथा पादुकाएं स्वच्छ तो कर लो...।'

'पहले गवाक्षों से परदे तो हटवाइए...।'

'अब एक दिवस तुम ही हटा लेते मित्र?'

मुरली उनके प्रस्ताव पर विचार करने लगा। वह मौन था। ब्रह्मप्रसादजी उसे आशा-भरी दृष्टि से निहार रहे हैं। पीपल से टंगी धूप-छांव की समर्पण ध्वजा मानो दोनों के मध्य तरंगित हो रही है।

'...आपका यही आग्रह है तो हम यह कर्तव्य भी निभा देते हैं, परंतु पहले आप हमारे एक प्रश्न का उत्तर दे दें...,' मुरली ने मौन भंग करते हुए कहा।

'पूछो...'

'आप इन संकटाप्रसाद से कभी कुछ भी क्यों नहीं कहते?'

'कहते हैं...विकट कहते हैं...अभी उनका आगमन होने दो, पुनः निहारना कि कैसी प्रताड़ना करते हैं...।'

मुरली उन्हें मुस्कुराता हुआ देखता रहा। मुरली ने उनके वायवीय कथन का ठोस उत्तर देते हुए वह बात कही, जो हृदय को चीर जाती है। मुरली ने हृदय को छीलने वाले ये वचन उच्चारे, 'अब हम बतायें कि आप संकटाप्रसादजी से क्यों भय खाते हैं?'

स्पष्ट था कि मुरली ढीठता पर आमादा है। उसकी ढीठता को अनदेखा करते हुए वे बोले, 'हम किसी से भयभीत नहीं...।'

उनकी झबरीली मूंछों में स्पंदन हुआ। कदाचित् अधर भी फड़के।

मुरली ने इन पर ध्यान न देते हुए अपना संवाद पूरा किया,...'क्योंकि वह प्रद्युम्न महाराज का विशेष मुंहलगा है, इसीलिए...'

अधर ही फड़के थे। मूंछों की झबरीली ओट भी अब फड़कते होंठों को छुपा नहीं पा रही। अब तो नासिका का अग्र भाग भी (जिस पर प्रातः की धूप की एक फांक गिर रही है और जिस पर बना तिल धूप में दमक रहा है) फड़कने लगा है। स्पष्ट है कि वे क्रोधित हो उठे हैं।

'किसी सामंत के मुंहलगे होने से संकटाप्रसाद बच न पायेंगे...' उन्होंने घोषणा की।

'अहो! कौन सी कठोर कार्रवाई करनेवाले हैं आप?'

'हम यदि करने की ही ठान लें तो उनको भी ठीक कर दें और तुम सबको भी...'

'अहो ! क्या सद्वचन हैं आपके भी! उनके साथ आप हमें भी दंड देंगे क्योंकि हम नित्य समय पर आकर समस्त कर्तव्यों का निर्वाह करते हैं?...न्यायपरायणता धन्य है आपकी...!'

'न्याय की बातें करते हो?...पहले कर्तव्य तो करो। जो कार्य करेगा...'

'मलाई चटवायेंगे उसे?'

'अधिकारी से संवाद का शिष्टाचार भी विस्मृत हो गया क्या? अभी पादुका मंत्री से शिकायत कर दी तो दौड़ते फिरोगे।'

'उन्हें सूचनाएं देने को तो हमारे निकट भी पर्याप्त सामग्री है महाराज...'

ऐसे शास्त्रार्थ कभी समाप्त भी होते हैं क्या?

ये मात्र होने के लिए ही होते हैं और इनके पीछे कार्यरत मूल भावना यह होती है कि दूसरे पक्ष पर यह स्पष्ट हो जाये कि हम भी कम नीच नहीं हैं। इससे लाभ यह होता है कि दोनों पक्ष अंततः परस्पर वैसा परंपरागत आदरपूर्ण व्यवहार करने लगते हैं, जैसा कि एक नीच को दूसरे नीच के साथ करना अभीष्ट होता है। दोनों नीचों के मध्य ये संवाद कदाचित् अभी और चलते, कि चार व्यक्ति अचानक मानो शून्य से एक साथ हंसते हुए प्रकट हुए। ब्रह्मप्रसादजी को लखकर उन्होंने हंसना बंद कर दिया एवं प्रणाम करके ऐसे आदरपूर्वक खड़े हो गये कि मानो आरती का थाल कर में होता, तो उनकी आरती भी उतारने लगते...।

नये शास्त्रार्थ के बीज पड़ने लगे...।

'अब पधार रहे हो?' ब्रह्मप्रसादजी ने चढ़ते सूर्य की दिशा में इंगित करते हुए पूछा।

पवन का जो झोंका कहीं चला गया था, पुनः लौटा है।

पीपल पत्र पवन में पुनः अठखेलियां कर उठे।

धूप-छांव की नाना आकृतियां तीव्रगति से बनने-मिटने लगी हैं। पीपल मानो ब्रह्मप्रसादजी को क्रोधित पा कंपित है। पत्र मानो थरथरा रहे हैं। परंतु पधारे सज्जनों पर उनके क्रोध का रत्ती भर भी प्रभाव नहीं हुआ था, यह स्पष्ट है। वे निर्लिप्त, निर्विकार खड़े हैं।

एक पीपल पत्र झरा और नीचे की दिशा में पतित हो रहा है।

'इतने विलंब से पधारते हो...?'

उन्होंने परस्पर कनखियों से देखा और मुस्कुरा दिये।

पीपल पत्र डोलता गिरा और ब्रह्मप्रसादजी के कंधे पर टिक गया। जिन कंधों पर पादुकाराज का महती भार धरा हो, उन पर यह पत्र भला क्या अंतर डालता!

'एक तो विलंब से आगमन, पुनः निर्लज्जों सम मुस्कुराते हो?...अभी इसी क्षण समस्त ढिठाई का उपचार कर दूंगा...'

झब्बेदार मूंछें अब धूप की फांक के नीचे हैं। थरथरातीं। इतना क्रोध, परंतु संपूर्ण दृश्य दयनीय-सा।

'किंचित् विलंब तो अवश्य हो गया, महाराज...,' एक बोला।

'नित्य ही होता है...' वे बोले।

'ऐसा अकथन न कहिए महाराज...' एक ने कहा।

वे चुप रहे। दूसरे ने उनके मौन का उचित अवसर जानकर कहना प्रारंभ किया—

'पुनः एक कर्तव्य हो, तो कहें। प्रातः कुटिया से यहीं आगमन के उद्योग में ही थे कि सामंत प्रद्युम्न महाराज का भृत्य आकर कपाल पर खड़ा हो गया कि महाराज के लिए दो पात्र भर नीम की निंबोली तोड़कर अविलंब महालय पहुंचो, कारण कि राजवैद्य जो अन्नदाता के लिए दुर्बलतानिवारण रस का निर्माण कर रहे हैं, सो उसमें निंबोलियां न्यून रह गई हैं और त्वरित ही निबोलियां न मिलीं तो अर्धनिर्मित रस ही व्यर्थ हो जायेगा, जबकि इसमें स्वर्ण एवं मोती भस्म वैद्य महाराज पहले ही डाल चुके हैं। हमने तो स्पष्ट नकारते हुए कहा कि हमें राजसभागार पहुंचने में विलम्ब हो जायेगा तो ब्रह्मप्रसादजी रुष्ट होंगे। हमने उनके भृत्य को कहा भी कि तुम स्वयं ही नीम आरोहण कर निंबोली चयन क्यों नहीं कर सकते, तो अनुमान करिए कि ढीठ का कथन क्या था?...कहता है कि प्रद्युम्न महाराज का कथन था कि इस कार्य को संकटा ही विश्वस्त ढंग से संपन्न कर सकता है...और दुष्ट कहने लगा कि तुम ब्रह्मप्रसादजी के रुष्ट होने से तो आशंकित हो और प्रद्युम्नजी से भयभीत नहीं कि जिनसे स्वयं ब्रह्मप्रसाद महाराजजी की...अब क्या तो कहें महाराज...बस दुर्गति है हमारी तो कि दोनों ओर ही मृत्यु...'

ये संकटा प्रसाद थे, यह कहने की आवश्यकता नहीं। प्रद्युम्न सामंत का राजसभा में महत्त्वपूर्ण स्थान है। नीचता में बहुत कम श्रेष्ठिजन उनसे पार पा सकते हैं। संकटा प्रसाद उनके नाम को खड़ाऊं की भांति लिए रहता है और उचित अवसर और समय पर ठोकता भी है। ब्रह्मप्रसादजी के सिर पर दो पड़ीं, तो वे शिथिल हो गये।

'भ्राताश्री, तुम ऐन लगन से प्रद्युम्नजी के कार्य करो...परंतु किंचित् कर्तव्यस्थल पर भी यदि पधार जाओ तो...'

'कृपया ऐसा न कहें...प्राणपण से कर्तव्यपालन करते हैं हम...'

'प्राणों की चर्चा क्यों करते हो मित्र...? सभागार के परदे समेटने हैं, बस...। सामान्य-सा कार्य है और आपके प्राणों पर...'

'साधारण सा कार्य समझते हैं?...कभी एक परदा खींचने की चेष्टा कीजिएगा। ऐसे भारी हैं कि परदा खुले, न खुले, एक के खोलने में ही कांच खुल जाती है।'

'बस तो कांच ठीक से बांध लो और शीघ्रतापूर्वक...'

'वह तो हम कर ही लेंगे। और कांच की चिंता कभी हमने की नहीं महाराज!...परंतु कभी हमें विलंब हो रहा हो...मान लें कि प्रद्युम्न महाराज ने कभी आदेश दे दिया कि प्रथम हमारे केशों में तेल डालकर मालिश करो तब ही जाना...तो हम न हों, तो यह साधारण-सा कार्य तो कोई और भी कर सकता है...' संकटाप्रसाद ने कहा।

'अभी तो आप इसे भारी कार्य की संज्ञा दे रहे थे...?' ब्रह्मप्रसादजी ने

आपत्ति ली।

'पुनः भारी हो, अथवा सामान्य...आपका कार्य कोई और क्यों करेगा?' 'कोई और' अर्थात् मुरली ने भिन्न कोण से आपत्ति ली।

'मित्र, आप मौन ही रहो...।'

'क्यों, हम क्यों न बोलें?'

'क्योंकि हम जो बोलने लग गये तो धावत राह न पाओगे...।'

'धमकाओ मत...।'

'धमकी नहीं भ्राता, सत्य कथन है।'

'सत्य वचन उच्चारने का ऐसा हठ न पाल लेना, अन्यथा कहीं हम भी सत्य कथन पर आ गये, तो धावत-धावत प्रद्युम्न महाराज के चरणों में पहुंचोगे...।'

'प्रद्युम्न महाराज का नाम ऐसे न घसीटो...। श्रेष्ठिजन की टांग के नीचे आने से पूर्व यह भी देख लेना कि उनकी टांग का भार भी उठा पाओगे कि नहीं...'

इस विमर्श का अंत कहां था?

वैसे यह विमर्श भी कहां था? वाग्विलास कह लें। मूल तथ्य यह कि पादुकाराज के राजकर्मचारी इतने वर्षों में पादुकापूजन का महात्म हृदयंगम कर चुके हैं। यहां राजकर्मचारी से हमारा तात्पर्य बुद्धिमान तथा सांसारिक ज्ञान में निष्णात सेवकों से हैं। वे जो परिश्रमी एवं कर्तव्यनिष्ठ हैं, उनकी औषधि तो राजवैद्य के पास भी नहीं है।...सो प्रत्येक बुद्धिमान सेवक किसी न किसी सामंत, मंत्री अथवा अन्य महत्त्वपूर्ण श्रेष्ठिजन की पादुका पकड़कर विराजा है। अस्तु। यही उनका राजकीय कर्तव्य मानिए। अब आप उनसे अन्य कोई कर्तव्य करवाने का प्रयास कर लीजिए। कौन किससे कार्य करने की कहे? वह न जाने किसका निकटस्थ सिद्ध हो। सो राजसेवकों से कार्य लेना हो, तो मनुहार करो, फुसलाओ, चिरौरी करो...।

अंततः यही ब्रह्मास्त्र ब्रह्मप्रसादजी ने चलाया।

'लड़ो मत मित्र...' वे दोनों को पुचकारने लगे।

उन्होंने सबको पुचकारा, फुसलाया, उनके साथ नीच परिहास किये और इस प्रकार वायुमंडल में इतना भ्रातृत्व घोल दिया कि वायु चहुंओर गाढ़ी हो गई एवं अब स्तब्ध-सी है। पीपल पत्र भी इस भांति श्वास साधकर मौन और अचल हैं कि मानों भयाकुल हों कि कदाचित् कोई उनसे किसी कार्य के लिए आग्रह न कर बैठे। धूप-छांव के टुकड़े भी निष्पंद हैं। अलसाते।

वे सभी की मनुहार करते, समझाते, सभी को चेतावनी देते सभाकक्ष के स्वच्छता अभियान पर ले चले।...'त्वरापूर्वक हस्तचालन कर सभाकक्ष को दमका दो...सामंत श्रेष्ठ पधारते ही होंगे...।'

वे पीछे-पीछे। भृत्य आगे-आगे।

झुंड को हांकते वे।

जब अन्य जन सभाकक्ष में प्रवेश करने लगे, तो ब्रह्मप्रसादजी ने पीछे से संकटाप्रसाद को रुकने का संकेत किया। सभाकक्ष के द्वार पार, दोनों।

बांह गहकर अत्यंत आत्मीय हो चले ब्रह्मप्रसादजी बोले, 'क्यों रे, कौन से वैद्य दुर्बलतानिवारण रस का निर्माण कर रहे हैं?'

प्रश्न फुसफुसाहट की कानाफूसी शैली में पूछा गया था।

संकटाप्रसाद ने गहन दृष्टि उन पर डाली। उसके मुख पर परिहास भाव आये। पूछा, 'क्यों पूछ रहे हैं महाराज?'

महाराज की झब्बेदार मूंछें कुछ छुपा रही हैं।

'कुछ नहीं रे...अनायास यों ही...' वे बोले।

वह उन्हें मुस्कुराता मौन देखता रहा।

ब्रह्मप्रसादजी ने उसकी बांह गही और उसे आग्रहपूर्वक खींचते हुए पुनः पीपल तले निरापद एकांत में ले आये।

'बोल न रे...'

'प्रथम आप तो रहस्योद्घाटन करें...।'

'तुझसे जो जिज्ञासा की जा रही है, सो बता...तुझे आम्रभक्षण से तात्पर्य कि तू आम्रवृक्ष गिनेगा?'...वे अभी भी फुसफुसाकर बोल रहे हैं। परंतु स्वर में ऐसी मिठास कि पीपल पर भ्रमणरत चींटे-चींटी तक विचलित होकर उनकी दिशा में रेंगने लग गये।

'हम तो आम्रवृक्ष पर चढ़कर ही आम भक्षते हैं...,' संकटाप्रसाद ने कहा और निर्लज्ज हंसी हंसने लगा।

'बोलता है, कि हम प्रदान करें पाद-प्रसाद...?' ब्रह्मप्रसादजी ने लात उठाकर कहा, पर वाणी मानो शहदयुक्त। मीठे प्रेम में पगे शब्द। चाशनी में तिरते बोल। स्पष्ट है कि लात मारने के लिए नहीं उठी है। वात्सल्य रस में पगी लात है।

पाद-प्रहार की चेतावनी के बाद भी हंस रहा है। ढीठ। दुष्ट!

नटखट है संकटा प्रसाद।

'ब्राह्मण देवता की लात खाकर स्वर्ग ही प्राप्त होगा महाराज!...लगा दीजिए तो कल्याण हो हम जैसे पापी का भी...। शेष जिस दुर्बलता की चर्चा के आप इच्छुक हैं, उसमें वैद्यों की औषधि तो निष्प्रभावी समझिए महाराज! उस औषधि के संधानकर्ता तो कोई दूसरे ही हैं। आज्ञा दें तो प्रबंध किया जाये...?'

ब्रह्मप्रसादजी मौन रहे।

देख रहे हैं। संकटाप्रसाद को। लज्जित से।

और संकटाप्रसाद को तो ज्ञात ही नहीं कि लज्जा कहते किसे हैं।...

'घने वन से विशुद्ध वास्तविक जलजमनी चुनकर लानेवाले एक वनवासी से परिचित हैं हम...शिश्नोत्थान एवं शीघ्रपतन की समस्याओं के निराकरण हेतु जैसी अचूक औषधियां उसे ज्ञात हैं, वैसी...'

'नीचे स्वर में नहीं बोल सकता है रे शठ?' ब्रह्मप्रसादजी ने उलाहनापूर्ण मीठी फटकार लगाई है। एक चींटा निकट ही भ्रमणरत है। प्रतीत होता है कि मिठास का केंद्र खोज रहा है। उसके साथ कुछ और भी चींटे, चींटी। इसी अभियान पर।

'तू आज ही ले आ...।'

'मैं तो अभी ले आता हूं, महाराज...।'

'परंतु औषधि शुद्ध हो...मूल्य की चिंता न करना...।'

वे समझाने लगे।

पादुकाराज के चलते मूल्य की क्या चिंता, राजकर्मचारी को।

समीर बह निकला। मानो, चिंतामुक्त।...पीपल पत्र मंद-मंद नृत्य कर उठे। अहा...औषधि जब आयेगी, तब के आनंद का तो वर्णन ही क्या...। सारा जगत मानो नाच उठा।...डोलते पत्रों के मध्य से गिरती धूप से बनती धूप-छांव की आकृतियां यूं मगन हो चहुंओर नृत्यरत हैं, मानो उसी गुनी वनवासी की जलजमनी का सेवन करके उत्तेजित हों।

चींटों की कतार उतर रही है पीपल के तने से।

'पुनः हम औषधि हेतु प्रस्थान करें?...' संकटाप्रसाद ने अनुमति मांगी तो ब्रह्मप्रसादजी उसे घूरकर देखने लगे।

'दारुण कामचोर है रे तू...।'

उनके कथन में इतना खोखलापन था कि उनकी ध्वनि गूंजती सी लगी।

'कामचोरी कैसी श्रीमान...अब घने वन में चार कोस अंदर जाना होगा। पुनः जलजमनी लेकर चार कोस ही लौटना। अभी प्रस्थान करें तो...' संकटाप्रसाद ने जलजमनी अभियान में प्रस्तुत होनेवाली कठिनाइयों का विवरण देना प्रारंभ किया।...दुष्ट है, परंतु है गुनी।

'जा रे...प्रस्थान कर। पादुकाएं तो यहां स्वच्छ हो ही जायेंगी।...और एक दिवस न भी हुईं, तो पादुकाराज में किसे चिंता है...'

मीठी वाणी। शर्करा वचन।

ब्रह्मप्रसादजी का स्वार्थ हो तब उनकी वाणी चखिए। चाश्नी युक्त। परममिष्ठ। अभी यही हुआ।...परंतु इसी मिठास के फेर में एक चींटा उनके अधोवस्त्रों तक पहुंच चुका है।

संकटाप्रसाद ने सादर प्रणाम कर प्रस्थान किया।

ब्रह्मप्रसादजी मधुर विचारों में मग्न (जो ऐसी चमत्कारी जलजमनी की प्रत्याशा

में मन पर आच्छादित होने ही थे) पीपल के वृक्ष तले खड़े रहे। क्या सोच रहे हैं वे? अनुमान कठिन नहीं। कोई मीठा स्वप्न है, जो आ-जा रहा है। उनके होंठों पर मुस्कान खेल रही है। कदाचित् स्वप्न में 'वो' केश बिखराये आ गई है और जलजमनी प्रदत्त आत्मविश्वास से परिपूर्ण वे उसे आलिंगन में लेने ही वाले हैं...।

स्वप्नों में खोये वे शनैः-शनैः सभाकक्ष की दिशा में गमनरत हैं।

पीपल से एक पत्र झरा।

पत्र डोलता हुआ ब्रह्मप्रसादजी की दिशा में अधोगामी है। प्रतीत होता है कि उनकी खुपड़िया पर ही कूदने की प्रतिज्ञा लेकर झरा है। खोपड़ी पर ही कदाचित् वह पतित भी हुआ होता परंतु तभी अचानक उनकी गति अप्रत्याशित रूप से तीव्र हो गई। वे धोतिका को झटकारते हुए त्वरित गमन कर उठे। त्वरित क्या, कूद गये कहिए। कदाचित् अधोवस्त्रों तक पहुंचा चींटा अधिक ही उत्साही एवं अनुसंधान वृत्ति का सिद्ध हुआ है। सो पीपल पत्र जब तक उनकी खोपड़ी पर गिरता, वे उस स्थान से अधोवस्त्रों सहित द्रुत गति में प्रस्थान कर चुके थे।

विवशतावश पीपल पत्र धरा पर वहां लुंठित हुआ, जहां बहुत सी चींटियां अब भी भटक रही हैं।

ध्वस्त-सा महालय।

महालय, 'ध्वस्त-सा' कैसे?

धैर्य धरें। आपकी यही प्रवृत्ति उचित नहीं। आद्योपांत पढ़े बिना तड़पने लगते हैं। वैसे प्रातः की सुनहरी धूप में यह श्रीहीन, कांतिहीन, ध्वस्तप्राय महालय भी संप्रति ऐसा स्वर्णिम प्रतीत हो रहा है, जैसा यह कभी वस्तुतः हुआ करता था। समय सबसे बलशाली होता है। सबसे बड़ा उपहास करनेवाला भी। और सबसे क्रूर भी। वह समय भी था, जब इस महालय के आंगन में अयोध्या के श्रेष्ठिजनों की ऐसी भीड़ होती थी कि आंगन संकीर्ण प्रतीत होता था।...कब था वह समय भ्राता?...हमने निवेदन किया न कि धैर्य धरें। आप धरने को तत्पर नहीं। ऐसी आतुरता ठीक नहीं। कथा की मुट्ठी शनैः-शनैः खोलना कथा-कौशल माना जाता है। (पुनः मुट्ठी अंततः रिक्त ही क्यों न निकले!)

प्रातःकाल की धूप में महालय स्वर्णिम दीख रहा है, यह हमने अभी कहा। यह कथन भी कथाकौशल का ठनगन ही समझिए, अन्यथा तो महालय की दुर्दशा स्पष्ट है। वर्षों से पुताई को तरसती भीतें। भदरंग द्वार। दीमक द्वारा भक्षित कपाट। जंग लगी सांकलें। यत्र-तत्र काई के धब्बे। झरती चुनाई। कोने-कोने में सूनापन। सन्नाटा। फर्श से छत तक ठसाठस भरी रिक्तता। आंगन की दीवार पर कौवे।...दुर्भाग्य की, या कहिए दुर्दिनों की छाया पूरे महालय पर ऐसी गहन कि स्वर्णिम धूप भी महालय के अंधियारे को दूर नहीं कर पा रही।

यह महालय अयोध्या के भूतपूर्व राजकवि प्रसन्नजित का है।

हमने कहा न। प्रारंभ में ही कहा था मित्र। आप सुनते नहीं, पश्चात् रुदन पर उतारू हो जाते हैं...। हमने कहा था कि समय महाबली होता है और नीच परिहास करनेवाला भी। कभी प्रसन्नचित्त का भी समय था। दशरथ महाराज की राजसभा के प्रमुख राजकवि थे वे। ऐसा प्रभाव कि क्या तो कहें। चमत्कारी, गुनी कवि कि एक-एक श्लोक पर सभासद ऐसे सिर धुनें कि ससुरों का मुकुट गिर-गिर जाये। ऐसे प्रतिभावान कि दशरथ महाराज तक आसन से उठकर अगवानी करें। ऐसे स्वाभिमानी कि काव्य को ईश्वर की सत्ता से भी ऊपर मानें और मनवायें।...पुनः आज उनकी

यह दशा क्योंकर कि अयोध्या में मनोहारी सूर्योदय हो चुका है और वही प्रसन्नजित इस ध्वस्तप्राय महालय के आंगन में भूमि पर औंधे मुंह ऐसे श्रीहीन पड़े हैं कि अभी तो वे इसी ध्वस्त अट्टालिका का ही कोई भाग प्रतीत हो रहे हैं— मानो झरती दीवार से कोई भदरंग भुरभुरा टुकड़ा टूटकर आंगन में जा गिरा हो। स्पंदनहीन।...दशरथजी के प्रखर राजकवि का पादुकाराज में यह कैसा पराभव?...आपने पूछा है। हम बता चुके हैं कि समय महाबली होता है और उसने अच्छे अच्छों की लंगोट में हस्तप्रवेश कर इससे पूर्व भी उन्हें उल्टा किया है। पादुकाराज के चौदह वर्षों के समय ने बहुतों को उल्टा तो किया ही है, लंगोट खींचकर नग्न भी किया है। अति क्रूर रहा है यह समय प्रसन्नजित-सम उन प्रतिभाशालियों के लिए जो रघुकुल की रीति पर भरोसा करते रहे और जिन्हें भ्रम रहा कि अयोध्या में प्रतिभा, आत्मसम्मान, आत्मगौरव, श्रेष्ठ काव्य, सीधे मार्ग, परिश्रम, सत्य, स्पष्टवादिता आदि गुणों का आदर करने की रघुकुल रीति चलती रहेगी। इन चौदह वर्षों ने ऐसे दिग्भ्रमित मूर्ख प्रतिभाशालियों को उनके ही आंगन में औंधा करके छोड़ दिया, जैसा कि प्रसन्नजित को हम अभी देख रहे हैं।...कैसे हुआ यह? अयोध्या का ऐसा प्रखर कवि राजसभा से निष्कासित हो क्योंकर यों मुंह के बल अपने ही आंगन में भूलुंठित हुआ?...प्रश्न अनेक हैं, जो आपके मन में उठ रहे हैं, यह हमें ज्ञात है। धैर्य धरें। कथा के लंगोट में अपना हस्त प्रवेश न करें— समय का हाथ वहां पहले ही पड़ा है। समय आने पर कथा के ये भाग भी समक्ष आयेंगे। अभी ढंके हैं। कथा कौशल का चक्र। क्या करें! सो इस समय स्थिति यों है कि सूर्योदय की बेला है, जीर्णशीर्ण महालय का आंगन है, और आंगन में प्रसन्नजित धूप में औंधे पड़े हैं।

किसी कक्ष से निकलकर पत्नी आंगन में आई हैं।

शुभांगदा।

शुभांगदा ने प्रसन्नजित को आंगन में पड़े देखा है, तो मौन खड़ी रह गईं। प्रसन्नजित को देखकर उसे दया आती है, क्रोध भी और रुदन भी। अयोध्या के उस प्रखर राजकवि की तो यह छाया भी प्रतीत नहीं होते, कि जो वक्ष तानकर चलता था तो यह आंगन ऐसा भर जाता था कि सब तरफ बस प्रसन्नजित ही दीखते।...ऐसे व्यक्ति को इन चौदह वर्षों में क्रमशः टूटते देखना भयंकर त्रासद अनुभव रहा है। नित्य ही वे मानो कुछ और टूट जाते। ऐसा स्वाभिमानी कवि यूं नैराश्य और एकांत में खो जायेगा, किसने सोचा था? कैसे निराश, कितने उदास, कैसे बुझे-बुझे, कैसे बिखरे हुए, कैसे रिक्त।...कविता अभी भी रचते हैं। सुनाते किसी को नहीं। परंतु रचते हैं। भोजपत्रों पर लिखी कविता को आंगन में आती धूप पढ़ पाती है अथवा पुनः शुभांगदा। इति।...जब वे आंगन में आसन लगाकर भोजपत्रों पर कविता रचते होते हैं, तब शुभांगदा झांककर उनको चुपके से देख जाती है। काव्य रचना करते हुए यही निराश

और टूटा हुआ व्यक्ति पुनः कितना उद्दाम, कैसा आशावान, कितना ऊर्जामय, कैसा भव्य और कितना प्रकाशवान प्रतीत होने लगता है। काव्य रचना में लीन प्रसन्नजित को निहारना अभी भी कैसा सुखद और हृदय को शीतलता देनेवाला अनुभव है— ठीक उन दिनों की भांति जब वे राजकवि थे।

शुभांगदा वे दिन भूल नहीं पातीं।

अयोध्या ने भी न तो उन दिनों को बिसराया है, न प्रसन्नजित को। उनके काव्य को अयोध्या का सामान्य जन अभी भी कंठस्थ किये है। फिर हुआ क्या?...बस, बीच में पादुकाराज आ गया। अन्यथा वे दिन!

तब दशरथ महाराज का राज था।

दिग्दिगंत तक अयोध्या के वैभव की कथायें।

दिगदिगंत?...मित्र, आप भी शब्द गह लेते हैं। आलोचक वृत्ति आपमें ठाठें मारती है। दिग्दिगंत से हमारा तात्पर्य था, निकट की जनपदों की सीमाओं तक। अयोध्या में तब रघुकुल रीति का बड़ा शोर था। रीति अनुसार ही राज भी चलता, राजा भी, प्रजा भी। पादुकाराज के चौदह वर्षों के पश्चात् की अयोध्या को अभी देखकर तो किसी भी रीति का कभी यहां होना कपोल कल्पना मात्र लगता है। पर ऐसा था।

उस भव्य राजसभा के प्रमुख राजकवि थे प्रसन्नजित।

कई अन्य कवि भी राजसभा में थे, जो राजकवि की मानद उपाधि को ढोते थे। दशरथजी बुद्धिजीवियों का परम सम्मान करते। ऋषियों की पूजा। तपस्वियों का आदर। आश्रमों को दान-दक्षिणा। कवियों को प्रश्रय। उनके श्लोकों का राजसभा में सस्वर गायन। चर्चा। स्वर्णमुद्राएं। दान।...वैसे भी अयोध्या में काव्य-रचयिताओं का कौन अकाल। चार हाथ की दूरी में पांच कवि प्राप्त हो जायें। स्वयं को कविकुल शिरोमणि मानने के भ्रम में जीनेवाले। सभी अपने काव्य के भोजपत्रों के पोथे साथ ही धरके गमन करनेवाले। जब, जो श्रोता जहां प्राप्त हुआ, उसे तत्काल ही काव्यरस में भिगो देने का संकल्प लिए। सुरीली तानवाले। प्रत्येक की हार्दिक अभिलाषा कि राजसभा में दशरथ महाराज के करकमलों से उत्तरीय ओढ़ने का सम्मान मिले। प्रत्येक का जीवन ध्येय कि राजकवि कहाएं।

महाराज दशरथ की काव्य-प्रोत्साहन नीतियों के कारण संपूर्ण अयोध्या जनपद में काव्य-समागमों, काव्य-गोष्ठियों आदि का ऐसा प्रचलन कि बीथिकाएं 'अहो अहो', 'पुनः सुनाएं' के कचरे से अटी रहतीं। छुद्र एवं नौसिखिये कवि तक घनघोर व्यस्त। काव्य के भोजपत्रों की लदान लिए वे कहीं भी यात्रारत पाये जा सकते थे। 'कहां से मित्र?' परिचित पूछते ही। 'यही मणिपट्टन तक गये थे...वहां के भूपति अधिरथ के घर नाती का मुंडन-संस्कार होना था, सो उसी शुभअवसर पर काव्यगोष्ठी का संयोग निर्मित हो गया...' कविराज बता रहे हैं। परिचित आश्चर्य में है कि इस कविराज की

संतान को भूपति या कोई भी कैसे तथा क्योंकर सहन करता होगा? 'अभी गत पूर्णिमा को ही तो उन्होंने काव्य संध्या का आयोजन कराया था?' कवि उनके अज्ञानपूर्ण प्रश्न पर तरस ही खा सकता है। कवि हंसकर बताता, 'अरे, तब तो उनकी गैया के गाभिन होने का सुअवसर बना था मित्र कि जिसके कारण गौमाता को विषय बनाकर काव्य रचनाएं पढ़ी गई थीं...।' 'अहो, तो वही समागम कि जिसमें मूषकजी ने, सुना है कि सांड को विषय बनाकर अपनी रचना सुनाई थीं...?' परिचित किंचित् वक्र होंठोंवाली मंद स्मित के साथ पूछता। कविराज के उत्साह का पारावार नहीं, 'अहो, तो अयोध्या तक उस गोष्ठी की चर्चाएं हो रही हैं।...मूषकजी उस गोष्ठी में अति स्थापित भये। सांड और गैया को लेकर उस शठ ने वो शृंगार-रस बांधा और गाय-सांड के निमित्त ऐसे ठाठदार पद गाये कि अधिरथजी तो उदर गहकर लोटपोट हो गये— प्रसन्न होकर उन्होंने अपनी सद्यः प्रसूता गैया के दुग्ध से निःसृत दानेयुक्त घृत का एक कुंभ ही मूषकजी को दान में दे दिया...।' परिचित कहता...'सत्य वचन, आपके मूषकजी की तो समस्त अयोध्या जनपद में ख्याति है कि वे कटिबद्ध भर हो जायें जो वे होते ही हैं, तो हास्य रस की वृष्टि करके ही मानते हैं, पुनः इस हेतु उन्हें चाहे नग्न-नृत्य ही क्यों न करना पड़े...।' कविराज भांप जाते कि चर्चा अनुदार मोड़ ले रही है। वे कहते..., 'अच्छा, हम किंचित् त्वरा में हैं— अभी नन्दिग्राम के वणिक श्रेष्ठ के गृह पर आयोजित काव्यपाठ में पहुंचना है...चार कोस का पदगमन है, सो प्रस्थान की अनुमति दें...।' वे चले जाते। नन्दिग्राम में वणिक् के गृह की पुताई संपन्न हुई है, सो इसी उपलक्ष्य में काव्यपाठ का डौल जमा है। रसिकजन एकत्रित होंगे। काव्यरस की वृष्टि होगी। काव्यरस की वर्षा से पुताई नष्ट नहीं होती।...काव्यरस बरसता रहता है अयोध्या पर। भीगती रहती है अयोध्या। इस वृष्टि से भोजपत्र भी नष्ट नहीं होते। उन पर अमर काव्य जो रचा होता है। काव्य से गोदे भोजपत्रों को न तो जल भिगो सकता है, न ही अग्नि नष्ट कर सकती है।

और ऐसों के मध्य प्रसन्नजित यूं द्युतिमान होते, मानो अंधियारी रात्रि में सूर्य भगवान उदित हो आये हों। अद्भुत काव्यप्रतिभा। पीड़ा के स्वरों के गायक। करुणा से सिक्त काव्य। जन-जन की पीड़ा और आशा के कवि। कोमल हृदय एवं षड्यंत्रकारी, दोनों प्रकार के सभासदों की हृदय-तंत्रियों को झनकारनेवाले।...कवि ईर्ष्या से ऐसे दग्ध रहें कि उनकी धोतिका अग्नि पकड़ते-पकड़ते रह जाये। पर वे भी 'अहो-अहो' कहे बिना न रह सकें। मन करे कि ग्रीवा मसक दी जाये— परंतु क्या करें।...और ऐसे तो स्वाभिमानी कि दशरथ महाराज से भी नेत्र झुकाये बिना संवाद करें।...प्रयास हुए कि दशरथजी प्रसन्नजित के विरुद्ध हो जायें। मारें लात और करें बाहर राजसभा से। मंत्रियों को गहा। कर्ण भराई चली। 'हें-हें' हुई। महालयों में षड्यंत्र चले। रानियों के चरण। दासियों तक हें-हें।...पर प्रसन्नजित की काव्य-पताका लहराती ही रही।

परन्तु हाय रे कालचक्र।

कालचक्र नहीं जानते आप? मित्र...अभी हम महाबली समय की चर्चा कर रहे थे न? वही। उसी का चक्र है। हां मित्र घूर्णन भी करता है।...चक्र है, तो घूमेगा ही। ऐसे प्रश्न करते हैं आप भी! रथ चक्र सा? वही मान लो।...पर मौन रहो, तो हम कथा कहें।...तो हम कह रहे थे कि हाय रे कालचक्र। काल की महिमा। समय का फेर। राम वनवास सिधारे। और दशरथ महाराज परलोक। राजसभा और राजसत्ता के समीकरण ही उलट-पुलट गये। भरत महाराज, राम के भक्त। राम की पादुकाएं ले आये। पादुकाराज आ गया अयोध्या में। कुछ दिवस सब संतोषजनक चला। शनैः-शनैः रामपादुका के नाम पर स्वयं का पादुकाराज चलानेवालों का एक समूह उभरा। अयोध्या इनकी मुष्टिका में आ गई। यही समूह अयोध्या की नियति का नियंता बन गया।...'हें-हें' करनेवाले कविगण अब इस समूह के चरणों में बिलबिलाने लगे।

ऐसे में प्रसन्नजित का क्या हुआ?

क्या होना था! वही हुआ जो ऐसे में प्रसन्नजित सम व्यक्तियों का हुआ करता है।...वे कब राजसभा में अर्थहीन हो गये, कब उनके पद तले की भूमि सरकी और कब वे राजसभा से निष्क्रमित हो भूलुंठित हुए— ज्ञात ही नहीं हुआ। कविता पर प्रतिभाहीनों की सत्ता स्थापित हो गई और वे ऐसे कोने में उपेक्षित कर दिये गये, जहां उनका होना, न होना पादुकाराज के नियंताओं के लिए अर्थहीन हो गया।

और तब से चौदह वर्ष बीत गये।...शुभांगदा सोच रही है।

परंतु कविता रचने में लीन प्रसन्नजित को देखना अभी भी कैसा सुखद अनुभव है! तभी तो वह चाहती है कि वे कविता रचें। तभी तो लगता है कि प्रसन्नजित में कहीं, कुछ भी समाप्त नहीं हुआ है— बस, समय का प्रश्न है। इनका भी समय आयेगा और प्रसन्नजित पुनः वही प्रखर और प्रभावशाली प्रसन्नजित होंगे।

'उठ जाते...' शुभांगदा ने निकट आकर पुकारा है।

प्रसन्नजित औंधे ही पड़े रहे।

'क्या करूं उठकर...?'

'काव्य-रचना ही करते...।'

'क्या करूंगा कविता रचकर...?' प्रसन्नजित के प्रश्न में प्रसन्नजित नहीं हैं।

'कविता तो बस रची जाती है— उससे प्राप्ति की आशा क्यों— यह आप ही तो कहा करते थे...,' पत्नी ने अपनी बुद्धि अनुसार बड़ी बात कही है।

'कविता राजसभा में स्वर्ण-मुद्राएं लूटने के लिए रची जाती है मूर्खा...' प्रसन्नजित ने हंसकर कहा और उठंग होकर बैठ गये। बोले, 'एक मूर्ख की पत्नी से और आशा भी क्या की जाये?...क्यों?'

शुभांगदा ने सजल नेत्रों से उन्हें देखा।

—

दाढ़ी अस्त-व्यस्त। केश उलझे हुए। कैसे पीतवर्ण और दुर्बल दीखते हैं। ग्रीवा किसी बीमार मुर्गे सी निकल आई है। अधर कैसे शुष्क, पपड़ियाये। पसलियां यूं कि गिन लो। दुर्बल टांगें...।...परंतु मुस्कान में कैसा प्रखर व्यंग्य, कैसा तेज और कैसी निश्छलता।

'परंतु आपने तो आजीवन कभी स्वर्ण-मुद्राओं के लिए कविता रची ही नहीं, नाथ...', शुभांगदा वहीं पास में जुड़कर बैठ गई। संवाद तो कर रहे हैं, अन्यथा दिवसपर्यंत मौन ही बने रहते हैं।

'तभी तो यूं आंगन में लुंठित हैं...,' कविराज ने हंसकर कहा।

हे ईश्वर...कितने दिनों के पश्चात् यूं हृदय से हंस रहे हैं प्रसन्नजित! शुभांगदा को प्रतीत हुआ कि मानो सारी सृष्टि ही उनके साथ खिलखिला रही है। आंगन की धूप कैसी स्वर्णिम हुई जाती है।...प्रसन्नजित हंस रहे हैं। वे हंसते रहे। और हंसे। फिर बोले...

'जानती हो कि अयोध्या में जो कवि स्वर्णमुद्रा हेतु काव्य नहीं रचते, उनका क्या भवितव्य है?'

क्या कहती वह?

'ज्ञात भी है कि अयोध्या में अब उन कवियों का क्या होनेवाला है, कि जो राजसभा को भानेवाला काव्य नहीं रचते?'

वह घबराने लगी। कैसी अनर्गल सी बातें कर रहे हैं?...या कदाचित् वह ही नहीं समझ पा रही? प्रसन्नजित खड़े हो गये।

हंसी अब कहीं नहीं है। वह सहम कर आंगन के पार कहीं जाकर छुप गई प्रतीत होती है। वे व्याकुल से आंगन में घूम रहे हैं।

दृष्टि न मालूम कहां— कदाचित्, अयोध्या के भविष्य पर।

स्वर भी व्याकुल एवं आंदोलित।

'जब कविता राजसभा की रुचि के अनुकूल रची जाने लगे, जब कवि मां सरस्वती की अर्चना से पूर्व राजसभा को नमन करने लग जाये, जब कविता उन दिशाओं से नेत्र मूंदकर चले, जिनका निषेध राजसभा ने कर रखा हो...तब कोई कविता रचे ही क्यों?...और तुम मूर्खों सम कहती हो कि मैं कविता लिखूं?'

इतना लंबा वाक्य बोलते-बोलते श्वास भर आई उनकी।

शुभांगदा ने व्याकुल हो उनका हाथ पकड़ा और आग्रहपूर्वक उन्हें आसन दिया। शुभांगदा के आकुल स्पर्श में भी सांत्वना है, और यह आश्वासन भी कि उनकी हर विपत्ति में वह उनके साथ है। प्रसन्नजित के हाथ उत्तेजनावश कंपित हैं। कंपन शुभांगदा की हथेलियों तक पहुंच रहा है।

'यह कविता रचने का समय नहीं है शुभांगदा...।'

प्रसन्नजित के स्वर में निराशा है, और पराजय भाव भी। पराजित तो वे हुए ही नहीं थे कभी। पुनः?

शुभांगदा ने प्रसन्नजित की कंपित हथेलियों को सहलाते हुए कहा, 'मैं बहुत बुद्धिमति तो नहीं स्वामी..., परंतु मुझे प्रतीत होता है कि यही तो सच्चा समय है कविता रचने का...सच्ची कविता रचने का...।'

प्रसन्नजित अवाक् होकर शुभांगदा के मुख को देखते ही रह गये!

पत्नी को सदैव ही उन्होंने मंदबुद्धि माना है, जैसा कि अयोध्या के पतियों के मध्य परंपरा-सी रही आती है। परंतु कितनी गहन बात कह गयी है वह...और वे स्वयं को बड़ा बुद्धिमान मानते रहे!

सत्य ही तो कहा शुभांगदा ने।

सत्य है कि कोई भी समय ऐसा कठिन नहीं हो सकता कि कविता न लिखी जा सके। वस्तुतः समय जितना ही क्रूर, प्रतिकूल और कठिन होगा, कविता रचने हेतु वह उतना ही अनिवार्य समय भी होगा। समय का सच तब और भी कविता के सच में उतरना चाहिए जब झूठ का समय चल रहा हो। कविता मात्र व्याकरणसम्मत छंद या श्लोक रचना ही तो नहीं है।...काश, कि ऐसा होता। तब कवि का जीवन कितना सरल और सुखी हो जाता!

पत्नी का एकदम नवीन रूप है यह।

प्रसन्नजित उसे एकटक निहार रहे हैं।

पादुकाराज की भंवर में डूबते प्रसन्नजित को कुछ समय पूर्व तक मानो तिनके का संबल भी नहीं था— और यहां तो मानो तट ही प्राप्त हो गया था।

अयोध्या में एक दिवस, अंतहीन

सघन वन।

और घने वन के मध्य कहीं वह सरोवर, जिसे आश्रम के ज्ञानीजन तड़ाग कहते हैं।

दोपहर की बेला।

दोपहर की धूप में तड़ाग का जल स्वर्ण-सम दमक रहा है। तट पर उगे वृक्ष झुककर मानो जल के दर्पण में स्वयं को निहार रहे हैं। पक्षियों का कलरव। किनारे-किनारे ऊंची घास, झाड़ियां, पाषाण, कीचड़। पवन में आंदोलित होकर वृक्ष झूमते हैं, तो एक रोमांचकारी व रहस्यमयी सरसराहट संपूर्ण वन में सहमी-सी विचरने लगती है। और सरोवर की सतह पर तरंगें भागती हैं, भयभीत सी, इस कूल से उस कूल तक।...घने वृक्षों की छाया है सरोवर तट पर। तट पथरीला है। काई से हरे पत्थर। सरोवर की सतह पर तरंगों के साथ बहते-तैरते काई के टुकड़े हैं। तट के निकट जल में, वनस्पतियों के गुच्छ मानो कि ऋषियों के जटाजूट हों। जल-तरंगों के साथ सिर हिलाते। पंछियों के समूह तड़ाग के ऊपर वायुमंडल में। कुछ पंछी अनायास ही सरोवर में गोता मारकर मीन का आखेट कर रहे हैं। दोपहर की धूप। वन मनभावन है और रहेगा, जब तक कि आप किसी शेर के समक्ष न आ जायें। तट पर हिरण आये हैं। प्यासे। बड़े-बड़े नेत्रों से, सतर्क हो चहुंओर निहारते। उन्हें ज्ञात है कि वन लाख सुहावना दृष्टिगोचर हो रहा हो परंतु कटु वास्तविकता यही है कि यदि आप हिरण हैं, तो कभी भी दबोचे जा सकते हैं। वही पादुकाराजवाली स्थिति।...बयार चली।...घास सरसराई। सतर्क हिरण धा लिए। सरोवर के साथ-साथ एक पगडंडी है, जो किंचित् सी दूरी पर ही वन में विलीन हो रही है।

तो यह तो हुआ प्रकृति वर्णन।

अब पधारें मूल कथा की दिशा में।

इस समय उक्त पगडंडी पर पांच युवा ब्रह्मचारियों की टोली का आगमन हो रहा है, तड़ाग की ओर। कुणाल ऋषि के आश्रम के ये युवा ब्रह्मचारी शिष्यगण वन से कंद-मूल-फल, जड़ी-बूटियां, यज्ञ-काष्ठ इत्यादि एकत्रित करने के उद्देश्य से वन में निकले हैं। कंधों पर झोलेनुमा वस्त्र लटके हैं, जिनमें यही सब कुछ अंट-संट भरा है। सूर्योदय

से पूर्व ही आश्रम से निकल आये थे वे। आश्रम से किंचित् दूरी पर ही यह घना वन स्थित है। तब से वन में विचरण करते-करते दोपहर हो आई। मर गये घूम-घूम के। जंगल में विचरना कौन सा सरल कार्य है। कंकड़, कांटे, झाड़ियां, कीड़े-मकोड़े, बिच्छू, सर्प। पथरीला मार्ग। गुनी जन जिसे कंटकाकीर्ण मार्ग कहा करते हैं, वह। सघन घास के मध्य से गमन की कथा ही भिन्न कि जहां सरसराहट हो तो सर्प की आशंका से क्षणांश को तो धोतिका की गांठ खुल जाये। पुनः कंद-मूल-फल का अन्वेषण। औषधियों की खोज। एक भय सतत कि कदाचित् गलत मूल या औषधि उखाड़कर आश्रम पहुंच गये, तो प्रभारी ऋषि महाराज सोंटा धरकर घोंट देंगे।...और विपत्ति यह कि समस्त बूटियां एक समान-सी प्रतीत होती हैं। पग क्लान्त हैं। पादुकाएं पगथलियों से निबक-निबक जाती हैं। झाड़ियों के घटाटोप के मध्य से मार्ग निकालते दुर्गति हो चुकी है। कुहनियां छिल चुकीं। जंघाओं तथा घुटनों में खरोंचें।...पुनः खुपड़िया पृथक् घुटा रखी है। घुटी खोपड़ी पर धूप बरछी सी चुभ रही है। लंबी चुटिया के मूल में स्वेद कण चिनमिना रहे हैं।...माथे पर लेपित चंदन की तो विलंब हुए ऐसी-तैसी हो चुकी।

'किंचित् विश्राम कर लें?' एक ब्रह्मचारी ने सरोवर को इंगित कर सुझाव दिया है।

प्रश्न में ही उत्तर निहित है।

सभी की हार्दिक इच्छा है कि यात्रांत कर कहीं विराज लें।

'किंचित् दूरी पर ही वह तड़ाग है सो वहीं आसन ले विश्राम कर लेते हैं...' एक ब्रह्मचारी ने कहा है।

तड़ाग के पथरीले तट पर आसन जमा लिया ब्रह्मचारियों की टोली ने।

जड़ी-बूटियों से ठसाठस झोलों को कंधों से उतारकर यत्र-तत्र धर दिया गया है। कटि पर बंधी धोतिका को उतारकर बिछा दिया गया। अब मात्र लंगोट नीचे है। पर्याप्त है। यहां वन में कौन देख रहा है।...कहते हैं कि वन-सुन्दरियां हुआ करती हैं?...मित्र, यदि वे होती हैं, तो इस समय क्षमा करें। अब उनको लंगोट में ही इन पर मोहित होना होगा। इस समय वन सुंदरी की कोमल भावनाओं की रक्षा से अधिक आवश्यक कार्य क्लांत कटि को विश्राम देना है। पुनः साधुओं को नंग-धड़ंग होने की सामाजिक तथा धार्मिक छूट भी है।...

शयनित हैं धोतिकाओं पर संन्यासीगण।

कंकड़ गड़ रहे हैं। विरल धोतिका से घास प्रविष्ट हो पीठ में चुभ रही है।

यत्र-तत्र विचरते चींटे चींटियों का दल भी निकट ही भ्रमण कर रहा है...परंतु आनंद है। जल को स्पर्श करता पवन का शीतल झोंका आया और ब्रह्मचारियों की नग्न देह के रोंगटों को लात मारकर खड़ा कर गया। तरुवरों के पत्र तक कंपित हो उठे। जल सतह पर कांपती हुई तरंगें उठीं और बिखर गईं। धूप में जो तन स्वेद में चिपचिपा

गया था, शीतल अनुभूति से भर गया। मंद समीर संग घास पर बिखरे सूखे-गीले पत्र उड़ चले और ब्रह्मचारियों के तन पर बिखर गये।...तन पर पत्र पतित हों, तो हों। यहां ध्यान ही किसे है? नेत्र मींचे पड़े हैं वे। छांह और शीतल बयार में आनंदमग्न, सरोवर तट पर विश्राम में लीन हैं ब्रह्मचारी गण। मौन। मानों समाधिस्थ। वन अवश्य सरसरा रहा है। हिरण कब के भाग चुके। बस...सरसराता पवन है, जो तरुवरों के मध्य, तड़ाग जल पर, घास को सहलाता, झाड़ियों में उलझता, निरुद्देश्य बालकों सा अठखेलियां करता भाग रहा है।

पड़े रहे वे नेत्र मूंदें, ना जाने कब तक।

कि एक ने नेत्र खोलकर चहुंओर निहारा।

उसने देखा—घने वृक्षों का अंतहीन विस्तार, झरती धूप की किरणें, उन किरणों में दमकते वृक्षों के पत्र, नीला स्वच्छ आकाश, तड़ाग की सतह पर धूप के साथ क्रीड़ारत तरंगें, और उसने सुना पंछियों का कलरव और उस पर सूने वन के निस्तब्ध मौन की संगत।...और ये शठ आश्रम में ज्ञान बघारते हैं कि जीवन निस्सार है, माया है, निरर्थक मोह है। कैसा दारुण असत्य! जीवन को निहारा भी होता एक बार, मात्र एक बार, तो वे ऐसा कैसे कह पाते? कैसा सुंदर है यह संसार कि जिसमें यह जीवन श्वास ले रहा है। यह पवन, यह हरीतिमा, जल सतह पर भागती ये तरंगें, पवन के संगीत पर नृत्यमग्न ये वृक्ष, ये अनगिन वनस्पतियां, ये अनगिन पंछी— क्या उन्होंने कुछ नहीं देखा? कहते हैं कि जीवन निस्सार है! खड़ाऊं से ठोकना चाहिए इनकी कपालअस्थि को।...यह संसार छल है, या तुम ही छलना हो?

'तेरी दीक्षा कब होनी है?' उसने निकट ही विश्रामरत साथी ब्रह्मचारी से प्रश्न किया।

पांचों ब्रह्मचारी आश्रम के विभिन्न प्रभागों से हैं।

कुणाल के आश्रम में भिन्न-भिन्न विद्याओं के अर्जन हेतु भिन्न-भिन्न प्रभाग हैं।

क्षत्रिय शिष्य युद्धकौशल, अस्त्र-शस्त्र चालन, घुड़सवारी, धनुर्विद्या, राजकाज आदि का ज्ञान अर्जित करने हेतु यहां आते हैं। उधर ब्राह्मण-सपूतों को इन मूर्खताओं से कुछ भी लेना-देना नहीं। वे शास्त्रज्ञान, वेदपाठ, कर्मकांड, यज्ञविधि-विधान, ज्योतिष-विद्या आदि ऐसी लीलाओं में पारंगत होना चाहते हैं जो अनंतर पुरोहिताई के उद्योग में सहायक हों। ऐसी ही अन्य अनेक विद्याएं हैं, जिनके विशारद ऋषिगण सोंटा लिए आश्रम में बिराजे हैं। यहां विद्यादान देने की मूल विधि यह है कि मनोयोग से शिष्य की ठुकाई करो और उसका जीवन ऐसा कठिन तथा दारुण बना दो कि वह त्राहिमाम कर उठे। प्रत्येक ब्रह्मचारी विद्या विशेष के अर्जन हेतु किसी विशिष्ट गुरु से संबद्ध है, परंतु कुछ सामान्य नियम आचार-व्यवहार सभी को समान रूप से पालन करने होते हैं। वन विचरण कर कंद-मूल-फल आदि एकत्रित करना ऐसा ही एक नियम है।

समस्त शिष्यों को बारी-बारी यहां वन में आना होता है। आज इन ब्रह्मचारियों की बारी है।...घना वन आश्रम से सटा हुआ ही है। वस्तुतः तो आश्रम ही घने वन में स्थित हैं। वृक्षों को अग्निकांडों द्वारा स्वाहा करके ही आश्रम निर्माण हेतु भूमि अर्जित की गई है।

'अभी तो गुरुदेव परीक्षा लेंगे, तब...' जिससे प्रश्न किया गया था, वह अभी भी नेत्र मूंदे ही पड़ा है। कदाचित्, ऐसा कोई स्वप्न था कि पलकें खोलने पर जिसके खो जाने का भय है।

'गुरुदक्षिणा की व्यवस्था?'

'प्रथम गुरुजी बोलें तो...।'

'क्यों?'

'बता ही नहीं रहे कि गुरुदक्षिणा में क्या लेंगे?'

'पूछा?'

'नित्य ही जिज्ञासा प्रस्तुत कर रहे हैं हम कि गुरुजी अगली पूर्णिमा को हमारी दीक्षा होनी है, सो गुरुदक्षिणा के विषय में भी सूचित कर दिया जाये, परंतु...'

'क्या कथन रहा उनका?'

'कथन क्या रहता— बस, मुस्कुरा दिये...'

दोनों के वार्तालाप से अन्य लोगों की तंद्रा भंग हुई।

शनैः-शनैः सभी ने नेत्र खोल लिए हैं। एक-दो बैठ भी गये हैं। वार्तालाप में सभी सम्मिलित भी हो चले। वार्तालाप का विषय?...कुछ भी। इस उम्र में वार्तालाप के लिए विषय की आवश्यकता कैसी? है तो उत्तम, नहीं है, तो अति उत्तम।

'मुस्कुराए?'

'और क्या...।'

'मिथ्या भाषण न करो।'

'सत्य कहते हैं मित्र।'

'हमें भी आमंत्रित कर लेते...।'

'क्यों?'

'हम भी देख लेते...हमने तो बुढ़ऊ को कभी मुस्कुराते देखा नहीं...।'

'...अब मिथ्या भाषण तो आप कर रहे हैं।'

'क्यों?'

'अभी उस दिवस जब पादुकामंत्री आश्रम में पधारे थे तब लखा नहीं कि क्या दृश्य था— सभी तो शुभ्र दंतपंक्तियां निपोरे मुस्कुरा रहे थे...।'

'वह तो भिन्न घटना कहाई।'

'उनको देख के तो कुणाल ऋषि तक 'हें-हें' करने लगते हैं...।'

'सत्य वचन।'

'आश्रम संचालित करना है अथवा नहीं?'

'पादुकाराज के देवताओं को तो भजना ही होगा।'

पुनः गुरुदक्षिणा की चर्चा चल निकली। गुरुजी क्या मांग सकते हैं? पूर्व शिष्यों से क्या मांगा था? मांगते हैं कि स्वयं ही विचार करके निश्चित करना होगा। जो मांगा और न दे पाये, तो? कहते हैं कि ऋषिवर भंयकर श्राप दे सकते हैं।...श्राप क्या, मान लो कि गुरुजी ठान भर लें पुनः संपूर्ण अयोध्या जनपद में आपको कहीं भी टिकने को स्थान तक प्राप्त न होगा। कुणाल ऋषि का संकेत पर्याप्त है। कोई थूकेगा भी नहीं आप पर, आप लाख विद्याएं बटोरकर निकले हों, आश्रम से, तब भी।...अभी उस दिवस ही तो मंगलदीन से सहस्र गौओं की गुरुदक्षिणा स्वीकारी है। मंगल के पिताश्री तो अयोध्या के श्रेष्ठिजन हैं। वे दो सहस्र गौयें भी दान कर दें। परंतु हमारे पूज्य पिताजी तो दस गौओं की सुनकर भी रुदन करने लग जायेंगे। पुनः कुणाल के आश्रम से ही विद्याप्रप्ति का कौल क्यों उठाया मित्र? कहीं और जाते। यहां तो सारी माया ही गुरुदक्षिणा की है। जितनी दक्षिणा, वैसा भविष्य। कुणाल का पादुकाराज में असीम प्रभाव है। हम तो भ्राता, जैसे ही आश्रम से निकले कि कूदकर गृहस्थाश्रम में प्रवेश करेंगे। सत्य वचन। बहुत हुआ ब्रह्मचर्य आश्रम। अब नहीं सधता।...आश्रम से एक पग भी बाहर धरा कि हम विवाह बेदी पर बिराजे। पुनः सुहागसेज पर शयन।...अहो, अहो।...पर्णकुटीर की पथरीली भूमि पर शयनरत रहते हुए भी निद्रा में ऐसे मीठे सपने आते हैं कि वर्णनातीत...।...वर्णन करो, मित्र!...वर्णन करो।...पुनः मधुर स्वप्नों का विस्तार से विवरण। अश्लील स्वप्नों की घनघोर अश्लील चर्चा। बातें। बातें ही बातें। करते रहो चर्चायें। गप्पे मारों। आश्रम पहुंचकर भी क्या करना है। यहीं तड़ाग तट पर पड़े रहो। यह शीतल पवन। शीतल छांव। यह सन्नाटा। यह मौन। यह मानों अपनी ही सत्ता। गप्पें। गल्प। कथाएं। स्वप्न। योजनाएं।

समय कब बीत गया, पता ही नहीं चला।

सांझ उतरने लगी।

वन में सांझ उतरती है, तो उससे भी पूर्व उतरता है रात्रि के आविर्भाव का भय।

रात्रि उतरने से पूर्व ही वन से निकल जाना है। ब्रह्मचारी उठ खड़े हुए। धोतिकाएं बटोरी गयीं। कटि में लपेटो। जड़ी-बूटी भरे झोले कंधों पर आ गये। चलो।...पंछी लौट चले। सूर्यनारायण वृक्षों की ओट में छुपने के फेर में हैं। पवन ऐसा तीव्रगामी है, मानो कि रात्रि होने से पूर्व ही वन से निकल भागने के प्रयास में हो। पवन प्रवाह में वृक्ष आंदोलित हैं। अनवरत हरहराहट का शोर बढ़ गया है। समस्त वन ही मानों ब्रह्मचारियों के कानों में फुसफुसाकर चेता रहा है कि वत्स, अब प्रस्थान कर लो अन्यथा ऐसी-तैसी हो जायेगी।

ब्रह्मचारी प्रयाण कर चले।

सांझ का धुंधलका त्वरा से अंधकार में परिवर्तित हो रहा है।

'अजगर देखा है कभी?'...गमनरत मंडली में से एक ने प्रश्न किया।

'नहीं तो...।'

'अभी उस झाड़ी में सरका उधर, देखो,' कौन देखता!

सभी की गति अवश्य और तीव्र हो गई है।

आकाश रक्तिम न रहकर अंधियारा हुआ जा रहा है। समस्त वन एक धुंधले अंधकार में डूब रहा है। वृक्ष परस्पर विलीन होकर अंतहीन प्राचीर से प्रतीत हो रहे हैं।

दृश्य गड्डमड्ड हो रहे हैं।

परंतु आश्रम अब दूर से दृष्टिगोचर होने लगा है।

हे ईश्वर । पहुंच गये अंततः।

ब्रह्मचारियों की चाल धीमी हो गई। वे अब प्रकृतिस्थ हैं। सूर्य अस्त हो गया। अंधकार छा गया है। परंतु अब भय नहीं। बहुत अंतराल के पश्चात् वे किसी परिहास पर हंसे हैं।

देवता ऊंघ रहा है।

निद्रा की कामना है, परंतु वह आ नहीं रही।

विमान आकाश में कुछ अधिक ही ऊंचाई पर है। वातावरण शीतल। आकाश में इस ऊंचाई पर ठंड बहुत है। देवता ने ऊनी वस्त्र धार रखे हैं और टांगों पर भी ऊनी चादर ढंकी है, फिर भी। विमान में ही देवता की शैया है। शैया पर शयनरत वह विलंब से प्रयासरत है कि निद्रा आ जाये।

गत रात्रि सो नहीं पाया देवता।

दो बार इंद्र देव ने बुलवा भेजा। नहीं, नहीं— कोई विशेष प्रयोजन से नहीं। बस, यूं ही। अकारण। अचानक कहीं किसी चर्चा में आपका कैसा भी संदर्भ आया, तो बुलाया भृत्य को और आज्ञा दी कि फलाने देवता को संदेश पठाकर प्रस्तुत करो। इति! यह इंद्र की प्रवृत्ति है। देर रात्रि में भी यदि इंद्र को कुछ स्मरण हो जाये, तो भृत्य को पठाकर बुलवा भेजते हैं। नेत्र मिचमिचाते देवता को तुरंत पहुंचना होता है। देवाधिपति ठहरे— कोई उलाहना देने का साहस भी नहीं कर सकता। भृत्य भी देवता की झुंझलाहट लखकर मुस्कुराते हैं। दुष्ट, बड़ा देवता बनता फिरता है! मुकुट धारण किये विचरता है!...'यह कुसमय आमंत्रण क्यों है, भ्राता?...' देवता इंद्र के भृत्यों को भ्राता ही कहकर संबोधित करता है। इन्हें साधकर रखना आवश्यक है। 'अनुमान नहीं लगा सका, हे देवता श्रेष्ठ...बस, यत्र रंभा ने नृत्यादि संपन्न करके बहिर्गमन किया कि तत्र आपका स्मरण करके कहा कि उनको लेकर आओ।' 'रुष्ट प्रतीत तो नहीं हो रहे थे, अथवा क्रोधित?' देवता इंद्र की मनःस्थिति का अनुमान करने के प्रयास में है। 'आप देवतागण तो सदैव ही मुस्कुराते रहते हैं, सो कह पाना असंभव ही है कि देवाधिपति रुष्ट थे या प्रसन्न...।' भृत्य दुष्ट है। परंतु क्या कहें?...चलो, मित्र! पहनो धोतिका, धारो ग्रीवा में कंठी माला हार इत्यादि, धरो सिर पर मुकुट, शृंगार संपूर्ण करो और करो प्रस्थान भृत्य के साथ।...जो मूर्ख समझते हैं कि देवता स्वर्ग में अति आनंद मचाये हैं अथवा रासरंग में ही उनका जीवन व्यतीत हो रहा है, वे देवता को अभी इस दयनीय दशा में देखें।...पुनः पहुंचे थे क्या अपने देवता इंद्र के महल? पहुंचते ही। और क्या उपाय था।

क्यों स्मरण किया था इंद्र ने?...अब इस प्रश्न का क्या उत्तर दें! न ही पूछिए। देवता को ही कहां ज्ञात हो पाया। जब तक धोतिका संभालते, लपटते-झपटते इंद्र के महल में पहुंचे, इसी अंतराल में महाराज निद्रामग्न हो चुके थे। द्वार पर ही अप्सराओं ने रोक लिया। 'महाराज निद्रालाभ ले रहे हैं'— एक अप्सरा ने अधर पर तर्जनी धरते हुए फुसफुसाकर बताया। 'हमें बुलवाया था महाराज ने'..., देवता ने बताया। 'बुलवाया होगा। संप्रति शोर न करें। चुप। चुप। बहिर्गमन करें कृपया। निद्राभंग हो गई, तो आप देवेश के क्रोध से परिचित ही हैं।'...देवता क्या कहता! देवेश इंद्र की मुंहलगी अप्सराएं। दुर्व्यव्यहार में निष्णात। विनम्र रहने में ही भला है। इंद्र को उसके विषय में न जाने क्या कह दें, तो...। वह महल से बहिर्गमन कर इंद्र के उपवन में आ गया, मौन। 'जागें और हमें स्मरण करें तो कृपया बुला लें— बाहर ही प्रतीक्षारत रहता हूं...।' परंतु इंद्र भला क्यों जागें। रात्रि बहुत हो गई थी। पुनः सोमरस का प्रभाव। इंद्र जागे नहीं। देवता विलंब तक उपवन में निरर्थक भटकता रहा। अप्सराएं झांक झांककर उसे व्याकुल देख मुख पर हथेली धर हंसती रहीं। पुनः उपवन में अनेक अज्ञात कुल कीटादि घास में भटक रहे थे। दुष्टों ने काट-काटकर टांगें सुजा दीं। देवता उपवन में जो फुदक-फुदककर गमनरत था, वह इन्हीं कीट-पतंगों के कारण।...अंततः देर रात्रि तक बुलावे की प्रतीक्षा करके देवता अपने महालय लौटा। 'यदि रात्रि में कदाचित् हमें स्मरण करें, तो पठवा भेजिएगा।' अप्सराओं से प्रार्थना कर वह महालय लौटा था...पुनः कौन स्मरण करता है। इंद्र सदैव गहन निद्रा लेते हैं। पुनः प्रातः जागरण के पश्चात् उनको सहस्र ठनगन, हजार कार्य। देवता को कौन स्मरण करता।...परंतु देवता अवश्य रात्रिपर्यंत जागता-सोता रहा। प्रातः तक वह अर्धजागृत सी निद्रा में रहा।...कहीं इंद्र का बुलावा न आ जाये, इसी कारण मुकुट तक नहीं उतारा उसने। प्रातः देवता की भार्या ने उसे मुकुट की झांकी माथे पर सजाये ही शैया पर निद्रामग्न पाया, तो बाद में विहंसकर मूर्खा बोली कि निद्रा में भी श्रीमान् को यह बिसरता नहीं कि महोदय इंद्र की सभा के गण्यमान देवता हैं।...देवता इसका क्या उत्तर दे? इसका एकमात्र उत्तर तो हो सकता था पादप्रहार या समुचित ऊर्जा से परिपूर्ण एक थप्पड़। परंतु देवता ने ऐसा कुछ भी नहीं किया। देवतापन के कुछ अलिखित नियम तथा सीमाएं हैं। उनमें से एक विचित्र नियम यह भी है कि देवता अपनी पत्नी को पीटते नहीं। प्रथम दृष्टि में यह नियम विचित्र के साथ आश्चर्यजनक भी प्रतीत होता है एवम् सफल दांपत्य जीवन की नींव पर कुठाराघात सम लग सकता है, परंतु इससे हमारी यह बात भी पुनः सिद्ध होती है कि देवता को देवता बने रहने के लिए क्या-क्या नहीं सहन करना पड़ता है!

अस्तु।

वह प्रसंग तो रात्रि का था। अब दिन है। अभी विमान अयोध्या के आकाश में

मंडरा रहा है। आकाश स्वच्छ है। कहीं कोई बादल नहीं। पवनदेव भी कृपालु हैं आज...सो विमान निस्पंद बह रहा है आकाश में। कोई हिचकोले नहीं, कोई कंपन नहीं...। परंतु निद्रा नेत्रों से कोसों दूर है। गत रात्रि जैसी बीती सो बीती और अभी भी यह स्थिति। कारण क्या है? प्रायः तो विमान में शैयासीन होते ही वह निद्रालीन हो जाता है। रहस्य क्या है?...तभी देवता का ध्यान इस ओर गया है कि धृष्ट भृत्य सेवकगण तथा चारण इत्यादि विलंब से खुसुर-पुसुर करके चर्चारत हैं। इस खुसुर-पुसुर के शोर में निद्रा कैसे आयेगी!

'क्या फुस-फुस कर रहे हो?' देवता ने शैया से किंचित् उठंग होते हुए फटकार लगाई। और उसने हाथ बढ़ाकर शैया के सामने पड़ा परदा खींच दिया।

सेवकगण मौन हो गये।

'क्या चर्चा हो रही है?'

मौन!

परंतु सभी के मुख पर ऐसे भाव कि वे कुछ कहने के आकांक्षी भी हैं।

'कहो?'

वे मौन ही रहे, परंतु एक दूजे को ठेलकर आगे करने का प्रयास कर रहे हैं कि तू बता।

'बोलो रे, कि पादप्रहार से ही वाणी खुलेगी...?' देवता का संयम टूट रहा है और वह व्याकुल-सा शैया पर बैठ गया। शैया चरमराई। अन्यथा तो सन्नाटा है। सभी मौन रहे।

'किसी को विमान से नीचे धरा पर फेंक दूंगा, तब बोलोगे क्या...?' देवता का वर्तुलाकार मुख क्रोध से रक्तिम हुआ जा रहा है।

'प्राणों का अभयदान प्राप्त हो, तो कहूं?' एक भृत्य जो अन्य भृत्यगणों की तुलना में मुखर, बुद्धिमान एवं वाचाल था, उसने देवता के चरणों में प्रणाम करते हुए निवेदन किया।

'तुम तो यूं कथन कर रहे हो कि मानों हम नित्य ही किसी न किसी भृत्य के प्राण हरते हों...?'

'नहीं हरते, यह आपकी उदारता है, अन्यथा प्राण ले ही लें तो वह आपका अधिकार है, हे अधिकारियों में उत्तम...?'

'उत्तम कि सर्वोत्तम?'

'सर्वोत्तम स्वामी।'

'उचित कहा..., चलो दिया...' कहकर देवता पांव लटकाकर शैया पर प्रतिष्ठित हो गया।

'देवताश्रेष्ठ?' भृत्य, जो बुद्धिमान था, मूर्खतावश समझा नहीं।

'दिया...' देवता ने स्थूल कटि को स्थूल आसन का आलंबन देते हुए पुनः कहा।

'स्वामी...?' वह समझा नहीं, तो नहीं ही समझा। सिर झुकाकर खड़ा रहा। देवता चिढ़ गया। उसने शैया से आगे की दिशा में झुकते हुए, भृत्य के झुके सिर से जुड़े कान पकड़कर उमेठ दिये...'स्वामी के पूत...दिया...अभयदान मांग रहे थे न? हमने दिया...। अब कथन प्रस्तुत करो...।'

भृत्य कृतकृत्य हुआ। कान चिनमिना रहा है, सो क्षणिक घटना है।

भृत्य ने अटक-अटक कर समस्या प्रस्तुत की, 'हे अभयदान देनेवालों में सर्वोत्तम, दुंदुभी बजानेवाली स्वर्ण दंडिकाएं खो गई हैं। संपूर्ण विमान में खोज लिया। प्राप्त ही नहीं हो रही हैं...सो इसी को लेकर आरोप-प्रत्यारोप चल रहे थे...।'

यह कहकर भृत्य पुनः सिर झुकाकर खड़ा हो गया।

कान की चिनमिनाहट समाप्तप्राय है।

शेष भृत्य भी मौन खड़े हैं, सिर झुकाये।

विमान भी मानो मौन ही उड़ रहा है। स्वच्छ आकाश। अनंत तक नीली व्योम राशि का विस्तार। बादलों के कुछ टुकड़े विमान के निकट से प्रवाहित होते निकले। देवता ने भृत्य की बात सुनी, तो कुछ देर तक स्वयं भी मौन ही रहा आया।...क्या कहे? नित्य की कथा है। यहां तो सतर्क न रहो तो ये शठ आपके अधोवस्त्र तक हरण कर ले जायें। वह शैया पर सतर्क, सावधान बैठ गया है। विशाल उदर समस्त बंधनों को तोड़ मानो सकल जगत पर आच्छादित होना चाहता है। देवता ने विमान से नीचे झांका। नीचे मनोहारी अयोध्या नगरी का विस्तार है। अयोध्या के भवन, महालय, अट्टालिकाएं, स्वर्ण कलश युक्त मंदिर, राजमार्ग— धूप में कैसे स्वर्णिम एवं रत्नजड़ित प्रतीत हो रहे हैं। सरयू जल पर सूर्य किरणें पड़ रही हैं, तो ऐसा चित्ताकर्षक दृश्य निर्मित हो रहा है कि मानो अयोध्या ने चांदी की करधनी धारण कर रखी हो।...इन शठों को अवसर मिले, तो ये अयोध्या की इस करधनी को भी अंतर्धान कर दें।

देवता ने नेत्र उठाकर देखा।

समस्त सिर झुके थे।

कैसे भोले। कैसे सरल। कैसे कर्त्तव्याकुल। कैसे संत।...यदि मुखमंडल से ही व्यक्ति जाना जाये, तो मानिए कि उसके समक्ष संत समागम का दृश्य है। परंतु देवता को इनमें से प्रत्येक की नस-नस ज्ञात है। किसने स्वर्ण दंडिकाएं चुराई हैं, यह अनुसंधान करना असंभव जानिए।

'पुष्प वर्षा के साथ ही तो धरा पर नहीं फेंक दीं...?' देवता ने पूछा।

'नहीं-नहीं, देवताश्रेष्ठ...।'

'श्रेष्ठ, कि सर्वश्रेष्ठ?'

'सर्वश्रेष्ठ...।'

'इस बार भूले तो पादप्रहार द्वारा स्मरण कराऊंगा...।'

'स्वामी...।'

देवता क्रोधित दृष्टि से देख रहा है उन्हें।

एक भृत्य ने त्वरित समुचित कार्रवाई करते हुए सोमरस पात्र देवता की सेवा में प्रस्तुत किया है। देवता ने जीवनपर्यंत कभी भी सोमरस का अपमान नहीं किया है, सो वह सोमरसपान करने लगा। एक चारण ने मंद स्वरों में देवता की स्तुति प्रारंभ कर दी। देवता यह भी सुनता रहा। देवता होने में एक विपत्ति स्तुतियों के श्रवण की भी है। देवता समक्ष हो, तो सामान्य जन स्तुतियां प्रारंभ कर देते हैं। और सफल देवता वह है कि जो स्तुति को मुस्कुराते हुए धैर्यपूर्वक सह जाये। इससे स्तुतिगायक के हृदय में एक भ्रम उत्पन्न होता है कि देवता प्रसन्न हो गये— सामान्य जन में यह भ्रम बना रहे, देवता बने रहने के लिए यह अत्यंत आवश्यक भी है।

'स्वर्ण-दंडिकाएं लाये भी थे?' अचानक देवता ने प्रश्न किया।

'स्वर्ण-दंडिकाएं तो मैंने स्वयं अपने करों से स्वर्ग-यान-भंडार से आहरित की थीं— भोजपत्रों पर मेरे हस्ताक्षरवाली पावती भी सुरक्षित होगी, देवताश्रेष्ठ...।'

'सर्वश्रेष्ठ...।'

'हां, सर्वश्रेष्ठ, महाराज...।'

'निकलवाकर कहां तज आये...?' देवता ने सोमरस का बड़ा सा घूंट गुटकते हुए पूछा है।

'हे महामति, मैं तो स्वर्ण-दंडिकाओं को प्राणों से भी अधिक सहेजकर लाया था एवं मैंने तुरंत ही विमान प्रभारी दयानंदजी को सौंप भी दी थी...' भृत्य ने बताया।

'दयानंदजी कहां बिराजे हुए हैं?' देवता ने सोमरस का अंतिम घूंट ग्रहण करके पात्र औंधा कर दिया।

देवता दयानंद को मूल तक जानता है। यह व्यक्ति विश्वसनीय नहीं। देवता को संदेह है कि यह व्यक्ति वस्तुतः प्रारंभ से स्वर्ग का ही अधिकारी नहीं था, परंतु शुभ कर्मों के छद्म लेखे-जोखे के आलंबन द्वारा स्वर्ग में प्रवेश कर गया है। इंद्र की अप्सराओं के बीच पैठ बना रखी है इसने, सो देवता इसे विमान के कर्तव्यस्थल से अन्यत्र कहीं स्थानांतरित भी नहीं करवा पा रहा। देवता को सतत् भय है कि यह शठ अप्सराओं के माध्यम से उसके विषय में कभी इंद्र तक कुछ भी उल्टा-सीधा न पहुंचवा दे— और देवता का तो उल्टा क्या, यदि सीधा भी पहुंचवा दे तो देवता कठिनाई में आ सकता है। देवता की सीधी गतिविधियां भी प्रायः उल्टी हैं। देवता को अपने विषय में सकल ज्ञान है। तभी उसे दयानंद को सहन करना होता है।...स्वर्ण-दंडिकाओं के अंतर्धान होने में इस शठ की योजना अवश्य होगी— परंतु क्या करें!

कि तभी दयानंद प्रकट हुए।

मुख पर देवता से भी अधिक निश्छल मुस्कान।

'हे सर्वश्रेष्ठों में सर्वोत्तम...कृपापूर्वक सोमरस ग्रहण करें...' दयानंद सोमरस का स्वर्ण पात्र लेकर प्रस्तुत हुए हैं।

देवता ने उसके मुख पर दृष्टि डाली।

कैसा भोला प्रकट हो रहा है, मानो कदाचित् स्वर्ण-दंडिका का नाम भी कभी श्रवण न किया हो। देवता ने सोमरस पात्र अपने कर में गहकर एक घूंट पिया।

'सोमरस कड़वा क्यों है दयानंद?' देवता ने कहा।

'सोमरस-निर्माण संयंत्र तो सीधे ही देवेश इंद्र के भानजे के कुशल निर्देशन में सुचारु रूप से संचालित हो रहा है, हे सोमरस पान करनेवालों में सर्वोत्तम...' दयानंद अत्यंत कुटिल बुद्धि है एवं उसे ज्ञात है कि कहां, किस नाम का उल्लेख वांक्षित प्रभाव डालेगा।

'पर कड़वा तो है...' देवता ने मानो स्वगत वचन कहे।

'मैं उन तक आपकी शिकायत पहुंचा दूं, हे देवता श्रेष्ठ?' दयानंद ने किसी निष्ठावान सेवक की भांति पूछा। देवता मूर्ख नहीं है। दयानंद के स्वर में चेतावनी है। यह संदेश भी, कि वह इंद्र के भानजे तक संपर्क सूत्र रखता है। देवता जानता है कि स्वर्ण-दंडिकाओं से संबद्ध प्रश्नों से रक्षा की तैयारी में वह ये नाम ले रहा है। देवता प्रायः सतर्क रहता है। देवता प्रायः ऐसे शठों से मुठभेड़ से बचता है। देवता प्रायः कूटनीति से कार्य करता है। परंतु अभी देवता पर सोमरस अपना प्रभाव दिखा रहा है। इसी कारण वह समस्त सतर्कता को तज इस निर्णय पर पहुंचा कि इस दयानंद की संतान का उचित उपचार करना ही होगा। मूर्ख को भ्रम है कि देवेश इंद्र के भानजे का नाम जपकर मुझे भयभीत कर देगा?

देवता ने सहायतार्थ एक घूंट और गुटका।

सोमरस का यही सद्प्रभाव तो श्लाघनीय है कि हर घूंट आपको और अधिक साहस तथा और अधिक ऊर्जा प्रदान करता है। अभी तो देवता में ऐसे साहस का संचार हो रहा है कि वह इंद्र के भानजे की लंगोट में हस्त प्रवेश कर सकता है और पुनः हस्त को वहीं डाले रह सकता है। देवता के मुख की स्थायी मुस्कान चौड़ी हो गई। देवता दयानंद को एकटक निहार रहा है। इसकी लंगोट तो उतारनी ही होगी।

'वह सब विस्मरण करके कृपया यह स्मरण करिए कि स्वण-दंडिकाएं आपने किधर अंतर्धान कर दीं श्रीमान?'...देवता ने पूछा है। उसकी मुस्कान वक्र होकर कटाक्ष में परिवर्तित हो चुकी है।

'अब समस्त वस्तुओं का स्मरण तो संभव नहीं, हे वक्रस्मित के स्वामी...। विमानप्रभारी को उड़ान से पूर्व प्रत्येक वस्तु देखनी होती है— दुंदुभियां, पुष्पपात्र, सोमरस कुंभ, फल-फूल, पकवान इत्यादि— यदि इन्होंने स्वर्ण-दंडिकाएं मुझे सौंपी थीं

तो वे यहीं कहीं होंगी...' दयानंदजी सहज दीखने हेतु कर्ण खुजा रहे हैं। वे यह संप्रेषित करने का प्रयत्न कर रहे हैं कि वे कहां इन तुच्छ वस्तुओं की संभाल करेंगे और वे यह भी संप्रेषित कर रहे हैं कि कोई भी उनका बाल वक्र नहीं कर सकता। परंतु वे यह तथ्य विस्मरण कर गये कि देवता पूर्व में ही पर्याप्त सोमरस उदरस्थ कर चुका है।

'जब हम कपालअस्थि पर खड़ाऊं बजायेंगे, तब तो समस्त कार्य व्यापार का स्मरण हो आयेगा, क्यों?' देवता का स्वर सोमरस प्रभाव में लड़खड़ा रहा है। दयानंद ने मौन रहना ही श्रेयष्कर माना। दयानंद रुष्ट नहीं। उन्हें ज्ञात है कि यह देवता का नहीं, सोमरस का अनर्गल प्रलाप है।

'अभी गत चौदस को विमान से सोमरस के दो स्वर्ण-पात्र अंतर्धान हो गये, उससे पूर्व हमारी रत्नजड़ित खड़ाऊं न जाने कहां गई...मैं किसी को भी तजूंगा नहीं। स्वर्ग में वास करके भी यदि कोई चौर्यकर्म में संलग्न है, तो वह स्वर्ग का अधिकारी नहीं...' देवता लड़खड़ाते स्वर में प्रलाप कर रहा है।

देवता प्रलाप करता हुआ शैयासीन हुआ।

सभी सिर झुकाये खड़े हैं। क्या कहें? सुनते रहो।

वे सुनते रहे।

दयानंद मुस्कुरा रहा है, पर मौन है।

एक भृत्य देवता पर पंखा झलने लगा। चारण धीमे स्वरों में स्तुति करने लगे। विमान अयोध्या पर मंडराता रहा। दयानंद देवता के पांव दबाने लगे। देवता किंचित् अंतराल में ही निद्रामग्न हो गया।

दयानंद उठे।

भृत्यों से या कदाचित् बादलों से दयानंद ने कहा, 'यदि चौर्य कर्म या कुकर्मों के कारण ही स्वर्ग से निष्काषन का नियम बने, तो आधे देवता स्वर्ग से निकल जायेंगे।...'

अग्निमुख की दरिद्र बस्ती की सीमा पर एक बीथिका।

इस बीथिका में उस वणिक् की छोटी सी दुकान है, जो बस्ती के दरिद्रों को ऋण देने के लिए विख्यात है, एवम् ऋण वसूलने हेतु दरिद्रों को बीथिका में ही नग्न कर डालने के लिए कुख्यात भी है। आटा, अनाज, हल्दी, नमक, मसाले, तेल, गुड़ इत्यादि हर वह सामग्री जिसमें अपमिश्रण करने की संभावना हो, जिसे कम तौला जा सके और जो नित्य ही जीवन जीने के लिए आवश्यक हो, वह उसकी दुकान पर उपलब्ध है। तुरंत मुद्रा भुगतान पर भी और ऋण पर भी। जो खरी मुद्रा भुगतान कर सामग्री क्रय करते हैं, वणिक् उनको अपने माथे पर आसन देता है, सामग्री तौलकर आदरपूर्वक स्व करों से स्वयं उठाकर देता है, देते देते 'हें हें हें हें' भी करता है— 'और समस्त कार्य व्यापार शुभ चालित तो है न महोदय...?' इत्यादि प्रेम पगे, आदरपूर्ण उद्‌गार भी प्रकट करता जाता है और उनके मुड़ जाने के बाद भी उनकी जाती हुई पीठ की दिशा में देखता मुस्कुराता रहता है।...इसके विपरीत उधार पर सामग्री मांगनेवालों के साथ वह वही शास्त्रसम्मत व्यवहार करता है, जो ऋणाकांक्षी दरिद्रजनों के साथ अयोध्या में किया जाता है। और ऐसे व्यवहार से ऋणाकांक्षी दरिद्र को न तो दुख होता है, न ही सुख क्योंकि वह इन सांसारिक भव-बाधाओं से ऊपर उठ चुका होता है। यदि आप उधार ले रहे हैं, लेते रहते हैं, भूतकाल का ऋण चुकाये बिना नवीन उधार प्राप्त करने का संकल्प लेकर नित्य वणिक् की दुकान पर खड़े हो जाते हैं, तब शनैः-शनैः आपके व्यक्तित्व में वह तत्त्व उत्पन्न हो जाता है, जिसे वणिक् निर्लज्जता की संज्ञा देता है, परंतु उसे वस्तुतः क्या नाम दें, कहना कठिन है। मर-मर कर जीवित रहनेवालों में यह जो तथाकथित निर्लज्ज भाव उत्पन्न हो जाता है, उसे कदाचित् वैराग्य भाव की संज्ञा दी जा सकती है। इस अर्थ में अग्निमुख की बस्ती बैरागियों की बस्ती है।

अग्निमुख वणिक् की दुकान से कुछ पग दूर ही रुक गया।

दुकान पर ग्राहक खड़े हैं। साहस नहीं हो पा रहा उसका कि इस भीड़ में वह दुकान पर जाकर उधार मांगे। वणिक् उसको अपमानित करेगा, यह सुनिश्चित है। इसका संकोच अथवा भय भी नहीं है उसे। बस, इतनी भीड़ में साहस ही नहीं जुटा पा रहा

वह। दूर ही रुककर पीठ खुजाने लगा। पुनः टांगों में खुजली उठ आई। पुनः यूं ही केशों में सुरसुराहट हुई। नेत्रों में किरकिरी सी उठी। यूं ही ग्रीवा में कुछ कटने सा लगा। उसने पीठ खुजाई। उसने उलझे केशों में उंगलियां फेरीं। उसने नेत्रों को मसला। उसने खांसा।...इतने उद्योग किये। परंतु इनके पश्चात् भी उसने पाया कि दुकान पर भीड़ विरल तो नहीं हुई है।...धूप तीखी हुई जा रही है। अग्निमुख स्नान कर लौटा है। प्रतिदिन ही पत्नी तेल लाने का आग्रह करती है। वह लाता नहीं। वह ला नहीं पाता। परंतु आज कर में खाली तेलपात्र लेकर वह दुकान की दिशा में आ ही गया है।

अग्निमुख साहस एकत्रित कर दुकान की दिशा में गमनरत हुआ। जल सिक्त गमछा कंधे पर। गीले केश सूख रहे हैं और खोपड़ी पर दसों दिशाओं में उड़ रहे हैं। झाड़ीवत दाढ़ी के केश भी गुच्छों में बंटकर मानो दिग्भ्रमित हैं। गीली मूंछें सूखकर और भी झब्बेदार प्रतीत हो रही हैं। खोपड़ी पर केश यत्र-तत्र बिखर गये हैं और उनके मध्य से उभरता गंजत्व अग्निमुख की भांति ही संकोच में प्रतीत होता है। धोतिका अभी भी गीली है। उससे नीचे दुर्बल टांगों के घुटने सूजे-सूजे से। पगथलियां विबाई से सजीं। ग्रीवा में कंठीमाला। शेष शरीर नग्न, उघार। अयोध्या में दरिद्रों की ऐसी नग्न, अर्धनग्न अनगिन झांकियां चहुं दिशा में सर्वत्र डोलती हैं। अयोध्या इनके होने न होने पर ध्यान नहीं देती।...पर आपका ध्यान अग्निमुख की ओर आकर्षित करना चाहूंगा। निहारिये उसे। अर्धनग्न तन पर पसलियां कैसी सजी हैं। पिंजरे सा तन। वही पिंजरा, जिसके संदर्भ में ज्ञानी जन प्रवचनों में कहा करते हैं कि इसमें प्राण का पंछी वास करता है। अग्निमुख के प्राण का पंछी फड़फड़ाता प्रतीत हो रहा है।

अग्निमुख के व्यक्तित्व का समग्र प्रभाव ऐसा है कि या तो प्रथम दृष्टि से ही आप ऐसे दयार्द्र हो उठेंगे कि आपका हृदय उसके लिए रुदन कर उठेगा, अथवा सीधे झापड़ मारने को मन करेगा—आप क्या करेंगे, यह इस तथ्य पर निर्भर होगा कि आपकी दृष्टि किसी मनुष्य में क्या देखती है या क्या देख पाती है या कुछ भी देख भी पाती है अथवा नहीं? दृष्टि से कोई अंतर नहीं पड़ता?...अतिकथन है यह श्रीमान का। पड़ता है महोदय। दृष्टि से ही तो अंतर पड़ता है। वह जो नेत्रों से दृष्टिगोचर है, वही यदि सत्य भी होता, तब संसार कितना सरल हो जाता। परंतु ऐसा है नहीं। अब आप उदाहरण का आग्रह करेंगे? इधर हम स्वयं उदाहरण देने हेतु व्याकुल हैं। इसी वणिक् का उदाहरण लें। अब आप अभी तक का समस्त कार्य व्यापार इस वणिक् की दृष्टि से देखें।

वणिक् की वय पचास के निकट होगी। वार्तालाप में सदैव ही वह कहता है कि उसने संसार देखा है और केश धूप में श्वेत नहीं किये। उसे भ्रम है कि वह संसार को समझ चुका है। उसे विश्वास है कि वह मनुष्य की नस-नस से परिचित है। वह मानता है कि येन-केन प्रकारेण मुद्रा अर्जन ही जीवन का मूलाधार है। उसे विश्वास

है कि इस दरिद्र-बस्ती के जन या किसी भी दरिद्र-बस्ती के कोई भी जन सदैव ही मिथ्याभाषण में निष्णात होते हैं, दान-दया की खाना चाहते हैं, आलसी हैं, चौर्यकर्म में गुरु होते हैं और वस्तुतः ये दरिद्र ऐसे दरिद्र हैं नहीं जैसे कि प्रस्तुत होते हैं। वह मानता है कि इन पर वक्र दृष्टि न धरो, तो ये आपके नेत्रों से काजल तक चुराकर अंतर्धान हो जायें और इनके पृष्ठभाग पर समय-समय पर पादप्रहार न करते रहो तो ये ऐसे ढीठ हैं कि अंततः आपके कपार पर खड़े होकर ही लघुशंका से निवृत्त होंगे। वणिक् ऐसे कुटिल दरिद्रों को दूर से ही ताड़ लेता है। वह उनके लिए अपमिश्रित सामग्री धरता है। वह उन्हें कम तौलता है। उधार की सामग्री देने के लिए वह उन्हें अंतहीन प्रतीक्षा कराता है। वह चीरहरण कर उन्हें सार्वजनिक रूप से नग्न कर देता है। वह उनके साथ चूहे-बिल्ली सी क्रीड़ा करता है। इस क्रीड़ा में चूहा कौन है, अब यदि हमें यह भी आपको स्पष्ट करना पड़े, तब आप निश्चित ही बिल्ली के वर्ग से हैं और चूहा-बिल्ली की इस क्रीड़ा को आपने कभी भी चूहे की दृष्टि से देखने का कष्ट ही नहीं उठाया है।...अस्तु।

यही वणिक् आज प्रसन्न है। जब से दुकान का द्वार खोला है, ग्राहकी चढ़ाव पर है। मन मयूर संकुचित सी दुकान में ही पंख फैलाये नर्तन कर रहा है। वैसे मन-मयूर-नर्तन के कार्यक्रम में बाधाएं भी आईं। अभी पादुकाराज के व्यापार-प्रभारी पधारे थे और अपना भाग-भोग वसूल करके ही गये। परंतु वणिक् मन इससे मलिन नहीं हुआ, न ही वह ऐसी वसूलियों से रुष्ट होता है। पादुकाराज के अधिकारियों को दान-दक्षिणा देना तो हम सबका पुनीत कर्तव्य है। पुनः इस व्यापार-प्रभारी की तो तीन-तीन कन्याएं विवाह योग्य हो चुकी हैं— यदि यह बेचारा धनार्जन नहीं करेगा तो कन्याएं कुंवारी रह जायेंगी और इसे नरक में स्थान प्राप्त होगा। सो वणिक् दान देकर पुनीत कर्तव्य का पालन कर रहा है।...आज व्यापार अति उत्तम है। कुछ पुराने ऋणी, ऋण चुका गये। कुछ नये ऋणी सड़ी हुई पुरानी सामग्री बिना आपत्ति किये क्रय कर ले गये। और क्या चाहिए वणिक् के मन मयूर को? इसके पश्चात् भी वह नर्तन न करे तो वणिक् उसके पंख नोच ले। मन मयूर को नाचना ही होगा। वह नाच भी रहा है। सो वणिक् प्रसन्न चोले के साथ दुकान पर प्रतिष्ठित था कि उसने अग्निमुख को दूर से पधारते देख लिया। वणिक ग्राहकों के साथ व्यस्त था, परंतु फिर भी उसके दृष्टिवृत्त में कोई सहमी सी छाया दूर से प्रविष्ट हुई, तो वह तुरंत पहचान गया। ऋणी को उसकी चाल तथा भाव से भांप लेता है वह। पद जब चलें भी और रुके भी रहें, जब मनुष्य आगे को कदम रखे परंतु पीछे की दिशा में गमन हो, जब संकोचपूर्ण आशंका की थरथराहट उसकी चोटी से लेकर पांव तक व्याप्त हो, जब व्यक्ति सहस्त्र बार यत्र-तत्र निहारे, जब वह सहस्त्र बार अकारण ही मुस्कुराए और फिर भी रोता प्रतीत हो, जब मनुष्य के शरीर का वह भाग दीखे ही नहीं कि जहां कभी वक्ष होता था...जो तना रहता

था...तात्पर्य यह कि ऐसे अनगिन लक्षण होते हैं कि जिससे वणिक् को आभास हो जाता है कि सामने से एक ऐसा चिर-ऋणी दरिद्र पधार रहा है कि जो अभी पुराना ऋण तो चुका नहीं सकता एवं नवीन ऋण लेने का हार्दिक आकांक्षी है। यह भी नहीं कि वणिक् ऐसे व्यक्ति को ऋण न देगा अथवा प्रताड़ित कर धकेल देगा कि प्रथम पिछला ऋण चुकाओ, तभी नये ऋण की चर्चा होगी। नहीं, ऐसा कभी नहीं होगा। ऋण तो वह देगा। ऋण तो मिलेगा। लाभ तो ऐसे ही दरिद्रों से होना है। वह ऐसे ग्राहकों को लखते ही प्रफुल्लित हो उठता है। यह तो हुआ एक पक्ष। साथ ही वणिक् की परपीड़ा वृत्ति को संतुष्ट करने का जो अवसर ये दरिद्र प्रदान करते हैं, उसका तो बखान ही क्या! अभी वह इस मनुष्य को अपमानित करने का परमानंद उठायेगा। अभी वह उसकी धोतिका सार्वजनिक रूप से खोलकर पुनः प्रश्न करेगा कि वह नंगा क्यों विचर रहा है? अब मचेगा आनंद।...आने दो दुष्ट को। अभी तो वह दुकान से बहुत दूर खड़ा है और इस दिशा में प्रथम पग धरने का साहस संजो रहा है। संजोओ वत्स। तब तक हम इन ग्राहकों से निवृत्त होते हैं।

वणिक् ग्राहकी में व्यस्त हो गया।

किंचित् अंतराल के पश्चात् उसने पुनः वक्रदृष्टि डाली।

अग्निमुख शनैः-शनैः दुकान की दिशा में रेंग रहा है। मानो पग भूमि में गड़ गये हों और एक-एक पग को वह खींच रहा हो।...आओ, अग्निमुख पधारो...। अभी प्रेम प्रदर्शन करते हैं हम तुम्हारे प्रति भी। वणिक् उसकी दिशा में देखकर मुस्कुराया और पुनः अपने कार्य में व्यस्त हो गया है।

बीथिका में जन समूह। भांति-भांति के जन। प्रायः दरिद्र। जीवन की बाधा दौड़ में भागते, गिरते, उठते गमन करते। जीवन अपने अद्वितीय सौंदर्य और संपूर्ण कुरूपता के साथ बीथिका में बिखरा हुआ है। एक भिखारी वणिक् के द्वार पर गुहार में संलग्न है। भिखारी है और यह भी ज्ञात नहीं कि किस द्वार को छोड़कर चलना है। अथवा कदाचित् अपने धंधे के प्रति गहन आस्था एवं विश्वास है उसके मन में। 'आगे गतिवान हो, बाबा...,' वणिक् ने तुला में व्यस्त रहते हुए कहा। कहा क्या, दुत्कार कर कहा। परंतु भिक्षावृत्ति में दुत्कार का महत्त्वपूर्ण एवं (लगभग) आदरणीय स्थान है। दुत्कार से भयभीत होने लगें, तब तो भिक्षावृत्ति का कर्तव्य ही असंभव हो जाये। भिखारी कदाचित् इस धंधे में वर्षों से है। वह न केवल गतिहीन रहा, वरन् ग्राहकों के मध्य ही खड़ा होकर भजन भी गाने लगा। भजन द्वारा वातावरण में धार्मिकता तो क्या घुलती, ग्राहकों एवं वणिक् के बीच सांसारिक संवादों में विघ्न अवश्य पड़ने लगा। 'ग्राहकी की बेला है बाबा, समय खोटा मत करो...' बनिये की दुत्कार में अब वह तत्त्व भी सम्मिलित हो गया है, जो अनुभवी एव निष्णात भिखारी को इंगित कर देता है कि यहां से कुछ भी प्राप्त नहीं होगा और प्रस्थान करना ही उचित कार्रवाई होगी।

भिखारी प्रस्थान हेतु पीछे की दिशा में गतिवान हुआ, तो अग्निमुख से टकरा गया। अग्निमुख के कर से रिक्त तेल पात्र छूटकर धराशायी हो गया। भिखारी ने क्षमाप्रार्थी हो पात्र भूमि से गहकर अग्निमुख को सौंप दिया। भिखारी के हाथ में तेलपात्र भिक्षापात्र सम प्रतीत हो रहा है। तेलपात्र कर में गहे अग्निमुख स्वयं को भिक्षुक के रूप में देखता रहा।

'कहें अग्निमुखजी...' वणिक् के स्वर में उपहास, तिरस्कार, वितृष्णा और व्यंग्य, समस्त उपादान हैं।

'आपकी कृपा है महाराज...,' अग्निमुख ने प्रणाम करते हुए कहा।

'महाराज की कृपा तो है परंतु आपकी भी कृपा कभी महाराज पर होगी...?' वणिक् ने कहा।

'हम तो चरणरज हैं आपकी— हमारी कैसी कृपा...' उसने तुरंत कहा। दीनता प्रकट करने में विलंब उचित नहीं।

'कैसे पधारे हैं आप?' वणिक् ने रिक्त तेल पात्र देख लिया है।

'आप प्रथम इनसे निवृत हो लें...,' अग्निमुख ने और पीछे हटते हुए उन ग्राहकों की दिशा में इंगित किया, जो मुद्राएं चुकाकर सामग्री क्रय करने हेतु खड़े हैं।

अग्निमुख ऋणाकांक्षी की सीमाओं से परिचित है।

अनाज तौलते हुए वणिक् कुटिलतापूर्वक मुस्कुराया, 'प्रतीत होता है कि आज कोई शुभलग्न है। अग्निमुख उधार चुकाने पधारे हैं। धन्य है यह शुभघड़ी...।'

आसपास खड़े ग्राहक हंसने लगे। एक ने तो अग्निमुख को विलंब तक घूरकर देखा और विलंब तक ही हंसता-मुस्कुराता रहा। पवन का तीव्र झोंका न जाने कहां से बीथिका में प्रविष्ट हुआ और बहुत सी धूल अग्निमुख के मुख पर उड़ाता हंसता हुआ भाग गया। गीले अंगोछे से मुख पोंछ रहा है अग्निमुख या कदाचित् मुख छुपाने का प्रयास कर रहा है इस क्रूर संसार से? इन सबकी हंसी धूल से अधिक चिपकनेवाली है। लाख अंगोछा रगड़ लो— वह छूटती ही नहीं। धूप अग्निमुख की नग्न पीठ पर। खड़ाऊंविहीन नग्न पगथलियों तले की धरा ऊष्ण हो रही है। धूल नेत्रों में। किरकिरापन। पवन ने पूर्व ही अस्त-व्यस्त केशों को माथे से लेकर खोपड़ी तक छितरा दिया।...अग्निमुख रिक्त तेल पात्र कर में लटकाये उस धरती पर खड़ा है, जो इतना सब घटने पर भी फटी नहीं।

शनैः-शनैः भीड़ लगभग समाप्त सी हुई।

मात्र अग्निमुख, वणिक् और एक-दो अग्निमुख समान ही उधार आकांक्षी।

'कैसे हो अग्निमुख?...'

'कृपा है राम की...।'

'कभी आप भी कृपा कर दो...।'

'कैसी बातें करते हैं नरश्रेष्ठ...हम किस पर कृपा करेंगे?'

'हम पर...।'

'परिहास न करें महाराज...।'

'कुछ हम पर कृपा हो जाये...पुराने ऋण में से कुछ तो चुकाते चलो...।'

अग्निमुख कर जोड़े खड़ा है। अन्य ऋणी भी कर जोड़कर खड़े हो गये।

'चुकाऊंगा स्वामी...एक-एक कौड़ी चुका दूंगा। यदि त्वचा विक्रय कर के भी...'

'मित्र, तुम्हारी त्वचा किस बाजार में बिकेगी, यदि यह भी सूचित कर देते, तो आसानी हो जाती...' वणिक हंसकर कहा।

वणिक् परिहास कर रहा है, सो सभी हंसे। हंसते हुए वणिक् ने कहा, 'मनुष्य की त्वचा को कौन पूछता है, भ्राता?...इसे लेकर विक्रय हेतु बैठ न जाना। पुरजन हंसेंगे और राजकर्मचारी उसी त्वचा को खींचकर भूसा भर देंगे...'

'सत्य वचन स्वामी...,' और क्या कहता वह?

'ऋण चुकाने पर कुछ प्रकाश डाल रहे थे आप?' वणिक् को ज्ञात है कि वह अभी ऋण नहीं चुका सकेगा।

'वेतन मिल जाये स्वामी, तो तुरंत ही चुका दूंगा...।'

'यह तो तुम महीनों से कह रहे हो...।'

'छः माह से वेतन नहीं मिला महाराज...।'

'मांगते क्यों नहीं...?'

'मांगा, तो कहते हैं कि पादुकाराज के राजकोष में धन ही उपलब्ध नहीं...।'

'मिथ्या वचन न बोलो...खूब धन है राजकोष में...'

'अब हम दरिद्र क्या जानें। जैसा अधिकारियों का कथन रहा, वैसा आपको बता रहे हैं...।'

'कल ही ऋषि कुणाल के आश्रम की गौशाला हेतु एक लाख मुद्राएं दान की गई हैं...,' वणिक् ने सूचित किया।

'अब उनसे हमारी कैसी तुलना स्वामी...वे साधु जन...तप, व्रत एवं मंत्र के अधिष्ठाता...।'

किंचित् समय को व्यवधान आया। दो ग्राहक पधार गये। ग्राहकों से निवृत्त हो वणिक् ने वार्तालाप के सूत्र पुनः बटोरे।

'वेतन की याचना क्यों नहीं करते...?'

'खूब की स्वामी...।'

'नासिका रगड़ी...?'

'दंडवत होकर रगड़ी महाराज...।'

'पुनः...?'

‘कहते हैं कि राजकोष रिक्त है...।’

‘तो तज क्यों नहीं देते ऐसी चाकरी...।’

‘पुनः भिक्षावृत्ति करें क्या महाराज?...’

‘वह भी कोई बहुत बुरी वृत्ति नहीं है...अभी उस भिक्षुक को देखा?...पादुकाराज में वह तुमसे अधिक धनार्जन कर लेता है...।’

‘सब राम की माया है महाराज...वे ही रक्षक हैं समस्त चराचर के...’

‘भिखारी को कभी ऋण हेतु याचना करते देखा है?’

‘नहीं महाराज...।’

‘वे कभी ऋण मांगते नहीं आते...।’

‘राम शुभ करें...।’

‘क्यों रे, तब से तू ‘राम राम’ उच्चारे जा रहा है! पादुकाराज में ‘राम-राम’ जपकर तू स्वयं के साथ हमें भी मृत्युमार्ग में धकेलेगा क्या?’

‘नहीं स्वामी, राम का नाम तो अमृत सम है, वह कैसे मृत्युमार्ग में...’

‘बस...अब मौन ही रहना! राम का नाम एक बार भी और उच्चारा, तो पादप्रहार कर के दुकान से भगा दूंगा...पुनः तेल भी राम से ही मांगना...’

अग्निमुख मौन ही रह गया।

क्या बताये वह कि राम एक विश्वास का नाम भी है। संबल है अयोध्या के सामान्य जन का कि एक दिवस राम पधारेंगे और रामराज में सब सुखी हो जायेंगे। किसी को ज्ञात नहीं कि वस्तुतः राम आयेंगे अथवा नहीं, और राम आये भी तो वे इस अयोध्या को सुखी कर भी पायेंगे अथवा नहीं—परंतु राम के आगमन की संभावना फिर भी एक ऐसा सुखद स्वप्न है जिसमें अयोध्या का नागरिक वर्तमान का यह दुखपूर्ण नरक भूल जाता है।

राम नाम का यही संबल कम नहीं।

अग्निमुख मौन है।

वणिक् बड़बड़ा रहा है, ‘राम पधारेंगे...राम का आगमन होगा...राम अवतरित होंगे...चौदह वर्ष व्यतीत हो गये यही गल्प सुनते हुए...! रहते हैं पादुकाराज में और स्वप्न देखे जा रहे हैं रामराज के...। रामजी भला करेंगे! रामजी की माया है!...सीमा है स्वयं को भ्रम में उलझाने की भी!...रामजी के भरोसे ऋण उठाये जा रहे हो क्या? राम के लिए प्रतीक्षारत मत बैठे रहना। राम नहीं आनेवाले! यही पादुकाराज चलना है अयोध्या में, अंततः, सदियों तक। राम आकर तुम्हारा ऋण नहीं चुकानेवाले। राम आ भी गये तो किस किसका ऋण चुकाते फिरेंगे? अयोध्या में इतनी दरिद्रता है भ्राता कि अब न मनुष्य इसे तार पायेगा, न कोई देवता।...ऋण स्वयं खायेंगे, और रामजी को मध्यस्थ बनाने के फेर में हैं।...राम नहीं आयेंगे मूर्खो!...राम नहीं आयेंगे।...अनवरत

चलता रहेगा, यही पादुकाराज, राम के नाम पर, सदियों तक...समझे?'

अग्निमुख मौन रह सुन रहा है।

समस्त दरिद्र मौन सुनते रहे।

अन्य कोई उपाय भी तो नहीं था।

अयोध्या में दो प्रकार के जन वास करते हैं— एक वे जो सुनाते हैं और द्वितीय वे जो सुनते हैं। यह सुनानेवाले की इच्छा तथा सनक पर निर्भर है कि जब वह उद्गार प्रकट करने पर आये तो वह क्या सुनाता है— उपदेश, सलाह, अनर्गल टिप्पणी अथवा विशुद्ध गाली-गलौज। सुननेवाले की इच्छा कोई नहीं पूछता। उनका तो कर्तव्य ही है कि वे सुनें। वे सुनते भी हैं। अग्निमुख इसी श्रोता वर्ग से है। उसे भली भांति ज्ञात है कि उसे कब सुनना चाहिए और कब उसका मौन रह जाना सार्थक होगा...। वह मौन ही रहा।...वणिक् की बड़बड़ाहट चल रही है। कि तभी कोई ग्राहक पधार गया।

अग्निमुख पुनः एक ओर सरक गया! तेल पात्र को चोरी की वस्तु सा छुपाते हुए। वह अपनी बारी आने की प्रतीक्षा करता रहा।...वह खड़ा ही रह गया। पुनः कोई और आ गया। फिर वणिक् दुकान के भीतर के भाग में जाकर कुछ महत्त्वपूर्ण कार्य करने में व्यस्त हो गया। पुनः वणिक् भोजपत्रों के ढेर में ऋण के लेखे-जोखे का निरीक्षण करता रहा। फिर उसने पृष्ठ भाग को ऊर्ध्व दिशा में प्रोन्नत कर अपानवायु को परतंत्रता की बेड़ियों से मुक्त करने की प्रचंड उद्घोषणा की। पुनः उसे यत्र-तत्र खुजली हो उठी। तभी पड़ौस का कोई साथी दुकानदार पधार गया। पुनः वणिक् ने दुकान में कार्य करनेवाले एक श्रमिक को प्रताड़ित करते हुए उसे सूचित किया कि वह उसकी माताश्री से ऐसे निकट के संबंध बनानेवाला है कि भविष्य में उसे वणिक् पुत्र होने का सम्मान अनायास तथा अयाचित ही प्राप्त हो जाएगा। अब कुछ ग्राहक आ गये। पुनः मार्ग से जा रहे एक प्रहरी को सादर आमंत्रित करके वणिक् ने तांबूल प्रस्तुत करते हुए उसकी संततियों का कुशल मंगल पूछा। तत्पश्चात् वह अग्निमुख के ऋण के लेखे-जोखे वाला भोज पत्र पुनः खोजने में लग गया। पुनः वह समस्त संसार को यह सुनाने में व्यस्त हो गया कि अब व्यापार करने में कुछ नहीं धरा है और आधा धन तो इन दुष्ट ऋण याचकों में ही डूब जाता है। फिर वह किसी और महत्त्वपूर्ण कार्य में व्यस्त हो गया। पुनः...।

तात्पर्य यह कि वणिक् व्यस्त रहा और अग्निमुख रिक्त तेल पात्र लिए प्रतीक्षारत खड़ा रह गया। धूप तीखी हो चली। उसके कंधे पर पड़ा गीला अंगोछा सूख गया। बीथिका की धूल उड़-उड़कर उसके समूचे शरीर पर गिरती रही। प्यास से अधर सूख चले। नेत्र रिक्त हो गये। जीवन तीव्र गति से बीथिका में गतिमान रहा और अग्निमुख उसके पद तले कुचलता-कुचलता बचा।

सदियां बीत चलीं।

सदियां बीत गईं।

सदियां बीत जायेंगी।

युग बीत जायेंगे।

अग्निमुख वणिक् की दुकान पर ऋण की आकांक्षा लिये खड़ा है। युगों बाद भी वह यहीं खड़ा मिलेगा।

पादुकामंत्री की भार्या, पद्मा।

वय तीस-पैंतीस के मध्य कहीं ठहरी हुई। पादुका मंत्री से लगभग दस वर्ष कनिष्ठ हैं उनकी पत्नी। पद्माजी सुंदर हैं। अति सुंदर कहिए। सौंदर्य के भार से दबीं, परंतु उभरी सी। वक्र चितवन। सावन की घटा सम केशराशि। चलिए, भादों की घटा सी कह लीजिए— घटा तो घटा ही है। रसीले अधर। गौर वर्ण। मानो ब्रह्मा ने स्वयं अपने करों से गढ़ा हो, ऐसा शरीर। क्षीण कटि। लंबी, पतली ग्रीवा। वे यह जानती भी हैं कि वे परम रूपवान हैं। उन्हें यह विश्वास है कि समस्त संसार उनके चरणों में है, और यदि नहीं है तो उसे होना चाहिए। रूपसी स्त्रियों को यह भ्रम सतत् रहता ही है। पद्माजी तो पुनः पादुका मंत्री की पत्नी भी हैं। रूप और अधिकार का यह सम्मिश्रण विस्फोटक है। पद्माजी के चहुंओर मानो विस्फोटक सुरंगें बिछी हैं।

उधर पादुकामंत्री का तन ढलान पर है। थुल-थुल होने की दिशा में उनकी कटि, ग्रीवा, जंघा, उदर, गाल इत्यादि की नावों के पाल खुल चुके हैं। इधर पद्माजी ने मानो अपनी वय को यौवन के लंगर डालकर रोक रखा है। शरीर को सुडौल रखने हेतु वे अनेकानेक टोटके संपन्न करती रहती हैं— संतुलित आहार, व्यायाम, योग क्रियाएं, भाप-स्नान, चंदन लेप...एवं अनगिन विलक्षण जड़ी-बूटियां। कुणाल ऋषि इन्हें विलक्षण जड़ी-बूटियां ही कहते हैं।...जड़ी-बूटियां कुणाल ऋषि के आश्रम से आती हैं। आती क्या हैं, कुणाल स्वयं लाते हैं। यदाकदा पद्माजी ही उनके आश्रम चली जाती हैं। पद्माजी एवं कुणाल ऋषि के मध्य विशिष्ट संबंध हैं। अयोध्या के वे पापी जन जो फुसफुसाहट भरे स्वरों में दोनों के विषय में अनर्गल चर्चाएं करते हैं, निश्चित ही अधम तथा नीचवृत्ति के हैं। चर्चाएं पादुकामंत्री तक भी पहुंची हैं। परंतु उन्हें पद्माजी पर अगाध विश्वास है। अन्य कोई उपाय भी नहीं। सत्ता, सुरा तथा सुंदरियों के मध्य वे स्वयं अतिशय व्यस्त रहते हैं। पत्नी हेतु उनके निकट न तो समय, न ऊर्जा, कुछ भी शेष नहीं रह जाता। वास्तविकता यह है कि उन अवसरों को छोड़कर जब पति-पत्नी को एक साथ जाने तथा दिखने की बाध्यता होती है, दोनों ही स्वतंत्र जीवन जीते हैं। उनके मध्य एक मौन अनुबंध है। दोनों ने अपने जीवन के पलों के साथ-साथ अयोध्या के सत्ता-क्षेत्र तक को आपस में यों बांट लिया है कि जीवन सरल हो गया है।

सो पद्माजी की भी सत्ता है। पादुकामंत्री की सत्ता तो अयोध्या पर है ही। यदि पादुकामंत्री राजसभा में मंत्रियों, अमात्यों, अधिकारियों, जनप्रतिनिधियों के समूह पर सत्तारूढ़ हैं, तो पद्माजी की भी एक घरेलू राजसभा है। इस राजसभा की सदस्याएं इन्हीं मंत्रियों, अमात्यों, प्रतिनिधियों की पत्नियां हैं। ये स्त्रियां पद्माजी को साधकर पादुकामंत्री को साधती हैं और पादुकाराज में पति के खटकरमों का निर्विघ्न संपन्न होना सुनिश्चित करती हैं। राजसभा में पति का स्थान निर्विघ्न रहे तथा और-और ऊंचा होता जाये, इस हेतु ये कुछ भी करने को तत्पर हैं। पादुकाराज में किसी की भी नैया सुरक्षित उस पार उतर सकती है, यदि पद्माजी उसकी खिवैया हों।...सो पद्माजी की नौका पर ऐसी स्त्रियों की भारी भीड़ रहती है। प्रत्येक स्त्री पद्माजी के अति निकट होने का यत्न करती है कि जितने निकट कदाचित् पद्माजी के अधोवस्त्र भी न हों!

पद्मा जी को सत्ता तथा रूप, दोनों की क्षणभंगुरता का भान है सो वे भयाकुल रहती हैं कि जब सत्ता नहीं रहेगी, तब क्या होगा? सतत् तनाव में जीती हैं वे। आप उन्हें देखकर कदाचित् न जान पायें, परंतु कांपता रहता है उनका हृदय, हर क्षण। इसी कारण वे प्रयत्न करती हैं कि सदैव ही चाटुकारों से घिरी रहें। चाटुकार भ्रम उत्पन्न करते हैं कि सत्ता चिरंतन है और रूप अविनाशी। चाटुकार स्त्रियां घेरे रहती हैं नित्य ही उनको। जब एकांत हो, जब कोई भी उनकी हां में हां उच्चारनेवाला न हो, जब कोई उनके चरणों में लोट न रहा हो, जब कोई उनकी परिक्रमा में रत न हो, जब कोई उनके आसन के समक्ष नत हो याचना न कर रहा हो, जब कोई 'हें हें हें हें' की मनोहारी ध्वनि न कर रहा हो, जब कोई उनकी चरणरज में धूसरित होकर रिरिया न रहा हो, तब पद्मा को अपना जीवन रिक्त एवम् निर्वात लगने लगता है और असीम अवसाद से भरा भी। एकांत में उनका मन व्याकुल हो उठता है। आत्मविश्वास छीजने लगता है।

पद्मा जानती हैं कि उनकी समस्त माया पादुकामंत्री के पादुकामंत्री बने रहने तक ही है। कभी कुछ अघट घटे और पादुकाराज न रहे तब? वे कंपित होकर रह जाती हैं। सत्ता का मद एकांत होते ही टूटने लगता है। एकांत में जहां स्वयं के साथ बस आप स्वयं होते हैं, आपका साक्षात्कार अपने उस विराट बौनेपन से होता है, जो अन्यथा चाटुकारों द्वारा निर्मित बौने विराटपन के पीछे छुपा रहता है। तब अपनी ही तुच्छता से यह साक्षात्कार बड़ा भयभीत करता है। इससे रक्षा का एकमात्र उपाय यह है कि आप एकांत ही न होने दें। सो पद्माजी कुछ अनिवार्य दैहिक आवश्यकताओं और दैनिक क्रियाओं से निवृत्त होने के समय के अलावा कभी अकेली रहती ही नहीं। एक भीड़ उनके आसपास सदैव रहती ही है।

स्त्रियों की यह भीड़ अयोध्या के जीवन-मरण से संलग्न किसी न किसी समस्या के संदर्भ में पद्माजी से मार्गदर्शन प्राप्त करती रहती है। समस्याएं कौन सी...? यही कि आम का अचार स्वादिष्ट होता है अथवा नीबू का, चंदन का देह-लेप करने की

सर्वश्रेष्ठ विधि कौन सी रहेगी, इस एकादश पर क्यों न महिलाओं के मध्य एक मेहंदी प्रतिस्पर्धा का आयोजन किया जाये जिसमें पद्मा दीदी ही मुख्य निर्णायक रहें ताकि संसार को यह ज्ञात हो सके कि वर्तमान में उनकी कृपादृष्टि किन सौभाग्यशालियों पर है, कि ग्रीवा पर प्रकट हो रही झुर्रियों को रोकने हेतु किस बूटी का लेप प्रभावशाली रहेगा, कि पादुकाराज में कौन से ऐसे मूढ़ अधिकारी एवं कर्मचारी हैं कि जो बस कर्म को ही पूजा मानने की मूर्खता कर रहे हैं और पद्माजी की शक्तिपीठ पर दंडवत करने न तो स्वयं आते हैं, न ही उनकी पत्नियां, कि देवी मंथरा ने जो कार्य सौंपे थे वे उस अधिकारी ने कर दिये अथवा नहीं, कि मुद्रिका हेतु यह नग उचित लग रहा है, कि वह नग, कि हमारा मत तो यही है कि आपकी उंगली में चढ़ी मुद्रिका में दोनों ही मनोहारी लगेंगे, कि यह नग तो आप हमारी तरफ से तुच्छ भेंट मानकर स्वीकारें, कि आज आप कितनी सुंदर लग रही हैं, कि अयोध्या में जन-जन पादुकामंत्री के इतने गुण गाता है, इतने गुण गाता है कि क्या कहिए, कि लाइए आपका माथा दबा दें, कि आइये, आपके पांव दबा दें...तात्पर्य यह कि अत्यन्त महत्त्वपूर्ण विषयों पर अत्यंत आत्मीय वातावरण में गहन चर्चा होती है और तदनुसार पद्माजी जैसा कहें, वैसा अयोध्या के हित में निर्णय लिया जाता है।

पादुकाराज में सामान्य जन को ज्ञात ही नहीं हो पाता कि अयोध्या के भविष्य को दूर तक प्रभावित करनेवाले कितने महत्त्वपूर्ण निर्णय इसी अंतरंग टोली द्वारा खेल-खेल में हो जाते हैं। उदाहरणार्थ किसको पदोन्नति देकर किसके सिर पर प्रतिष्ठित करना है और किस अधिकारी को कहां से उठाकर कहां फेंकना है। जिन्हें यह भ्रम है कि पादुकाराज में परिश्रम एवं सत्य के साथ अपना कर्तव्य करने से प्रगति संभव है, वे भोले हैं। या मूर्ख कह लें। आप कभी उनको पकड़कर एक ऐसी बैठक में कुछ क्षणों के लिए ही ले आयें, तो वे जान पायेंगे कि पादुकाराज की अयोध्या में वह सब वैसा क्यों है, जैसा है, और वैसा क्यों नहीं है जैसा नहीं है।

ऐसी ही एक बैठक इस समय चल रही है।

पद्माजी चाटुकार स्त्रियों के मध्य मुद्रिका के नग सी सुशोभित हैं।

सर्दी के मौसम की कुनकुनी दोपहर।

महालय के पिछवाड़े बने उद्यान में पांच स्त्रियां हैं अभी। ये सभी पद्माजी की अंतरंग हैं— कम से कम ये तो ऐसा ही मानती हैं। इनका हार्दिक प्रयास है कि अन्य सभी ऐसा मानें। अयोध्या में एक बार ऐसा भ्रम उत्पन्न हो जाये तो आपकी भी छोटी-मोटी पूजा प्रारंभ हो सकती है। पादुकाराज का यही तो आनंद है। आप किसी महत्त्वपूर्ण पादुका के पुजारी के रूप में विख्यात हो जायें, तो वे अनेक जन जो उन पादुकाओं तक नहीं पहुंच पाते, वे आपकी पादुकाएं पूजने लगते हैं। इस प्रकार पादुकाराज में पादुकापूजा का एक सुदीर्घ, बल्कि कहिए अंतहीन क्रम चल निकलता है। इस प्रकार

चौदह वर्षों में, अयोध्या में पूजनीय पादुकाएं, उनकी पूजा के विधि विधान, कर्मकांड, पूजा सामग्री, पूजा करनेवाले भक्तों को प्राप्त होनेवाले वरदान तथा पूजा पर विश्वास न करनेवाले नास्तिकों-पापियों को मिलनेवाला दंड इत्यादि सब निश्चित हो चुके हैं। अब इस पूजा में रत सभी भक्तों का हित इसी में सुरक्षित है कि पादुकापूजा का माहात्म्य बना रहे।

उद्यान में हरी घास का बिछौना सा है। पुष्पों की सुवासित सुंदर क्यारियां। रंग-बिरंगे पत्रोंवाले पौधे। घने आम्रवृक्ष। चिड़ियां चहक रही हैं, कौवे कांव-कांव कर रहे हैं और कोयल भी कहीं हैं, परंतु न जाने क्यों मौन हैं। मंद समीर कर्तव्यरत है। कीड़े मकोड़े घास में विचर रहे हैं।...तात्पर्य यह कि पेड़, पौधे, वनस्पतियां, पशु-पक्षी आदि समस्त चराचर पादुकाराज में अपने-अपने कर्तव्य के पालन में रत हैं। मनुष्य भी।

अलसाई-सी पद्माजी।

लक्ष्य संधान को तत्पर आसपास बिराजी चपल चाटुकार स्त्रियां। सबकी दृष्टि पद्माजी पर। सबकी दृष्टि पद्माजी की दृष्टि पर। जिस पर उनकी कृपादृष्टि हो, वही धन्य कहाया। पद्माजी की दृष्टि गुलाब पर। गुलाब धन्य हुआ। सबने गुलाब को ईर्ष्या से देखा। पद्माजी की दृष्टि कीड़े पर। कीड़ा धन्य हुआ। सबने कीड़े को ईर्ष्याभाव से देखा। पद्माजी की दृष्टि कमला पर। कमला धन्य हुई। सबने कमला को देखा और मन ही मन कोसा।

'कंगन अति सुंदर हैं तुम्हारे...,' कमला के कर को पद्मा ने अपने कर में ले लिया। धरा मानो घूमना ही विस्मृत कर बैठी।

'नहीं-नहीं...', कमला विनम्र हो ऐसी झुकी कि उसका झुका मुंह घास के ऐन निकट आ गया। घास में विचरण करता कीड़ा ऐसी विनम्रता में सना मुख देखकर सहम गया।

'नहीं कमला, हम सत्य कह रहे हैं...क्यों, सुंदर हैं न...?' पद्मा ने आसपास बिराजी चाटुकारों से पूछा।

क्या कहें वे? मन मारकर सबने कहा, 'और क्या...इतने सुंदर तो हैं...।'

अभी तो पद्माजी की हां में ही अपनी हां मिलाने की कर्तव्य बेला है। अन्यथा कमला के कंगन ऐसे विशेष तो हैं नहीं। हमारे ही महालय में इससे लाख सुंदर रत्नजड़ित कंगन धरे हैं। कल ही धारण करके आऊंगी, तब देखेगी यह कमला भी।

कीड़ा निकट ही भ्रमणरत है। घास के मध्य प्रकट होता और पुनः अदृश्य होता। कीड़े की अपनी क्रीड़ाएं। मग्न है अपने में। इस तथ्य से नितांत अनभिज्ञ कि पादुकाराज की कितनी महत्त्वपूर्ण बैठक में वह अनजाने ही भाग ले रहा है।

'आपकी कलाइयों में जाकर ये और भी सुंदर हो जायेंगे...' कमला ने अवसर नहीं चूका। पद्माजी न-न करती रह गईं, इधर कमला ने मनुहार करते हुए अपने कंगन

उतारकर पद्माजी की कोमल कलाइयों में पहना दिये।

पवन अठखेलियां कर उठा।

पुष्प जहां लटके थे, वहीं झूमने लगे।

पत्तों ने सरसराकर नाद किया कि अहो, अति सुंदर।

पद्माजी की कंगनवती कलाइयां मानो प्रकृति पर आच्छादित हो गईं। अहो, अहो। अति सुंदर। अति मनोहारी।...स्त्रियों ने कहा। प्रकृति की फिर बिसात क्या! सो उसने भी कहा।...पवन ने झोंके को दूत बनाकर भेजा। वह चंवर झुलाकर गया। पद्माजी के दायें कान के पास के केशों की लट माथे पर अठखेलियां कर उठी। और कीड़ा? भ्रमरणरत है घास में। उसने कुछ नहीं किया। कंगन और कोमल कलाई को भला वह क्या समझे। मूरख। अज्ञानी। शृंगार रस से अनभिज्ञ। कीड़ा कहीं का!...वैसे, प्रसन्न तो वह भी दीख रहा है। देखिए, कैसा तो आनंदित है। घास की पत्ती पर चढ़ गया है और नोंक पर लटक रहा है नटखट।...धराशायी हो जायेगा रे!

पद्माजी अति प्रसन्न भयीं।

चाटुकारों को और क्या चाहिए! समस्त स्त्रियों के मन मयूर नृत्य करने लगे। पांच मन मयूर एक साथ नृत्यरत हैं, परंतु उनके पैरों तले कीड़ा नहीं कुचला।

श्रेष्ठिजनों के मन मयूर तो अयोध्या में नित्य ही नृत्यरत हैं। पर अयोध्या की सामान्य प्रजा के मन मयूर? वे प्रतीक्षारत हैं कि कुछ ऐसा शुभ घटे कि उनको भी नृत्य का अवसर मिले। परंतु अयोध्या के सामान्य जन के जीवन में वर्षों से ऐसा कुछ भी नहीं घटा है। उनका मन मयूर वर्षों से नहीं नाचा है। अब तो यह आशंका होती है कि कभी प्रसन्नता का शुभ अवसर बने भी, तो इनका मन मयूर नृत्य भी कर सकेगा या नहीं? नृत्य करते हुए मुख के बल धम्म से तो नहीं जा गिरेगा? सामान्य जन के मन मयूर को अभ्यास ही नहीं रहा नृत्य का।

पद्माजी प्रसन्न हैं। उनका मन मयूर भी ठुमक रहा है। अब निश्चित जानिए कि समाज सेवा की चर्चा आसन्न ही है। सभी को ज्ञात है कि वे प्रसन्न हों तो समाज सेवा की हूक सी उठती है उन्हें। ज्ञानी स्त्रियां तत्पर हैं। पद्माजी समाज सेवा के प्रति अन्यथा भी कटिबद्ध रहती ही हैं। अभी कल ही उन्होंने विधवा स्त्रियों को वस्त्र बंटवाये थे, और परसों दरिद्र ब्राह्मणों को चंदन की पादुकाएं दान की थीं, और अभी उस दिन अयोध्या के वयोवृद्धों को लाठियां भेंट की गई थीं, और उसके भी उस दिन अनाथ बालकों को...तात्पर्य यह कि कुछ न कुछ होता ही रहता है। समाज सेवा का यही तो है कि यह एक बार प्रारंभ भर हो जाये तो पुनः बिना सारथी के रथ सी बगटुट चलती जाती है। अब यह प्रश्न न पूछिएगा कि कितनों की सेवा हो पाती है। सारथीविहीन रथ की क्या तो दिशा? पुनः अयोध्या में सहस्रों तो वयोवृद्ध हैं। किस किसको पद्माजी लाठियां दें? अब यदि सारे वृद्ध यह आशा करें कि पद्माजी उनको लाठी का संबल

प्रदान करेंगी, तो हम तो यही कहेंगे कि वृद्धावस्था में इनकी बुद्धि ने कार्य करना बंद कर दिया है। इतने वयोवृद्ध, इतनी बीथिकाओं में न जाने किन किन कोनों में पड़े हैं! कहां-कहां तो इन बूढ़ों को खोजोगे? पुनः इतनी लाठियां?...मित्र, कुछ वृद्धों को तो अपनी लाठी की व्यवस्था स्वयं करनी ही होगी। अब, कुछ भी कहिए, पद्माजी ने पच्चीस-तीस वयोवृद्धों को तो लाठी बांटी ही। यह पुण्य भी न्यून नहीं।...

'अनाथों को दलिया दान करा दिया था?' पद्माजी ने चंद्रा से पूछा है।

चंद्रकलाजी खाद्य मंत्री की भार्या हैं।

'वह तो कल ही बंट गया था महारानी...' चंद्रकला ने बताया।

'एवं भिक्षार्थियों को...?' पद्माजी को तो सभी पर तरस आता है न।

'जो कल का शेष रहा, वह आज भिखारियों को दान में दे दिया, देवी...।'

'यह उचित किया...ताजा दलिया उनको पच नहीं पाता...बासा भक्षण हेतु ही तो उनका जनम हुआ है...,' पद्माजी भिक्षकों की पीड़ा समझती हैं।

'उनका जनम और हमारा दलिया अकारथ न जाये, इसी हेतु हमने उन्हें बासा ही खिलवाया,'...चंद्रकला ने बताया।

'तुम अति बुद्धिमती हो...,' पद्माजी ने उनकी दूरदृष्टि तथा भिखारियों के पाचन तंत्र के विषय में उनके ज्ञान का सम्मान करते हुए कहा।

'आपका आशीर्वाद है...,' चन्द्रकला नतमस्तक हैं। इतनी नतमस्तक कि श्वास की उच्छ्वास कीड़े पर पड़ी, तो चौंककर वह भी उन्हें देखने लग गया।

'कुछ शेष रह गया हो तो झोंपड़ियों में बंटवा देते...?' पद्माजी का हृदय दरिद्रों के लिए अश्रु बहाता है, सो सर्वज्ञात है।

'वह तो आज कुत्तों को डाल दिया...।'

'...वैसे श्वान भी तो इन्हीं दरिद्र बस्तियों में विचरते रहते हैं...' एक ने कहा।

'...वे भी उसी बस्ती के वासी कहलाए...,' दूसरी हंसी।

सभी हंसने लगे।

सभी का परिहास-भाव कैसा परिमार्जित एवं नीच कोटि का है, यह स्पष्ट है।

हंसते-हंसते पद्माजी मौन हो गईं।

दरिद्रता, भिक्षा, झोंपड़े, भूख आदि की चर्चा उठ जाये, तो उनका कोमल, संवेदनशील हृदय विचलित हो उठता है। अयोध्यावासी इतने कष्ट में कैसे जीवनयापन कर लेते हैं, यह वे समझ ही नहीं पातीं। कोई माया या तिलिस्म जानते हैं क्या ये...? वे कई बार सोचती हैं। पुनः क्या पता कि भूखे पेट में भी कुछ अलौकिक आनंद मिलता हो इन्हें? अब हम तो कभी भूखे रहे नहीं हैं। कोई तो रहस्य है।...मौन रहकर न जाने क्या तो विचार कर रही हैं पद्माजी।...इधर कीड़ा भ्रमण करता हुआ पद्माजी की गुलाबी पगथलियों के निकट आ गया है। उसके मन में पाप प्रतीत होता है। अन्यथा

भी, जहां वह विचर रहा हैं, वहां बैठकर यदि निहारिए तो पद्माजी की गौर वर्ण टांगें ऐसी मादक दीख रही है कि किसी का भी मन डांवाडोल हो उठे।...कीड़ा मंत्रमुग्ध होकर ताक रहा है टांगों को। कदाचित् इन गौर वर्ण टांगों के मादक स्पर्श की प्रत्याशा में टांगों पर आरोहण का संकल्प कर रहा है। मूरख प्राणी! शृंगाररस पर उतारू है शठ। अवसर की ताक में है।

'अनाथ अनेक हैं क्या, अयोध्या में?...' पद्माजी ने भोलेपन से पूछा है।

'अनगिन हैं देवी...,' एक ने बताया।

'ऐसा क्यों है...?'

'बाप की मृत्यु हो जाये, तो संतान अनाथ हो जाती है...,' एक ने अनाथ हो जाने के पीछे मूल प्रक्रिया क्या होती है, यह स्पष्ट करने का यत्न किया।

'अयोध्या में बाप बहुत मर रहे हैं क्या...?' पद्माजी चिंतित हैं।

'हैं भी तो अनगिन...।'

'बाप?'

'हां, अयोध्या में बाप बहुत हैं...।'

'अच्छा...!'

'हां देवी, बाप ही बाप...।'

'ये किसके बाप हैं...?'

'इनका कोई भरोसा नहीं। अयोध्या में मनुष्य को बाप बनते विलंब नहीं लगता...।'

'अहो!'

'हां महारानी, और एक-एक बाप श्री की इतनी संतानें कि एक बापू स्वर्ग सिधारे तो दस अनाथ हो जाते हैं...।'

एक ने समस्या का गणित पक्ष प्रस्तुत किया।

'अहो!' पद्माजी आश्चर्यचकित हैं।

'हां देवी, ये तो बस संतानें उत्पन किये जाते हैं...।'

'इति नहीं करते?'

'मृत्यु पर ही इति करते हैं...।'

'परंतु अयोध्या में बाप इतने मर क्यों रहे हैं...?'

'यह तो ज्ञात नहीं देवी...,' एक ने क्षमायाचना के स्वर में कहा।

'कहीं दस-दस बच्चे उत्पन्न करते-करते थककर तो नहीं मर जाते?' जिसमें परिहास भाव बहुत है, उसने कहा।

सभी हंसने लगीं।

लज्जा से रक्ताभ मुख।

इसके पश्चात् लज्जापूर्ण चर्चा अयोध्या के पुरुषों की इस कुटेव की दिशा में मुड़ गई कि स्त्री को देखते ही वह संतानोत्पादन की लालसा में डूबने-उतराने लगता है। चर्चा ने गति पकड़ी और यह महत्त्वपूर्ण सामाजिक आयाम समक्ष आया कि यह दुष्ट लालसा मात्र दरिद्र बस्ती के पुरुषों में ही दृष्टिगोचर होती है और ऐसा उनमें संस्कारों की हीनता एवं नीचता के कारण होता है। पुनः चर्चा ने एक और रोचक मोड़ लिया और रस ले-लेकर बताया गया कि इन झोंपड़ियों की स्त्रियों को भी सरल एवं सीधा न जानियेगा—इनमें से एक-एक के संबंध दस-दस पुरुषों से रहते हैं।...चर्चा अंततः चलती-चलती थककर इस निर्णय पर पहुंची कि अयोध्या के इन दरिद्रजनों का कुछ भी शुभ कर पाना असंभव है क्योंकि ये शठ हैं ही ऐसे शठ!...दलिया वितरण के अतिरिक्त इनका शुभ करने का अन्य कोई उपाय नहीं। पादुकाराज इनके उत्थान हेतु लाख प्रयास कर लें, परंतु ये स्वयं ही उत्थान से अधिक पतन में रुचि रखते हैं...नाली के कीड़े हैं। वहीं आनंदित हैं कीच में।

पवन गतिहीन।

धूप किंचित् तीखी।

पवन तथा धूप के इस अनुचित व्यवहार के प्रति रोष प्रकट करते हुए यदि सेवकों को अभी तक प्रताड़ित नहीं किया गया है (कि कैसे व्यर्थ स्थान पर आसन बिछाया है) तो इसका कारण है कि सर्दी की दोपहरी में भरपेट भोजन के पश्चात् धूप अभी भी सुहावनी प्रतीत हो रही है। चार सेवक किंचित् दूर ही खड़े हैं। वे संकेत की प्रतीक्षा कर रहे हैं। यह मंडली कुछ भी मांग सकती है। अभी ये लोग यदि सेवकों को आदेश दे दें कि चंद्रमा प्रस्तुत करो और सेवक न कर सकें, तो ये उसकी चाम खिंचवा सकती हैं। जब अयोध्या में सामान्य जन को दो समय की रोटी जुटाना असंभव हो चला है, तब ऐसी मंडलियां इसे अपना जन्मसिद्ध अधिकार मानती हैं कि वे जो भी मांगें, अयोध्या, येन-केन प्रकारेण कहीं से भी उसकी व्यवस्था करे ही। स्वयं को विक्रय कर, ऋण लेकर, अथवा कहीं सेंध मारकर—किसी भी विधि। पादुकाराज में यही तथ्य तो सराहनीय है (और भविष्य के इतिहासकार गौरव तथा आश्चर्य के साथ अपने भोजपत्रों में इसका उल्लेख करेंगे कि) पादुकाराज में अयोध्या के कुछ करों में इतनी शक्ति उत्पन्न हो चुकी थी कि यदि वे कामना करें तो चंद्रमा को अपनी मुट्ठी में बांध सकते थे।

कीड़ा वहीं घास में है। पंछी मौन हैं। बस, यदाकदा कभी चीं-चीं।

'हम विचार कर रहे थे कि जलेबी बनाने की जो प्रतियोगिता हमने राजसभा सदस्यों की भार्याओं हेतु आगामी चौदस को धरी है, उसके पूर्व एक मेहंदी प्रतियोगिता अथवा मंगोड़ी प्रतियोगिता भी करवा लेते—आप सबका क्या विचार है...?' पद्माजी पूछ रही हैं।

हमारा क्या! हमारा अपना विचार कभी रहा है क्या? विचार करना कब से तज चुके हैं हम। विचार करने की शक्ति पादुकाराज में व्यक्ति को शक्तिहीन बनाती है। विचारों द्वारा नेत्र खुलने का भय रहता है। जबकि अयोध्या में अब वे ही आदरणीय माने जाते हैं कि जो नेत्र मूंदकर चलते हैं। विचारों का भार स्कंधों पर धरा हो, तो प्रगति यात्रा असंभव है यहां। विचार जैसी अनुपयोगी वस्तुयें जितनी न्यून हों आपके निकट, उतने ही आपके पग तेज एवं लंबे पड़ेंगे।

'अति उत्तम विचार है देवी...,' एक ने कहा।

'अहो, अहो...!' दूजी ने कहा।

'धन्य हैं महारानी...!' तीसरी अविभूत है।

सभी ने 'धन्य धन्य' तथा 'अहो' उच्चारा।

पद्माजी ने चहुंओर भक्तिभाव बिखरा देख प्रसन्न होते हुए कहा, 'सभी सखियों को संदेश पहुंचा दीजिए कि इनमें भाग लें।'

अवसर मिला ही है तो चूकना मूर्खता कहायेगी।

'क्षमाप्रार्थी हूं...औरों तक तो हम संदेश पठा देंगे, परंतु सामंत निहालसिंह की पत्नी को तो आप ही कह देतीं, तो उचित रहता...,' एक ने कहा।

'क्यों...?'

'हम कहेंगे, तो तिरस्कारपूर्ण स्मित से हंसेगी..., क्यों न सखी?'

'और क्या!...' दूसरी ने समर्थन किया।

निहाल सिंह की भार्या से सभी को ईर्ष्या है। भय भी।

वह सुंदर है। बुद्धिमान भी। स्वयं निहाल सिंह कर्मठ हैं एवं पादुकाराज के विरले ऐसे सामंतों में से हैं कि जो काजल की कोठरी में भी श्वेत वस्त्र धारे ठाठ से बिराजे हैं। पागल न होते हुए भी कर्तव्यनिष्ठ एवं सत्यनिष्ठ हैं। अयोध्या में ऐसे आपत्तिजनक मनुष्यों से सभी भयाक्रांत तथा सतर्क रहते हैं और उचित, अनुचित अवसरों पर अन्य व्यक्तियों को इनसे सचेत करते रहते हैं। विशेषतः स्वामियों को सतर्क रखना तो सेवकों का कर्तव्य है ही।...सो निहाल सिंह के विरुद्ध यह सुअवसर नहीं चूका गया।

'वे ऐसा नहीं कर सकते...' पद्माजी को विश्वास नहीं हो पा रहा।

'हमने तो जैसा लखा, तैसा वर्णित कर दिया है, क्यों सखी...?'

'बहुत कुटिल हैं वे लोग, देवी...।'

'और क्या...।'

'हम तो यों मौन रहते हैं देवी, कि स्वयं आप उन्हें इतना मान सम्मान देती हैं, तो...'

'पुनः पादुकामंत्री तो उनको अयोध्या का भंडार-प्रभारी बनानेवाले हैं...।'

'बताइए, कैसा अगाध विश्वास...!'

'...और कैसा अनर्गल बोलते रहते हैं पादुकाराज के विरुद्ध वे...।'

'मनुष्य जिस थाली में भोजन करे, उसमें छेद तो न करे...।'

'और क्या, कुल्ला चाहे तो कर ले...।'

पद्माजी मौन रहकर श्रवण कर रही हैं।

महल की कूटनीति के खेल! महीन जाल बुने जा रहे हैं। पांसे हथेलियों में, चालें मस्तिष्क में। आज निहालसिंह, कल कोई और। फिर कोई और। पुनः कोई और ही। माया अनवरत है। खेल निरंतर है। अयोध्या के महालयों के कोने-कोने में चौपर की बिसातें बिछी हैं। पादुकाराज का प्रत्येक निर्णय कूटनीति और कपट की इन्हीं चौपरों पर लिया जाता है। प्रतीत होता है कि मानो समूची अयोध्या ही दांव पर लगा दी गई हो।...चौदह वर्ष लंबी बाजी, जो अभी भी अनवरत है।

निंदारस का मधुपान चल ही रहा था कि भृत्य भोज्य पदार्थों के पात्र लेकर आने लगे। समस्त भोज्य-सामग्री वहीं घास पर एक शुभ्र वस्त्र पर व्यवस्थित धर दी गई। इतना तथा इतनी भांति का भोजन! आश्चर्य होता है न कि इसी अयोध्या में लाखों जन भूखे भी सोते हैं? अपनी-अपनी रुचि! इतना कुछ भक्षण को है और तब भी आप भूखे सोते हैं तो यह आपकी हठधर्मी ही कहाई! क्यों भूखे हैं आप? इधर दृष्टि डालिए। कैसे भकोस रहे हैं ये जन। मुख कैसा गतिशील। कैसे तृप्ति-भाव मुख मंडल पर। नेत्रों में कैसी दिव्य चमक। भोज चल रहा है। चर्चाएं चल रही हैं : 'हमने तो भोजन नितांत न्यून कर दिया है...', 'संप्रति भूख ही नहीं लगती...', 'किसकी विरह में भोजन त्याग दिया सखी?...' 'हट री...'— गल्प, अनर्गल वार्तालाप, भरे उदर से निःसृत निरर्थक बातें। 'पद्मा जी कितनी सुंदर दीख रही हैं आज...,' 'आज क्यों, वे तो नित्य ही सुंदर हैं...,' 'वही तो...', 'पद्माजी आपको कल समय निकालकर हमारी कन्या का गायन श्रवण करना ही होगा...' ...। बातें और बातें। चबर-चबर। व्यंजन ही व्यंजन। पद्माजी, पद्माजी। दसों दिशाओं में पद्मा जी। पवन की तरंगों पर पद्माजी का नाम। पत्र आंदोलित हुए और वृक्षों ने सरसराहट के साथ फुसफुसाया— पद्माजी, पद्माजी। 'पद्माजी, हमारा वह कार्य करा ही दें...', पद्माजी, पद्माजी। पक्षियों ने चहचहाकर कहा। वे क्यों पीछे रहें! सभी कह रहे हैं। उन्होंने भी कहा पद्माजी, पद्माजी। सभी को प्राण प्यारे हैं। आकाश पद्मामय, धरा पर सुदूर तक पद्माजी, पद्माजी।...चहुंओर इतनी बार पद्माजी कहा जा रहा है कि झाडू से बुहारो, तो कोने में पर्वत खड़ा हो जाये।

पद्माजी से बचे स्थान में कीड़े-मकोड़े रेंग रहे हैं, घास में। वह कीड़ा भी, जिसकी रसिकवृति की चर्चा अभी हमने की। अभी भी विचर रहा है, वहीं पद्माजी की टांगों के निकट। पद्माजी की टांगें गौर वर्ण हैं। स्निग्ध। कीड़ा चढ़े, तो फिसलकर नीचे गिरे और उनकी टांग पर चढ़ने के चक्कर में अपनी टांगें तुड़वा बैठे।...चिकने वस्त्र धारण

किये बैठी हैं पद्माजी। वस्त्रों के मध्य आवृत-अनावृत टांगें। झिलमिल झिलमिल। आह्वान करतीं। पुकारतीं। कीड़ा क्या करता! पुकार को कब तक न सुनता? आरोहण कर रहा है। पद्माजी की टांगों पर। शनैः-शनैः। आत्महत्या को कटिबद्ध-सा। चढ़ रहा है। स्निग्ध सतह। संभल-संभलकर।...प्रेम का मार्ग वक्र सुनते थे, पर यह तो ऐसा चिकना भी निकला। मत जा रे जोगी। लौट आ रे पथिक। पर पथिक क्यों किसी की सुने?...फिसलकर मुंह के बल धड़ाम हुआ है पथिक घास में। ऊंचाई अधिक नहीं, परंतु कीड़े को यही भारी। एक टांग मोच गई कीड़े की। परंतु वह भी सच्चा प्रेमी। पुनः टेढ़ा-मेढ़ा होकर प्रेम यात्रा को तत्पर। उठा। हुआ गमनरत। पुनः पद्माजी की गौर वर्ण, स्निग्ध टांग। हठी है। खड़ाऊ खाये बिना मानेगा नहीं।...चर्चाएं हो रही हैं। भोज चल रहा है। कीड़ा भी चल रहा है। डूबा है श्रृंगार रस में। नायिका के इतने निकट संपर्क में आकर भी यदि न डूबा, तो कब डूबेगा! सो गमनरत है वह। लड़खड़ाता। मद में डूबा। टेढ़ी-मेढ़ी टांगों से।

कि पद्माजी को टांग पर सुरसुराहट की अनुभूति हुई। टांग पर कीड़ा!

हाय रे!...पद्माजी ने टांग झटक दी। कीड़ा श्रृंगार-रस-पान कर मदमस्त था, परंतु उसी मद के वशीभूत हो उसकी टांगें पद्माजी की टांगें पर दृढ़तापूर्वक जकड़ी हैं। कीड़ा डटा रहा। तब तक कर्मठ सखियों की तीक्ष्ण दृष्टि में वह आ गया।...एक अतिरिक्त कर्मठ सखी ने हथेली से वार किया...। चटाक...। कीड़ा सखी की कोमल हथेली एवं पद्माजी की स्निग्ध टांग के मध्य कहीं मसला गया। कीड़े का शव वहीं घास में टपक गया।...घास की पत्तियों के बीच कहीं।...वही छोटी सी फुनगी घास की, कि जिस पर टंगकर कर रहा था वह अठखेलियां कुछ क्षणपूर्व ही।...वही पवन। वही धूप...। वही गंध...। वही मौसम...। वही पंछी...। सब कुछ वही। मात्र कीड़ा नहीं।...सभी ने कहा कि हमने तो पूर्व चेतावनी दी ही थी कि रे मूरख, इन महालय वालियों से बचियो! पर न माना रे! प्रेम में अंधा!

कुछ अंतराल के पश्चात् पद्माजी ने सभा विसर्जन की। सभी हंसी-ठिठोली करतीं, पद्माजी, पद्माजी उच्चारतीं उद्यान से उठीं और पद्माजी के पीछे-पीछे महालय में प्रवेश कर गईं। धूप तीखी हो गई है। कोमलांगियों कब तक सह पातीं!

महिला-मंडली घास में भ्रमणरत बहुत सी चींटियों को कुचलती चली गई।

चींटियों का तो आपको ज्ञात है ही कि दस मरें तो बीस शेष रह जाती हैं। एकदम अयोध्या की दरिद्र मंडली की भांति।...सो, असंख्य चींटियां अभी भी शेष हैं। जब उधर पद्माजी की टोली महालय में प्रवेश कर रही है तब इधर चींटियों की एक टोली कीड़े के शव को घास में घसीटती लिए जा रही है।

सरयू का यह तट, दरिद्रों को सादर समर्पित है।

रेत का विस्तार। पुनः कीचड़। और सरयू। इति। सोपान, चबूतरे इत्यादि अन्य कुछ भी नहीं। सरयू को तो भान ही नहीं कि कब वह अयोध्या के उच्च तथा नीच वर्ग के मध्य बंट गई। जल वही। रेत वही। जल की तृप्ति भी ठीक वैसी ही। परंतु यह तट अयोध्या के दरिद्रों का घाट बन गया है।

तट की रेत।

एक नन्हा सा पांव रेत में पड़ी कंदुक पर पड़ा।

अब आप कंदुक पूछोगे?...गेंद कह लीजिए। कंदुक हवा में उछलकर आकाशगामी है। रेत के कणों का नन्हा सा बादल उठा और पुनः बैठ गया। आकाशचारी कंदुक का पीछा करते बच्चों का शोर उठा है और सरयू जल की कल-कल के साथ गुत्थमगुत्था हो रहा है। बालकों का समूह सरयू तट पर कंदुक क्रीड़ा में मगन है। जीर्ण-शीर्ण फटे वस्त्रों की चिंदियों से बनी कंदुक...और वे बालक जो अयोध्या के हैं भी, नहीं भी हैं। ये न तो किसी आश्रम में विद्यार्जन करते हैं, न इनके माता-पिता को ही ज्ञात है कि ये जो उत्पन्न हो गये हैं, तो इनका अब क्या हो? जीवन-मरण के बीच झूलते बड़े हो रहे हैं ये।...और एक दिन ये ही बच्चे बड़े हो जाते हैं और फिर मरियल, कृशकाय शरीर के साथ अयोध्या की मंडियों में बोझा ढोते, वणिकों की दुकानों में भृत्य बन अथवा अयोध्या के श्रेष्ठिजनों की सेवा-टहल में शेष जीवन व्यतीत कर देते हैं।...और तब, यह नटखट आनंद दीपक लेकर खोजने से भी इनमें नहीं मिल पायेगा, जो अभी इनके मुख पर किलकारियां मार रहा है।

अनिश्चित (या कहें निश्चित (!)) भविष्य की चिंता से मुक्त इन बालकों की वर्तमान चिंता तो यह है कि यह जो कंदुक आकाश में तैर रहा है, वह कदाचित् टपककर सरयू जल में प्रवाहित न हो जाये।

वायुमंडल में तैरता कंदुक अंततः सरयू जल में ही गिरा, परंतु बह जाने से पूर्व ही स्नानरत एक सज्जन द्वारा दबोच लिया गया। उनकी गीली खोपड़ी पर यह ठीक उस पल पतित हुआ, जब वे डुबकी मारकर जल सतह पर उभर ही रहे थे और नेत्रों को मिचमिचाते हुए मुख-जल को कुल्ले के रूप में सरयू को उदारतापूर्वक समर्पित

कर रहे थे। वे स्नान करते हुए गोता खा गये थे और अब कपाल पर पतित कंदुक के प्रहार से पुनः गोता खाते-खाते बचे थे। कंदुक कर में धर के वे अपराधी की खोज में यत्र-तत्र दृष्टिपात कर रहे हैं। नेत्रों में जल प्रविष्ट हो गया है, सो दृष्टिपात करने में ऐसी-तैसी हुई जा रही है।

छप-छप करते बालक। कीचड़ में धंसी पगथलियों से अनभिज्ञ। लो, अपराधी सम्मुख ही आ गये।

'हमारा कंदुक दे रे...,' एक बालक ने ढीठतापूर्वक कहा।

सज्जन की धज भी ऐसी दयनीय और उपहासास्पद है, कि दृष्टि पड़ते ही अयोध्या के श्रेष्ठिजन से लगाकर सामान्य जन तक उनकी धोतिका खींचने, या उन्हें थप्पड़ प्रदान करने की लालसा से भर उठे। जलसिक्त अधपकी केशराशि बिखरकर मुख पर यत्र-तत्र चिपक गई है, दाढ़ी जलसिक्त हो गीले वस्त्र सी झूल रही है और इनसे शेष बचे मुख पर आच्छादित निरीहता। अब ऐसे व्यक्ति के कर में चिंदियों की एक कंदुक भी दे दें, जिससे जल चू रहा हो। कुल योग में ऐसे व्यक्ति का चित्र बनता है जो कोई तुच्छ-सी वस्तु चुराता रंगे-हस्त गह लिया गया हो।

'रे रे शठ, हमारी कंदुक दे, अन्यथा करते हैं हम कपाल पर प्रहार...' एक बालक ने रेत से पत्थर उठाने का उपक्रम करते हुए सज्जन के कपाल को लक्ष्य बनाते हुए रिक्त मुष्टिका ही घुमाई।

सज्जन घबराकर सिर झुकाने के फेर में असंतुलित होकर जल में गुडुब की ध्वनि करते हुए गोता खा गये। बच्चे हंसने लगे। कर घुमाने से ही भयभीत हो गये! वाह रे माटी के शेर! सज्जन अब जल से उबरकर बालकों को क्रोधित हो देख रहे हैं।

'क्यों रे, यह भी कोई स्थान है कंदुक क्रीड़ा का?...'

सज्जन ने अपनी ओर से बच्चों को धिक्कारने का प्रयास किया।

'अन्यथा कहां खेलें?...'

'कंदुक दे रे...।'

'...नहीं तो अभी हम तेरी धोतिका खींच के धा जायेंगे...'

सज्जन के मुख पर क्रोध के स्थान पर वात्सल्य-सा आ रहा है।

सच तो है। कहां खेलें ये बच्चे? उन बीथियों में जो इतनी संकीर्ण हैं कि श्वास ही पर्याप्त रूप में नहीं आ-जा पाती? अयोध्या के क्रीड़ा-स्थलों पर श्रेष्ठि वर्ग की संतानों का आधिपत्य है। ये कीचड़-भरी बीथियों में पलनेवाले बालक हैं, जिन्हें अयोध्या उसी तिरस्कार भाव से देखती है, जिससे कीचड़ में पलनेवाले कीड़ों को देखा जाता है...। परंतु हैं तो ये भी वैसी ही मानव संतानें— भोले, स्नेह के भूखे, सुंदर और सजीले!...सज्जन को दरिद्र-बीथिका में पल रहीं अपनी संतानों का स्मरण हो आया।...तभी तो मुख पर कैसा वात्सल्य भाव कि अहा!...ऐसे ही बालक तो उसके

भी हैं। यह रेत में पांव धंसाये ऐन समक्ष तना बच्चा, जिसकी एक टांग वक्र सी है, गात पिचके हैं, केश रूखे हैं एवं शरीर अर्धनग्न है— वह उसके ज्येष्ठ पुत्र सा ही तो है। वही ढीठता। वही अबूझ दंभ। वही जीवन पर गहन अविश्वास और स्वयं पर घनघोर आत्मविश्वास।...और वह पिद्दा-सा बालक, जो बच्चों की इस भीड़ में पीछे खड़ा होकर नासिका पोंछता हुआ रेत से पत्थर बीनता शस्त्र संग्रह कर रहा है, वह उनकी सबसे कनिष्ठ संतान ही तो प्रतीत होती है।...ये अर्धनग्न, अर्धपोषित, अर्धभूखे बच्चे, ये दारिद्र्य एवं अभाव से भरे जीवन में कहीं से तो भी आनंद खोजते बच्चे और पुनः उस आनंद की ग्रीवा पकड़कर उसे अपने मध्य घसीटकर लाते बच्चे...अयोध्या की दरिद्र बीथियों में पल रहे ये समस्त बच्चे एक से ही तो थे।

सज्जन के नेत्रों में सरयू जल तो पहले ही था, अश्रुजल और उतर आया।

उन्होंने मौन रह कंदुक दूर रेतीले तट पर फेंक दिया।

बालकों का समूह विजयी उत्साह से कंदुक की दिशा में भाग चला। रेत पर दूर तक नन्हीं पगथलियों के अनगिन पदचिह्नों के तारे जगमगा उठे। सबसे प्रथम कंदुक तक पहुंचनेवाले बच्चे ने कंदुक पर तीव्र पदप्रहार किया है। कंदुक पुनः आकाश में उछला। वायु में तैरता। बच्चों का समूह पीछे-पीछे। मानो वायु में ही तैरता।

सज्जन कटि तक जलमग्न खड़े हैं और देख रहे हैं इन बच्चों को। एकटक।

'अति दुष्ट बच्चे हैं ये, मित्र...,' पास ही स्नानरत वयोवृद्ध बता रहे हैं,...'गत दिवस हमने सूखने हेतु रेत पर धोतिका बिछाकर धरी थी, इन्हीं में से किसी शठ बालक ने उठाकर वह सरयू जल में प्रवाहित कर दी...। पुनः करतल ध्वनि के साथ हंसते भी रहे। हमें लंगोट में ही कुटिया तक गमन करना पड़ा। ये दुष्ट बीथियों में भी हमारे पीछे-पीछे शोर करते और करतल ध्वनि करते अनुसरण करते रहे।...बताइए। हे भगवान...अयोध्या का क्या होगा...?'

पर सज्जन तो संप्रति उन बच्चों को देख रहे हैं, जो हवा में तैर रहे हैं।

उन्होंने वयोवृद्ध को सुना ही नहीं।

पुनः वे जानते भी हैं कि इन बच्चों में कोई दुष्ट नहीं और इनके रहते अयोध्या की चिंता करना भी अनुचित है।

दोपहर की बेला।

कुणाल ऋषि के आश्रम के द्वार पर खड़े हैं आप।

सरयू का प्रवाह यहां तीन ओर से आश्रम को घेरता है। चतुर्थ दिशा में क्यों नहीं घेरता?...सराहनीय प्रश्न है आपका। जिज्ञासु हैं आप। और ऐसी ही मूढ़ जिज्ञासाएं करते रहे तो किसी दिवस कोई थप्पड़ भी लगा देगा। अथवा इसी सरयू में धकेल देगा।...मित्र, चतुर्थ दिशा से सरयू नहीं घेरती क्योंकि वह इस तरफ से प्रवाहित नहीं होती। पुनः यदि चहुंओर, सभी दिशाओं में सरयू बहेगी, तब वह वहीं बहती रहेगी—आगे कब जायेगी?...और चौथी दिशा से भी आश्रम सरयू प्रवाह से घिरा होगा, तब आश्रम में क्या तैर कर घुसोगे?

सरयू प्रवाह यहां तीव्र है। पाट चौड़ा। कुछ नावें। यत्र-तत्र डोलतीं। तिरतीं। तट की रेत से संलग्न ही लाल बजरी का एक मनोरम मार्ग निर्मित है, जो अरण्य से प्रकट होकर यहां आश्रम द्वार तक आया है और द्वार पर ही समाप्त हो गया है।

आश्रम द्वार भव्य है।

भव्य क्यों है? 'ऐसे ही भव्य द्वार की कामना थी, तब (सांसारिक) सामंतों-नरेशों और (बैरागी) संतों-ऋषियों में पुनः अंतर ही क्या रह गया?...' आप जिज्ञासु तो हैं ही, भ्रष्ट एवं नास्तिक विचारों से ग्रस्त भी प्रतीत होते हैं।...अरे, ऋषि-मुनि भी तो अध्यात्म के साम्राज्य के नरेश हैं। पुनः ऋषि कुणाल को आप कदाचित लघुतम् संप्रदाय का ऐसा-वैसा साधु मान बैठे हैं, जो अयोध्या जनपद में खड़ाऊं चटकाते, राख मले, चिमटा बजाते डोलते रहते हैं?...कुणाल की भव्य सत्ता का अनुमान ही नहीं आपको श्रीमान, अन्यथा द्वार की भव्यता पर यूं उंगली न इंगित करते।...एवं द्वार की भव्यता में ही यदि आपके नेत्र विस्फारित हैं, तो आश्रम में प्रवेश करने के पश्चात् जो भव्यता दृष्टिगत होगी, उससे तो आपकी धोतिका ही सरक जायेगी। उचित ही रहा कि आपको आश्रम में प्रवेश नहीं दिया गया।

आश्रम में प्रवेश करना ऐसा सरल कार्य है भी नहीं।

आश्रम के द्वार पर दो मुस्टंडे साधु खड़े हैं। प्रहरी मान लें इनको। द्वार से किसी भी अयाचित का प्रवेश रोकने को तत्पर। उनके निकट ही दो स्निग्ध, दृढ़ दंड धरे हैं।

डंडों को आकंठ तेल पिलाया प्रतीत होता है। और साधु? यह भी विचित्र प्रश्न किया आपने। दीखते नहीं क्या? भरपूर गरिष्ठ भोजन के पश्चात् यदि नित्य रबड़ी चाटने को प्राप्त हो, और बारम्बार मिष्टान्न ठूंसने का सुखद संयोग बने, और वर्षों बनता ही रहे, पुनः योगादि का भी किंचित् योग बने— तब, इस ऊटपटांग संयोग से जैसा शरीर बनेगा, वैसा इनका शरीर। पुनः नेत्रों में रक्तिम डोरे, जो गांजे की चिलम के निरंतर आत्मीय संपर्क से ही बुने जाते हैं। कटि पर बंधी भगवा धोतिका। कटि क्या, उदर कहिए। यथोचित बल्कि यथोचित से भी आगे यात्रारत उदर। गहन नाभि। लंबी जटा-जूटवाले केश। लंबी, फरफराती, डोलती दाढ़ी, जो मुख से प्रारंभ हो उदर तक प्रवाहमान है। रुद्राक्ष माला। त्रिपुंड। चंदन। खड़ाऊं। चर्बी। वर्तुलाकार गात। स्थूल ग्रीवा।...द्वार पर ऐसे प्रभावी प्रहरी स्थापित रहते आश्रम में प्रवेश सहज नहीं।

दोपहर की धूप में एक दैदीप्यमान रथ खड़ा है बजरी के मार्ग पर। आश्रम से किंचित् दूरी पर रुका हुआ। पुष्ट बलवान अश्व। अश्व से भी स्वस्थ, सुपुष्ट कुछ प्रहरी, रथ को घेरे हुए। स्पष्ट है कि रथ अयोध्या के किसी महत्त्वपूर्ण श्रेष्ठिजन का है। रथ भव्य है। स्वर्ण, रत्नादि से दमकता।

दो प्रहरी, द्वार पर नियुक्त साधुओं से घनिष्ठ वार्तालाप में संलग्न हैं। वार्तालाप रोचक प्रतीत हो रहा है सो उसे सुनने का मोह न तो आप जैसा जिज्ञासु पाठक तज सकता है, न हम जैसा यथार्थप्रेमी लेखक। अतः पधारिए। छुपकर पधारिएगा। कदाचित् किसी ने देख लिया, तो साधुओं के डंडे का विस्तृत विवरण हम दे ही चुके हैं। अनधिकृत आगंतुकों की अस्थियां खड़का देते हैं वे।

'और महाराज, आश्रम में सर्वत्र कुशल मंगल तो है?' एक सैनिक ने पूछा।

'सर्वत्र कुशल है, वत्स...' एक साधु ने उत्तर दिया है। साधु के कर में ज्वलंत चिलम। कर में चिलम हो, चिलम में गांजा हो, गांजे पर अंगारा हो— तब समस्त जगत शुभ एवं मंगलमय ही दृष्टिगोचर होता है।

'...परमपूज्य कुणाल ऋषिवर?...'

'वे सानंद हैं...।'

'शुभवचन...।'

'समाधि में थे...महामहिम सेनापतिजी से चर्चा हेतु ही समाधि से जागृत हुए हैं...।'

'हमने तो जब भी कभी जिज्ञासा की है, आपने सदैव ही बताया है कि वे समाधि में हैं...।'

'यही सत्य भी है...।'

'सदैव समाधि में ही रहते हैं कि कभी सांसारिक क्रियाओं हेतु...'

'वे सांसारिक कार्य व्यापार से परे जा चुके हैं वत्स...।'

'अहो...!'

'कुणाल महाराज की माया कौन जान पाया है?...'

'सत्य वचन महाराज।'

'कर में चिलम हो, तो हमारी जिह्वा से सत्य ही झरता है वत्स...।'

'चिलम भी झर रही है महाराज...धोतिका में अग्निकांड न हो जाये...।'

कुछ क्षण मौन थे।

पार्श्व में सरयू की हरहराहट का अनवरत नाद। चिलम को यूं प्राणपण से खींचते साधुगण कि मानो श्वास के अंतिम छोर तक आनंद प्राप्ति हेतु कृतसंकल्पित। अध्यात्म एवं गांजे की मिश्रित गंध जो साधुगणों के चहुंओर एक रहस्यमय वातावरण बुनती है।

'खींचेंगे?' एक साधु ने चिलम बढ़ाते हुए कहा।

'हमारी सामग्री हमारे निकट है...' सैनिक ने अपने सैनिक गणवेश से पुड़िया निकालकर बताई। स्पष्ट था कि वह गांजे की चिलम पर विश्वास नहीं करता है। मद के क्षेत्र का यह उल्लेखनीय तथ्य है कि यहां सदैव ही कई विकल्प आपके समक्ष उपस्थित रहते हैं।

'जैसी हरि इच्छा...क्या है आपके निकट?'

'बूटी है महाराज...गोलियां बनाकर धर ली हैं। जब जैसा अवसर तथा अवकाश प्राप्त हुआ, गुटक लेते हैं। चिलमवाला झंझट नहीं है कि सामग्री एकत्रित कर रहे हैं, अंगारा फूंक रहे हैं...।'

'सत्य वचन...पुनः आपका कार्य भी ऐसा है कि...'

'वही तो महाराज...।'

'परंतु जो आनंद गांजे की चिलम में है, वह अतुलनीय है...।'

'ये भी सत्य वचन ही कहाये, महाराज...।'

कुछ क्षण पुनः मौन ही। एक साधु महाराज देर तक दाढ़ी में उंगलियां घूर्णन करते रहे। (हां मित्र, अपनी ही दाढ़ी में।...ऐसी जिज्ञासाएं कर बैठते हैं आप कि क्या कहें!)

'विलंब हो गया...' सैनिक ने कहा।

सेनापति आश्रम में हैं। कुणाल ऋषि की कुटिया में। उन्हीं का रथ बजरीवाले मार्ग पर खड़ा है। द्वार पर खड़े वे सैनिक उनके अंगरक्षक हैं। आश्रम में अंगरक्षकों का क्या प्रयोजन— वहां तो साक्षात् ईश्वर आपका रक्षक है। पुनः भय तो रहता है।...सत्य कहा आपने। वैसे साक्षात् ईश्वर भी किस-किसकी रखवाली करेगा।...यह भी सत्य कहा। परंतु ईश्वर के विषय में कहा यही जाता है, परंपरा है। सो कहा...। आश्रम में अस्त्र-शस्त्र के साथ प्रवेश वर्जित है। सेनापति प्रजा की धार्मिक भावनाओं का आदर करते हैं— इसमें उनके बाप का कुछ जाता भी नहीं। यदि आश्रम में शस्त्रहीन प्रवेश करने से आपकी छवि धार्मिक बनती है, तो यही हो। तथास्तु।

'अयोध्या में सहस्रकुंडी यज्ञ कब है वत्स?'

'कुणाल महाराज पर निर्भर है। जैसा मुहूर्त साध दें...।'

'आयोजन अति भव्य होने की सुनते हैं?'

'पादुकाराज के चौदह वर्ष निर्विघ्न पूरे होने पर जो भी आयोजन होंगे, भव्य ही होंगे...।'

'पादुकाराज में वैसे भी जब-जब जो-जो हुआ है, भव्य ही हुआ है— यहां अरण्य तक चर्चाएं होती हैं...।'

'...यह यज्ञ तो पुनः विश्व साधु समागम जानिए।'

'अहो...'

'समस्त जनपदों के आश्रमों के ऋषिगणों को न्योता गया है। हृदय खोलकर धन व्यय किया जायेगा...।'

'धन्य है, धन्य है...!'

'पादुकाराज में यज्ञादि में राजकोष से व्यय तथा दान-दक्षिणा में कभी कृपणता नहीं की जाती, इससे तो आप भी सहमत होंगे...।'

'धन्य है...!'

'इस यज्ञ में कुणाल ऋषि से चर्चा किये बिना एक भी ऋषि आमंत्रित नहीं करना है, ऐसा पादुकामंत्री का आदेश...।'

'अहो?'

'स्वयं सेनापति किसी श्रेष्ठिजन को बता रहे थे...।'

'आपने सुन लिया?'

'सेनापति के आसपास रहने से यह तो होता ही है...हम तो ऐसी-ऐसी बातें श्रवण कर उदरस्थ कर जाते हैं कि बोल दें तो पादुकाराज में भूकंप आ जाये...।'

'बोल न देना वत्स।'

'हमें भी ज्ञात है महाराज कि भूकंप में सर्वप्रथम हमारे पांवों तले की धरा ही डोलेगी...।'

'ज्ञानी हो वत्स...।'

'कृपा है आपकी...।'

'वैसे यह उचित ही है तथा पादुकामंत्री की बुद्धिमानी भी कि कुणाल महाराज से पूछे बिना किसी को न बुलायें। पिछली बार त्रुटिवश जाबाल ऋषि को आमंत्रण चला गया था। आपको कदाचित् ज्ञात हो कि जाबाल ऋषि एवं कुणाल महाराज परस्पर एक दूसरे की उपस्थिति सह नहीं पाते...।'

'...कथन है कि परस्पर मुंह नोच लेते हैं...?'

'...नहीं वत्स...ऐसे मूर्ख कम से कम कुणाल महाराज तो नहीं।...चेलों तथा

ब्रह्मचारीगणों के रहते यह सब स्वयं करने की आवश्यकता भी नहीं है...।'

'...सत्य वचन प्रभु...पिछले यज्ञ में जाबाल ऋषि के शिष्यों और कुणाल महाराज के ब्रह्मचारियों के मध्य दंड तथा खड़ाऊं प्रहार तक...'

'...हमने स्वयं उनके एक साधु को यज्ञाग्नि में धक्का दे दिया था...।'

'...और यज्ञ-भंग का दोष भी अंततः जाबाल ऋषि के माथे पर ही मढ़ा गया। तदुपरांत पादुका राजसभा एवं अयोध्या-धर्मसंसद ने भविष्य में ऐसे यज्ञों में उन्हें आजीवन आमंत्रित न करने का संकल्प भी सर्वसम्मति से लिया।...।'

'कुणाल महाराज की माया साक्षात् ईश्वर समझ ले, तो समझ ले— साधारण मानव की प्रज्ञा से तो परे हैं वे...।'

'धन्य हैं वे...।'

'अहो...सो तो हैं...।'

पादुकाराज के चौदह वर्ष पूरे होने को हैं। इस सुअवसर पर एक विशाल यज्ञ का आयोजन प्रस्तावित है। राजसूय यज्ञ सा ही मान लें। पादुकामंत्रीजी धार्मिक वृत्ति के हैं, यह सर्वत्र ज्ञात ही है। भगवान पर अगाध विश्वास। अयोध्या है भी भगवान भरोसे। निष्कंटक राज चलाने में वे ईश्वर को अपना भागीदार बनाकर चलते हैं। पूजापाठ, यज्ञ, संत समागम, भंडारे, दान-दक्षिणा आदि इसी भागीदारी के भाग हैं।...पादुका मंत्री और ईश्वर की भागीदारी में चल रहे इस कुटिल कार्य में सेनापति, सामंतगण, अमात्यों, अधिकारियों एवं अन्य श्रेष्ठिजनों का भी समुचित भाग है।...ईश्वर इस षड्यंत्र में क्यों भागीदार है?...हमारे ईश्वर की यही तो कठिनाई है। भक्तगण यज्ञ, पूजादि द्वारा कब उसे किस कीचड़ में घसीट ले जायेंगे, यह स्वयं ईश्वर भी नहीं जानता।...ऐसे ही एक प्रयास में ईश्वर को येन-केन-प्रकारेण लाने के लिए उचित मार्गदर्शन प्राप्त करने हेतु सेनापति महोदय कुणाल के आश्रम में पधारे हैं। कुणाल ऋषि की पर्णकुटीर में इस समय यह मार्गदर्शन चल रहा है।...अयोध्या श्वास रोके प्रतीक्षारत है।...प्रतीक्षारत वे प्रहरी भी हैं, जो आश्रम के द्वार पर खड़े हैं।

'...अयोध्या के क्या समाचार हैं?...' साधु ने चिलम की राख झाड़ते हुए पूछा।

'सर्वत्र शुभ ही जानिए...।'

'अफवाह रही कि कुछ दरिद्र भूख के कारण मृत्यु को प्राप्त हुए...?'

'...दरिद्र को तो यूं भी मृत्यु को प्राप्त होना ही है प्रभु..., क्षुधा से न मरता, तो किसी व्याधि से मृत्यु का वरण करता...। अयोध्या में दरिद्र का क्या तो जीना एवं कैसा तो मरना...' सैनिक ने हंसकर कहा।

'सत्य कथन, वत्स...। मृत्यु तो पुनः मुक्ति का द्वार ही है...' साधु को साधूगिरी छांटने का अवसर मिला, तो वह तथाकथित अध्यात्म के तट पर मायावी शब्दों के कीचड़ में छपछप करने लग गया। प्रहरी ने धार्मिक वचन प्रस्फुटित होते पाये, तो कर

जोड़कर खड़ा हो गया।

'धन्य वचन महाराज...।'

'दरिद्र के चोले से आत्मा मुक्त हुई...।'

'और वह भी फटा पुराना चोला...।'

'दरिद्र का चोला फटा ही होता है वत्स...।'

'सत्य वचन...।'

'अब आत्मा मुक्त हुई तो नवीन जन्म प्राप्त करेगी— संभव है कि अगले जन्म में अयोध्या के किसी श्रेष्ठिजन के महालय में उत्पन्न हो...।'

'और जो श्वान-जन्म मिल गया महाराज, तो?'

'महालय में तो श्वान-जन्म का भी संयोग बैठ गया, तो भवसागर पार हो गया जानिए...।'

'सत्य कथन महाराज...।'

'तभी तो जब दरिद्र-मृत्यु का समाचार कुणाल ऋषि ने सुना, तो उसी दिवस अपने सांध्य प्रवचन में उन्होंने यही सद्वचन कहे कि क्षुधा से मृत्यु होने पर ऐसा निरर्थक शोर दरिद्रों को नहीं करना चाहिए कि जैसा अयोध्या के दरिद्र कर रहे हैं...।'

'...करें...दरिद्रों के शोर को अयोध्या में श्रवण ही कौन करता है,' सैनिक ने बताया।

'वही तो कुणाल मुनि ने अपने प्रवचन में कहा कि दरिद्र स्वयं ही तो अज्ञानतावश सांसारिक पाश में बंधे हैं, पुनः व्यर्थ ही रुदन भी करते हैं...।'

'सत्य वचन महाराज...परंतु सांसारिक बंधनों से मनुष्य मुक्त कैसे हो? संन्यासी हो जाये क्या...?' एक सैनिक ने जिज्ञासा की।

'संन्यास लेना कौन सा सरल कार्य है...,' साधु ने संन्यास को यूं सरल-सा विकल्प बताने की चेष्टा का विरोध करते हुए कहा।

'सो तो है...पर दरिद्र यदि संन्यास ले ले, तो कम से कम नित्य मालपुवों का तो भोग लगा सकेगा...।'

'नीच जाति के दरिद्रों को संन्यास द्वारा मुक्ति का नियम नहीं है, वत्स...' साधु ने चेताया।

'उनकी छोड़िए महाराज,...उनकी मुक्ति तो नित्य ठुकाई में है...।'

'सो आप कर्तव्यरत रहते ही हैं...।'

'न रहें तो पादुकाराज रसातल में चला जाये...।'

'जहां नीचजन अपने कर्तव्यों से विमुख होकर, भूख से हुई मृत्यु के निरर्थक विवाद का शोर करने जैसे अकारण कर्मों में लीन हो जायें, समझिए कि वह राज्य तो रसातल में गया ही गया...,' साधु महाराज ने कहा तथा आगे कथन को स्पष्ट करते

हुए बोले,...'प्रत्येक मनुष्य यदि अपने वर्ण, जाति, वर्ग के अनुरूप उचित व्यवहार करे, सामाजिक नियमों का अनुगमन करे तथा इस जन्म में कष्ट सहते हुए भी परलोक को साध ले— तो और किसी बात की आवश्यकता ही नहीं। अयोध्या का भविष्य इस पर ही निर्भर है कि इसके नागरिक कैसा धर्मसम्मत व्यवहार करते हैं, विशेषतः इसके नीचजन...'

वे बोलते रहे।

विषय ही ऐसा था।

कि तभी सैनिक सावधान की मुद्रा में आ गये।

'सेनापति शतबली पधार रहे हैं प्रभु...,' सैनिकों ने चेताया। दूर से, वृक्षों के झुरमुट के मध्य अदृश्य होती उभरती पगडंडी पर पधारते सेनापति दीख रहे हैं। साथ में आश्रम के वरिष्ठ ऋषिगण। पुनः पीछे-पीछे ब्रह्मचारियों का झुंड, महाजनों के अनुगमन में चलता, बूझता, गुनता कि कैसे सत्ता और धर्म इक दूजे के पूरक बनते हैं। साधु चिलम को एक किनारे फेंककर अपने स्थान पर सादर खड़े हो गये, किनारे पड़े दंड उठाये।

चिलम का प्रज्वलित मिश्रण लाल बजरी पर बिखर गया। बजरी से हल्का-हल्का धुआं उठ रहा है। बयार तीव्र है। बजरी से उठता धुआं सरयू प्रवाह के ऊपर उड़ता वायुमंडल में विलीन हो रहा है।

पादुकामंत्री का रथ।

पादुकामंत्री का रथ अयोध्या का सर्वश्रेष्ठ, सुंदरतम और भव्यतम रथ है। वसंत के पुष्पों सा सुंदर, अनेक शिखरोंवाला, रत्नों से चित्रित, स्वर्ण की जालियां, वैदूर्यमणि की सीढ़ियां। कथन है कि सोमपाद का यह रथ मन की गति से भी तीव्र गतिवाला है। कौन कहता है ऐसी अनर्गल बातें? कौन कहेगा मित्र? चारण कहते हैं। उनका कर्तव्य भी यही है और जीवनाधार भी। अन्य जन उन पर, उनके कथन पर हंसते रहें, इससे चारण प्रभावित नहीं होते। उन्हें भलीभांति ज्ञात होता है कि उन्हें क्या, कहां तथा कब कहना है।...परंतु जहां तक इस रथ का प्रश्न है, तो माना जा सकता है कि चारण ऐसी अतिशयोक्ति भी नहीं कर रहे। रथ वस्तुतः ऐसा भव्य है कि चारणों को चारणाई करने हेतु विशेषणों की खोज में कठिनाई न हो। पुष्ट अश्वोंवाला यह रथ जब अयोध्या के राजमार्ग पर दौड़ता है, तब सामान्य जन यदि चपल तथा सतर्क न रहे तो निश्चित ही रथ चक्र के नीचे आ जाये। आ भी जाते हैं। क्या उपाय है। सारथी का दृढ़ मत है कि सामान्यजन मार्ग पर सतर्क होकर नियमानुकूल गमन नहीं करते। अस्तु...।

रथ पादुकामंत्री के महालय के द्वार पर खड़ा है।

रथ के निकट ही सारथी सावधान खड़ा है। पादुकामंत्री किसी भी क्षण महालय से प्रकट हो सकते हैं। आज पादुका राजसभा की महत्त्वपूर्ण बैठक की अध्यक्षता करनी है उन्हें। रथ तत्पर है। परंतु वे अभी अपने कक्ष में हैं। क्या वे उस महत्त्वपूर्ण सभा में होनेवाली चर्चा के महत्त्वपूर्ण पक्षों पर चिंतन कर रहे हैं?...नहीं मित्र, वे निरर्थक बातों में अपना महत्त्वपूर्ण समय नष्ट नहीं करते। वे शृंगार कर रहे हैं— इस कथन से हमारा तात्पर्य है कि वे अभी सावधानीपूर्वक यह निश्चित करने में रत हैं कि कौन सी पगड़ी, कौन सा हार, कौन सी मालाएं, कौन सा भुजबंद, कौन सा कटिबंध, कौन से अन्य वस्त्राभूषण धारण करके सभा में जायें? उनके लिए महत्त्वपूर्ण यह है कि अयोध्या के नागरिक कभी कहीं उन्हें कदाचित् देखें तो उनके विस्फारित नेत्र चौंधिया जायें, इति! राज्य से नागरिक प्रेम करे, न करे— (बल्कि) चूल्हे में जाये— परंतु वह सदैव ही राज्य की भव्यता और शक्ति से चौंधियाकर आतंकित रहे, यही अभीष्ट और यही मूलमंत्र है निरंकुश सत्ता का। पादुकामंत्री को कंठस्थ है यह मंत्र।...वस्तुतः पादुकाराज की

प्रत्येक कल को यह मंत्र ज्ञात है।

अब महालय से महाराज के पधारने की पूर्व चेतावनी की घोषणा के स्वर गूंज रहे हैं। चारण ऊंचे स्वरों में घोषणा कर रहे हैं— अयोध्या के कर्णधार, धरा के आभूषण, जन-जन के हृदय प्राण, परमवीर, परम...पधार रहे हैं।

सारथी सतर्क है, रथ द्वार पर।

अश्व तक सतर्क।

पादुकामंत्री द्वार से निकले।

वे रथ की दिशा में गमनरत हैं।

कि तभी वह एक वृक्ष से उड़ा और धीरे से नीचे उतरकर रथ के शिखर पर बैठ गया। वह, अर्थात् कौआ।

अपशकुन।

घनघोर अपशकुन।

पादुकामंत्री अपशकुन, शुभ मुहूर्त, शुभ घड़ी इत्यादि पर परम विश्वास धरते हैं। अयोध्या के आधे ब्राह्मण तो इन्हीं अंधविश्वासों की खा रहे हैं। सोमपाद ने कौआ देखा, तो थम गये। वे रथ से किंचित् दूरी पर हैं अभी। रथ का द्वार खोले सारथी प्रणाम मुद्रा में खड़ा है। प्रणाम करने में एक गड़बड़ यह हो जाती है कि आपका माथा झुक जाता है और दृष्टि उन चरणों पर स्थिर करनी होती है, या हो जाती है कि जो आपके लिए शुभ सिद्ध होते हैं, या होते रहे हैं, या हो सकते हैं। ऐसी परिस्थिति में दरिद्र सारथी यदि यह अशुभ घटित होते नहीं देख पाया तो उसका क्या दोष?...परंतु पादुका मंत्री से कौन कहे?

'कागा लक्षित नहीं होता?' सोमपादजी ने सारथी को प्रताड़ित किया। सारथी रथ द्वार के कपाट थामे पादुका मंत्री को भौंचक्का देखता रहा। कागा?...क्या कह रहे हैं स्वामी? बूझता नहीं। परंतु स्वामियों के वचन। स्वामी के कथन में यदि पेंच न हो, तो पुनः स्वामी तथा सेवक के मध्य अंतर ही क्या रह जाये?

पदाघात झेलने को तत्पर होते सारथी ने स्वामी से ही जिज्ञासा कर लेना उचित समझा—

'कागा, स्वामी?'

'हां, कागा के पूत...कागा...'

सारथी ने घबराकर चहुंओर देखा। अन्य सेवकगण भी लग लिए। अभी सारथी को ठोक रहे हैं, कब पदाघात की दिशा इस ओर हो जाये, अनुमान करना कठिन है। उठी हुए लात का भरोसा नहीं।...महालय के उपवन में वृक्षों के अनगिन झुरमुट। इन पर सहस्रों पंछी। दिन-रात्रि चें चें चें चें। चैन नहीं शठों को। इनमें कौवे भी। स्वामी किस कौवे की कह रहे हैं?

'रथ-शिखर पर दृष्टिपात कर मूर्ख...' पादुकामंत्री ने इंगित किया। पादुकामंत्री काग को जैसा घूरकर देख रहे हैं, ऐसा वे अयोध्या के किसी नागरिक को देख लें, तो सैनिक उस नागरिक को उठाकर सूली पर टांग आयें। परंतु काग होने के अपने लाभ हैं। वह ठाठ से शिखर पर बैठा रहा।

अब तक सभी ने कागा को लक्षित कर लिया था।

'हो, हो' की ध्वनि कर, करतल ध्वनि द्वारा, हस्त घुमाकर पत्थर मारने का उपक्रम कर कागा को उड़ाने के प्रयास होने लगे। पर वह भी एक ही शठ। हठीला, जैसे कि काग होते हैं। पंख तौलता आसन जमाये बैठा है रथ के शिखर पर। मानो कि वही रथ का स्वामी हो। ऐसे ठाठ से!...कहीं पादुकाराज पर कौवे-चीलें तो नहीं मंडराने वाले?...कहीं पादुकाराज के अंतिम क्षण तो नहीं आ पहुंचे?...ऐसा अशुभ न उच्चारो मित्र! पादुकामंत्री ने सुन लिया, तो मारे जाओगे।...हम उच्चार कहां रहे। हम तो सोच रहे थे।...तो धीमे सोचो मित्र...। पादुकाराज में भीत के अतिरिक्त मन के भी कान हैं।

पादुकामंत्री चिंतित हो इस अशुभ को घटित होते देख रहे हैं।

एक भृत्य ने कंकर उठाकर कागा को मारा। कौआ ढीठ अवश्य है, पर मूर्ख नहीं। जब मनुष्य पत्थर मारने पर आ जाये, तब उसका क्या कर्तव्य है, यह उसे ज्ञात है।

कौआ उड़ गया, वृक्षों के झुरमुट की ओर।

सोमपाद उसी दिशा में देखे जा रहे हैं। चिंतित।

सारथी रथद्वार खोले प्रतीक्षा में है।

कविराज को 'पादुका-सम्मान' प्राप्त हो रहा है।

राजकवि की गिद्धदृष्टि वर्षों से इस सम्मान पर है, सो आपको ज्ञात है ही। आज संयोग बन गया, समुचित जुगाड़ निर्मित हुआ और देखिए कि कविराज को 'पादुका-सम्मान' प्राप्त हो रहा है। शत्रु पक्ष पराजित हुआ। कविराज चतुर्भुज टापते रहे गए। उनकी चहुंओर श्वानवत परिक्रमा फलीभूत न हुई। वैसे स्वयं कविराज ने भी कम परिक्रमाएं नहीं कीं। वे तो अयोध्या के सांस्कृतिक मंत्री के चहुंओर ऐसे श्वान की भांति परिक्रमारत रहे कि जो किसी संभावनापूर्ण श्वाननी के पीछे लगा हो। भाग्य था या भवितव्य, पुखराजजी को जो श्वान भा गया— और 'पादुका-सम्मान' की रससिक्त अस्थि अंततः कविराजजी के हाथों लगी। प्रत्येक श्वान का एक दिवस होता है। आज कविराज का है।

कविराज को पादुका-सम्मान मिल रहा है।

कविराज की दंतपक्तियां बाहर हैं। पीठ झुककर दोहरी। उनके नेत्र भेड़ियेवत चमक रहे हैं। मुख लोमड़ीवत। पादुकामंत्री के समक्ष वे केंचुवेवत बिलबिला रहे हैं। पादुकामंत्री का सिंहासन समक्ष ही है। उस पर बिराजे हैं पादुकामंत्री— कविता के बाप, ऋचाओं के स्वामी, श्लोकों के भरतार, बिम्बों के संरक्षक, काव्य सौंदर्य की एकमात्र विशेषज्ञ कसौटी। कविराज सिंहासन के नीचे। कर जोड़े। प्रणाम मुद्रा में। पादुकामंत्री के पार्श्व में खड़े हैं पुखराजजी, अयोध्या के सांस्कृतिक मंत्री, कविता के सबसे बड़े आढ़तिये, काव्य कला के व्यापारी, श्लोकों के मध्यस्थ, तुकजीवियों के संरक्षक, अयोध्या में काव्य के पथप्रदर्शक। कविराज को ज्ञात है कि पादुका सम्मान किसकी कृपा से मिल रहा है। वे पुखराजजी के प्रति अहोभाव से नत हैं।

पादुकामंत्री ने सम्मान हेतु ओढ़ाने के लिए उत्तरीय उठाया। कविराज उत्तरीय ओढ़ने हेतु झुककर दोहरे हो रहे हैं। मानो कोई नट कला-प्रदर्शन कर रहा हो। वे कौन से कम हैं। कविता के नट ही मानिए। आगे झुकने के कारण कविराज के लंबे केश झूलकर मुख पर बिखर गये। कविराज को पादुका-सम्मान मिलने को है। दोहरे हो वे प्रतीक्षा में हैं। परंतु दोहरे होने में यह भय सदैव ही निहित रहता है कि आपका पिछवाड़ा एवं नितंब किसी की लात के ऐन समक्ष बिना ओट या बाधा के सहज ही उपलब्ध

हो जाते हैं।...कविराज को पुरस्कार मिल ही गया होता कि तभी किसी ने उनके नितंबों पर करारा पदाघात किया और वे झुके-झुके ही धराशायी होकर धरा चाटने लग गये। काव्य में धरा को आप लाख धन्य कह लें, परंतु यदि यही धन्य धरा आपको चाटनी पड़ जाये, तो यह अनुभव विशेष काव्यात्मक नहीं होता। अभी कविराज इसी अकाव्यात्मक स्थिति में मुख के बल ध्वस्त हो धरा चाट रहे हैं।...

...कि कविराज की निद्रा टूट गई।

मनभावन स्वप्न का अंत हुआ।

वे लेखन की शीतल पाटी पर बैठे-बैठे ऊंघ गये थे। इसी ऊंघने के अंतराल में उन्होंने स्वयं को पादुका-सम्मान मिलने का सुखद स्वप्न देख डाला। रोयें के अंतर से चूक गये, अन्यथा सम्मान मिल ही गया था।

कविराज स्वप्न में पदाघात खाकर वस्तुतः शीतल पाटी के निकट पतित हो ही गये होते। 'संभालो स्वयं को कविराज'—उन्होंने स्वयं को चेताया और सिर को झटककर चैतन्य हुए। उनके साथ यही कठिनाई है। काव्य रचने को आसन पकड़ते हैं, तो कविता तो धरी रह जाती है, मन ऐसे ही निरर्थक स्वप्नों में विचरने लगता है। एकाध श्लोक ही भोजपत्र पर गोद पाते हैं कि सम्मान, पुरस्कार, काव्य की राजनीति आदि के दिवा-स्वप्न उन्हें घेर लेते हैं। भटक जाते हैं। अब आज की ही सुनिए। ब्रह्ममुहूर्त में ही नींद टूट गई थी। बाद में स्नान-ध्यान करने के उपरान्त उनके सामने दो विकल्प थे—या तो कविता रचो, अन्यथा पुखराज के महालय की दिशा में प्रस्थान करो। पुखराज का महालय अयोध्या में काव्य का मुख्यालय मानिए। पुनः अगली अष्टमी को तो वहां काव्यविचार मंच की गोष्ठी भी है। वैसे अपना कवि तो नित्य ही वहां की परिक्रमा लगा आता है। तीर्थयात्रा मानिए। नित्य। देवता प्रसन्न रहेंगे, तब न वरदान प्राप्त होगा?...परंतु इतने प्रातः तो पुखराज निद्रालीन होंगे। अभी वहां जाना निरर्थक है। सो वे कविता रचने बैठ गये। भोजपत्र, कलम, स्याही इत्यादि धर के। समस्त तामझाम। मात्र नहीं थी तो बस कविता। अथक प्रयास किये। नेत्र मूंदे, खोले। केश खुजाये। कपाल झटका। कुछ ऐसे निकृष्ट श्लोक मस्तिष्क में उठे कि कविराज को स्वयं पर लज्जा हो आई। विचार उठें, तो कविता बने। विचार कहीं थे नहीं। बहुत खोजा। बस, यही विचार वहां भटकता मिला कि इस समय पुखराजजी किस विचार में लीन होंगे और कहीं वह चतुर्भुज की संतान ब्रह्ममुहूर्त में ही तो उनके द्वार पर नहीं बैठ गया होगा कि जब भी वे द्वार खोलें तो वह वहां कपाटों से टिका मिले। ऐसी चर्चाएं आपको कैसी भी हास्यास्पद प्रतीत हों, साहित्य में इनका भी सम्माननीय एवं प्रामाणिक स्थान है और कविता के मूल्यांकन में उनके द्वार-कपाट से आपका यह चिपका मिलना गहन अर्थ रखता है।...सो ये विचार और इसी भांति के अन्य विचार। अब ऐसे विचारों से कविता रचने की संभावना तो होती नहीं। काश कि ऐसे षड्यंत्रकारी कुटिल विचारों

से भी कविता बन पाती, तो वे ऐसी बनाते कि संसार वाले अर्थात् पुखराजजी देखते ही रह जाते।

वैसे वे आज करुण रस से ओतप्रोत कविता रचने की प्रतिज्ञा ठानकर बैठे थे। कल ही चतुर्भुज ने 'मां' विषय पर एक करुण-रस प्रधान कविता गाकर राजसभा में वह प्रशंसा एवं स्वर्ण-मुद्राएं बटोरी थीं कि कविराज का मन हुआ था कि वहीं शठ की ग्रीवा मसककर समस्त करुण रस निकाल दें। कविता सुंदर थी। स्पष्ट है कि चतुर्भुज की रची तो हो नहीं सकती थी। परंतु कहां से किसकी चुराई, अथक प्रयासों के पश्चात् भी कविराज यह खोज न पाये। अन्यथा कार्य आसान हो जाता। अंततः कविराज ने ठाना कि करुण रस का प्रत्युत्तर वे करुण रस से ही देंगे। राजसभा में प्रवेश से पूर्व स्वयं उन्होंने कभी कुछ सुंदर कविताएं भी रची थीं। उस काल को वर्षों हो गये, यह सत्य है। पर वह कवि कहीं तो अभी भी उनके अंदर जीवित होगा। वे प्रयास करते रहे। करुण रस दोहने के प्रयास में हृदय को विकट निचोड़ा। प्रयास किये कि हृदय किसी बात पर रुदन तो कर उठे, तो करुण रसवाली कविता बने। परंतु पापी हृदय तो दुष्टता पर उतारू था। वक्ष में आसन टिकाये आनंदमग्न धड़कता रहा। कहां का तथा कैसा रुदन! नन्ही सी आह तक नहीं उठी उससे।...क्या वे संवेदनशील नहीं रहे? क्यों है कि वे करुणा उत्पन्न करने को प्रयासरत हैं कि तभी अन्य पापी विचार हृदय में प्रवेश कर करुणा को पादप्रहार द्वारा कोने में ठेल देते हैं। राजसभा के विचार, पुखराजजी इस समय किस कार्य में रत होंगे इसकी कल्पना, चतुर्भुज को कैसे ध्वस्त किया जा सकता है, यह विचार, पुरस्कार, सम्मान, स्वर्ण-मुद्राएं हथियाने की चिंता, अन्य कवियों को उखाड़ने की जुगत, विशेषतः अच्छा काव्य रचनेवाले कवियों को कैसे जड़मूल से उखाड़ा जाये यह चिंता...न जाने कौन-कौन सी चिंताएं, कौन-कौन से विचार कविराज के हृदय में हिलोरें लेते तरंगोंवत उठते-गिरते हैं और करुणा के भावों को कचरे की भांति बहाते हुए कविमन से दूर पटक आते हैं।

कविराज ने अंततः पराजय स्वीकार कर ली।

वे आज करुणामय नहीं हो पा रहे। होते-होते रह जाते हैं। बीच में दुष्टता सूझ जाती है। ऐसी स्थिति में उन्होंने निश्चय किया कि शृंगार रस की हंडिया चढ़ाई जाये। कुटिलता सूझ रही हो, तब शृंगार रस की कविता और अच्छी बनाई जा सकती है। वे कविता बनाते हैं। रचते नहीं। जैसे कोई दाल बनाये अथवा खीर, वैसे।...कविता बनाने और कविता रचने के मध्य के अंतर को वे समझ ही नहीं पाये हैं। जीवन कविता के व्याकरण-शास्त्र को साधते बिता दिया— बस, कविता के मर्म को न जान पाये। व्याकरण तथा शास्त्र-सम्मत काव्य लिखना आपका कौशल हो सकता है, परंतु सच्ची कविता इससे कुछ भिन्न घटना है जो कवि के हृदय में घटती है— यह समझने की न तो उनके निकट बुद्धि है, न ही समय।...परंतु आज तो यह अघट घट रही है कि

शृंगार रस का एक साधारण सा श्लोक तक नहीं बन रहा।...वे कुछ क्षण यूं ही मुख उठाये बैठे रहे। पुनः कुछ देर तक कटि के पीछे हाथ धरकर यहां से वहां बिल्ली से घूमते रहे। मानो आखेट की खोज हो, ऐसे कविता की टोह लेते। पुनः बैठकर नेत्र मींचे रहे। कुछ पल ऊर्ध्व दिशा में मुख उठाकर कुछ विचार करते रहे, मानो कविता कहीं से टपकेगी।...तात्पर्य यह कि उन्होंने कवियों को शोभा देनेवाले समस्त उपक्रम तथा ठनगन कर डाले, परंतु बात सधी नहीं। नायिका की कल्पना करने का प्रयत्न किया, तो पुखराजजी का मुख नेत्रों के सम्मुख तैरने लगा।...वे विचलित हो उठे।...शृंगार रस की अश्लील कविताएं बनाने में तो संपूर्ण अयोध्या जनपद में उनकी कोई सानी नहीं। नायिकाएं उनसे बची-बची फिरती हैं कि इस कवि के बच्चे के हस्त पड़े तो कविता में ऐसी बरजोरी करेगा-करवायेगा, कि शृंगार में भी बीभत्स रस मचा देगा। परंतु आज यह क्या घट रहा है? क्यों वे कविता नहीं लिख पा रहे? क्यों शृंगार रस के कूप में डाली गागर रिक्त लौट रही है? रस की सतह नीचे चली गई, या उनकी ही गागर की डोर छोटी हो गई है? या कदाचित् उनकी कविता की गागर ही फूट चुकी है? कविराज व्याकुल हो उठे।

कविराज सामान्य सी बात नहीं समझ पा रहे हैं कि तिकड़म का जीवन एवं सार्थक साहित्यकर्म एक साथ यात्रा नहीं कर पाते। साहित्य तिकड़म नहीं है और सच्चा काव्य निर्मल हृदय से ही निःसृत होता है— यह वे मान ही नहीं पा रहे। राजसभा तथा सत्ता के संकीर्ण संसार से बाहर कविता का एक अनंत सुंदर मनोहारी संसार बसा है, यह तथ्य मानो वे जानते ही नहीं। राजसभा द्वारा स्वीकृत तथा सराही जानेवाली कविता ही सच्ची कविता है यह वे मानते हैं। काव्य भी पादुका राजसभा में रचे जा रहे अनंत षड्यंत्रों और तिकड़मों में से एक है— यह भी वे मानते हैं।...परंतु इस जानने तथा मानने में वे काव्य से बहुत दूर आ गये हैं, जहां उनकी रचना में कविता का आभास भी शेष नहीं रहा, यह वे नहीं जान पाये हैं। उन्हें चिंता भी नहीं।

नेत्र मींचे यही सब विचार कर रहे थे कि किस भांति कविता बनाई जाये और न बने, तो कहां से चुराई जाये, कि झपकी लग गई। इसी झपकी के अंतराल में कब वह सुखद स्वप्न आया कि जिसमें उन्हें 'पादुका सम्मान' मिलने को था, यह आभास ही नहीं होने पाया। सम्मान मिल ही गया था कि...।

आह!

यह पादुका प्रहार किस शठ का था?

यह कौन दुष्ट है कि जिसे स्वप्न में भी उनका पुरस्कार प्राप्त करना नहीं सुहाता? कदाचित् वे उसका मुख देख पाते! पर लात तो पीछे से मारी और पलटकर उसे देख पाते कि इसके पूर्व निद्रा ही भंग हो गई! सच है कि यह स्वप्न था, परंतु उन्हें स्वप्न में भी सतर्क रहना चाहिए था। अयोध्या में यदि आपको कोई पुरस्कार अथवा सम्मान

मिलनेवाला हो, तो अंतिम क्षणों तक सतर्क रहना अत्यंत आवश्यक है। कब कौन आपके पृष्ठ भाग में लात जड़ देगा, या आपको पद, पुरस्कार की धरा से उखाड़ देगा— कहना कठिन है। सम्मान तो गांठ से जायेगा ही, मुंह पृथक् टूटेगा।...वे सतर्क नहीं रहे। रहना चाहिए था।...कौन रहा होगा?...किसने ऐन सम्मान के क्षणों में लात मार दी?...अवश्य ही चतुर्भुज होगा। वही है। वही तो उनका अनुसरण करने में लगा है। यदि वे सतर्क नहीं रहे और अपनी गोटियां उचित नहीं चल पाये, तब वह दुष्ट, स्वप्न की भांति वास्तविक जीवन में भी यूं ही पादप्रहार कर उन्हें धराशायी कर देगा और आगे निकल जायेगा।

जितना वे विचार कर रहे थे, उतना ही व्याकुल हुए जा रहे थे।

अंततः व्याकुलता के आवेश में वे उठ खड़े हुए।

भोजपत्रों, स्याही, कलम, पाटी इत्यादि के कचरे को उन्होंने ठोकर से किनारे किया।

धोतिका बंधी ही थी।

उत्तरीय ओढ़ा। केश काढ़े।...और द्वार की दिशा में त्वरित लपके।

'कहां गमन कर रहे हो?' भार्या को ज्ञात है, फिर भी जिज्ञासा कर रही है! यह भी भला जिज्ञासा का विषय है क्या? और कहां जायेंगे?

वे पुखराज के महालय की दिशा में बगटुट गमनरत हैं।

अभी से पुखराज के पीछे लग लें।

काव्य-फाव्य की रचना तो होती रहेगी। और न भी रचा तो क्या!

राजसभा की बैठक संपन्न हुई।

राजसभा का भव्य विराट भवन। उसके विस्तृत प्रांगण में प्रतीक्षारत खड़े हैं अनगिनत पंक्तिबद्ध रथ। ये रथ राजसभा सदस्यों के हैं। सामंत, सेनाधिकारी, मंत्री, अमात्य, अयोध्या जनपद के क्षत्रप आदि...। अभी इन रथों के स्वामी सभाभवन से निकलकर आते ही होंगे। पुनः वेगवान रथों पर आरूढ़ होकर वे क्षितिज की ओर एड़ लगाते गतिमान हो जायेंगे। पूर्णिमा के दिन राजसभा बैठती है। पादुकाराज के नियंता यहां अयोध्या के विषय में अनेक महत्त्वपूर्ण निर्णय लिया करते हैं। महत्त्वपूर्ण निर्णय?...नहीं समझे? आप कदाचित् सोच रहे हैं कि महत्त्वपूर्ण निर्णयों से यहां हमारा तात्पर्य अयोध्या के सामान्य जन की रोटी, वस्त्र एवं आवास आदि की समस्याओं से है। आपको क्या कहें! पाठक को ठोका भी तो नहीं जा सकता। यह शास्त्रविरुद्ध कहाएगा अन्यथा आपके विचार हैं तो इसी योग्य। मित्र, अयोध्या के सामान्य जन की रोटी के लिए कब तक रुदन करोगे? इसका उदर भरता ही नहीं। नंगा रहने में इसे जो आनंद प्राप्त होता है, वह आप वस्त्रधारी कभी नहीं समझ पायेंगे।...सो वस्तुतः यह कोई समस्या है नहीं।

राजसभा इसके लिए चिंतित नहीं। उसके समक्ष अन्य अनेक महत्त्वपूर्ण समस्याएं हैं। यथा इस बार अयोध्या जनपद के किसानों पर कितना और करारोपण किया जाये कि वह न तो मरे, न जी ही सके, कि सरयू तट पर एक और भव्य मंदिर का निर्माण हो, कि व्यापारियों के हितों की रक्षा हेतु नियमों में शिथिलता दी जाये, कि सैनिकों तथा सुरक्षाकर्मियों के अधिकारों को कैसे इतना बढ़ाया जाये कि अयोध्या की सुरक्षा के नाम पर वे किसी की भी ग्रीवा भंग कर सकें, कि नवीन कोड़े एवं मोटे दंडों के क्रय हेतु पर्याप्त धन किस स्रोत से उपलब्ध कराया जाये कि जिसके फलस्वरूप कुछ ऐसा गणित बने कि अयोध्या के प्रत्येक नागरिक के कपाल के लिए एक डंडे का औसत बन सके, कि सोमरस निर्माण की गुणवत्ता सुनिश्चित करने हेतु नियुक्त अधिकारियों के वेतन में और वृद्धि की जाये, कि अयोध्या के दरिद्रों के कल्याण हेतु धनधान्यवर्धक यज्ञ का आयोजन किया जाये कि जिसमें दरिद्र तो यज्ञ स्थल के निकट भी न फटक पाये परंतु ऋषिगणों के लिए सात दिनों तक भंडारा हो, कि राजवैद्यजी की मांग अनुसार

उन्हें सच्चे मोतियों के दस थाल भरकर दिये जायें, जिससे वे श्रेष्ठिजनों के कल्याण हेतु पुष्टिदायक एवं वीर्यवर्धनी उन औषधियों का निर्माण सतत् रख सकें कि जिनमें मोतीभस्म की नितांत आवश्यकता होती है और जिनकी मांग निरंतर ही श्रेष्ठिजनों के मध्य बढ़ती जा रही है, कि कुछ और राजनर्तकियों की नियुक्ति की जाये, कि अयोध्या के सामान्यजन के मध्य जाकर कीर्तन भजन गानेवाली मंडलियों को धन दिया जाये जिससे पादुकाराज की धार्मिक छवि और निखरे, कि फांसी के फंदों की रस्सी और मोटी की जाये जिससे मृत्युदंड पानेवालों को कष्ट न हो और इस प्रकार राज्य की कल्याणकारी छवि में वृद्धि हो, कि गांधार देश से और अश्वों का क्रय किया जाये, कि चरणपादुकाओं की दस लक्ष प्रतिमूर्तियां बनवाकर समस्त राजकर्मियों में बंटवाई जायें, कि गत शिशिर ऋतु में जनपद के दरिद्रों के लिए क्रय किये कंबलों में हुए भ्रष्टाचार की जांच का प्रस्ताव ठुकरा दिया जाये क्योंकि ऐसा करने से कर्मठ राजकर्मियों के ऊंचे मनोबल को ठेस पहुंचने की आशंका है, कि दस नये रथों का निर्माण कराया जाये क्योंकि उन्हीं पुराने रथों में आरूढ़ हो-होकर मंत्रीगण शनैः-शनैः यह अनुभव करने लगे हैं कि इन अर्वाचीन रथों से अब वह दर्प तथा अधिकार नहीं टपकता, जो आवश्यक है कि टपके, आदि-आदि।

अयोध्या जनपद के कोने-कोने से पादुकाराज के प्रतिनिधि पधारे हैं।

वे यहां अयोध्या की चिंता में कुछ समय तक घुलेंगे। पुनः परस्पर आमोद-प्रमोद पूर्ण चर्चाएं करके, अयोध्या में कहां क्या चल रहा है, कौन किसकी ग्रीवा माप रहा है, किसकी लंगोट में किसका हस्त घुसा है तथा कौन किसकी गोद में आरूढ़ है और कौन इन दिनों किसके चरणों का प्रच्छालन कर रहा है— ये महत्त्वपूर्ण सूचनाएं एकत्रित करके तथा तद्नुसार नवीन समीकरण बनाने की योजनाएं निर्माण करते हुए वे वापस अपने स्थानों पर वहां लौट जाते हैं, जहां उनका स्वयं का नन्हा सा पादुकाराज स्थापित है। यहां सबके अपने नन्हे मुन्ने पादुकाराज हैं। छोटे से छोटे अधिकारी से लेकर तुच्छ से तुच्छ कर्मचारी तक की स्वयं की छोटी सी टुंइयां अयोध्या है, जिसमें वही सत्ताधारी है। भरत का यह क्रांतिकारी निर्णय कि राम की पादुकाएं सिंहासन पर आरूढ़ होंगी, कितना पवित्र, त्यागमय और प्रगतिकामी पग था। वे चाहते थे कि रामपादुका की सांकेतिक सत्ता के माध्यम से अंततः अयोध्या की सत्ता अयोध्या के सामान्य जन के करों में आ जाये। कैसा युगांतरकारी निर्णय। सत्ता की लालसा से भरे संसार के कीचड़ में कमल सा।...परंतु कमल के साथ यही कठिनाई होती है कि कमल स्वयं में लाख कमल हो, संपूर्ण शक्ति से कमल हो, कमल ही कमल हो एवं नित्य और-और कमल होता चला जाये, परंतु वह अपने आसपास के कीचड़ को परिवर्तित नहीं कर पाता। कीचड़ अपने संपूर्ण कीचड़त्व के साथ कमल के चहुंओर सड़ता, बजबजाता एवं विस्तीर्ण होता चला जाता है। उसे कमल के कमल होने तथा कमल बने रहने में कोई

आपत्ति नहीं होती, क्योंकि वह उसके कीचड़ होने में कोई बाधा नहीं डालता। कमल जब तक अपनी संपूर्ण पवित्रता के साथ कीचड़ में रहने को तत्पर है, तब तक कीचड़ के मन में कमल के लिए आदरणीय स्थान है। आप कमल रहिए, हमें कीचड़ बने रहने दीजिए।...भरत के इस पवित्र विचार के साथ भी यही हुआ। सत्ता के चरित्र को परिवर्तित किये बिना वे जो करना चाह रहे थे, वह तो हुआ नहीं, बल्कि विचार का वह कमल कब सत्ता के कीचड़ में लथपथ हो उसी में ऐसा धंस गया कि अब अलग से दीखता भी नहीं— यह स्वयं भरत को ही ज्ञात नहीं हो पाया।...अब तो अयोध्या में हर छुद्र श्रेष्ठिजन का अपना पादुकाराज है। इन चौदह वर्षों में अयोध्या को न जाने किन-किन तिकड़मियों एवं षड्यंत्रकारियों की पादुकाओं के तले रौंदा गया है, नाम अवश्य हर बार ही राम की चरण पादुकाओं का लिया गया। तो ऐसे वृहद षड्यंत्र की केंद्र, यह राजसभा।

आज की राजसभा संपन्न हुई।

सभा भवन के भव्य द्वार, जिनके बंद कपाटों के पीछे सभासद अभी तक उत्कृष्ट शब्दावली में निकृष्ट चर्चा कर रहे थे, खुल गये हैं। सभासद बाहर निकल रहे हैं। कुछ तो निकलते ही अपने रथ की दिशा में तीरवत् लपके। उनको, कदाचित् किसी तिकड़म के संदर्भ में कहीं त्वरित ही पहुंचकर किसी परम तिकड़मी के दर्शन करने हैं। तिकड़म में विलंब हो, वे यह सह नहीं पाते। सो वे तो रथारूढ़ हो चपल गति को प्राप्त हुए। शेष छोटे-छोटे गुट बनाकर प्रांगण में बिखर गये। उनके मध्य रोचक चर्चाएं चल निकलीं। कुछ ऐसे गंभीर निकले कि अपने रथ के निकट आकर, घोड़े के निकट घोड़े जैसा मुंह लटकाये खड़े हो गये और मौन हो क्षितिज को निहारने लगे। गंभीर व्यक्तियों का आपको ज्ञात ही है। इनके लटके मुख को ईश्वर भी नहीं उठा सकता। सो वे खड़े हैं। अश्व उनके अश्ववत् मुख को भ्रातृभाव से ताक रहे हैं।...कुछ अभी भी सभाभवन में अपने सिंहासन पर हैं एवं साथ के सिंहासनवाले से शास्त्रार्थ में लीन हैं।...कुछ अश्वों ने लीद कर दी जो कि अश्व कर ही देते हैं और बिना यह चिंता किये कर डालते हैं कि वे कहां, कितने महत्त्वपूर्ण स्थान पर, कैसे महत्त्वपूर्ण श्रेष्ठिजनों के मध्य खड़े हैं। लीद देखकर ब्रह्मप्रसादजी ने नेत्र तरेरकर भृत्यों की दिशा में देखा। एक ने धाकर लीद उठा ली और स्थान को स्वच्छ घोषित कर दिया। अभी पादुकामंत्री बाहर आने को हैं। वे अश्वों से प्रेम करते हैं, परंतु लीद से घृणा। उधर ब्रह्मप्रसादजी की सफलता का रहस्य ही उनकी इस घ्राणशक्ति में छुपा है कि वे जानते हैं कि अयोध्या के किस महत्त्वपूर्ण श्रेष्ठिजन को क्या भाता है और किससे उसे वितृष्णा है। स्वामी की सनक, रुचि, अरुचि, मूर्खताएं, भ्रम, शंकाएं— जिसने भी इनको साध लिया, वही सेवक पादुकाराज में सफल सेवक कहाया।

कदाचित् अभी पादुकामंत्री को बाहर आने में विलंब है। प्रांगण में खड़े सामंतों

के मध्य चर्चाएं चल रही हैं।

'और श्रीमान?...'

'सुखी और सानंद...और आप?'

'अपने क्षेत्र में तो सूखा पड़ा हुआ है श्रीमान...। और किसान का स्वभाव तो आप जानते ही हैं। वैसे भी वह सदैव ही रुदन करता रहता है, सो संप्रति तो सूखे को लेकर ऐसा फूट-फूट कर रो रहा है कि...'

'किसान के रुदन पर ध्यान न दें...'

'सत्य वचन...।'

'उसे तो रोने का कोई कारण चाहिए...।'

'वही तो...।'

'कितना रोयेगा शठ...।'

'...परंतु यह भी सत्य है मित्र कि सूखा तो पड़ा है...।'

'...वह तो पड़ता ही रहता है मित्र...।'

'हमने प्रयत्न किया था कि पादुकामंत्री से अनाज आदि की सहायता प्राप्त हो जाती, तो...'

'...पुनः क्या हुआ?'

'हम तो बूझ ही नहीं पाये कि क्या हुआ। पादुकामंत्री आज बड़े उद्विग्न थे— प्रताड़ित कर दिया कि स्वयं के ग्रामीण संसाधनों से ही कार्य सिद्ध करो।...रोषपूर्वक बोले कि तुम किसानों को कपाल पर बिठा रहे हो।'

'यह सलाह भी उचित ही दी...।'

'...सत्य कथन— किसानों को कपालारोहण नहीं करने देना चाहिए...' एक और ने कहा।

'...बीच-बीच में ठोकते रहना चाहिए...' एक और ने इस संदर्भ में सलाह दी।

'...हमने तो दंडधारी रख छोड़े हैं...'

'...लठैत तो स्वयं हमने भी धरे हैं...'

'...हमने भी...'

'हमारे दंडधारी तो ब्रह्ममुहूर्त में ही किसानों की दिशा में प्रयाण कर जाते हैं और जब तक पचास-साठ किसानों पर लाठी न बजा दें तब तक नहीं लौटते...।'

'यही उचित भी है...।'

'पर यह भी सत्य है कि अकाल के कारण किसान पूर्व में ही अधमरा है— एक दंडप्रहार में ही गोलोकवासी...'

'...मित्र, आप तब से सूखे और अकाल का रोना ऐसे रोये जा रहे हैं कि स्वयं किसान का रुदन तक पराजित हो जाये। आप तो हमें यह बतायें कि आपको जल

पर्याप्त मिल रहा है अथवा नहीं? आपके भोज, आपकी पंगतें, आपका सुरापान, आपके महालय, आपकी नर्तकियां, आपकी वेश्याएं, आपके सेवक, आपकी शय्या, आपकी गणिकाएं— ये सब तो सुरक्षित हैं न? सूखे ने इन पर तो दुष्प्रभाव नहीं डाला?...'

'नहीं-नहीं, वह तो संभव ही नहीं...।'

'पुनः किस कारण शोक मनाया जा रहा है?...चलिए, राजमार्ग की किसी सोमरस शाला में विराजकर सुरापान का आनंद लिया जाये...समूचे दिन ऊंचे-ऊंचे विचार श्रवणकर कान सनसनाने लगे हैं...।'

'सुझाव अत्यंत मनोहारी है...।'

'पुनः प्रस्थान करें?'

'अवश्य...।'

'गमन करें...?'

'उचित ही कहा...।'

'चलो सारथी...रथ प्रस्तुत करो...।'

कुछ रथ प्रस्थान कर गये।

परंतु अभी भी बहुतेरे शेष हैं। उनके स्वामी अभी गंभीर चर्चा में मग्न हैं।

'आज पादुकामंत्री परम उद्विग्न थे...।'

'अब इतने कर्तव्य, इतने तनाव, ऐसी-ऐसी कठिनाइयां— हम आप होते, तो क्या उद्विग्न न होते...?'

'सत्य वचन बंधु...।'

'उत्तमोत्तम की भी धोतिका ढीली हो जाती है भ्राता...।'

'...आपका तात्पर्य है कि सोमपादजी की धोतिका ढीली हो रही है...?'

'हमारा तात्पर्य यह तो कदापि नहीं था...।'

'...आपके कथन से अर्थ तो यही ध्वनित होता है मित्र...।'

'आप यदि यही ध्वनित करने की इच्छा रखते हैं, तो होगा ही...।'

'...हम क्या इच्छा रखेंगे— सोमपादजी को स्वयं विदित है कि वे कौन कृतघ्न जन हैं, जो उनकी धोतिका ढीली करने के प्रयास में चक्रवत् घूम रहे हैं...'

'हम कृतघ्न हैं, और तू?...'

'हम जिस पात्र में खाते हैं, उसमें छिद्र नहीं...'

'...तूने तो सारा जीवन ही उन पात्रों की खोज में होम कर दिया कि जिनमें भोजन धरा हो...।'

'और तू...?'

'और तू...?'

'...कृपया लड़िए मत...।'

'...लड़ कौन रहा है श्रीमान...पर इनकी सुनी आपने...?'

'लड़ें मत...हम सभी सोमपादजी के अनुयायी हैं...हमें सोमपादजी के पीछे एकत्रित होकर एकजुट चलना है।'

'उनके पीछे इन्हें न रखना...ये उनकी धोती खींच डालेंगे...।'

'तू मौन धरता है कि...'

'अहो?'

'बंधु, सामंतों में एकता हो, यही समय का आह्वान है...।'

'उचित कथन...अयोध्या का भविष्य इसी पर...'

'अयोध्या के भविष्य की तो...'

'द्वंद्व न करें...बल्कि विचार करें कि सोमपादजी की उद्विग्नता का कारण क्या है?'

'अहो...कैसा अनुकरणीय सुझाव!'

'हमें विचार करना चाहिए...।'

'कभी-कभी विचार करना उचित भी है और इसमें किसी के बाप का कुछ जाता भी नहीं...।'

'तू किसके बाप का संदर्भ ला रहा है?'

'जिनके बाप के होने में संदेह है, उनका तो नहीं ही...।'

'कृपया लड़ें न...।'

'एक ओर सोमपादजी विचलित हैं, दूसरी ओर आप यों निकृष्ट द्वंद्व में...'

'धिक्कार है...'

'सोमपादजी विचलित तो थे...स्वयं हमने लखा। एक बार तो उन्होंने आह तक भरी...।'

'ऊष्ण आह रही होगी...?'

'हमें कैसे संज्ञान होता...?'

'आप तो उनकी गोदी में घुसे जा रहे थे, उन्होंने आह ली होगी तो...'

'आप परिहास अच्छा कर लेते हैं...।'

'पर वे उद्विग्न क्यों हैं?'

'मातु कैकेयी की अनुकंपा तो उन पर निरंतर है अथवा नहीं...?'

'वह तो है ही...।'

'पुनः संभव है कि उदर शूल हो रहा हो...?'

'आप भी दूर की...'

'...ऐसा न कहें— उदर विचलित हो, तो मनुष्य को विचलित होते विलंब नहीं होता। आप स्वयं कल्पना करके देखें कि यत्र तो आपका उदर फूल रहा हो और तत्र

सभासद सूखे का रोना रोने लग जायें— पुनः स्वयं ही निर्णय करिए कि ऐसा मनुष्य किस दिशा में ध्यान देगा?'

'उदर की दिशा में...'

'वही तो...और उसमें भी अकाल सम महत्त्वहीन विषय...'

'अन्यथा भी, सूखा ही क्यों, अयोध्या का अन्य कोई भी ज्वलंत प्रश्न ही क्यों न हो और दूसरी ओर आपका उदर हो...आप किस पर पहले ध्यान...?'

'स्वस्थ उदर कि विचलित?'

'कैसा भी मित्र, तब?'

'तब क्या...सर्वप्रथम तो उदर पर ही ध्यान दिया जायेगा...इसमें दुविधा का प्रश्न ही कहां है?'

'सत्य वचन...उदर सबसे महत्त्वपूर्ण है।'

'पुनः आपका उदर तो निश्चित ही बड़ी वस्तु है— इस पर धोतिका कैसे लपेटते हैं?'

'सेवकगण लपेट देते होंगे...।'

'पुनः खोलते भी सेवक ही...'

'...खुल तो स्वयं ही जाती होगी...।'

'अन्य क्रियाओं में यह परम उदर बाधा नहीं बनता क्या?'

'निरर्थक तथा निकृष्ट न बोलोगे, तो क्या तुम्हारा उदर नहीं भरेगा...?'

'इनका कभी नहीं भरता...।'

'किसका भरता है...?'

'किसका भरा है...?'

'अयोध्या के श्रेष्ठिजनों का उदर सदैव ही रिक्त है...।'

'...और दरिद्रों का तो है ही...'

'सत्य वचन...।'

'उदर के विषय में चर्चा हो तो पुनः उदर से सत्य ही बाहर आता है...।'

अनर्गल बातें। परंतु ध्यान से सुनो तो इन अनर्गल बोलों के बीच छूट गये मौन में न जाने कैसे-कैसे कटु सत्य बोले जा रहे हैं।...अभी देर तक ऐसी ही निरर्थक वार्ताएं चलेंगी। थोथी चर्चाएं। अर्थहीन शास्त्रार्थ। दिशाहीन बातें। हें हें। चें चें। शोर।...वायुमंडल अंट गया है शब्दों से। शनैः-शनैः प्रांगण रिक्त हो चला। अट्टहास करते, ठहाके मारते, उदर पर हस्त फेरते, मिचमिचे नेत्रों से अयोध्या पर आखेटक दृष्टि डालते, धौल-धप्पा करते सभासद निज रथों पर आरूढ़ होकर गंतव्य की दिशा में प्रस्थान कर रहे हैं।

अंतिम रथ अभी निकला।

परंतु ब्रह्मप्रसादजी अभी भी वैसे ही सतर्क खड़े हैं। कान खड़े नहीं हैं, अन्यथा कहा जा सकता था कि श्वानवत्। श्वानवत् क्यों खड़े हैं?...क्योंकि श्वान के बाप अभी भी राजसभा के अपने व्यक्तिगत कक्ष में कुछ मंत्रियों के साथ कपाट बंद कर गोपनीय चर्चा में संलग्न हैं। बाप कौन?...अब मित्र, यह प्रश्न तो न ही करें। आपको ज्ञात नहीं?...माना कि अयोध्या में एक-एक जन के दस-दस बाप हैं तथा जहां जैसा अवसर, आवश्यकता तथा संयोग बनता है, वहां वैसा बाप निकाला, खोजा या आविष्कृत किया जाता है, परंतु संप्रति जिस बाप का संदर्भ आया है, वह पादुकाराज में ऐसा बाप है कि जिसकी बापगिरी, बापपन, बापियत, बापताई, बापाई इत्यादि तर्कातीत हैं। वह स्वयंसिद्ध बाप है। वह बाप के क्षेत्र का ध्रुव सत्य है। वह दूर-दूर तक बाप है।...अब समझे तो क्या समझे।...सत्य वचन। हम पादुकामंत्री की बात कर रहे थे। सोमपादजी अपने कक्ष में विशिष्ट सामंतों, मंत्रियों तथा अन्य निकटतम साथियों के साथ चर्चारत हैं। गांधार देश से पधारे अश्व व्यापारी भी कक्ष में ही हैं। खुसपुस चल रही है। आशा है कि अनुबंध हो जायेगा एवं अयोध्या की सेना हेतु गांधार के अश्वों की टुकड़ी क्रय कर ली जायेगी। राजसभा ने अभी ही सर्व सहमति से यह अनुबंध अपने विवेकानुसार करने का एकछत्र अधिकार सोमपादजी को प्रदान किया है और उनके विवेक का तो आपको संज्ञान है ही। जो अधिक दे, उसी को अनुबंध दो—यह उनका विवेक कहता है। गांधार के अश्वों की गुणवत्ता जगतसिद्ध है और इन अश्वों के व्यापारी अनुबंध करानेवाले को हृदय खोलकर मुद्राएं देते हैं, यह भी जग प्रसिद्ध है। पुनः गांधार मातुश्री कैकेयी का मायका भी होता है, सो वह कोण भी सध जाता है।...पादुकाराज की अयोध्या में हर दिशा में एक तिलिस्म है, जिसे तोड़ने का कौशल कुछ ही करों में है। वे कर अभी पादुकामंत्री के कक्ष में हैं।

बैठक कदाचित् समाप्त हुई।

एक प्रहरी भागता हुआ बाहर की दिशा में आया।...'सभी सादर सतर्क हों। महामहिम श्रीमंत पधार रहे हैं...' स्वर गूंजने लगे।

सैनिकों की पूरी एक टुकड़ी। सतर्क। सभाद्वार से प्रांगण में खड़े पादुकामंत्री के रथ तक, दोनों ओर पंक्तिबद्ध। करों में खड्ग धारे। सोमपाद के अंगरक्षक। उधर रथ का द्वार खोले खड़ा, प्रतीक्षारत सारथी। इधर, धरा पर धराशायी हुए बिना जितना झुका जा सकता है, उतने झुके ब्रह्मप्रसादजी। अन्य सेवकों की तो पुनः कहें ही क्या—इतना झुके हुए कि लगभग धूल चाटने की भंगिमा में। पादुकाराज में सटीक समय पर सटीक भंगिमा साधने का कौशल होना जीने की प्रथम तथा अंतिम शर्त है। पुनः यह धूलचाट मुद्रा तो शास्त्रों में सबसे फलदायी मानी गई है।

अंततः वे बाहर आये।

पीछे-पीछे सामंत, मंत्री, चाटुकार तथा अन्य मुंहलगे। एक सज्जन जो ठीक पीछे

हैं, वे पादुकामंत्री के कर्ण में कुछ फुसफुसाने के चक्कर में गर्दन को इतनी आगे खींच चुके हैं कि प्रतीत होता है कि वह जड़ से उखड़ जायेगी। सोमपादजी अंगरक्षकों के मध्य गमनरत हैं, रथ की दिशा में।

शाम का सूर्य। पूरा दिवस ही निकल गया राजसभा की बैठक में।

दुर्बल होती धूप।

शाम की पीली धूप में पादुकामंत्री की छाया लंबी होकर मानो संपूर्ण अयोध्या पर अधिकार जमाने चली है। पुनः उनकी छाया ही क्यों, सबकी ही। क्षितिज की दिशा में पश्चिम गमन करता सूर्य देख रहा है अयोध्या में सत्ता की परछाइयों के खेल।

पादुकामंत्री अचानक चौंककर ठहर गये।

सतर्क अंगरक्षकों की मुट्ठियों खड्गों पर कस गईं।

पीली धूप में आशंकित खड्ग की धार चमक रही है। अंगरक्षकों के लौह शिरस्त्राणों पर धूप गिरकर फिसल रही है। सभी के सतर्क नेत्र आशंका में फैले हुए। पादुकामंत्री अभी भी आशंकित खड़े हैं।

उनकी दृष्टि रथ के शिखर पर टिकी है।

रथ के शिखर पर कौआ बैठा है।

विमान आज पुनः अग्निमुख की बस्ती पर।

देवता सदैव की भांति शैयालाभ में व्यस्त।

भृत्य तथा चारण अवश्य चौकन्ने हैं। वे विमान से झांककर बीथिकाओं में यूं ही निरुद्देश्य बैठे-लेटे आवागमनरत व्यक्तियों में से अग्निमुख को पहचानने का प्रयास कर रहे हैं। दिखे तो पुष्पवर्षा करें। कर्तव्य से निबटें। एक टंटा समाप्त हो। चारणों ने ढोल मजीरे निकट ही खिसका लिए हैं। जब भी पुष्प-वर्षा होगी, चारणों को ढोल-मजीरे बजाते हुए 'अहो-अहो', 'धन्य है', 'धन्य है' वाले गीत गाने होंगे। वे जो समझते हैं कि 'अहो-अहो' कर-करके चारण अघा जाते होंगे, उनको भ्रम है। चारणत्व में यही तो आनंद है कि आप एक बार चारण जीवन में कटि तक धंस भर जायें, पुनः आपको चारण होने में ऐसा आनंद प्राप्त होने लगता है कि क्या कहें। सभी के समक्ष 'हें हें' करके लोटनेवाले चारण अयोध्या में आपने देखे ही होंगे और कदाचित् उनकी प्रगति पर आश्चर्य भी किया होगा। आपको ज्ञात नहीं कि चारणत्व, अयोध्या में व्यक्ति की प्रगति-यात्रा में एक महत्त्वपूर्ण वाहक बन चुका है। वैसे अयोध्या के चारण इन चारणों से बहुत आगे हैं, जो इस समय विमान में ढोल से टिके-टिके ऊंघने लग गये हैं।

अग्निमुख कहीं दृष्टिगोचर नहीं हो रहा। विमान पर्याप्त नीचाई पर उड़ रहा है। कदाचित् किसी अट्टालिका से बचते हुए विमान ने तीव्र हिचकोला खाया है। देवता शैया से पतित होते बचा। निद्रा टूट गई। चारण के हाथ से ढोल छूट गया। लुढ़कता हुआ ढोल शेया से आ टकराया।

'कैसा विचित्र विमान चालन कर रहे हो भ्राता...,' देवता ने शैया पर बैठकर विमान चालक को मीठे स्वर में उलाहना-सा दिया।

देवता विमान चालक को कभी भी प्रताड़ित नहीं करता, न ही उस पर क्रोध प्रकट करता है। कभी उस पर क्रोध आया भी तो चारणों को ठोक देता है। क्रोध भी निकल गया और चारणों को भी आनंद आ गया। विमान चालकों का भरोसा नहीं। कभी विमान को ऐसी पलटी ही खिला दें कि देवता टपककर मृत्युलोक में जा गिरे।...हंसिए मत मित्र!...ऐसा कर चुके हैं ये।...ऐसा हो चुका है। एक मूढ़ देवता ने अपने विमान चालक को कभी मूर्खतावश प्रताड़ित कर दिया। उसने अवसर पाकर विमान को ऐसा

पलटा कि श्रीमान 'अरे, अरे...' उच्चारते सीधे मृत्युलोक में धड़ाम हुए।...वे जो कहते हैं कि इसके पीछे इंद्र महाराज का संकेत था, किसी सीमा तक वह तथ्य भी सत्य हो सकता है। कभी किसी देवता से इंद्र रुष्ट हो जायें, तो उसे मृत्युलोक में फिंकवाते उन्हें कितना विलंब होना है? देवता को स्वर्ग से च्युत होकर धरा पर पतित होते अधिक समय नहीं लगता। पुनः पड़े रहो मृत्युलोक में। घिसटते रहो धरा पर। प्रतीक्षा करो उस अवतार की, जो कभी धरा पर प्रकट होगा और यदि कभी अवकाश पायेगा, तो उद्धार करेगा आपका।...सो सर्वश्रेष्ठ तथा बुद्धिमानीपूर्ण पग तो यही है कि सबसे मिलकर रहो। विशेषतः अपने विमान चालक से।

देवता की निद्रा भंग हो चुकी है।

वह उठंग बैठ गया। लुढ़क गया ढोल चारणों ने संभाल लिया है। देवता समझ गया कि ये स्तुति प्रारंभ करने के फेर में हैं।

'कर लेने दो...कभी-कभी स्तुतियां भी श्रवण करनी चाहिए।...मीठे असत्य भी अंततः मीठे होने के कारण मीठे ही लगते हैं...।' देवता उन्हें स्तुतिरत देखने लगा। चारण उत्साहित हो ऊंचे स्वरों में देवता की स्तुति करने लगे। विमान ने एकाध हिचकोला और लिया। पर इस बार देवता संभलकर बिराजा है। भृत्य ध्यानपूर्वक अयोध्या की संकीर्ण बीथियों में, ध्वस्त खिलौनों की भांति बिखरी झोंपड़ियों एवं कुटीरों के मध्य कीड़ों की भांति रेंगते मनुष्यों में से अग्निमुख को खोज रहे हैं। दृष्टिगोचर हो तो पुष्पवर्षा की जाये।

'प्राप्त हुआ वह मशालची?' देवता ने पूछा। स्तुतियों के स्वर इतने ऊंचे हैं कि शोर में कुछ भी सुनना कठिन है।

'क्या देवता श्रेष्ठ?' भृत्यों ने समवेत पूछा।

'तुम इस गायन-वादन की इति करो, अन्यथा ढोल समेत विमान से नीचे फेंक दूंगा...'

देवता ने चारणों की दिशा में उंगली उठाकर चेतावनी दी। चारणों ने ढोल पीटना बंद कर दिया। चारण देवता के मुख को ताकते बैठे हैं। देवता के गोलाकार मुख और फूले गालों पर एक ऐसा स्थायी अबूझ भाव रहता है कि ज्ञात कर पाना कठिन होता है कि वह प्रसन्न है, क्रोधित है, भूखा है अथवा उसका नशा टूट रहा है।...सभी मौन रहे।

'मैंने आपसे यह प्रश्न किया था कि क्या वह मशालची दिखा...?' देवता ने अंततः कहा।

'वही प्रयत्न कर रहे हैं, देवताश्रेष्ठ...,' एक भृत्य ने आदरपूर्वक बताया।

'करो...।'

'जो आज्ञा महाराज...।'

'वैसे कठिनाई क्या है?'

'अयोध्या की इस दरिद्र बस्ती में रहनेवाले समस्त जन एक से दीखते हैं, देवतासम्राट, सो कठिनाई हो रही है...,' एक भृत्य ने भयपूर्वक बताया।

देवता हंसने लगा।

एक चारण ने उचित अवसर ताड़ते हुए तुरंत ही सोमरस पात्र प्रस्तुत किया। देवता ने सोमरस के घूंट पीते हुए बताया, 'मूर्खो...यह जान लो कि दरिद्रों की मुखाकृति अंततः एक सी हो जाती है। भूख और दरिद्रता मिलकर इन सबकी धज एक सी बना डालते हैं। सभी झुके-झुके, सभी के नेत्र रिक्त से, सभी के मुख सूखे, सभी के मुख पर आड़ी-टेढ़ी रेखाएं, सभी के होंठ पपड़ियाये...माना कि स्वर्ग में हमें ये दरिद्र दृष्टिगोचर नहीं होते, परंतु फिर भी मृत्युलोक के दरिद्रों के सुंदर-सुंदर चित्र जो हमारे चित्रकार उकेरकर स्वर्ग में विक्रय करते हैं, उनमें तो हमें समस्त दरिद्र एक से ही प्रतीत होते हैं...'

'कैसी अद्भुत दृष्टि है देवताश्रेष्ठ की...,' एक चारण ने कहा।

'हमें तो हर दरिद्र के मुख पर बस भूख का चित्र टंगा दिखता है,' देवता उत्साहित हुआ।

'अद्भुत वचन...।'

कुछ पल देवता मौन रहा। वह अपने चिंतन पर स्वयं ही मुग्ध प्रतीत हो रहा है।

'ये दरिद्र, चित्रों में हमेशा ही आशंकित और आतंकित क्यों बनाये जाते हैं?' देवता ने पूछा।

'...क्योंकि ये आशंकित तथा आतंकित ही हुआ करते हैं महाप्रभु...,' एक ने बताया।

'क्यों?...इन्हें क्या भय? इनका अब और कोई क्या हर सकता है?...कहीं यह सोचकर तो ये भयभीत नहीं होते कि कोई इनकी लंगोटी न चुरा ले...?' देवता ने पूछा।

'लंगोटी एक ही होती है महाप्रभु, इनके पास, जिसे धारणकर ये विचरण करते फिरते हैं। उसका हरण संभव नहीं...,' एक ने बताया।

'मात्र एक लंगोटी?' देवता ने आश्चर्य किया।

'हां देवताश्रेष्ठ...।'

'समस्त दरिद्रों के मध्य मात्र एक ही लंगोटी...?' देवता आश्चर्यचकित है।

'नहीं महाराज, सबके निकट अपनी-अपनी लंगोट है...।'

'परंतु तुम तो अभी कह रहे थे कि सबके निकट एक ही लंगोट रहती है?' देवता रुष्ट हो चला।

'एक ही है, परंतु सभी के निकट एक-एक है...।'

‘हमने भी यही विचार किया कि यदि एक ही लंगोट समस्त जन एक साथ धारण करने का उद्योग करेंगे तो वह फट न जायेगी?...’

‘सत्य कथन देवताश्रेष्ठ...।’

‘श्रेष्ठ कि श्रेष्ठतम?’

‘श्रेष्ठतम, हे श्रेष्ठतम...।’

‘और फट गई तो अनेक दरिद्र नग्न विचरण करेंगे...।’

‘सो तो अनेक अभी भी नग्न ही विचरण करते हैं...।’

‘क्यों?’

‘क्योंकि उनके पास एक लंगोट भी नहीं होती...।’

‘अरे...अरे...दया का विषय हुआ यह तो...।’

‘कृपालु हैं आप...।’

‘परंतु नग्न दरिद्र को कम से कम लंगोट हरण का भय तो न रहता होगा?’

‘सो तो है...।’

‘आपके अग्निमुख लंगोटीयुक्त हैं या लंगोटीमुक्त?’

‘लंगोटीवाले ही हैं, हे महामति।’

‘नग्न होते तो कदाचित् पहचानने में आसानी हो जाती क्या?’

‘नहीं देवता सम्राट, नंगे भी अंततः एक से प्रतीत होते हैं...।’

‘हां, यह भी सत्य कहा...परंतु अब किसी भी विधि लंगोटीयुक्त अग्निमुख को पहचानो तथा गेंदे का संपूर्ण पात्र ही उन पर उलट दो...।’

‘जो आज्ञा महाराज...।’

‘तब तक हम विश्रामलीन हैं।’

विमान और भी नीचे उड़ने लगा।

विमान अयोध्या की दरिद्र बस्ती पर मंडरा रहा है।

अनगिनत बूढ़े, बालक, नर-नारियां, श्वान आदि नीचे उड़ते विमान का अनुसरण करते बीथिकाओं में गिरते-पड़ते धा रहे हैं।...कदाचित् विमानवाले कभी रोटियां ही टपका दें!

अयोध्या में रात्रि आती है,
तो अंधकार और गाढ़ा हो जाता है

अयोध्या।

रात्रि का प्रथम प्रहर।

श्वान जागृत हैं। गुत्थमगुत्था होने के अवसरों की खोज करते भ्रमणरत हैं बीथियों में। उधर मनुष्य निद्रालीन होने को तत्पर हैं। ऐसा ही और भी बहुत है, पर हम निरर्थक चर्चा में यह रात्रि नष्ट नहीं करेंगे। चलिए...अयोध्या दुर्ग के पूर्वी द्वार तक भ्रमण करके आते हैं। जब श्वान तक भ्रमण करने में कृपणता नहीं कर रहे, तो आपको एक सहृदय तथा सजग पाठक होने के नाते लेखक का साथ देना ही चाहिए। आप कुत्तों से पीछे नहीं रहना चाहेंगे, यह निश्चित है।

दुर्ग प्राचीर के साथ जल से भरी गहन खाई है यह आपको ज्ञात ही है। सो सतर्क गमन करें। हम खाई के निकट भ्रमणरत हैं और किंचित् भी चूकने पर खाई जल में पतित होना सुनिश्चित है। तब यहां ऐसे निचाट अंधेरे में मैं आपको क्यों घसीट लाया?...आपकी इस आपत्ति पर मुझे आपत्ति है। अयोध्या में इतने वर्षों के प्रवास के पश्चात् भी आपको अभी तक अंधेरे का अभ्यास नहीं हुआ है, जो अनुचित है। पादुकाराज का नागरिक कब तक अंधकार से बचेगा? अंधकार तो पादुकाराज की पहचान बन चुका है। ...वस्तुतः लेखक आपको इस कारण यहां तक घसीट लाया है क्योंकि वह पाठक को उससे मिलाना चाहता है। कि यहीं खाई के निकट जिसकी बस्ती है, और जो इस अध्याय का नायक है।

वह प्राचीर और खाई के मध्य कहीं रहा करता है और रात्रि में घनघोर सक्रिय हो जाता है।...हम किसी चोर की चर्चा नहीं कर रहे। चोर तो अयोध्या में निरंतर सक्रिय हैं ही। इस विषय में वे रात-दिन का विचार भी नहीं करते।...हम झींगुर की चर्चा कर रहे थे।

खाई के निकट झींगुरों की बस्ती है। उसी बस्ती के एक झींगुर दंपति, रात्रि के इस निचाट अंधकार में खाई के किनारे विराजे हैं।

मौन!

चहुंओर घना, निचाट अंधियारा। काली रात्रि। अमावस है कदाचित्। इक्का-दुक्का तारे। भयभीत से। मानों अंधेरे से भयाकुल हो आकाश में छुपकर बैठे हों, परंतु

टिमटिमाहट के कारण पकड़े जा रहे हैं। अंधियारा ऐसा सघन कि हाथ को हाथ तो सूझ ही नहीं रहा, लात को लात भी नहीं सूझ रही। यदाकदा हाथ को हाथ के स्थान पर लात सूझ रही है और लात को हाथ। ऐसे में गतिशील मनुष्य को धराशायी होकर धूल चाटते विलंब नहीं लगता।...परंतु झींगुर दंपति को धूल चाटने का भय नहीं। वे चाटते ही रहते हैं। खाई के किनारे विराजे वे अभी भी यही कर रहे हैं।

दुर्ग प्राचीर पर प्रज्वलित मशालों के प्रतिबिंब खाई जल के विस्तार में दूर तक दीख रहे हैं। मानो खाई में ही अग्नि प्रज्वलित हो।

झींगुर मौन है, जो कि वह प्रायः नहीं रहता।

झींगुर विचारमग्न है, जो कि वह प्रायः नहीं रहता।

झींगुरनी चिंतित हुई कि झींगुर ऐसा क्यों कर रहा है, जैसा कि प्रायः वह नहीं किया करता।

'क्या हुआ नाथ?' झींगुरनी ने चिंताकुल स्वर में पूछा।

'मन उदास हो आया...,' झींगुर ने कहा।

'ये तो मनुष्य जाति के विलास हैं, स्वामी...! झींगुर के लिए क्या तो उदासी और कैसी प्रसन्नता...।'

'सत्य वचन भाग्यवान...। परंतु आजकल न जाने क्यों यह होता है कि यत्र रात्रि अवतरित होती है, तत्र ही मन उदास हो चलता है...।'

'रात्रि तो झींगुरों के उत्सव का काल होता है नाथ...।'

'ज्ञात है मुझे...।'

'...झींगुरों के गीत गाने की बेला...।'

'ज्ञात है मुझे...।'

'पुनः स्वामी, यह अयाचित उदासी क्योंकर?..'

झींगुर मौन हो रहा।

चहुंओर अंधियारा और सन्नाटा।

दूर दुर्गद्वार पर बने काष्ट सेतु पर मशालें प्रज्ज्वलित हैं। दो प्रहरी भी खड़े हैं।...कोई बैलगाड़ी काष्ठ सेतु पर गतिमान है। रात्रि के सन्नाटे में खड़खड़ाहट के स्वर भटकने लगे।

'प्रतीत होता है कि कदाचित मानो खाई जल में आग लगी हो...,' झींगुर ने कहा।

मशालों के प्रतिबिंब खाई-जल में अग्नि प्रज्वलित होने का आभास दे भी रहे हैं।...झींगुर कवि-दृष्टि का स्वामी प्रतीत होता है। रात्रि में स्वरचित गीत ही गाता होगा।

झींगुरनी विशुद्ध गृहस्थन! उसे क्या ज्ञान कि कवि मन कहां-कहां, क्या-क्या देख लेता है।

'जल में आग कैसे लगेगी स्वामी?' उसने तर्क दिया और उचित ही दिया।

'मूरख प्राणी...' झींगुर ने मन में कहा। सोचा...काव्य की चुटकी भर भी समझ नहीं इसे। बस, गृहस्थी के फेर में जीवन वृथा गंवा रही है।

'अरी मंदबुद्धि, हमने तो एक बात कही...' झींगुर ने कहा।

'हमें ऐसी बातें समझ में नहीं आतीं, यह आपको ज्ञात ही है नाथ...,' झींगुरनी ने यथोचित ठनगन के साथ बताया।

'हम कह रहे थे कि रात्रि हो गई है...,' झींगुर ने पराजित होकर कहा।

धन्य है झींगुर भी।

यह भी कोई कहने की बात है! झींगुरनी ने सोचा। रात्रि तो हो ही गई है। बल्कि घनघोर हुई जाती है। स्पष्ट दृष्टिगोचर है कि वह सब कुछ जो एक ठीक-ठाक सी रात्रि में होना आवश्यक तथा शास्त्रानुकूल माना गया है, यहां अभी चहुंओर बिखरा हुआ है। हर दिशा अंधियारी। हर ओर सन्नाटा।...उधर दुर्ग की प्राचीर पर अवश्य प्रज्वलित मशालों का प्रकाश कंपायमान है। पवन का झोंका अंधेरे में छुपता-छुपाता आया और मशालों को बुझाने के प्रयास में असफल हो प्राचीर के उस ओर कूद गया। मशालें कंपित हो रही हैं। कंपित प्रकाश का बौना सा वृत्त अंधियारे से लड़ने चला और वहीं प्राचीर पर ही मुख के बल गिर पड़ा है। अंधेरा ऐसा सघन है कि अयोध्या इसके कीचड़ में धंसे रथ सी प्रतीत हो रही है। अयोध्या की अट्टालिकाओं, राजपथ, महलों इत्यादि का झिलमिल प्रकाश यहां से दृष्टिगोचर है। शेष अयोध्या अंधकार में डूबी है।

'रात्रि तो हो ही गई नाथ...सर्वज्ञात है...,' झींगुरनी ने कहा।

झींगुर मौन रहा।

'रात्रि हो गई है झींगुरनाथ, कुछ गाओ न...,' झींगुरनी ने कहा और झींगुर के निकट आ गई।

'कहा न, आज हृदय ही नहीं कर रहा...,' झींगुर ने कहा।

झींगुर उठ खड़ा हुआ। वह खाई के किनारे-किनारे विचरण करने लगा।

वातावरण में ठंडक है। परंतु झींगुर को कौन से ऊनी वस्त्र धारण करने हैं। झींगुर टहलता रहा। झींगुरनी चिंतित दृष्टि से उसे देख रही है।...कि झींगुर की टांग तले की मिट्टी भुरभुराकर जल में जा गिरी। झींगुर लड़खड़ाकर असंतुलित हुआ और खाई में टपकने से बाल-बाल बचा। झींगुरनी तत्परता से उछली और झींगुर को संबल देती बोली, 'सावधान रहो नाथ...अभी जल में टपक जाते...।'

झींगुर का छोटा सा हृदय...अभी तक हृतकंप हो रहा है।

'झींगुर जीवन...कब कहां मृत्यु के पग तले हम आ जायें...,' घबरा जाने के बाद झींगुर की बातों में निरर्थक दार्शनिकता और आ गई है। वैसे वह लाख दार्शनिकता बघार ले, परंतु यथार्थ में उसका शरीर अभी तक कंपित था और झींगुरनी वह थरथराहट अनुभव कर रही थी। वह जानती है कि झींगुर यथार्थ में ऐसा वीर है नहीं

जैसा वह वार्तालाप में प्रदर्शित करता है। दांपत्य के अपने नाटक होते हैं, यह वह जानती है।

'ऐसा न कहो नाथ...मृत्यु पग धरे तुम्हारे शत्रुओं पर...,' झींगुरनी ने उसके हाथ पर अपना हाथ धर दिया।

दोनों ही खाई किनारे, एक दूसरे से सटे बैठे रहे।

मौन।

झींगुर तक नहीं गा रहे, यह कैसी रात्रि आई है रे अयोध्या में!

पवन का झोंका कहीं अंधियारे की ओट से निकलकर आया और जल में मशालों के प्रतिबिंब स्पंदित और गड्डमड्ड होकर जल में ही बिखर गये हैं। दुर्ग में अंदर, कहीं, कोई श्वान रोया। रोये ही जा रहा है। कुछ और भी श्वान इस रुदन कार्यक्रम में सम्मिलित हो गये हैं। कुत्तों की इसी सामुदायिक भावना के कारण ही कुत्तों की, कुत्तों के मध्य साख है।...श्वान रह-रहकर रो रहे हैं। ठंड लग रही होगी। अयोध्या में दरिद्र मनुष्य तक को तो शीत से बच पाने के उपाय हैं नहीं, श्वान की भला कौन सुने? रोता रह!...परंतु श्वान के पक्ष में यह तो कहा ही जा सकता है कि यदि उसे ठंड लग रही है, तो वह शोर मचाकर अयोध्या पर अपना कष्ट तो प्रकट कर रहा है। अयोध्या के दरिद्र मनुष्य इस विषय में श्वानों से भिन्न हैं कि वे ऐसी शीतल रात्रियों में शीत से मौन ही मृत्यु को प्राप्त हो जाते हैं। वे शोर नहीं करते। वे अयोध्या के श्रेष्ठिजनों तथा शासकों की नींद में विघ्न नहीं डालते। वे प्रतिरोध नहीं करते। वे रोते तक नहीं। सैनिक शीत से अकड़े भिखारी का शव प्रातः उठा ले जाते हैं और अयोध्या आंदोलित नहीं होती। शीत से कंपायित रात्रि में अयोध्या का मनुष्य कुत्ते की मौत नहीं मरता, वह चुपचाप मनुष्य की मृत्यु मर जाता है।

कुत्ते बीच-बीच में रुदन में व्यस्त। अन्यथा सन्नाटा है। खड़खड़ाहट की ध्वनि से रात्रि की निस्तब्धता टूटी। पुनः एक बैलगाड़ी लकड़ी के पुल पर जा रही है। बैलों की ग्रीवा में बंधी घंटियों के स्वर सन्नाटे में बज उठे हैं और खड़खड़ाहट के मध्य उभरते-अस्त हो रहे हैं।

झींगुर दंपति बैठे हैं, मौन।

प्राचीर पर प्रज्वलित मशालों के कंपित प्रकाश में प्रेतों समान भटकते प्रतीत हो रहे हैं सैनिक। सैनिकों ने सीढ़ी पर पदचाप सुनी और पुनः किसी के लड़खड़ाकर संभल जाने के स्वर। एक सैनिक ने तत्परता से प्राचीर से झांककर नीचे देखा। वे सीढ़ी से पतित होते-होते बचे थे। अभी टपक ही जाते और कटि चटख जाती। किसी अज्ञात को गालियां देते, बड़बड़ाते हुए विशालचंद्रजी दुर्ग प्राचीर की सीढ़ियों पर चढ़ते ऊपर की दिशा में अग्रसर हैं और टूटी सीढ़ी से एक बार फिसल जाने के पश्चात् भी अग्रसर ही हुए जा रहे हैं। विशालचंद्रजी पूर्वी द्वार के द्वारप्रभारी सहायक हैं।

'सीढ़ी पर मशाल तो धरा करो...' ऊपर पहुंचकर विशालचंद्रजी सैनिकों पर बरस रहे हैं। फिसलने से घुटना छिल गया और अभी तक चुनचुना रहा है।

'धरी तो थी...कदाचित् बुझ गई होगी...,' एक ने क्षमाप्रार्थी मुद्रा में निवेदन किया।

'अभी धराशायी होते, तो...' वे बड़बड़ा रहे हैं।

'सत्य वचन...।'

'सीढ़ियां टूट रही हैं...हमने किनारे पर पग धरा कि भुरभुराकर...'

'रत्नेशजी तो कल ऐसे पतित भये कि...'

'सुधारने हेतु संदेश पठाया था न?'

'शताधिक बार तो संदेश पठाया है...सुधारनेवाले पधारते ही नहीं...,' सैनिक ने बताया।

'उन्हें अवकाश ही कहां...कभी कुछ कहो भी तो बताते हैं कि उन मंत्री या उन अमात्य के महालय में कुछ सुधार कार्य लंबित है, सो वहां जाना अनिवार्य है...,' एक और सैनिक ने बताया।

'कदाचित् दुर्ग प्राचीर ढहने पर ही पधारेंगे...,' एक और ने कहा।

'...अभी विशालचंद्रजी का मुख चटक गया होता...,' एक ने कहा।

विशालचंद्रजी इसी बीच बड़बड़ाते हुए और अपनी शिकायत अंधकार एवं पवन को सुनाते हुए प्राचीर पर घूम रहे हैं। इसे वे निरीक्षण करना कहते हैं। काष्ठ-सेतु के दोनों सिरों पर मशालें प्रज्वलित हैं। इनके कंपित प्रकाश में खाई पर पड़ा काष्ठ-सेतु मानो स्वयं भी शीत में कांप रहा है। कांपते पुल के इस सिरे पर एक प्रहरी भाले को दंड की भांति कंधे पर धरे खड़ा है। खड़े होने की मुद्रा से ही (जिसमें उसने अपने दोनों पैरों को उलझाकर भी सुलझाये रखा है) यह स्पष्ट है कि सुदर्शनजी खड़े हैं। उन्होंने खड़े होने की ऐसी मुद्रा आविष्कृत की है, कि जो खड़े होने में भी शैया पर लेटने जैसा विश्राम देती है। विशालचंद्रजी प्राचीर से उन्हें देख रहे हैं।...सुदर्शनजी ने भाले को कंधे से उतारकर पुल पर लिटा दिया एवं घूमकर विशालचंद्रजी की दिशा में मुख करके यूं ही मुस्कुरा रहे हैं। मशाल के सुनहरे प्रकाश में उनका मुख स्वर्णिम हो उठा है।

'सब सुरक्षित है?...' निरीक्षण की मानसिकता में खोये विशालचंद्रजी ने प्राचीर से ही पुकारकर पूछा।

'क्या होना है?' सुदर्शनजी के स्वर से स्पष्ट है कि वे तांबूलचर्वण में रत हैं एवं उससे उत्पन्न रस के विषय में निर्णय नहीं ले पा रहे हैं कि उसे थूक दें, कि गुटक जायें।

'थूक दो...' विशालचंद्रजी ने सलाह दी।

सलाह को उठे सिर तथा मशाल के प्रकाश में दमकते भाल पर सादर ग्रहण करते

हुए सुदर्शनजी ने ढेर सारा थूक भलभलाकर खाई जल को समर्पित कर दिया, जो छपाक् की ध्वनि के साथ अंधकार में विलीन हो गया।

'रत्नेशजी कब से अंतर्धान हैं?' विशालचंद्रजी पूछ रहे हैं।

क्या उत्तर दें?

'अब तो टांग में चोट भी लग गई, सो...।'

'उदर पहले ही विचलित था...।'

'बेचारे लंगड़ाते हुए खाई की दिशा में गये हैं...।'

'मशाल लेकर जाते...अंधकार में कहीं दूसरी टांग न तोड़ लें...।'

'खाई के भूगोल के विशेषज्ञ हैं वे...नेत्र मूंदकर भी उचित स्थान पहुंच सकते हैं...।'

'यूं भी मनुष्य वे बुद्धिमान हैं...।'

'सत्य वचन...।'

'...और अयोध्या में मनुष्य बुद्धिमान हो और साथ ही ईमानदार भी, कठिनाई से ही ऐसा संयोग होता है...अन्यथा बुद्धिमान व्यक्ति को ईमानदारी से जुड़ी विपदाओं का संज्ञान होता ही है...।'

'रत्नेशजी में ऐसा अनोखा संयोग है...।'

'यह भी सत्य कहा...।'

'यही तो...अन्यथा और है क्या उनमें...।'

'यही सत्य है...।'

'परम सत्य...।'

'मनुष्य ईमानदार हो, तो पादुकाराज में कोई उसका क्या उपयोग करे...?'

'न लीपने के, न पोतने के...।'

'हमने कहा न कि अन्यथा है क्या उनमें...।'

'कुछ भी नहीं...।'

'वैसे उनके उदर में न जाने क्या-क्या तथा कितना है...।'

'खाई को ही ज्ञात हो तो हो...।'

'रहते वहीं हैं...।'

'ईमानदार व्यक्ति खाई के किनारे उकडूं बैठने के अतिरिक्त अयोध्या में और करे भी क्या!'

'अयोध्या में तो ईमानदार मनुष्य को पकड़ना हो तो किसी भी जल स्रोत के किनारे चौकस होकर टोहते रहिए...'

'जो भी वहां उकडूं बैठा हुआ प्राप्त हो उसे पकड़ लीजिए...।'

'ईमानदार मनुष्य के उदर में शूल उठता रहता है...।'

'यह भी सत्य कहा...।'

'अयोध्या में रहकर या तो आप ईमानदारी का रोग ही न पालो, और पालो भी तो पुनः अपनी कुटिया किसी सरिता तट या सरोवर के निकट ही निर्मित करो...'

'...नहीं तो कहां रात-दिन भागते फिरोगे!'

'सत्य वचन...।'

'सत्यनिष्ठ व्यक्ति जल के निकट रहे तो इच्छानुसार निवृत्त तो हो ही सकता है, तदुपरांत डूबकर मरने के लिए भी उसे बहुत दूर नहीं जाना पड़ेगा...।'

पादुकाराज में कर्तव्यपरायणता, ईमानदारी एवं सत्यनिष्ठा चुटकुलों का विषय बन चुकी है। अब शनैः-शनैः वह एक अश्लील चुटकुला भी बनती जा रही है।

रत्नेशजी के विषय में उपरोक्त संवाद सुदर्शनजी, विशालचंद्रजी तथा प्राचीर पर एकत्रित सैनिकों द्वारा बोले गये। सत्यनिष्ठा अयोध्या की गलियों में घूमनेवाली निरीह कुतिया सम थी, जिस पर पदाघात करने को प्रत्येक भ्रष्ट लात तत्पर तथा लालायित थी। अभी यही हुआ। सभी को आनंद आ गया।

सुदर्शनजी ने नीचे से पुकारकर कहा—

'काष्ठ सेतु उठवा देते...।'

'अभी कौन सी अर्धरात्रि हो चली है मित्र...पुनः बैलगाड़ियां भी अभी आ रही हैं...।'

'तो क्या अर्धरात्रि को ही उठवाओगे?...'

'नहीं-नहीं...।'

'आप ही पुनः कहते रहते हैं कि शत्रु कभी भी आ सकता है...,' सुदर्शनजी ने आपत्ति उठाई।

'शत्रु सोयेगा कि अर्धरात्रि को यहां अयोध्या में...'

'फिर भी...'

'अभी तो झींगुर तक नहीं बोले सुदर्शनजी...।'

'यदि झींगुर न बोलेंगे, तो क्या रात्रि को रात्रि न मानेंगे...?'

झींगुर मौन बिराजे हैं।

खाई के किनारे।

कि कोई अंधेरे में वहां से निकला। लंगड़ाता हुआ। स्पष्ट है कि रत्नेशजी निवृत्त होकर लौट रहे हैं। झींगुर उनके पांव तले आते-आते बचा। उचक गया एक क्षण पूर्व ही अन्यथा लंगड़ाती टांग के नीचे आ ही गया था।

'देखा!...' झींगुर ने कहा।

झींगुरनी का हृदय तो ऐसा धड़धड़ा रहा है कि एक शब्द भी नहीं उच्चार पा रही।

'बहुत अशुभ समय चल रहा है झींगुरों का...।'

झींगुरनी शनैः-शनैः प्रकृतिस्थ हो रही है।

'बहुत अशुभ समय है...,' झींगुर ने पुनः कहा।

'नाथ...मैंने तो सदैव ही समय को झींगुरों के लिए अशुभ पाया है...' झींगुरनी के स्वर में अभी भी कंपन है।

'और तू गायन का आग्रह करती है?'

'...झींगुर यदि शुभ समय की प्रतीक्षा में रहें स्वामी, तो कदाचित् कभी गा ही न सकेंगे...,' झींगुरनी ने कहा।

परंतु झींगुर मौन ही रहा।

रात्रि गहरी है। लंगड़ाती छाया अब काष्ठ सेतु के निकट पहुंच रही है और मशाल के प्रकाश में स्पष्ट उभरती जा रही है।

झींगुर उदास है। सांत्वना का विषय यही है कि अयोध्या में कोई आपसे उदासी का कारण नहीं पूछता। हां, यदि आप प्रसन्न हैं, तब अवश्य आपके पीछे पादुकाराज के गुप्तचर आ सकते हैं कि ऐसा क्यों है?

'गाओ ना वही गीत जो तुम कभी मेरे लिए गाया करते थे...' झींगुरनी ने आग्रहपूर्वक झींगुर की बांह गहते हुए कहा।

झींगुर को विस्मृत नहीं होते गीतों भरे यौवन के वे विक्षिप्त दिन। झींगुरनी तब इसी खाई के दूसरे किनारे पर अपने पिता के घर रहती थी। अनगिनत झींगुरों की दृष्टि थी उस पर। पर वह अपने इसी झींगुर पर हृदय हार चुकी थी, जो इस पार रहता था।...और झींगुरनी का बाप?...वैसा ही दुष्ट तथा निर्दयी कि जैसा प्रेमकथाओं में बाप हुआ करते हैं। प्रेमियों के मिलन के विरुद्ध। सतत ही झींगुरनी पर पैनी दृष्टि धरने वाला।...रात्रि का अंधेरा उतरता तो झींगुर खाई के इस तट पर आ जाता और गाता दर्द भरे गीत। पुनः रात्रिपर्यंत गाता ही रहता। संगीतमय झनझनाहट का एक अदृश्य सेतु खिंच जाता, खाई के इस तट से उस तट तक, जिस पर दो उद्वेलित हृदय मिला करते...। उसके दुष्ट बाप ने, ऐसी ही एक रात्रि में अंधेरे का लाभ गह पीछे से निःशब्द आकर उसको वो उत्कट लात मारी थी कि वह खाई जल में लुंठित हो गया था। अनंतर अंधेरे में तैरते, डुबकियां खाते हुए वह किसी युक्ति से किनारे लग पाया था। परंतु तब भी, किनारे खड़े होकर, टपकते जल से सिक्त उसके मन में 'बच गये अन्यथा डूब ही गये थे...'—इस विचार के अतिरिक्त जो विचार मन में सर्वप्रथम आया, वह यही था कि धन्य है यह झींगुरनी का पिता भी कि काष्ठसेतु को पार करते हुए इतनी लंबी यात्रा इस दृढ़निश्चयी ने मात्र इस उद्देश्य से की कि वह अपनी पुत्री के धृष्ट प्रेमी पर लात प्रहार कर सके! वह नतमस्तक अवश्य हुआ था, परंतु वह भी कम दृढ़निश्चयी नहीं था। लगनपूर्वक लगा ही रहा झींगुरनी के पीछे। परिणाम आपके समक्ष है।...झींगुर से सटकर जो भार्या बैठी है, यह वही है जिसके लिए वह रात्रिपर्यंत

गीत गाया करता था।...चार छोटी-छोटी झींगुर संततियां भी यहीं निकट की बस्ती में विचर रही हैं।...क्या स्वप्निल समय था वह भी।

झींगुर स्मृतियों की बीथियों में रेंग रहा है।

उसे याद आ रहा है वह गीत जिसकी मनुहार अभी झींगुरनी कर रही थी। वही गीत जो वह झींगुरनी की विरह में इस पार बैठा रात्रिपर्यंत गाता था, 'मैं इस तट पर, तू उस तट पर, आ भी जा मेरे पनघट पर..., प्राणों के घट रिक्त पड़े हैं, नयन अश्रु से सिक्त पड़े हैं...' और आगे भी छंद योजना का ऐसा ही तुकपूर्ण आयोजन। प्रेमगीतों का तो आपको ज्ञात है ही। इनमें साहित्य नहीं, भावना का महत्त्व देखा जाता है। आशय प्रेमी तक पहुंच जाये, यही प्रेम-गीत की सफलता है। गेय हो, तो कहना क्या! वह गाता रहता यही गीत। बारंबार। 'मैं इस तट पर, तू उस तट पर...' बीच बीच में 'आऽऽऽ आऽऽऽ आ...' के ठनगन, जो प्रत्येक गवैया करता ही है। इसी काष्ठ सेतु पर दोनों का अंधियारी रातों में छुप-छुपकर मिलना।...पुनः उनके विवाहवाली रात्रि। इसी सेतु से देर रात्रि बारात का लौटना। साथ में वधू के रूप में झींगुरनी। बारात अभी सेतु पर रेंग ही रही थी कि काष्ठ सेतु का उठना प्रारंभ हो गया था। विशालचंद जी ने किर्री घुमाई एवं समस्त बारातीगण मानो आकाश में टंग गये थे। बहुत से झींगुर फिसलकर खाई-जल में जा गिरे। उसने झींगुरनी की बांह गही और काष्ठ सेतु के पटियों पर सतर्कतापूर्वक सरकता हुआ नीचे आ गया था।...सो झींगुरों का समय चाहे अशुभ रहा हो, परंतु स्मृतियां मधुर हैं।

झींगुर मधुर स्मृतियों में विचर रहा है।

रात्रि काली।

अंधेरे का अंतहीन पंडाल।

पवन बहे तो अंधकार पंडाल के कपड़े सा फड़फड़ाता है। प्रतीत होता है कि मानो अंधकार हिलोरे ले रहा है प्राचीर के तट पर।...दूर अरण्य में कोई श्रृगाल रोया। मानो प्रत्युत्तर में अयोध्या के कर्तव्यनिष्ठ श्वान भी रोने लगे हैं। झींगुर ने स्मृतियों में डूबते-उतराते हुए गुनगुनाना प्रारंभ कर दिया।

झींगुरनी ने उसके हाथ पर अपने हाथ रख दिये।

झींगुर ने स्वर उठाया, 'मैं इस तट पर तू उस तट पर...' वेदना की संगीत लहर उठी और खाई-जल की लहरों पर तैरने लगी। झींगुर का गीत अंधकार को बेधते प्रकाश-सा चहुंओर फैलने लगा। झींगुरों की बस्ती से अन्य बहुत से झींगुर भी साथ-साथ गाने लगे।

'अब तो झींगुर भी बोल रहे हैं श्रीमान...,' सुदर्शनजी ने विशालचंदजी को पुकारा।

'तुम भी एक ही हठी हो...,' विशालचंदजी ने प्राचीर से उतरती सीढ़ियों पर

संभलकर पांव धरते हुए कहा।

'और अब तो रत्नेशजी तक ईमानदारी से निवृत्त होकर इधर ही आ रहे हैं...,' सुदर्शनजी ने कहा।

विशालचंदजी हंसते हुए किर्री के निकट आ गये।

अब वे किर्री घुमा रहे हैं।

काष्ठ-सेतु ऊर्ध्व दिशा में उठ रहा है। मशाल के पीत प्रकाश में काष्ठ पुल के जर्जर पटिये भी चमक रहे हैं। अंधियारे के निचाट कालेपन के विरुद्ध घूमते ये चमकते पटिये यों प्रतीत हो रहे हैं कि मानो किसी ने रात्रि के उदर में खड्ग घुसेड़कर घुमा दिया हो।

काष्ठ-पुल उठ रहा है।

झींगुर गा रहे हैं, 'तू इस तट पर, मैं उस तट पर...।'

और इस तट पर बसी अयोध्या पर रात्रि का आधिपत्य हो गया है।

अयोध्या में रात्रि।

रात्रि यहां सर्वत्र 'छम छम' करती ही अवतरित नहीं हुई, जैसा कि राजकवि अपने श्लोकों में गाते हैं। वस्तुतः अयोध्या के विभिन्न भागों में रात्रि विभिन्न तरह से अवतरित होती है। अयोध्या की संकीर्ण बीथियोंवाली दरिद्र बस्ती का ही उदाहरण लें। रात्रि यहां सतर्कतापूर्वक पग धरती हुई प्रवेश कर रही है। किंचित् भी पग यत्र-तत्र चूका कि रात्रि नाली में घुस जायेगी। अन्यथा कदाचित् वह किसी गड्ढे में पांव ही दे डाले। पिछले दिनों रात्रि को लंगड़ाते हुए जो आपने देखा, वह ऐसे ही तो हुआ। आज भी संकीर्ण बीथियों में उतर गई है रात। वह सिर झुकाकर, बचते-बचाते संकरी बीथियों में प्रविष्ट हो गई है।...परंतु यह भी कहना कवियों के प्रति अन्याय होगा कि रात्रि कहीं भी 'छम-छम' करती नहीं उतरती। माना कि राजकवि अपनी कविता में यथासंभव अतिशयोक्ति, अतिरंजना एवं मूढ़ता के बिना एक पग आगे नहीं बढ़ाते, परंतु कभी-कभी आंशिक सत्य तो उनके काव्य में भी स्थान पा ही लेता है।...सो रात्रि कुछ स्थानों पर पग में घुंघरू बांधकर भी अवतरित हुई। वह महालयों में छम-छम करके विचर रही है, तो राजमार्गों पर तो अवतरित होते ही नृत्य कर उठी है।

नृत्यरत है रात्रि अयोध्या के राजमार्गों पर।

ऐसे ही एक राजमार्ग पर अग्निमुख भागता हुआ दीपस्तंभ बाल रहा है। वह जानता है कि राजमार्ग का दमकना एवं दमकते रहना एक ऐसा कर्तव्य है कि इसमें किंचित् भी चूक पादुकाराज में अक्षम्य अपराध माना जायेगा। तेल की द्रोड़ी लिए भागता ही रहता है वह। दीपस्तंभ बुझने न पायें। उसके आसपास से पवन-वेगी रथ सरपट निकल रहे हैं। सामंतों, मंत्रियों, धनिकों, श्रेष्ठिजनों के रथ। किंचित् भी असावधान हुए कि आप रथचक्र के नीचे। पुनः कोई मुड़कर भी नहीं देखेगा कि रथचक्र आपकी टांग पर से निकला अथवा ग्रीवा पर से। सामंतों के पुत्रों की तो पुनः कहें ही क्या। द्रुतगामी अश्वों पर एड़ लगाकर सरपट भागे जा रहे हैं राजमार्ग पर। सुरा प्रभाव में आकंठ डूबे वे कब किसको रौंदते निकल जायें, कहना कठिन है।

दीपस्तम्भों एवं यत्र-तत्र जल रही मशालों के प्रकाश में स्नानरत राजमार्ग। अभी रात्रि का प्रथम प्रहर ही है। रात्रि और गहन होने दो अभी। पुनः लखिए राजमार्ग

का ऐश्वर्य।

रात्रि गहन होती है और अयोध्या के राजमार्ग, जो दिवसपर्यंत अर्धनिद्रा तथा आलस्य में लीन पड़े थे, अचानक जीवंत हो उठते हैं। जाग जाती हैं राजपथ की मधुशालाएं, नृत्यशालाएं, आमोद-प्रमोद-केंद्र, गणिकाओं के महालय तथा द्यूतगृह। अयोध्या के धनिकों, सामंतों, सैन्य अधिकारियों, मंत्रियों, सभासदों तथा ऐसे ही अन्य श्रेष्ठिजनों के जीवन की सबसे विकराल समस्या यह है कि वे बहुत ऊब चुके हैं। भरे उदर एवं अघाये मन की ऊब। पादुकाराज ने उन्हें बिना कर्म तथा परिश्रम के ही इतना अकूत धन, शक्ति और ऐश्वर्य दे दिया है एवं इतना भरपेट दे दिया है कि वे समझ ही नहीं पाते कि अब क्या कुछ करें कि जीवन में कुछ उत्तेजक घटे। रोटी अर्जन करने की चिंता न रहे, तो मनुष्य को हरामखोरी सूझती है।...दिन तो तिकड़मों, कुटिलताओं, अपनी गादी की रक्षा एवं दूसरे को येन-केन प्रकारेण जड़मूल सहित उखाड़ने के प्रयत्नों में व्यतीत हो जाता है, परंतु रात्रि के आगमन के साथ ही एक व्याकुलता-सी मन को चहुंओर से घेरने लगती है। विशाल महालयों के अंतहीन सूनेपन के विस्तार में जब वे एकांत में होते हैं, तब आत्म-साक्षात्कार के पलों में अपने बौनेपन से वे स्वयं भयभीत हो उठते है। वे अपनी सीमाओं की छुद्रता से इतने आक्रांत तथा भयाकुल हो उठते हैं कि स्वयं को ही विस्मृत करना चाहते हैं। उन्हें शोर चाहिए। उन्हें भीड़ चाहिए। उन्हें सुरा चाहिए जो सब कुछ भुला दे। वे भयभीत हैं। उनके भय भी आश्चर्यजनक हैं। वे अयोध्या के सामान्य जन से घबराते हैं। वे दरिद्रों से भयभीत हैं। वे न्याय से भयाकुल हैं। वे परस्पर आपस में ही भयभीत रहते हैं। वे सत्य से भयाक्रांत हैं। वे सदैव भयभीत रहते हैं कि कहीं यह पादुकाराज कभी समाप्त न हो जाये।...वे भयभीत रहते हैं कि कभी कहीं राम न लौट आयें।...वे आशंकित रहते हैं कि कभी उनके सिंहासन के तले की भूमि न खिसक जाये।...वे भयाकुल हैं, व्याकुल हैं, ऊबे हैं, अघाये हैं, अपनी लघुता एवं छुद्रता से परिचित हैं तथा अपनी विराट माया की पोली नींव को भी जानते हैं।...

ये ही ऊबे हुए श्रेष्ठिजन शनैः-शनैः एकत्रित हो रहे हैं राजमार्ग पर। ऊब को मिटाने। कैसे मिटेगी इनकी ऊब?

आपका प्रश्न उचित है, और इसीलिए मूर्खतापूर्ण भी। अयोध्या में यही तो एक बात इन चौदह वर्षों में विकसित हुई है कि अब यहां उचित प्रश्न पूछना अनुचित माना जाने लगा है। पर हम आपको बताते हैं। एक तो यह कि ऊब मिटाने की इनकी युक्ति आपकी भांति पिटी हुई तथा परंपरागत रूढ़िवादी नहीं है। आप तो प्रातःकाल से रात्रि तक रोटी की खोज में भागते हुए ही सारा समय व्यतीत करने की विलासिता में संलग्न रहने के कारण कभी ऊबे ही नहीं, परंतु इन श्रेष्ठिजनों के निकट आपकी भांति इतना समय कहां!

आपको तो कदाचित् ज्ञात ही नहीं कि ऊबना किसे कहते हैं। बताइए कि कर में सुरापात्र लेकर, नेत्र मींचकर, कोमल आसन पर बिराजकर कैसे कठिनाईपूर्वक ऊबा जाता है?...कभी आप ऊबे हैं ऐसे? आप तो कभी कहीं ऊबे भी तो मंदिर जाकर, कथा-कहानी बोल-सुनकर, सरिता में स्नान करके, बच्चों के साथ खेलकर, स्वयं की पत्नी के साथ सुख-दुख के दो बोल बोलकर, मित्रों के साथ बैठकर अर्थात् उन्हीं निकृष्ट पिटे हुए साधनों द्वारा ऊब से मुक्ति पा लेते हैं।...पर हम उस तुच्छ ऊब की चर्चा नहीं कर रहे हैं। हम तो राजमार्ग पर अवतरित हुए उन ऊबे हुए श्रेष्ठिजनों की चर्चा कर रहे हैं जिनकी ऊब से अयोध्या का भविष्य निर्धारित होता है। जब यह निर्णय लिया जा रहा हो कि राष्ट्रहित में अयोध्या के सामान्यजन की चाम कितनी और खींची जाना आवश्यक है, तब उसी समय यदि निर्णय लेनेवाला ऊबा हुआ हो तो आपका तथा आपकी चाम का क्या होगा, यह कल्पना भी कदाचित् न कर सकें आप।...इसे इस प्रकार समझें कि यदि नितांत निजी ऊब मिटाने हेतु वे आपकी चाम उधेड़ने का निर्णय ले लें, तब आप क्या कर लेंगे? ऊब मिटाने के लिए ये तीतर लड़वाने से लेकर युद्ध करवाने तक का आयोजन कर सकते हैं। अतः श्रेयस्कर होगा कि ये ऊबें नहीं। अयोध्या का प्राणपण से यही प्रयास रहता भी है कि उसके ये भाग्यनियंता कभी ऊबें नहीं।

राजमार्ग पर इसी हेतु अनगिनत आयोजन हैं।

सुरापान इनमें से सर्वाधिक लोकप्रिय, प्रभावी तथा श्रेष्ठ साधन है। निजी महालयों में तो सुरापान का प्रबंध है ही। परंतु जो आत्मिक आनंद मधुशाला में मनुहार करती सुंदर बालाओं के कोमल करों से सुरापात्र ग्रहण करने में है, वह अपने महालय के एकांत में बैठकर सुरापान में कहां? पुनः आप इन बालाओं का हाथ गह लीजिए, वे रुष्ट नहीं होतीं। सुरापात्र लेते हुए बलात् चुम्बन ले डालिए अथवा अपनी गोद में ही गिरा लीजिए— ये ऐसी उदार हृदय हैं कि बस खिलखिलाकर हंसती रहती हैं। और किस बात की याचना करेगा कोई? सब कुछ यों मुक्त हस्त। चित्त हरनेवाली सुरा और आपके अनुसार चित्त शयन को तत्पर निर्लज्ज सुंदरी! आपकी ऊब मिटाने का आयोजन इससे अधिक भव्य तथा चित्ताकर्षक और क्या होता? पुनः सुंदरियों का तो यह है कि आपकी दो पत्नियां तथा तीन उप-पत्नियां पूर्व में ही हैं और आपके नाम पर रोती रहती हैं— परंतु आपका यह है कि नई सुंदरी लखते ही आपका पापी हृदय मानो लखलखा सूंघकर चैतन्य हो तड़पने लगता है। ऊपर से यह सुरा।...सो रात किंचित् गहरी हुई कि रथारूढ़ होकर अपने दैनिक अभियान पर निकल पड़ते हैं श्रेष्ठिजन और पुनः देर रात्रि तक इनका रथ खड़ा रहता है राजमार्ग पर किसी मधुशाला के निकट। अनंतर निकलते हैं ये लड़खड़ाते या सेवक लादकर पटकते हैं रथ में और इस प्रकार अर्धमूर्च्छित अवस्था में कब रात्रि व्यतीत हो जाती है, भान भी नहीं हो पाता।

कुछ श्रेष्ठिजन समूची रात्रि ही इन सुंदरियों के सजे कक्ष में व्यतीत कर देते हैं।...नहीं, नहीं। वेश्यालय मत कहिए। खड़ाऊं से कपाल खोल दिया जायेगा आपका। किसी समुचित से मनोहारी नाम से पुकारिए। अयोध्या की यह परंपरा तो इतिहास में स्वर्णाक्षरों से अंकित होने योग्य है कि यहां प्रत्येक निकृष्ट तथा भ्रष्ट कर्म, वस्तु, संस्था तथा कर्मकांड को एक अत्यंत सुंदर नाम दे दिया गया है। इस परंपरा को न तोड़ें। सुंदर कन्याओं से अलंकृत नृत्यशालाओं को कृपया वेश्यालय कहने का दुःसाहस न करें। ज्ञात भी है आपको कि कहां-कहां से चुन-चुनकर उठवाई गई हैं ये स्त्रियां? नृत्यशाला चलाने को आप आसान कार्य मान बैठे हैं क्या? एक स्त्री को बलात् उठवाने में कितना श्रम, प्रयास तथा अध्यवसाय लगता है, इसका भान भी है आपको? कभी उठवाकर देखिए। कठोर तपस्या है श्रीमान। कुंडलिनी साधने से भी कठिन है मंत्री, संत्री, सैनिक, दंडनायक, सामंत, न्यायाधीश इत्यादि को एक साथ साधना।...और सभी को साधना पड़ता है, तब कहीं नृत्यशालाएं चल पाती हैं अयोध्या में, जिन्हें आप वेश्यालय की संज्ञा देने की नीचता कर रहे हैं। धिक्कार है आपको कि आप उस संस्था को ही अपयश देने पर तुले हैं जिसकी कर्मठ कार्यकर्ता अयोध्या के अनगिनत श्रेष्ठिजनों का मन बहलाती हैं। षड्यंत्र, तिकड़म, जोड़-तोड़ में निरंतर सक्रिय रहने से क्लांत इन सदाचारियों को आप कभी, कहीं विश्राम भी लेने देंगे अथवा नहीं?

परंतु यह कहना भी अर्धसत्य होगा कि राजमार्ग पर अयोध्या के श्रेष्ठिजन मात्र ही विचरते हैं। ऐसा नहीं है। ऐसा संभव भी नहीं है।

अयोध्या के सामान्य जन भी यत्र-तत्र भटकते दृष्टिगोचर हैं। अन्यथा श्रेष्ठि वर्ग की सेवा सुश्रूषा कौन करेगा?...मालिश करनेवाले, नट-नटी, राजमार्ग की दुकानों में कार्यरत भृत्यगण, सतत ही स्वच्छता अभियान में रत राजमार्ग को बुहारते सेवकगण, सुगंधित सुरभित द्रव्यों का छिड़काव करते कर्मचारी, खिलौने बेचनेवाले, कान का मैल निकालनेवाले, राजमार्ग पर लोक-नृत्य कर श्रेष्ठिजनों से उदार दान अथवा भिक्षा की अपेक्षा में यत्र-तत्र नृत्यरत ग्रामीण नर्तक, भारी वस्तुएं कटि पर घरे गमनरत भारवाहक इत्यादि...अनगिनत वे अकिंचन जन जो अयोध्या में मात्र इस कारण जीवित हैं क्योंकि न जाने किस कारण से अभी तक मरे नहीं हैं। परंतु इन अकिंचनों की प्रशंसा में यह कंचन वाक्य तो कहना ही होगा कि जब तक, जितने भी दिन, जैसे भी ये जिये, इन्होंने राजमार्ग के स्वामियों की सेवा संपूर्ण लगन एवं हृदय से की। इन्होंने जब भी, जहां भी अयोध्या के महत्त्वपूर्ण श्रेष्ठिजन को देखा, तब स्वयं तत्परता से अग्रसर होकर उनके समक्ष साष्टांग प्रणाम किया और उनके समक्ष विलंब तक निष्प्रयोजन ही 'हें हें' करते रहे। उनकी संतान को अपना पिता एवं पत्नी को माता मानते रहे। उनकी उपपत्नियों एवं प्रेमिकाओं तक को इन्होंने सम्मान की दृष्टि से देखा। वे इन महत्त्वपूर्ण जनों से संबंधित हर वस्तु को दिव्य मानकर माथे पर धरते रहे।...और संपूर्ण निष्ठा

से ऐसा करते-करते अंततः एक दिवस वे मृत्यु को प्राप्त हुए। नहीं, नहीं, राजमार्ग पर नहीं मरे वे। ऐसे कृतघ्न भी नहीं वे। उनको ज्ञात है कि उनकी मृत्यु के लिए अयोध्या के कौन से कोने पादुकाराज ने निश्चित कर रखे हैं। वे राजमार्ग पर मृत्यु के अधिकारी नहीं। सो वे जब मरे तो अयोध्या की किसी संकीर्ण बीथिका में किसी ध्वस्तप्राय पर्णकुटीर में अज्ञात मौत मरे। और जब वे मर भी गये, तब भी बहुत समय तक राजमार्ग के नियंताओं को तो ज्ञात ही नहीं हुआ, बल्कि कहिए कि संदेह तक नहीं हुआ कि वे मर गये हैं क्योंकि तब तक, उनके स्थान पर उन जैसा ही कोई और दरिद्र आकर इनकी चाकरी में लग गया था, जिसकी मुखाकृति ठीक वैसी ही थी। दरिद्रों का तो मित्र आपको ज्ञात ही है कि सबकी मुखाकृति एक सी होती है।...अब अयोध्या का पादुकाराज इन मुखाकृतियों को देखे कि दमकते मुख, हिरनी से नेत्र एवं क्षीण कटि वाली गणिकाओं पर समुचित ध्यान दे?...वह भी अति आवश्यक है कि मित्र। जहां तक इन दरिद्रों का प्रश्न है, तो इनका मरण-जीवन तो नित्य लगा ही रहता है।

पांच अश्वों का एक रथ अभी-अभी राजमार्ग पर आकर रुका है।

दिव्य रथ। अश्व तक दिव्य! पुनः रथ से उतरनेवाला तो दिव्य होगा ही। है भी। दिपदिप। दमकती। पद्माजी रथ से उतरीं।...पादुकामंत्री की भार्या। पादुकाराज की भाग्यनियंता। अयोध्या उनकी वक्र दृष्टि की चाकर। वे उतरीं। रथ का द्वार खोलकर झुका खड़ा है सारथी। कुछ सैनिक, जो अश्वों पर आरूढ़ रथ के आगे तथा पीछे चल रहे थे, कूदकर उतरे हैं और राजमार्ग पर पद्माजी के बाधारहित गमन हेतु मार्ग बना रहे हैं। उन्होंने उतरते ही राजमार्ग पर जा रहे कुछ सामान्य जनों को दंडप्रहार द्वारा मार्ग से परे ढकेला और पद्माजी को सादर स्वर्णाभूषणों की दुकान तक ले गये। अब सैनिक दुकान के बाहर हैं। सारथी ने रथ को एक ओर खड़ा करके अश्वों को ढीला कर दिया। पद्माजी एक बार स्वर्णाभूषणों की दुकान में प्रवेश भर कर जायें, पुनः वे कब बाहर निकलेंगी, यह भगवान भी नहीं बता सकते।...और पिटनेवाले सामान्य जन?...उनकी भी ऐन पूछी आपने!...अरे मित्र, वे क्या करेंगे?...सामान्य जन जब अयोध्या में प्रहरियों द्वारा दंडप्रहार, पादप्रहार या सीधे थप्पड़ ही खा जाता है, तब वह क्या करता है? तब वह पीठ सहलाता हुआ, परंतु साथ ही स्वयं के भाग्य पर न्योछावर होता हुआ प्रस्थान कर जाता है कि वाह रे प्रबल भाग्य कि सैनिक ने पीठ पर मारा, कपाल पर नहीं, अन्यथा चोट अधिक भी लग सकती थी! पीठ का यह लाभ तो आपको भी ज्ञात होगा कि इस पर दो-चार दंड प्रहारों का तो भान भी नहीं हो पाता है। हमारा तो प्रबल विश्वास है कि ईश्वर ने पीठ का निर्माण किया ही पिटने के लिए है। जब भी भार उठाने, ढोने से अवकाश प्राप्त हुआ, तो पिट लिए— कदाचित् शरीर में पीठ न होती, तब अयोध्या का सामान्य जन न जाने क्या करता!

पद्माजी स्वर्णाभूषणों की दुकान में हैं।

स्वर्ण, अयोध्या के श्रेष्ठिजनों की दुर्बलता है। विशेषतः उनकी पत्नियों की। उपपत्नियों तथा प्रेमिकाओं की तो है ही। वस्तुतः ध्यान दें तो स्वर्णाभूषण ही तो हैं, जो उन्हें सामान्य प्रजा जन से भिन्न बनाते तथा बताते हैं। स्वर्ण-मुकुट, मोती मालाएं, स्वर्णजटित भुजबंद, स्वर्ण एवं मणियों से युक्त मूठवाला खड्ग, स्वर्णजड़ित पादुकाएं— आप यह सब उतारकर श्रेष्ठिवर्ग को मार्ग पर विचरण के लिए छोड़ दीजिए और पुनः बताइए कि अयोध्या के अन्य सामान्य जनों से वे कहां भिन्न हैं?...आप उत्तर नहीं दे पायेंगे क्योंकि वस्तुतः ये भिन्न हैं भी नहीं।...स्वर्णाभूषण, स्वर्णदंड, महालय, रथ, अश्व, सेवक, आसपास घेरकर चौतरफा गमनरत प्रहरी, अधिकार का दर्प मुख पर, नितंबों का आकार ही ऐसा कि मानों किसी सिंहासन पर विराजने हेतु ही बने हों, सतत् षड्यंत्रकारी मस्तिष्क तथा अयोध्या की सामान्य प्रजा के प्रति इनके अंतर में कहीं गहन में पल रही वितृष्णा तथा तिरस्कार का भाव— ये बिंदु हैं, जो अयोध्या के भाग्यनियंता श्रेष्ठिवर्ग को अयोध्या की सामान्य प्रजा से भिन्न रेखांकित करते हैं। यह सब न हो, तो ये तो ऐसे दयनीय लगें कि अयोध्या के श्वान इनके पीछे लग लें।

स्वर्ण की ये दुकानें श्रेष्ठिजनों की पत्नियों को व्यस्त रखती हैं। जब मंत्रीगण पादुकाराज में अपनी गोटी की रक्षा तथा दूसरों की गोटी को पीटने के तिलिस्मी कार्य में हर पल लगे हों, जब सामंत गणिकाओं को गोद में बिठाकर वह महत्त्वपूर्ण कर्तव्य निभा रहे हों जो गणिका को गोद में बिठाकर या उसकी गोद में बैठकर ही निभाया जाता है, जब अयोध्या के विद्वान ब्राह्मण यज्ञों की जुगत में रत हों, जब अयोध्या के अधिकारी मद्य के चसक के चसक गुटकने के पश्चात् लड़खड़ाते हुए रथ पर लादे जा रहे हों— तब इन सारे कर्तव्यनिष्ठ व्यस्त महाप्रभुओं की पत्नियां क्या करें? वे कैसे बहलाएं अपने हृदय को?...

सो यदि पद्माजी स्वर्णाभूषणों की दुकान में पहरों व्यस्त रह जायें तो कैसा आश्चर्य?

वे अभी वहीं हैं एवम् वहीं रहनेवाली हैं।

तब तक अन्य सारथियों (जो अपने-अपने स्वामियों को ढोकर राजमार्ग तक लाये हैं और देर रात्रि तक रथ के पास कहीं उनकी प्रतीक्षा करेंगे) के साथ क्यों न गांजे की चिलम खेंच ली जाये? विचार उत्तम था। अयोध्या में उत्तम विचारों का बड़ा आदर है। अपने सद्विचार के प्रति हार्दिक आदर प्रदर्शित करते हुए पद्माजी का सारथी उस समूह की ओर चल दिया, जहां से गांजे की गंध की डोर उस तक आई थी और निरंतर उसे खींच रही थी।

यहां भी रात्रि अभी उतरने को है।

सूर्यास्त की बेला हुई जा रही है। क्षितिज के कपोल रक्तिम हैं। ऐसी बेला में देवता को आकाश कामातुर प्रतीत हुआ। उसे लगा कि मानो पवन उस कामातुर आकाश की उसांस हो, क्षितिज की लालिमा मानो उसके सांवले शरीर पर लगा हुआ लाल चंदन हो और यत्र-तत्र उड़ते काले बादलों के टुकड़े मानो उसके नेत्रों में आंजा गया अंजन हो।

अब आप प्रश्न करेंगे कि देवता को ऐसा ऊटपटांग क्यों प्रतीत हुआ?

उत्तर यह है कि वह स्वयं कामातुर हुआ जा रहा है। संझा बेला से ही मौसम हृदयहारी हो रहा था। बीच में किंचित् रिमझिम भी हुई। पुनः आकाश खुला, तो सुखदाई पवन बह चला। ये उचित, पर्याप्त तथा स्वाभाविक कारण थे कि देवता कामातुर हो जाये। वह हो भी उठा। उसे तिलोत्तमा की याद सताने लगी। तिलोत्तमा अप्सरा है। स्वर्ग की अप्सराओं में कुछ ऐसा आकर्षण है कि देवता सभी पर हृदय हार चुका है, या हार जाना चाहता है, या हार जाने की योजना रखता है। कुछ समय से वह तिलोत्तमा के पीछे है। आज जब ऐसी मनभावना सांझ के पश्चात् रात्रि (जो अभी श्याम वस्त्र धारण करने तथा चंद्र तारों के आभूषणों से शृंगार करने में व्यस्त है वह) जब कामातुर आकाश पर उतरेगी और उसे आलिंगन में लेगी— तब कदाचित् तिलोत्तमा को विमान पर ले जाने का अवसर बन पाता तो कैसा घनघोर आनंद मचता!

देवता के चरित्र में और जो भी खोट हों, पर यह पक्ष सराहनीय है कि उसके मन में जो आ जाता है उसे पूरा करने के उद्योग में वह प्राणपण से लग लेता है। तब उसका परिश्रम, अध्यवसाय तथा लगन देखते ही बनते हैं। अभी भी यही हुआ। इधर सूर्यास्त के क्षणों में यह पापी विचार मन में पनपा कि उधर रात्रि उतरते-उतरते तक तो वह पल्लवित होकर फल के रूप में देवता के करों में भी आ गया। फल भी रसपूर्ण।...सो अब जब रात्रि हो चुकी है, देवता उस फल के साथ आकाश में अपने विमान में हैं। फल शृंगार-रस से सिक्त है। देवता भीग रहा है।

देवता विमान की शैया पर तिलोत्तमा के साथ है। विमान अयोध्या के आकाश

में है। आकाश में रात्रि का घना अंधकार है। नीचे अयोध्या अंधकार के सरोवर में तिर रही है। कहीं कुछ भी दृष्टिगोचर नहीं हो रहा। विमान से नीचे की दिशा में देखो तो राजमार्ग, अट्टालिकाओं, महलों, महालयों इत्यादि के प्रकाशित द्वीपों के अतिरिक्त चहुंओर मात्र अंधकार का श्याम सागर है।...पुनः ऐसे अंधकार में शुभकर्म घटित होते किस भांति देखे-पहचाने जायेंगे तथा किस आधार पर पुष्पवर्षा की जायेगी?...पुनः ऐसे अंधकार में विमानाचार से क्या उपलब्ध होना है और क्या तात्पर्य?...प्रश्न आपके उचित हैं और इनका उत्तर भाषा के स्थान पर लात से दिया जाना चाहिए।...आपको शुभ कर्मों की पड़ी है! ज्ञात भी है आपको कि कितनी कठिनाइयों तथा अथक प्रयासों के पश्चात् देवता तिलोत्तमा को मना पाया है इस विमान यात्रा हेतु? आप शुभकर्म, शुभकर्म का जाप कर रहे हैं। यहां कुकर्मों से अवकाश प्राप्त होगा, तो शुभकर्मों पर भी नियमानुसार ध्यान दिया जायेगा, चाहे वे अंधेरे में ही क्यों न किये जा रहे हों! किंचित् धैर्य तो धरें। आपको सदैव अपनी ही लगी रहती है। अयोध्या के प्रबुद्ध नागरिकों का यह स्वार्थी सोच ही हमें कष्ट देता है। मित्र, देवता की भी सोचो। तिलोत्तमा को यों ला पाना क्या ऐसा सरल कार्य था, जैसा आपको प्रतीत हो रहा है?

नहीं मित्र; कितने ठनगन के पश्चात् तिलोत्तम उसके साथ आने को तत्पर हुई, यह देवता ही जानता है। अप्सराओं के नखरे! प्रथम तो वही अर्वाचीन बहाना कि यत्र मैं आपके साथ विमान पर निकली और तत्र इंद्र महाराज ने भृत्य पठाकर बुलवा भेजा, तब?...देवता पहले ही इस प्रश्न का उत्तर साथ लेकर चला था। जैसे पृथ्वी लोक में नारियां पिता, भ्राता अथवा पति का भय प्रदर्शित करते हुए प्रेमी के साथ गमन हेतु असहमति प्रकट किया करती हैं, वैसे ही स्वर्ग में अप्सराएं इंद्र का नाम लेती हैं। सो देवता यह अनुसंधान करके ही तिलोत्तमा तक आया था कि इंद्र महाराज साधु का भेष धर के किसी ऋषि पत्नी को भ्रष्ट करने के पवित्र उद्देश्य से मृत्युलोक के भ्रमण पर निकले हैं एवं आगामी दो-तीन दिवस तक उनके स्वर्ग लौटने की संभावना नहीं है। ऋषि महाराज जब तक यज्ञादि संपन्न कर आश्रम लौटकर नहीं आते, इंद्र वहीं मंडराते रहेंगे। पुनः तिलोत्तमा ने सिरशूल होने, रात्रि में विमानाचार से पित्त बिगड़ जाने, मन उद्विग्न होने, अपयश की संभावना, कटि में पीड़ा होने आदि की घिसी-पिटी समस्याएं देवता के समक्ष प्रस्तुत कीं, जिनका समुचित समाधान सदैव ही देवता की कटि में बायें अथवा दायें ओर बंधा रहता है। उसने कटि में बायीं ओर स्वर्णकंगन खोंसे हुए थे, जिनमें समस्त शंकाओं का समाधान था। तिलोत्तमा ने यह रोष प्रकट करते हुए कंगन ग्रहण किये कि यह सारा व्यर्थ का अपव्यय आपने क्यों किया, जबकि वह तो मात्र पवित्र प्रेम की प्यासी है। साथ ही सावधानी हेतु उसने देवता से यह भी पूछ लिया कि कहीं ये कंगन देवताइन के तो

नहीं अन्यथा अनंतर किसी अप्रिय स्थिति से कभी साक्षात्कार करना पड़ जाये। देवता ने भी थोथे रोष का उत्तर ओछे रोष से देते हुए कहा कि क्या हम अपनी हृदय-साम्राज्ञी को किसी की उतरन का उपहार देने की धृष्टता करेंगे? तब अप्सरा ने कहा कि चलिए हटिए, आप तो हैं ही धृष्ट। तब देवता ने कहा कि अभी धृष्टता दर्शाने का अवसर आपने हमें दिया ही कहां है? तब अप्सरा ने कहा कि हाय, मैं मृत्यु को प्राप्त हुई, आप कैसा वार्तालाप करते हैं? तब देवता ने कहा कि अब हम तो ऐसे ही हैं।...संक्षेप में यह कि वे सारे कथोपकथन, संवाद तथा भंगिमायें जो ऐसे ओछे अवसरों पर हुआ करते हैं, हुए। कुछ यूं कहें कि एक चुटकी मनुहार, दो चुटकी ठनठन, दो मुट्ठी कंगन, आधी चुटकी 'चलिए हटिए,' ढेर सारा 'हाय दैय्या' और मुट्ठी भर या कहिए कि दोनों मुट्ठियां भरकर अन्य छेड़छाड़ हुई और तिलोत्तमा मान गईं।...पुनः कुछ समय तक 'हमें तो विमान में ऐसा भय लगता है कि हृदस्पंदन ही रुक जाता है...,' 'हटो जी, ऐसे अंधकार में हम नहीं जाते...,' 'अच्छा हमारे कपाल पर हस्त धरकर कौल लो कि...' 'आप बड़े शठ हैं...' इत्यादि भी हुआ और पर्याप्त मात्रा में हुआ।...एक पंक्ति में कहें तो वह सब हुआ जो ऐसे प्रेम में होता है कि जो कंगन आदि की भेंट पर ही टिका होता है।

परंतु जैसा कि अयोध्या के राजकवि ने अपनी किसी पिटी हुई कविता पंक्ति में कभी कहा भी है कि अंत भला सो सब भला— (और इस अद्‌भुत पंक्ति के लिए सहस्त्र स्वर्ण-मुद्राएं प्रदान करते हुए राजसभा में उनके अभिनंदन में यह भी कहा गया था कि ये पंक्तियां तो ऐसी हैं कि इनके लिए राजकवि पर आकाश से देवताओं द्वारा पुष्प-वर्षा की जानी चाहिए)— सो देवता-तिलोत्तमा प्रेमालाप का अंत भला ही रहा, जैसा कि तिलोत्तमा को इस समय विमान पर देवता के पार्श्व में ही शैयासीन देखकर ज्ञात होता है।

इससे भी पूर्व देवता जब सूर्यास्त की बेला में तिलोत्तमा की याद में तड़प रहा था, तभी देवताइन भजिये बनाकर ले आई थी। देवता ने कहा कि मुझे विमान लेकर अयोध्या के आकाशचार के लिए प्रस्थान करना है और मेरा मुकुट कहां धरा है, सो तुरंत ही संधान करके प्रस्तुत करो।

देवताइन ने पूछा :

'कहीं कुछ विशेष घटित हुआ क्या?'

'कहां?' देवता ने पूछा।

'अयोध्या में...।'

'नहीं तो, क्यों?'

'पुनः रात्रि में विमान लेकर...?'

'क्यों, क्या रात्रि में विमान नहीं उड़ते...?' देवता चिड़चिड़ा उठा।

'तुम भजिये उदरस्थ कर लो, तब जाना...,' देवता चिड़चिड़ा रहा है, सो देवताइन ने वह प्रसंग ही बदल दिया।

'उदर में पूर्व से ही आंदोलन-सा है...।'

'उदर शूल है?'

'और क्या...।'

'सोमरस कम ग्रहण किया करो, तब तो उदर स्थिर रहे...।'

'तुम सोमरस के पीछे ही क्यों रत रहती हो?'

'इससे आपको क्या अंतर पड़ता है?...'

'कलह न करो...।'

'...इससे भी तुम्हें किंचित् भी अंतर नहीं पड़ता...।'

'भजिया-प्रसंग के कारण यदि कर्तव्य निष्पादन में विलंब हुआ तो...'

'विमान लेकर आकाशचार ही तो करना है...पुनः रात्रि में कौन देख रहा है...।'

'तुमको कब संज्ञान होगा कि देवता के कर्तव्य कैसे कठिन तथा महत्त्वपूर्ण होते हैं? विलंब की सूचना भी यदि इंद्र को किसी शठ न दे दी, तो...'

'इंद्र महाराज को रासरंग से ही अवकाश कहां...।'

'मूर्ख देवताइन...मौन रह...कुछ भी अनर्गल बड़बड़ाये जाती है...ज्ञात भी है कि स्वर्ग में भीतें भी कर्णयुक्त हैं?...'

कहने का तात्पर्य यह कि दोनों के मध्य वे सुपरिचित संवाद हुए जो दांपत्य को वह विशिष्ट रंग देते हैं, जिससे दांपत्य जीवन रंगीन भी बनता है और भदरंग भी। परंतु अंततः भजिये खाकर ही देवता अपने महालय से प्रस्थान कर सका।...वैसे भी, भजिये अति स्वादिष्ट बनाती है देवताइन। कहां तो श्रीमान एक भी उदरस्थ करने में ठनगन कर रहे थे और कहां देवता ने ऐसे ठूंसकर खाये कि अब जब विमान की शैया पर तिलोत्तमा के ठीक पार्श्व में वह शैयासीन है तो उदर में घनघोर कलह सी मची है। स्थिति दारुण है। उदर फूल रहा है। अपान वायु बहिर्गमन हेतु उदर में यत्र-तत्र-सर्वत्र सिर पटक रही है। तिलोत्तमा के समक्ष स्थिति नियंत्रण में रखना देवता को कठिन हुआ जा रहा है। पुनः विमान चालक भी सारे हिचकोले आज ही देने को कृतसंकल्प प्रतीत हो रहा है और इस प्रकार मानो प्रतिज्ञा-सी लिए बैठा है कि आज देवता को तिलोत्तमा के समक्ष लज्जित ही करके मानेगा।

अयोध्या के अंधकारमय आकाश में विमान उड़ रहा है।

किसी पर पुष्प गिरे भी हों तो यह किसी को ज्ञात नहीं क्योंकि आधी से भी अधिक अयोध्या तो नेत्र मूंदे पड़ी है। सो रही है, या मात्र नेत्र मूंदे पड़ी है— यह शास्त्रार्थ का विषय हो सकता है। चिंता और भूखा पेट— प्रायः वे सो नहीं पाते। वे

नेत्र मूंदकर सब भूलना चाहते हैं, जिससे निद्रा आ सके।...पर भूख भी कोई विस्मृत कर सकने जैसी बात है क्या?

'वो देखो, विमान उड़ रहा है...,' अयोध्या के किसी भूखे ने, दूसरे भूखे से कहा।

'अभी रोटियां गिरायेगा...सो खा लेना...,' दूसरे ने नेत्र बिना खोले कहा।

दोनों भूखे, अयोध्या की किसी बीथिका में धरा पर कहीं धराशायी हैं।

'ये देवता पुष्प ही क्यों बरसाते हैं...रोटी क्यों नहीं?'

'कभी देवता मिलें तो पूछें...।'

'जब भूख से मरकर स्वर्गवासी हो जाओ तब मिलेंगे, वहां पूछ लेना...।'

'हमें स्वर्ग में कौन प्रवेश करने देगा?...'

'कदाचित् स्वर्ग में भी कहीं किसी संकरी बीथिका में हमारी कोई बस्ती हो, तो?'

'तो वो तो नरक न हो गया?'

'हर स्वर्ग के अपने नरक भी होते हैं मित्र...।'

'...यह भी सत्य कहा...।'

ये कुछ संवाद, अन्यथा मौन है अयोध्या।

आकाश में मंडरा रहा है विमान।

विमान ने हिचकोला लिया, तो तिलोत्तमा लुढ़ककर देवता पर आ गिरीं। भारी हो गयी हैं तिलोत्तमा। देखने से भी मुटाती प्रतीत होती थीं। आज साक्षात् अनुभव भी हो गया देवता को। पुनः यह भी स्मरणीय तथ्य है कि देवता का उदर भी फूल रहा है। आपका पेट वायु से तना हो और तभी कोई आपके ऊपर लुढ़ककर आ गिरे, पुनः वह तिलोत्तमा सी सुंदर अप्सरा ही क्यों न हो तो एक प्रकार की सांसारिक तथा शारीरिक कठिनाई तो उत्पन्न हो ही जायेगी, इससे तो आप भी सहमत होंगे। परंतु वह देवता ही क्या कि जो ऐसी तुच्छ कठिनाइयों के पार न जा सके। देवता ने तिलोत्तमा को आलिंगन में भर लिया और फूलते उदर, अपान वायु, स्थूल शरीर तथा शृंगार रस के मध्य अद्भुत सामंजस्य के कौशल का प्रदर्शन करते हुए वह तिलोत्तमा के साथ अभिसार में व्यस्त हो गया।

विमान मंडराता हुआ नीचे आ गया और अब अयोध्या के राजमार्ग पर उड़ रहा है।

प्रकाशित राजमार्ग पर अयोध्या अभी जागी हुई है और आनंदमग्न है। यहां वहां खड़े रथ, दौड़ते अश्व, प्रकाशित दीप स्तंभ, श्रेष्ठिजनों की भीड़—राजमार्गवाले ऐसे व्यस्त हैं कि ऊपर मंडराता विमान भी उनका ध्यान आकर्षित नहीं कर पा रहा।

विलंब तक विमान निरर्थक मंडराता रहा।

चारण तथा भृत्यगण चौपर खेल रहे हैं।

देवता और उनके मध्य मोटा परदा खिंचा हुआ है। देवता तथा तिलोत्तमा के बीच संप्रति जो घट रहा होगा, उसके विषय में मंद स्वरों में वार्तालाप करते चारण क्रीड़ा में संलग्न हैं। पुष्पों भरे पात्र किनारे धरे हैं। दुंदुभी, वीणा, ढोल, मजीरे इत्यादि यहां-वहां लुढ़के पड़े हैं। विमान हिचकोले लेता है, तब वे यत्र-तत्र लुढ़क जाते हैं...कि तभी परदा खिसका।

जब तक चारण संभल पाते, परदा हटाकर देवता प्रकट हो गया।

देवता अस्त-व्यस्त है। जो देवता के प्रकट होने पर एक भव्य, सजे-धजे, मुकुटित, मालाधारी, दैदीप्यमान देवता के दर्शन की कल्पना या आशा करते हैं, वे अभी निराश होंगे। बल्कि कहिए कि वे यदि अभी देवता को देख लें तो उन्हें धक्का-सा लगेगा। देवता के केश बिखर गये हैं और उनके मध्य से केशविहीन गंजी चंदिया उभर रही है, जिसे वह प्रायः समुचित केश संयोजन तथा चौड़े, ऊंचे मुकुट की ओट में छुपाकर धरता है। काजल नेत्रों के आसपास बिखर गया है। तिलोत्तमा के ललाट की मोटी बिंदी का विस्तीर्ण चिह्न बायें कपोल पर दूर तक जा रहा है। मुकुट सरककर एक ओर मुड़ गया है तथा ग्रीवा में पड़ी अनगिन मालाओं में से एक टूट गयी है और उसके मोती-मुक्ता टूटी डोर में तथा वस्त्रों में यत्र-तत्र अटक गये हैं। देवता के वस्त्र अस्त-व्यस्त हैं।...संपूर्ण योग यह कि दृश्य घनघोर व्यभिचार का बन पड़ा है। ऐसे दृश्यों में देवता ऐसा मिश्रीवत घुल जाता है कि उसकी उपस्थिति मात्र से दृश्य की लंपटता द्विगुणित हो बैठती है।

चारण घबराकर उठे और ढोल-मजीरों की दिशा में चपलतापूर्वक लपकने को उद्यत हुए। देवता लाख अस्त-व्यस्त दिख रहा हो परंतु वह अत्यंत प्रसन्न मनः-स्थिति में है, यह उसके इसी संवाद से निश्चित हो गया।

देवता ने कहा, 'क्रीड़ारत रहो...।'

चारण देवता की सदाशयता की सीमा से भली भांति परिचित हैं और अपने चारणत्व की सीमा से बंधे भी हैं। वे चौपर को त्याग, वाद्यवृंद गहकर तुरंत ही स्तुतिगायन में मनोयोग से व्यस्त हो गये। देवता प्रसन्न था ही। अब और प्रसन्न हो चला। वह मनोयोग से स्तुति श्रवण में व्यस्त है।...हे ईश्वर, कदाचित् इन स्तुतियों की एक पंक्ति भी सत्य होती, या सत्य के निकट भी होती। मिथ्यालाप की भी सीमा होती है। काव्य में भी एक सीमा तक अतिशयोक्ति उचित कहाती है और उसके परे कविराज को पादप्रहार खाने की आशंका रोक लेती है।...परंतु इन स्तुतियों में कथन अतिशयोक्ति की सीमा के पार तो प्रारंभ ही होता है। चारणों की प्रतिभा इस दिशा में अनंत है और खड़ाऊं द्वारा उचित वंदना तथा अभिनंदन के योग्य है। परंतु अन्यथा विचार करें तो मीठी तथा मिथ्या छवि निर्माण के खेल पर ही तो देवता का

सारा देवत्व टिका है। भक्त उसके विषय में जितने मीठे भ्रम पालें, उतना ही शुभ है। इन स्तुतियों का एक महत्त्वपूर्ण प्रभाव यह तो होता ही है कि इन्हें सुनकर एक प्रकार का अनोखा आत्मविश्वास देवता में उत्पन्न होता है, जो देवताई चलाने के लिए आवश्यक है। इसी देवताई के भ्रम में वह भक्तों को वरदान आदि देता रहता है— अनंतर वे वरदान सिद्ध न हों, तो भक्त स्वयं में ही कोई त्रुटि खोजता रहेगा।...पुनः आज तो इन स्तुतियों का महत्त्व ही भिन्न है। परदे के पीछे शैयासीन तिलोत्तमा भी ये स्तुतियां सुन रही हैं इस समय— यह सोचकर ही देवता सुख से भर गया। स्त्रियां मूर्ख होती हैं। उन पर ऐसी बातों का बड़ा अनुकूल प्रभाव होते देखा गया है। ऐसे यशोगान से स्त्री के मन में आपकी ऊंचाई बढ़ती है और आपकी नीचाइयों से भलीभांति परिचित होने पर भी वह न जाने क्यों इससे प्रभावित हो चलती है, ऐसा देवता का दृढ़ मत है। और यह मत स्त्रियों के विषय में उसके सुदीर्घ अनुभव से बना है...(कैसी-कैसी मिथ्या धारणाएं पाल लेते हैं देवता भी!)

चारण चारणाई में। देवता देवताई में। व्यस्त। दोनों।

देवता देवताई से ऊब चला।

चारण चारणाई से कभी ऊबते नहीं। वे स्तुति गाते रहे।

देवता ने अंगड़ाई ली। देवता उदर खुजाने लगा। देवता ने बिखरे हुए केशों में उंगलियां घुमाईं। देवता विमान में चहुंओर दृष्टिपात करने लगा। देवता ने विमान से नीचे झांका। विमान राजमार्ग और उसके आसपास बनी अट्टालिकाओं, महलों तथा महालयों पर इतने नीचे मंडरा रहा है कि सब कुछ हस्तामलकवत् स्पष्ट दीख रहा है।

देवता ने संकेत दिया कि स्तुति का खेल समेट लिया जाये।

चारण शांत। ढोल मौन।

'क्यों रे, किसी पर पुष्प-वर्षा करी कि...?' देवता ने असंपृक्त भाव से, यूं ही मानो समय काटने के लिए पूछ लिया।

'...अंधेरे में कोई सुपात्र अभी तक दृष्टिगोचार ही नहीं हुआ प्रभु...,' एक चारण ने डरते-डरते कहा।

'चौपर खेलते रहोगे, तो कहां से दृष्टिगोचर होगा?...' देवता ने मुस्कुराकर कहा। देवता मुस्कुरा रहा है। वह भर्त्सना नहीं कर रहा। वह बता रहा है कि वह सारे बहानों की जड़ तक जा सकता है। नहीं जाता, अथवा नहीं जा रहा— यह उसकी देवताई है। चारण भी मंद-मंद मुस्कुराते सिर झुकाकर खड़े रहे।

'अंधेरे में कोई जन सुकर्म कर रहा है अथवा कुकर्म, यह ज्ञात करने की कोई विधि है क्या तुम्हारे निकट?...' देवता ने पूछा। अब वह पास ही धरे चौकीनुमा आसन पर बिराज गया है। चारण मौन। क्या कहें!

'यदि कोई सुकर्म ही कर रहा हो तो अंधेरे में छुपकर क्यों करेगा?...हमारा तो

यह दृढ़ मत है कि सुकर्म को खुले में दिन में ही किया जाये, जो उचित तथा व्यावहारिक बात है।'

'सत्य वचन देवता श्रेष्ठ...,' एक चारण ने कहा।

'देवताओं में सर्वश्रेष्ठ...,' दूसरे ने संशोधन किया।

'कहीं ऐसा तो नहीं है कि अयोध्या में प्रजा सुकर्म करने में लज्जा का अनुभव करने लगी हो और जिन्हें सुकर्म का व्यसन हो, वे अंधेरा होने की प्रतीक्षा करते हों?...' देवता ने पूछा। पादुकाराज की सुकीर्ति स्वर्ग तक पहुंच चुकी है, यह स्पष्ट है।

'पादुकाराज में कुकर्म को ही अब सद्कर्म का आदर प्राप्त होने लगा है महाप्रभु, ऐसा सुना जाता है...,' एक ने बताया।

'तुमने कभी ऐसे छद्म सद्कर्मियों पर तो पुष्पवर्षा नहीं कर दी...?' देवता ने किंचित् रोष से पूछा।

'नहीं देवताकुल शिरोमणि, परंतु...।'

'परंतु क्या...?'

'जिन सुकर्मियों पर हम पुष्प-वर्षा करते हैं, आजकल अयोध्या में उनका परिहास होता है...।'

'...सो विस्तार से स्पष्ट करो।'

'अयोध्या में सुकर्मों को लेकर प्रजाजन ऐसा परिहास किया करते हैं कि मनुष्य सुकर्मों में रत रहे तो एक न एक दिन देवताओं की दृष्टि उस पर अवश्य पड़ती है। वे उस पर पुष्प-वर्षा भी करते हैं। कहते हैं कि अब चाहो तो अयोध्या में इन पुष्पों की माला धारणकर नग्न और बुभुक्षित गमन करते फिरो।'

'अयोध्या में सुकर्मी बुभुक्षित मरते हैं क्या...?'

'...नहीं भी मरते प्रभु...। वे भूखे पेट भी सुकर्म करते इसी सुकीर्ति के बल पर जिये जाते हैं कि उन पर देवता पुष्प बरसाते हैं और अयोध्या का सामान्य जन उन्हें आदर की दृष्टि से देखता है...।'

'यदि पुष्प-वर्षा के बल पर ही वे जीवित हैं, तब तो उन पर पूरी परात ही उलट दिया करो...।'

'इतना आदर भी एक साथ देना उचित न होगा देवता श्रेष्ठ...सुकर्मी सह न पायेगा...।'

'यह अयोध्या का सुकर्मी तो बड़ा कठिन तथा विचित्र प्राणी है...।'

'पादुकाराज में रहकर भी जो सुकर्मों पर विश्वास रखता है, वह विचित्र तो कहाया ही प्रभु...।'

'मुझे सुकर्मी पर दया आ रही है...।'

'सभी को आती हैं प्रभु...।'

'...तुम कोई सुकर्मी खोजो...मैं उसका सम्मान स्वयं अपने करों द्वारा पुष्प-वर्षा करके करना चाहता हूं...।'

'देवताश्रेष्ठ, नीचे गहन अंधकार है...कुछ सूझता नहीं...।'

'राजमार्ग तथा महालयों में तो प्रकाश गंगा बह रही है...।'

'परंतु इन स्थानों पर सुकर्म प्रायः नहीं होते प्रभु...।'

'खोजो-खोजो...कोई मिले तो...'

'पूरा थाल ही पलट दूं?...'

'...पर साथ में थाल भी न गिरा देना मूर्ख...।'

'...उस त्रुटि के लिए मैं क्षमाप्रार्थी हूं देवताओं में सर्वश्रेष्ठ...।'

'तुम्हें स्मरण भी है?'

'...महाप्रभु...खूब स्मरण है। तब हमने बद्री पहलवानजी पर उनकी उत्कृष्ट क्रीड़ा भावना के लिए पुष्प-वर्षा की थी क्योंकि उनके पास अवसर होते हुए भी उन्होंने प्रतिद्वंद्वी की लंगोट में हस्त प्रवेश करके उसे अनुचित दांव लगाकर पराजित नहीं किया था।...और हमारे करों से पुष्प-वर्षा के समय थाल ही गिर गया था। पहलवानजी का कपाल फूट गया था प्रभु...,' चारण ने स्वीकार किया।

'वैसे वे अब स्वस्थ तो हैं?'

'हां प्रभु, विशेष चोट तो नहीं आई...।'

'पहलवानों का यही गुण हमें बहुत भाता है कि उनके सिर में चोट भी लग जाये तो किसी बात का भय नहीं रहता। उनका मस्तिष्क पूर्व में ही नगण्य रहता है, सो चोटिल होने, न होने से विशेष अंतर नहीं पड़ता...।'

'...हां, बाद में कपाल पर पट्टी बांधकर अयोध्या के मार्गों पर विचरण करते देखे अवश्य गये...।'

'तुमने देखा...?'

'हां देवता सम्राट...अभी दो दिवस पूर्व ही विमान से झांकते हुए हमने उनको मार्ग पर गमनरत देखा था। परंतु इससे पूर्व कि हम उन पर पुष्प बरसा सकें, उन्होंने विमान को देख लिया और भयभीत होकर मार्ग के किनारे बनी नाली में छुपने का उद्योग करने लगे...।'

'सदकर्मी को नाली में प्रवेश करना पड़े, यह तो उचित नहीं है, पहलवान भी यदि छोटी-छोटी चोटों से व्याकुल होने लगेंगे तो...वैसे उचित यही रहेगा कि तुम भविष्य में अंजुरी में भरकर ही पुष्प-वर्षा किया करो...।'

'जो आज्ञा महाप्रभु...।'

'...और भविष्य में अयोध्या की नालियों पर भी दृष्टि धरा करो। ये दुष्ट

सद्कर्मी आजकल वहां भी मिल सकते हैं।...या जो भी नाली में घुसा दिखे, तुम तो उस पर ही पुष्प-वर्षा कर दिया करो...।'

'महाराज, क्षमा करें, कई बार अयोध्या के सुराप्रेमी भी नाली में प्राप्त होते हैं...।'

चल रहा था वार्तालाप सद्कर्मों तथा सद्कर्मियों पर, कि परदे को खिसकाकर तिलोत्तमा प्रकट हुईं।

देवता मुस्कुराने लगा। मुस्कुरा तो वह पूर्व में ही रहा था क्योंकि जैसा कि हमने कहीं निवेदन किया ही है कि देवता की मुखाकृति ही कुछ ऐसी है कि सदैव ही मुस्कुराता प्रतीत होता है, पर अभी तिलोत्तमा पर दृष्टि पड़ी तो उसके मुख पर वे भाव भी आ गये जिनका वर्णन संयोग-शृंगार से पगी कविताओं में यत्र-तत्र-सर्वत्र पाया जाता है। सो उसकी मुस्कान गहन हुई।

देवता का मन खिल गया।

चारण कृतकृत्य हुए। देवता प्रसन्न है। और किस बात की याचना की जा सकती है? तिलोत्तमा देवता के निकट आकर खड़ी हो गयी।

विमान उड़ रहा है। नीचे अयोध्या के राजमार्ग पर प्रकाश बिखरा है अन्यथा तो चहुं दिशा घनघोर अंधकार है।

तिलोत्तमा ने अप्सरा-सुलभ भंगिमा के साथ कहा— 'किसी पर पुष्पवर्षा का प्रदर्शन करके हमें भी दिंखलाइए न!'

विमान अभी इतनी कम ऊंचाई पर उड़ रहा है कि राजमार्ग पर विचरण करते, महालयों के प्रांगणों में कार्यरत, महलों की छतों पर बैठे-लेटे जन स्पष्ट दृष्टिगोचर हैं। देवता ने प्रेमपूर्ण दृष्टि तिलोत्तमा पर डालते हुए चारणों से कहा, 'शीघ्र ही कोई सुपात्र लखकर पुष्प-वर्षा का प्रदर्शन करो...।'

विमान उड़ रहा है।

चारण झांकते हुए कोई सुपात्र चुनने के प्रयास में हैं।

'इन पर डालो न...,' तिलोत्तमा ने एक सज्जन की दिशा में इंगित करके कहा। सज्जन के सिर पर पट्टी बंधी है।

पट्टी बंधी देख देवता ने उत्सुकतावश प्रश्न किया, 'ये ही बद्री पहलवान तो नहीं?'

'नहीं देवताश्रेष्ठ...उनका शरीर तो बलिष्ठ है तथा वे तनकर चलते हैं...,' एक चारण ने मार्ग पर गमनरत पट्टीधारी सज्जन को ध्यान से देखकर बताया।

'हां, ये तो इकहरे शरीर के दुर्बल जन दीखते हैं...,' देवता ने सहमत होते हुए माना।

'...पुनः उनकी चाल भी देखिए...न जाने क्यों लचककर चल रहे हैं...!'

चारण ने कहा।

'...कहीं कोई कवि न हों...?' देवता ने संदेह प्रकट किया।

'...राजमार्ग पर विचरण कर रहे हैं, तो कदाचित् कोई राजकवि ही न हों...।' चारण ने संदेह को और आगे विस्तार दिया।

'किसी ने इनकी कविता सुनकर कपाल फोड़ दिया होगा,' देवता ने मत व्यक्त किया और बात को और स्पष्ट करते हुए आगे कहा, '...ये कविराज लोग कवित्त सुनाते भी ऐसा हैं कि मनुष्य का मस्तिष्क भन्नाने लगता है और वह मारपीट पर उतर आता है।'

तिलोत्तमा ने देवता का कर पकड़ते हुए आग्रह किया, 'इन्हीं पर पुष्प डाल दीजिए न...।'

देवता ने तिरस्कारपूर्वक कहा, 'अभी हमारे ऐसे दुर्दिन भी नहीं आये हैं कि इन जैसों पर पुष्प-वर्षा करनी पड़े...।'

'...हटिए...पुनः हम आपसे वार्तालाप नहीं करेंगे...,' तिलोत्तमा रूठ चलीं।

देवता प्रेमपूर्वक उनको नखरे करते देख रहा है। देवता ने तिलोत्तमा की कोमल हथेलियां अपने हाथों में लेकर कहा—

'हम इन करों से ही आज पुष्पवर्षा करवायेंगे...।'

'प्रस्थान कीजिए...,' तिलोत्तमा रूठी तो है, परंतु देवता द्वारा यूं सार्वजनिक प्रेम प्रदर्शन पर उसके कपोल रक्तिम हो उठे।

'सत्य कह रहे हैं...तुम्हारी कौल लेकर कह सकते हैं...,' देवता ने कहा।

तिलोत्तमा ने लज्जा प्रदर्शन करते हुए अपने हाथ देवता के हाथ से मुक्त कर लिए। देवता ने कहा, 'सुपात्र मिलना आवश्यक है। पुनः तुम्हारे करों से गिरे पुष्प तो किसी सुपात्र पर ही गिरने चाहिए...।'

'इतनी विराट अयोध्या में क्या कोई भी सुपात्र नहीं हैं?' तिलोत्तमा ने पूछा। स्वर अभी भी रूठा सा है।

'अयोध्या में सुपात्र तो अनगिन हैं, परंतु वे छुपे-छुपे घूमते हैं...,' देवता ने समस्या बताई।

'...पुनः रात्रि के अंधकार में सद्कर्मी को लक्षित करना भी कठिन है...,' चारण ने कहा।

'सद्कर्मियों की यही तो समस्या है कि वे रात्रि आते ही त्रिफला खाकर सो जाते हैं...,' देवता ने कहा।

'सत्यवचन महाप्रभु...।'

'...इसी कारण रात्रि पर कुकर्मियों का आधिपत्य हो जाता है...,' देवता ने कहा।

'सत्यवचन देवताश्रेष्ठ...,' चारण ने माना, 'वैसे कहा जाता है कि पादुकाराज में तो दिन पर भी कुकर्मियों का ही आधिपत्य हो चुका है...।'

विमान अब समगति पर उड़ रहा है। कोमल प्रवाह। मानो तैरता।

बादल का एक टुकड़ा चुपके से निकला और अंधकार का लाभ उठाकर तिलोत्तमा के कोमल कपोलों को स्पर्श करता भाग निकला।...दुष्ट कहीं का।

'एक मशालची पर पुष्प डाला करते हो न तुम लोग...?' देवता को स्मरण हो आया।

'कौन मशालची स्वामी?' चारण ने पूछा।

'अरे वही, जो सर्वदा राम का नाम उच्चारता विचरण करता है एवं राम के आगमन की प्रतीक्षा करता रहता है...?' देवता ने बताया।

'अग्निमुख...?' चारण को स्मरण था।

'जो भी हो...तुम राजमार्ग पर विमान नीचे ले चलो। वह दीपदान प्रज्वलित करता अवश्य कहीं न कहीं प्राप्त हो जायेगा। आज देवी के करों से उसी पर पुष्प-वर्षा करा दो...,' देवता ने तिलोत्तमा की ओर मंदस्मित से देखते हुए आदेश दिया।

'जो आज्ञा देवताराज...,' चारण ने सिर झुकाकर आदेश माथे पर लिया।

विमान अब नीचे उड़ रहा है।

दो-तीन मशालचियों पर से निकल चुका है विमान। चारणों को अंधकार में भान ही नहीं हो रहा है कि अग्निमुख है कौन सा तथा कहां? पर देवता ही कौन सा पहचानता है उसे। चारण के चारणत्व का यह भी एक महत्त्वपूर्ण पक्ष होता है कि वह उचित अवसर पर उचित मिथ्याभाषण कर सके। पुष्प-वर्षा ही तो करनी है! किसी के भी सिर पर गिरे। पश्चात् कौन शिकायत लेकर स्वर्ग में पहुंच रहा है कि स्वामी, पुष्प-वर्षा होनी तो हम पर थी, पर कर दी गयी उन पर।...और चारण को अयोध्या के सद्कर्मियों का यह गुण तो हृदय से भाता है कि उनके साथ व्यवस्था लाख अन्याय कर ले, वे किंचित् भी प्रतिरोध किये बिना सद्कर्म में लीन रहे आते हैं। वे शिकायत नहीं करते।

चारण ने एक मशालची की ओर इंगित करते हुए कहा, 'यही है अग्निमुख...।'

देवी तिलोत्तमा ने पुष्पों-भरा थाल उलट दिया।

तिलोत्तमा कौन सी नित्य ही पुष्प-वर्षा करती हैं। लक्ष्य से बहुत दूर उड़ते जा रहे हैं पुष्प। परंतु तिलोत्तमा को आनंद आ गया। देवता तथा चारणों को और क्या चाहिए?

पवन पर सवार पुष्प इठलाते नीचे आ रहे हैं।

एक मिष्टान्न भंडार के निकट ही श्वान इस ताक में बैठा है कि कोई ग्राहक कुछ झूठा फेंके तो भोजन का अवसर बने।

पादुकाराज में श्वान वैसा ही श्वानजीवन व्यतीत कर रहे हैं, जैसा कि सदियों से वे करते आ रहे हैं। बीथियों-बीथियों भटकना, कहीं किसी नाली में यदि कोई सद्कर्मी पहले से ही घुसा न हो, तो उसी में शयन कर लेना और एक सतत ख़ोज भोजन की।

किसी अफरे उदरवाले ने अधखाया मिष्टान्न पात्र फेंका।

श्वान लपका।

अयाचित सम्मान करते हुए पुष्प वायुमंडल से सीधे उसके सिर पर गिरने ही वाले हैं, श्वान को अभी यह ज्ञात नहीं।

इतने सारे सम्मान का बोझ जब सीधे श्वान के सिर पर गिरा तब वह मिष्टान्न के दोने में मुंह मारने को ही था। सिर पर धम्म हुई और उसका मुंह दोने में घुस गया। पुष्प यत्र-तत्र बिखर गये। रसीला मिष्टान्न उसकी थूथन पर फैल गया।

श्वानों के साथ परेशानी यह है कि उनका सम्मान भी हो रहा हो तो उनको इसका संज्ञान नहीं हो पाता। उनकी भी त्रुटि नहीं। श्वान पर पुष्प-वर्षा का प्रावधान कभी रहा नहीं। स्वयं युधिष्ठिर महाराज के श्वान पर देवताओं ने पुष्प नहीं बरसाये थे, जबकि पुष्प-वर्षा की नियमावली अनुसार वह इसका निर्विवाद अधिकारी था। सो अयोध्या के उन श्वानों की तो पुनः चर्चा ही क्या कि जिन पर नित्य ही अयोध्यावासी लात, हस्त, कंकर अथवा दंड प्रहार की वर्षा करते रहते हैं। वे पुष्प-वर्षा क्या जानें?

श्वान पर इतने सारे पुष्प जो गिरे तो वह तीर की भांति ऐसा भागा कि राजमार्ग पर दौड़ रहे एक रथ के तीव्र गतिमान चक्रों के नीचे आते-आते बचा।

श्वान भागता ही गया।

अयोध्या के ऊपर उड़ते विमान यात्रियों का उस कृतघ्न ने धन्यवाद ज्ञापन तक नहीं किया कि जिन्होंने श्वान इतिहास में उसको अमर करने का असफल प्रयास अभी-अभी किया था।

मध्यरात्रि के पश्चात् का प्रहर।

समस्त अयोध्या निद्रामग्न है।

श्वान तक भौंक-भौंक कर क्लांत हो बीथियों में यहां-वहां सो चुके। राजमार्ग पर सन्नाटा है। दीपस्तंभ बुझ चुके। दुकानदार, सामंत, मंत्री, अधिकारी, सेनाधिकारी, नर्तकियां, वेश्याएं— सब निद्रा की गोद में हैं। भारवाहक, श्रमिक, किसान, भिक्षार्थी, स्वस्थ,मरणासन्न, बूढ़े तथा बच्चे— सभी सो चुके। चोर तक चौर्यकर्म से निवृत्त हो अब निद्रालीन हैं। झींगुरों ने अपना शास्त्रीय गायन बड़ी देर तक खींचा, परंतु श्रोताओं को निद्रामग्न होते देख वे भी वाद्य-वृंद समेटकर यत्र-तत्र कोनों में ऊंघ रहे हैं। उल्लू जिस शाखा पर बैठा था, वहीं बैठा जाग रहा है। यह रात्रि में जागना, जब सारा संसार सो रहा हो— ईश्वर ने भी उसे अच्छा उल्लू बनाया है! वैसे अभी उल्लू तक को झपकी आ गई थी और वह अपनी डाल से टपकते-टपकते बचा।...दुर्ग-प्राचीर तथा द्वार के प्रहरियों ने लकड़ियों का ढेर जला लिया है और अग्नि तापते हुए आसपास दृष्टि धरे हैं। ताप में मुख अवश्य दमक रहा है, परंतु ऊंघने का मन भी हो रहा है। पास ही बंधे अश्व, मौन हठयोगी की भांति खड़े-खड़े ही निद्रामग्न हैं।...कहने का तात्पर्य यह कि लगभग समस्त चराचर निद्रामग्न हैं।

पुनः ये कौन हैं, जो जाग रहे हैं?

मित्र, भूखे नहीं हैं ये। हम भूखों की चर्चा भी नहीं कर रहे। वे तो जाग ही रहे हैं। रिक्त वुभुक्षित उदर के साथ एक कठिनाई यह भी है कि ऐसे उदरस्वामी को निद्रा नहीं आती। उदर में न जाने कैसा-कैसा होता है। रात्रि की समस्त रिक्तता और सूनापन मानों उदर में विस्तार पा जाते हैं। अयोध्या में अनगिनत हैं कि जिन्हें रोटी प्राप्य नहीं। या कदाचित्, कभी प्राप्त होती भी हो तो यदा-कदा, और वह भी कुछ टुकड़े। उदर सतत् ही रिक्त। आंतें सदैव जलतीं सी। नेत्रों के समक्ष चिनगारियां। समूचे व्यक्तिव को मानों भूख ने लील लिया हो।...सो ये तो जागते ही हैं। मालपुवे ठूंसकर खानेवाले अयोध्या के श्रेष्ठिजन बताया करते हैं कि ये शठ आलसी हैं, परिश्रम नहीं करना चाहते, अन्यथा अयोध्या में रोटी की ऐसी कोई न्यूनता नहीं है। संपूर्ण अयोध्या को ही थाली में धरकर नित्य जीमनेवालों को न जाने क्यों यह गहन संदेह है कि इन दुष्टों को भूखा मरने का

विचित्र व्यसन सा हो गया है। आनंद प्राप्त करते हैं ये भूख में। चौर्यकर्म, मिथ्याचार, षड्यंत्र, चापलूसी, कुटिलकर्म आदि कैसा भी तो प्रगतिकामी कर्म करने को ये शठ तत्पर नहीं और अनंतर भूखों मरने पर रोते रहते हैं।...अब कारण कोई कुछ भी निदान करे, वस्तुस्थिति यह है कि अयोध्या में अनगिनत ऐसे जन हैं जो भूखे हैं और निचाट रिक्त उदर लिये नेत्र खोले रात्रि को निहार रहे हैं। नींद आ नहीं रही। चंद्रमा, मानो फूली हुई गर्मागर्म रोटी आकाश के तवे पर सिंकती। तारे, मानों स्वर्णिम गेहूं के बिखरे हुए दाने-— सारा ब्रह्मांड अनाज के इन दानों से भरा हुआ, जो एकदम निकट ही बिखरा प्रतीत होता है, परंतु कर आगे बढ़ाओ, तो मुट्ठी में आता नहीं। वही अयोध्यावाली स्थिति कि रोटियां तो चहुंओर, परंतु हाथ नहीं आ पातीं।...निद्रा आ नहीं रही। भूख का अंतहीन विस्तार, यहां से वहां तक उदर में जल रहा है। और उदर ऐसा रिक्त तथा भारहीन कि कभी भी संपूर्ण तन को लिये इस अनंत आकाश में उड़ जाये। आत्मा कहीं आंतों में उलझी है, अन्यथा शरीर से कभी की बहिर्गमन कर चुकी होती। सन्नाटे का शोक संगीत बज रहा है आत्मा से शरीर तक।...सो ये अभागे तो इस रात्रि में जाग ही रहे हैं, जैसा कि ये प्रत्येक रात्रि में जागते ही हैं।

परंतु यह भरा, अघाया पेट लिये कौन जाग रहा है?

पादुकाराज में, ऐसे अयोध्यावासियों की संख्या इधर बढ़ी है कि जिनके उदर भरे तथा अफरे हैं, परंतु नेत्रों में निद्रा नहीं है। कुछ उदर तो ऐसे ठूंसकर, ठसाठस भरे हैं कि एक प्रकार की व्याकुलता इसी से उत्पन्न हो रही है। भरा उदर किसी भी करवट शांति नहीं पा रहा। सो निद्राहीन। परंतु कुछ उदर ऐसे अनोखे हैं कि अतिशय भरे हैं, परंतु फिर भी रिक्त हैं। वे ठसाठस भरे हैं, पर भूखे हैं। वे और खाना चाहते हैं। भयभीत कर डालने की सीमा तक भूखे व्यक्ति कि जिनका उदर आश्चर्यचकित कर डालने की सीमा तक भरा है। वे संपूर्ण अयोध्या को ही पचा जाना चाहते हैं। भरे उदर की यह अनंत भूख उन्हें चिंता के कारण सोने नहीं देती। कल, अयोध्या का कौन सा कोना, किस भांति, किस युक्ति से खाया जाये, इस तिकड़मी चिंतन में उन्हें निद्रा नहीं आती।...इनके उदर का तल इनके मन ने चुराकर धर लिया है और मन तो अतल है ही। सो भूखा उदर और भूखा मन लिये इनकी रात्रि खुले नेत्रों के स्वप्नों को देखते व्यतीत होती है। और स्वप्न भी विचित्र। भरे उदर के स्वप्न भिन्न ही होते हैं, जिन्हें आप जैसे रिक्त पेटवाले नहीं समझ पायेंगे क्योंकि आपको तो रोटी के जीर्णशीर्ण स्वप्न ही देखने से अवकाश नहीं। आप क्या जानें कि स्वर्णमुद्राओं, मोतियों, हीरों, मणियों, सिंहासनों, कोषों, आभूषणों, सत्ता, महलों, महालयों, गणिकाओं, नर्तकियों, राजपाट आदि के स्वप्नों का आनंद क्या होता है!...और जब ये स्वप्न खुले नेत्रों में ही झिलमिल करें, तब कौन सोयेगा और कैसे सोयेगा? सो भूखों के साथ भरे उदरवाले भी जागृत हैं।

यह तो हुआ रिक्त तथा भरे उदरों पर विमर्श।

पर इधर की कथा दूसरी है। यह विराट उदर का स्वामी इधर क्यों जाग रहा है?

यह विराट उदर परिचित सा प्रतीत हो रहा है। रेशमी वस्त्र से ढका होने पर भी अत्यंत अपना सा तथा देखा-भाला जान पड़ता है। किसका उदर है यह, जो लेखक तथा पाठक, दोनों को ही चिर परिचित प्रतीत हो रहा है?...उदर स्वामी ने करवट ली। शैया चरमराई। वस्त्र एक ओर से उघड़ गये और विस्तृत उदर के मध्य स्थित गहन नाभि मानों घूंघट से निकलकर निर्लज्ज सी शयनकक्ष का निरीक्षण करने लगी। ऐसी गहन नाभि तथा ऐसा गोल उदर अयोध्या में कम ही श्रेष्ठिजनों का है। अयोध्या के गुप्तचर तो इसे निचाट अंधकार में भी पहचान सकते हैं। भव्य शयनकक्ष के कोने में धरे मणिदीप से झरते मंद प्रकाश में दृष्टिगोचर उदर हम सभी का परिचित है। सेनापति शतबली के उदर को कौन पापी नहीं जानता?...शतबली को कोमल शैया पर भी निद्रा नहीं आ रही। नित्य की कथा। मदिरापान के पश्चात् रात्रि के प्रथम प्रहर में तो किंचित् समय के लिए निद्रा आ जाती है, परंतु देर रात्रि में ज्यों ही मदिराप्रभाव क्षीण होता है कि निद्राभंग हो जाती है। पुनः ब्रह्ममुहूर्त तक वे जागते सोते ही रहते हैं। पादुकाराज में नित्य ही सहस्रों चिंताएं, करोड़ों शत्रु, नित्य नया संघर्ष, नित्य नये घात की योजनाएं और प्रतिघात की भी। हमने पूर्व में भी अन्यत्र कहीं कहा है कि पादुकाराज में लघु से लगाकर विराट सिंहासनों तक किसी पर भी बिराजना, बिराजे रहना तथा सिंहासनच्युत होकर भूलुंठित होने से बचे रहना ऐसा आसान कार्य नहीं है। इस हेतु स्वयं आपको दूसरों पर सतर्क दृष्टि तो रखनी ही होती है, साथ ही दूसरे समस्त महत्त्वपूर्ण सिंहासनों पर बिराजे महाजनों को अपनी इस पापी क्षमता का परिचय देते रहना पड़ता है कि आप किसी को भी, किसी भी सिंहासन से भूलुंठित करने या करवाने में सक्षम हैं परंतु मात्र इसी कारण इस पापकर्म में हस्त प्रवेश नहीं कर रहे क्योंकि आप उन महाजनों को अपना मित्र मानते हैं। वैसे यहां कोई किसी का मित्र नहीं है, यह आप और वे, दोनों ही जानते हैं। इसी कारण दोनों ही यों रात्रिपर्यंत जागे-सोये रहते हैं।

परंतु शतबली जो अभी नितांत व्याकुल हो शैया पर यत्र-तत्र उलट-पलट रहे हैं, उसके पीछे कुछ नवीन बात प्रतीत होती है।

गुप्तचर ने सूचना ही ऐसी दी है।

अयोध्या के गुप्तचरों का आपको ज्ञान है ही। न लीपने के, न पोतने के। नकली दाढ़ी-मूंछें मुख पर लगाकर, गोपनीय कार्य को सार्वजनिक रूप में करनेवाले इन गुप्तचरों पर विश्वास करने की इच्छा तो नहीं होती, परंतु अन्य कोई उपाय भी नहीं। सेनापति ने इसका उपाय यही खोजा है कि वह एक ही विषय पर दस गुप्तचरों से सूचनाएं मांगता है, पुनः स्वयं निश्चित करने का प्रयास करता है कि वास्तविकता क्या है? यह बात भिन्न है कि इसी चक्र में वह प्रायः भ्रमित हो जाता है। परंतु यदाकदा इनकी सूचनाएं उपयोगी तथा विश्वास्पद सिद्ध भी हुई हैं।

कल गुप्तचर ने जो बताया, और पुनः दो-तीन गुप्तचरों से और भी पूछकर जो सत्य ही सिद्ध हुआ वह ऐसी सूचना थी कि सेनापति का हृदय कंपित होकर रह गया है। वे जितना ही इस विषय पर विचार करते हैं, व्याकुल हुए जाते हैं।

गुप्तचर ने बताया कि अयोध्या की संकरी बीथियों में रहनेवाली प्रजा के मध्य यह अपुष्ट सूचना तेजी से व्याप्त हुई है कि राम अयोध्या लौट रहे हैं।

राम अयोध्या लौट रहे हैं?

राम अयोध्या कैसे लौट सकते हैं!

वनों, आश्रमों तथा सीमा पार स्थित गुप्तचरों की तो वर्षों पूर्व ही यह सूचना रही कि राम की अब कोई सूचना ही नहीं है। पंचवटी तक पहुंचने के उड़ते-उड़ते समाचार कभी मिले थे। पुनः यह भी ज्ञात हुआ था कि राक्षसों ने उन पर आक्रमण किया था।...अब, कहां तो दो सुकुमार राजकुमार और कहां वे भयानक वनचर।...बस, तब से ही वे निश्चिंत थे कि अब पादुकाराज निष्कंटक हुआ। अनंतर तो लगभग सभी गुप्तचर अयोध्या ही लौटा लिये गये थे। राम तो वहीं, घने वन में राक्षसों के आखेट...

राम के वनगमन के पश्चात् के प्रारंभिक वर्षों में जो एक भय तथा आशंका थी कि कभी राम लौटेंगे भी वह अनंतर समाप्त हुई। सो, प्रारंभ का किंचित् प्रजावत्सल पादुकाराज बाद में निरंकुश तथा भ्रष्टाचारी होता चला गया। और आज तो जैसा है, वह आपके समक्ष है ही।...सेनापति को यह तो ज्ञात है कि अयोध्या में कुछ मूर्ख कभी-कभी राम के लौटने तथा रामराज्य स्थापित होने की चर्चा यत्र-तत्र करते रहे हैं। परंतु ऐसी चर्चाएं करनेवाले जन अधिक नहीं थे तथा मात्र एक लात मारने से ही विचार बदलने को तत्पर भी रहते थे। परंतु गुप्तचरों ने अब बताया था कि इन दिनों अयोध्या का जन-जन इसी चर्चा में लीन रहा आता है कि राम अयोध्या लौट रहे हैं।

सेनापति ने प्रारंभ में तो अपने मन को यह सांत्वना दी कि वनवास अवधि बीतने के कारण ही अयोध्या के मूर्ख जनों में यह चर्चा चल पड़ी होगी। सत्य है कि चौदह वर्ष व्यतीत हो गये। राम के वनवास की अवधि समाप्त हुई। अब, अगर वे कहीं हैं और लौटने की सोचें, तो लौट सकते हैं। पर कहां होंगे वे?...वे तो कब के घने, प्राणघाती वनों में...। उसने स्वयं से यह भी कहा कि प्रजाजन की बातों पर बहुत ध्यान देना उचित नहीं है। मूर्ख है अयोध्या की प्रजा। वह असंभव स्वप्न देखती है। और इन स्वप्नों पर विश्वास भी करती है। जो उसे ऐसे स्वप्न बेच दे, उसके हाथों बिकने को भी वह सदैव तत्पर है।...धरा पर स्वर्ग अवतरित होने का स्वप्न, दरिद्रता के समूल नाश का स्वप्न...और ऐसे ही अनगिन अनर्गल स्वप्न। राम के लौट आने का स्वप्न उसके ऐसे ही स्वप्नों में से एक है।...कदाचित्, ये स्वप्न ही उसके दारुण जीवन को जीने योग्य बनाते हैं, जो एक दृष्टि से शुभ ही है। ऐसे स्वप्न प्रजा को बहलाये रखते हैं। शासन के कोण से देखें तो यह भी अत्यंत महत्त्वपूर्ण है।

आज रात्रि जब शतबली शैया पर गये, उससे पूर्व वे यही सब विचार करते रहे और इसी तारतम्य में मदिरापान भी कुछ अधिक ही कर बैठे। शैयासीन हुए तो प्रारंभ में तो यों प्रतीत होता रहा कि मानो शैया वायुमंडल में डोल रही हो। एक बार तो शैया छत से टकराते बची— ठीक अवसर पर शतबली ने टांग अड़ा दी। पुनः कुछ देर के लिए वे निद्रामग्न भी हो गये। पर अभी रात्रि का दूसरा प्रहर भी नहीं हुआ है कि निद्रा टूट गयी और मन है कि न जाने किन-किन अनर्गल विचारों में भटका जाता है।

...और मान लो कि राम लौट ही आयें तो?

इसी को राजवैद्य कदाचित् हृत्कंपन कहते हैं।

'कदाचित् राम कहीं हों और लौट ही आयें तब?'...तब क्या होगा। व्याकुल शतबली का हृदय जीर्ण पात सा कांप रहा है। व्याकुल सेनापति उठ बैठे। पुनः अशांत होकर लेट गये। राम आ गये, तो इस पादुकाराज का क्या होगा?...मर्यादा पुरुषोत्तम राम वे यों ही तो नहीं कहाते। रघुकुल रीति पर सब कुछ न्योछावर करने को तत्पर राम। दरिद्रों को अपने हृदय में बसानेवाले राम। जनहित को ही सर्वोपरि माननेवाले राम। जन-जन के कष्ट से विचलित हो जानेवाले राम। महल से अधिक कुटिया के राम।...हे राम! ऐसे घातक राम यदि पधार गये, तब पादुकाराज का जो होगा, सो होगा— उससे भी महत्त्वपूर्ण प्रश्न यह है कि तब हमारा क्या होगा? इस तने उदर तथा गहरी नाभि का क्या होगा? पादुकाराज नामक महाभोज का क्या होगा? राम नंदिग्राम की किसी कुटिया में भरत की भांति निस्पृह भाव से एकांत में बैठने से तो रहे कि उनके नाम से शासन हमारा चले। भरत के समय में आनंद ही यह रहा कि वे तो राम पादुकाएं पूजते नंदिग्राम में बिराजे रहे और पादुकाराज में रामपादुकाओं की ओर से हमारी पादुकाएं चलीं।...और मित्र, क्या तो चलीं कि आनंद आ गया।...और अब इस आनंद में व्यवधान उत्पन्न करने हेतु यदि राम स्वयं ही आ रहे हैं, तो यह तो अन्याय हुआ बंधु!...राम...हे राम... तुम आ मत जाना। तुम्हारी पादुकायें ही हमारी तारनहार हैं। हमें, बस तुम्हारी पादुकाएं चाहिए।...हम मात्र तुम्हारे नाम से लाभ और पुण्य कमाना चाहते हैं। तुम स्वयं मत पधार जाना। पादुकाराज के निरापद चलते रहने के लिए आवश्यक है कि रामपादुकाएं सिंहासन पर रहें, पर राम की छाया भी दूर-दूर तक न हो।

शतबली व्याकुल हो शैया पर बैठ गये।

कितनी रात्रि व्यतीत हो चुकी?

अनुमान करना कठिन है। शयनकक्ष में लगभग अंधकार है। बाहर के गलियारे में जल रहे दीपदानों का प्रकाश परदों से झरकर लगभग क्षीणकाय हो शयनकक्ष में बिखर रहा है, प्रकाश का आभास सा उत्पन्न करता। इस चक्कर में शयन कक्ष का अंधकार और भी मायावी तथा भयोत्पादक प्रतीत हो रहा है। रात्रि के अंधेरे में अचानक आपकी नींद टूट जाये और आप पायें कि किसी घुप्प अंधेरे गहन कूप के तल में आप असहाय से पड़े

हैं, किंचित् वैसी अनुभूति— भय, असुरक्षा तथा अपरिचय की।

स्वयं अपना शयनकक्ष ही भयभीत कर रहा है शतबली को।

उधर, उस कोने में अभी-अभी कौन था?

कोई तो था।

राम तो नहीं?

कहीं राम आ ही तो नहीं चुके? और निकल पड़े हों दंड देने के अभियान पर, पादुकाराज के नियंताओं को। राम का कोई भरोसा नहीं!...शैया के पीछे कुछ खटपट हुई। कम से कम शतबली को ऐसा ही आभास हुआ। वे चौंककर पलटे।...कहीं कोई नहीं है। है, तो अंधेरे में दृष्टिगोचर नहीं हो रहा। अथवा, उनकी दृष्टि बचाकर छुपा जाता है।...शतबली ने माथे पर हाथ फेरा। शीतल स्वेद की बूंदों से हथेली आर्द्र हो उठी। शतबली ने पाया है कि शरीर में यत्र-तत्र जहां भी रोंगटे हुआ करते हैं, सतर्क होकर खड़े हो गये हैं। कपाल के बालों की जड़ें तन गईं। मानों राम ने केश अपनी कठोर मुट्ठी में भींचकर उन्हें निद्रा से उठाया हो और उनके झोंटे तानकर कह रहे हों कि क्यों रे दुष्ट, तुम शठों ने पादुकाराज में अयोध्या की कैसी दुर्गति कर डाली रे?...शतबली ने कपाल पर हाथ फेरा।...राम की उंगलियों से उनकी उंगलियां नहीं टकरायीं।...भ्रम है।...गुप्तचरों की सूचना, टूटता मदिराप्रभाव, अनिद्रा और मायावी से अंधकार के योग से मन अकारण ही भयभीत हो उठा है और उन्हें निरर्थक ही राम का भय सता रहा है। उन्होंने स्वयं को सांत्वना देने का प्रयत्न किया।...पर उनकी श्वास उखड़ सी रही है। हृदय में मानों रथ सा दौड़ रहा है। प्रतीत होता है कि उसी रथ के किसी अश्व ने हृदय पर लीद कर दी है क्योंकि हृदय बोझ से दबा तो जा ही रहा है, चिकना होकर मानों वक्ष की मुट्ठी से फिसला भी जा रहा है।

कहीं उनकी मृत्यु तो नहीं हो रही?

किसी ने मदिरा में बिष तो नहीं मिला दिया था?

अयोध्या में कुछ भी संभव है।...शतबली ने गहन श्वास लेकर देखा।...नहीं वे जीवित हैं। कठिनाई से उन्होंने हाथ उठाया और शैया के निकट ही लटकती डोर को चार-पांच बार खींचा। बाहर कहीं घंटनाद हुआ। शयनकक्ष के बाहर कर्तव्यस्थ प्रहरी धाता हुआ शयनकक्ष में प्रविष्ट हुआ।

'प्रणाम महाबली!'...प्रहरी सिर झुकाकर आज्ञा की प्रतीक्षा में खड़ा है। या कदाचित् राम ने ही प्रहरी का वेश धारण कर लिया हो?

शतबली व्याकुल होकर शैया से उठ खड़े हुए। टहलने लगे।

'समय क्या हुआ है?' शतबली ने पूछा।

'रात्रि का तीसरा प्रहर हुआ चाहता है योद्धाश्रेष्ठ,' प्रहरी ने बताया।

शतबली मौन हो भ्रमणरत रहे।

'कक्ष के बाहर तुम कितने प्रहरी हो?' शतबली ने पूछा।

'आठ प्रहरी महाराज!' प्रहरी प्रश्नों के औचित्य को समझ नहीं पा रहा है, परंतु पादुकाराज के श्रेष्ठिजनों की चाकरी के इतने वर्षों में उसे इतना ज्ञान तो हो ही चुका था कि इनकी बातों में औचित्य की खोज मूर्खता है। ये औचित्य तथा तर्क की सीमा से परे हैं।

'तुमने राम को शयनकक्ष में प्रवेश करते हुए तो नहीं देखा?' शतबली ने पूछा।

'स्वामी?'

शतबली स्वयं चौंके।...वे क्या अनर्गल सा बोल रहे हैं? कहीं संज्ञाहीन तो नहीं हो रहे?...उन्होंने अपने सिर को झटका।

'तुम मुकुंद प्रसाद को बुलवाओ,' शतबली ने आदेश दिया।

'जो आज्ञा महाराज!' प्रहरी ने कहा।

प्रहरी और कहता भी क्या? रात्रि के तीसरे प्रहर में गुप्तचरों के प्रमुख को स्मरण कर रहे हैं। और उससे पूर्व न जाने कैसे-कैसे अनर्गल प्रश्न पूछते रहे!

बहिर्गमन करते हुए उसने सोचा कि इन श्रेष्ठिजनों की सनक को वह कदाचित्, कभी भी नहीं समझ पायेगा, जबकि इन्हीं की पादुकाओं से पिटते हुए उसने अपना संपूर्ण जीवन बिताया है।

मुकुंद प्रसाद को क्यों बुला रहे हैं सेनापति?

वस्तुस्थिति तो यह है कि स्वयं सेनापति को भी इसका उत्तर ज्ञात नहीं।...बस, यूं ही उसी का नाम जिह्वा पर आ गया...।

'और सुनो।'...जाते हुए प्रहरी को पुकारा शतबली ने।

प्रहरी रुका। पलटा।

'आज्ञा प्रभु?'

'शयनकक्ष के सारे दीपदान प्रज्वलित कर दो,' शतबली ने आदेश दिया।

शयनकक्ष में प्रकाश हो तो कदाचित् उनकी व्याकुलता कुछ कम हो।

राजमार्ग पर कोई और रात्रि।

वैसे राजमार्ग पर सारी रात्रियां एक सी होती हैं— दैदीप्यवान, भव्य और रंगीन।

अश्व, रथ, राजपुरुष, गणिकाएं, नर्तक, व्यापारी, नृत्य, मदिरा, अभिसारिकाएं...इन सबके मध्य न जाने कहां से अयोध्या के एक सामान्य सज्जन पधारे दीखते हैं। वही सामान्यजन जिसे अभी भी भ्रम है कि अयोध्या में कहीं कुछ नियमसम्मत भी चल रहा है। उन्हें ज्ञात नहीं कि पादुकाराज में कहीं कोई नियम नहीं। पुनः राजमार्ग का तो नियम ही यह है कि ये यहां कोई नियम नहीं। नियम का प्रश्न उठाने पर यहां लात द्वारा उत्तर मिल सकता है।...ऐसे में, यहां राजमार्ग पर कैसे फंस गये? पुनः सरल से व्यक्ति ही प्रतीत होते हैं ये श्रीमान। नितांत दरिद्र श्रेणी के भी नहीं दीखते। कोई छोटे-मोटे व्यापारी होंगे या कदाचित् कोई लघु किसान।

श्रीमान राजकीय रथों के सारथियों के एक झुंड से घिरे खड़े हैं और शास्त्रार्थ-सा कुछ कर रहे हैं। सारथियों के मुख पर मुस्कान है। सज्जन के मुख पर रोष तथा असहायता की रेखाएं हैं। तभी निकट से गमनरत एक सज्जन ने, जिन्होंने यह संसार देखा-समझा है और पाया है कि यह संसार वैसा नहीं है जैसा कि दृष्टिगोचर होता है, और वैसा तो है ही नहीं कि जैसा इसे होना चाहिए, यह दृश्य देखा और वे रुक गये।

झुंड के मध्य धंसते हुए वे बोले, 'क्या हुआ बंधु?'

सज्जन व्यक्ति तो क्या कहते। क्रोध के कारण वे हकला रहे हैं और मुंह से कुछ ऐसी ध्वनियां उत्पन्न कर रहे हैं कि विद्वान भाषाशास्त्री भी दिग्भ्रमित हो जायें।

'इन्हीं से पूछो,' बड़ी कठिनाई से उनके मुख से यह वाक्य निकला।

उन्होंने यह वाक्य एक सारथी की दिशा में तर्जनी उठाकर कहा।

सारथी हंसने लगा।

हंसते-हंसते उसने बताया कि महोदय, घटना नितांत तुच्छ है, परंतु ये श्रीमान न जाने क्यों उसे इतना महत्त्व दे रहे हैं और रोष के कारण प्राण देने पर तुले हैं। घटना कुल यह हुई कि सारथी ने तांबूल खाया था, जो कि वे समय काटने के लिए खाते ही हैं। पुनः तांबूल खाने के पश्चात् जब मुख तांबूलरस से आकंठ भर गया तो सारथी ने उसे थूका और थूक किंचित् दूरी तक उचटा भी, जो कि उचटता ही है। अब ये सज्जन,

न जाने किस अज्ञात दिशा से अंधेरे में सरपट गमन करते निकट से ही निकल रहे थे जो अंधेरे में किसी को दिखे ही नहीं, क्योंकि अंधेरे में कोई न दिखे, यह सहज संभाव्य है। इन दोनों संयोगों से यह दुखद संयोग निर्मित हुआ कि इन सज्जन की श्वेत धोतिका पर तांबूल के छींटे गिर गये और हृदय उड़ेल कर गिरे जो कि तांबूल के छींटों की प्रकृति होती ही है।...तथा सर्वोपरि तो यह कि इन सज्जन की असज्जनता का क्या बखान किया जाये कि ऐसी तुच्छ सी इस घटना को लेकर ये ऐसे तड़प रहे हैं कि मानों किसी ने इनकी धोतिका में अग्नि छुला दी हो।

समस्त स्थिति का निचोड़ निकालते हुए सारथी ने अंततः सज्जन के चरित्र के विषय में अपनी टिप्पणी इस टिप्पणी के साथ समाप्त की कि नीचता की भी कोई सीमा होती है।

सारी कथा ध्यानपूर्वक सुनकर वे वास्तविक अंतर्कथा जान गये और यह भी जान गये कि सज्जन निरर्थक ही ऐसी तुच्छ बात पर अपनी उस ऊर्जा को नष्ट कर रहे हैं जो वैसे भी उनमें अधिक है नहीं।

उन्होंने सज्जन को पुचकारते हुए कहा, 'हो जाता है मित्र...? कभी-कभी ऐसा हो जाता है...।'

पर सज्जन यह समझने को तत्पर ही नहीं थे कि ऐसा हो जाता है। वे चाहते थे कि कोई उनको स्पष्ट करे, चाहे तो लात-घूंसे से ही करे कि ऐसा कैसे हो जाता है?

'ऐसा कैसे हो जाता है...?' सज्जन ने कहा।

वे ऐसा व्यवहार कर रहे थे कि मानों पादुकाराज का उन्हें ज्ञान ही न हो अथवा वे अयोध्या के नागरिक ही न हों।

'कभी तांबूल खाकर थूका है आपने?' एक सारथी ने मंद स्मित से पूछा।

'हम निरर्थक व्यसन नहीं पालते,'...सज्जन के स्वर में एक संयमित जीवन जीनेवाले के उस गर्व की खनक थी, जिसे अयोध्या में कोई दो कौड़ी को नहीं पूछता।

'पालते तो आज यह मूर्खतापूर्ण प्रश्न न करते...।'

'क्या?'

'यही कि ऐसा कैसे हो जाता है...भ्राताजी, तांबूल भरे मुंह से थूककर कभी देखिए। ऐसा ही होता है। या तो किसी के ऊपर जाकर गिरता है, या पुनः स्वयं के ही वस्त्र अस्वच्छ हो जाते हैं...,' सारथी गुरुवत भाव से तांबूल थूकने की प्रक्रिया तथा उससे उचटनेवाले थूक के साथ जुड़ी समस्याएं उनको समझाने लगा।

श्रीमानजी गुरुदीक्षा लेने की मानसिकता में नहीं थे, यह उनकी उसी अर्वाचीन रट से स्पष्ट था। वे पुनः उसी टेक पर आ गये और बोले, 'पर ऐसा कैसे हो सकता है? चहुंओर देखकर थूकें तो यह संभव ही नहीं...।'

'मित्र, तांबूल रस यदि मुंह में ठाठें मार रहा हो, तब कोई भी व्यक्ति चहुंओर

निरीक्षण हेतु यदि सिर हिलायेगा, तो रस होंठों का बांध तोड़कर बह निकलेगा और ऐसा निर्बंध प्रवाहित होगा कि एक क्षण में अधोवस्त्रों तक पहुंच जायेगा...कभी स्वयं तांबूल चबाकर प्रयोग करिए न,' एक अन्य सारथी ने कहा।

अब तक और जन भी जुट गये हैं।

'अयोध्या के नागरिक हैं अथवा प्रवासी हैं कदाचित्, महोदय...?' एक ने पूछा।

'क्यों?...' वे रोषपूर्वक बोले।

उनके होंठ कंपित और होंठों के कोणों पर फेन जैसा थूक है। प्रतीत होता है कि क्रोध अत्यधिक है, परंतु उस क्रोध के शमन के मार्ग बंद होने के कारण वह अंतरतम में ही घूर्णन करके झाग हुआ जा रहा है।

'क्योंकि आप बातें ही ऐसी कर रहे हैं...,' एक ने कहा।

'आप पूछ रहे हैं कि ऐसा कैसे हो जाता है...?' दूसरे ने कहा।

'पादुकाराज में ऐसे प्रश्न पूछने पर कठोर प्रतिबंध है...,' एक और ने कहा।

'...श्रीमान जी, यहां अभी कोई आपके उदर में कटार भोंक दे या आपको यहीं राजमार्ग पर घसीट-घसीट कर मारे, या पुनः आपकी धोतिका उतारकर आपको निर्वस्त्र करके दो कोड़े आपके पृष्ठभाग पर वहां मारे जहां बहुत पहले ही मारे जाने चाहिए थे— तब भी आपको यह अधिकार नहीं होगा कि आप ऐसे अतिप्रश्न पूछने का दुस्साहस करें...,' एक सारथी ने उन्हें पादुकाराज के उन अलिखित नियमों से परिचित कराने का प्रयास किया, कि जिनके विषय में पादुकाराज को आशा थी कि अयोध्या के समस्त नागरिक उन्हें सदैव हृदयंगम रखेंगे तथा उनका प्राणपण से पालन भी करेंगे।

'जल में खड़े हैं और पूछते हैं कि भीग कैसे गये...?' एक ने कहा।

भीड़ हंसने लगी।

परंतु वे सज्जन भी भिन्न माटी की रचना हैं। प्रतीत होता है कि दशरथ महाराज जी के समय की कुछ मिट्टी शेष रह गई थी, अन्यथा तो अब पादुकाराज के इतने वर्षों के अंतराल के पश्चात् अयोध्या में ऐसी मिट्टीवाले जन न्यून ही रह गये हैं कि जिनको स्वयं की मिट्टी पलीद कराने का ऐसा मारक व्यसन हो।

सो वे धोतिका संभालते हुए मानो वायुमंडल को चुनौती-सी देते हुए बोले, 'मैं न्यायप्राप्ति हेतु आवेदन करूंगा ...।'

समस्त जन मुस्कुराने लगे।

सज्जन की चेतावनी खोखली है, यह स्पष्ट था। क्रोध की खलबली में वे यूं ही अनर्गल बोल रहे हैं। वास्तविक चेतावनी देनेवाले यों अपनी धोतिका संभालकर नहीं धमकाते। जिन्हें नंगा होने में भय अथवा लज्जा लगे, ऐसों की चेतावनी पर अयोध्या में कोई ध्यान नहीं देता। सो इनकी चेतावनी पर भला कौन ध्यान देता?

वैसे भी किसी को इन पर ध्यान देने का अवकाश नहीं है।

रात्रि अभी पूरे यौवन पर है। रथों, अश्वों, मदिरासेवियों, भारवाहकों, श्रेष्ठियों, सैनिकों, गणिकाओं आदि की भीड़ है। दूर तक दीपस्तंभों की शृंखला। सब कुछ जगमग- जगमग। सब कुछ झिलमिल-झिलमिल । एक दिव्य अनुभूति, यहां से वहां तक।

और उस दिव्यता के मध्य इनकी हास्यास्पद चेतावनी।

'क्या कथन है श्रीमान का?' एक ने पूछा।

'मैं इस बात की गुहार करूंगा कि राजसारथी ही जब नियम विरुद्ध यत्र-तत्र थूक कर प्रजा को पीड़ित करते हैं, तो,' सज्जन ने अपना संकल्प दोहराया।

'अहो, विचार तो अत्यन्त उत्तम है,' एक ने कहा।

'आपने सुना?' एक और ने एक और से पूछा।

'तब से सुन ही रहे हैं...,' दूसरे ने कहा।

'बोलते अच्छा हैं...,' एक ने कहा।

'सत्य कहा...,' एक और ने माना।

'पर ये वहां जाकर कहेंगे क्या?' एक ने कहा।

'मैं कहूंगा कि मेरी धोतिका पर इन्होंने थूका...,' सज्जन ने बताया।

'किससे कहोगे ये?' एक सारथी ने पूछा।

'मैं ऊपर कहूंगा,' सज्जन को समझ नहीं आया कि वे किसका नाम लें।

'ऊपर कोई न सुने तो उनके नीचे घुस जाना...।' एक ने कहा।

समस्त जन हो-हो करके हंसने लगे।

सज्जन रोष में आ गये। तब तक कदाचित् उनको स्मरण भी हो आया कि वे कहां जाकर न्याय मांगेंगे।

वे बोले, 'मैं पादुका न्यायालय जाऊंगा।'

'अभी, रात्रि में?...'

'नहीं, प्रातः होने पर...।'

'तब वे कहेंगे कि अपराध होने के पश्चात् इतने विलंब से क्यों आये...?'

'तो मैं अभी जाकर न्यायालय के द्वार पर बैठ जाऊंगा...।'

'तब न्यायालय प्रहरी दंडप्रहार करके ...' एक ने बताया।

'पुनः न्यायालय में वे प्रमाण तथा साक्ष्य हेतु इनकी धोतिका उतरवाकर अपने भंडार में संरक्षित करा देंगे और इनको नंगा विदा करेंगे...,' एक ने न्यायालय की संवैधानिक विवशताओं की चर्चा की।

'साथ ही वे आपके मुख पर थूक भी सकते हैं...।' एक ने चेताया।

'क्यों थूकेंगे वे?'

'क्योंकि आप जैसी मुखाकृति पर वे थूकते ही हैं...।'

'हमारी मुखाकृति में क्या खोट है?'

'वे सामान्य जन की मुखाकृति से घृणा करते हैं...।'

'पर अयोध्या के न्यायालय तो नीर-क्षीर-विवेक तथा अपने तटस्थ दृष्टिकोण के लिए दूर-दूर तक विख्यात हैं...। नहीं-नहीं तुम लोग...।'

'न्यायालयों को दूर से देखनेवाले ही ऐसा कहा करते हैं...। कभी इसी भ्रम में पड़कर उनके निकट न चले जाना...' एक ने समझाया।

'नहीं-नहीं...,' वे मानने को तत्पर नहीं हैं।

तब वे महोदय, जिन्होंने उनको प्रारंभ में ही समझाने का प्रयास किया था कि यह संसार वैसा नहीं है कि जैसा दिखता है और वैसा तो है ही नहीं कि जैसा इसे होना चाहिए, उन्होंने इन सज्जन के कंधे पर हाथ रखकर प्रेम से समझाया।

उन्होंने समझाया कि ये सभी लोग उपहास में ही सही, परंतु कटु सत्य ही कह रहे हैं। पादुकाराज में गुहार करने या न्याय की याचना करने का व्यसन पालना महंगा व्यसन है और इस व्यसन को पालने में अच्छे-अच्छे धनवानों तक की कांच खुल जाती है, पुनः दरिद्रों के विषय में तो उल्लेख ही क्या करें । दरिद्र तो इस व्यसन को न ही पालें तो उचित कहायेगा।...अब आपके फड़फड़ाते अधर यह बता रहे हैं कि आप यह मूर्खतापूर्ण प्रश्न बस करने को ही हैं कि पुनः पादुकाराज में प्रजा के कष्ट सुनने, उनके निराकरण करने हेतु इतने न्यायालय, न्यायाधिकरण, इतने मार्ग क्यों बनाये गये हैं? ...उचित प्रश्न है आपका। वस्तुतः एक दृष्टि से कहें तो अभी तक जो भी आपने किया और कहा वह सब न्यायसंगत तथा उचित है । परंतु अयोध्या में अब यह आवश्यक नहीं रह गया है कि जो सत्य हो, वह सत्य ही माना जाये। सत्य अब एक आपेक्षिक मूल्य है। उचित या अनुचित अब मात्र इस तथ्य से निर्णित होता है कि आप किस पक्ष में खड़े होकर सब कुछ देख रहे हैं। सो आपका प्रश्न उचित है, परंतु प्रश्न उठाना अनुचित है। सत्य कथन है आपका कि पादुकाराज में न्याय प्राप्त करने हेतु इतने तथा ऐसे आकर्षक मार्ग निर्मित किये गये हैं कि इनको लखकर किसी भी सरल हृदय व्यक्ति का मन हो उठता है कि वह इन पर चले और न्याय प्राप्त करे। पर यह भ्रम है मित्र।...माया है...। इन मार्गों की यात्रा बुद्धिमत्ता नहीं। ये मार्ग आपको कहीं नहीं ले जाते। ये वर्तुलाकार घूम-घूमकर वहीं-वहीं लौटते हैं और तब तक आपको उसी उसी स्थान पर लौटाकर लाते रहते हैं कि जब तक क्लांत होकर आपकी धोतिका न खुल जाये।...भ्राता, पादुका न्यायालय तथा ऐसे ही अन्य अनंत दिव्य मार्गों की तथाकथा यही है।...अतः न्याय मांगने का व्यसन न ही पाला जाये, तो उचित तथा सुरक्षित होगा। इसी में बुद्धिमानी भी है।...देखिए, अब आप पुनः होंठ कंपा रहे हैं और कुछ मूर्खतापूर्ण कहने की इच्छा आपके मुख पर प्रकट हो रही है। आप न्याय के खेल में उतरने को व्याकुल प्रतीत हो रहे हैं। आपके हृदय में व्यवस्था को लेकर रुदन उठ रहा है और आप कहीं रोना चाहते

हैं।...तो हम यही कहेंगे कि पादुकाराज की प्रजावत्सलता ही यह है कि यहां आपको रोने की संपूर्ण स्वतंत्रता है। आप राजसभा तक पहुंचकर रो सकते हैं। आप किसी भी श्रेष्ठिजन के चरणों में रो सकते हैं। संभव है कि वह आपको पुचकारे, सांत्वना दे और कहे कि वो सहमत है कि आपके साथ जो हुआ, वह अनुचित है तथा अन्याय है। उसके ऐसे वचन सुनकर आपका दुःख कम होगा। रोने से दुःख का भार कम हो जाता है, इसी सिद्धांत पर ये न्यायालय भी बनाये गये हैं। यहां भी आप हृदय खोलकर रो सकते हैं। कुछ जनों को रोने में आनंद प्राप्त होता है। वे किसी भी विषय पर रो लेते हैं। पुनः कष्टों में रोनेवालों का तो अयोध्या में पारावार ही नहीं । सो यह न्याय व्यवस्था वस्तुतः बनाई ही उन जनों के लिये गई है कि जो रोना चाहते हैं। यहां आप आकर रो सकते हैं। वे सुनेंगे। आप यत्र-तत्र जाकर रोयें, इससे अच्छा होगा कि उन व्यक्तियों के समक्ष रोयें कि जिनको इस बात का समुचित प्रशिक्षण दिया गया है कि वे रोते हुए व्यक्ति को भरपूर रो लेने दें और पुचकार-पुचकार कर रुलवायें। इससे रोते व्यक्ति के हृदय का तनाव स्खलित हो जाता है और उसके रोने का व्यसन भी पूरा हो जाता है।...इति।...इससे अधिक की आशा न्यायालयों से न करें। अन्यथा यह बात न्यायालय, पादुकाराज तथा अयोध्या, सभी के साथ अन्याय कहायेगी।

इतने विस्तार में अयोध्या की अनुपम न्याय-व्यवस्था के विषय में वस्तुस्थिति स्पष्ट करने के पश्चात् उन्होंने उन सज्जन के समक्ष प्रस्ताव रखा कि धोतिका पर किसी के द्वारा तांबूल रस थूकने के कारण यदि आपको ऐसी ही रुलाई उठ रही हो, तो हम आपको नहीं रोकेंगे, आप अपनी रुचि के न्यायालय में पहुंचकर रो सकते हैं। परंतु यदि आपको यह भ्रम हो कि ऐसा करके आप थूकनेवाले के विरुद्ध कुछ दंड व्यवस्था करा पायेंगे, तो यह आपका भ्रम ही है और हम यह कहेंगे कि पुनः आपने पादुकाराज को चौदह वर्षों में भी पहचाना ही नहीं है।...और ऐसी स्थिति में आप जैसे व्यक्ति का कोई भी उपचार संभव नहीं।

कहीं से संगीत के स्वर उभरे और रात्रि के अंधकार में दूर तक उजियारा-सा बनकर बिखर गये। संगीत की लय से संगत करते घुंघरुओं के स्वर। छमछम...छमछम। रात्रि के अंधकार में नृत्यरत गणिकाओं का उल्लास नहीं वरन् उनकी विवशताओं की थाप भटकने लगी। सज्जन को घेरे हुई भीड़ के पांव अनजाने ही थाप के साथ ताल देने लगे। एक सारथी ने तो सिर भी आंदोलित करना प्रारंभ कर दिया। उधर राजमार्ग की व्यस्त चहल-पहल अपनी ही द्रुतताल में चल रही है।...निकट ही खड़े अश्व हिनहिनाये।...एक रथ निकला। रथचक्र में बंधे घुंघरू छन-छन करते मानो क्षितिज तक बजते चले गये।...एड़ लगाते अश्वों की टोलियां। राजपरिवार के नवयुवक...। टपाटप, टपाटप।...दूर अंधकार में कोई ऊंचे, लड़खड़ाते स्वरों में न जाने किस अज्ञात को, ज्ञात-अज्ञात गालियां देता ऐसा लटपट गमनरत है कि अब भूलुंठित कि तब भूलंठित। मदिरा की महिमा से सभी

परिचित हैं।...किसी फेरीवाले ने ऊंचे स्वर में आह्वान किया है कि अयोध्या के सर्वश्रेष्ठ जामुन यहां विक्रय को पड़े हैं और तुम क्रय हेतु आते क्यों नहीं हो कठोर।...घुंघुरूओं की छमछम द्रुत में प्रविष्ट हो गई प्रतीत होती है। छम-छम की उत्ताल तथा उद्दाम तरंगें रात्रि के श्याम सागर में पछाड़ें खा रही हैं। शोर तथा संगीत का अद्‌भुत मेल है राजमार्ग पर। रात्रि दोनों का ही आनंद लेती मानो शनैः-शनैः टहल रही है राजमार्ग पर।

ऐसे में कौन सुनेगा आपकी गुहार मित्र?

उचित होगा कि क्षमादान का भाव ओढ़कर आप यहां से प्रस्थान कर लें। इससे आपके श्रम तथा सम्मान, दोनों की रक्षा हो जायेगी। एक सारथी ने इसी भाव के अंतर्गत इन सज्जन का कंधा पकड़कर, किंचित् धकेलते हुए निवेदन किया 'आप अब गमनरत् हो लीजिए श्रीमान...निरर्थक समय नष्ट न करें...।'

परंतु सज्जन भी कदाचित् किसी क्रोधी-संप्रदाय से संबंध रखते हैं।

'धक्का किसे दे रहे हैं?'...वे रोष में तनकर बोले और ऐसे कांपने लगे कि मानो अभी जूड़ी ताप चढ़ने को है!

समझनेवाले समझ गये कि वस्तुतः उनका कोई पारंपरिक उपचार संभव नहीं है और अब ये बिना पादप्रसाद चखे यहां से हटने के नहीं।

कि तभी उपचार भी उपस्थित हो गया।

दो राजप्रहरी वहां से निकल रहे थे।

उन्होंने देखा कि अयोध्या का एक सामान्य जन, पादुकाराज के सम्माननीय राजकीय सारथियों से मुंहजोरी कर रहा है। कर्तव्यच्युत नागरिक को समुचित पाठ पढ़ाना प्रहरी जानते ही हैं। प्रशासन की गरिमा का ध्यान रखना प्रत्येक नागरिक का कर्तव्य है और जो नागरिक इस कर्तव्य का पालन न करे, उसके साथ क्या किया जाना अनिवार्य तथा अपरिहार्य है, प्रहरी इस कर्तव्य से परिचित थे। सज्जन की सांगोपांग पिटाई-कुटाई प्रारंभ हो गई। प्रहरियों ने दंड प्रहार किये तथा अपनी लातों को भी कष्ट दिया। भीड़ ने भी कर्तव्यनिष्ठा प्रदर्शित की। गूमड़ों का मुकुट सज्जन के माथे पर धरा गया। नीली धारियों से शरीर को अलंकृत किया गया। वह धोतिका, जिसके अस्वच्छ हो जाने से सारा विवाद उठा था, फाड़ दी गई और इस प्रकार बांस को दृश्य से हटा देने के कारण विवाद की बांसुरी बजने-बजाने की संभावना समाप्त हो गई।

अयोध्या में तुरंत आशु-न्याय की यह जो प्रभावी व्यवस्था थी, अद्‌भुत थी। यत्र-तत्र सामान्य जन से जुड़े विवाद प्रायः ऐसे ही तो हल होते थे!

रात्रि और गहन।

वे सज्जन अब रुदन करते, अर्धनग्न अवस्था में राजमार्ग के किनारे-किनारे जा रहे हैं। लड़खड़ाते। किंचित् दूरी तक निकल जाने पर वे राजमार्ग के उस भाग तक पहुंच गये, जहां अंधकार था। लगातार चार दीपस्तंभ यहां बुझ गये थे। वे उच्च स्वर में रुदन

करते हुए गतिमान हैं। वहीं दीपस्तंभ पर आरूढ़ अग्निमुख दीप प्रज्वलित कर रहा है। उसने वहीं से उन सज्जन को देखा।

अग्निमुख तुरंत जान गया कि क्या घटित हुआ होगा।

नित्य ही राजमार्गों पर, सामान्य जन सामंतों, प्रहरियों तथा ऐसे ही अन्य श्रेष्ठिजनों द्वारा पीटे जाते हैं और नित्य ही वे ऐसे ही रोते, सिसकियां लेते, हिचकियां भरते अंधकार में अदृश्य हो जाते हैं। राजमार्ग के व्यापार पर इन छुद्र घटनाओं का किंचित् भी प्रभाव नहीं पड़ता।

अग्निमुख क्या कर सकता है?

वह व्याकुल होकर बस देखता रहता है समस्त कार्य व्यापार। दीपस्तंभ के प्रकाशवृत्त में अभ्यस्त पांवों द्वारा स्तंभ से नीचे उतरता अग्निमुख उन्हें देखता रहा। सज्जन आगे पहुंचकर राजमार्ग से उतर गये और रुदन करते हुए अंधकार में विलीन हो गये। सारे ब्रह्मांड में देर तक उनकी हिचकियां तथा सिसकियां भटकती रहीं, व्याकुल। सारा ब्रह्मांड ही रोता रहा, देर तक।

दीपस्तंभ के निकट ही, भूमि पर फटा आसन बिछाये एक भिक्षार्थी बैठा है। हृष्ट-पुष्ट। जीर्ण वस्त्र, कर में भिक्षापात्र, नेत्रों में याचक भाव तथा मुख पर विचित्र सी दाढ़ी-मूंछ न होती, तो भिक्षार्थी कहना कठिन। कैसे-कैसे स्वस्थ व्यक्ति भीख मांग रहे हैं अयोध्या में! ये कार्य के इच्छुक नहीं हैं, या अयोध्या ही इन्हें कार्य के अवसर नहीं दे पाती है? भिक्षार्थी भी उसी दिशा में देख रहा है, जिस दिशा में वे सज्जन अभी-अभी रोते हुए अदृश्य हुए हैं।

'अब तो राम ही अयोध्या की रक्षा करें, तो करें...,' अग्निमुख ने भी उसी दिशा में देखते हुए न जाने किससे कहा। कदाचित् स्वगत। कदाचित् पवन से। कदाचित् ब्रह्मांड में विलीन हो चुकी सिसकियों से। कदाचित् अपनी आत्मा से। अथवा कदाचित् किसी से भी नहीं।...कदाचित् उस ईश्वर से जो अब अयोध्या में रहता ही नहीं।

'कुछ कहा स्वामी...?' भिखारी ने चौंककर पूछा।

'कुछ नहीं बंधु...,' अग्निमुख ने तेल की द्रोणी उठाई और बुझे हुए दीपस्तंभों की दिशा में अग्रसर हुआ।

भिखारी अनुसरण करता उसके पीछे आ रहा है।

'राम का नाम ले रहे थे आप...?' भिखारी ने संशय के स्वर में पूछा।

'लेने पर प्रतिबंध है क्या...?' अग्निमुख ने चलते हुए कहा।

'नहीं, नहीं...।'

'संपूर्ण अयोध्या लेती है...,' अग्निमुख अब अगले दीपस्तंभ के निकट पहुंच रहा था।

'सभी तो नहीं लेते...,' भिखारी ने प्रतिवाद किया।

'हमारे जैसे सभी दरिद्र तो लेते हैं...अब तो अयोध्या उन्हीं की आस में जी रही है...,' अग्निमुख ने कहा।

अंधियारे मार्ग से कोई रथ निकला।

रथारूढ़ कोई सामंत मदिरा के प्रभाव में बेसुरा होकर भी कुछ बेढब सा गा रहा है।

'आपको लगता है कि राम वनवास से अयोध्या लौटेंगे...?' भिखारी ने पूछा। उसके स्वर में कुछ ऐसा था कि अग्निमुख रुक गया।

पलटकर उसने भिखारी पर दृष्टि डाली।

भिखारी अंधकार में था। पृष्ठभूमि में प्रकाशित राजमार्ग है। प्रकाश के मध्य अभिशप्त छायाओं से खड़े हैं, वे, दोनों ही, अंधकार में। बुझी हुई मशाल एक हाथ में, दूसरे हाथ में तेल की द्रोंणी।

'वे नहीं पधारे तो पुनः अयोध्या के अंधकार को कौन मिटायेगा मित्र...?' अग्निमुख ने उससे प्रतिप्रश्न किया।

'राम तो लौटेंगे ही। चौदह वर्ष का उनका वनवास पूरा हुआ। अब राम आयेंगे। राम को तो आना ही है। अब तो रामराज्य में ही हम दरिद्रों के भाग्य खुलेंगे...,' अग्निमुख ने कहा और भावविभोर सा चलता हुआ अगले दीपस्तंभ तक पहुंच गया।

दीपस्तंभ बुझा हुआ है।

चहुंओर अंधकार।

अग्निमुख ने बुझी हुई मशाल प्रज्वलित की तथा दीपस्तंभ पर निर्मित आलों पर पांव धरता ऊपर चढ़ने लगा। दीप बालते हुए उसने कहा, 'बंधु, राम आ रहे हैं। सारी अयोध्या को ज्ञात है। सबको उनकी प्रतीक्षा है।...राम तो आयेंगे ही मित्र।...राम को तो आना ही है। अयोध्या का वनवास तो वे ही दूर करेंगे मित्र...।'

दीप की बाती ने लौ पकड़ी।

दीपस्तंभ से प्रकाश की सरिता प्रवाहित हुई और आलोक की लहरें चहुंओर हिलोरें लेने लगीं। अग्निमुख का दरिद्र, बुझा-बुझा, निस्तेज, निराश रेखाओं से कटा-पिटा मुख भी कैसा दमक उठा है, इस आलोक में।

भिखारी उसके आलोकित मुख को देखता ही रह गया और देखता ही जा रहा है।

दीपस्तंभ के प्रकाश में आज कुछ भिन्न तथा दिव्य ही आलोक है।

राम जो आ रहे हैं।

जब अग्निमुख दीपस्तंभ से दूर जा रहा था, तब भिखारी वहीं खड़ा रहा।

अग्निमुख दूर जाकर कहीं अदृश्य हो गया है।

भिखारी ने अपना झोला उठाया।

आसन को मोड़कर उसने झोले में धरा।

जीर्ण-शीर्ण वस्त्र उतारे और झोले से निकालकर स्वच्छ वस्त्र पहने।

नकली दाढ़ी-मूंछ उतारकर झोले में डालीं।

रात्रि बहुत बीत चुकी।

अब गृह पहुंचकर कुछ निद्रा ले ली जाये।

गुप्तचरी के कर्तव्य निर्वाह का तात्पर्य यह तो नहीं है कि वह अपनी अमूल्य निद्रा नष्ट करे।

अग्निमुख उस रात अत्यंत विलंब से अपनी कुटिया पहुंचा।

राजमार्ग से उतरते हुए उसे स्वर्ण-मुद्राओं भरी एक थैली प्राप्त हो गई। स्वर्ण-मुद्राएं किसकी थीं? अब, स्वर्णमुद्राएं किसी दरिद्रनारायण की तो होंगी नहीं! किसी राजपुरुष की कटि में बंधी थैली अश्व पर एड़ लगाते हुए, मदिरापान के पश्चात् वक्रचाल से गमन करते, रथ में किसी गणिका के साथ शृंगार रस की मल्लविद्या का दांव खेलते हुए मार्ग में गिर गई होगी।

थैली तो मिल गई। अब?

ऐसी स्थिति में अब दो प्रश्न पाठकों के समक्ष उठते हैं।

एक तो यह कि अयोध्या के एक बुद्धिमान नागरिक को ऐसी स्थिति में ऐसी थैली का क्या करना चाहिए?

दूसरा यह कि अग्निमुख ने क्या किया?

यदि आप अयोध्या के बुद्धिमान नागरिक हैं, पाप-पुण्य के मूर्खतापूर्ण विचारों से ऊपर जीते हैं, अवसर को पहचानते हैं एवम् नाली में पड़े धन का मूल्य भी उतना ही होता है, जितना मुट्ठी में धरे धन का— यह भी मानते हैं और इसी कारण धन के लिए मुट्ठी को नाली में डालने में संकोच नहीं करते, तब तो आपको स्वर्णमुद्राओं से भरी थैली लेकर अंतर्धान हो जाना चाहिए जो कि रात्रि के अंधकार में आप वैसे भी हैं ही। यदि आप पादुकाराज के चौदह वर्षों में यह ज्ञान प्राप्त कर चुके हैं कि अयोध्या में येन-केन प्रकारेण धनप्राप्ति ही आपका जीवन उद्देश्य होना चाहिए और आपका बाप यह स्वर्णमुद्रा ही है, तब एक ही स्थान पर इतने सारे बाप प्राप्त हो जाने पर और आप करेंगे भी क्या?...अयोध्या में बुद्धिमानी की परिभाषा को यदि एक पंक्ति में कहें तो वह यह रह गई है कि वह व्यक्ति जो कैसे भी धन अर्जित कर सकता हो, मात्र, वही बुद्धिमान है। कैसे अर्जन करता है, अनुचित साधनों से क्यों अर्जित करता है— जो ये प्रश्न उठाते हैं, वे मूर्ख हैं।

अब दूसरा प्रश्न, कि अग्निमुख ने क्या किया? वह क्या करता! वह मूर्ख है। या कहिए कि बुद्धिमान तो नहीं ही है। आपको बताने की आवश्यकता नहीं कि उसने क्या किया। पहले तो वह बहुत समय तक वहीं खड़ा प्रतीक्षा करता रहा कि कोई अपनी थैली

को खोजता लौटे, तो उसकी थाती उसे सौंपकर चिंता तथा भारमुक्त हो लें। परंतु कोई नहीं आया। जिसकी थैली थी, उसके लिए कदाचित् कुछ स्वर्णमुद्राओं का खो जाना ऐसी दुर्घटना नहीं थी, कि जिसके लिए निद्रा भंग की जाये।...अथवा अभी कदाचित् वह सुरापान के प्रभाव में ही हो। अथवा...। तात्पर्य यह कि कोई नहीं आया। तब भी अग्निमुख ऐसा अकर्मण्य सिद्ध हुआ कि थैली अपनी कटि में बांधकर प्रसन्नतापूर्वक अपनी पर्णकुटीर की दिशा में नहीं चला गया। अब देखिए कि ये ही मूर्खजन अनंतर दरिद्रता का रोना रोते हैं। अवसर मिलने पर त्वरित निर्णय तथा साहस का अभाव— और तत्पश्चात् रोते रहना, यह इन दरिद्रों की स्थायी व्यथा कथा है, जिसे ये नैतिकता, ईमानदारी, सत्यनिष्ठा आदि के थोथे नामों से पुकारते हैं।

मूर्ख अग्निमुख ने अंततः राजमार्ग पर स्थित प्रहरीगृह में जाकर वह थैली जमा करा दी। अब जिसकी होगी उसे प्रहरी लौटा देंगे, इस भोले विश्वास के साथ।

वह जब कुटिया पर लौटा, तो ऐसा आनंदित तथा संतुष्ट था कि मानों कहीं से राजकोष प्राप्त हो गया हो। उस शेष रही रात्रि में गहन नींद सोया वह। प्रातः जब उसने अपनी भार्या को समस्त कथा सुनाई तो उसने भी ईश्वर को धन्यवाद दिया कि जिसने ऐसा पुण्य कार्य करने का अवसर अग्निमुख को दिया। धन्य हैं दोनों। देवता नहीं देख पाया, अन्यथा पुष्पों-भरा विमान ही इनके सिर पर गिरा देता।

अब इन दोनों मूर्खों को आप जैसा व्यक्ति क्या कहेगा कि जो अयोध्या का बुद्धिमान नागरिक है?

हम तो इतना कहेंगे कि थैली लौटाने के उत्साह में अग्निमुख का ध्यान उस गुप्तचर की ओर गया ही नहीं, जो प्रहरीगृह में अन्य प्रहरियों के साथ बैठकर चर्चा लीन था। भिखारीवाली दाढ़ी-मूंछ हटाकर वह भिन्न लग भी रहा था। गुप्तचर का ध्यान अवश्य अग्निमुख पर निरंतर रहा और उसके जाने के बाद भी उसी को लेकर वह तब तक ध्यानमग्न रहा कि जब तक उसका एक प्रहरी साथी कहीं से सुरा का पूरा चषक ही न उठा लाया!

अयोध्या में अभी भी सूर्य उदित होता तो है

प्रातः बेला। अयोध्या का एक और महत्त्वपूर्ण मार्ग तथा उस पर एक और महत्त्वपूर्ण रथ।

रथ महत्त्वपूर्ण है क्योंकि सेनापति शतबली का है। मार्ग महत्त्वपूर्ण है क्योंकि यह पादुका मंत्री के महालय की ओर जा रहा है। शतबली इतनी प्रातः पादुका मंत्री से मिलने जा रहे हैं, तो प्रयोजन भी महत्त्वपूर्ण ही होगा।...है। महत्त्वपूर्ण ही है मित्र।

महत्त्वपूर्ण मार्ग।

महत्त्वपूर्ण रथ।

महत्त्वपूर्ण श्रेष्ठिजन।

महत्त्वपूर्ण प्रयोजन।

क्या प्रयोजन?

हम बताते हैं।

रात-भर सो नहीं सके हैं शतबली।

चहुंओर से राम आते दीखते हैं।

पिछली कुछ रात्रियां ऐसी ही व्यतीत हुई हैं उनकी।

मुकुंद प्रसाद ने गुप्तचरों द्वारा प्रदत्त सूचनाओं के आधार पर यही बताया है कि संपूर्ण अयोध्या में एक सीमा से दूसरी सीमा तक यह मिथ्याभास दावानल की भांति फैला है कि राम आ रहे हैं। उनके मुंहलगे गुप्तचर ने भी, बिना दाढ़ी-मूंछ हटाए ही उन्हें यह बताया कि अयोध्या की सामान्य प्रजा के मध्य यह चर्चा प्रबल है कि चौदह वर्ष व्यतीत हो गये हैं, सो राम आने को ही हैं। परंतु कोई भी गुप्तचर यह नहीं बता पाया कि ऐसा अनर्गल, भ्रामक तथा असत्य समाचार प्रजाजन के मध्य कौन प्रसारित कर रहा है?

'आप आज्ञा दें तो कुछ प्रजाजनों को कारागार में शीर्षासन में लटकाकर, उनके पृष्ठभाग की दृढ़ दंडों द्वारा समुचित सेवा करके विस्तृत संधान किया जाये?' गुप्तचर प्रभारी ने शतबली से अनुमति चाही थी।

प्रजाजनों की ठुकाई हो, इसमें शतबली को आपत्ति नहीं थी।

शतबली का विश्वास है कि ये पिटने, ठुकने, ठोकरें खाने, दंडप्रहार तथा पादुकाप्रसाद हेतु ही अयोध्या में उत्पन्न हुए हैं और कुछ दिवस तक न पिटें तो आश्चर्यचकित तो होते ही हैं, कदाचित् रूठ भी जाते हैं। सो ऐसे पीटनियों तथा ठोकनियों को पीटने के लिए भी

गुप्तचर अनुमति की याचना कर रहा है, यह बात वस्तुतः पादुकाराज के संविधान के विरुद्ध थी। परंतु इस बार कदाचित् गुप्तचर को भी संदेह है कि इस समयसिद्ध विधि द्वारा भी कार्यसिद्ध हो पायेगा अथवा नहीं?

शतबली को भी संदेह है। उसने मुकुंदप्रसाद को रोका। कहा कि बाद में इस विषय में बतायेंगे। अभी स्थिति पर तीक्ष्ण दृष्टि भर धरे रहो। देखो कि ऐसी अफवाहें फैलाने का प्रयास करनेवालों में प्रमुख जन कौन हैं? वे किससे मिलते हैं? सभी पर दृष्टि धरो। पकड़ना ही होगा, तो सबको एक साथ पकड़कर सामूहिक ठुकाई समारोह करेंगे। उन्होंने यह भी कहा कि यदि समूची अयोध्या में ही ऐसी चर्चा है, तो समस्त अयोध्या को तो न पकड़ लोगे?— वैसे, आवश्यकता लगे तो हम सारी अयोध्या को ही बंदी बनाने में भी संकोच नहीं करेंगे, परंतु कठिनाई यह है कि कारागार छोटा है। वैसे सारी अयोध्या को ही हम कारागार घोषित कर सकते हैं— उस दशा में समस्त नागरिक स्वतः ही बंदी कहलायेंगे। मुकुंदप्रसाद ने यही कहा कि जैसी आपकी आज्ञा प्रभु, अन्यथा हम तो अयोध्या के सामान्य जन को चमगादड़ सा टांगकर उसके नितंबों पर अपनी चरणरज लगाने को सदैव ही तत्पर रहते हैं। शतबली ने तब उसकी पीठ थपथपाकर प्रशंसा करते हुए कहा कि शासन को ज्ञात है कि अयोध्या के सामान्य प्रजा जन को उचित राह दिखाने हेतु आप कुछ भी अनुचित करने से नहीं चूकते और इसके लिए पादुकाराज अपने गुप्तचरों, सैनिकों, प्रहरियों तथा दंडाधिकारियों का हृदय से अभिनंदन करता है, परंतु अभी रुककर प्रतीक्षा करना ही श्रेयस्कर रहेगा क्योंकि राम का आगमन निःसंदेह एक मिथ्याभास मात्र है। राम चौदह वर्ष के वनवास के पश्चात् भी लौटकर अयोध्या आ सकते हैं, यह विश्वास कोई मूर्ख ही कर सकता है। परंतु हमारी कठिनाई यह भी है कि अयोध्या में मूर्खों की प्रचुरता है। पुनः बहुत से मूर्खों के विषय में हमें सूचना है कि वे अयोध्या ने पादुकराज में जो अद्भुत प्रगति की है, उसे विस्मृत कर रोटी का रोना रोते रहते हैं और निरंतर असंतुष्ट रहते हैं। एक बार इनको राम के आने का मिथ्या विश्वास भी कोई दिला दे, तो ये पादुकाराज के विरुद्ध विद्रोह भी कर बैठें तो आश्चर्य नहीं होगा। सो, अभी तो तुम मात्र यह अनुसंधान करते रहो कि कौन जन हैं जो राम की चर्चा करनेवालों में प्रमुख हैं? उन पर दृष्टि धरो।

मुकुंदप्रसादजी ने झोले से निकालकर अपनी कृत्रिम मूंछें, कृत्रिम केश, कृत्रिम तिल आदि पुनः मुख पर धारण करते हुए शतबली को आश्वासन दिया था कि वे कभी भी अपने कर्तव्य से पीछे पग नहीं धरेंगे और आप जब भी आदेश देंगे, हम इन शठों की अस्थियां चटखा देंगे। मुकुंदप्रसाद अनंतर में नित्य ही गुप्तचरों द्वारा एकत्रित सूचनाएं सेनापति को बताते रहे।

सब दिशाओं में यह चर्चा है कि राम आ रहे हैं।

...चर्चा तो है। यह निःसंदेह है।

अब?

अब पादुकामंत्री को बताना आवश्यक है। शतबली स्वयं स्वीकार करते हैं कि शासन के ऐसे कठिन तथा जंजालवाले प्रकरणों में, जहां शृगाल बुद्धि की आवश्यकता हो, वहां वे सोमपाद के समक्ष अभी भी शिशुवत ही हैं। सोमपाद का मस्तिष्क लोमड़ी सा कुटिल है। वे तुरंत जान जाते हैं कि किसका टेंटुआ दबाने से समस्या सुलझेगी। वैसे शतबली भी टेंटुआ दबाने में सिद्धहस्त हैं, परंतु किसका दबायें, वे यह सोच-समझ नहीं पाते। यहीं सोमपाद उनसे योजनों आगे हो जाते हैं। सोमपाद पादुकामंत्री के पद पर यों ही नहीं विराजे हैं। शतबली इस गुण के लिए उनका घनघोर सम्मान करते हैं। अन्य कोई उपाय भी नहीं।

राम आ रहे हैं।

या कदाचित् न ही आ रहे हों? परंतु मान लो कि आ ही जायें?

चिंताएं...। चिंताएं। रात्रिपर्यंत सो नहीं सके शतबली। प्रातः जब धूप सहमी सी उनके शयनकक्ष में घुसी और पंछी चहचहाने लगे, तो वे उठकर शैया पर बैठ गये। पंछी रामधुन-सा कुछ गा रहे हैं— ऐसा लगा उन्हें। पवन का एक झोंका आया और परदे हिल उठे। सरसराहट करते परदों ने मानों फुसफुसाकर कहा— राम! राम! राम!

शतबली व्याकुल हो उठे। सोमपाद से मिलना ही होगा। आज। अभी।

...और अब वे रथारूढ़ हो पादुकामंत्री के महालय की दिशा में पवन वेग से अग्रसर हैं।

उन्हें अभी ज्ञात नहीं है कि वे वहां पहुंचकर निराश होने वाले हैं।

पादुकामंत्री अमंगलकारी घटनाओं की चिंता में सपत्नीक रात्रिपर्यंत जागते रहे हैं— यह शतबली को ज्ञात नहीं। उन्हें यह भी ज्ञात नहीं कि जब वे पादुकामंत्री के महालय पर पहुंचेंगे तो प्रहरी उन्हें सूचना देंगे कि सोमपाद तथा पद्माजी ब्रह्ममुहूर्त में ही रथारूढ़ होकर किसी अज्ञात दिशा में गये हैं।...शतबली न केवल निराश होंगे, वरन् व्याकुल भी। पादुकामंत्री ब्रह्ममुहूर्त में कहां गये होंगे?

ब्रह्ममुहूर्त की बेला।

सरयू का वह भाग जो धन्य भाग्य कहाने का अधिकारी है, निकट ही है। कुणाल महर्षि का आश्रम जिस तट पर बना हो, उस तट का सौभाग्य वर्णनातीत कहायेगा ही।

यहां सरयू तट के साथ दूर तक लाल बजरी का मार्ग बना है। इसी मार्ग पर यदि आप दोनों टांगों को आगे-पीछे करते हुए वह क्रिया करें, जिसे सामान्य जन चलना अथवा गमन करना कहता है, तो आप कुछ समय में ही कुणाल के आश्रम के मुख्य द्वार पर पहुंच जायेंगे और न रुके तो कपाटों से टकराकर मुंह तुड़वा बैठेंगे। सरयू यहां गहरी है और लगभग निःशब्द प्रवाहमान है। पाठक, जो सरिता से कलकल करते हुए प्रवाहित होने की अपेक्षा रखते हैं, कृपया रुष्ट न हों। आश्रम के निकट पहुंचकर सरयू कलकल भी करेगी क्योंकि वहां इसकी गहराई कम है।...पक्षी कलरव कर रहे हैं, जो वे ब्रह्ममुहूर्त में तथा अन्यथा भी करते ही हैं। सरयू के दुकूलों पर दूर तक घना अरण्य है। क्षितिज रक्तिम हो रहा है, जो कि वह इस बेला में होता ही है। प्रातः समीर जो मंद-मंद बह रहा था, अभी-अभी अचानक तीव्र हो गया है। अरण्य आनंदित है और वृक्ष भावविभोर होकर पवन में नृत्य कर रहे हैं। सरसराहट के घुंघरू इस विराट दृश्य में मानो आदि से अनंत तक बज रहे हैं। सूर्योदय के स्वागत में समस्त जगत ही नृत्यरत् है।

या कदाचित् यह प्रकृति सूर्य भगवान के स्वागत में नहीं नाच रही? क्योंकि उनसे भी महत्त्वपूर्ण व्यक्ति का रथ लाल बजरी के मार्ग पर गतिमान है। हम तो कहेंगे कि प्रकृति वस्तुतः उनके स्वागत में नृत्यरत है और आप सूर्य भगवान, सूर्य भगवान जपे जा रहे हैं!

क्या कोई सूर्य भगवान से भी बड़ा है?

है भैया...सूर्य से भी तेजस्वी, सूर्य से भी प्रभावशाली, सूर्य से भी महत्त्वपूर्ण और सूर्य से भी महान एक व्यक्ति अयोध्या में है।...और जब तक पादुकाराज है, तब तक किसी में यह दुःसाहस भी नहीं कि ऐसा न माने। उसी महापुरुष का रथ इस समय बजरी के मार्ग पर द्रुतगति से चलायमान है। प्रातःसमीर को पराजित कर, पवन को चीरकर भागते सुपुष्ट अश्वों की टोली रथ को मानों उड़ाये लिये जा रही है। मार्ग की लाल धूल उड़-उड़कर, मानों चकित हो, पवन के साथ उड़ती उससे पूछ रही है कि इस द्रुतगामी

रथ का स्वामी कौन है और रथ के आगे तथा पीछे जो अश्वों पर एड़ लगाते सुदर्शन सैनिकों का दल साथ-साथ उड़ा जा रहा है, सो किस प्रयोजन से? पवन ने मार्ग की धूल को धिक्कारा कि जिस रथ ने पूर्व में भी तुझे सहस्रों बार रौंदा, तू उसे ही नहीं पहचानती री— कुछ प्रतिकार कर पाये, न कर पाये, परंतु अपना दलन करनेवाले को पहिचानकर तो रख! धूल ठहरी मूर्ख! क्या जाने। क्या समझे। सदियों से रथचक्रों के नीचे पिसनेवाली और इसे ही अपनी नियति मानकर जीनेवाली।...पवन ने अंततः चेताया कि रथ पर लहराती पताका को देख कुंदबुद्धि— अयोध्या का मंद से मंदबुद्धि नागरिक भी इस पताका पर मात्र एक दृष्टिपात करके ही क्षण भर में जान जाता है कि रथ किसका है। इस रथ पर दृष्टि पड़ते ही जिस चपलता से सामान्य जन मार्ग से उछलकर, चबूतरों पर चढ़कर तथा नालियों में कूदकर मार्ग त्याग रथ की राह से परे होते हैं, उसे देखकर तो कोई भी जान जायेगा कि रथ किसका है।...वैसे, अभी राह निर्जन है तथा ब्रह्ममुहूर्त में नित्यक्रियाओं से निवृत्त होने की बलवती आकांक्षा लिये जो व्यक्ति सरयू तट पर बजरी के मार्ग के निकट बैठ गये थे, उनके अतिरिक्त रथ के मार्ग में कोई बाधा है नहीं। ये जन भी रथ को आता हुआ देखकर चपलता से कूद सरयू की रेत में जा गिरे हैं। रथ के आगे के अश्वारोही सैनिकों की टुकड़ियों को देखकर ही इनकी स्थिति दयनीय हो गयी थी— रथ देखकर तो कहना ही क्या। जिस रथ के साथ इतने सुरक्षाकर्मी लगे हैं, उसे अयोध्या में कौन मूर्ख नहीं जानेगा?

मार्ग की धूल ने तो नहीं जाना, पर आप भी नहीं पहचाने?...मित्र, लात तथा पादुका, दोनों से ही आपकी पूजा होनी चाहिए।

रथ पादुकामंत्री का है, यह अयोध्या का कोई अंधा भी आपको बता देगा।

अब आप यह प्रश्न पूछेंगे कि इस प्रातः बेला में पादुकामंत्री इस दिशा में कहां तथा क्यों जा रहे हैं?...हम क्या उत्तर दें? ईश्वर भी अयोध्या के महाजनों की बातें नहीं समझ सकता।...हां, यह अवश्य है कि ब्रह्ममुहूर्त में, जिस दिशा में पादुकामंत्री का रथ पवन वेग से इस मार्ग पर गतिमान है, यह स्पष्ट है कि वे ऋषि कुणाल के आश्रम जा रहे हैं। क्या पादुकामंत्री किसी आध्यात्मिक या धार्मिक उद्देश्य की सद्इच्छा के वशीभूत होकर आश्रम की दिशा में जा रहे हैं? आपको क्या कहें?...आप पादुकामंत्री को नहीं पहचानते। ब्रह्ममुहूर्त में वे स्वयं के बाप के लिए भी नहीं जाग सकते— सो धर्म, अध्यात्म या ईश्वर की तो बात ही क्या है।...वे उस सीमा तक नियमानुसार आध्यात्मिक हैं, जिस सीमा तक सत्ता पर पकड़ दृढ़ बनाने हेतु अध्यात्म, धर्म, पूजापाठ, कर्मकांड इत्यादि आवश्यक होते हैं। वे यज्ञों का आयोजन कराते हैं, आश्रमों को पालते हैं, ऋषियों को पुवों का भोग कराते हैं, ऋषि-मुनि पधार जायें तो दंडवत प्रणाम कर लेते हैं— यह सब करने से यदि अयोध्या की प्रजा उन्हें धार्मिक स्वीकार कर लेती है, तो इसमें उनके उस बाप की गांठ से क्या जाता है जिसका उल्लेख हमने अभी किया था। और सत्ता पर पकड़ बनती है, सो है ही।

सत्ता को दबोचे रखने हेतु यदि आध्यात्मिक और धार्मिक पंजे भी धारण करने पड़ें, तो सत्ताधीश को तत्पर रहना चाहिए। धर्म से सबल संबल आज तक सत्ता के लिए कभी कहीं नहीं रहा है।...परंतु ब्रह्ममुहूर्त में उठकर वे धार्मिक स्वांग के लिये भी प्रायः नहीं जाते— उन्हें अपनी प्रातः की निद्रा से प्रेम है। सो, प्रातः बेला में वे जो यों रथारूढ़ हो आतुर से आश्रम की दिशा में भागे जा रहे हैं, उसका कारण कहीं कुछ भिन्न ही होना चाहिए।

उत्तर ऐसा कठिन भी नहीं है। हमने अभी बताया भी था। पादुकामंत्री ने लक्षित किया है और उनके अन्य हितैषियों ने भी अंततः इंगित किया कि गत दिनों में बहुत से अपशकुन निरंतर हो रहे थे। रथ पर कौवे के बैठने का कांड तो तनिक दिनों पूर्व ही हुआ है और वह आपको भी ज्ञात है। पर वही एक मात्र अपशकुन नहीं हुआ था।

पादुकामंत्री ने पिछले माह में घटी कुछ घटनाओं पर नई दृष्टि से विचार किया तो वे चौंक गये थे और भयाकुल भी हुए। उन्होंने पाया था कि इधर नित्य ही उनके जीवन में अशुभ घटनाएं तथा अमंगलकारी चिह्न, यत्र-तत्र प्रकट हो रहे थे। कुछ दिनों से वे जब यज्ञ में आहुति देते थे, तो अग्नि भली-भांति प्रज्वलित नहीं होती थी। अग्नि क्यों प्रज्वलित नहीं हो रही है, इसके अनुसंधान की उत्सुकता में वे एक बार यज्ञवेदी के एकदम इतने निकट मुख लाकर देखने लगे कि कदाचित् देखनेवाले समझते कि वे वेदी की राख चाटने का कोई नवीन कर्मकांड कर रहे हैं। पर तभी, अचानक अग्नि ऐसी भभककर प्रज्वलित हुई कि उनका उत्सुक मुख ही जलते-जलते बचा। अब विचार करें तो प्रतीत होता है कि मानों भवितव्य ने बूझते हुए ही उनके मुख को जलाने का प्रयास किया था। वे तब मूर्खतावश इसे संयोग मान बैठे थे। इसी मूर्खतापूर्ण सोच में उनका ध्यान इस दिशा में भी नहीं गया कि आगे भी, नित्य प्रातः यज्ञ में आहुति डालने पर कलुषित धुआं ही अधिक होता था या मात्र चिनगारियां सी उठतीं— यज्ञ अग्नि का वह दीप्तिमान रूप मानों रूठ ही गया था।...और वे समझते रहे तथा यज्ञ करानेवाले दुष्ट ब्राह्मणगण भी स्पष्टीकरण देते रहे कि कदाचित् यज्ञ-काष्ठ सीलन भरा है। ब्राह्मण भी कैसी मिथ्या तथा भ्रमित करनेवाली वाणी बोलते हैं।...

और भी कितनी अमंगलकारी घटनाएं इसी काल में घटीं। अयोध्या के वेदाध्ययन गृह के एक समारोह में वे पहुंचे ही थे कि न जाने कहां से काला-भुजंग सर्प निकल आया था। वेदाध्ययन गृह में सर्प! इससे बड़ा और क्या अपशकुन होता, पर वे इसे भी संयोग ही मानते रहे। इसके बाद तो ऐसी अनगिनत घटनाएं हुईं, जो अब सोचने पर अमंगल को स्पष्ट ही चिह्नित करनेवाली थीं। उनकी प्रिय गाय का दूध अचानक सूख गया था। उनका पालतू श्वान जो उनका अतिप्रिय था तथा जो उनके महालय पधारने से बहुत पहले ही जान जाता था कि वे आ रहे हैं और द्रुतगति से पूंछ हिलाता उनकी प्रतीक्षा करता द्वार पर व्याकुल मिलता था और मिलते ही गोद में चढ़ने का प्रयास करता

था— वही श्वान निरंतर, दिन-रात आंसू बहाता रहता। वे आते तो पूंछ को ऐसे दबाए पूरे महालय में घूमता कि मानो किसी आगत विपत्ति की आशंका हो। उन्हें देखता तो भयाकुल होकर पिछली टांगों को टेढ़ा करते हुए पीछे की दिशा में यात्रा प्रारंभ कर देता। एक बार प्रेमपूर्वक, बांहें फैलाकर आमंत्रण सा देने पर भी जब वह पृष्ठभाग की दिशा में ही गति करने की हठ करता दिखा, तब सोमपादजी ने क्रोधित होकर एक करारी ठोकर भी उसे मार दी थी, जिससे श्वान की गति अचानक आश्चर्यजनक रूप से बढ़ गई थी, परंतु वह निकट न आकर दूर ही बैठा ऊंचे स्वर में रोने लगा था। तब भी उनकी मूढ़ मति में यह तथ्य प्रविष्ट नहीं हुआ था कि श्वान का संपूर्ण व्यवहार विशेषतः मुख ऊर्ध्वदिशा में उठाकर रोना घनघोर अपशकुन था।...इसके साथ और भी अमंगलकारी चिह्न नित्य ही प्रकट हो रहे थे।...हाथियों का मद बहना बंद हो गया था, खच्चर अश्रु बहाते दृष्टिगोचर होते थे, मार्ग में जाते गधों के रोम खड़े रहते थे तथा पशु-पक्षी सूर्य की दिशा में मुख करके रुदन करते प्रतीत होते थे।...और गत दिवस तो अनर्थ ही हुआ। शाम की बेला में, जब वे गवाक्ष से सूर्य को देख रहे थे, तो सूर्य को चहुंओर से अचानक अलातचक्र की भांति श्यामवर्णी चक्र ने घेर लिया, जिसके किनारे लाल थे। पुनः ऐसा प्रतीत हुआ कि मानों असमय ही सूर्य को महाग्रह राहु ने ग्रस लिया हो। घना अंधकार सा छा गया प्रतीत हुआ और उन्हें लगा कि मानों भय की सूचना देनेवाले गिद्धों, सियारों एवं कंक के रुदन के स्वरों से क्षितिज गूंज रहा हो।...यह क्या था? उन्होंने इसकी चर्चा थोड़ी ही देर बाद उनसे भेंट करने हेतु आये दो मंत्रियों से की तो आश्चर्यचकित होकर उन्होंने कहा कि ऐसा उनकी दृष्टि या श्रवण में तो नहीं आया। पुनः? क्या ये अपशकुनकारी चिह्न उन्हीं को दिख रहे थे? कोई संकट उन पर ही आसन्न है क्या? यह वाम भुजा बारंबार क्यों कांपती है? यह गला बारम्बार अकारण ही क्यों भर आता है?...

गत रात्रि उन्होंने पद्‌माजी से भी इन घटनाओं की चर्चा की।

पद्‌माजी मंगल-अमंगल, शकुन-अपशकुन, भाग्य-दुर्भाग्य, भवितव्य आदि में अगाध विश्वास रखनेवाली धार्मिक नारी हैं। मूर्खतापूर्ण अंधविश्वास रखने से कोई धार्मिक कैसे हो जाता है, ऐसे पापी प्रश्न हमसे कदापि न करें। अयोध्या में धार्मिक होने की यही एक लोकप्रिय परिभाषा है। पद्‌माजी पूजापाठ में गहन विश्वास रखती हैं। बिना ईश्वर को साधे पादुकाराज के इस तिलिस्म का अस्तित्व संभव नहीं, यह मानती हैं वे। वे उपवास रखती हैं। तुच्छ से तुच्छ कार्य तक वे मुहूर्त की गणना करके ही करती हैं। ऋषि कुणाल द्वारा सुझाए रत्नों की अंगूठियां लगभग समस्त उंगलियों में पहनती हैं। किस दिवस किस रंग के वस्त्र धारण करने से शत्रु पराजित होंगे, यह भी कुणाल ने बता रखा है। शत्रु कौन है और उन्हें कैसे पहचानें, यह न तो कुणाल ने बताया, और न पद्‌मा जी ने पूछा। उनको ज्ञात है। वे जानते हैं। सत्ता के इस सतत युद्ध में चहुंओर बस शत्रु ही शत्रु हैं। आपके पक्ष की सेना और विपक्षी सेना— सत्ता के इस नीच महायुद्ध में दोनों

ही पक्ष आपको मार सकते हैं। वस्तुतः सत्ता की इस क्रूर प्रतियोगिता में मित्र कोई भी नहीं है। सभी को पराजित करना है। सबको पराजित ही रखना है।

इस सत्ता युद्ध में ईश्वर की उपासना भी एक महत्त्वपूर्ण तथा मारक शस्त्र है, ऐसा मानती हैं पद्माजी। मानते सोमपाद भी हैं। पादुकामंत्री का सिंहासन कहां टिका है,तथा कैसे टिका है, इस विषय में वे स्वयं दृढ़ता से कुछ नहीं कह सकते। अतः यज्ञ होते हैं। अतः भंडारे होते हैं। अतः बलियां दी जाती हैं। और अखंड जाप होते हैं, मंदिर बनवाये जाते हैं, कंठी धारण की जाती है, कानों में तंत्र मंत्र फुंकवाये जाते हैं, ऋषियों के सम्मुख दंडवत होती है, साधुजनों के चरण प्रच्छालन होते हैं, उन्हें रबड़ी चटायी जाती है, कलश चढ़वाये जाते हैं और...तात्पर्य यह कि प्रत्येक धार्मिक कृत्य और कर्मकांड को सत्ता ने अपने खेल में सम्मिलित कर लिया है। सोमपाद कुणाल को चमत्कारी ऋषि मानते हैं, परंतु इन कर्मकांडों पर पद्माजी की भांति उनको ऐसा प्रबल अंधविश्वास नहीं है। हां, राजसत्ता पर पकड़ बनाये रखने के लिए धर्म जहां तक उपयोगी तथा सहायक है, वे वहां तक गहन रूप से धार्मिक हैं। इससे अधिक नहीं। धर्म यदि सत्ता पर आसीन रहने में उपयोगी नहीं है, तो भैया ऐसे धर्म से तो अधर्म ही उत्तम।...पुनः यह भी समझें और इसे उदाहरण द्वारा समझें कि मान लें कि आपने कल सहस्त्र कुंडी यज्ञ का विराट धार्मिक आयोजन कराया है और इसके पश्चात् वक्ष फुलाये घूम रहे हैं क्योंकि इसके पुण्य से शत्रु का पराजित होना अब अवश्यंभावी हो गया है। परंतु आज ही यह समाचार मिला है कि उधर आपके शत्रु ने पंचसहस्त्र कुंडी यज्ञ कराया है। अब ईश्वर आपकी प्रार्थना सुने कि उसकी? वह आपको स्मरण रखे कि उसे?...सो धर्म निभाते हुए भी भय तो बना ही रहता है कि यह सत्ता के लिए फलदायी हो भी सकेगा कि नहीं? परंतु अधर्म के साथ ऐसी अनिश्चितता कभी नहीं रहती। अधर्म तो सत्ता की लीला में सदैव ही फलदायी सिद्ध हुआ है। अधर्म का यदि बुद्धिमत्तापूर्वक प्रयोग करें तो सत्ता में जैसा यह सहायक होता है, वैसा कुछ और नहीं। आपने शत्रु के भोजन में विष मिलवा दिया। कथा समाप्त। सुखांत। करता रहे शत्रु यज्ञ। विष का यही है कि इसकी काट यज्ञ, पूजा आदि में भी नहीं।...सो यह सत्य है मित्र कि यज्ञ, भंडारे, ऋषि-सत्कार,ब्राह्मणों को दान, पूजा-अर्चना आदि तो किये ही जाते हैं, परंतु सत्ता मात्र इनके आलंबन पर ही टिकी नहीं होती। हां, महिलाओं की बात भिन्न है। वे धार्मिक कर्मकांडों पर ऐसा अगाध विश्वास धरती हैं कि क्या कहें। अपनी पद्माजी को ही देखें। उनका विश्वास अटल है। कुणाल ऋषि का जो ईर्ष्या योग्य स्थान पादुकाराज में बना है, वह अकारण नहीं है।

सो अपशकुनों की चर्चा ज्यों ही सोमपाद ने रात्रि में पद्माजी से की, त्यों ही यह निश्चित हुआ कि तुरंत ऋषि कुणाल के चरणों में पहुंचकर उनकी सेवाएं ली जायें। कुणाल ऋषि फलित ज्योतिष के विद्वान हैं तथा मंगल-अमंगल चिह्नों की पहचान तथा उनके निवारण हेतु समुचित कर्मकांड करवाने में जग विख्यात हैं। कौन कहता है ऐसा?...वे

स्वयं ही कहते हैं। इस धंधे में स्वयं ही स्वयं का ढोल पीटना होता है मित्र। पुनः उनके चेले-चपाटी भी यही हवा बांधे रहते हैं। कभी, कहीं कोई घटना-दुर्घटना अयोध्या अथवा ब्रह्मांड में कहीं भी हुई कि शिष्य चर्चा प्रारंभ कर देते हैं कि गुरुजी ने तो दस दिवस पूर्व ही प्रवचन में इंगित कर दिया था— हम ही नहीं समझ पाये, यह हमारी मूढ़ता है। इंगित क्यों करते हैं, स्पष्ट ही क्यों नहीं बता देते?...अब आप मूर्खतापूर्ण तथा नास्तिकों जैसी बातें कर रहे हैं। आप महापुरुषों, महाऋषियों के विषय में कुछ नहीं जानते। वे ऐसे ही गूढ़ार्थों तथा संकेतोंवाली भाषा बोलते हैं। कुणाल ऋषि का भी यही है। वे भूकंप से लेकर गाय के गाभिन होने तक की हर संभावित घटना की भविष्यवाणी कर चुके होते हैं, जिसके विषय में उनके चेले अनंतर भूकंप के गड्ढे में फंसे जनों को बताते हैं या उसी गाय का दूध मुफ्त में पीते हुए गाय के स्वामी को बताया करते हैं।

सो आज यह रथ कुणाल के आश्रम की दिशा में गतिशील है।

आश्रम निकट ही आ गया प्रतीत होता है क्योंकि रथचक्रों की घरघराहट और पंछियों की चहचहाहट के भी ऊपर सूर्यस्तुति के स्वरों का संगीत तथा हरहराती सरयू की ध्वनि शनैः-शनैः दूर कहीं उभर रही है। आश्रम से उठती धूम्रपंक्तियां भी क्षितिज पर दिख रही हैं। रथ दौड़ रहा है। श्वेत अश्व, लालवर्णी मार्ग, हरा-हरा जंगल, रक्तिम क्षितिज, श्यामवर्णी धूम्र पंक्तियां, सूर्य किरणों के आलोक में वैदूर्यमणियों से सुसज्जित सतरंगी प्रतीत होता रथ, नीली सरयू में रक्तिम आकाश की आभा और उसमें दूर कहीं तैरती-तिरती एक छायावत् नाव...सारा दृश्य ही मनोहारी, सप्तरंगी तथा मायावी बन पड़ा है।

अब तो आश्रम भी दृष्टिगोचर होने लगा है। रथ इसी चपल गति में दौड़ता रहे तो कुछ क्षणों में ही आश्रम द्वार पर जा लगे।...परंतु, सारथी ने आश्रम से दूर ही रथ रोक लिया।

रथ द्वार खुला।

पद्माजी तथा पादुकामंत्री रथ से उतरे। नंगे पांव। पादुकाएं रथ में ही त्याग दीं। वे यहां से नंगे पांव ही आश्रम जायेंगे। ऋषि-मुनियों के प्रति उनके मन में अगाध श्रद्धा है। राजसत्ता धर्मसत्ता के समक्ष नंगे पांव जा रही है!...राजसत्ता का मद पादुकामंत्री को स्पर्श भी नहीं कर सका है!...ये तथा ऐसी हो चर्चाएं बनेंगी। सोमपादजी का मत है और उचित भी है कि यदि नंगे पांवों चार पग धरा पर धरने से अयोध्या के नागरिकों के मध्य उनके विषय में ऐसी सकारात्मक चर्चा चल निकलती है, तो ऐसा करने में हानि भी क्या है? कंकरीली लाल बजरी। कोमल गुलाबी पगथलियां। सोमपाद एवं पद्माजी। अहा, कि कैसी श्रद्धा से नत वे जा रहे हैं आश्रम द्वार की दिशा में। उनका सारथी, साथ आये प्रहरीगण, अयोध्या के वे सामान्य प्रजा जन जो इस प्रातः बेला में यहां जाने क्यों पधारे हैं और जो वस्तुतः किसी भी बेला में, कहीं भी खड़े मिल जाते हैं, सो अभी यहां भी खड़े हैं, आश्रम द्वार पर खड़े युवा साधुगण— सभी उन दोनों को ऐसे नंगे पांव, हाथ जोड़कर

श्रद्धावनत आश्रम की दिशा में जाते देख रहे हैं— यह उन दोनों को ज्ञात है। दृश्य को जितना प्रभावोत्पादक बना सकना संभव है, वे बना रहे हैं। बीच में रुककर पद्माजी ने कोई काल्पनिक कांटा पगथली से निकाला और कुछ दूर तक लंगड़ाकर भी चलीं।...हाय...हाय की हूक दर्शकों के हृदय में उठी और अयोध्या के भोले जन श्रद्धा से उफन चले।

अब वे दोनों आश्रम द्वार में प्रवेश कर गये हैं।

उनकी अगवानी तथा अनुसरण में अन्य बहुत से साधुगण।

साथ आये प्रहरी बाहर रुककर ही प्रतीक्षा करेंगे।

सभी जन उमको दूर जाता देख रहे हैं। वे जाते हुए आश्रम के घने वृक्षों के झुरमुट में कहीं अदृश्य हो गये हैं।

सूर्योदय हो चुका।

पीली धूप।

पंछी चहचहाकर यत्र-तत्र अपने कर्तव्यों में व्यस्त हैं। सामान्य जन जो अभी-अभी खड़े होकर समस्त कार्य व्यापार रुचिपूर्वक देख रहे थे, प्रहरियों द्वारा घुड़की खाकर प्रस्थान कर गये— वे अब कहीं और जाकर खड़े होंगे। उनमें से कुछ सरयू तट पर उकडूं बैठ गये हैं और अब उस कर्तव्य को निभाने में व्यस्त हैं कि जिसका स्मरण उन्हें सरिता तट देखकर कभी भी, कहीं भी हो जाता है। हरहराहट का अनहद नाद अनवरत है। कुछ युवा साधु वहीं आश्रम द्वार पर खड़े हैं। द्वार-प्रहरी हैं वे आश्रम के। पादुकामंत्री के प्रहरी यत्र-तत्र बिखरकर खड़े हो गये हैं और वहीं से उस शत्रु पर दृष्टि धरे हैं, जो कहीं दृष्टिगोचर नहीं है। सावधान तथा सतर्क प्रहरी। प्रत्येक वस्तु को बेधक दृष्टि से देखने वाले और प्रत्येक मनुष्य पर संदेह की दृष्टि धरनेवाले।

सारथी ने अश्वों के समक्ष चारा डाला और द्वार पर खड़े साधुओं के निकट आ गया। साधुओं ने जिस आत्मीयता से उसका स्वागत किया, उससे सिद्ध होता है कि परिचय पुराना तथा आत्मीय है।

'बड़े धर्मप्राण हैं सोमपादजी...,' एक साधु ने सारथी को सुनाते हुए कहा।

'सत्य कथन मित्र...,' दूसरे साधु ने कहा।

'अयोध्या का राज धर्म स्तंभों पर टिका है...,' एक और साधु ने कहा।

'पद्माजी भी ऐसी धर्मभीरु हैं कि अहो...,' एक ने कहा।

'अहो...अहो...बंधु स्मरण है कि पिछले यज्ञ में कैसे आग्रहपूर्वक खीर परोस रही थीं...?' दूसरा पुरानी मीठी स्मृतियों में विलीन हो गया।

'स्वयं निजी करों से...।'

'अहो...।'

'कितनी धार्मिक...!'

'कैसी प्रजावत्सल...!'

'कैसी धर्मवत्सल...!'

सारथी मौन ही रहा।

क्या कहता!...वास्तविकता इन साधुओं को भी ज्ञात है, पर मीठी खीर किसे बुरी लगती है। हमें कोई पुवे ठुंसवाये तो हम भी कहें कि अहो, कैसे दानी, कैसे धर्मप्राण...।

'अश्व नवीन प्रतीत होते हैं?' एक साधु ने चर्चा सारथी की रुचि की दिशा में छेड़ी।

'नवीन ही हैं...गांधार देश से दस सहस्र अश्व अभी क्रय किये गये हैं।'

सारथी ने बताया।

'दस सहस्र?' एक साधु ने आश्चर्य प्रकट किया।

'अयोध्या की सेना, मंत्री तथा अमात्यों इत्यादि के रथों हेतु क्या पांच-सात अश्वों से कार्य सिद्ध होगा?...' सारथी ने उसकी बुद्धि पर दया तथा आश्चर्य प्रकट करते हुए कहा।

'सो उचित ही कहा...,' एक साधु ने सारथी का समर्थन किया।

'गांधार तो कैकेयी माता का मायका ठहरा...?' एक ने प्रश्न-सा करते हुए कहा।

'यह भी कहने की बात है क्या?' सारथी ने कहा।

'धन्य है...।' एक साधु ने न जाने किसको धन्य घोषित किया— कैकेयी को, गांधार को अथवा अश्वों को।

चर्चा निरंतर ही थी कि एक प्रहरी इस ओर आया।

बोला, 'व्यर्थ की चर्चा त्यागें...चिलम में कुछ सार्थक पदार्थ भी है महाराज कि साधु के बाने को व्यर्थ ही नष्ट कर रहे हो?'

साधु मानो रुष्ट से हो गये।

एक ने कहा, 'कैसी बातें कर रहे हैं श्रीमान...ऐसी सामग्री है कि चिलम की एक श्वास भी संपूर्ण खींचने से पूर्व विचार कर लीजिएगा...।'

उसने कंधे से लटके झोले को धरा पर धरते हुए उसमें से चिलम इत्यादि निकाल कर चेतावनी की मुद्रा में कहा, 'कल हमने स्वयं किंचित् बल लगाकर चिलम खींच ली थी तो कपाल में ऐसा घूर्णन हुआ कि सरयू में बहते-बहते बचे...।'

टोली वहीं घास में बैठ गई है।

चिलम इस कर से उस कर में तैर रही है।

सरयू तट।

अति सुंदर घाट।

घाट की सुंदरता तथा स्वच्छता देखकर सहज ही अनुमान हो जाता है कि यह घाट अयोध्या के श्रेष्ठिजनों का है। घाट की सीढ़ियां समाप्त होने पर बड़ा सा चबूतरे जैसा विस्तीर्ण प्रांगण है। यहां छोटे-छोटे व्यापारी हैं, जो चंदन, गेरू, तेल, उबटन इत्यादि सामग्री विक्रय करने हेतु छोटी-छोटी दुकानें सजाये बैठे हैं। वे प्रत्येक उस व्यक्ति को, जो सीढ़ियां उतर-चढ़ रहा हो, पुकारकर आह्वान कर रहे हैं और अपने उबटन की विशेषताओं के विषय में ऊंचे स्वरों में बखान कर रहे हैं। कुछ फुटकर व्यापारी राम की चरणपादुकाओं की काष्ठ, पीतल तथा पत्थर की बनी लघु अनुकृतियां विक्रय कर रहे हैं। अयोध्या के वे तिकड़मी, जो पादुकाराज के प्रति अपनी आस्था का सार्वजनिक प्रदर्शन करना चाहते हैं, जिससे पादुकाराज उनकी तिकड़मों में सहायक सिद्ध हो, उनके मध्य ऐसी अनुकृतियां अत्यंत लोकप्रिय हैं। वे इन्हें हार में, भुजबंद में, बिछियों में— तात्पर्य यह कि जहां भी इन्हें पहना जा सके, वहां पहनने हेतु क्रय कर लेते हैं। व्यापारी सरिता तट तक आपका अनुसरण करते हैं और आप जब तक जलप्रवेश कर डुबकी मार सांस रोकर जल में ही अदृश्य न हो जाओ, तब तक पादुकाएं विक्रय करने का महती प्रयास करते रहते हैं।...पुनः पंडित, नाई, मालिश करनेवाले, चने-बेर-मकोय इत्यादि विक्रय करनेवाले। पंडित प्रायः चटाई बिछाकर, त्रिपुंड माथे पर धारण कर, प्रत्येक आते जाते को पुकारते हैं और हस्त रेखाएं बंचवाकर भविष्य जानने का आमंत्रण देते हैं। पुनः मल्लाहों की टोलियां टोह लेती भ्रमण करती रहती हैं और सरयू पार कराने अथवा सरयू में नौका विहार के लिए लोगों को फुसलाती रहती हैं।...कीमत को लेकर वाद-संवाद का शाश्वत संघर्ष इनमें से हर एक के साथ चलता है।...कुल योग यह कि कांय-कांय का वातावरण है।

सरयू का यह घाट स्नान तथा धार्मिक गतिविधियां हेतु अत्यंत लोकप्रिय है। अभी सूर्योदय हुआ ही है कि लंगोट अथवा धोतिका धारे, प्रायः अर्धनग्न पुरजन, सूखे अथवा गीले शरीर के साथ भारी मात्रा में तट की सीढ़ियों पर एकत्रित हो गये हैं। सरयू में जो स्नानरत हैं वे तो हैं ही । तट की सीढ़ियों पर पहरों बैठे रहते हैं पुरजन। अवकाश के

धनी जनों के लिए बैठक हेतु यह आदर्श स्थान है। घाट पर स्थान-स्थान पर ऐसे अवकाशियों की टोलियां बैठी हैं और गल्प चल रहा है। इसी बीच यदि भालू अथवा बंदर के नृत्य-कौशल का प्रदर्शन आ गया अथवा मायाजाल प्रदर्शनवाला दिख गया, तब तो जानिए कि इन अवकाशवीरों का दिन सार्थक हो गया। अभी उस कोने में बंदर-बंदरिया का खेल प्रारंभ हुआ ही है कि सीढ़ियों पर ब्रह्ममुहूर्त से स्थापित जन उठकर उस दिशा में प्रस्थान करने लगे हैं।

यही वह तट है, जहां राजकवि अपने चेलों की टोली के साथ स्नान हेतु नित्य पधारते हैं। यहां स्नान करके वे नित्य ही इस घाट से पुखराजजी के घाट की ओर निकल जाते हैं। पुखराज पादुकाराज में संस्कृति प्रभारी हैं। उनके घाट पर कवियों, बुद्धिजीवियों की भारी भीड़ रहती है। राजसभा द्वारा सम्मान का कौन आकांक्षी नहीं? राजकवियों की टोली में कौन प्रवेश नहीं करना चाहता? अर्थात्, सभी चाहते हैं। उन्हीं की भीड़। आज राजकवि के साथ उनके एक और मित्र दीखते हैं। वे भी कवि ही होंगे? यह भी कोई प्रश्न है। कवि के साथ और कौन होगा, मित्र! ये भी एक राजकवि ही हैं। गुरुजी के गुट के।

स्नान करने के पश्चात् कवियों की यह टोली चढ़ रही है घाट की सीढ़ियां।

आगे-आगे कवि गुरुवर, पीछे-पीछे चेले। काव्यशास्त्र तथा राजसभा— दो विपरीत ध्रुवों को घसीटकर पास लायें, पुनः उनको आपस में ऐसा मिलायें कि किसी के पिताजी भी यह न बता सकें कि कविता कहां तक है और ओछी राजनीति कहां से है, पुनः जो बने उस पर हो रही है रोचक चर्चा। कदाचित् चतुर्भुज के काव्य को लेकर मंतव्य प्रकट कर रहे हैं दोनों राजकवि— और शिष्य एकाग्र होकर वह कूटनीतिक भाषा तथा घातक कुतर्क पकड़ने के प्रयास में हैं कि जिसके कुशल प्रयोग द्वारा काव्य आलोचना के क्षेत्र में शत्रुओं को पराजित किया जाता है।

कि गुरुवर अचानक रुक गये।

एक वृक्ष के नीचे एकत्रित भारी भीड़ ने उनका ध्यान आकर्षित किया। शांत, एकाग्र व्यक्तियों की भीड़ धरा पर बैठ किसी को ऐसे ध्यानमग्न सुन रही थी, कि गुरुजी का ध्यान उस ओर जाना ही था। वह व्यक्ति ऊंचे मधुर स्वर में मधुर श्लोकों का गायन कर रहा है और श्रोता अभिभूत होकर उसे सुन रहे हैं। श्लोक की समाप्ति पर श्रोताओं ने 'अहो' 'अहो' 'धन्य है' 'धन्य है' का उच्चार किया।

कौन है यह व्यक्ति?

मुखाकृति एकदम परिचित, स्वर का माधुर्य और गंभीरता भी अत्यंत परिचित। कौन है यह? गुरुवर ने रुककर सोचा।

कौन है जो ऐसा मधुर काव्य रचकर सस्वर गा रहा है?

दूसरा राजकवि भी रुककर पहिचानने का प्रयास कर रहा है। शिष्य तो अभि-भूत से थम ही गये हैं। वर्षों से निकृष्ट काव्य के मध्य उठते-बैठते रहे हैं, सो मधुर काव्य का

मायावी प्रभाव सहज ही छा रहा है उन पर भी।

कौन है यह कवि और कैसा अद्‌भुत है इसका काव्य?

'अरे...पहचाना इन्हें...?' अचानक गुरुवर ने कहा।

'नहीं बंधु, हमारी प्रज्ञा तो साथ नहीं देती...,' साथी राजकवि ने कहा।

'ध्यान से देखिए भ्राता...इनके भी दिन थे। प्रसन्नजित नाम है इनका। राजा दशरथ...' गुरुवर बताने लगे।

'अहो...सत्यवचन, ये तो वही हैं...,' साथी ने माना।

शिष्य मूढ़वत् ताक रहे हैं। गुरुजी ने उनको बताया, 'राजा दशरथ के समय ये श्रीमान प्रमुख राजकवि थे। तब इनके मूत्र से दीपक प्रज्वलित होते थे और संपूर्ण राजसभा को ये अपने काव्य के समक्ष तुच्छ मानते थे।...बड़ी अग्नि मूती इन्होंने।...राजा दशरथ के पश्चात् पादुकाराज में भी ये भ्रमित रहे कि ये ही महान और हम सब मूरख जन। हम सामंतों के महालयों की परिक्रमा करें, पुखराजजी के सम्मान में श्लोक रचें अथवा पादुकामंत्रीजी की पादुकाएं उठाएं-धरें— तो ये हमारा उपहास करें, वह भी भरी राजसभा में।...अनंतर, पादप्रहार करके राजसभा से निष्काषित किये गये। सुना था कि विक्षिप्त हो गये हैं। अपने ध्वस्त महालय में पड़े रहते हैं।...इतने वर्षों बाद आज देख रहा हूं...।'

'पर विक्षिप्त से तो नहीं दीखते...,' एक शिष्य ने कहा।

'कैसे मधुर श्लोक...!' दूसरे ने कहा।

'अहो...धन्य है...!' चौथे ने कहा।

पर गुरुजी ने नहीं सुना।

वे तो चिंतित होकर कुछ और ही विचारों में मग्न हैं।

क्या हो रहा है यह?

यह प्रसन्नजित अचानक कहां से प्रकट हो गया? हम तो इसे विस्तृत ही कर चुके थे।

और इसके श्लोकों पर ध्यान दिया आपने?...राम और दशरथ की अर्चना में रचे श्लोक! राम का वनवास समाप्त हुआ और अयोध्या का भी— ऐसा एक श्लोक तो इसने अभी सस्वर पढ़ा और हर्षभरी करतल ध्वनि करते हुए श्रोता कैसे विक्षिप्त-से हो उठे।...एक अज्ञात सा भय रेंग रहा है कविराज की रीढ़ पर। हाथ कंपित...यह क्या है?...कैसा विद्रोही काव्य है यह?

अभी जाकर पुखराजजी तथा पादुकामंत्री को सूचित करना होगा।

कविराज त्वरित गमन कर अपनी शिविका में जा बैठे।

शिविका उठानेवाले तीव्र गति से पुखराज के महालय की दिशा में चल दिये। वैसे तो नित्य की बात।...पर आज नवीन बात यह थी कि शिष्यों ने प्रणाम किया, तो गुरुवर ने आशीर्वाद में हस्त नहीं उठाये।...वे चिंता में डूबे हैं और उन्हें कुछ सूझ नहीं रहा।

अयोध्या में कोई एक दिवस,
जो किसी एक दिवस जैसा ही है...
अथवा कुछ है जो
कदाचित वैसा नहीं है?

क्या देवता इन दिनों अवकाश पर है?

क्यों पूछ रहे हैं यह आप?

क्योंकि इन दिनों अयोध्या पर कोई विमान नहीं मंडराता, और न ही पुष्पवर्षा होती है।

प्रजाजन, सद्कार्य से निवृत्त होकर आकाश की दिशा में मुख उठाते हैं और इस आशा में उसे उठाये ही रहते हैं कि अब सद्कार्य के फलस्वरूप पुष्पवर्षा होगी, परंतु पुष्पवर्षा नहीं होती। इनमें से कई प्रजाजन ऊर्ध्वमुखी हो गमन करने के कारण ठोकर खा धराशायी होकर मुख तक तुड़ा बैठे। पुनः सद्कार्यों में समय नष्ट करने का तात्पर्य ही क्या? आपको भी ज्ञात है कि अयोध्या में आधे सत्कर्म तो इसी फेर में हो जाते थे कि इनके उपलक्ष्य में पुष्पवर्षा होगी, तो सारे जनपद में सुकीर्ति फैलेगी और अन्य प्रजाजन 'अहो' 'अहो' कहते फिरेंगे। परंतु आज स्थिति यह है कि एक माह से अधिक समय होने को आया है और पुष्पवर्षा का कहीं कोई चिह्न तक नहीं।

सद्कार्य करनेवालों को लक्षित कर शठजन उपहास करते हैं और मुख दबाकर हंसा करते हैं। कहते हैं...'संलग्न रहो...सद्कार्य से गोंदवत् चिपके रहो...परंतु पुष्प न बरसेंगे...' अथवा...'तीव्र इच्छा हो रही हो तो हमीं छत से गेंदा-चमेली के पुष्प लाकर फेंकें?...।' ये बातें, या ऐसी ही बातें। बताइए। सद्कार्य करनेवाले यदि आज बौराये घूमते हों, तो आश्चर्य कैसा? कलियुग ऐसा ही होगा, कदाचित्। त्रेता में कलियुग। धन्य है।...कल तो एक सत्कर्मी ने एक शरारती बालक की हार्दिक ठुकाई तक कर दी। दुष्ट चिढ़ाने लगा कि वो देखो, आकाश में विमान आया। पापी कहीं का।...अयोध्या का आकाश कितने दिवसों से रिक्त है। कहीं, कोई विमान मंडराते नहीं देखा गया। न पुष्पवर्षा, न दुंदुभी के स्वर और न ही 'अहो...अहो...धन्य हैं,...'के दीर्घ उच्चार।...सद्कार्य करना निरर्थक सा सिद्ध हो रहा है, इन दिनों।...तो सद्कार्य करना त्याग क्यों नहीं देते ये जन? यह भी उचित ही कहा आपने। परंतु आपको ज्ञात नहीं। आपने कदाचित् कभी कोई सद्कार्य किये हों, तो ज्ञात भी होता आपको। बंधु, सद्कार्यों के साथ यही कठिनाई है कि दुष्कृत्यों की भांति, इनकी कुटेव भी छूटती नहीं। प्रशंसा प्राप्त करने की कुटेव। 'अहो, अहो...आप धन्य हैं...' सुनने की कुटेव। पुष्प-वर्षा को अपने सिर पर लेने की

कुटेव। आपको कहां ज्ञात। कैसा आनंद का नगाड़ा मन के आंगन में बजता है कि जब सद्कर्मी को मार्ग के मध्य में छेंककर पुरजन अहोभाव से कहते हैं कि कल आप पर कैसी सुहावनी पुष्प-वर्षा हुई कि हम तो देखकर ही ऐसे गद्गद हुए कि वर्णनानीत। हमने तो समस्त उपस्थित जनों को बताया भी कि ये तो हमारे पड़ोसी मंगलजी हैं।...अहो।...इन शब्दों में भी एक प्रकार का मद्यप्रभाव सा है। ऐसे में सद्कर्मी के पग भी सुराप्रेमी सम लड़खड़ाने लगते हैं। सद्कर्म करना सार्थक हो जाता है।...परंतु संप्रति, जैसा कि आपने ही बताया कि अयोध्या में सद्कर्मी कठिन परीक्षा के काल से निकल रहे हैं। सद्कार्यों की लत छूटती नहीं, सो सद्कार्य तो करते ही रहते हैं।

सो प्रश्न आपका अत्यन्त उचित ही है कि देवता कदाचित् अवकाश पर है क्या?

नहीं मित्र, देवता अवकाश पर नहीं। परंतु वह पुष्पवर्षा करने की स्थिति में भी नहीं। देवता के विमान में कुछ त्रुटि आ गयी है और सुधार हेतु यह स्वर्ग की विमान-कार्यशाला में कितने दिवसों से पड़ा है— इसे सुधारने का समय ही किसी के पास नहीं। स्वर्ग की ऐसी स्थिति?...अब स्वर्ग की स्थिति की तो आप चर्चा न ही करें श्रीमान! यहां समस्त प्राणी राग-रंग में आकंठ डूबे हैं। किसकी, किससे गुहार करें? मदिरा की सरिताएं प्रवाहित हो रही हैं, सुंदर युवतियां सहज ही उपलब्ध हैं, चहुंओर उत्सव सा है, सदैव ही वसंत है— तात्पर्य यह कि स्वर्ग के विषय में तो आपको ज्ञात है ही कि यहां कैसा अराजकता भरा ऐश्वर्य बिखरा पड़ा है। एक बार स्वर्ग में प्रवेश हो जाये आपका,पुनः आनंद ही आनंद है। कर्म करो, न करो— कोई प्रश्न करनेवाला नहीं है। इंद्र को अवकाश ही नहीं कि वे पूछें। अन्य देवतागणों के विषय में हमने आपको बताया ही।...पुनः आप स्वयं ही विचार करके देखें कि प्रत्येक चार पग पर यदि सोमरस का झरना गिर रहा हो, तो आप विमान सुधारने में अपना बहुमूल्य समय नष्ट करते फिरेंगे या पुनः झरने के नीचे चुल्लू बनाकर खड़े होंगे?...और खड़े भी कितने समय तक रह सकेंगे क्योंकि स्वर्ग की मदिरा की गुणवत्ता भी अद्भुत है और चार घूंट में ही टांगें कंपित होने लगती हैं।

सो विमान बिगड़ा पड़ा है।

कोई उसे सुधारने को तत्पर नहीं। देवता के भृत्य कार्यशाला के चक्कर मारते रहते हैं। विमान-सुधारकों का कथन है कि समय लगेगा और त्वरा के फेर में न पड़ो, कहीं कोई त्रुटि रह गई तो टपक जायेगा विमान।...एक भृत्य आज भी बहुत समय से कार्यशाला में मंडरा रहा है। 'कब तक सुधरने की आशा करें— यह देवता ने पुछवाया है...,' भृत्य पूछ चुका है और पुनः पूछेगा, परंतु यह ऐसा यक्ष प्रश्न है कि जिसका उत्तर कहीं नहीं है।

'कब तक सुधर जायेगा महोदय?' भृत्य ने पुनः पूछा।

जिनसे उत्तर की अपेक्षा है, वे बिगड़े विमान के निकट ही भूमि पर पद्मासन-सा

साधे चौपर खेल रहे हैं।

'मित्र, चाल के बीच में कृपया न बोलें...अभी एक त्रुटि हुई नहीं कि हमारे हाथ में आई विजयश्री सटक जायेगी...,' चौपर पर दृष्टि स्थिर किये सज्जन ने कर उठाकर भृत्य को निरर्थक व्यवधान न करने की चेतावनी सी देते हुए कहा।

भृत्य मौन हो गया।

'विजय के मोदक हेतु ऐसे व्याकुल न हों— अभी हमारी चाल भी देखें...,' दूसरे सज्जन ने चेताया।

'चालें देखते ही जीवन व्यतीत हुआ है...,' चौपर पर दृष्टि धरे सज्जन अभी भी दृष्टि वहीं धरे हैं।

'देवताश्रेष्ठ ने पुछवाया था कि...,' भृत्य ने पुनः स्थिति जानने का प्रयास किया।

'मित्र...वे दो दिन पवनाचार न करेंगे तो...'

'पुनः...' भृत्य कर्त्तव्यनिष्ठा पर उतारू है।

'कुछ दिवस वायुमंडल में न उड़ेंगे तो प्रलय न आ जायेगी...,' सज्जन का सारा ध्यान चाल चलने पर है। गोटी हाथ में है।

'करा देते तो...' भृत्य ने प्रार्थना की।

'चार-चार विमान सुधरने की प्रतीक्षा में कार्यशाला में पड़े हैं। अभी इधर आप प्रस्थान करेंगे कि किसी और देवता के भृत्य पधार जायेंगे।...समय लगता है मित्र।...बहुत कार्य है।...आसान नहीं है विमान ठीक करना।...बोल देना कि समय लगेगा,' हाथ की गोटी को चलते हुए उन्होंने रोषपूर्वक कहा।

भृत्य की चौपर में रुचि का संदर्भ हम दे ही चुके हैं। चाल पर उसकी दृष्टि भी है।

'हमारे आकलन के अनुसार आपकी यह चाल त्रुटिपूर्ण रही।' भृत्य ने अपनी अयाचित परंतु आधिकारिक राय प्रस्तुत की।

'आप कपाल पर खड़े रहोगे तो और क्या आशा की जा सकती है...?' सज्जन ने रोषपूर्वक कहा।

'हम तो कर्तव्यपालन कर रहे हैं श्रीमान...,' भृत्य ने अपनी असमर्थता की चर्चा की।

'स्वर्ग में आकर भी यदि कर्तव्यपालन के बंधनों का ही रुदन करना था, तब तुम स्वर्ग में पधारे ही क्यों थे मित्र?' सज्जन ने पहली बार दृष्टि उठाकर भृत्य की ओर देखा।

'भृत्य तो कर्तव्य बंधनों से बंधे होते हैं श्रीमान...।'

'कर्तव्य की निरर्थक चिंता करके आप स्वर्ग में भी अपना नरक स्वयं निर्माण कर रहे हैं...।'

'पुनः कर्तव्य तो करना ही...।'

'विचित्र वचन बोल रहे हो मित्र और विचित्र भाषा भी...हमको तो समझ नहीं आ रही। आपको?' सज्जन ने साथी खिलाड़ी की दिशा में दृष्टि डालकर पूछा जो इनकी दृष्टि भृत्य की ओर होने का लाभ उठाते हुए गोटियां यत्र-तत्र विस्थापित करने में व्यस्त थे। दृष्टि मिली, तो लड़खड़ा से गये।

'सत्य वचन मित्र...,' सज्जन क्रमांक दो बोले।

'प्रथम तो गोटियां यथास्थान वापस धरिए...,' सज्जन क्रमांक एक ने उन्हें रंगे हस्त पकड़ लिया है।

'यहीं थीं मित्र...,' वे भोलेपन से बोले।

'हम किसी भी दिशा में देख रहे हों, हमारा एक नेत्र सदैव ही चौपर की जमावट पर केंद्रित रहता है श्रीमान...,' सज्जन ने सूचित करते हुए यह भी कहा कि हमें भलीभांति ज्ञात है कि कुछ जन ऐसे अनैतिक हो चुके हैं कि वे स्वर्ग में वास करते हुए भी छलकपट करने से बाज नहीं आते...।

'छलिया किसे कह रहे हैं आप?' वे रोष में बोले।

'आप तो धर्मावतार हैं...हम स्वयं को ही कह रहे होंगे...,' सज्जन बोले।

'महोदय, हमने जीवनपर्यंत कभी मृत्युलोक तक में किसी के साथ छल-कपट नहीं किया तो अब स्वर्ग में निवास करते हुए किसी को क्या छलेंगे...?' सज्जन क्रमांक दो बोले।

'सत्य वचन श्रीमान...स्वर्ग में सर्वत्र समस्त पुण्यात्माएं ही तो बसी हैं...,' भृत्य ने उनका हार्दिक समर्थन करते हुए कहा।

'आप कृपया मौन ही रहें तथा अपने कर्तव्यपालन के अतिरिक्त किसी अन्य बात में न उलझें अन्यथा...' सज्जन क्रमांक एक ने भृत्य को चेताया।

भृत्य अपनी सीमाओं से परिचित है। वह मौन हो गया।

सज्जन क्रमांक दो बड़बड़ाने लगे, 'संपूर्ण जीवन हम पुण्यकार्यों में खटते रहे...तीन-तीन धर्मशालाओं का निर्माण कराया...बावड़ियां खुदवाईं...नित्य प्रातःभ्रमण पर जाते तो चीटियों के बिलों पर आटा भुरकते रहे...विधव्आश्रम संचालित किये...प्याऊ चलवाई...ऐसे ही छल के आलंबन से स्वर्ग में प्रवेश नहीं पा बैठे हैं...'

'धन्य हैं...धन्य हैं,' भृत्य ने विभोर होकर कहा।

सज्जन क्रमांक एक ने उसे घूरकर देखा। भृत्य पुनः मौन तो हुआ ही, सतर्क होकर पीछे भी हट गया।

वे बड़बड़ाते जा रहे थे, 'धर्मराज ने पुण्यकर्मों का खाता देखा था तो चमत्कृत रह गये थे...'

'अहो!'...सज्जन क्रमांक एक ने उपहास भाव से कहा, परंतु सज्जन क्रमांक दो ने उसे अपनी प्रशंसा माना, जैसा कि आत्मप्रशंसा में लीन व्यक्ति करते हैं।

'अहो— यही उच्चारा था धर्मराज ने भी...।'

'अहो!'

'कहने लगे थे कि कितने पुण्य किये हैं आपने ...चमत्कार है...।'

'अहो,पुण्य का पोथा तो फूल गया होगा?...'

'पूछिए ही मत...ये मोटा ग्रंथ सा बन चुका था हमारा...जीवनपर्यंत हमने पुण्य कमाने के अतिरिक्त और किया ही क्या? प्रत्येक साधु को पुवे और हर भिखारी को दाल-रोटी...' वे पुण्यों का लेखा-जोखा बताते रहे।

'...भिखारी को भी पुवे खिलवाते, तब कदाचित् पोथा और भी मोटा होता...तब दो देवदूत पोथे को कंधे पर धरके धर्मराज के पास लाते...,' सज्जन क्रमांक एक ने हंसकर कहा।

'सत्य कथन है आपका...परंतु भिखारियों को मिष्टान्न-पुवे न पचते। अतिसार होकर पतला मल त्याग कर-करके एकाध मृत्यु को प्राप्त हो जाता तो हमें पाप का भागीदार निरर्थक ही बनना पड़ता,' सज्जन क्रमांक दो ने भिखारियों को दालरोटी ही खिलाने के पीछे की चिंतनप्रकिया स्पष्ट की।

'यह भी सत्य कहा...मालपुवे भक्षण हेतु साधुजनों सी पाचनशक्ति भी चाहिए...।' उन्होंने माना।

सज्जन क्रमांक दो उत्साहित हुए।

बीच में एक बार भृत्य ने भी 'अहो, धन्य है' उच्चारा, जिसे सज्जन क्रमांक एक ने उदारतापूर्वक श्रवण कर क्षमा कर दिया।

वे उत्साहपूर्वक आगे बताने लगे, 'हमारे प्रांगण में तो अहर्निश भंडारा चलता था।...पुनः हम स्वयं अपने करों से छत पर चिड़ियों-पंछियों हेतु दाना-पानी धरते थे।...और यज्ञ तो हमने इतने करवाये कि जिनका कोई लेखा ही नहीं...।'

'धर्मराज के खाते में तो होगा...?'

'उनके लेखा में न हुआ तो पुनः यज्ञ कराने का अर्थ ही क्या हुआ?...हमने तो एक उक्ति कही, अन्यथा लेखा तो हम भी धरते ही थे...।'

'सत्यकथन, अपने पुण्यों का लेखा स्वयं ही धरना उचित है...अन्य जनों के भरोसे रहना बुद्धिमानी नहीं...।'

चौपर की बाजी वैसी ही पड़ी है।

भृत्य की रुचि चौपर, इस वार्तालाप तथा विमान— तीनों में है। संप्रति वह मौन श्रोता है।

सज्जन क्रमांक दो पुण्यों का विवरण दे रहे हैं और जैसी कि पुण्य करनेवालों की प्रवृत्ति हो जाती है कि अवसर भर प्राप्त हो जाये, तो पुण्यों का विस्तृत विवरण देने से वे चूकते नहीं, वे बताते रहे, '...हम तो ब्रह्ममुहूर्त में उठकर जब तक पूरे पहर पूजापाठ

न कर लें, व्याकुल रहते थे। पूजापाठ के कार्यक्रम में किसी भी कारणवश विघ्न पड़े, हमें वह सहन ही नहीं होता था। इसी चक्कर में हमने अनगिनत बार अपनी भार्या की वो ठुकाई करी थी कि वह लाल-नीली हो जाती थी— जब-जब उसने हमें ब्रह्ममुहूर्त में नहीं जगाया, तब-तब हमने ईश्वर को साक्षी मानकर उसे डंडों से कूटा।'

'पुण्य अर्जन आसान कार्य नहीं...,' सज्जन क्रमांक एक ने भी स्वीकार किया।

'वही तो...अब आप तो स्वयं भी स्वर्ग में पहुंचे ही हैं, सो आपसे क्या छुपा है...,' सज्जन क्रमांक दो ने उन्हें चौर्यकर्म में सहोदर का सम्मान-सा देते हुए कहा।

'...परंतु जब धर्मराज आपको स्वर्ग आवंटित कर रहे थे, तब कुछ जनों ने गहन विरोध किया था कि इसने अनगिनत किसानों की भूमि पर बलात् आधिपत्य कर रखा था और वे दरिद्र क्षुधा से व्याकुल होकर मर तक गये या आत्महत्या कर बैठे...?' सज्जन क्रमांक एक ने मानों यों ही पूछ लिया।

'...मित्र, विघ्नसंतोषी कहां नहीं होते और ईश्वर तक को अपशब्द बोलनेवाले मिल जाते हैं...सो हम पर भी अनर्गल आरोप लगानेवाले यदि थे, तो आश्चर्य कैसा? हमने तो धर्मराज से मात्र यह निवेदन किया कि महाराज, जैसा आपका बहीखाता है, वैसा ही हमारे निकट भी मृत्युलोक में रहता था। आपको विश्वास न हो, तो अपने देवदूतों को पठाकर मंगवा लें। इन किसानों ने भूमि को रेहन रखकर ऋण उठाया था। पुनः ऋण चुकाया नहीं। भूमि अधिग्रहीत न करते, तो हम स्वयं ही कंगाल होकर मर जाते...,' उन्होंने बताया।

'धर्मराज मान गये?' भृत्य ने आश्चर्य से पूछा।

सज्जन ने उसके आश्चर्य पर आश्चर्य करते हुए कहा, 'क्यों न मानेंगे...? उनकी स्वयं की सारी माया बहीखातों पर टिकी है, वे न आदर करेंगे इनका तो कौन करेगा?' इतना कहकर उन्होंने आगे बात जोड़ी, 'पुनः वहीं अपनी बारी की प्रतीक्षा में रत पंद्रह साधुजन भी खड़े थे— यज्ञमंडप में अग्निकांड हो जाने के कारण मृत्यु को प्राप्त हुए थे— सो उन सभी ने हमारे समर्थन में कहा कि इन जैसा पुण्यात्मा तो आसपास के पचास ग्रामों में नहीं हुआ है...।'

सज्जन क्रमांक एक अब तक पुनः चौपर पर ध्यान जमा चुके हैं।

चौपर पर दृष्टि धरे हुए ही वे बोले, 'साधुओं को खीर चटाते रहो, तो वे कहीं न कहीं काम आ जाते हैं...।'

'सत्य वचन...,' भृत्य ने स्वीकारा।

'यह भी उचित कहा...,' सज्जन क्रमांक दो ने भी माना।

'सब कुछ उचित है मित्र, तो गोटियों को तो उचित स्थान पर वापस धर दो...आप जैसी पुण्यात्मा को यह शोभा नहीं देता...,' सज्जन क्रमांक एक ने उनके पुण्यपुराण का मानों समापन करते हुए निवेदन किया।

'हमने निवेदन किया न कि गोटियां यहीं थीं...,' वे बोले।

'हमने स्वयं आपको गोटियां विस्थापित करते देखा...।'

'हो जाता है दृष्टिभ्रम कभी-कभी...हमारे पिताश्री को भी हो जाता था और वे रस्सी को सर्प समझकर बीन बजानेवाले सपेरे को पकड़ लाते थे...हो जाता है...।'

'पराजित होने लगते हैं, तब आप सदैव ही अनैतिक कार्यकलापों पर उतर आते हैं...।'

'यह भी आपका भ्रम है।...हम ही विजयी हो रहे थे...अभी भी किसी को गोटियां दिखवाकर पूछ लो कि कौन विजयी हो रहा है...।'

'गोटियां तो आपने खिसका दीं...।'

'भ्रम का उपचार तो स्वर्ग में भी नहीं है मित्र...।'

'तभी हम आपके साथ खेलते नहीं...।'

'तो हमें कौन से मोदक मिल रहे हैं आपके साथ खेलकर...?'

'अहो...?'

'...और क्या...विमान सुधारते नहीं, चौपर खेलते रहते हो...।'

'और तू...? तुझे तो अभी देवताओं के रथों को सुधारने की कार्यशाला में होना चाहिए...।'

'तूने ही आमंत्रण भेजकर बुलवाया...।'

'...हमें क्रोध न दिलाएं, अन्यथा यहीं विमान के निकट दचककर वो मारेंगे कि...।'

'देखिए...आप दोनों कृपया द्वंद्व न करें...भ्रातृत्व पर विश्वास...,' भृत्य ने शांतिदूत बनने का प्रयास करते हुए कहा।

'श्रीमान, आप यहां से प्रस्थान कर जायें...अन्यथा हम दोनों ही आपको बतायेंगे कि भ्रातृत्व क्या होता है और भ्राता के पादप्रहारों का स्वाद कैसा होता है...,' सज्जन क्रमांक एक ने भृत्य को धकेलते हुए कहा, 'तेरे व्यवधान के कारण ही समस्त विवाद उत्पन्न हुआ है...।'

भृत्य को ज्ञान मिल गया कि अब यहां से प्रस्थान करना ही उसके हित में है। भृत्य ने जाते-जाते कहा, 'हम तो कर्तव्यों के बंधनों में बंधकर...।'

'तेरे कर्तव्य की तो हम न जाने क्या करें...,' सज्जन ने पीछे से कहा।

भृत्य रुका नहीं।

वह चलता गया। पीछे दोनों के बीच शास्त्रार्थ चल रहा है। चलते हुए भृत्य विचार करता रहा कि देवता को जाकर क्या बताऊंगा?

पर बताने का अवसर ही नहीं मिला।

देवता को इंद्र ने बुलवा भेजा था। देवता व्याकुल था कि इंद्र ने अचानक क्यों

स्मरण किया होगा? वह त्वरित गति से वस्त्राभूषण धार कर सज रहा था। भृत्य ने विमान के विषय में बताने का प्रयत्न किया, तो देवता ने चिड़चिड़ाकर कहा, 'विमान गया रसातल में...तुम तो तुरंत द्रुतगामी रथ तैयार कराओ...और वे विशिष्ट सोमरस पात्र भी रथ में धरवाओ। इंद्र को उपहार देने होंगे...।'

सो, देवता तैयार हो रहा है।

विमान अभी तैयार नहीं है। अयोध्या के सद्‌कर्मियों से क्षमायाचना सहित निवेदन है कि पुष्पवर्षा के लिए उन्हें अभी और प्रतीक्षा करनी होगी।

आज का दिन अत्यंत उदास है।

कुछ दिन ऐसे उदास, भयभीत और आशंकित से होते हैं, कि उन्हें व्यतीत करते हुए बार-बार आत्महत्या करने की इच्छा होती है। आत्मा तक गहन निराशा। झोले से लटके हुए मुख। धड़धड़ करते हृदय। निचाट सूनी आंखें।...बिताये होंगे आपने भी ऐसे दिन। यदि आप अयोध्या के सामान्य जन हैं, तब तो अवश्य ही। हां, यदि आप अयोध्या के विशिष्ट नागरिक हैं, तब तो आपके दिन-रात, दोनों ही रंगीन हैं और तब यह चर्चा आपके लिए निरर्थक है।...परंतु रत्नेश के जीवन में, जहां नित्य ही निराशा, अवसाद, उदासी और वबासीर है— इन वाक्यों का अर्थ है। और रहेगा भी।

रत्नेश सम चिर-उदास तक के लिए अन्य दिनों की अपेक्षा आज का दिन कुछ अधिक ही उदास है।

रत्नेश को विशालचंद्रजी ने आदेश दिया है कि सेनापति के आदेश से कल से उसे पूर्वी द्वार की सुरक्षा टुकड़ी से स्थानांतरित कर अयोध्या के मुख्य थाने में नियुक्त किया जा रहा है और उसे अभी थाना-प्रभारी से मिलकर अपने कर्तव्य समझ लेने होंगे। रत्नेश ने समझ भी लिये। उसे अपने विषय में ज्ञात है। वह किसी को भाता नहीं। उसे यह ज्ञात है। पिछले चौदह वर्षों में अयोध्या में उसको बीस स्थानों पर नियुक्त करके हटाया जा चुका है। ऐसे क्यों होता है? क्यों उस जैसे परिश्रमी, कर्तव्यपरायण तथा सत्यनिष्ठ प्रहरी को पादुकाराज सहन नहीं कर पा रहा? उसे ज्ञात ही नहीं कि ये ही गुण तो उसके अवगुण हैं। जब प्रहरियों से आशा की जाती हो कि वे प्रजा की चाम उधेड़कर भी उससे मुद्राएं वसूलेंगे तथा प्रत्येक जन पर आते-जाते पादप्रहार करेंगे, तब पादुकाराज आपके इन सद्‌गुणों का क्या करे? सद्‌गुणियों और उनके सद्‌गुणों को धरने के लिए अयोध्या में स्थान खोजना कठिन होता जा रहा है। यहां धरो तो यहां वाले शोर करने लगते हैं कि यहां से उठाओ और वहां धरने चलो तो वहां वाले पूर्व में ही दौड़े आते हैं कि इनको इधर कहां ला रहे हो और हम इन्हें कहां धरेंगे?...सो, पादुकाराज में सद्‌गुणी यहां से वहां उठाये-फेंके जाते हैं। क्या करें? सद्‌गुणी स्वयं को सुधारने को तत्पर ही नहीं। उनको ज्ञात ही नहीं कि पवन किस दिशा में प्रवाहित हो रहा है। वे सद्‌गुणों की रेत में मुंडी घुसेड़कर पिछवाड़ा उठाये खड़े हैं और पादुकाराज में चल रहे चक्रवाती तूफान से अनभिज्ञ बन रहे

हैं। क्या होगा?...तीव्र तूफानी हवाएं आएंगी और यही रेत उड़कर उनके पिछवाड़े से ऐसे टकरायेगी कि वे औंधे मुख इन्हीं सद्‌गुणों की रेत में जा गिरेंगे। पुनः वे यहां से उठकर नये स्थान पर ऐसी ही रेत में सिर डालकर खड़े हो जायेंगे। रुदन करेंगे कि क्यों बार-बार ऐसा होता है परंतु वास्तविकता नहीं देखेंगे। रत्नेश को कल से यदि पूर्वी द्वार से भी हटाया जा रहा है, तो इनके विषय में विचार करके विह्वल न हों। शीघ्र ही वे थाने से भी हटाये जायेंगे। उसका जीवन-इतिहास ऐसा ही रहा है और ऐसा ही रहेगा। पादुकाराज में एक परिश्रमी तथा कर्तव्यनिष्ठ राजकर्मचारी को पहचानने की सबसे सरल विधि ही यह है कि ऐसे व्यक्ति को पकड़ो, जो प्रति चार दिन में अपनी खाट सिर पर धरे गृहस्थी कपाल पर उठाये यहां से वहां विस्थापन में लगा हो।

परंतु रत्नेश मात्र इस कारण ही उदास हों, ऐसा नहीं है। वे उदास ही पैदा हुए थे, या कि उदास होने हेतु ही उत्पन्न हुए थे। कदाचित् इसी कारण उनका मुख ईश्वर ने ऐसा बनाया है कि उसकी प्रत्येक रेखा से निराशा टपकती है। वे अपना मुख दर्पण में देखते हैं तो उसे देखकर और निराश हो जाते हैं। वे सदैव ही चिंतामग्न रहते हैं। और चिंताएं भी कैसी।...कोई उन्हें पसंद क्यों नहीं करता? सभी उनका उपहास क्यों करते हैं? उनका हृदय सदैव ही धकधक क्यों करता रहता है? उनके हाथ सदैव कंपायमान क्यों रहते हैं? वे सत्यनिष्ठ हैं, तो इस कारण वे सबसे दबकर और भयभीत होकर क्यों चलते हैं? वे सत्यनिष्ठ तो हैं, पर साथ ही इतने दयनीय भी क्यों हैं? क्यों उनके हृदय में स्वयं की इस लाचारी के प्रति क्रोध रहता है कि पादुकाराज में वे भी भ्रष्टाचार क्यों नहीं करते?...करते नहीं, कि कर ही नहीं पाते? क्यों उनके बच्चों के पास वह कुछ भी नहीं है, जो उनके साथियों के बच्चों के पास सहज ही है? क्यों वे अन्य प्रहरियों की भांति चोरों तथा प्रजाजनों, दोनों से समभावपूर्वक धन नहीं झटक पाते? क्यों उनके मुख पर धूल सी उड़ती रहती है? उनके चहुंओर बियावान सा सूनापन क्यों साथ-साथ चलता है? क्यों उनके गात पिचक रहे हैं और टेंटुआ बाहर की दिशा में उभरा आ रहा है? उनका उदर नित्य ही क्यों शूलग्रस्त है? क्यों उनकी रात्रियां अंतहीन होती हैं और दिवस ऐसे अंधियारे? उत्कोच तथा भ्रष्टाचार धन पर दृष्टि पड़ते ही क्यों उन्हें टट्टी आ जाती है (वही कि जिसमें कभी-कभी रक्त भी आता है?) क्यों वे अपने अधिकारियों के बच्चों को अपना बाप नहीं कह पाते? क्यों ऐसा है कि अयोध्या को उन जैसे परिश्रमी और सदाचारी व्यक्ति की मानो आवश्यकता ही नहीं है? क्यों उन्हें निरंतर व्यर्थताबोध घेरे रहता है? क्यों उन्हें निरंतर अनुभूति होती रहती है कि मानो श्मशान में अपने किसी प्रियजन को फूंककर निचाट एकांत में अकेले बैठे हैं और चिता की राख उनके चहुंओर वायुमंडल में उड़ रही है?

उन्हें इन प्रश्नों का उत्तर प्राप्त नहीं होता। होगा भी नहीं।

उन्हें ज्ञात ही नहीं कि इन सारे प्रश्नों का उत्तर एक ही है— सदाचार, ईमानदारी

तथा कर्तव्यपरायणता की उनकी कुटेव, पादुकाराज जिसके एकदम विरुद्ध है।

आज प्रातः ही उन्होंने इन प्रश्नों पर पुनः देर तक चिंतन किया। इसी कारण जल से भरी खाई के निकट बैठे-बैठे उन्हें किंचित् अधिक ही विलंब हो गया। वस्तुतः रात भर के पहरे के पश्चात् जब वे अपनी प्रिय तथा परिचित भूमि पर उकडूं बैठे ही थे कि उन्होंने पाया था कि क्षितिज पर रक्तिम लालिमा फैल गई है। विचारमग्न हैं उकडू-आसन में ध्यानमग्न रत्नेश। क्षितिज पर क्या होता होगा? सोच रहे हैं वे।...कदाचित् ऐसी ही कोई खाई, जो धरा तथा आकाश के मध्य खुदी है? यह क्षितिज पर लालिमा है कि कदाचित् किसी का रक्त बिखरा है?...किसे बवासीर है, जो क्षितिज की खाई के किनारे बैठा है, उनकी ही भांति?...वैसे कहा जाता है कि क्षितिज हजारों योजन की दूरी पर है और वहां तक पहुंचते-पहुंचते वैसे भी अच्छे-अच्छों को बवासीर हो सकती है।

आज अंतिम दिवस है रत्नेशजी का अयोध्या के दुर्गद्वार पर।

कल से उन्हें शहर के थाने में जाकर प्रभारी-प्रहरी को प्रणाम करना होगा। फिर वह जो भी कर्तव्य निर्धारित कर दे।...थाने पर, स्वगृह पर, मार्ग पर, कहीं भी।...रत्नेश उठे। उनके घुटने कड़कड़ाये। देर तक उकडूं बैठकर उठे, तो ऐसा होता है आजकल उन्हें। कहीं गठिया तो नहीं हो रहा? या अस्थियां ही क्षीण हो रही हों?...किसी ने कहीं से पुकारा? लगा तो यही। यह पुकार क्षितिज से तो नहीं? कहीं क्षितिज पर बैठे उन सज्जन ने तो नहीं पुकारा है कि जिनको उनकी ही भांति शौच में रक्त जाता है?...क्या वे भी उनकी ही भांति सदाचारी, परिश्रमी तथा भले हैं? क्या क्षितिज के पार भी ऐसे मूर्ख जनों की वैसी ही दुर्गति होती है, जैसी इस पार अयोध्या में होती है?

ज्ञात नहीं।

अनुमान भी संभव नहीं।

वे खाई के किनारे-किनारे धीमे-धीमे चलने लगे।

क्षितिज जो रक्तिम था, अब धूप से भर गया है।

न जाने क्यों उन्होंने 'हे ईश्वर' कहा। वे बीच-बीच में ऐसा उच्चारते हैं। आदत है उनकी। ईश्वर को न जाने क्यों घसीटते हैं, बीच-बीच में, अपने बीच। 'हे ईश्वर' कहते हुए वे आकाश की दिशा में मुख किया करते हैं ताकि ईश्वर ऊपर से झांककर उनको पहचान ले। अभी भी उन्होंने 'हे ईश्वर' उच्चारा और अभ्यासवश ऊपर की दिशा में देखने का प्रयास किया। इस फेर में धूप से उनके नेत्र चौंधिया गये और वे खाई में टपकते हुए बचे।

'देखकर चलो बेटा,' उन्होंने स्वयं से कहा।

अयोध्या में सत्यनिष्ठ व्यक्ति के दोनों ओर खाई है और आगे-पीछे कुआं है।

पादुकाराज में आज कल बचाने के नहीं, डुबोने के दिन हैं।

'तंग चोली में दबे, कुचले हुए स्तन...' उस सुकुमार से प्रतीत होते केशधारी कवि ने कटि तथा वक्ष को असंभव कोणों से मटकाते हुए कविता की पहली पंक्ति पढ़ी। कवि मंडली में 'अहो, अहो...,' 'अद्‌भुत...,' 'पुनि-पुनि बांचें...' का शोर मच उठा।

पुखराज के महालय में काव्य-समागम हो रहा है।

होता रहता है। अयोध्या के उदीयमान, स्थापित, राजसभा में यत्र-तत्र घुसे कवि अर्थात् सभी पुखराज के महालय पर एकत्रित रहते ही हैं। यह गया, वह आया। कभी बहुत से आ गये, तो कवि-समागम हो गया। सब पुखराजजी की मनःस्थिति पर निर्भर करता है। प्रसन्न हुए तो किसी से भी पूछ बैठे कि कुछ नवीन श्लोक रचे हों, तो प्रस्तुत करो— तनिक आनंद की सृष्टि हो और हृदय पर शीतलता का आच्छादन हो। कवियों का क्या। एक की याचना करो, सहस्र श्लोक आपके चरणों में धर दें अथवा मुख पर मार दें— जैसी आपकी हैसियत हो, वैसा करें।

पुखराज राजसभा में काव्यमर्मज्ञ तथा कलापारखी माने जाते हैं। युवावस्था में उन्होंने कभी कुछ काव्य पंक्तियां भोजपत्रों पर यदा-कदा गोदी थीं और माता-पिता के बहुत कहने पर भी फेंकी नहीं थीं— वही पादुकाराज में काम आईं। आज पादुकाराज में किस कवि को राजसम्मान मिलेगा, किसके श्लोकों के भोजपत्रों की सहस्र प्रतियां बनवाकर राज्य-काव्य-संरक्षण-गृह में धरी जायेंगी, किस कवि को स्वर्णमुद्राएं मिलेंगी और किसके काव्य को अयोध्या की सीमा में खड़े होने को धरा भी प्राप्त न होगी— यह पुखराज निश्चित करते हैं। वे काव्य के सेनापति हैं और उनकी हरावल टुकड़ियां साहित्य को रौंदती, ध्वजा फहरातीं, संपूर्ण अयोध्या में विजयघोष करती घूमती हैं।

पादुकाराज में कविता पुखराज की चेरी बनकर रह गयी है।

दूसरे शब्दों में इसे यूं प्रस्तुत करें कि जो पुखराज की चेरी नहीं, उसे पादुकाराज में कविता नहीं माना जाता। अयोध्या में जिसे कवि कहाना हो, उसे पुखराज के महालय की परिक्रमा करनी ही होगी। कुछ मूर्ख कवि मात्र काव्य रचते हैं। बुद्धिमान कवि पुखराज को साधते हैं। पुखराज का महालय नित्य ही ऐसे बुद्धिमानों से भरा रहता है।

आज भी यही हुआ।

प्रातःबेला में कुछ कविगण एकत्रित हुए और चतुर्भुजजी ने अवसर उचित देखकर निवेदन किया कि श्रृंगार रस में पगे कुछ श्लोक कल ही उन्हें सूझे थे, जिन्हें उन्होंने तुरंत ही भोजपत्रों पर गोद लिया था। इतना कहकर वे श्वान की भांति आशा का भाव नेत्रों में तथा आत्मीय मुस्कान मुख पर धरे स्वामी अर्थात् पुखराज की दिशा में ताकने लगे। मानो प्रतीक्षा हो कि स्वामी 'छू' उच्चारेगा और वे दौड़कर कविता की टांग पर दांत गड़ा देंगे। पुखराज ने 'छू' करते हुए कहा कि क्यों न आपसे इन श्लोकों के श्रवण का आनंद लिया जाये, जिनके विषय में हमें पूर्ण विश्वास है कि वे पिछली बार से कम अश्लील सिद्ध नहीं होंगे और इसी कारण काव्यमर्मज्ञों को श्रृंगार रस से आप्लावित कर देंगे।

सो इस कारण आज का यह काव्य-समागम।

पुखराज के महालय के उपवन में, हरी घास पर बैठे हैं कविगण। पुखराजजी उच्चासन पर। कविगण धरा पर। लोट रहे हैं कविगण। हें, हें, हें, हें। पुखराजजी संतुष्ट। कविता में कैसा आनंददायक अनुशासन। इसी काव्यानुशासन की तो वे चर्चा करते रहते हैं। कवि उनके चरणों में बैठें, मीठी काव्य चर्चा करें, कुदक्कियां मारें, एक दूसरे पर गुर्राएं परंतु पुखराजजी द्वारा हाथ फेरते ही पूंछ आंदोलित करने लगें— और क्या याचना करे कोई अयोध्या के काव्य संसार से!...यही सब अभी हो रहा है और पुखराज घनघोर संतुष्ट बैठे कविता सुन रहे हैं। ध्यान से सुन रहे हैं। श्रृंगार रस की कविता में उनकी रुचि जगप्रसिद्ध है। चतुर्भुजजी पर उनकी कृपा अयोध्या में विख्यात है। जो दुष्ट मानते हैं कि ऐसा चतुर्भुज की सुंदर भार्या के कारण है, वे इसे कुख्यात की संज्ञा भी देते हैं।

राजसभा, महालयों, नरेशों, मंत्रियों, अमात्यों इत्यादि की भारी रुचि श्रृंगार-रस की कविताओं में है। वे कविता को भी अपने आमोद-प्रमोद तथा कामकेलि के उपादान जैसा मानते हैं।...और अयोध्या का काव्य-संसार आज जिनके आधिपत्य में है, वे मानते हैं कि काव्य वही है, जो राजसभा के इन श्रेष्ठियों को भाये। अतः पुखराजजी के आस-पास मंडराते-भिनभिनाते राजकवि तथा अन्य उसी परंपरा के कवि श्रृंगार-रस की हंडिया छलकाते काव्य के पनघट पर आते-जाते दृष्टिगोचर रहते हैं। हंडिया शब्द अरसिक प्रतीत होता हो, तो गागर कह लें, क्योंकि कविता में हंडिया को गागर ही कहकर पुकारते हैं। सो सारा ध्यान तथा श्रम संयोग-श्रृंगार पर। नायिका के अंग-प्रत्यंग को घूरता, टटोलता कवि। पुष्ट स्तनों की स्वामिनी। केले के स्तंभ सी चिकनी जांघोंवाली। क्षीण कटिवाली। स्थूल नितंबों वाली नायिका। वक्र चितवन। हिरनीवत् नयन। हस्तिनीवत् चाल। लंबी, चंचल नागिन सी चोटी। गुलाब से होंठ। बिंब फल से स्तन। या कहिए पयोधर। चंचल कबूतरों की जोड़ी से पयोधर। तंग चोली। अर्धनिमीलित नेत्र। कजरारे नयनों में काजल की रेखा। चंदन का लेप। नितंबों पर टिकी करधनी।...कहने का कुल तात्पर्य यह कि एक ढंग की नायिका भर पकड़ में आ जाये, तो समझिए कि जीवन पर्यंत की कविता का मसाला आपकी अंटी में। अंटी के स्थान पर हाथ में क्यों नहीं? क्योंकि कविराज के हाथ पुखराज

तथा उन जैसे ही अन्य जनों के चरणों को गहने में व्यस्त हैं।

चतुर्भुज अभी जो कविता सुना रहे हैं, वह अयोध्या के काव्यजगत की प्रतिनिधि रचना कही जा सकती है। नायक-नायिका के मध्य घट रही अवर्णनीय उठा-पटक का ऐसा रसपूर्ण वर्णन उन्होंने प्रस्तुत किया है कि पुखराजजी अभिभूत हो उठे हैं। और वे अभिभूत हैं तो अन्य किसी के बाप का साहस नहीं कि वह भी अभिभूत न हो। सो सभी अभिभूत हैं।

'तंग चोली में दबे कुचले हुए स्तन...' कवि ने स्तनों के दबने की क्रिया का जीवंत अभिनय करते हुए कहा है और 'अहो-अहो' का मानों बांध ही फूट पड़ा।

'कैसी अद्‌भुत अभिव्यक्ति...,' किसी ने कहा।

'पुनि-पुनि, पुनि-पुनि,' किसी ने पुनः कोई पंक्ति सुनाने की प्रार्थना प्रस्तुत की है।

'स्तनों को दलित जनों से जोड़कर यदि देखें, तो यह कविता शृंगार रस में भी क्रांति तथा विद्रोह की कविता है— क्योंकि वे भी दबे-कुचले कहाते हैं...,' एक युवा कवि दूर की लाये हैं।

'तंग चोली की निरंकुशता को यदि मानवीय संदर्भ में टटोलें...' एक और ने कहा।

'...कुछ और टटोलने को नहीं मिला क्या...?' एक ने कहा।

सभी हंस पड़े।

पुखराजजी गंभीर बने रहते हैं और ऐसे अवसर पर हंसी में सम्मिलित नहीं होकर बता देते हैं कि वे इस भीड़ से भिन्न हैं, जो वे हैं भी।

पुखराजजी ने गंभीरतापूर्वक अपनी गरिमामय टिप्पणी प्रस्तुत करी, 'मेरी दृष्टि में ऐसी स्थिति में उचित यही होगा कि नायिका निरर्थक गुहार न करे, क्योंकि चोली यदि तंग पहनी है, तो यह उसने अपनी रुचि तथा चयन से पहनी है। यदि नायक से वह किंचित् बड़ी चोली मंगाती, तो वह बेचारा उसे भी अवश्य ही क्रय करके लाता। हमारी सलाह तो यही है कि ऐसी स्थिति में बड़ी चोली पहिन ली जाये, तो न नायिका कष्ट में रहे, न ही उसके पुष्ट उरोजों को कष्ट में पड़ना पड़े...।'

'अद्‌भुत...!' एक कवि ने दूसरों के कहने से पूर्व ही कहकर मानों युद्ध जीत लिया।

'अहो...अहो...कैसा अद्वितीय विश्लेषण...!' किसी और ने कहा।

पुखराजजी बोलते गये— 'फिर भी वस्तुस्थिति तो यही है कि संप्रति तो चोली तंग है। ऐसी स्थिति को संपूर्ण कुशलता से पकड़ते हुए तंग चोली में फंसे स्तनों में जो एक कमनीय व्याकुलता दृष्टिगत होती है, उसका जैसा सजीव वर्णन कवि ने किया है, वह श्लाघनीय प्रयास ही कहा जाएगा। कल ही आप राजसभा में इसे प्रस्तुत करिए— हम आपको सहस्र स्वर्णमुद्राएं स्वयं पादुकामंत्री के करों से दिलवाएंगे...।'

'अहो अहो...!'

'धन्य है...!'

'कैसा विशाल हृदय...।'

'काव्य का कैसा अभिनव सम्मान...।'

चहुंओर से पुखराजजी का अभिनंदन चल पड़ा। कुछ देर यही चला। पर कविता अभी अधूरी ही हुई थी। पुखराजजी ने संकेत किया कि शेष कविता भी प्रस्तुत कर दी जाये क्योंकि अंततः उन स्तनों, उस चोली तथा उस नायिका का क्या हुआ, यह जानने की उत्कंठा समस्त रसिक लंपटों को है।

तंग चोली के कारागार में छटपटाते पयोधरों की व्याकुलता तथा उनकी तड़प का जीवंत चित्रण प्रस्तुत करते हुए चतुर्भुज ने आगे के श्लोकों में चोली के तट पर डूबते-उबरते, पुकारते, आर्त्तनाद-सा करते, पलायन को तत्पर पयोधरों की चर्चा की और वहां से तंग चोली की निष्ठुरता तथा पयोधरों की कोमलता का तुलनात्मक अध्ययन करते हुए वे अंततः अंतिम श्लोकों में इस तथ्य की दिशा में संकेत करने लगे कि यदि किसी अबला के स्तन बड़े हों तथा चोली छोटी हो— तब उसके जीवन में कष्ट तथा रस की सृष्टि एक साथ ही किस भांति हो जायेगी, यह बात या तो नायिका समझ सकती है, अथवा नायक या पुनः कविहृदय रसिकजन ही। इस सूचना के साथ ही कविता समाप्त हुई।

चहुं दिशाओं में 'अहो...अहो' मच गई।

इस कर्तव्य से निवृत्त होकर कविगण अपने प्रमुख कर्तव्य की दिशा में उन्मुख हुए अर्थात् पुखराजजी की ओर देखने लगे। दिशाज्ञान इसी दिशा से आएगा, यह सभी को ज्ञात है। पुखराजजी कविता पर राय देने से पूर्व ऐसे गंभीर हो चुके हैं कि मानों मरणासन्न बाप के निकट बैठे हों। वे बोले, 'कविता उत्तम है। हमारे काव्य में सर्वत्र ही या कहें कि अधिकांश कवि मित्रों की रचनाओं में पूर्व में भी पयोधर आये हैं क्योंकि हमें अपने अनुभव से ज्ञात है कि बिना पयोधरों के उचित सहयोग के आजकल काव्यरचना संभव नहीं है। परंतु चतुर्भुजजी की इस रचना में पयोधरों का विद्रोह जो उभरकर सामने आया है, वह अद्वितीय है, यद्यपि यह भी सत्य है कि पयोधरों में स्वयं भी उभरकर सामने आने की सहज नैसर्गिक प्रवृत्ति दृष्टिगोचर होती ही है...'

समस्त कविगण एकाग्र होकर यह पाठ सीख रहे हैं कि कैसे भाषा के साथ अठखेलियां करते हुए कोई ऐसी बात कही जा सकती है कि जो सुनते हुए तो बड़ी विद्वत्तापूर्ण तथा विश्लेषणपरक लगे, पर यदि कोई कदाचित् कभी इसमें अर्थ की खोज करने चले तो धूल भी उसके हाथ न लगे।

पुखराजजी भाषा के दलदल में लोट रहे हैं, 'कवि की दृष्टि जो नायिका के स्तनों पर पड़ी सो शास्त्रसम्मत ही है क्योंकि नायिका जिस प्रकार से पयोधर उभारकर घूम रही है उसमें यह होना तो स्वाभाविक ही था कि आपकी दृष्टि उस दिशा में जाये। पुनः हमारे

चतुर्भुजजी की दृष्टि ऐसी अकर्मण्य भी नहीं है कि स्तनों पर गिरे और यों ही लौट आये। उनकी दृष्टि में भी एक दृष्टि है। कर्मठ हैं वे। वे गहराई में पहुंचते हैं और पुनः कीचड़ ही क्यों न हाथ लगे, तल तक जाकर ही मानते हैं। हठी हैं। वह सब भी देखते हैं वे, जो अन्य कवियों से छूट जाता है। अब इन श्लोकों में ही देखिए। तंग चोली को कारावास की अनुपम उपमा देते हुए वे कारावास में छटपटाते स्तनों की पीड़ा का ऐसा आनंददायी वर्णन करते हैं कि यदि हम सतर्क न रहें तो यह संज्ञान लेने से चूक जायें कि कैसे कवि एक आयाम में तो श्रृंगार रस का घट छलकाता प्रतीत होता है, पर तभी दूसरे आयाम में हम दृष्टि डालें तो वह पयोधरों का संबल लेकर अध्यात्म में भी उतर जाता है, जहां मनुष्य की आत्मा इन पयोधरों की भांति ही शरीर के चोलेरूपी चोली के कारावास में छटपटाती है और पिया अर्थात् परमात्मा से मिलन की कामना में है जो पधारकर पंचतत्त्वों के तागों से बुनी इस चोली के बंधन ढीले करके पयोधर रूपी आत्मा को स्वतंत्र करेंगे, जिससे पयोधर सीधे ही पिया के हस्त में यों पहुंच जायेंगे कि आत्मा परमात्मा में विलीन हो जाये। जो मीन-मेख आकांक्षी इस कविता में श्रृंगार से जुड़ी अश्लीलता के प्रश्न उठाएंगे, उन मूर्खों को ज्ञात होना चाहिए कि जब कवि कोमल परंतु सुपुष्ट पयोधरों को पिया के कठोर करों द्वारा मसले जाने का रसपूर्ण विवरण विस्तारपूर्वक कर रहा है, तब वस्तुतः वह आत्मा और परमात्मा के मिलन का परम पवित्र आख्यान कहने का प्रयास कर रहा है...।'

विशुद्ध अनर्गल प्रलाप।...स्वयं पुखराज को ज्ञात है यह बात। परंतु पादुकाराज में पुखराज का प्रलाप भी दिशा-निर्देशक तथा प्रेरणादायी माना जाता है। और इसका ज्ञान भी उनको है। ऐसे ही प्रलापों तथा अनर्गल वक्तव्यों द्वारा वे अपने विशेष चेलों को काव्य जगत में रेखांकित करते हैं और रोपते-पल्लवित करते हैं।

प्रलाप चल रहा है उनका।

पुखराज पयोधरों पर कूदने के बाद कुछ देर तक तंग तथा ढीली चोली के तिलिस्म में अटके, पुनः आत्मा-परमात्मावाला कंटकविहीन मार्ग पकड़कर वापस लौटे तो उन्होंने पाया कि पयोधर अभी भी वही हैं, जहां वे छोड़कर गये थे। वे पुनः पयोधरों से लटककर झूलने लगे और श्रृंगार रस में पयोधरों का स्थान तथा योगदान विषय पर महत्त्वपूर्ण आख्यान देने लग गये। उन्होंने पयोधरों के प्रकार, पुष्टता तथा विंभिन्न जनपदों की नायिकाओं के स्तन-भेद पर विस्तार से चर्चा करते हुए यह स्थापित किया कि मात्र पयोधर भिन्न हो जाने से ही कविता भिन्न नहीं हो जाती क्योंकि समस्त पयोधर अंततः एक ही हैं, जैसे कि सारी कविताएं भी अंततः वही तो हैं...।

पुखराज जी थम गये। उन्होंने सभी पर दृष्टि फेंकी।

'अहो, अहो...' की एक तरंग उठी। पुनः इतनी लहरें उठीं कि 'अहो अहो' का सागर लहराने लगा।

लहरें थमीं, तो पुखराजजी ने अचानक पूछा— 'और वो कविश्रेष्ठ कौन थे जो पयोधरों में दलितों तथा वंचितों को देख रहे थे?'

प्रश्न पूछने की मुद्रा में ही भर्त्सना थी।

...'और कोई मित्र तो तंग चोली की निरंकुशता का संदर्भ देकर इसे विद्रोह की कविता तक की संज्ञा देने के प्रयास में थे?'

पुखराजजी चुनौती सी दे रहे हैं और नपुंसक बुद्धिजीवियों की रेवड़ चुपचाप बैठी है। जिन कवियों ने ऐसा कहा था, वे तो 'धरा तू फट जा और मैं तुझमें समा जाऊं...' की प्रार्थना में रत हो स्वयं को धिक्कारने की मुद्रा में हैं।

...' कविता जीवन के आनंद की प्रतीक है। जो काव्य में विद्रोह, दुख, भूख, वंचितों आदि को व्यक्त करते हैं, वे वस्तुतः पादुकाराज के द्रोही हैं और अयोध्या के अपराधी हैं। काव्य को बृहत्तर तथा आध्यात्मिक संदर्भ में देखें। उसमें श्रृंगार रस द्वारा मादकता का चातुर्यपूर्ण निर्वाह हो, यह तो समझ आता है, परंतु कविता में दुःख, कष्ट, शूल आदि की चर्चा कविता को राजनीति से जोड़ती है जो कवि का क्षेत्र नहीं है...विरह का भी अपना दुःख होता है— उस दुख की कविता क्यों नहीं करते ये? धीरोदात्त नायक की भुजाओं में छटपटाती-मचलती नायिका का आंदोलन भी एक प्रकार का श्रृंगारिक विद्रोह है— इस विद्रोह को क्यों नहीं पकड़ते ये कवि?...सुमुखी, मृगलोचिनी, चंद्रवदनी, क्षीण कटिधारिणी नायिका के लिए भी तो एक भूख जागती है— उस भूख की चर्चा इनकी कविता में क्यों नहीं होती? ...तभी तो हम ऐसे कवियों को राजसभा के निकट भी नहीं फटकने देते...'

पुखराजजी पादुकाराज में काव्य के सरोकार क्या होने चाहिए, कदाचित् इस बिंदु पर आगे भी चर्चा करते, क्योंकि यह उनका प्रिय विषय था, परंतु अपने दूसरे प्रिय राजकवि को पधारते देख वे रुक गये।

'विलंब से पधारे...चतुर्भुज ने पयोधरोंवाले श्लोकों का पाठ करके...' पुखराजजी ने कहा।

'...हमें पूर्व में ही वे तीन बार सुना चुके हैं महाराज...परंतु अभी हमें विलंब यों हुआ कि आज प्रातः सरयूतट पर हमने कुछ ऐसा विचित्र दृश्य देखा कि हम न केवल चिंतित हुए, वरन् व्याकुल भी...।'

पुनः वे पुखराज को एक कोने में ले जाकर खुसपुस शैली में कुछ ऐसा गोपनीय बताने लगे कि पुखराज के मुख का रंग विदीर्ण होने लगा। पुनः वे निकट के कक्ष में विलंब तक चर्चा करते रहे।

और इधर इस कक्ष में बिराजे कवि?

वे क्या करेंगे। वे स्वामी की प्रतीक्षा में बैठे हैं और बैठे ही मिलेंगे।

संध्या की पीली, दुर्बल धूप।

कुणाल ऋषि का आश्रम।

एकांत। सामान्य जन-जीवन से परे। एकांत का कुछ ऐसा विचित्र विरोधाभासी प्रभाव मनुष्य पर देखा गया है कि एकांत मिलते ही या तो आप कुकर्म करने को लालायित हो जाते हैं, या पुनः अध्यात्म की दिशा में विचार करने लगते हैं।

ऐसे एकांत आश्रम का भी नितांत एकांत भाग है वह, जहां कुणाल की पर्णकुटीर है। कुटिया कहते हैं इसे वे।

यह कुटिया बस संज्ञा हेतु ही कुटिया है।

बाहर से जो अकिंचन-सी प्रतीत होती है, उस पर्णकुटीर को कभी अंदर घुसकर निहारिए। वैसे, प्रत्येक अकिंचन को वहां प्रवेश की अनुमति नहीं है। आश्रम के प्रत्येक संन्यासी तक को नहीं। कुटिया के द्वार पर ही तीन मुस्टंडे युवा साधु सोंटा लिये सतत् सतर्क खड़े रहते हैं। वे लालायित से रहते हैं कि कभी कोई अनधिकृत प्रवेश की चेष्टा करे तो वे उसकी अस्थियां खड़कायें। उन्हें ज्ञात है कि कौन अधिकृत है। निर्देश स्पष्ट हैं। सो रहस्य के एक आवरण से आच्छादित रहती है कुटिया, जो साधुत्व को स्थापित करने में यूं भी एक महत्त्वपूर्ण कारक माना गया है। जो साधु जितना अधिक रहस्यमय होगा वह उतना ही महान साधु होगा।...सो आपका कुटिया प्रवेश तो कठिन है। पर हम अंदर का विवरण बताते हैं। अंदर सुंदर स्तंभ हैं, बड़े-बड़े बांसों पर रखा छप्पर, कुश, कांस, शर एवं पत्रों से आच्छादित है। समतल फर्श पर मोटी कुश की सतह और उस पर मृगछालाएं बिछी हैं। मोखों से प्रवेश करता प्रकाश। कोमल आसनों की टेक। भोजपत्रों का ढेर है एक कोने में। कुणाल इन्हीं पर श्लोक रचा करते हैं तथा इन्हीं पर अयोध्या के मंत्रियों-अमात्यों इत्यादि की जन्मपत्रियों की ज्योतिष गणनाएं किया करते हैं।

कुटिया में सांझ भी सहम कर प्रवेश कर रही है।

वृक्षों पर पक्षी निर्द्वंद्व चहक रहे हैं।

ठंडक आने लगी है समीर में। सांझ को विशेषतः। पर कुणाल पर ऋतुएं प्रभाव नहीं डालतीं। वे सदैव अर्धनग्न ही रहते हैं। मात्र धोतिका रहती है कटि में। उसी धोतिका का एक भाग वक्ष से होता हुआ कंधे पर,अनायास सा पड़ा हुआ। देहयष्टि इस उम्र में

भी आकर्षक, दर्शनीय और अद्‌भुत। जो एक बार दृष्टि डाल ले, वह पलटकर पुनः दोबारा देखता ही है।...आज किंचित् अधिक ही ठंड है। ऐसे में भी कुणाल अपनी कुटिया के समक्ष अर्धनग्न ही घूम रहे हैं। ऐसी ठंड में भी नग्न शरीर! धन्य हैं। योगी ठहरे! सांसारिक सुख-दुख, ठंड-गर्मी से असंपृक्त तथा ऊपर। कुंडलिनी साधनेवाले। प्राणायाम विशेषज्ञ। योगासनों में निष्णात। ऐसी देह यूं ही तो नहीं बन जाती। चरणों में खड़ाऊं धारणकर जब वे कभी अयोध्या के राजमहलों में अथवा यज्ञादि में पधारते हैं, तब अयोध्या के श्रेष्ठिजन, उनकी पत्नियां, उप-पत्नियां आदि उनकी भव्य देहयष्टि को आश्चर्य, ईर्ष्या तथा कामना से देखते रह जाते हैं।

संध्या का धुंधलका गहरा रहा है।

धूप दुर्बल होकर क्षितिज की शैया पर सिमट गई है और अंधियारे की चादर शनैः-शनैः ओढ़ रही है। वैसे यह समय संध्या-वंदन का है। कुणाल इस बेला में पर्णकुटीर में ही होते हैं। वे अन्यथा भी पर्णकुटीर से विरले ही बाहर आते हैं। अंदर बंद रहने से उनके व्यक्तित्व की रहस्यात्मकता बढ़ती ही है।...सो ऐसे कुणाल, संध्या वंदन के समय पर्णकुटीर के समक्ष यूं नग्न पगथलियों से हरी दूब पर विचारमग्न घूम रहे हों, तो प्रहरी युवा संन्यासियों का आश्चर्य में पड़ जाना नितांत स्वाभाविक है। क्या हो गया बुढ़ऊ को?...वे यह सोचते कि उससे पूर्व ही कुणाल ने उनको भी वहां से प्रस्थान करने का आदेश देते हुए कहा— 'हमें किंचित् एकांत की आकांक्षा है...।' वे आपस में मौन मुद्राओं तथा नेत्रों के संकेतों द्वारा परस्पर यह प्रकट करते हुए वहां से निकल गये कि मेधावी व्यक्ति भी जब वयोवृद्ध होने की दिशा में हो, तब उसकी मानसिक दशा का कुछ भी अनुमान कर पाना कठिन होता है और वह यदि कभी नग्न-नृत्य पर भी उतर आए, तो आश्चर्य नहीं करना चाहिए।...मूर्ख युवा! उचित-अनुचित से अनभिज्ञ। अभी प्राणायाम के प्रथम चरण की क्रियाएं ही करने को कह दिया जाये, तो श्वास दो पल भी न साध पायें!

अब निचाट एकांत, संध्या काल का धुंधलका, सर्द बयार, पत्रों की सरसराहट, पंछियों की अनवरत् चहचहाहट है और इनके मध्य हरी घास पर भ्रमणरत हैं ऋषिवर। व्याकुल से। घास पर एक ओर पादुकाएं पड़ी हैं उनकी। एक उलट गयी है और दूसरी वक्र स्थिति में। मानों व्याकुलता और अकुलाहट में भरे व्यक्ति ने त्वरा में उतारी हों। वैसे, नंगी पगथलियों से ठंडी दूब पर घूमना शांति प्रदान कर रहा है उन्हें। दिवस की अंतिम पीली धूप में निर्मित ऋषि की बड़ी सी छाया भी अब धुंधली हो रही है।

जब से आज प्रातः पादुकामंत्री उनके दर्शन करके गये हैं, वे व्याकुल हैं। प्राण मानों छटपटा से रहे हैं। पादुकामंत्री के मुख पर, हस्तरेखाओं में और बाद में उनकी जन्मपत्री के अध्ययन में कुणाल ने न जाने क्या पाया है कि वे निरंतर उद्वेलित हैं। अपशकुनों की चर्चा से बात प्रारंभ हुई तो कुणाल ने प्रारंभ में हंसकर यही कहा था कि वत्स, तुम्हारी

कुंडली के योग अभी वर्षों तुम्हें शक्तिशाली बनाये रखनेवाले हैं। परंतु बाद में पुनः ज्यों-ज्यों उन्होंने अपनी ज्योतिषीय गणनाएं कीं, वे एक साथ ही आश्चर्य तथा चिंता में पड़ते गये। किसी की हस्तरेखाएं क्या रातोरात ऐसी परिवर्तित हो सकती हैं? किसी की जन्मपत्री में क्या रातों-रात कुछ ऐसा अघट घट सकता है कि ग्रह आपको मूर्ख बनाते हुए यहां से वहां बैठ जायें?...वे हस्तरेखाएं और वह कुंडली, जो उन्हें हमेशा ही अद्‌भुत तथा स्वर्णिम भविष्य की द्योतक प्रतीत होती थीं, उनमें आज कुणाल को न जाने क्या-क्या दृष्टिगोचर हो रहा था। पहले कहां थे ये विघ्नकारी, अमंगल योग? वे पहले क्यों नहीं देख पाये इन्हें? वे ही अज्ञानी थे, कदाचित्!

व्याकुल-से ऋषि हरी दूब पर फैली पीली धूप में टहल रहे हैं। पीली धूप का मायावी स्वर्णिम सरोवर चहुंओर। ऐसी छटपटाहट है ऋषि के मन में कि छवि स्वर्णिम सरोवर में खिले कमल की नहीं वरन् स्वर्णिम सरोवर में डूबते-उतराते-छटपटाते व्यक्ति की बन रही है।...और आज, जब सोमपाद के भवितव्य की उथल-पुथल की आशंकाओं की आहटें उन्हें सुनाई दे रही हैं, तब न जाने क्यों, वे अनजाने ही स्वयं के जीवन पर दृष्टिपात करने लग गये हैं। आज सुबह से वे अपने चौदह वर्षों के उस जीवन पर विचार कर रहे हैं कि जब वे सत्ता के निकट आये और पुनः शनैः-शनैः इस आश्रम के साम्राज्य को खड़ा करना ही मानों उनके जीवन का अभीष्ट रह गया था। साम्राज्य बना भी। गर्व से खड़ा है आज यह साम्राज्य उनका। परंतु आज जब वे मुड़कर दृष्टिपात कर रहे हैं तो उन्हें ऐसा प्रतीत हो रहा है कि यह सारा जीवन ही उन्होंने एक ऐसे सुनहरे सरोवर के निर्माण में वृथा कर दिया, कि जिसमें डूबना ही अब उनकी नियति बन गई है। वैसे भी, उन जैसे प्रखर मेधावाले ऋषि को यह बताने की आवश्यकता नहीं कि स्वर्णिम सरोवरों का निर्माण करते हुए, हम मानव-इतिहास की इस विडंबना को विस्मृत कर जाते हैं (और संपूर्ण मानव-इतिहास ऐसे वृत्तांतों से भरा पड़ा है,) कि कितने स्वर्णिम सरोवरों में कौन-कौन डूबा? बल्कि तिरा ही कौन?...वास्तविकता यही है कि स्वर्णिम सरोवर में तैरने की कोई विधि ईश्वर ने रची ही नहीं। सो जिसने भी स्वर्णिम सरोवर बनाये, वे अंततः डूबे भी उसी में। हर व्यक्ति फिर भी ये सरोवर बनाता है— यथार्थ में न सही, कल्पना में। इसमें सम्राट भी डूबे हैं और साधु भी।

कुणाल व्याकुल हो टहल रहे हैं।

अंधकार उतर रहा है।

सुनहरी धूप अदृश्य हो गई। सरोवर मानों स्वयं ही अंधकार द्वारा लीला गया। कुणाल अनवरत भ्रमणरत् हैं। या कहें कि भटक रहे हैं। वे विचारों में भटक रहे हैं। वे आज सोचते हैं तो मन भर-सा आता है। वे कैसे मेधावी, प्रज्ञावान और चिंतनशील होते थे। इन निरर्थक कार्यों हेतु तो जन्म नहीं हुआ था उनका, जिनमें वे पिछले चौदह वर्षों में उलझे रहे। वे यह सब करना भी नहीं चाहते थे। पुनः यह कैसे हुआ कि वे सत्ता की भंवर के

निकट आये और अंततः उसके द्वारा लील लिये गये? वे जीवन में क्या करने निकले थे और भटककर किन मायावी बीथिकाओं में आ गये? युवा ब्रह्मचारी साधक के रूप में वे कैसे प्रखर थे! दूर-दूर के आश्रमों तथा महर्षियों के मध्य इस युवा ब्रह्मचारी की मेधा के विमर्श होते थे। अन्य युवा शिष्यों को उनका उदाहरण दिया जाता था। स्वयं वशिष्ठ ने एक धर्मसभा में उनके शास्त्रज्ञान की प्रशंसा करते हुए आशीर्वाद दिया था। वस्तुतः आश्रम से शिक्षित होकर निकलते-निकलते वे अध्यात्म के आकाश पर धूमकेतु से छा गये थे।...परंतु शनैः-शनैः वे जाने-अनजाने भ्रष्ट सत्ता के निकट आये। सत्ता ने उनका और उन्होंने सत्ता का परस्पर उपयोग अपनी-अपनी स्वार्थसिद्धि हेतु किया। और भरपूर किया।...इन चौदह वर्षों में वे अयोध्या की सत्ता के महत्त्वपूर्ण स्तंभ बन गये और आश्चर्य यह रहा कि वे इसे गर्व करने योग्य बात मानते रहे। इतना विशाल आश्रम...इतने शिष्य...अयोध्या की राज सभा पर ऐसा अचूक प्रभाव...। वे क्या थे! वे क्या हो गये! मानों मायाजाल की दंडिका घूमी और एक प्रखर बुद्धिजीवी सत्ता के सिंहासन का एक तुच्छ-सा पाया मात्र बनकर रह गया।

क्या अंततः हर सत्ता प्रत्येक बुद्धिजीवी के साथ यही नहीं करती?

कुणाल विचारमग्न टहल रहे हैं।

सुनहरे धुंधलके की सुनहरी दूब आज न जाने क्यों गड़ रही है। पगथलियों में भी और मन में भी।

अयोध्या में रात :
कुछ ऐसा करो कि कल सूर्योदय ही न हो

'छत से उल्टा लटकाइए, पुनः नितंबों पर दंडप्रहार करवाइए— पुनः देखिए कि शठ से शठ और हठी से हठी व्यक्ति के मुख से कैसे समस्त रहस्य टपकते हैं...,' पादुका मंत्री ने निरंकुश सत्ता का मंत्र सेनापति को देते हुए यह कहा।

रात्रि का प्रहर है और पादुकामंत्री के साथ सेनापति इस विशेष कक्ष में पिछले एक पहर से मंत्रणारत् हैं। अतिगोपनीय चर्चाओं और मंत्रणाओं हेतु यह विशिष्ट कक्ष पादुका मंत्री के महालय में बना है। पादुकाराज में बहुतों की जन्मकुंडलियां इसी कक्ष में बनी-बिगड़ी हैं। भारी परदों से ढके तीन द्वारों और तीन सुरंगों के अंदर यह कक्ष बना है। यहां की वायु में रहस्य डूबते-उबरते हैं। ऊंची छत। मोटी बधिर दीवारें। काष्ठ का फर्श। कोने में सहमा सा दीपदान। कुछ सिंहासननुमा बैठकें। अंधकार में छुपे मूक कोने। सतर्क सन्नाटा। मौन वायु। घुमावदार मोखे।...जब पादुका मंत्री इस कक्ष में किसी के साथ वार्तारत् हों, तो मृत्यु को भी बाहर द्वार पर ही उनकी प्रतीक्षा करनी होगी। कक्ष की गोपनीयता और वहां पनपने-पलनेवाले षड्यंत्रों का आतंक चहुंओर है और यह भय हर एक को हमेशा ही रहता है कि कदाचित् हमारे विषय में तो वहां कोई चर्चा नहीं हुई!

ऐसे कक्ष में, इतने विलंब से पादुकामंत्री और सेनापति घुसे हैं और चर्चारत हैं, सो कोई अति विशिष्ट बात ही होगी। द्वार के बाहर नियुक्त विश्वस्त प्रहरी गण फुसफुसा कर चर्चारत् हैं :

'कैसे हो भ्राता?'

'अभी तक तो सब आनंदमंगल समझो...।'

'अभी तक ही क्यों?'

'सुना नहीं आपने?'

'नहीं तो, क्या?'

'पूरी अयोध्या में चर्चा है...राम आ रहे हैं...।'

'तुम भी मित्र...!'

'सच कहते हैं हम...चहुंओर चर्चा है...।'

'चर्चा करने से ही राम आते होते, तो इन चौदह वर्षों में नित्य ही आ जाते...।'

'जब सम्मुख ही आकर खड़े हो जायेंगे, तभी मानोगे क्या?'

'आने तो दो...।'

'तब क्या करोगे?'

'चरण पकड़ लेंगे...।'

'और वे क्षमा कर देंगे?'

'महाजनों और छत्रपों के चरण गहते हुए जीवन बिता दिया है मित्र...यह ऐसी दिव्यविधि है कि जो हमेशा ही प्रभावी रही आती है।'

'राम को ऐसा मत समझना मित्र...कहा जाता है कि वे...'

'...समस्त राजा अंततः एक से ही तो होते हैं मित्र...।'

'पादुकाराज में जो पापकर्म हम राजकर्मचारियों ने...'

'...आप व्यर्थ ही हतकंपन के शिकार हो रहे हैं मित्र...राम आनेवाले नहीं।...और आये भी तो अपनी अयोध्या अब ऐसी हो चुकी है कि यहां हर रामराज अंततः पादुकाराज में ही परिवर्तित हो जायेगा...।'

'ईश्वर आपकी वाणी सत्य सिद्ध करे...।'

'तथास्तु...।'

दोनों प्रहरी अब शांत हो खड़े हैं।

अंदर, कक्ष में, सेनापति और पादुकामंत्री।

कक्ष में हो रहे विमर्श को यदि प्रहरी सुन पाते तो जानते कि वहां भी राम आगमन पर ही विमर्श चल रहा है। सेनापति इसी कारण तो पादुकामंत्री के महालय पधारे हैं। वस्तुतः सेनापति शतबली ब्रह्ममुहूर्त से ही द्विविधा में हैं। गुप्तचरों ने जब से यह निश्चित सूचना दी है कि संपूर्ण अयोध्या में राम के आगमन का समाचार दावानल सा फैला हुआ है, वे उद्विग्न हैं। अन्यथा वे प्रातः देर तक निद्रालीन रहनेवाले प्राणी हैं। परंतु आज वे अंधेरेमुंह ही उठ चुके थे और उद्विग्न थे। गुप्तचरों ने जो भी सूचना दी,वह तो अपने स्थान पर है ही परंतु न जाने क्यों स्वयं सेनापति को भी पूर्वाभास सा हो रहा है कि सचमुच ही राम वापस आ रहे हैं। राम आ गये, तब क्या होगा? मन ऐसा उद्वेलित कि कुछ सोच ही नहीं पा रहे थे वे। और प्रातः होते-होते तो व्याकुलता इतनी बढ़ गई थी कि शतबली ने निश्चित किया कि पादुकामंत्री से ही इस विषय में बात की जाये। पादुकामंत्री की तीक्ष्ण, तिकड़मी और षड्यंत्रकारी बुद्धि को समस्त अयोध्या ही सम्मान, भय तथा आश्चर्य के साथ स्वीकार करती है। सेनापति को ज्ञात है कि ऐसे विषम विषयों में मात्र पादुकामंत्री की ही गति है। पुनः राम की वापसी में सेनापति के प्राणों के लिए जितना संकट है, उनसे बढ़कर पादुकामंत्री के अस्तित्व पर संकट की छाया पड़नी है।

प्रातः भी वे इसी कार्यवश आये थे। परंतु प्रातः तो सेनापति को लौटना पड़ा।

पादुकामंत्री महालय में नहीं थे। कहां गये होंगे? कोई सटीक सूचना न दे सका। साथ में पद्माजी भी थीं, मात्र यही ज्ञात हुआ। चिंतित सेनापति तब तो लौट गये।

गुप्तचरों ने अनंतर बताया कि पादुकामंत्री कुणाल ऋषि के आश्रम गये थे। क्यों? ज्ञात नहीं कर सके गुप्तचर। अयोध्या के गुप्तचरों का आपको ज्ञात ही है। अन्यथा कुणाल ऋषि के आश्रम में भी सेनापति ने साधु वेश में गुप्तचर घुसा रखे हैं। पर वे अकर्मण्य मात्र मालपुवे खा रहे हैं। इति। जब भी किसी कार्य का अवसर आता है, वे इसी प्रकार असफल होते हैं। सहस्र बहाने। हजार कारण। अभी कह रहे हैं कि महोदय, किसी को कुणाल की कुटिया के निकट भी फटकने नहीं दिया गया, सो हम क्या करते? एक गुप्तचर ने सूजा हुआ गाल प्रस्तुत करते हुए बताया कि वह कुटिया के पीछे बनी झाड़ियों में छुपने में तो सफल हो गया था और भूमि पर धूल चाटने की गुप्त मुद्रा में धरासीन हो अंदर होनेवाली गुप्त चर्चा श्रवण का गुप्तचरी प्रयास भी कर ही रहा था कि वहीं भूमि पर विचरण करते विच्छू ने गाल पर ऐसा डंक मारा कि वह वहीं संज्ञाहीन होकर धरासीन ही पड़ा रह गया— अभी संज्ञा लौटी और नींद टूटी तो झाड़ी से निकलकर सीधे सेनापति की सेवा में प्रस्तुत हुआ। एक गुप्तचर ने बताया कि कुटिया से निकलने के बाद पादुकामंत्री और कुणाल, दोनों ही चिंतित दीख रहे थे।...कहीं, राम आगमन को लेकर कोई चर्चा तो नहीं हुई? सेनापति दिवसपर्यंत सोचते रहे। और अब रात में वे अंततः यहां थे।

पादुकामंत्री ने सेनापति की सारी सूचनाएं सुनीं।

सेनापति को संदेह था कि पादुकामंत्री उसकी सूचना पर हंसेंगे और हंसकर उनसे कहेंगे कि जाओ मित्र, विस्मरण कर डालो ये सब बातें, राम नहीं आनेवाले। पादुकामंत्री की आश्वस्त मुद्रा और विश्वास भरी झिड़की सुनने ही तो शतबली यहां आये थे। पर यहां आकर तो उनकी आशंका अब कई गुना और बढ़ गई।

उनकी सूचनाएं सुनकर पादुकामंत्री के मुख पर यहां से वहां तक ऐसी घबराहट और चिंता विस्तीर्ण हो गई कि वे नितांत सामान्य से व्यक्ति प्रतीत होने लगे— और वह भी ऐसे सामान्य व्यक्ति सम कि जिनको आते-जाते हुए नित्य ही ठोकरें मारते हुए सेनापति का जीवन व्यतीत हुआ था।

शनैः-शनैः प्रकृतिस्थ-से हुए पादुकामंत्री।

कहीं समस्त अशुभ लक्षणों द्वारा 'भवितव्य' राम के आगमन की दिशा में तो इंगित नहीं कर रहा था? जो बात कुणाल ऋषि नहीं समझ पाये, वह गुप्तचरों ने बता दी। यहीं आकर आपकी समस्त पूजा-पाठ की लीला और ज्योतिषशास्त्र के पोथे यथार्थ के उलझे सच से पराजित हो जाते हैं। इनसे निबटने हेतु तो जोड़-तोड़ की समझ, और नित्य ही दो कदम आगे की चाल सोचने की कपट-बुद्धि चाहिए। गुप्तचर यहीं कुणाल पर भारी हैं। निश्चित ही उनके साथ घट रही अशुभ घटनाएं इसी ओर इंगित कर रही थीं।

प्रकृतिस्थ होते ही वे पुनः पादुकामंत्री हो गये— अधिकार के दर्प से दिपदिपाते,

अपनी कूट-बुद्धि पर विश्वास से भरे और आगत संकट का तोड़ खोज़ लेने को तत्पर, आतुर तथा कटिबद्ध।

राम यदि वापस आ भी रहे हैं, तो उनसे निबटने तथा राम के आ जाने के पश्चात् रामराज में भी पादुकाराज के ताने-बाने को अक्षुण्ण बनाये रखने के प्रति वे आशंकित अवश्य हैं, परंतु आश्वस्त भी हैं। इन चौदह वर्षों में वे घुन की भांति अयोध्या की शासन-व्यवस्था को जर्जर कर चुके हैं। संपूर्ण व्यवस्था को समूल उखाड़ फेंकना राम के लिए भी संभव नहीं होगा। पादुकामंत्री एक दिशा में तो यह सब सोच रहे हैं, परंतु दूसरी दिशा से वे चिंतित भी हैं। राम का विश्वास नहीं। आदर्शवादी व्यक्ति। मर्यादापुरुषोत्तम। सत्य के प्रति निष्ठावान। प्रजावत्सल।...ऐसे जन का क्या विश्वास! ये दुष्ट मर्यादापुरुषोत्तम तथा आदर्शवादी व्यक्ति ठीक नहीं होते। ये आपत्तिकारक होते हैं। इनकी तोड़ खोजना भी आसान नहीं होता। ये कुछ भी कर सकते हैं। इसी कारण आशंका तो भयंकर है कि राम यदि वापस लौटे तो कहीं पादुकाराज को समूल परिवर्तित कर ही न डालें।...पादुका मंत्री आशंका से भरे हैं, परंतु वे उस तरह घबरा नहीं रहे, जैसा घबराता हुआ सेनापति उनके पास आया था।

पुनः यह भी तो संभव है कि सारी सूचनाएं निरर्थक निकलें और उनके साथ घटी तथाकथित अशुभ घटनाएं भी आधारहीन संयोग मात्र हों। कुणाल ने तो कुछ बताया नहीं। वे त्रिकालदर्शी कहाते हैं। हैं भी। इसी की खाते रहे हैं। वे कुछ भी नहीं जान सके और अयोध्या की सामान्य प्रजा को ज्ञात हो गया कि राम आ रहे हैं? ऐसा संभव ही नहीं। इधर इस मूढ़ सेनापति ने मूर्खों को गुप्तचर सेवा में लगा रखा है। कुछ भी सूचनाएं देते रहते हैं। सेनापति भी स्वयं मूर्ख है ही। बल्कि मूर्ख होने के कारण ही तो उन्होंने इसे सेनापति बनाया था, अन्यथा इससे बलशाली योद्धा भी थे, पर वे बुद्धिमान भी थे। सेनापति मूर्ख हो तथा महत्त्वाकांक्षी न हो, यह भी तो आवश्यक है। अन्यथा किसी भी दिवस आप कारागार में और सिंहासन पर सेनापति। हर बुद्धिमान शासक मूर्ख सेनापति ही चुनता है।...

परंतु इस सूचना का विस्तृत अनुसंधान तो कराना ही होगा।

पादुकामंत्री ने सेनापति को निर्देश दिये। समस्त गुप्तचरों को बुलवाकर अयोध्या के कोने-कोने में फैला दो। बीथिकाएं भर दो गुप्तचरों से। अयोध्या का नागरिक कहीं अधोवस्त्र भी बदल रहा हो, तो गुप्तचर की दृष्टि से छुपकर ऐसा न कर सके। गुप्तचर के भोजपत्रों पर अयोध्या के सामान्य जन की किस जंघा में कहां तिल है, यह सूचना तक अंकित हो जाये।...सेनापति ने प्रत्युत्तर में बताया कि अभी भी ऐसा ही है। हम प्रत्येक नागरिक पर दृष्टि धरते हैं और किंचित् भी राज्यविरोधी गतिविधि की शंका हुई कि नागरिक को ग्रीवा से पकड़कर उसे उसकी उचित नियति तक पहुंचा देते हैं।...पादुकामंत्री ने तिरस्कारपूर्ण स्मित के साथ कहा कि तब भी यह स्थिति हुई है कि गुप्तचरों को ज्ञात

ही नहीं हो सका है कि वे कौन हैं जो राम के लौटने की मिथ्या सूचना फैलाकर अयोध्या के नागरिकों को आंदोलित करने का कुप्रयास कर रहे हैं? नागरिक मूर्ख होते हैं। उनका आंदोलित होना उचित नहीं। नागरिक आंदोलित हो उठ खड़े हों, तो किसी भी शासन को उखाड़ फेंके। उन्हें एकजुट होकर आंदोलित होने से रोकना अत्यंत आवश्यक है। और अयोध्या का नागरिक राम के नाम पर तो पुनः ऐसा उत्साहित हो जाता है कि क्या कहें। सो आवश्यक है कि हम उन शठों का अनुसंधान करें जो इस मिथ्या प्रचार के मूल में हैं। उनको पकड़ो, लटकाओ उल्टा थानों में। करो कुटाई। संधान करो कि असल सत्य क्या है?

और यही सब कहते हुए पादुकामंत्री ने वे अमर पंक्तियां कहीं कि जिनके उल्लेख से इस अध्याय का आरंभ हुआ था अर्थात् 'छत से उल्टा लटकाइए, पुनः नितंबों पर दंड प्रहार करवाइए— पुनः देखिए कि शठ से शठ व्यक्ति के मुख से भी समस्त रहस्य कैसे टपकते हैं...।'

ध्यान दें तो इस एक वाक्य में पादुकाराज के शासनतंत्र की निरंकुशता, हिंसक आत्मविश्वास, ढीठता— सब कुछ समाहित है। यदि कल अयोध्या की प्रजा दैदीप्यमान अक्षरों में यही वाक्य पादुकाराज के प्रत्येक कार्यालय में दीवारों पर लिखा पाये, तो उसे आश्चर्य नहीं होना चाहिए।

वैसे उसे आश्चर्य होगा भी नहीं।

वह पादुकाराज को पहचानने लगी है।

गहन,काली रात्रि। अर्धरात्रि का पहर।

हाथ को हाथ नहीं सूझ रहा और लात को लात भी नहीं सूझ रही। वैसे लात जल में है और कुणाल ऋषि को यह तो सूझ ही रहा है कि लात अतिशीतल हो गई है। सरयू का शीतल जलप्रवाह। जल में पांव डाले शिला पर विचारमग्न बिराजे हैं कुणाल। रात्रि के अंधकार में सरयू मायावी प्रतीत हो रही है और भयावह भी। दूर तक रेत का विस्तार और तिमिर का भी। निचाट अंधकार में सरयू की हरहराहट। बियावान वन में प्रवाहरत सरयू और उसका अनवरत नाद। दूर क्षितिज पर काले आकाश में कहीं अदृश्य होता अरण्य वहां विलीन हो रहा है अंधकार में।

शिला पर बिराजे हैं कुणाल। मौन।

उनके पैरों को भिगोती सरयू प्रवाहमान है शिला के आसपास। सरयू की हरहर और अरण्य के तारों पर पवन द्वारा बजाया जा रहा राग। अन्यथा रात्रि का मौन। गगन में एक तारा तक नहीं। अयोध्या की बस्ती इतनी दूर कि यहां से दुर्ग प्राचीर पर निरंतर प्रज्वलित रहनेवाली मशालें तक दृष्टिगोचर नहीं हो रहीं। कुणाल आश्रम में भी कोई गतिविधि नहीं है। सभी निद्रामग्न। आश्रम द्वार पर अवश्य अग्नि प्रज्वलित करके कुछ जन भूमि पर बिराजे हुए ताप ग्रहण करते दीख पड़ते हैं। रात्रि के प्रहरी साधु। शीत है। पहरे के लिए जागरण आसान नहीं। साधु हैं तो क्या हुआ। अस्थि-मज्जा से ही तो निर्मित है हमारा भी शरीर वत्स। ठंड सीधे अस्थियों में प्रवेश करती है तो आत्मा तक कंपित हो जाती है। कभी साधुओं की भांति नंग-धड़ंग रहकर देखो...। अर्धरात्रि के बाद का प्रहर हो चला है।...संसार निद्रामग्न है। मात्र सरयू जाग रही है और उसकी हरहराहट का मंत्रोच्चार दिग्-दिगंत तक। अर्धरात्रि में किसी हठयोगी सी साधनारत् है सरयू।

कुणाल मौन हैं। वार्तालाप करें भी तो किससे? बियावान, एकांत में अकेले। बहुत समय से शिला पर बैठे हैं वे। विचारमग्न। साधुओं का तो कर्तव्य ही होता है कि वे एकांत में समाधिस्थ होकर जीवन के गूढ़ प्रश्नों पर विचार करें। कार्य कठिन है। प्रत्येक जन नहीं कर सकता। करे तो निद्रा आ सकती है। सामान्य जन को तो नींद ही समाधि है। परंतु साधुओं की और ही बात। उनका अपना संसार। छुद्र सांसारिक प्राणी इस प्रकार शिला पर बैठ के नेत्र मूंदकर विचार करे तो पूरा समय इसी विचार में व्यतीत हो जाये

कि कहीं शिला से फिसलकर सरयू में न बह जायें! परंतु साधु का क्या कहना। और उसमें भी कुणाल-से ऋषि की तो बात ही क्या! उनके विषय में तो अयोध्या में कहा जाता है कि वे पूरे एक वर्ष तक एक टांग पर स्थिर खड़े होकर समाधि लगा चुके हैं। सो कुणाल विचारमग्न हैं तो जीवन के गहन प्रश्नों के उत्तर की खोज में ही होंगे, यह माना जा सकता है। सरयू का निनाद और रात्रि के सन्नाटे का शोर— कुछ भी उनके चिंतन में बाधा नहीं पहुंचा सकता। वे गहन विचारों में लीन हैं।

कौन से विचार?...एक ही विचार! आज तो मात्र एक ही विचार।

राम आ रहे हैं।

कुणाल जान चुके हैं।

सोमपाद की हस्तरेखाओं, कुंडली और ज्योतिषशास्त्र की गणनाओं में दिवसपर्यंत व्यस्त रहने के पश्चात् वे इस निर्णय पर पहुंचे हैं कि राम वापस लौट रहे हैं। सोमपाद की रेखाओं में अनिष्ट की जो अबूझ छाया उन्हें प्रातः दीख पड़ी थी और जो उनको तब समझ नहीं आई थी, उसका स्पष्टीकरण अब उनके समक्ष है। वे आश्चर्यचकित हैं कि इतनी सी बात को वे पहले ही क्यों नहीं बूझ पाये? क्या यह साधारण सी बात जानने के लिए उन्हें इतनी गणनाओं का करना आवश्यक था? क्या वे राम को नहीं जानते थे? क्या राम एक सामान्य-से राजकुमार थे, जिनकी कथा वन में ही समाप्त हो जाती? क्यों पादुकाराज के मायाजाल में फंसकर वे यह नहीं सोच पाये कि राम एक दिवस अवश्य लौटकर आयेंगे। राम की कुंडली भी उनके पास थी और अयोध्या की भी। सत्ता के कुहासे में उनकी दृष्टि कैसी धुंधली हो गई थी!...राम लौट रहे हैं, यह निश्चित है। तब?...अब उनका क्या होगा? राम के आगमन के पश्चात् पादुकाराज की सत्ता का क्या बनेगा? वे कहां जायेंगे? बहुत सांत्वना दी है उन्होंने स्वयं को कि उनको इस बात से क्या तात्पर्य कि अयोध्या की सत्ता किसके हाथ रहती है? वे साधु हैं। उनके कर्तव्य तथा जीवन की दिशा भिन्न ही है। पर सांत्वना मिल नहीं रही। हृदय कंपित है। अनर्गल विचारों के थपेड़े और आशंकाओं के बवंडर नख से लेकर शिख तक उनके व्यक्तित्व को मथे दे रहे हैं। अभी-अभी वक्ष में अंदर कुछ फड़फड़ाया। अभी माथे के अंदर कुछ तड़का। अभी-अभी आंखों के समक्ष अंधकार सा आया, जबकि पहले ही रात्रि का ढेर सा अंधकार चहुंओर है। अभी-अभी पेट में शूल सा कुछ उठा और घूमा। अभी-अभी उंगलियां कांपीं और ऐसी ठंड में भी कपाल पर स्वेद कण उभर आये। धोतिका-सी खिसकी और जटाओं के मूल में केश तन गये। रोयें खड़े हो गये।...मन पर मानो नियंत्रण ही नहीं। मन पर नियंत्रण ही तो संन्यासी जीवन का प्रथम मंत्र है। पुनः?...क्यों वे एक नितांत सामान्य मनुष्य की भांति व्यवहार कर रहे हैं? कहां है वह प्रज्ञावान, विचारशील, विद्वान, अनंत शक्तियों का स्वामी महर्षि कुणाल?

सत्ता के उथले कीचड़ में उतरकर क्या हर महर्षि अंततः एक सामान्य-सा ओछा

मनुष्य भर बनकर नहीं रह जाता है?

कुणाल उठ खड़े हुए। सरयू किनारे, टखनों तक शीतल जल में डूबी हैं उनकी टांगें। वे सरयू जल में खड़े रहे। एकटक सरयू के उस प्रवाह को देखते, जो अंधकार में अदृश्य प्रवाहमान है। अचानक पवन बह चला। वन के पेड़-पौधे सरसरा उठे। अंधियारे आकाश में कहीं एक तारा चोरी-चोरी चुपचाप निकला है और भयभीत सा टिमटिमा रहा है। आश्रम द्वार पर प्रज्वलित अग्नि तेज हो गई प्रतीत होती है। कदाचित् साधुओं ने और काष्ठ समर्पित कर दिया है। ज्वाला से प्रदीप्त साधु यहां दूर से दृष्टिगोचर हैं। अंधकार के काले विस्तार पर उनके तांबिया शरीर अद्‌भुत मायावी चित्र निर्मित कर रहे हैं।

वे आश्रम की दिशा में चल पड़े।

रेत में पगथलियां धंसी-धंसी जाती हैं। खड़ाऊं धारण करके रेत में गमन करना कष्टसिद्ध कार्य है। पुनः निचाट अंधकार। विचारमग्न कुणाल आश्रम की दिशा में जा रहे हैं। सरयू की हरहराहट धीमी होती हुई पीछे छूट रही है। परंतु कुणाल के मन की हरहराहट है कि तीव्रतर होती हुई द्रुत पर पहुंच रही है। आश्रम के पिछवाड़े प्रज्वलित मशाल के पीत प्रकाश में कुणाल बीमार प्रेत-से प्रतीत हो रहे हैं।

सेनापति विदा हुए।

उनके प्रस्थान के बाद भी पादुकामंत्री विलंब तक अपने कक्ष में विचारमग्न बैठे रहे।

व्यग्र। उद्विग्न। उद्वेलित। घबराये। कंपायित।

कि सेवक ने आदरपूर्ण स्वर में सूचित किया कि संस्कृति मंत्री पुखराज पधारे हैं और अविलंब दर्शनप्रार्थी हैं।

रात्रि में, बिना पूर्वसूचना, आमंत्रण अथवा पूर्वानुमति के पुखराज पधारे हैं और अविलंब भेंटाकांक्षी हैं— अपशकुनों की शृंखला में यह भी कदाचित् नवीन कड़ी है, पादुकामंत्री ने सोचा।

'उन्हें सादर ले आओ'— पादुकामंत्री ने सेवक को आदेश दिया और तन कर बैठ गये। पादुकामंत्री को तो अभी ज्ञात नहीं, परंतु पाठकों को हम स्मरण दिला दें कि पुखराज यहां सरयू तट पर प्रसन्नजित द्वारा सुनाई जा रही रामगाथा के विषय में चर्चा हेतु पधारे हैं। और इस चर्चा के उपरांत पादुकामंत्री की चिंताएं कितनी बढ़ जायेंगी, यह बताने की आवश्यकता कदाचित् हमारे पाठकों को नहीं है।

रात्रि आधी से अधिक व्यतीत हो चुकी।

अग्निमुख लौट रहा है अपनी बस्ती की ओर।

बीथियों में निचाट अंधकार है। सूनी बीथियां। कहीं कोई गतिविधि नहीं। कुछ श्वान अवश्य सक्रिय हैं और रह-रहकर न जाने किस निराकार शत्रु पर भौंक रहे हैं। कुत्तेपन के वशीभूत। परस्पर ही भौंकते। यदाकदा अंधकार में ही गुत्थमगुत्था। अंधकार में दिखे क्या? अनुमान से ही एक दूसरे पर प्रहार करते। अनुमान से इक दूजे पर कूदते। कोई श्वान, किसी अन्य श्वान पर भौंकते हुए कूदा है, परंतु कदाचित् उचित अनुमान न लगा पाने के कारण श्वान के स्थान पर किसी नुकीले पाषाण पर जा गिरा है और अब 'पैं पैं' करके अंधकार में नृत्यरत है। द्वितीय श्वान कदाचित् उसकी इस स्थिति पर हंस रहा है क्योंकि इसकी 'पैं, पैं' के साथ संगत देते अन्य श्वान स्वर में एक नटखटपन है।...तेल की द्रोंणी लटकाये अग्निमुख ने बुझी मशाल द्वारा नृत्यरत श्वान की लचकती कटि पर अभ्यस्त प्रहार किया, तो नाचते हुए ही वह बीथिका के दूसरे सिरे की ओर दौड़ गया।

अंधेरी बीथिका में अग्निमुख चपल कदमों से घर लौट रहा है। अंधकार में चलने का अभ्यस्त है वह। अंधेरे का व्यसनी कहिए। प्रकाश में वह अवश्य व्याकुल हो जाता है। वह जब तक दमकते प्रकाशवान राजमार्ग पर रहता है, अशांत चित्त रहता है। वह जानता है कि यह जगमग उसके लिए नहीं है।...जब समस्त अयोध्या अंधकार में डूबी हो, तब राजमार्गों की यह जगमगाहट उसे अश्लील लगती है। बीथियों के इस अंधकार में पहुंचकर ही उसे प्रतीत होता है कि अपनी वाली अयोध्या में आ गये हैं। अयोध्या अब दो भागों में स्पष्ट विभाजित है— अपनी अयोध्या और उनकी अयोध्या।...इसी अपनी अयोध्या की अंधियारी बीथियों की झोंपड़ियों, पर्णकुटीरों में निद्रामग्न है अयोध्या की सामान्य प्रजा। अश्व बेचकर निद्रामग्न नहीं हैं क्योंकि अश्व इनके पास कभी रहे नहीं। नंगे जन। भूखे। फटी धोतिका। खाली पर्णकुटीर। हाथों के तोते कब के उड़ चुके । उदर में चूहे तक नहीं कूद रहे— भूख ऐसी कि उदर के चूहे तक निढाल होकर सो चुके। वैसे नंगे होने का यह लाभ भी रहा कि नंगे का कोई क्या तो चुरायेगा— सो उस दृष्टि से चिंतामुक्त निद्रामग्न हैं ये।

अग्निमुख इनके मध्य से निकलता एक स्थान पर थम गया।

रात्रि को लौटते हुए नित्य ही वह यहां आकर रुकता है।

दरिद्रों की बस्ती के मध्य यहां एक मंदिर है। देवी का।

मंदिर नाम से यदि आपकी कल्पना में अयोध्या के भव्य मंदिरों की परंपरा के किसी मंदिर की छवि निर्मित होती हो, तो कृपया क्षमा करें। बीथिका का मंदिर भी बीथिका-सा ही है। दरिद्रों की देवी है यह। देवी की स्थिति भी अपने भक्तों-सी ही है। किंचित् ऊंची-सी मढ़िया है, जिसमें पाषाण की अनगढ़ सी मूरत बिराजी है। भूमि गोबर से लिपी। मिट्टी की दीवारें। तृणमूल की छत। दीवारें गोबर से लीपी गई हैं। दीवार पर गेरू से उकेरी अनगढ़ आकृतियां देवी-देवताओं की। मढ़िया के शिखर पर लाल ध्वजा। देवी के चरणों के निकट कुछ पुष्प, मिट्टी का बुझा दीपक और प्रसाद के रूप में चढ़े मीठे दाने। एक चूहा भी सतर्क और अभ्यस्त। जानता है अंधेरे में भी, कि दाने कहां बिखरे हैं। प्रसाद का टुकड़ा उठाकर कुतर रहा है।...

अग्निमुख ने अभ्यस्त कदमों से मंदिर के अंधकार में प्रवेश किया। प्रवेश हेतु विशेष जतन की आवश्यकता भी नहीं। ग्रीवा झुकाकर कपाल बचाइए और घुस जाइए। मंदिर द्वार पर कोई कपाट तो है नहीं।

अग्निमुख ने अंधकार में ही अभ्यस्त हाथों से मिट्टी के एक चबूतरे पर बने दीप स्तंभ को टटोला। दीप स्तंभ भी काहे का । मिट्टी का एक बड़ा सा पात्र। तेल की द्रोणी को उलट दिया अग्निमुख ने उसमें। द्रोणी खाली है। यत्र-तत्र कोनों में अटका तेल रिसता हुआ नीचे आया। तेल की क्षीण सी धार और पुनः अंतिम कुछ बूंदें दीप स्तंभ में जा गिरीं। अग्निमुख ने दीपक बाल दिया। नित्य का नियम। रात्रि में लौटता है, तो अयोध्या के कोष से तेल की कुछ बूंदें चोरी करके देवी के मंदिर में दीपक जला देता है वह।...दीपक का प्रकाश मढ़िया में...। कहीं से हवा का झोंका भटकता हुआ आया है। थरथराई है दीपक की लौ। मंदिर में झरता प्रकाश कांप रहा है। भागा है चूहा।

अग्निमुख भूमि पर बैठ गया। चिंतित। न जाने क्या तो सोचता।

देर रात्रि को अयोध्या में, देवी के इस मंदिर में भूमि पर बिराजकर कोई चिंतन कर रहा है— यह गुप्तचरों तक को ज्ञात नहीं। सो रही है अयोध्या। जाग रहे हैं चिंता करने वाले। जाग रहे हैं देवी से चमत्कार की आशा करनेवाले। जाग रहे हैं वे, कि जिनके मन में इतने प्रश्न हैं कि जिनके कहीं उत्तर ही नहीं। जाग रहे हैं वे कि जो मंदिर-मंदिर भटकते हैं; उनको ज्ञात ही नहीं कि उनका ईश्वर भी सो रहा है।

अग्निमुख उठा।

देवी को पुनः प्रणाम किया उसने।

तेल की खाली द्रोणी और बुझी मशाल उठाकर निकला वह मंदिर से। जा रहा है अब वह घर की दिशा में, जहां प्रश्न उसकी प्रतीक्षा कर रहे हैं। दीपक के प्रकाश में थोड़ी दूर तक उसकी पीठ दिखती रही। पुनः वह अंधेरे में मानों एकाकार होकर विलीन हो

गया। घर जा रहा है वह, जहां जीवन घात लगाकर उसकी प्रतीक्षा कर रहा है। उसे ज्ञात भी है यह। परंतु जीवन से मुठभेड़ टाली भी तो नहीं जा सकती। मंदिरों में छिपकर कब तक बचोगे जीवन से तुम? जीवन तो निरंतर मुठभेड़ ही है। अग्निमुख जा रहा है।

अयोध्या में अंधेरा है, तो बना रहे।

पुनः सूर्योदय हुआ,
अन्यथा संदेह तो था

स्वर्ग के अपने आनंद हैं।

आनंद न हों, तो पुनः स्वर्ग काहे का!

शहद की सरिताएं, घृत के तड़ाग और सोमरस के झरने। पवन सदैव ही अठखेलियां करता हुआ। पुष्प सदैव ही खिले हुए। पंछी निरंतर चहचहाते, गायनरत। वसंत सर्वत्र, सतत् कर्तव्यस्थ। थोड़ी-थोड़ी दूर पर कल्पवृक्ष, कि भ्रमणरत् व्यक्ति को कदाचित् कभी कोई इच्छा या कामना हुई तो किसी भी कल्पवृक्ष के नीचे जाकर खड़े हो गये और अभीष्ट वस्तु मांग ली। इंद्र के सिंहासन के अतिरिक्त कुछ भी मांग लो, कल्पवृक्ष देगा। बस, मांगकर किंचित् दूर खड़े हो जाना कल्पवृक्ष से। वृक्ष का भरोसा नहीं। जो वस्तु आपने मांगी, उसे आपके सिर पर भी गिरा सकता है। देने का अर्थ यह तो नहीं कि वह आपके हाथ में ही देगा। कल्पवृक्ष का कर्तव्य है, देना। वह देगा। वह टपकायेगा। वह कहीं भी गिरा देगा। आप लपक लो। माना कि स्वर्ग में हो, पर कुछ कार्य तो आपको स्वयं करने होंगे।...पुनः सुंदर, कमनीय अप्सराएं। यत्र-तत्र नृत्यरत्। सर्वत्र धन-धान्य, फल-फूल, पत्र-पुष्प। पड़े-पड़े खाओ। पड़े-पड़े निहारो। कार्य करना न तो अभीष्ट, न अनिवार्य। अकर्मण्यों का परम सम्मान। शैयासीनों का सार्वजनिक अभिनंदन। रसिकों, विलासियों की पांचों उगलियां घृत में। द्यूतकर्मियों का सर कढ़ाई में। इंद्रियों पर नियंत्रण की चर्चा निषेध। कामदेव तीरकमान लिये निरंतर यहां से वहां भागते। नचइयों-गवैयों के ठाठ। पग-पग पर संगीत-सभाएं, चौराहे-चौराहे पर नृत्य। चौपर विशेषज्ञों को स्वर्गवासी सिर पर उठाकर घूमें। द्यूतकर्मी का तो पुनः कहना ही क्या।...स्वस्थ, कंचन कायावाले नागरिक। उदर बाहर की दिशा में। मुख पर स्थायी मुस्कान।...आनंद सर्वत्र। ऐसा आनंदपूर्ण लोक, स्वर्ग।

तब भी कोई है जो अभी स्वर्ग में भी परेशान, व्याकुल बैठा है।

कौन है वह?

वही, अपना देवता। वह व्याकुल है अभी।...कौन देवता?...सीमा होती है मित्र। इतना सब विस्मृत कर डाला? अयोध्यावासियों की यही कृतघ्नता हमें नहीं भाती कि मात्र कुछ दिवसों से ही देवता ने अयोध्या पर पुष्पवर्षा नहीं की है कि आप उसे विस्मृत ही कर बैठे? ऐसा अवसरवाद भी उचित नहीं मित्र। आपकी सूचना हेतु हम सूचना दे

दें कि विमान की त्रुटि का निराकरण हो चुका है और एक बार परीक्षण उड़ान करके एक व्यापारी पर पुष्पवर्षा भी की जा चुकी है। सो देवता को ऐसे मत बिसराइए। लगे रहिए। कभी आप पर भी पुष्पवर्षा की जा सकती है।

सो, यही देवता इस समय व्यग्र तथा व्याकुल है।

देवता इंद्र के भव्य महल के प्रतीक्षालय में व्याकुल बिराजा है।

इतने प्रातः इंद्र का बुलौआ आया, सो अवश्य कोई महत्त्वपूर्ण कारण ही होगा— यही सोचता हुआ वह व्याकुल और चिंतित है। प्रतीक्षारत् है कि कब अंदर आने का आदेश मिलता है।...क्यों बुलाया होगा इंद्र महाराज ने, इतने प्रातः? अभी सूर्योदय हुआ भर है। इतने प्रातः न तो इंद्र जागते हैं, न अन्य देवता। देर रात्रि तक रास-रंग चलता है, सो प्रातः देर तक निद्रालाभ लेना सहज ही है। देवता स्वयं गहन निद्रा में स्वप्नलीन था कि जब इंद्र का संदेश लेकर दूत आये। स्वप्न में वह उस नई अप्सरा के संग था, जिस पर उसकी पापी दृष्टि इन दिनों चल रही है। एक क्षण का अवकाश और प्राप्त हो गया होता तो देवता ने अप्सरा की क्षीण कटि में हाथ डाल दिया होता, परंतु पत्नी ने जगाकर स्वप्न भंग कर दिया। देवता चिड़चिड़ाता हुआ उठा था, परंतु पत्नी द्वारा यह संदेश देते ही कि इंद्र ने बुलाया है, वह सिटपिटा गया। क्यों बुलाया है? वह भी लगभग ब्रह्ममुहूर्त में? इतने प्रातः? किसी ने शिकायत कर दी क्या? किसने चुगली कर दी? इंद्र कान के कच्चे हैं। वे सदैव ही आशंकित रहते हैं। वे सभी पर संदेह करते हैं। सिंहासन को लेकर वे अत्यंत संवेदनशील हैं। त्रिलोक में हर प्राणी पर उनकी सतर्क दृष्टि है— ऐसा समझते हैं वे। देवतागण तथा अन्य स्वर्गवासी उनके इस असुरक्षाभाव का लाभ उठाते हैं। देवता एक दूजे के विरुद्ध इंद्र को भड़काते रहते हैं।...अवश्य किसी दुष्ट ने उसकी शिकायत की है। किसने?...देवता त्वरा से सजता गया और मुकुट इत्यादि धारण करके भागा इंद्र के महल की दिशा में। रथारूढ़ वह राह में भी चिंतामग्न रहा।...कहीं इस अप्सरा ने ही तो इंद्र से उसके विरुद्ध विषवमन नहीं किया?...स्त्रियों का विश्वास नहीं।...वैसे, यह भी सत्य है कि उसे स्वयं पर नियंत्रण धरना चाहिए था और उस अप्सरा के नितंबों पर पीछे से चुटकी नहीं काटनी थी। माना कि उत्सव में भीड़ भारी थी, परंतु अप्सरा जान ही गई होगी क्योंकि चुटकी काटने के तुरंत पश्चात् उसने एक बार उसके नितंबों पर मुष्टिका भी मारी और जब तक वह पलटकर दृष्टिपात करती, वह दूसरी दिशा में दृष्टि फेरकर ऐसी लज्जाहीन मुद्रा में मुस्कुरा रहा था कि संदेह की लेशमात्र संभावना भी न रहे कि इस पापी कृत्य का मूलकर्ता कौन है?

अप्सरा ने उसे घूरकर देखा था। वह ढीठ हो मुस्काता रहा, जैसा कि ऐसी परिस्थितियों में सदैव ही उसका सिद्धांत रहा है।...परंतु ऐसी तुच्छ घटनाओं के लिए भी अप्सराओं का इंद्र तक भागना कहां तक उचित कहा जा सकता है?...स्त्रियां तिल से ताड़ निर्मित करने की विशेषज्ञ होती हैं। वस्तुतः एक सर्वथा विलोम कोण से यदि समस्त

घटना पर दृष्टिपात किया जाये तो अप्सरा को तो इस बात पर देवता का आभारी होना चाहिए था कि वह उस पर रीझा। इतनी अप्सराएं चहुंओर हैं। वह किसी पर भी रीझ सकता था। उत्सव में एकत्रित हजारों नितंबों में से देवता ने उसके नितंब को ही यह सम्मान दिया। ऐसा महत्त्वपूर्ण व्यक्ति। देवता ने अपने अत्यन्त व्यस्त कार्यक्रम से समय निकालकर उसके नितंबों पर चुटकी काटी, इस हेतु उस या किसी भी नितंबिनी को देवता के प्रति आभारी होना चाहिए— ऐसा देवता को भ्रम है। देवताओं के मध्य ऐसे भ्रम सामान्य हैं। उनका विचार रहता है कि यदि कोई देवता किसी स्त्री को भोगने की आकांक्षा धरता है तो उस स्त्री को आभारी होना चाहिए कि ऐसे महत्त्वपूर्ण व्यक्ति ने उसे भोगने की पवित्र आकांक्षा प्रकट की।...देवता स्वयं को ऐसा ही अनुपम मानते रहे हैं। स्वयं के अकिंचन होने की अनुभूति उनको या तो मृत्युलोक में धरती पर फेंक देने के पश्चात् होती है, अथवा इंद्र द्वारा इस भांति बुलाकर पुनः भृत्य के समान बाहर बिठाकर प्रतीक्षा करते समय होती है। देवता अभी अकिंचन होने की इसी अनुभूति से गुजर रहा है।

इंद्र के महल के विशाल प्रतीक्षा कक्ष में वह अकेला बैठा है। प्रतीक्षा कक्ष भव्य है। कक्ष इतना विशाल है कि इसमें बिराजा देवता बौना प्रतीत हो रहा है। मोटा, ऊनी कालीन फर्श पर। रत्नजड़ित बैठकें। रंगारंग चंवर छत से लटक रहे हैं। देवता सतर्क है। मुकुट के नीचे केशों में श्वेद प्रवाहित है। चंवर हिलानेवाले भृत्य कहीं दृष्टिगोचर नहीं हो रहे? गोटे किनारीवाले भारी-मोटे वस्त्र तथा आभूषण धारे है देवता। इंद्र से साक्षात्कार के अपने नियम। औपचारिक वस्त्रविधान। स्वेद की धार प्रवाहित होती हुई अधोवस्त्रों तक पहुंच रही है। उपहार का थैला निकट ही धरा है। इंद्र से भेंट हेतु उपहारविहीन आना शिष्टाचार के विरुद्ध कहायेगा और लगभग पाप की श्रेणी में आने वाला कृत्य होगा।...देवता को ज्ञात है कि स्वर्ग में पुण्य का प्रतिफल प्राप्त हो न हो, ऐसे पापों का फल अवश्य तुरंत प्राप्त हो जाता है। मृत्युलोक में फिकवाने में इंद्र को कितना समय लगता है?

देवता मुस्कुराता बैठा है।

एकांत बैठा कोई व्यक्ति यदि अकारण मुस्कुरा रहा हो, तो वह या तो कदाचित् मानसिक रोगी हो सकता है, या पुनः देवता। देवता मुस्कुराते हैं। पुनः यहां तो देवता पूरे मनोयोग से मुस्कुरा रहा है क्योंकि उसे संपूर्ण विश्वास है कि कुछ अदृश्य नेत्र उसकी प्रत्येक गतिविधि पर दृष्टि धरे हैं। इंद्र के महालय में प्रवेश के साथ ही उसे यह अनुभूति है कि उस पर दृष्टि धरी जा रही है। इंद्र का भरोसा नहीं क्योंकि इंद्र को भरोसा नहीं। इंद्र दानवों के अतिरिक्त देवताओं पर भी दृष्टि धरते हैं। देवता को निरंतर यह अनुभूति भी हो रही है कि मानों इंद्र उसके निकट ही कहीं हैं।...सो वह पूरे मनोयोग से मुस्कुरा रहा है। इंद्र उसे मुस्कुराता पायें, तो मानेंगे कि वह संतुष्ट है। या कदाचित् अधिक ही मुस्कुराने से कहीं संदेह न कर बैठें इंद्र? क्या करे देवता? क्या न करे? अत्यंत ही कठिन जीवन है देवता का मित्रो।

कि द्वार कपाट चरमराये। भृत्य प्रविष्ट हुआ।

देवता और सतर्क।

भृत्य ने संकेत किया। देवता उसके पीछे-पीछे।

भृत्य उसे इंद्र के कक्ष की दिशा में ले जा रहा है, जो महालय में अंदर कहीं है। देवता इंद्र के महालय में इतने अंदर तक पूर्व में कभी नहीं आया है। अवसर ही नहीं बना। महल ऐसा भव्य कि देवता की टांगें कंपायमान। अंतहीन विस्तार। लंबे गलियारे। रत्नजड़ित दीवारें। स्वर्णपत्रों से मढ़े द्वार। छुपे हुए गुप्त मोखों से प्रविष्ट होता प्रकाश। भयभीत करता सन्नाटा। आतंकित करती भव्यता। कंपायित पगों से देवता भृत्य का अनुसरण कर रहा है। मोटे गलीचों में चरण ऐसे धंस रहे हैं मानों दलदल में गति कर रहे हों। दिव्यता का दलदल।

किसी दिशा से संगीत लहरें उठी हैं। घुंघरू के स्वर भी। देवता रसिक है और नृत्यादि में सामान्यतः एवम् नृत्यांगनाओं में विशेषतः उसकी रुचि ऐसी घनघोर है कि घुंघरूवाले चरणों में वह लोट तक सकता है। परंतु संप्रति वह ऐसा तनावग्रस्त है कि उसके कानों में सनसनाहट बज रही है। अन्य किसी स्वर की वहां गति नहीं।

अब वे इंद्र के कक्ष-द्वार पर हैं।

भृत्य ने संकेत किया कि वह यहीं बाहर रुककर प्रतीक्षा करे। प्रथम तो भृत्य प्रवेश करेगा। इंद्र अनुमति देंगे, तभी वह देवता को अंदर ले जायेगा। देवता बाहर खड़ा छत को घूर रहा है। कक्ष से वार्तालाप के स्वर बाहर रिस रहे हैं। इंद्र का परिचित स्वर। एक अन्य स्वर भी। इसका तात्पर्य यह कि इंद्र पूर्व में ही किसी से वार्ता में संलग्न हैं। किससे? कौन है वह? कक्ष में क्या चर्चा चल रही है? इतना अधिक तो उसने कभी भी नहीं सोचा है। कपाल-अस्थि गर्म हो गयी उसकी। भनभन होने लगी खोपड़ी में। मुकुट तक झनझना रहा है।...

कि द्वार कपाट खुले।...

देवता ने उपहारों वाला थैला सतर्कतापूर्वक उठा लिया।

'पधारें।' ...भृत्य ने प्रथम बार कोई शब्द उच्चारा है, अन्यथा अभी तक तो वह संकेत मात्र ही कर रहा था। इंद्र के भृत्य। उनकी भव्यता। उनकी भिन्न ही माया और भिन्न ही अधिकार दर्प। जानते हैं वे देवताओं की ऊंचाइयां, नीचाइयां और गहराइयां।...देवता त्वरित ही धाया द्वार की दिशा में।

देवता अब इंद्र के सम्मुख है।

इंद्र ने पूछा है, 'कैसा चल रहा है आपका?'

इंद्र का प्रश्न सामान्य शिष्टाचार का वह प्रश्न है जो विशिष्टजन प्रायः कृपापूर्वक तुच्छजनों से कर लिया करते हैं और आशा करते हैं कि वे उत्तर में यही कहेंगे कि आपकी कृपा है।

'आपकी कृपा है देवेश...,' देवता ने कहा।

'आसन ग्रहण करें,' इंद्र ने देवता को संकेत किया।

देवता ने आसन ग्रहण करने से पूर्व इंद्र को उपहार भेंट किये। रत्नजड़ित हार, मोती-मानक की मालाएं एवम् मणियां। पुनः वह सादर खड़ा ही रहा। इंद्र के समक्ष सादर खड़े होने का तात्पर्य है, इतना झुककर खड़ा होना, जहां खड़ा होना भी दंडवत की मुद्रा लगे, जहां मुख भूमि के इतने निकट आ जाये कि आप धूल चाटने को तत्पर से लगें, और जहां आपके नितंब पृष्ठ दिशा में यूं आमंत्रण देते उभर आयें कि दर्शक का मन लात मारने को हो आये। देवता ने वही मुद्रा ग्रहण की और पुनः उसी में बना रहा।

'बिराजिए...,' इंद्र ने भेंट स्वीकार करते हुए पुनः कहा।

अब देवता बिराज गया। परंतु अनबिराजा सा, मानों इंद्र के सम्मुख बिराजने के अपराध तथा संकोच में मरा जा रहा हो।

'आप तो अयोध्या के आकाश-प्रभारी हैं न?' इंद्र ने पूछा है।

'सत्यवचन सर्वश्रेष्ठ,' देवता ने कहा।

'इनसे परिचय है?' इंद्र ने पहले से ही वहां बिराजे एक अन्य देवता की ओर इंगित करते हुए पूछा।

उसने वक्र दृष्टि डालते हुए इस देवता को पहचानने का प्रयास किया। मुख परिचित सा तो प्रतीत हो रहा है? परंतु देवता भ्रमित भी है। क्या करे— समस्त देवताओं की धज एक सी। सिर पर मुकुट। मुख पर लाल-पीला पोते। लंबी केशराशि। कर्ण कुंडल सजे। भुजाओं, ग्रीवा आदि में रत्नजड़ित आभूषण।...इस सजावट और माया में मूल देवता तो विलीन हो जाता है। वह भ्रम में है कि यह देवता परिचित है अथवा अपरिचित ?

अब?

देवता 'हें हें' पर उतर आया।

किंकर्तव्यविमूढ़ स्थिति में सर्वश्रेष्ठ उपाय 'हें' 'हें' ही है और सर्वोत्तम अभिव्यक्ति भी 'हें' 'हें' ही है। देवता 'हें' 'हें' उच्चार रहा है, जिसका अर्थ यह लिया जा सकता है कि वैसे तो वह इस देवता को नहीं पहचान पाया है, परंतु जिसे इंद्र ने अपने निकट बैठने का विशिष्ट सम्मान दिया हो, वह देवता महत्त्वपूर्ण ही होगा। ऐसे महत्त्वपूर्ण देवता को न पहचानने के अपराध के लिए हमारे देवता को लज्जा आ रही है और लज्जा को छुपाने (या प्रकट करने?) हेतु वह 'हें' 'हें' कर रहा है।

'ये लंका के आकाश-प्रभारी देवता विमलकीर्ति हैं,' इंद्र ने परिचय कराया।

'अहो...,' देवता आदर से भर उठा।

'अहो' उच्चारने का कारण भी था।

बड़ी सुकीर्ति है इनकी। नाम है। लंका का आकाश-प्रभारी बनना सरल कार्य नहीं।

लंका, राक्षसों की नगरी। उनमें सद्कर्मियों की खोज करके पुष्पवर्षा करना कितना कठिन कार्य है। पुनः रावण क्रोधित न हो जाये, सो उसका ध्यांन भी निरंतर धरिए। इंद्र को भी अपना भृत्य माननेवाला रावण, देवताओं को चरणरज की भांति छुद्र वस्तु समझने वाला। रावण जिन पर कृपा करे, उन पर तो पुष्पवर्षा अनिवार्य ही है— यहां सद्कार्यों का रोना लेकर मत बैठ जाइएगा। सद्कार्य खोजने होंगे,या आरोपित करने होंगे। अन्यथा कोई उपाय नहीं।...और इन विषम परिस्थितियों में भी स्वयं के देवतापन की साख बनाकर रखना कैसा दुष्कर कार्य है, यह समस्त स्वर्ग को ज्ञात है। यही कारण है कि विमलकीर्ति ऐसे विख्यात हैं। हमारे देवता ने हाथ जोड़कर निवेदन किया, 'हे देवताओं के स्वामी, बड़ी कीर्ति है इनकी, परिचय का सौभाग्य भी आज प्राप्त हो गया, मैं धन्य हुआ...।'

'और ये अयोध्या के आकाश-प्रभारी...,' इंद्र ने विमलकीर्ति से इनका परिचय कराया।

'सहस्त्र जन्मों के पुण्यकर्म एकत्रित हुए होंगे कि आपको राम की अयोध्या का आकाश-प्रभारी बनने का सौभाग्य मिला है...,' विमलकीर्ति में मनमोहक वाणी बोलने का गुण है, यह स्पष्ट ही है। जो रावण से नित्यप्रति निबटता रहा हो, उसकी वाणी में यह तो होना ही है।

हमारा देवता अभिभूत हो उठा।

'और अयोध्या का कैसा चल रहा है?' इंद्र ने वार्तालाप को गति देने हेतु पूछा।

'आपकी दया एवम् अनुकंपा से समस्त चराचर में आनंद मंगल व्याप्त है, प्राणपति...,' देवता ने कर जोड़कर कहा।

वैसे भी वह कर जोड़कर ही कहता क्योंकि कक्ष में प्रवेश के पश्चात् से वह कर ही जोड़े है। हाथ जोड़ने से आपकी मुद्रा में जो विशिष्ट चारणत्व एवम् प्रभावी दयनीयता का स्पर्श आता है, वह अत्यंत लाभकारी मुद्रा है, यह देवता को ज्ञात है। हाथ जोड़ना एक कला भी है और अचूक अस्त्र भी।

'सुना है कि बहुत दिनों से अयोध्या में किसी सद्कर्मी पर पुष्पवर्षा नहीं की गई?...' इंद्र ने मानों यों ही जिज्ञासावश पूछा।

देवता सावधान हो गया। चिंतित भी।

इंद्र को किसने बताया? कैसी-कैसी छुद्र सूचनाएं भी इंद्र तक पहुंच जाती हैं। तभी तो समस्त देवतागण इंद्र से भयभीत रहते हैं। इंद्र के गुप्तचर सर्वत्र व्याप्त हैं। स्वयं देवताओं के महालयों के कितने भृत्य तथा चारण वस्तुतः इंद्र के गुप्तचर हैं, यह किसी को भी ज्ञात नहीं।

उत्तर सावधानीपूर्वक देना होगा।

'विमान में त्रुटि आई गई थी कृपालु, सो आकाशाचार संभव ही नहीं था...।'

'अब तो कार्ययोग्य है न आपका विमान?'

'अब पूर्णतः त्रुटिहीन हो चुका है, हे देवों के स्वामी...परसों ही हमने अयोध्या में पुष्पवर्षा भी की है...।'

'किस पर की?' इंद्र ने जिज्ञासा की।

'समुद्रगुप्त नामक एक व्यापारी होते हैं अयोध्या में...उनके पक्ष में अनेकानेक संस्तुतियां थीं कि उन पर भी पुष्पवर्षा की जाये...।'

'क्या सद्कर्म थे इनके?' इंद्र ने पूछा।

क्यों पूछ रहे हैं इंद्र इतना कुछ? देवता सतर्क हो रहा है, व्याकुल भी।

'सद्कार्य तो विशेष नहीं हैं उनके...प्रातः भ्रमण को निकलते हैं तो यदाकदा चीटियों के बिल पर आटा डालते दृष्टिगोचर हुए हैं...इसी आधार पर पुष्पवर्षा का प्रकरण निर्मित करना पड़ा, हे श्रेष्ठात्मा...।'

'यह तो कोई सद्कार्य नहीं हुआ!' इंद्र ने कहा।

लंका के आकाश प्रभारी ने भी हामी भरकर इंद्र का समर्थन किया।

'विवशता है हे सद्कार्य विशेषज्ञ, स्वर्ग से उसके लिए इतनी संस्तुतियां थीं कि उन्हें नकारना असंभव सा था...,' देवता ने आदरपूर्वक कहते हुए लंकाप्रभारी की दिशा में देखा।

लंका के आकाश प्रभारी ने इनका भी समर्थन करते हुए कहा, 'हे सहृदय..., अनेकानेक बार हमें ज्ञात होता है कि यह मनुष्य पुष्पवर्षा का सुपात्र नहीं है, परंतु...'

'उचित ही वचन हैं तुम्हारे...कई बार और भी बहुत से आयाम देखने होते हैं। सत्य कहा।...पुनः पुष्पों की कौन सी अल्पता है स्वर्ग में? यदि पुष्पवर्षा से ही किसी को यह अनुभूति प्राप्त होती है कि उसका जन्म सार्थक हुआ अथवा इससे उसकी सामाजिक स्थिति उच्च होती है, तो अपने बाप का इसमें क्या जाता है...? पुष्पवर्षा में कृपणता उचित नहीं।' इंद्र अपनी नीति स्पष्ट करने लगे।

दोनों देवता मनोयोग से सुनते रहे।

'उचित वचन उच्चारे स्वामी ने,' एक ने कहा।

'सत्य ही कहा और कितनी स्पष्टता से हमारे समस्त भ्रमों का ऐसा निराकरण किया है कि जिस प्रकार सूर्य के प्रकाश में कोहरा छंट जाता है, वैसे ही हमारे समस्त भ्रम छंट गये हैं...,' लंका प्रभारी ने कहा।

'धन्य हुए हम...हे कृपानिधान!' हमारे देवता ने कहा।

'कृतकृत्य हैं हम हे स्वामियों के स्वामी...!' दूसरा पीछे रहने को तत्पर नहीं।

'स्वर्ग में बिराजे अनेक साधु-संतों ने उस व्यापारी की संस्तुति की थी, हे विघ्नहारी...!' देवता ने आगे स्पष्टीकरण दिया।

'व्यापारीगण संतों-साधुओं को दान दक्षिणा प्रदान करते रहते हैं, सो ऐसी संस्तुति आशानुकूल भी है...,' दूसरे देवता ने कहा।

'सत्य वचन...पुनः साधु यदि व्यापारियों से दान न लें तो अन्य किससे स्वीकार करें क्योंकि अन्य जन तो स्वयं ही नग्न एवं दरिद्र विचर रहे हैं— वे क्या दान देंगे? साधु भी लंगोटी में और ये दरिद्रजन भी लंगोटी में...,' इंद्र ने कहा।

'अहो...कैसी स्पष्ट दृष्टि; हे दरिद्रों पर सदैव कृपा करनेवाले...।'

'अहो...कैसे सुस्पष्ट विचार हैं, हे साधुजनों की सदैव ही सुध धरनेवाले...।'

'साधु दान न लें, तो क्या करें? साधु बनना तथा संतत्व साधना दुष्कर कार्य है। बेचारे सदैव ही ईश्वर की आराधना में लीन रहते हैं, तो उदरपूर्ति हेतु कार्य करने का समय ही कहां है उनके निकट? पुनः भजन-पूजन में रत मनुष्य को भूख किंचित् अधिक ही लगती है। थोड़े-थोड़े से अंतराल में जैसे ही भक्ति से मन भटकता है, वह सीधे उदर की दिशा में गमन करता है। ऐसी परिस्थिति में मालपुवे भक्षण हेतु यदि मन डोले अथवा हलुवा-पूरी की आकांक्षा मन में उठे तो यह अनुचित तथा निंदनीय नहीं कहायेगा। और यह सब प्राप्त न हो तो मन भक्ति के स्थान पर उदर की दिशा में ही भटकता रहेगा तथा इस प्रकार अंततः धर्म की ही हानि होगी। अतः धनी वणिक् साधुओं को भोजन कराके तथा दान दक्षिणा देकर एक प्रकार से मृत्यु लोक में धर्म ध्वजा फहराने के सद्कार्य के कारण अंततः पुष्प-वर्षा के अधिकारी तो बनते ही हैं...।' इंद्र हैं। जो कथन उनका सो कपाल-माथे पर। श्रोता 'धन्य' के अतिरिक्त अन्य कुछ कहें, ऐसे मूर्ख वे हैं नहीं।

'धन्य वचन हे महाधीश।'

'अहो, अहो, हे ज्ञानशीर्ष।'

इंद्र अपने ही सुंदर विचारों पर मोहित होकर बैठे हैं। दोनों देवता उनका मुख देख रहे हैं।

'आपका विमान अब तो त्रुटिहीन उड़ रहा है?' इंद्र ने अचानक हमारे देवता की दिशा में प्रश्न किया। बारंबार इंद्र विमान के विषय में क्यों पूछ रहे हैं? चक्कर क्या है?

'हां महाप्राण, विमान में अब कोई त्रुटि नहीं और वह एक बार में बिना विराम दिए तीनों लोकों का भ्रमण करके लौट सकता है...,' देवता ने गर्व से बताया।

'लंका तक तो उड़ जायेगा न?' इंद्र ने उसकी गर्वोक्ति पर ध्यान न देते हुए प्रश्न किया। देवता घबरा गया। कहीं उसका प्रभार परिवर्तन तो नहीं किया जा रहा? कहीं उसे लंका तो स्थानांतरित नहीं किया जा रहा? परंतु यह संभव नहीं! उसने स्वयं को सांत्वना दी। स्थानांतरित करना होता तो इंद्र उसे इतनी प्रातः न अपने महालय बुलाते और न ही उससे परामर्श करते। इंद्रसभा में सीधे ही उसे आदेश हस्तगत कर दिया जाता। कुछ अन्यथा ही बात है। देवता अनुमान नहीं लगा पा रहा। इंद्र की मुखमुद्रा से उनके मन की थाह पाना असंभव है। वे इंद्रासन पर यूं ही नहीं बिराजते।

'लंका तक तो निर्बाध उड़ेगा...,' देवता ने आश्वस्त किया।

'मार्ग में टपक तो नहीं जायेगा?'

'नहीं देवेश...परंतु...'

'परंतु का तात्पर्य?'

'हे सदैव ही कल्याणकारी, यदि प्राणों का अभयदान प्राप्त हो तो प्रश्न करूं...?' देवता को यह कहते हुए अपने चारणों का स्मरण हो आया, परंतु लज्जित न होकर वह गर्वान्वित ही हुआ कि अवसर आने पर वह अपने चारणों से भी बढ़कर चारणत्व प्रदर्शन कर सकता है। तभी तो चारण, चारण ही रह गये और वह देवता हुआ— देवता को स्वयं के प्रति स्नेह जागा।

'अभय होकर प्रश्न पूछो,' इंद्र ने कहा।

'हे अभय प्रदान करनेवालों में सर्वोत्तम, आप यह सब क्यों पूछ रहे हैं, यही मेरी जिज्ञासा थी?' देवता ने संकोच एवं भय का प्रदर्शन करते हुए पूछा। इंद्र मुस्कुराए।

'आपको ज्ञात है कि लंका में श्रीराम एवं रावण के मध्य घनघोर युद्ध छिड़ा हुआ है और त्रिलोक में समस्त प्राणी श्वास साधकर उसके परिणामों पर दृष्टि धरे हैं?' इंद्र ने पूछा। देवता ने स्वर्ग में उड़ती-उड़ती सी चर्चा सुनी तो है। इंद्र ने देवता के मुख पर एक दृष्टिपात से ही जान लिया है कि इस मूर्ख को कुछ भी सूचना नहीं है। सुरा सुंदरियां तथा अन्य विलासों के मध्य देवताओं से इस प्रकार की अपेक्षाएं करना भी अन्याय कहायेगा।

'सुना तो है, हे सर्वज्ञाता...!' देवता ने उत्तर दिया। ऐसा मूर्ख भी नहीं है देवता। उचित अवसर पर अनुकूल असत्य बोल लेता है। इंद्र जानता है, परंतु देवता की प्रत्युत्पन्नमति से प्रसन्न है। इंद्र ने आगे जो समझाया उसका संक्षेप करें, तो वह यूं बनेगा :

'लंका में श्रीराम एवम् रावण के मध्य भयंकर युद्ध हो रहा है। युद्ध में रावण के महाबली पुत्र तथा अन्य अपराजेय योद्धा मृत्यु का ग्रास बन चुके हैं। हनुमान, सुग्रीव, जामवंत और वानरों की सेना की सहायता से श्रीराम लंका विजय की कगार पर हैं। रावण को इतने विनाश के पश्चात् भी सद्बुद्धि नहीं आई है। नित्य युद्ध हो रहा है। प्रत्येक विजय पर देवताओं ने श्रीराम की सेना पर पुष्प-वर्षा की है। लंका के आकाश प्रभारी के साथ बहुत से अन्य देवताओं ने भी समय-समय पर वहां जाकर पुष्प-वर्षा की है।...परंतु कल का दिन अत्यंत महत्त्वपूर्ण होगा। कल रावण युद्ध में उतरेगा और मृत्यु को प्राप्त होगा। कल श्रीराम लंका पर विजय करेंगे। कल हमें श्रीराम पर ऐसी पुष्प-वर्षा करनी है, कि भूतो न भविष्यति। कल चारणों के गायन और देवताओं के 'धन्य धन्य' उच्चार से लंका का आकाश भर जाना अभीष्ट है। सो स्वर्ग के समस्त देवता विमानों पर सवार होकर वहां जायेंगे। पुनः आप तो श्रीराम की नगरी अयोध्या के आकाश प्रभारी हैं, सो आपका वहां होना तो अत्यंत आवश्यक है।...स्वर्ग के विमानों की जो स्थिति है, उसे ध्यान में धरकर मैं आपको आज ही लंका की दिशा में प्रस्थान करने को कह रहा हूं, सो आप कल तक लंका पहुंच ही जायेंगे।...अविलंब प्रस्थान करो एवं श्रीराम की लंका

विजय का साक्षी होने का सौभाग्य प्राप्त करो...।'

देवता अभिभूत हो सुनता रहा। श्रीराम से तो त्रिलोक जुड़े हैं।

'अद्‍भुत दृश्य होगा,' देवता ने अभिभूत अवस्था में ही कहा।

'सत्य ही है...,' इंद्र ने कहा।

'कल्पना करके ही रोमांचित हूं...हे कृपालु!' देवता ने और अभिभूत होकर कहा। अभिभूत हो रहा है अथवा मुझे प्रसन्न करने के लिए ठनगन कर रहा है? इंद्र देवता की नस-नस से परिचित हैं।

'सभी रोमांचित हैं...यथोचित भी है कि हम रोमांचित हों...,' इंद्र ने कहा।

'मैं तो श्रीराम एवं रावण के मध्य युद्ध देखने हेतु अभी से तड़प रहा हूं...,' देवता अब सीमा का अतिक्रमण कर रहा है।

इंद्र ने उसे ध्यान से देखा।

वे जान गये कि देवता यह प्रकट करने का दयनीय प्रयास कर रहा है कि इंद्र के आदेश के पालन हेतु वह प्राणोत्सर्ग करने को तत्पर है और इस प्राणोत्सर्ग हेतु भी मरा जा रहा है।

'अहो...!' देवता ने उत्साह प्रकट करने हेतु यह भी कह डाला। इंद्र सिद्धहस्त हैं इस क्रीड़ा में।

इंद्र ने कहा, 'बहुत अहो, अहो कर रहे हो। युद्ध के समय विमान आकाश में ऊंचा ही स्थिर रखना। रावण के वीरों का लक्ष्य-संधान अचूक है। युद्ध-दर्शन के फेर में अधिक नीचे आये, तो वे तुम्हारा विमान टपका देंगे। अनंतर मृत्युलोक में भिक्षा मांगते विचरण करते रहोगे— और लंका में तो भिक्षा भी न मिलेगी।...'

देवता 'हें हें' करने लगा। देवता को ज्ञात है कि इंद्र को देवताओं की 'हें हें' भाती है।

अभी वह विलंब तक 'हें हें' करता रहेगा।

इधर मृत्युलोक में भी सूर्योदय हो रहा है।

कुणाल ऋषि का आश्रम।

ब्रह्मचारियों की टोली सदा की भांति सरयू में पंक्तिबद्ध। सूर्यस्तुति में ध्यानरत। सरयू में पुनः खिल गये हैं गेरुवे कमल।

तट पर बने कुणाल आश्रम में गतिविधियां प्रारंभ हो चुकी हैं। यज्ञशालाओं से उठ रहा धूम्र रक्तिम होते जा रहे आकाश की दिशा में विलीन हो रहा है। पक्षी चहचहाकर कदाचित् सूर्यस्तुति में संलग्न हैं। स्तब्ध खड़े वृक्षों को मानो पवन की प्रतीक्षा है। बहे, तो डाली-डाली नृत्य कर सूर्य का स्वागत करें। अभी तो वातावरण में निस्तब्धता है। बस, सरयू का प्रवाह।

ऐसी निस्तब्धता! में धरा से उठकर मानों समस्त ब्रह्मांड में भर रहे हैं स्तुतिस्वर। दशों दिशाएं अनूठे संगीत से भर गई हैं। पंछी उड़े और ब्रह्मचारियों की पंक्तियों के ऊपर से मंडराते सरयू पार जा रहे हैं। सोंटेवाले गुरुजी ने इस व्यवधान के अपराधी पंछियों की दिशा में क्रोधित दृष्टि से देखा। अभी स्मरण नहीं आ रहा, अन्यथा मंत्र मारकर इन अधमों को भस्म ही कर डालते। पक्षियों को भान ही नहीं है कि 'वार्धक्य के कारण स्मृतिदोष हो जाता है'— मात्र इस पवित्र तथ्य के कारण वे आज जीवित रह गये।...विवशतावश, क्रोधित ऋषि ने एक ब्रह्मचारी की पीठ पर ही गीला सोंटा मार दिया। सूर्यस्तुति के समय पीठ खुजाने का दंड मिलना अन्यथा भी अनिवार्य है।

सूर्यस्तुति यथावत् चल रही है।

रक्तिम आकाश में क्षितिज पर उभरते सूर्य भगवान और उनकी दिशा में प्रवाहरत सरयू। कि अचानक सोंटेवाले गुरुजी आश्चर्य से चौंक पड़े। दृश्य ही ऐसा आश्चर्योत्पादक है। सोंटा करों से छूटकर सरयू में प्रवाहित हो गया होता, ऐसे चौंके हैं वे। और वे ही नहीं, ब्रह्मचारियों की संपूर्ण टोली ही दृश्य देख आश्चर्यचकित है। पूर्व में कभी ऐसा हुआ नहीं। यह कैसे संभव है? कुणाल ऋषि का ब्रह्ममुहूर्त की बेला में सरयू की रेत पर यूं अचानक दृष्टिगोचर होना सभी को स्तब्ध कर गया है। सूर्य स्तुति चल रही है, परंतु सभी अर्धनिमीलित नेत्रों से कुणाल की दिशा में देख रहे हैं। कुणाल आश्रम द्वार से निकले और सरयू की रेत पर शनैः-शनैः प्रवाह के साथ किनारे-किनारे गमनरत हैं। विचारमग्न।

उन्होंने सूर्यस्तुति करते ब्रह्मचारियों की दिशा में दृष्टिपात तक नहीं किया।

कुणाल ब्रह्ममुहूर्त में तो अपने पर्णकुटीर में ध्यानमग्न रहते हैं। पुनः प्रातः के कर्मकांड। इस बेला में वे पूर्व में कभी भी पर्णकुटीर से बाहर दृष्टिगोचर नहीं हुए। सरयू की दिशा में तो वे कभी दिखे ही नहीं। सो सभी आश्चर्यचकित हैं।

कुणाल निपट अकेले जा रहे हैं सरयू के साथ-साथ।

आनंद, जो उनका विशेष चेला है और जिसकी पहुंच उनकी पर्णकुटीर में भी निर्बाध रही है, और जो प्रायः कुणाल की पर्णकुटीर में ही घुसा रहता था, आश्रमद्वार तक उनका अनुसरण करता आया। परंतु द्वार पर ही पलटकर ऋषि ने उसे निषेध का संकेत दे दिया।

जिसने भी यह दृश्य देखा, वह हर्ष से मुस्कुराया। अच्छा रहा। बहुत निकट का बनता है। कुणाल की लंगोट की प्रमुख पट्टिका मानता है स्वयं को, परंतु कुणाल ने भी कैसे कर उठाकर निषेध किया है कि श्वानवत अनुसरण मत कर मेरा। आनंद आ गया। आप तो मुख देखो श्रीमानजी का। कैसा मलिन, मानो किसी ने खड़ाऊं से ठोक दिया हो।...इधर आनंद चिंतित है। आश्रम के द्वार पर खड़ा निहार रहा है वह कुणाल की दिशा में। वे चले जा रहे हैं, सरयू के साथ।...गुरुजी का व्यवहार कल से ही विचित्र सा है। न कुछ खाया, न पिया। खीर बनी थी। कुणाल खीर के ऐसे प्रेमी कि अन्य कोई दिवस होता तो उठाकर खीर का पूरा भगोना ही पी जाते, परंतु गत रात्रि मौन हो खीर पात्र किनारे कर दिया। पुनः कदाचित् निद्रा भी नहीं ली। पर्णकुटीर के प्रहरी साधुओं ने उसे बताया था कि रात्रिपर्यंत वे कुटीर में विचरण करते रहे और ब्रह्ममुहूर्त होते ही अचानक निकलकर सरयू की दिशा में प्रस्थान कर बैठे हैं। न कुछ कहा, न किसी प्रश्न का उत्तर ही दिया। यहां द्वार पर रोक दिया कि आगे अकेले ही जायेंगे। समझ नहीं आता कि क्या रहस्य है?

कुणाल शिथिल कदमों से सरयू के साथ-साथ रेत पर चले जा रहे हैं।

सूर्यस्तुति करते ब्रह्मचारी, उन्हें अभ्यास कराते ऋषिगण, सूर्यस्तुति के बहाने ब्रह्मचारियों को पीटने के यज्ञ में सोंटे द्वारा अधिकाधिक आहुतियां अर्पित करने को उत्सुक सोटेधारी गुरुजी, असमंजस में खड़ा आनंद, आश्रम द्वार के प्रभारी साधु तथा इसी अंतराल में आश्रम में इस अनहोनी के समाचार के दावानल की भांति फैल जाने से एकत्रित हो गई अन्य आश्रमवासियों की भीड़ की दृष्टि से मानो अनभिज्ञ तथा अप्रभावित कुणाल दूर चले जा रहे हैं। सभी चकित हैं। कहां जा रहे हैं कुणाल? आगे सरयू का प्रवाह तीव्र है और वहां सरयू गहन भी ऐसी है कि हाथी डूब जाये। बल्कि दो हाथियों को एक के ऊपर एक धर दो और यदि इसी अंतराल में नीचेवाला हाथी ऊपरवाले को पटक न दे, तो दोनों भी डूब जायें, इतना गहरा। इसी कारण से सरयू में उस ओर कोई जाता नहीं। आश्रमवासियों को सदैव चेतावनी दी जाती है कि तैरते हुए भी कभी उस ओर न निकल जायें। कुछ ब्रह्मचारी डूब भी चुके हैं। वहां सरयू भयावह मानी जाती

है। यूं तो अयोध्या में ही गहरे कुएं, चौड़ी बावड़ियां, ऊंची अट्टालिकाएं, शुद्ध विष तथा दृढ़ रस्से उपलब्ध हैं, परंतु कुछ प्रकृति प्रेमी, परिश्रमी तथा अध्यवसायी प्रकार के आत्महत्या करने के इच्छुक जन यदि सरयू में डूबकर प्राणांत करना चाहते हैं, तो वे अवश्य यहां तक आते हैं। वैसे यह सत्य है कि सरयू का यह भाग अयोध्या से किंचित् दूर पड़ता है, परंतु प्राण देने से पूर्व यदि मनुष्य को किंचित् पदयात्रा भी करनी पड़ जाये, तो उसे आपत्ति नहीं होनी चाहिए। जब आत्महत्या की ठान ही ली है, तो कम से कम अपनी रुचि के स्थान पर प्राणांत करने का अवसर तो नहीं त्यागना चाहिए। पुनः प्राणांत के पश्चात् तो आत्मा को पदयात्रा करनी नहीं पड़ती, उड़िए वायुमंडल में ठाठ से।...कुल तात्पर्य यह कि सरयू का वह भाग, जिसकी दिशा में कुणाल गमनरत हैं, मात्र आत्महत्या प्रेमियों के मध्य लोकप्रिय माना जाता है। अन्यथा सरयू वहां बहुत गहरी है।

पूर्व दिशा में प्रकट हो चुके सूर्यनारायण तक आश्चर्य से देख रहे हैं कुणाल को। कुणाल मानो सूर्य से मिलन को ही निकले हैं। सूर्योदय के रक्तिम प्रकाश में वे नहा गये हैं। कुणाल चलते-चलते सूर्यस्तुति रत ब्रह्मचारियों से दूर आ गये हैं। वे अब सरयू के उस किनारे पर चल रहे हैं, जहां सरयू अति गहन है।

कि अचानक कुणाल थम गये।

वे ठीक वहीं रुके हैं, जहां सरयू सर्वाधिक गहरी जानी जाती है। क्या लक्ष्य है कुणाल का? यहां दूर से अनुमान लगाना कठिन हो रहा है आनंद को। सभी की दृष्टि दूर स्थिर खड़े कुणाल ऋषि पर है। वे एकटक क्षितिज को देख रहे हैं। वे निष्कंप, सरयू की दिशा में मुड़ गये। वे गतिमान हुए। वे अब घुटनों तक किनारे के सरयू जल में खड़े हैं। सरयूजल तीव्र गति से उनके चहुंओर प्रवाहमान है। आनंद व्याकुल होकर उनकी दिशा में चपल गति से भागा। क्या कर रहे हैं कुणाल? क्या उन्हें ज्ञात नहीं कि कहीं दो कदम भी और अंदर प्रवेश कर गये तो डूब जायेंगे!

कुणाल ने वही किया भी।

वे सरयू में और अंदर जा रहे हैं। जल अब उनके कंधों तक आ गया है।

आनंद प्राणपण से भाग रहा है रेत में, उसी ओर। मरने की प्रतिज्ञा के साथ निकला है बुड्ढा!

आनंद के पीछे सभी भाग रहे हैं। कुणाल ऋषि को पुकारते हुए सभी उनकी दिशा में भाग रहे हैं, जहां अब जल सतह के ऊपर बस कुणाल की ग्रीवा तथा मुख दृष्टिगोचर हैं।

कुणाल ने निकट आते व्याकुल शिष्यों की भागती भीड़ को अंतिम बार देखा और अगला पग सरयू में धर दिया।

कुणाल अचानक सरयू की अपार जल राशि में अदृश्य हो गये।

व्याकुल आश्रमवासियों के समक्ष कुणाल ने जल-समाधि ले ली।

कारागार।

कारागार से संलग्न चौकी।

चौकी प्रभारी का कार्य है अयोध्या के नागरिकों की समस्याएं सुनना और उनका अनुसंधान करके पादुका-न्यायालय से दंड दिलवाना।

चौकी प्रभारी के मुंशी का आसन पाठकों के समक्ष है। आसन पर बिराजे हैं रत्नेशजी।

चार दिन पूर्व से ही श्री रत्नेशजी इस आसन पर हैं। दुर्ग से स्थानांतरित कर वे यहां फेंके गये हैं। वैसे, इस आसन पर बिराजने हेतु अति तिकड़मी तथा महत्त्वाकांक्षी होना आवश्यक है। रत्नेश दोनों ही नहीं। ज्ञात नहीं कि वे यहां कैसे तथा क्यों लाये गये हैं? भवितव्य का व्यंग्य है अथवा नियति ही सर्वदा नवीन लीला रचने को आतुर है— कहना कठिन हैं।

रत्नेश इस चौकी में पधारनेवाले नागरिकों की शिकायतें भोजपत्रों पर गोदते हैं। जिस आसन पर वे बिराजे हैं, उसके चहुंओर ऐसे अनेकानेक भोजपत्रों की बंधी गांठें भूमि पर धूल धूसरित हो रही हैं। शिकायतें कसमसा रही हैं, गांठों के बंधन में। नियमानुसार इन पर कार्रवाई होगी तथा अयोध्या की पादुकासभा द्वारा निर्धारित दंड-संहिता में निश्चित किये गये नियमों के अनुसार दोषियों को कड़ा दंड भी दिया जायेगा। कौन से नियम? हम समझाते हैं। अयोध्या में न्याय-व्यवस्था ऐसी प्रबल है कि जीवन की लगभग हर क्रिया किसी न किसी निर्धारित नियम की सीमा में आती है, जिसे तोड़ने पर प्रबल दंड का प्रावधान है। उदाहरणार्थ मान लें कि अयोध्या का नागरिक मूत्र त्याग की इच्छा मन में धरे है। इच्छा क्या, प्रबल इच्छा है और इच्छापूर्ति तुरंत न हुई तो मूत्र त्याग स्वतः ही उसके अधोवस्त्रों में भी हो सकता है। ऐसी स्थिति में निर्धारित विधि तथा नियम संहिता के प्रति प्रतिबद्ध नागरिक क्या करे?...'मूत्र त्याग कर ले'— यह उत्तर देकर आपने कौन सा तीर मार लिया। परंतु मान लें कि आपकी सलाह अनुसार उस भोले नागरिक ने मूत्र विसर्जन कर डाला और उसकी यह क्रिया किसी नियम संहिता के विरुद्ध सिद्ध हुई, तो? कौन सी संहिता? कौन सा नियम?...हम क्यों बतायें? नागरिक का कर्तव्य है कि वह स्वयं जाने। नागरिक का कर्तव्य था कि वह दंड संहिता देखता तो कदाचित् कोई धारा या उपधारा इस

क्रिया को लेकर भी निकल ही आती। कब, कहां, किस दिशा में मूत्रधार का पतन नियमसंगत कहायेगा? कहीं, किसी अधिकृत ब्राह्मण से मुहूर्त दिखवाकर ही मूत्र विसर्जन का प्रावधान तो राजसभा ने पारित नहीं कर दिया? किसी सक्षम अधिकारी से अनुमति लेने का नियम तो नहीं? पुनः उस अधिकारी से अनुमति प्राप्त करने की प्रक्रिया क्या है और वह प्रक्रिया कदाचित् इतनी लंबी तो नहीं कि प्रतीक्षा में नागरिक मूत्रधार ही रोक न पाये? वे जिनको लघु शंका की तीव्र तथा त्वरित आवश्यकता हो तथा जिनकी रोके न रुक रही हो, वे विशिष्ट तथा त्वरित अनुमति के लिए कौन सा मार्ग ग्रहण करें? बिना सक्षम अनुमति लिये, छुपकर मूत्र विसर्जन करने का दंड क्या होगा तथा कहीं दंडस्वरूप ऐसी विकट ठुकाई तो नहीं की जायेगी कि नागरिक का स्वतः ही मूत्र विसर्जित हो जाए?— सहस्रों प्रश्न, सहस्रों शंकाएं— एक लघुशंका को लेकर ही। उत्तर ज्ञात न हो तो कभी भी पाश में जकड़कर बंदी बना इसी चौकी पर नागरिक को लाया जा सकता है कि जिसके मुंशी के आसन पर अभी श्री रत्नेशजी बिराजे हैं।

रत्नेश का कर्तव्य है कि वे अयोध्या के नागरिकों की शिकायतें भोजपत्रों पर अंकित करें। किसके गृह चोर घुसे, किस पर संदेह है, कितनी मुद्राएं चोरी गईं, किसने किसका सिर फोड़ दिया, किस वस्तु से फोड़ा और अब तुम फूटा हुआ सिर लिये किसका सिर फोड़नेवाले हो, किसने किसकी भार्या को छेड़ा, क्या वस्तुतः वह स्त्री इस योग्य थी कि उसे छेड़ा जाये अथवा छेड़नेवाले को कदाचित् दृष्टिदोष ही तो नहीं या कि वह स्त्री स्वयं चरित्रहीन ही तो नहीं आदि अनेकानेक प्रश्न पूछे जाते हैं। पुनः समस्त सूचनाओं को विधिवत भोजपत्रों पर अंकित किया जाता है। संतोषप्रद सूचनायें न दे पाने की स्थिति में स्वयं शिकायत करनेवाले नागरिक की पादसेवा भी संभव है। तत्पश्चात् भोजपत्रों की गांठें निर्मित की जाती हैं। पुनः? पुनः क्या? विधि संहिता तथा न्याय इन्हीं गांठों के बंधन में रहते हुए कार्यरत रहते हैं। विधि नियंताओं के हाथ लंबे होते हैं। इन करों में डंडा होता है। डंडा भी लंबा ही होता है। न्याय का डंडा अंधा है अयोध्या में। एक बार डंडा गतिमान भर हो जाये तो पुनः जिसकी पीठ पर भी पड़ जाये, वही अपराधी मान लिया जाता है। डंडा दृष्टिगोचर होते ही अयोध्या का बुद्धिमान नागरिक तुरंत अपराध स्वीकृत कर लेता है। पादुकाराज में यदि विधि, नियम, आचार, दंड संहिता, न्याय आदि को कूटकर, पीटकर, छानकर, उसका सत निकालकर उसे एक शब्द में व्यक्त करने की चेष्टा हम करें, तो वह शब्द होगा— डंडा। कक्ष के एक कोने में ये डंडे ही धरे हैं। विभिन्न मोटाइयों, लंबाइयों तथा आकृतियों के डंडे। अवसर पर जो भी हाथ आ जाये।

शिकायतें लेकर पधारे नागरिकों की भारी भीड़ बाहर एकत्रित है। एक सज्जन ने अभी-अभी बिना अनुमति अंदर प्रवेश करने की कुचेष्टा की तो एक सजग कर्तव्यनिष्ठ प्रहरी ने इन्हीं डंडों में से एक चुनकर उनकी सेवा कर दी और पुनः बाहर बिठा दिया। सभी की शिकायतें अंकित होंगी, परंतु प्रतीक्षा तो करनी होगी। जिनको अभी डंडा पड़ा

वे वस्तुतः अपने पड़ोसी से डंडे खाकर ही पधारे थे। भाग्य की लीला कि यहां भी वही प्राप्त हुआ। प्रतीत होता है कि श्रीमान डंडे हेतु ही उत्पन्न हुए हैं और व्यर्थ ही यत्र-तत्र शिकायतें करते विचर रहे हैं। डंडा भी कदाचित् उचित स्थान पर जाकर लगा है क्योंकि वे बिलबिलाकर भूमि पर बिराज गये हैं और उस स्थान को हथेली से मल रहे हैं।...संप्रति रत्नेश एक वयोवृद्ध की शिकायत को भोज पत्र में अंकित करने की प्रक्रिया में हैं। बुढ़ऊ की शिकायत है कि...। तजिए भी, मनुष्य को बुढ़ापे में सहस्रों शिकायतें होती हैं, एक यह भी सही।

रत्नेश के उदर में शूल उठ रहा है। उदर पर हाथ फेरते हुए उन्होंने किसी भस्म की पुड़िया मुख में डालकर उदरस्थ कर ली।

'क्या हो गया पितामह?' रत्नेश ने बुढ़ऊ से प्रश्न किया।

'ऐं...?' वृद्धात्मा की श्रवणशक्ति कदाचित् दुर्बल है। पुनः अंदर के कारागार कक्ष से इतना शोर उठ रहा है कि यहां वार्तालाप कर पाना कठिन हो रहा है। वहां किसी की ठुकाई चल रही है, कदाचित्। अंदर के कक्ष में यही सब घटता रहता है। अयोध्या में आरोपी से प्रश्नोत्तर की सर्वसम्मत विधि यही स्वीकार ली गई है कि सर्वप्रथम तो पादप्रहार, थप्पड़ आदि से उसका विधि सम्मत स्वागत करो और तदुपरांत ही प्रथम प्रश्न करो कि बता बेटा, तेरा नाम क्या है? यहां मुष्टिका, पादप्रहार, दंडप्रहार, खड़ाऊं, थप्पड़ आदि के द्वारा ही अपराध का अनुसंधान होता है, जो कि प्रायः हो नहीं पाता क्योंकि प्रायः तो निरपराध ही इस कक्ष में पहुंचते हैं।

'क्यों पिताश्री?...'

'ऐं...?'

बुढ़ऊ 'ऐं' से आगे की यात्रा को तत्पर नहीं। कोई और मुंशी होता तो अभी तक दो लातें बुढ़ऊ की सेवा में प्रस्तुत करता और समस्त 'ऐं', 'टें' हो चुकी होती। परंतु रत्नेशजी इस कार्य में सक्षम नहीं। वे किसी को मार नहीं पाते। वे दयावान हैं। उनके हृदय में अभी भी कुछ है कि जो धकधक करता है। रक्त पर दृष्टि पड़ जाये तो वे मूर्च्छित हो सकते हैं। वे पादुकाराज में प्रहरी समुदाय की उज्ज्वल लात-घूंसा-परंपरा पर एक कलंक भरी लात हैं।

...'मर गये रे ऽऽऽ...' अंदर के कक्ष में कोई चीखा।

किसी ने अट्टहास भी किया। अंदर बिराजे चौकी-प्रमुख की यह विशेषता है कि वे ठुकाई करते हुए विकट हंसते भी जाते हैं। जब पिसी हुई मिर्ची किसी के स्थान-विशेष में प्रविष्ट करने पर वह व्यक्ति यत्र-तत्र मेढक की भांति उचकता घूमता है, तब तो प्रहरी प्रमुख की स्थिति दृष्टव्य होती है। वे मिर्ची की जलन के कारण तड़पते व्यक्ति की पीड़ा देखकर हंस-हंसकर दोहरे हो जाते हैं। अन्यथा कभी अनायास ही टांग की अस्थि पर खड़ाऊं प्रहार करने पर जब मनुष्य एक टांग पर नृत्य करता है, तब इनकी हंसी

देखिए— उदर गहकर मानो वे स्वयं नृत्य कर उठते हैं। चौकी-प्रभारी बंदी के केश मुट्ठी में गहकर उन्हें तब तक भींचते तथा खींचते जाते हैं कि जब तक व्यक्ति का श्रीमुख वेदनावश ऐसा वक्र न हो जाये कि इन्हें गुदगुदी होने लगे।

'कहें पितामह कि किन पर संदेह है आपको?'

'ऐं...?'

'तुमने अभी कहा था न कि तुम्हारी पर्णकुटीर से किसी ने भोजन-पात्र चुरा लिये हैं?'

'ऐं...?'

'किसी पर संदेह होता हो तो बतायें...?'

'ऐं...?'

रत्नेशजी का सहायक वहीं सहायतार्थ खड़ा है और सहायता के अवसर हेतु तड़प रहा है। वह पर्याप्त समय से देख रहा है कि बुढ़ऊ 'ऐं' 'ऐं' करे जा रहे हैं और रत्नेश धैर्यपूर्वक सुने जा रहे हैं। ऐसा मूर्ख तथा गोबरगनेश मुंशी तो कभी-भी नहीं देखा उसने। अरे, अयोध्या के मुंशी होने का कोई अर्थ होता है। आप बोलें तो मुख से अंगारे टपकें, श्वास उत्सर्जन करो तो लू चल पड़े, घूरकर दृष्टिपात करो तो मनुष्य के शरीर पर नील पड़ जायें और जो आप करों में डंडा ग्रहण कर लें तो आत्मा का यह भ्रम मिट जाये कि वह अमर-अजर है। तात्पर्य यह कि अयोध्या की चौकी के मुंशी में जो दिव्यगण सहज ही विद्यमान होते हैं, वे तो इस व्यक्ति में हैं नहीं और इस फेर में चौकी की उज्ज्वल परंपरा को जो चोट पहुंच रही है, उसकी पीड़ा कोई उस जैसा कर्मठ सहायक ही अनुभव कर सकता था। इसी अनुभूति के वशीभूत होकर उसने एक ऊर्जामय झापड़ बुढ़ऊ के गात को समर्पित करते हुए पूछा, 'ऐं, ऐं न करो अस्थिर प्रसाद, जो पूछ रहे हैं, सो अविलंब बताते चलो...!' थप्पड़ खाकर कदाचित् कर्ण खुल गये, अथवा कदाचित् पिटकर बुढ़ऊ ही सहज हो गये क्योंकि चौकी पर इतना समय व्यतीत हो जाने पर भी न पिटने के कारण वे असहज, आशंकित तथा आश्चर्यचकित थे। पिटकर वह भय समाप्त हुआ। वे आश्वस्त हुए कि अयोध्या में समस्त कार्य व्यापार यथावत है और कहीं कुछ भी भटकाव नहीं है। उन्हें संतोष हुआ। गातों को सहलाये बिना लातों पर दृष्टि धरकर बुढ़ऊ बोले, 'कान निर्बल हो गये हैं स्वामी...।'

रत्नेशजी के समक्ष भूमि पर कर जोड़े बुढ़ऊ बिराजे हैं। उनके मुख पर वे भाव हैं जो कि सदियों से नित्य अकारण ही थप्पड़ खाते रहनेवालों के मुख पर होते हैं। ऐसे मुखों के ये स्थायी भाव हैं। रत्नेश में साहस ही नहीं कि वे इस अन्याय के लिए अपने सहायक को प्रताड़ित करें। सहायक के मुख पर सफलतापूर्वक कर्तव्य निर्वाह से उत्पन्न संतोष की आभा है।

तभी अंदर के कक्ष से एक सहायक प्रहरी बाहर आया।

'प्रभारी श्रेष्ठ आपको बुला रहे हैं...,' सहायक ने रत्नेश से कहा है।

रत्नेश पहुंचे तुरंत अंदर के कारागार-कक्ष में।

मूल कारागार तो और भी अंदर निर्मित है। इसे अनुसंधान कक्ष कह लें या यातनाकक्ष। प्रश्नोत्तर कक्ष है यह। इस समय एक नवयुवक से अनुसंधान की प्रक्रिया चल रही है। नवयुवक कक्ष की छत से लटका है। संपूर्ण नग्न। शरीर पर लाल-नीले- काले चिह्न, लंबी धारियां। डंडों तथा कोड़ों के चिह्न ऐसे ही होते हैं। कपाल पर गूमड़। नासिका से रक्त। ओष्ठ कटे-फटे। मुख से बहा रक्त गातों पर बहकर शुष्क हो चुका है। करों की उंगलियां सूजीं। बाप भी मुख को न पहचान सके, ऐसा सूजा-सूजा, विकृत, कटा-पिटा मुख। इसी मुख पर रक्त, स्वेद, थूक; तथा दया की भिक्षा मांगते भाव। मुख ही क्यों, समस्त व्यक्तित्व ही क्षमायाचना तथा दया की पुकार में तड़पता। वेदना की तरंगों का उत्थान-पतन उसके संपूर्ण शरीर पर...। लंबा सा दंड हाथ में धारे हुए एक सतर्क तथा उत्साही सहायक पास ही खड़ा है। सेवा करने का दृढ़ संकल्प मुख पर लिये। निकट ही आसन पर बिराजे हैं प्रहरी-प्रमुख। स्वेद में लथपथ। शरीर इन दिनों साथ नहीं देता। पचीस-तीस लाठियां ही चलाई थीं कि देखिए कि कैसे स्वेद में मानो स्नान ही हो गया। उन्हें वे दिन विस्मृत नहीं होते कि जब वे युवक थे। तब यदि दिन-भर भी वे किसी बंदी की लात-मुष्टिका आदि से सेवा करें, तो थकते नहीं थे। बल्कि मान लें कि इसी अंतराल में एकाध बलात्कार आदि करने का महती दायित्व भी यदि उन्हें निभाना पड़ गया, तो वह भी सक्षमतापूर्वक निभाकर, लौटकर वे पुनः उसी उत्साह से पीटने में व्यस्त हो जाते थे।

रत्नेश कक्ष में प्रविष्ट ही हुए थे कि सहायक ने मोटा डंडा लटकते बंदी की टांग पर दे मारा। पुनः नितंबों पर दो-तीन। पुनः उदर पर चार-पांच। वक्ष पर छह-सात। पुनः आठ-दस और भी यत्र-तत्र। पुनः बीस-पच्चीस सर्वत्र। बिलबिलाते शरीर पर हर दिशा से लाठियां और चहुंओर से गालियां। दंड प्रहार से तड़पता शरीर और उसकी पुकारें— 'दया करें स्वामी' से लेकर 'हे ईश्वर तक...'।

रत्नेश प्रहरी-प्रमुख के समक्ष सावधान की मुद्रा में खड़े हो गये। आदेश की प्रतीक्षा में। ठुकते बंदी के दृश्य से उनके उदर में कुछ आंदोलित सा हो रहा है, जो ऊपर तथा नीचे— दोनों दिशाओं में जा रहा है। बंदी की वेदना रत्नेश का मन मथे दे रही है। दृश्य से दृष्टि हटाकर वे ध्यान विकेंद्रित करने हेतु एकटक दीवार पर अलंकृत राम पादुकाओं के मनोहारी चित्र को देखने लगे।...'हे राम, अब कदाचित् तुम ही इस अभागे की प्राण रक्षा कर सकते हो'— रत्नेश ने मन में राम से गुहार की। परंतु मात्र इसे बचाकर क्या होगा? इस यातनाकक्ष में तो सदैव ही कोई न कोई छत से टंगा प्राप्त होगा। नित्य ही। सदियों तक। प्रायः निरपराध। प्रायः निर्दोष। प्रायः सज्जन। प्रायः सदाचारी।...हे राम, क्या तुम इन यातनाकक्षों को ही समाप्त कर सकोगे?...कदाचित् नहीं। ये तो हर शासन

के अभिन्न भाग होते हैं। हर राज्य व्यवस्था में यातना-केंद्रों का महत्त्वपूर्ण स्थान होता है। कदाचित् राम-राज्य में भी रहेगा।

रत्नेश के मुख में अम्लीय रस का खट्टा कुल्ला भर आया। वमन रोकने के प्रयास में उनकी मुखमुद्रा तनावपूर्ण तथा वक्र हो आई।

'क्या हो रहा है तुम्हें?'

'उदर शूल का चिर रोगी हूं स्वामी।'

रत्नेश का उत्तर बंदी की चीख-पुकार में डूब गया। प्रहरी प्रमुख ने रत्नेश के उदर को अपने डंडे के सिरे से कोंचते हुए कहा—

'अभी एक व्यापारी-पुत्र पधारेगा, शिकायत अंकित कराने। मृगेन्द्र नाम है उसका।...रे रे, संपूर्ण शक्ति से ठोक न दुष्ट को...भोजन नहीं लिया क्या तूने?...हां, तो सादर आसन प्रस्तुत करके उसका कथन अंकित करना। वह जिसके विरुद्ध भी शिकायत लिखवाये, उसी को तुरंत दो प्रहरी पठाकर चौकी पर उठवा लेना। शठों को यहीं लटकाकर स्वयं इन्हीं करों से ठोकूंगा...।...रे रे, टांग पर मार, टांग पर...पगथलियों पर...मारता है रे कि मैं मारूं तेरे नितंबों पर दो लातें...? हां, इसी प्रकार...इसी विधि...हां; तो जान गये न कि मैंने क्या कहा तुमको?

'स्वामी!...'

'स्वामीजी...गड़बड़ न करना...।'

'प्रभारी श्रेष्ठ!...'

'मृगेन्द्र नाम है उसका...।'

'स्मरण रहेगा श्रेष्ठनर...।'

'स्मरण रहे...तुम्हारी बड़ी शिकायतें सुन रखी हैं मैंने...प्रस्थान करो अब...।'

'प्रणाम स्वीकार हो स्वामी...।'

कठिनाई से इतना ही कह पाये रत्नेश।

उदर से प्रारंभ होकर कुछ ऊर्ध्वगत उठा है और वक्ष से ग्रीवा के मध्य कहीं अटका है। मुंह अम्लीय हो रहा है।...बज्र-सा एक डंडा टांगों पर पड़ा, तो बंदी का मूत्र विसर्जित हो गया। छत से लटके बंदी की मूत्रधार नीचे गिर रही है। (ऊपर तो जाती नहीं!) मूत्रधार के छींटे सहायक प्रहरी पर गिरे तो प्रहरी-प्रभारी को ऐसी विकट हंसी आयी है कि हंसते- हंसते स्वयं उनका मूत्र विसर्जित होते-होते रह गया। कक्ष में उपस्थित समस्त जन हंसने लगे। बंदी चीख रहा है। मूत्रधार गिर रही है। कक्ष में अट्टहास है। दृश्य बीभत्स है।

रत्नेशजी आंतरिक कक्ष से निकलकर बाहर आये। शिकायतें अंकित करानेवालों की भीड़ द्वार से झांक रही है। बुढ़ऊ अब 'ऐं ऐं' नहीं कर रहे। रत्नेश भीड़ को मानो चीरते हुए बाहर की दिशा में भागे। बाहर आकर वे भूमि पर धराशायी से बैठ गये। भीड़

आश्चर्यचकित हो उन्हें देख रही है।

रत्नेशजी उदर गहकर आगे झुके बैठे हैं। वे वमन कर रहे हैं। करते जा रहे हैं। ढेर सा वमन करके वे निढाल होकर वहीं धरा पर बैठ गये। बंदी की चीखें यहां तक श्रव्य हैं।

अयोध्या का मुख्य बाज़ार।

संकरी बीथियों में सहस्रों छोटी-बड़ी दुकानें।

दिवसपर्यंत 'कें कें' मची रहती है, ऐसी विकट भीड़।

दो दुकानों के मध्य से एक अत्यंत संकुचित पगडंडी सम मार्ग है, जिस पर गमन करो तो दुकानों के पीछे स्थित शिव मंदिर पहुंच जाओगे। मंदिर प्राचीन है। अयोध्यावासी कहा करते हैं कि सहस्रों वर्ष का है। उतना है नहीं। परंतु मंदिर इस अर्थ में मदिरा समान होता है कि जितना प्राचीन कहा जाये, उसका उतना ही मूल्य बढ़ जाता है। मंदिर की बड़ी मान्यता है। इसका प्राचीन होना भी इसकी लोकप्रियता की जड़ में है। पुनः जो भी बाजार तक आता है, वह यहां भी आ ही जाता है। चने की दाल भी क्रय हो गई और लगे हस्त शिवजी का आशीर्वाद भी लें आये— एक सामान्य अयोध्यावासी को और क्या अभीष्ट हो? सो भीड़ भारी है शिव मंदिर में।

नीच जातियों का मंदिर-प्रवेश वर्जित है,यह सार्वभौमिक सत्य बताने की आवश्यकता नहीं है आपको । इन जातियों को ज्ञात है कि अयोध्या उन्हें किस सीमा तक मनुष्य मानने को तत्पर है और वह सीमा कितनी संकरी है।

मंदिर के बाहर पुष्प, नारियल, बेल पत्र, प्रसाद आदि का विक्रय करनेवाले जन मार्ग के दोनों ओर भूमि पर आसन जमाये बैठे हैं। दरिद्र जन। ये भी नीच जाति के ही समझो। दरिद्रता से नीची और कोई जाति नहीं अयोध्या में। भक्त कुछ क्रय कर लें तो शंकरजी की कृपा से किंचित् उदरपूर्ति का अवसर बने। साथ में उनकी छोटी-छोटी संतानें भी। कार्य में हाथ बंटातीं। ये नन्हे दुष्ट भक्तों के पैरों से लिपट जाते हैं और तब तक लिपटे रहते हैं कि जब तक लात ही न खा बैठें, या पुनः भक्त इनसे पुष्पादि क्रय न कर लें। नया भक्त इनके चक्रव्यूह में फंस जाये, तो ये उसकी धोतिका उतार लें, ऐसे निपुण हो चुके हो ये विपणन में। भूखा उदर निष्ठुर शिक्षक होता है। पुराने, नियमित भक्त अवश्य इन्हें दूर से ही संकेत कर देते हैं कि बेटा, प्रसाद लेकर निकट भी आओगे तो ठुक जाओगे। बच्चे भी ऐसे भक्तों से परिचित हैं और इनमें अपना बहुमूल्य समय नष्ट नहीं करते।

मंदिर के बाहर की भूमि पर बैठे हैं बहुत से भक्त भी।

ये नित्य मंदिर तक आते हैं और शिवजी के दर्शनों के उपरांत बाहर बैठ जाते हैं। समय की न्यूनता नहीं। अवकाश ही अवकाश है। बूढ़े, दरिद्र, बेरोजगार, निरर्थक कहे जानेवाले जन। ये भक्त बैठे रहते हैं ब्रह्ममुहूर्त से ही, वहीं, और आध्यात्मिक से लेकर सांसारिक तक, समस्त विषयों पर वार्तालाप तथा शास्त्रार्थ में संलग्न रहते हैं। समय काटने हेतु ईश्वर से बड़ा और क्या संबल हो सकता है क्योंकि ईश्वर को ही ज्ञात भी है कि उसने हमें कितना समय काटने हेतु दिया है!...इस समय भी कुछ भक्त वहीं भूमि पर बिराजे हैं। सटकर ही एक नाली बह रही है और निकट ही एक कुआं है, जिस पर भक्तगण स्नान कर अथवा पद प्रच्छालन कर पुनः मंदिर में जाते हैं। कुएं का जल नाली में प्रवाहित हो रहा है अथवा नाली बहकर कुएं में प्रवेश कर रही है, यह साक्षात् शिवजी भी विश्वासपूर्वक नहीं कह सकते।

भूमि पर बिराजे भक्तों में अग्निमुख भी है।

वार्तालाप चल रहा है। निरर्थक चर्चाएं, जो बड़ी अर्थवान भी हैं। मंदिर प्रांगण में पंक्तिबद्ध ब्राह्मणों की भीड़। कपाल घुटाये। लंबी, मोटी चोटी। श्वेत धोतिका। अन्यथा नग्न तन। उन्नत ललाट पर मोटा टीका। स्थूल काया। यत्र-तत्र लटकता हुआ शरीर। ...समग्र प्रभाव भव्य और दिव्य। शिव स्त्रोत का सामूहिक पाठ चल रहा है। भक्त ब्राह्मणों से आदरणीय दूरी पर आवागमन कर रहे हैं। बहुत से भक्त प्रणाम करते जा रहे हैं ब्राह्मणों को, जो अर्धनिमीलित नेत्रों से प्रणाम स्वीकार करते हुए स्तुति में संलग्न हैं। विशुद्ध घी के प्रसाद की सुस्वादु गंध किसी दिशा से तैरती आई है।

'यह धंधा अच्छा है मित्र...,' ब्राह्मणों की दिशा में इंगित करते हुए एक भक्त ने व्यंग्यपूर्वक कहा। ये श्रीमान स्वयं एक श्रमिक हैं और वणिक् की दुकान पर भारी बोरे उठाते लादते हैं।

'उच्च स्वर में न बोलो मित्र...,' एक वृद्ध भक्त ने चेताया।

'धीरे ही बोल रहे हैं बब्बा...ऊंचा बोल के मृत्यु का आह्वान हमें भी नहीं करना है।...पर हमने तो एक तथ्य की बात कही।...हम वहां भारी बोझा ढो-ढो कर हाड़ तोड़ते हैं, तो भी दो रोटियां प्राप्त होनी कठिन होती हैं, उधर बाभनों को घी के मिष्टान्न...!' श्रमिक चिलम खींचकर बोला।

'काया देखो...,' एक और ने कहा।

'रबड़ी भक्षण करते हैं सुबह-शाम...,' दूसरे ने ब्राह्मणों की दिशा में देखते हुए उनकी फूली हुई काया की माया को उजागर करते हुए कहा।

चिलम एक कर से दूसरे के मध्य यात्रा कर रही है।

'बैठे-बिठाये कोई हमें रबड़ी खिलाये, तो हमारा शरीर भी...'

'तुम्हें कौन खिलायेगा?' वृद्ध ने मानो आपत्ति लेते हुए कहा।

'क्यों?'

'पढ़े हो कभी श्लोक?...बता सकते हो कि क्या अर्थ है इनके श्लोकों का?...वर्षों अध्ययन में निकाले हैं, आश्रमों में गुरुओं के डंडे खाये हैं, तब यह विद्या आई है...जाने?' वृद्ध बड़बड़ा रहे हैं, जो वयोवृद्धों की पहचान होती है।

'शिवजी भी न बता सकेंगे, तो पुनः हम क्या हैं...!' एक ने वृद्ध की बात का उत्तर दिया।

'...हमें आश्रमों में प्रवेश मिलता तो हम भी सीख लेते...,' दूसरे ने बताया।

'कलयुग नहीं आ गया है अभी...।'

'मित्र...चिलम का आनंद लो...ब्राह्मणों का कर्तव्य ब्राह्मणों को करने दो...।'

'मिष्टान्न खाना यदि कर्तव्य है, तो...'

'मित्र, तुम तबसे मिष्टान्न को रो रहे हो और यह नहीं देखते कि ठंड में भी बेचारे कैसे उघारे शरीर बैठे हैं वे।'

'सत्य कहा...पुनः ब्रह्ममुहूर्त में स्नान...'

'धंधा ब्राह्मणों का भी सरल नहीं...।'

'पर धंधा है अच्छा...।'

'तभी तो सामंत से लेकर सेनापति तक इन्हें प्रणाम करते घूमते हैं...।'

'यह भी सच्ची कही...।'

परंतु सबसे सच्ची बात वयोवृद्धजी ने कह दी। वयोवृद्ध ने कहा :

'इस धंधे में आना था, तो ब्राह्मण बाप खोजना था। उत्पन्न तो हुए हो ढीमरों में और ब्राह्मण को देखकर रुदन करते हो...?' वयोवृद्ध ने आगे सांत्वना-सी देते हुए ईश्वर की मायावी व्यवस्था का उल्लेख किया, 'जनम-जनम के फेरे हैं भैया...पिछले जनम के करम हैं, जो अब इस जनम में निकल रहे हैं...।'

'बोझा ढोना किन कुकर्मों का दंड है बब्बा...?' श्रमिक पर चिलम के माल का प्रभाव है।

'दरिद्रता का...और क्या...तू पिछले जनम में भी दरिद्र रहा होगा...,' एक ने कहा।

भक्त हंसने लगे।

सभी निर्धन थे। सुबह भोजन मिले तो शाम का ठिकाना नहीं। मंदिर के बाहर बैठकर इस भ्रम में जीनेवाले कि कभी ईश्वर की कृपा-दृष्टि हम पर भी होगी और जीवन परिवर्तित हो जायेगा। अयोध्या में इसी भ्रम को आस्तिकता का मिथ्या नाम दे दिया गया था।

तभी शोर उठा। भक्त उठकर देखने लगे।

चार सैनिक आगे, चार पीछे, बीच में एक भव्य-सा, दिव्य-सा व्यक्ति—अधिकार के दर्प में दिपदिपाता, अयोध्या का कोई अमात्य। श्रेष्ठिजन अयोध्या का। विशिष्ट व्यक्ति। अयोध्या की धरा से ऊपर, सामान्य ज़नों से भिन्न। चले तो सनसनी, रुके

तो झुनझुनी। जिस दिशा में गमन करे, सामान्य जनों की भीड़ काई सी फटकर स्थान दे। मंदिर पहुंचे तो मानो ईश्वर पर कृपा कर रहा हो। पुजारी कृतकृत्य। ब्राह्मण अभिभूत। सामान्य भक्तों को अब प्रतीक्षा करनी होगी। अमात्य के पास समय नहीं है। तुरंत शिव जी के चरणों में जाकर तुरंत पूजा-वूजा से निवृत्त होकर उसे तुरंत ही पादुकामंत्री के चरणों में पहुंचना है।

'हटो, हटो, हटो...' सैनिकों ने डंडों, भालों तथा लातों के अभ्यस्त कुशल संचालन से मंदिर-द्वार तथा मार्ग की भीड़ को साफ कर दिया।

अपने वयोवृद्ध भक्त सज्जन न जाने पूर्वजन्म के किन कर्मों के फलस्वरूप एक सैनिक की लात खाकर उस नाली में घुस गये, जो कुएं की दिशा में प्रवाहित है। स्वयं अग्निमुख को भाले की नोंक लगते-लगते रह गई। शिवजी को धन्यवाद देते हुए अग्निमुख कूदकर दूर खड़ा हो गया। शिवजी की ही कृपा रही अन्यथा कोई अन्य कारण तो नहीं था कि अयोध्या का वीर सैनिक अपने ही नागरिक पर प्रहार करने में चूक जाता। धक्के, पाद प्रहार, दंड प्रहार तथा गालियां खाकर भीड़ मंदिर मार्ग के दोनों ओर पंक्तिबद्ध होकर अमात्य को प्रणाम करने में लग गई। इसे प्रणाम करना आवश्यक है। श्रेष्ठिजनों को प्रणाम लेने की कुटेव होती है। इन्हें चहुंओर से प्रणाम चाहिए। प्रणाम की मुद्रा में झुकी प्रजा इनके जीवन का सर्वाधिक प्रिय दृश्य है। वैसे, ये स्वयं भी यथोचित बापों के समक्ष यथोचित प्रणाम करते पाये जाते हैं। वस्तुतः प्रणामों पर तो अयोध्या टिकी है।

अमात्य के स्वागत में ब्राह्मणों का एक दल आ पहुंचा।

अमात्य ने मुख्य पुजारी के चरणों में दंडवत प्रणाम किया।

अमात्य ने पुजारी को प्रणाम क्यों किया? क्या पुजारी अमात्य से अधिक शक्तिशाली है? अमात्य प्रणाम न करता, तो पुजारी उसका क्या कर लेते? मित्र, आप भोले हैं और मूर्ख भी (वैसे भी अयोध्या में अब मूर्ख ही भोले रह गये हैं!) मित्र, समझो। यह भी श्रेष्ठिजनों के धंधे का भाग है। ब्राह्मणों के चरण स्पर्श करो तो प्रजा को भ्रम होने लगता है कि राजा (या अधिकारी या श्रेष्ठिजन, जो भी वहां हो, वही) धार्मिक आचार-विचार वाला है। क्या जाता है गांठ से श्रेष्ठिजन के बाप का? किंचित् झुक गये, चरण स्पर्श कर लिये, दंडवत हो गये, थाल में ब्राह्मणों के चरण धरकर स्वकरों से चरण प्रच्छालन कर डाला, अपने सिंहासन पर ऋषि को बिठाकर स्वयं तनिक समय हेतु उनके चरणों में बैठ गये— यदि इन् कर्मकांडों से प्रजा आपको धार्मिक, संस्कारी, परंपराओं का पालनहार सदाचारी आदि मानकर आदरणीय मान लेती है, तो यह विनिमय बहुत कीमती नहीं है। ये तो पुनः ब्राह्मणजन हैं, राजा तो नाली से निकले सुअर तक का चुंबन लेने को तत्पर हैं, यदि इस कार्य से उसके सिंहासन को बल मिलता हो तो।

पुजारी अमात्य को मंदिर के गर्भगृह की दिशा में ले जा रहे हैं।

अमात्य शिवजी का अनन्य भक्त विख्यात है। वह अपने हर सद्कर्म-कुकर्म में शिवजी को भागीदार बना लेता है— शिवजी सहमत हों, न हों। कल ही एक भ्रष्टाचारी वणिक् को कारागार से मुक्ति दिलाने के फलस्वरूप सहस्र मुद्राएं वणिक् परिवार ने आभार-धन के रूप में पहुंचाई थीं, इनमें से पचास मुद्राएं वह आज शिवजी के चरणों में अर्पित कर रहा है। उसका यह अनोखा विश्वास है कि भगवान शिव भी धन हेतु मरे जा रहे हैं और इस अपवित्र दान से प्रसन्न होकर उसके कुकर्मों में भागीदार बन जायेंगे!

अमात्य गर्भगृह में जा चुके।

नागरिकों की भीड़ पुनः कांय-कांय में संलग्न।

सुरक्षाकर्मी मंदिर के बाहर ही प्रतीक्षारत हैं।

भक्तों की भीड़ भी वहीं खड़ी हो गई। अमात्य निकलें, तो वे मंदिर में घुसें। वार्तालाप, जैसा कि होना ही था, होने लगा :

'और बंधु...?'

'बस...गतिमान है जीवनचक्र।'

'सुना है कि प्रवेश करके संदर्भ में आपकी दुकान का राजकर्मियों ने अचानक निरीक्षण किया...क्या हुआ अंततः?'

'होना क्या था बंधु, शिवजी की कृपा से निरीक्षण संतोषपूर्ण ढंग से संपन्न हो गया— वह तो पादुकामंत्री का धोबी परिचित निकल आया, सो सस्ते में निवृत्त हो लिये अन्यथा...'

'महाजनों के तो भृत्य भी अत्यंत शक्तिशाली कहाते हैं...।'

'सत्यवचन...हमने भी तुरंत ही पुत्र को दौड़ाया था। धोबी ने पधारकर प्रथम तो राजनिरीक्षकों का ही निरीक्षण कर डाला और ऐसा प्रताड़ित किया कि वे, जो प्रारंभ में हमें कारागार ले जाने की चेतावनी दे रहे थे, झुक-झुककर प्रणाम करके लौटे...।'

'कितनी मुद्राएं लग गईं...?'

'वो तो धोबीजी मध्यस्थ थे, सो मात्र सहस्र स्वर्णमुद्राओं में ही सारा प्रकरण जम गया...वैसे निरीक्षक अंत तक रोते रहे कि आप लोग तो मध्यस्थ हो जाते हो, इधर सीधे हमारे उदर पर पादप्रहार हो जाता है।'

'सत्य वचन...।'

'और जो आप बंध गये थे, वो?'

'...इन्हीं ने तारा...।'

'शिवजी ने?'

'नहीं मित्र, शिवजी के निकट कहां इतना समय? और पुनः शिवजी की मूर्ति का पूजापाठ एक भिन्न विषय है, परंतु साक्षात् शिवजी भी वस्तुतः प्रकट होकर हमारा प्रकरण राजसभा से कदाचित् स्वीकृत न करा पाते...वह तो इन्होंने तार दिया हमें...।'

‘अमात्यजी ने?’

‘और क्या...दो सहस्र मुद्राएं उत्कोच धन प्राप्त कर उस दिवस कैसे आत्मीय हो रहे थे और आज उन्हीं के समक्ष उनके सुरक्षा सैनिकों ने हम पर पाद प्रहार किया, तो वे नेत्र मींचकर गतिमान हो लिये...।’

‘श्रेष्ठिजनों की क्या कहें...।’

‘यह भी सत्य कहा...।’

‘पुनः श्रेष्ठिजन भी किस-किस को पहचानें?’

‘सत्य वचन...सहस्रों से तो नित्य सुविधाशुल्क खींचना है।’

‘न तो कर रिक्त, न ही नेत्रों को अवकाश कि ठीक से देख सकें...।’

‘उचित कथन है...।’

‘पर कभी हमने सोचा था कि शिवजी के मंदिर पर भंडारा करायेंगे, सो वह रह गया...उत्कोच धन में सारी गयीं...मुद्राएं ही शेष नहीं रहीं कि...’

‘आपका क्या, शिवजी की ही हानि हुई...।’

‘कदाचित् शिवजी ही इनको ठीक करेंगे...।’

‘चौदह वर्षों में तो किया नहीं...।’

‘ईश्वर के घर देर है, अंधेर नहीं...।’

‘मित्र...ईश्वर के घर ही सबसे विकट अंधेर भी है...।’

बातें। बस बातें।

और करें भी क्या! अमात्य जो मंदिर में प्रविष्ट हुए, तो वहीं निवास बनाकर बैठ गये प्रतीत होते हैं। भीड़ व्याकुल हो चली। वैसे तो अयोध्या में प्रहरियों से बचकर चलने की परंपरा है। सामान्य जन उस पथ को त्यागकर ही गमन करता है कि जिस पर प्रहरियों की छाया भी पड़ रही हो, परंतु अनहोनी-सी हुई कि भीड़ के लोग अमात्य के रक्षकों से वार्तालाप करने लगे—

‘विलंब हो गया अमात्य श्रेष्ठ को मंदिर में?’

‘पूजा कर रहे हैं श्रीमान, कोई बाल लीला नहीं...,’ सैनिक ने प्रश्नकर्ता को तिरस्कार भाव से लखते हुए कहा।

‘परंतु हमारी पूजा तो मात्र पांच-छः पलों में ही संपन्न हो जाती है?’ एक निर्धन-से भक्त ने कहा।

‘तो अपनी धज भी देख लो!...पांच पलों में तो शिवजी तुम्हें भलीभांति निहार भी नहीं पाते होंगे श्रीमान कि कभी वरदान देने को निकलें तो तुम्हें पहचान भी सकें...।’

‘पंडितजी इससे अधिक गर्भगृह में रहने ही नहीं देते...कहते हैं कि भक्तों की भारी भीड़ प्रतीक्षारत है, सिर नवाओ और तुरंत प्रस्थान करो...।’

‘सत्य ही तो कहते हैं...।’

'परंतु अमात्यजी को इतने समय तक?'

'महोदय, अमात्य तुम्हारे बाप हैं और हम सबके भी। पुजारीजी उनकी विशेष पूजा करा रहे हैं। बापों की विशिष्ट पूजा का विधान है पादुकाराज में, यह ज्ञात है अथवा नहीं? न ज्ञात हो तो करें दो लातें मारकर तुम्हारी पूजा और तब तुमको ज्ञान मिले?'

'नहीं, नहीं, प्रहरीश्रेष्ठ, हमें सदैव ही भान है कि अमात्य तथा अमात्य सम समस्त श्रेष्ठिजन अयोध्या के बाप हैं...।'

'...पुनः पुजारियों ने उचित विधि विधान से पूजा-अर्चना नहीं कराई तो शिवजी तो पुजारियों को दंड दें, न दें, परंतु अमात्य उन्हें ठीक कर देंगे। प्रमुख पुजारी को सिंचित भूमि दिलवाई है राजसभा से, सरयू तट पर अमात्यजी ने...।'

'धन्य हैं...'

'कौन? शिवजी?'

'शिवजी नहीं मित्र, अमात्यजी...भूमि दिलाना शिवजी के हाथों में नहीं है...वे तो मोक्ष दिला सकते हैं...।'

'वह तो मृत्यु उपरांत ही ज्ञात होगा कि पुजारीजी को मोक्ष प्राप्त हुआ कि श्वान योनि प्रदान करके इसी मंदिर के आसपास विचरण करने हेतु पुनः प्रेषित कर दिया...।'

'पुजारीजी के विषय में ऐसी अनर्गल चर्चा न करें। उनका समस्त जीवन ही पुण्य कार्य संपादित करते हुए व्यतीत हुआ है। वे भला क्यों श्वानयोनि में पुनर्जन्म लेंगे?'

'कौन से पुण्य कार्य संपादित करते हैं वे, किंचित् हम भी तो सुनें?'

'उदाहरणार्थ, आज की यह विशिष्ट पूजा-अर्चना ही लें,' एक बोले।

'यह भी उचित ही उदाहरण दिया इन्होंने...,' किसी ने कहा।

'...परंतु यह तो शिवजी से कहीं बढ़कर अमात्यजी की अर्चना हुई...।'

'नास्तिकों सा विमर्श कर रहे हैं आप...।'

'तथ्य तो यही है...।'

'कुट न जायें तथ्य के चक्कर में आप, किंचित् इसका भी ध्यान है?...' चेतावनी-सी है स्वर में।

'...और मान लें कि वे कुत्ता भी बने तो तुम्हें यह भ्रम तो नहीं कि वे ऐसे वैसे सामान्य कुत्ता बनेंगे?...'

'श्वानों के मध्य भी ब्राह्मण होने लगे क्या?...श्वान तो सभी एक समान...।'

'वाह मित्र...कुत्तों में भी बाभन होते हैं।...बने तो महल अट्टालिकाओं वाले श्वान बनेंगे महाराज।...ठाठ से रथ पे स्वामी की गोद में बिराजकर निकलेंगे अयोध्या के राजमार्ग पर और प्रणाम स्वीकार करेंगे तुम्हारा...। चाटेंगे दुग्ध-मलाई और भौंक-भौंककर तुम्हें यह आत्मज्ञान प्रदान करते रहेंगे कि अयोध्या में तुम बहुत से कुत्तों से भी निकृष्ट जीवन जी रहे हो...।'

'बड़ी विषबुझी बातें कर रहे हो मित्र...।'

'पकड़ो तो रे इस शठ को...।'

'मारो रे दुष्ट को...तबसे ब्राह्मणों के विरुद्ध विषवमन किये जा रहा है...।'

'लगा तो दो लातें मां के पूत को...।'

'एक हमारी ओर से भी...।'

'क्यों? तुमसे स्वयं नहीं मारते बनती...?'

'हमने सोचा कि कौन उठकर मारे...आप मार ही रहे हो...।'

'भृत्य हैं हम क्या तुम्हारे?...स्वयं उठकर पादप्रहार भी नहीं कर सकते...?'

'ऊंचे स्वर में किससे कह रहे हैं?...'

'मारो रे, मारो...।'

'ये खड़ाऊं लो हमारी और बजा दो खोपड़ी पर...।'

'हमारे निकट भी खड़ाऊं है मित्र...।'

'अपनी ही बजा दो मित्र...खोपड़ी पर बजनी चाहिए, बस...किसी की भी बजे...।'

'मारो रे, मारो...।'

'लगे, लगे...।'

'ब्राह्मणों के सद्कर्मों पर तो अयोध्या की धरा टिकी है और यह पापात्मा उनके विषय में ही ऐसी अनर्गल बातें...।'

भीड़ में मार-पिटाई चल पड़ी।

अवसर अनुकूल जान प्रहारियों ने भीड़ की विशेष पूजा प्रारंभ कर दी।

लोग पिटे और उत्कट पिटे। कुछ हंसकर पिटे तो कुछ भोले जन पिटकर रुदन में व्यस्त हो गये। कुछ उछलकर, टेढ़े-मेढ़े होते हुए भी पिटे, तो कुछ सहज ही पिट लिये। अयोध्या में वास करते हुए भी यदि कभी आप प्रहरियों से न पिटे हों तो पुनः आपकी नागरिकता पर संदेह का कारण बनता है। सज्जन, जो ब्राह्मणों के विरुद्ध बोल रहे थे, अब दृष्टिगोचर नहीं हो रहे। वे पिट-पिटाकर घर चले गये, ऐसा अनुमान किया जा सकता है। भीड़ में आपस में जो मार कुटाई हुई, सो पृथक् है, परंतु मूलतः भीड़ की रुचि का केंद्र बिंदु तो वे सज्जन ही रहे। और अयोध्या की भीड़ इस विषय में विशेषज्ञ है कि किसी को पीटने पर आ जाये तो हृदय उड़ेल देती है। उधर अयोध्या के प्रहरी भी इसी संदर्भ में विश्वविख्यात हैं। वे भी जब ठोकते हैं, तो तब तक ठोकते जाते हैं कि जब तक कि व्यक्ति की कील वक्र न हो जाये अथवा दूसरी दिशा से बाहर ही न निकल आये! इस प्रकार द्विगुणित प्रतिबद्धता से पिटाई हुई सज्जन की और बहुआयामी पिटाई चली— भीड़ ने सज्जनजी को पीटा, भीड़ ने भीड़ को पीटा, प्रहरियों ने सज्जनजी को कूटा, प्रहरियों ने भीड़ को कूटा। वे सज्जन हर कोण से, हर ओर से प्रसाद पाकर गूमड़ा

सहलाते घर की दिशा को प्रस्थान कर चुके हैं। अयोध्या में प्रहरियों द्वारा कुटे को स्वपत्नी के अतिरिक्त और कौन पूछेगा? उधर शेष भीड़ पिट-पिटाकर पंक्तिबद्ध होकर खड़ी हो गई। जिनको किंचित् ऊर्जापूर्ण दंड या पादप्रहार लग गये थे, वे कपाल, पीठ तथा शरीर के अन्य वे अंग जिनने प्रसाद ग्रहण किया था, उन्हें सहलाते खड़े थे।

अग्निमुख को हम व्यर्थ ही कथानायक बनाये नहीं बैठे हैं। वह बुद्धिमान है। वह पूर्व में ही भीड़ से दूर खड़ा हो गया था। वह और उसके मित्र अमात्य के आगमन के साथ ही जान गये थे कि मंदिर अब शिवजी के स्वामित्व से निकलकर अमात्य का हो गया है। मंत्र, पूजा, पुष्प-समर्पण, यज्ञ, भजन, कीर्तन,घंटनाद, घड़ियाल इत्यादि अब अमात्य को ध्यान में धरकर, अमात्य की अनुमति से, अमात्य के श्रवण हेतु और अमात्य के माध्यम तथा अनुमति से ही शिवजी की सेवा में प्रस्तुत होने हैं, यह अग्निमुख जानता है। सो वह दूर खड़ा बतियाता रहा।...शिवजी तो कदाचित् और भी दूर खड़े हैं। जब भीड़ पिट रही थी, उसी समय दुकानों के मध्य से निकलती संकरी गली से भागता हुआ एक आठ-नौ वर्ष का बालक मंदिर की दिशा में आता दृष्टिगोचर हुआ। जीर्ण वस्त्र, दुर्बल टांगें, शुष्क, बिखरे केश, पिचके गाल, सूखा-सा मुख तथा समस्त कष्टों के कीचड़ में भी खिला निर्दोष मुस्कान का कमल— दूर से ही अग्निमुख ने अपनी मझली संतान को पहचान लिया।

अग्निमुख ने दौड़कर उसे पकड़ा। कदाचित् भीड़ में प्रवेश कर पिट न जाये। पीटने के संदर्भ में अयोध्या के प्रहरी छोटों-बड़ों, दोनों को बराबर का सम्मान देते हैं। बालक रुक गया। बाप को सामने देखकर उसकी मुस्कान और चौड़ी हो गई। सामने के दो दंत झर चुके हैं— सो मुस्कान की निर्दोषता और भी बढ़ गई है।

'क्या है रे...?' अग्निमुख ने रोषपूर्वक पूछा।

'माता बुलाती हैं...,' बालक ने कहा।

'क्यों?'

'ज्ञात नहीं...।'

'कहना कि हम अभी आते हैं...।'

'माता का आदेश रहा कि साथ ही लेकर आना...।'

'क्यों?'

'ज्ञात नहीं...।'

'क्यों रे, तुझे कुछ भी ज्ञात नहीं?...'

बालक मुस्कुराये जा रहा है। उसे ज्ञात नहीं कि बाप का थप्पड़ कभी भी पड़ सकता है। या कदाचित् ज्ञात हो, पर उसे चिंता नहीं है थप्पड़ की।

'कहना रे कि हम आते हैं...।'

'पर माता...।'

'रे माता के पूत...कह दिया न कि आते हैं...।'

'परंतु माता...।'

'अभी एक लात दी तो माता के पूत का मूत...।'

'साथ न चलोगे तो माता लात मारेंगी...।'

'माता से कहना कि हम अभी पहुंचते हैं, प्राण न दे...। देखो तो रे, शठ ऐसा सिर पर आकर खड़ा हुआ है कि मानो राजप्रहरी ही बंदी बनाने हेतु कपाल पर खड़े हो गये हों...,' अग्निमुख ने अपने साथी मित्रों की दिशा में देखते हुए कहा।

'वे ही तो खड़े हैं...,' बालक को उसकी बात से मानों स्मरण हो आया।

'क्या बोला रे तू?' अग्निमुख ने चौंककर पूछा।

'दो प्रहरी आये थे आपको पूछते। चिल्लाते थे। पूछते थे कि कहां है बुलाओ, अन्यथा मार-मारकर सबको कारागार में बंद कर देंगे...।'

'प्रहरी हमें खोजते रहे?' अग्निमुख चकित है और चिंतित भी।

'कह रहे थे कि मिलेगा तो चाम उतार लेंगे...,' बालक के मुख पर अभी भी मुस्कान है।

'पुनः तेरी माता ने क्या कहा...?' अग्निमुख ने पूछा।

'कहा कि अभी तो निकट के गांव गये हैं, रात्रि तक आयेंगे...। प्रहरी गालियां देते लौटे। तभी से अम्मा आपकी खोज में हमें यहां से वहां दौड़ा रही हैं...,' बालक ने बताया।

क्यों खोज रहे हैं प्रहरी उसे?

क्या अपराध किया है उसने?

वह तो सदैव ही शासकीय नियमों का हृदय से पालन करनेवाला, श्रेष्ठिजनों को सदैव ही झुककर प्रणाम करनेवाला, राजकीय रथों को पथ पर आगत देख सदैव ही सम्मानपूर्वक पथ छोड़कर नाली तक में खड़े हो जानेवाला, सदैव ही सब ज्ञात होते हुए भी मौन रह जानेवाला और सदैव ही सब कुछ सह जानेवाला अयोध्या का सामान्य नागरिक था। प्रहरी दृष्टिगत होते ही वह सदैव ही मार्ग परिवर्तित कर लेता था। अयोध्या में प्रहरियों द्वारा गृहद्वार खटखटाने के निहितार्थ अग्निमुख जानता है। परंतु उसे प्रहरी क्यों खोज रहे हैं, यह नहीं समझ पा रहा वह। आगत आशंका से हृदय कांप रहा है उसका!

साथ खड़े मित्र तक कंपित हैं। एक मित्र ने तो प्रार्थनापूर्ण स्वर में निवेदन तक कर दिया कि मित्र, कदाचित् हमारा नाम न ले देना।

'किससे?...' समझते हुए भी अग्निमुख ने प्रश्न किया।

'उन्हीं से मित्र..., प्रहरियों से...।'

'किस संदर्भ में?...'

'वे जिस संदर्भ में भी तुमसे संधान करें, उसी में...।'

'क्या पूछेंगे...?'

'...कहीं पूछें कि कौन से और मित्र सम्मिलित थे इस अपराध में तो स्पष्ट कहना कि यह कार्य तुमने अकेले ही किया है...।'

'कौन सा कार्य मित्र...?'

'जो भी वो कहें कि तुमने किया...वही,...मित्र, हम भी बाल-बच्चोंवाले जन हैं...।'

अग्निमुख अपने मित्रों के मुख देखता ही रह गया। कैसे दयनीय, भयभीत, आशंकित, निर्बल और कंपित जन।

सदाचारी, सत्यवान एवं परिश्रमी सामान्य जन की निर्दोष मुख मुद्रा को कैसा भयावह कर डाला था पादुकाराज ने!

अयोध्या में रात्रिः
कि चलो सूर्य को कारागार में डालें

गहन रात्रि का गहन अंधकार।

अयोध्या की एक संकरी बीथिका।

बीथिका में एक नाली।

अंधकार में नाली। उथली सी। आगे कहीं अवरुद्ध, सो गंदला जल तथा कीचड़ कगार का अतिक्रमण कर पूरी बीथिका में बहता, रुकता, सड़ता हुआ।...कीचड़ के मध्य कमल तो क्या खिलता इसमें एक सज्जन अवश्य संज्ञाहीन से धराशायी पड़े हैं। पादुकाराज में अन्य लाख दोष आप कह लें, परंतु मदिरा की गुणवत्ता के विषय में आप आश्वस्त रह सकते हैं। अयोध्या की मदिरा ऐसी प्रभावोत्पादक है कि मात्र दो चषक ही पीकर ये सज्जन ऐसे दिग्भ्रमित हुए हैं कि स्वगृह की राह ही न खोज सके और अंततः अभी नाली में शरणागत हैं। दो-तीन श्वान प्रारंभ में जिज्ञासावश रुचि लेते उनकी दिशा में आये भी, परंतु तभी निकट की बीथिका में आकर्षक श्वान-समागम के स्वर सुनाई दिये, तो उसमें सक्रिय भाग लेने की बलवती इच्छा को वे दमित न कर सके। नाली से निकलकर कुछ कीड़े अवश्य सज्जन के शरीर का सतही निरीक्षण संपन्न करके नाली में लौट गये हैं। संप्रति सज्जन अकेले ही नाली में पड़े हैं। इसी बीच श्रीमान ने वमन कर दिया, तो मदिरा की तीक्ष्ण गंध ने नाली की दुर्गंध को पराजित करते हुए बीथिका पर आधिपत्य कर लिया है।

'क्यों रे शठ...'

एक ऊर्जासंपन्न लात सज्जन की पीठ पर पड़ी, तो श्रीमान कूदकर वहीं कीचड़ में बैठ गये। सिद्ध हुआ कि वे बेहोश नहीं थे। बैठकर, मिचमिचे नेत्रों से परिवेश का निरीक्षण करने का यत्न कर रहे हैं वे। अंधकार निचाट। क्या तो निरीक्षण करते। पुनः लात ऐसी प्रभावशाली कि नेत्रों के समक्ष तारे झिलमिला रहे हैं। लात में यही बात तो उल्लेखनीय होती है कि यदि वह संपूर्ण हृदय तथा मनोयोग से मारी जाये तो उत्तमोत्तम मदिरा पर भी भारी सिद्ध होती है। वैसे, अयोध्या में यह तथ्य निर्विवाद रूप से स्थापित हो चुका है कि जो प्रभाव बात में नहीं, वह लात में होता है। लात न जात का ध्यान रखती है, न पात का, न दिन देखती है और न रात— वह जहां, जब चलती है, तुरंत अपेक्षित प्रभाव डालती है। ऐसी तुरंत-प्रभावी औषधि तो राजवैद्य के निकट भी उपलब्ध नहीं। सो लात

ने तुरंत प्रभाव दर्शाया।

सज्जन चैतन्य हो, अंधकार में पाद प्रहार करनेवाले को देखने का प्रयास कर रहे हैं। दोनों हाथ, जोड़ने की मुद्रा में। सारा व्यक्तित्व ही प्रणाम की मुद्रा में। ऐसी करारी लात का संचालक प्रणाम तथा आदर का पात्र तो हुआ ही। पुनः अयोध्या में यह तथ्य भी निर्विवाद है कि यदि प्रणाम के अधिकारी को प्रणाम न किया जाये तो पुनः वह ऐसी विकट लात मारेगा कि आप प्रथम लात को विस्मृत कर बैठेंगे। सज्जन ने दयनीय स्वर में कहा—

'स्वामी...शरणागत को क्षमा प्रदान करें...।'

परंतु स्वामी ने क्षमादान न देकर एक और हार्दिक पादप्रहार सज्जन के कटि प्रदेश पर किया, तो वे बिलबिलाकर खड़े हो गये।

जो अंधेरे में भी यूं अचूक लात मारे और प्रणाम के बाद भी मारता चला जाये, उसे पहचानने में अयोध्या की प्रजा कभी भूल नहीं कर सकती। सज्जन ने तुरंत ही पहचान लिया कि लात सुरक्षाकर्मी की है।

'स्वामी...।'

'स्वामी के पूतजी...।'

...और इसके पश्चात् धाराप्रवाह गालियां। सिद्ध हो गया कि सुरक्षाकर्मीजी ही हैं। वैसे भी अब सज्जन को अंधकार में भी दो प्रहरियों की छाया स्पष्ट दृष्टिगोचर हो रही है। करों में मोटे दंड। मुख से झरती गालियां। पद सक्रिय होने को तत्पर।...हे ईश्वर...।

'स्वामी...।'

'रे दुष्ट, स्वामी-स्वामी ही जपेगा, कि कुछ अन्य वचन भी उच्चारेगा?...'

सज्जन क्या कहते? ऐसी स्थिति में उन्होंने वही कहा, जो सुरक्षाकर्मी को समक्ष पाने पर कहना शास्त्रसम्मत कहाता है।

'स्वामी...।' वे बोले।

'स्वामी...स्वामी!' उच्चारते सज्जन उठ खड़े हुए।

'उठ खड़े हुए'— यह कथन अर्धसत्य कहायेगा क्योंकि खड़े होते-होते वे पुनः कीचड़ में पतित हो गये। मदिरा के प्रभाव से पैर लड़खड़ा गये, यह कथन उचित न होगा। वस्तुतः झापड़ ही ऐसा विकट रहा। झापड़ ऐसा ऊर्जामय था कि उसकी सटाक-ध्वनि सुनकर वे श्वान भी बीथिका के मुहाने पर ही ठिठक गये, जो श्वान-आंदोलन में अपना महती योगदान प्रदान कर अब मन परिवर्तन हेतु इन सज्जन की दिशा में चपलतापूर्वक चले आ रहे थे। इतना विस्फोटक तथा प्रभावी झापड़ अयोध्या के प्रहरियों के अलावा अन्य कोई भी नहीं मार सकता, यह तथ्य अयोध्या के कुत्तों को भी ज्ञात है। 'पलायन करो तुरंत...' श्वानों ने एक दूजे को कहा। श्वान प्रायः किसी निर्णय पर यों तुरंत सहमत नहीं होते। बिना समुचित गुत्थमगुत्था हुए, परस्पर गुर्राये तथा सामूहिक

काटाकूटी किये सहमत होना वे श्वान समुदाय की उज्ज्वल परंपराओं के विरुद्ध मानते हैं। परंतु अयोध्या में प्रहरी की लात श्वान परंपरा से बड़ी है, यह तथ्य कुत्ते भी जानते हैं।...पुनः उन सज्जन की तो स्थिति ही वर्णनातीत कि तेजोमय झापड़ के पश्चात् कीचड़ में जो पुनर्स्थापित हुए हैं, तो वहीं पड़े-पड़े, कर जोड़े दीनतापूर्वक रिरिया रहे हैं :

'क्षमाप्रार्थी हूं प्रहरीश्रेष्ठ...।'

वे क्रमशः उठने और पड़े रहने के मध्य की मुद्रा में पड़े रिरिया रहे हैं।

रात्रि गहन है। अंधकार निचाट। वीथिका संकीर्ण। आकाश की छुद्र सी फांक ही दृष्टिगोचर है। तारे, चन्द्रमा आदि के विषय में कथन कठिन है। होंगे कहीं।

'क्यों रे, कैसी मिथ्या बातें कहता घूमता है अयोध्या में..?' एक प्रहरी ने सज्जन के कंधे को गहकर उन्हें ऐसा आंदोलित किया कि बैठते-बैठते वे पुनः कीचड़ में घुस गये।

'स्वामी।'

'स्वामी के पूत...।'

'स्वामी...।'

'स्वामी के...यत्र-तत्र क्या मिथ्याभाषण करता भ्रमण करता रहता है?'

'प्राणनाथ...हम दरिद्र क्या मिथ्याभाषण करेंगे महाराज...?'

'सत्यवादी बन रहा है रे शठ...?'

'महाराज...।'

'महाराज के...क्या बोलता घूमता है रे?'

'श्रेष्ठिजनों की जय के अतिरिक्त अन्य कुछ भी कभी मुख से उच्चारा हो तो...जो दंड चोर का, सो हमारा...।'

'चोर का दंड ज्ञात भी है तुझे?'

'हम मूरख, हमें क्या पता...।'

'हम ज्ञानवर्धन करें?'

'स्वामी...।'

'स्वामी के...हम यह दंड चोर के मुख में प्रवेश कर कहां से निकालते हैं, यह प्रदर्शन करें क्या?'

'कृपालु की दया रहे...।'

'कृपालु दया करते रहें और तू अयोध्या में सर्वत्र मिथ्या बातें करके भ्रम प्रसार करता रह...क्यों रे?'

'कृपावंत...मैंने कभी कहीं कोई ऐसी अनर्गल चर्चा नहीं की स्वामी कि जो पादुकाराज के प्रति अपराध कहाये...। सत्य कहता हूं स्वामी...।'

'अभी दो करारे दंडप्रहार नितंबों पर किये कि सारे अपराध स्वीकार कर लेगा...।'

'चरण स्पर्श करता हूं अधिकारियों के...,' कहते हुए वे प्रहरियों के चरणों की अनुमानित दिशा में झुके। वार्तालाप के मध्य वे शनैः-शनैः खड़े हो चुके थे और हाथ जोड़कर सिर झुकाये थे। अब वे चरण स्पर्श करने की मुद्रा में झुकने का प्रयास कर रहे हैं।

मदिरा की गुणवत्ता की चर्चा करते हुए हम बीथिका में विस्तृत कीचड़ की गुणवत्ता की चर्चा करना तो विस्मृत ही कर बैठे। मदिरा की गुणवत्ता के प्रभाव में तरंगित सज्जन जब चरण स्पर्शातुर हो झुके तो कीचड़ की गुणवत्ता के वशीभूत वे फिसलते हुए प्रहरियों के चरणों के मध्य धराशायी होते घुस गये। ईश्वर की असीम अनुकंपा कि प्रहरियों की टांगों से टकराने पर भी प्रहरी नहीं गिरे, अन्यथा निःसंदेह वे उन सज्जन को कीचड़ में ही गाड़ देते। प्रहारी करुणावान थे। उनका कोमल हृदय करुणामय हो गया। उन्होंने उदारता की। सो, मात्र दो, या कदाचित् तीन-चार, या कहिए कि सात-आठ, या मानिए कि दस–इतनी ठोकरें मारकर ही उन भाग्यशाली सज्जन को करुणावश छोड़ दिया गया। सज्जन बिलबिलाते हुए कीचड़ में और लथपथ हो गये। मदिरा प्रभाव मृगवत् अदृश्य हो चुका है।

बीथिका पूर्ववत अंधकार में लथपथ।

श्वान निकट की बीथिका में कहीं कुत्ताजीवन की किसी जटिल पहेली को श्वान समागम द्वारा सुलझाने में रत हैं। एक बिल्ली दबे पांव निकट की झोंपड़ी की छत से निकली है। मारपीट का शोर बीथिका में बनी कुटीरों में पहुंचा भी तो वहां के बुद्धिमान वासियों ने जान लिया कि पिटने योग्य कोई पात्र पीटने में समर्थ सुपात्रों द्वारा कहीं पीटा जा रहा है और इस समस्त कार्य व्यापार को अयोध्या की ऋतुओं की भांति सहजता से स्वीकारना ही श्रेयस्कर कहायेगा। वे गहन निद्रा में लीन बने रहे जो कि ऐसे अवसरों के लिए नितांत व्यावहारिक निर्णय कहलाएगा।

'क्यों रे, मदिरालय में क्या संभाषण कर रहा था?' पुनः प्रश्नोत्तर प्रारंभ हुए।

'स्वामी?'

'स्वामी के सुपुत्र...।'

'स्वामी...।'

'स्वामी के...राम आ रहे हैं, राम वनवास से लौट रहे हैं—ऐसे वचन उच्चारता फिरता है तू, क्या यह तथ्य मिथ्या है?' वे मूल प्रश्न पर आये।

कुछ श्वान पुनः गली के मुहाने तक पहुंचे हैं और ठिठककर, सतर्कतापूर्वक समस्त स्थिति का आकलन कर रहे हैं।

उनका प्रश्न सुनकर सज्जन के मानों प्राण लौटे।

इत्ती सी बात!

तुच्छ-सी समस्या।

हम समझे कि हमने कोई गंभीर अपराध कर डाला।

'तू मदिरालय में बैठकर कह रहा था न कि राम लौट रहे हैं वनवास से?' उन्होंने पुनः प्रश्न किया। एक ने सज्जन के केशों को मुष्टिका में भर लिया है। केशों की जड़ें त्राहिमाम कर रही हैं।

'हां महाराज...।'

'यह तुझे किसने बताया?'

'सभी कहते हैं...।'

'सभी से तात्पर्य?'

'समस्त अयोध्यावासी महाराज।'

'तू तो समस्त प्रजा का प्रतिनिधि बन गया रे...,' केशों को मुट्ठी ने ऐसा भींचा है कि सज्जन कीचड़वती भूमि से किंचित् ऊपर उठ आये।

अब सज्जन को ज्ञान प्राप्त हुआ कि कहीं कुछ रहस्यमय है, जो उनकी तुच्छ बुद्धि के परे है। अन्यथा राम लौट रहे हैं, यह जानना तो समस्त अयोध्या हेतु अत्यंत आनंद का कारण है, या होना चाहिए। परंतु प्रहरियों की माया! क्या कहें।

'सभी को ज्ञात है स्वामी...,' कंपित स्वर में उसने कहा।

'किस स्रोत से ज्ञात हुआ रे उनको...? हम मूर्ख गुप्तचरों को भनक भी नहीं लगी और तुम बुद्धिमानों को ज्ञात हो गया कि राम वनवास से लौट रहे हैं? राम उधर वन में कहीं, तुम इधर अयोध्या में...पुनः किस भांति? अरण्य जाता रहता है क्या?...'

'नहीं स्वामी...।'

'वहीं अरण्य में पटक आयें तेरे को? मिलते रहना राम से...?'

'क्षमाप्रार्थी हूं स्वामी...।'

'पुनः उत्तर दे न...?'

'दरिद्रजन हैं हम, सो चर्चा करते हैं कि कब यह दारिद्र्य कटेगा?'

'रे रे शठ...तेरे दारिद्र्य से राम का क्या संबंध...?'

'स्वामी...सभी राम का स्मरण करते रहते हैं कि वे लौटेंगे अयोध्या में, तो कदाचित् सबकी दरिद्रता को दूर करेंगे...।'

'सीमा होती है मूर्खता की...।'

'स्वामी?'

'स्वामी के...तुमने दरिद्रता को समझ क्या रखा है?...अरे, साक्षात् ईश्वर भी अवतरित हो जायें तो अयोध्या की दरिद्रता दूर न कर सकेंगे...समझे?'

वे क्या कहें?

सज्जन व्यक्ति यूं भी प्रायः मौन रहे आते हैं।

पुनः श्रेष्ठिजनों से क्या शास्त्रार्थ! और अयोध्या में प्रहरियों से बड़ा श्रेष्ठिजन और

कौन! सो वे मौन रहे।

'राम क्या तुम्हारी फटी धोतिका को सिलते फिरेंगे? या कहीं से नई धोतिका लाकर दान करेंगे? क्यों?' प्रहरी बड़बड़ा रहे हैं।

'कब से दरिद्र हो?' अचानक उन्होंने प्रश्न किया।

'दरिद्र ही उत्पन्न हुए थे स्वामी...।'

'उम्र क्या हो गई महाराज की?'

'आप जान लें स्वामी...।'

'हम कैसे जान लें...? हमने उत्पन्न किया था क्या तेरे को...?' प्रहरी हंसने लगे।

'चालीस वर्ष की वय का अनुमान है स्वामी...।'

'चालीस वर्षों में भी ज्ञान नहीं मिला रे शठ तुझे कि दरिद्रता क्या वस्तु है और कैसी अमिट, अचल और अमर है?'

'स्वामी...।'

'स्वामी के पूत...दरिद्रता किसी के हटाए न हटेगी अयोध्या से...।'

'स्वामी...।'

'स्वामी के...दरिद्रता समाप्त हो गई तो पुनः धनी होने का आनंद ही क्या शेष रहा? सभी धनी हो गये तो पुनः श्रेष्ठिजनों की लातें कौन खायेगा?'

'स्वामी...।'

'स्वामी के...दरिद्रता राम के बूते भी न हटेगी...।'

'स्वामी...।'

वे अचानक मूल प्रश्न पर लौटे।

'पर ये तो बता कि राम वनवास से लौट रहे हैं, यह तुझे किसने बताया?'

सज्जन मौन रहे।

'एक-एक दुष्ट को कारागार में ले जाकर उल्टा नहीं लटकाया तो...'

वे मौन रहे।

'ज्ञात है तुझे कि पादुकासभा ने नियम बना रखा है कि जो अयोध्या में भ्रामक तथा मिथ्या प्रचार करे, उसे सूली पर टांग दिया जाये?...'

'स्वामी...।'

'रे, स्वामी से पृथक् भी कुछ कहेगा अथवा सीधे सूली पर लटककर ही बोलेगा?'

'प्राणों का अभयदान का आकांक्षी हूं स्वामी...।'

'पुनः उन लोगों के नाम बता...।'

'स्वामी...।'

'रे स्वामी के सपूत...तेरे को ज्ञात भी है कि यह जो तुम शठजन यत्र-तत्र 'राम राम' उच्चारते घूम रहे हो, तो इसकी सारी सूचना सेनापति से लेकर सोमपादजी तक है?

अब उल्टा लटकाकर उनके ही पवित्र करों द्वारा जब तुम्हारी गुदा में मिर्ची...'

'स्वामी...।'

'तू चल हमारे साथ...।'

'क्षमा स्वामी...।'

'डाल तो रे बेड़ी शठ के...।'

रात्रि और भी गहन।

अंधकार और भी सघन।

बीथिका और भी निर्जन।

अयोध्या में रात्रि लंबी है।

परंतु कल जब सूर्योदय होगा और सूर्य की किरणें इस बीथिका में उतरेंगी तो क्या सूर्य भगवान को ज्ञात भी हो सकेगा कि कल रात, इस बीथिका से, अयोध्या के प्रहरियों ने एक निरपराध सामान्य नागरिक को उठा लिया था? कदाचित् नहीं।

वैसे तो अभी रात्रि ही ऐसी भयावह है कि सूर्योदय की संभावना स्वयं ही एक अफवाह लगती है।

उस रात्रि अयोध्या सोई नहीं।

गुप्तचरों और प्रहरियों ने अयोध्या को सोने नहीं दिया।

उस रात अयोध्या में विकट पकड़-धकड़ हुई।

गुप्तचर बीथिका-बीथिका विचरे।

सांकलें बजीं। द्वार चरचराये। दीवारें स्तब्ध। पाद प्रहार हुए— द्वार पर, शरीर पर। दंड बरसे। डंडे घूमे। थप्पड़ पड़े। कोल रक्तिम हुए। केश नोचे गये। धक्के मारे गये। गिरों को भूमि से उठाया गया। मारकर पुनः भूमि पर दचका गया। मनुष्य घसीटे गये। नग्न किये गये। गूमड़ प्रकट हुए। अश्रु बहे। रक्त सूख गया। स्त्रियां रुदन करती रहीं। बच्चे सहमे खड़े रह गये। यह देख कि जिस बाप को वे सर्वशक्तिमान समझते थे, उस बाप के भी बाप कहीं थे। खड़ाऊं कपाल पर, पद नितंबों पर, डंडे पीठ पर और झापड़ गालों पर बरसे। गुप्तचर सावन की घटा से टूटे। अधर फटे। मुस्कान सदैव के लिए राजसात हुई। पड़ोसी दुबके। पंछी रात में यूं भी सोते हैं। वे सोते रहे। जहां तक उल्लू का प्रश्न है, सो वह ऐसा भी उल्लू नहीं कि ऐसे स्थान पर फटके। श्वान अवश्य उत्कंठित। आश्चर्यचकित कुत्ते। विस्मित श्वान। अनुसंधान प्रवृत्ति के मारे श्वान चल दिये पीछे-पीछे गुप्तचरों के। पुनःपिटकर ही लौटे। लौटे भी कहां? लौट-लौट कर पिटे। श्वान पिटे। मनुष्य पिटे। पर श्वान पिटकर स्वतंत्र घूमते रहे। मनुष्य पिटकर बंदी हुआ। कारागार पहुंचा। मनुष्य अभी कारागार में भी पिटेगा।

दौड़ते रहे रात्रिपर्यंत रथ। ऐसी तैसी हो गई अश्वों की।

क्लांत हुए अश्व। बोले रथचक्रों से कि मित्रो, आज तो दौड़-दौड़कर टापें घिस गईं। रथचक्र क्या कहते! घूर्णन कर-कर रथचक्रों को स्वयं चक्कर आ रहे हैं। यह रात्रि अयोध्या पर भारी है, मित्र— हांफते हुए रथ ने न जाने किससे कहा। कौन सुनता। सन्नाटे से भरी रात। चहुंओर अंधकार। भय, आशंका, चहुंओर। कौन कब उठा लिया जाये। घात में प्रहरी चहुंओर। गुप्तचर चप्पे-चप्पे पर। तारे भयभीत, बादलों की ओट जा छुपे। चंद्रमा भी, भागता रहा समस्त आकाश में। कभी इस बादल की ओट कभी उस बादल। आकाश में खलबली। झींगुर स्तब्ध। सन्नाटा। मात्र, मारपीट की परिचित ध्वनियां। जाग रही हैं व्याकुल बीथिकाएं। रात्रि के काले नयनों में निद्रा नहीं। देख रही है। समस्त कार्य व्यापार।

रात्रि अपने ही अंधियारे में छुपी। बीथियों की पसलियां प्रहरियों के पदत्राणों की चाप के नीचे चटख रही हैं। पवन आकाश के कारागार में बंदी। श्वास घुट रही है अयोध्या में। एक तारा टूटा। कहीं उसके कपाल पर प्रहरी ने दंड प्रहार न किया हो, कदाचित्। प्रहरियों के हाथ लंबे। दंड उनके आकाश गंगा तक। घूम रहे हैं वे इस नक्षत्र से उस नक्षत्र। नागरिक स्वप्न देखते निद्रा में कि गुप्तचर आ रहे हैं। कर गये प्रवेश वे स्वप्नों के देश तक।

अंधकार को चीरते अश्व।

रात्रि में सजग अयोध्या के रक्षक। गुप्तचर। प्रहरी।

उठा ले गये नागरिकों को। गुप्तचर अंधकार में भी चीन्ह-चीन्ह कर पहुंचे। ले चले लटकाकर अयोध्या के नागरिकों को। अंधकार को चीरते रथचक्र। रथ हांके गये कारागर की दिशा में। बेड़ियां व्याकुल। भर-भरकर रथों में लाये गये बंदी, यहां से, वहां से।

तारे चकित नक्षत्र भयभीत। गृह व्याकुल।

फुसफुसाकर तारों ने प्रश्न किया कि यह क्या हो रहा है अयोध्या में?

चंद्रमा ने घटा की ओट से किंचित् झांककर उत्तर दिया कि पादुकाराज के सजग रक्षक उन दुष्टों को कारागार में बंदी बना रहे हैं जो राम के अयोध्या लौटने की मिथ्या हवा फैलाकर अयोध्या में अशांति उत्पन्न करने का घिनौना षड्यंत्र कर रहे थे।

'पर राम तो आ रहे हैं...?' तारों ने कहा।

चंद्रमा मौन रहा। क्या कहे। पादुकाराज के नियंताओं के अतिरिक्त सभी को ज्ञात है कि राम आ रहे हैं। निरंकुश सत्ता बहरी होती है। अंधी भी। उसे अपने चहुंओर का परिवेश तक बूझता नहीं। चंद्रमा ने बहुत निकट से देखा धरा को सदियों से। तारे तो योजनों दूर हैं। वह धरा पर इतनी निरंकुश सत्ताएं देख चुका है कि अब वह ऐसे दृश्यों से चकित नहीं होता। सदियों से सत्ता द्वारा बार-बार प्रताड़ित हुआ है मनुष्य। परंतु इस लघु और छुद्र से प्रतीत होते सामान्य से जन में न जाने क्या कुछ है कि न यह मिटता है, न टूटता है और न मिटती है इसकी अदम्य जिजीविषा। आशा इसमें ऐसी कूट-कूटकर भरी है कि ईश्वर तक चकित। सत्ताएं मिट जाती हैं और मनुष्य निरंतर बना रहता है— तारों की भांति, स्वयं चंद्रमा की भांति। धन्य है रे तू सामान्य-से जन!

...चंद्रमा मौन है, पर मन बोल रहा है उसका।...कि अचानक चंद्रमा ने ऊंचे स्वर में कहा...'राम आयेंगे...' 'राम आ रहे हैं...'।

दिग्दिगंत गूंज उठे।

परंतु प्रहरियों ने नहीं सुना। गुप्तचर बहरे।

प्रताड़ित कर रहे हैं वे जन-जन को और हर जन से एक ही प्रश्न— 'राम आ रहे हैं, यह मिथ्या समाचार कौन फैला रहा है और क्यों?'

'बता रे शठ कि किसने कहा कि राम आ रहे हैं?'
क्या उत्तर दें?
कौन उत्तर दे?
उत्तर की खोज में रात्रिपर्यंत कारागार के द्वार खुलते-बंद होते रहे।

अयोध्या :
सुबह मात्र मिथ्याभास ही हो, पर है तो...

अब कथा का अंत।

क्या कहा आपने?...'कथा के अंत में राम आ जायेंगे, समस्त खलु जनों को समुचित दंड मिलेगा और इस प्रकार कथा का अपेक्षित सुखांत होगा'— ऐसा आपका अनुमान है। बहुत सी कथाओं का पारायण आप कर चुके हैं और अब कथाकार की बंद मुट्ठी को ताड़ लेते हैं, ऐसा आपका विश्वास है। अब हम क्या कहें? संपूर्ण कथा के दौरान जिस प्रकार के अनर्गल प्रश्न, टिप्पणियां तथा अनुमान आपके रहे हैं, उनकी पृष्ठभूमि में आपका यह भोला अनुमान भी कि 'राम आ जायेंगे और कथा का सुखांत होगा'— न तो लेखक को आश्चर्यचकित कर रहा है, न ही क्रोधित; आप पर दया अवश्य आ रही है। ...मित्र, सुखांत का आपका स्वप्निल अनुमान अपने स्थान पर और हमारी कथा का यथार्थ अपने स्थान पर।

सो, यदि आप अनुमति प्रदान करें तो हम वह सुना दें, जो वस्तुतः अयोध्या में हुआ और कहानी समेटें?

धन्यवाद।

हमने कथा वहां छोड़ी थी, जहां रात के अंधकार में अनगिनत अयोध्यावासी इस अपराध में बंदी बनाकर कारागार में लटका दिये गये थे कि वे यत्र-तत्र राम का नाम लेते पाये गये थे और यह कहते-विचरते थे कि राम वन से लौटनेवाले हैं।...अगले चार-पांच दिन अयोध्या की बीथियों, मार्गों, महालयों से लेकर वायुमंडल तक अफवाहों का बवंडर मंडराता रहा। खुस-पुस, खुस-पुस। सुना तुमने? चुप-चुप। मौन रहो। कोई सुन न ले। खट-खट, खट-खट। कौन?...हम तुम्हारे बाप। अयोध्या में अगले चार-पांच दिनों तक हजारों जन बंदी बना लिये गये। लाखों से पूछताछ चली। करोड़ों कुटे-पिटे। अनगिनत तो ऐसे विकट पीटे गये कि दुष्ट मर ही गये। बताइए! शठ ऐसे दुर्बल कि एक घूंसा ही छाती पर मारा था, कि एक डंडा ही कपाल पर ठोका था, या कि बस यूं ही मौज में टेंटुआ दबाया था कि श्रीमान का प्राणांत हो गया। जो मरे नहीं, वे कारागारों में पड़े पिटते रहे। उनके परिजन काटते फिरे परिक्रमा अयोध्या के श्रेष्ठिजनों की, कि कृपा हो जाये तो...। पर अयोध्या का आपको ज्ञात है ही। पादुकाराज गें किसी नागरिक का कारागार पहुंच जाना श्रेष्ठिजनों को न तो उद्वेलित करता है, न ही चकित। विधिसम्मत राजकाज के सुचारु

संचालन में कारागार के सम्माननीय स्थान को वे जानते हैं। मानते भी हैं।

यह सब कदाचित् और भी चलता परंतु एक दिन अचानक राम के अयोध्या-आगमन की आधिकारिक घोषणा आकाशमार्ग से हो गई और सारा घटनाक्रम ही उलट-पलट गया।

उस दिन अपना देवता अयोध्या के आकाश में प्रकट हुआ।

देवता का विमान आज आकंठ भरा था। विमान पर देव, चारण, सिद्ध, गंधर्व, यक्ष, नाग, पक्षिराज इत्यादियों की भारी भीड़ आरूढ़ थी और ऐसी उत्साहित थी कि विमान से टपकी जा रही थी। पुनः पुष्पों से भरे पात्रों के ढेर। विमान ने उस दिन स्वर्ग से अयोध्या के बीच अनगिनत चक्कर लगाये। पुष्पों का अकाल-सा पड़ गया स्वर्ग में। मूसलाधार पुष्प-वर्षा हुई। चहुंओर पुष्पवृष्टि। साथ में ढमाढम ढमाढम। तुतु तुतु तुतु। तुरही। ढोल। दुंदुभी। चहुंओर यह कर्णप्रिय आकाशवाणी...'श्रीराम ने लंकापति रावण का वध करके लंका विजय की है और अब वे माता जानकी समेत तुरंत अयोध्या लौट रहे हैं...।' तैर रहे हैं ये मनोहारी शब्द अयोध्या के आकाश में और शनैः-शनैः उतरे हैं महालयों में, राजसभा पर, बीथियों में, पर्ण कुटीरों पर। छा गये हैं ये चहुंओर। बारंबार हो रही है आकाशवाणी। गिर रहे हैं पुष्प जन-जन पर।...चहुंओर ऐसा उत्साह कि जिसका पारावार नहीं। प्रजा आनंद से मानो विक्षिप्त। 'अहो, अहो। सुना तुमने?...अहो, अहो।'...'हम बहरे हैं क्या? हम न सुनेंगे, तुम ही सुन लोगे?' 'नहीं, हमने तो एक बात कही।...राम आ रहे हैं।...अहो, अहो।'...'धन्य है। अहोभाग्य...। क्यों, क्या कहते हो?'...'हम क्या कहें। तुम अपना श्रीमुख बंद रखो, तो हम भी कुछ कहें। तुम ही तुम बोले जा रहे हो।'...'नहीं, नहीं, तुम भी बोलो। अब तो रामराज है।'

...अहा, अहा...अब मचेगा आनंद। अब आयेंगे राम। अब आयेगा रामराज अयोध्या में। अब कटेंगे दलिद्दर। अब होंगे स्वप्न साकार। क्यों, क्या कहते हो?...अरे, किधर गये?...वे कहां रुकते! सभी व्यस्त। सभी नृत्यमग्न। गले मिलते जन जन। बीथिकाओं में प्रजा के समूह। सुनी तुमने? बधाई। आपको भी।...भूखों ने भूखों से कहा कि प्रतीक्षा कर लो कुछ दिन और, पुनः प्राप्त होगी भरपेट रोटी। नंगों ने नंगों को आश्वस्त किया कि प्रिय मित्र, अब बीत गये दिन नंगेपन के, अब तो रामराज में न कोई नंगा रहेगा, न कोई भूखा। एक नंगे ने तो यहां तक कहा कि फिलहाल मात्र लंगोटी ही मिल जाये, तो शेष वस्त्रों के लिए वह जन्म-जन्मांतर तक प्रतीक्षा कर लेगा। नहीं, नहीं। अब तो रामराज है, रेशमी और ऊनी लंगोट मिलेगी। अहो, अहो। धन्य हैं राम।...दरिद्रों को बताया गया कि अब हटेगी तुम्हारी दरिद्रता और झोंपड़ियों पर भी वृष्टि होगी धन धान्य की। धन गिरने से कहीं दरिद्र की झोंपड़ी टूट तो न जायेगी? सच्ची बात। झोंपड़ी एक सीमा तक ही धन को सह सकती है।...वैसे दरिद्र की यही बात हमें उचित नहीं लगती। उसे सदैव ही झोंपड़ी टूटने और लंगोटी के फटने का भय सताता रहता

है।...प्रिय दरिद्रो, रामराज में अब किसी प्रकार के भय का कोई स्थान नहीं है। सभी अभय हों। अब न कोई त्रास, न ताप, न दुख। ...रामराज आयेगा। अब दंडित होंगे दुष्ट और मालपुवे खायेंगे सदाचारी, ईमानदार तथा सत्यनिष्ठ। अब चढ़ेंगे सूली पर भ्रष्ट सामंत, मंत्री, अधिकारी, कृपण वणिक् तथा क्रूर सैनिक।...आ रहे हैं राम...।

शीघ्र ही रामराज स्थापित होगा अयोध्या में।

चलिए, यह भी शुभ हुआ। इसी की तो प्रतीक्षा थी। समस्त कथा को हम इसी दिशा में तो ले जा रहे थे कि जहां अंततः रामराज आ जायेगा। लो मित्र, आ गया।...क्या कहा श्रीमान? 'अभी कहां आया?'...मित्र, आप भी बस शब्द पकड़ लेते हैं। हां, यह सत्य है कि अभी तो रामराज्य नहीं आया है, परंतु बस आ ही गया मानो। राम आये कि रामराज्य आया।...हां, हां, भाई, यह कटु सत्य तो तथ्य है ही कि जब तक रामराज नहीं स्थापित होता, तब तक तो पादुकाराज है ही।...कदाचित् आप अभी भी भयभीत हैं कि पादुकाराज ही सदैव बना रहेगा?...अयोध्या का सामान्य जन इसी चक्कर में तो कभी सुख का आनंद नहीं ले पाता क्योंकि उसे दुख की सतत् आशंका व्याकुल किये रहती है।...तजिए भी ये निराशावादी बातें और चलिए हमारे साथ।

आइए, देखें कि जब रामराज की संभावनाएं अयोध्या के द्वार खटखटा रही हैं, तब पादुकाराज के नियंता पादुकामंत्री आदि, द्वार की सांकल खोलने से पूर्व किस उद्योग में लगे हैं? क्या वे भयाकुल हैं? क्या वे छुप गये हैं? कहीं वे अयोध्या से पलायन करने पर विचार तो नहीं कर रहे? पुनः हमारे अन्य कथा पात्रों का क्या हुआ? वे इस समय कहां हैं?...ऐसे अनेक प्रश्न आपके मन में भी उठ रहे होंगे। उत्तर हमारा यही है कि आइए, हमारे साथ आकर इन पात्रों को खोजिए।...क्या कहा? साथ आने में भय लगता है कि कदाचित् कहीं पादुकामंत्री को ज्ञात हो गया तो? रामराज तो परसों आयेगा और पादुकाराज हमें कल ही मरवा दे, तो हमें रामराज से क्या मिला? आपका यह तर्क अपने स्थान पर वैध लगता है, परंतु यदि सभी ऐसा ही सोचते रहे तो राम के आने पर भी रामराज्य तो नहीं ही आयेगा। रामराज्य के लिए राम जितने अनिवार्य हैं, उतना ही अयोध्यावासियों की रामराज्य के प्रति आकुलता, छटपटाहट तथा उनका साहस भी अनिवार्य है। आप रामराज्य तो चाहते हैं, परंतु पादुकाराज से भिड़े बिना। आप पादुकाराज से कन्नी काटते हुए रामराज्य तक पहुंचना चाहते हैं। क्रांति की किसी निरापद पगडंडी की खोज में हैं आप। आपको कदाचित् ज्ञात नहीं कि क्रांति की ऐसी कोई राह नहीं होती, जो निष्कंटक हो।...सो आप साथ आते हैं, तो ठीक, अन्यथा हम अकेले ही अपने पात्रों को खोजते हैं।

हमारे पात्र अभी कहां हैं?

अहो, पादुकामंत्री, सोमपादजी तथा सेनापति शतबलीजी तो एक ही स्थान पर बिराजे प्राप्त हो गये। पादुकामंत्री के गोपनीय कक्ष से तो आप परिचित हैं ही। वहीं बिराजे

हैं दोनों। साथ में कुछ अन्य महत्त्वपूर्ण मंत्री, अमात्य, सामंत तथा अधिकारी। ये लोग चिंतित क्यों नहीं प्रतीत होते?...जब रामराज्य अवश्यंभावी हो गया हो तब पादुकाराज के कुटिल नियंताओं को चिंतित होना ही चाहिए— यह बात अयोध्या का प्रत्येक भोला नागरिक मानेगा। परंतु ये तो निश्चिंत दीखते हैं? हमारे-आपके अनुसार तो अब इनकी नैया डूबनेवाली है। रामराज्य का तूफान सामने है, तो भी ये चिंतित क्यों नहीं? चक्कर क्या है? वस्तुतः इन्होंने तूफान का अध्ययन कर लिया है। ये जानते हैं कि यदि कुटिलतापूर्वक और सावधानी से नैया को तूफान की दिशा से ही हटा लिया जाये, तो उनकी नैया सुरक्षित रहेगी। या तूफान को ही दुर्बल कर दिया जाये। बल्कि उन्होंने बहुत से ऐसे उपाय सोच भी लिये हैं, जिससे रामराज्य का तूफान उनकी नैया तक पहुंचते-पहुंचते मंद सुहानी बयार में बदल जायेगा। इन्हीं योजनाओं को तैयार करने हेतु वे इस गोपनीय कक्ष में एकत्रित हैं। योजनाएं तैयार हो गई हैं।

कैसी योजनाएं?

योजनाएं अनेक हैं। मूलमंत्र सबका यही कि राम और उनके साथ पधार रहे उनके सहयोगी वानरों, रीछों, वनवासियों आदि का ऐसा भव्य स्वागत किया जाये कि उन सभी के नेत्र चौंधिया जायें और उन्हें पादुकाराज के खटकर्म पुनः दृष्टिगोचर ही न हो सकें। ये राम के नेत्रों में भी धूल झोंकने में प्रवीण जन हैं। परंतु क्या राम वस्तुतः इनके टोटकों से ऐसे भ्रमित अथवा अभिभूत हो जायेंगे कि इनके अपराधों पर अनंतर ध्यान ही न दें? राम अंततः जो भी करें, परंतु इनका तो यही विश्वास है। इसी उद्देश्य से नंदिग्राम से लगाकर अयोध्या तक का मार्ग समतल करने हेतु कारीगर भेजे जा रहे हैं। भूमिप्रदेश के ज्ञानी, यंत्रज्ञाता पुरुष, वृक्ष काटनेवाले, बांस एवम् चर्म के कार्य के दक्ष कर्ता, कुल्हाड़ियों-हसियों-टांकियों से झाड़ियां काटनेवाले, गड्ढों को भरकर समतल करने वाले, जल स्रोतों को बांधनेवाले, चूना पोतकर मार्ग को स्वच्छ करनेवाले भेजे जा रहे हैं। साथ ही आदरणीय निगमाध्यक्ष, शोभन जौहरी, कुम्हार, जुलाहे, योद्धा, मोरपंख का सामान निर्माण करनेवाले, मोतियों में छेद करने वाले, दरजी, वैद्य, मल्लाह, गंधी, जल गर्म करनेवाले भी पहुंचेंगे।...और इधर अयोध्या के श्रृंगार का तो वर्णन ही क्या!...कोने-कोने को सजाओ। सुंदर देवमंदिरों के शिखरों पर, चौराहों पर, बीथियों में, चैत्यों पर, अट्टालिकाओं पर, वणिकों की दुकानों पर, ऊंचे-ऊंचे वृक्षों पर और तुच्छ सी पर्णकुटीरों पर भी चित्रित पताकाएं तथा ध्वज फहराये जा रहे हैं। प्रत्येक दीवार पर राम स्तुतियां उकेरी जायेंगी। नटों तथा नर्तकों के समूह रामधुन गाते हुए विचरेंगे। बीथियों तक में सुवासित चंदन का जल छिड़का जा रहा है।...कमल के पुष्प बिखरा दो सब तरफ। चहुंओर पुष्पित, चहुंओर सुवासित। वानर इत्यादि ससुरे तो चकरा जायेंगे। पुनः निरंतर दुंदुभियां, गाजे-बाजे बजने दो। कोई सो न पाये, तो न सो पाये। राम आ रहे हैं कि ठट्ठा है!

किसी बुद्धिमान सामंत ने हनुमान की ओर ध्यान आकर्षित करते हुए बताया है कि वे माता जानकी के अतिप्रिय, बल्कि 'मुंहलगे' से हैं और उनको साधा जाना अत्यंत आवश्यक है। तुरंत निर्णय हुआ कि महत्त्वपूर्ण सामंतगण मात्र लाल लंगोट धारण करके स्वागत दल में चलेंगे क्योंकि सुना है कि हनुमान का प्रिय पहनावा लाल लंगोट ही है। लाल लंगोट में यूं सार्वजनिक रूप से निकलने में सामंतगण कदाचित् लज्जा का अनुभव तो नहीं करेंगे? आपने भी खूब पूछा! आप लंगोट की चर्चा कर रहे हैं; यदि इनके हित सध रहे हों तो ये नंगे तक निकलने को तत्पर हैं। हनुमान के साथ आये वानरों का भी ध्यान धरना होगा। धर लिया भ्राता। पहले ही निर्णय हो चुका है कि पूरे मार्ग पर फलों के टोकरे बिखरे रहेंगे। लूटो, खाओ।...और जामवंतजी को विस्मृत न कर बैठना। रीछों के साथ पधार रहे हैं वे। तुरंत ही ब्रह्मप्रसाद को संकटाप्रसाद के साथ पठाकर वनवासियों से शहद का प्रबंध कराना होगा। कितना शहद? जितना ला सको उतना। कम पड़े, तो जल मिला देना। रीछों को कौन सा पता चलता है। रीछ कहीं के! सत्यवचन। रीछों को शहद चाटने से तात्पर्य। वे कदाचित् यही सोचेंगे कि अयोध्या का शहद ऐसा ही पतला होता होगा।...और दशरथ महाराज की तस्वीरें उकेरनेवालों को पकड़ो। बनवाओ विशाल चित्र और टांगो चौराहे-चौराहे पर। और पादुकाओं के चित्र?...वे भी टंगे रहने दो। निकट ही। पता नहीं कि राम को क्या भा जाये...

जब रामराज्य अनिवार्य ही हो गया है, तो उससे भी निबटा जायेगा।

और कुणाल आश्रम? ...कुणाल ने जल समाधि ले ली तो क्या, वे एक सुदृढ़, सुव्यवस्थित 'ऋषि-परंपरा' पीछे छोड़ गये हैं, जो राजसिंहासन से जुड़ना ही अपना भवितव्य मानती है। राम के राज्याभिषेक को विधिविधान से करने तथा उस अवसर पर होनेवाले धार्मिक कर्मकांडों पर कुणाल आश्रम के गुणी ऋषियों ने आधिपत्य जमा लिया है। कुणाल मर गये, पर 'कुणाल-परंपरा' नहीं मरेगी। वह सदियों चलेगी। अभिषेक सामग्री एकत्रित करने का निर्देश दे रहे हैं ऋषि। ऐसा भव्य आयोजन हो कि राज्याभिषेक में पधारे देवतागण तक चकित रह जायें। गूलर की लकड़ी की चौकियां लाओ। श्वेत वर्ण के व्यंजनों की व्यवस्था करो। गंगाजल लाओ। सागर जल से परिपूर्ण स्वर्ण कलश, धान की भुनी खीलें, घृत, शहद, शुभलक्षणोंवाले हाथी, चार दांतों वाला बलवान सिंह, सोने के मढ़े सींगोंवाले बैल, पूरा व्याघ्र चर्म...। लाओ, लाओ, जैसा ऋषि महाराज कह रहे हैं। क्या कहा? शुभ लक्षणोंवाला हाथी कैसे पहचानेंगे? तुम तो कोई भी ले आओ मित्र। शुभलक्षण तो ऋषि महाराज स्वयं आरोपित कर लेंगे।...और शेर के दांत कौन गिनेगा? फिर चार दांतोंवाला शुभ सिंह कैसे लाये? ...तुम नहीं गिन पाये, तो और कौन गिनेगा? तुम तो शेर पकड़वाकर मंगाओ मित्र। उसके इतने निकट जाकर तो ऋषि महाराज भी सिंह की पूजा-अर्चना न करेंगे। जान सबको प्रिय है। दूर से ही खील, बताशे फेंके और बस।

राम आ रहे हैं। ऋषिगण व्यस्त हैं।

और अपने सुकविगण?

राजकवि भी तुरंत व्यस्त हो गये हैं। पुखराजजी की आज्ञा। रची जा रही हैं स्तुतियां। राम की स्तुतियां। वानरों की भी। और रीछों की भी। जो सामने पड़ गया, उसी की कर डालेंगे। अपना क्या, राजकवि की गादी सुरक्षित रहे, बस। जो चाहो, लिखवा लो। रचे जा रहे हैं श्लोक। विशेषणों, उपमाओं से पगी पंक्तियां...'आप लोकों में परमधर्म, परममर्म, पुरुषोत्तम, हृषिकेश, रीक्षोत्तम, पद्मनाभ, सहस्त्रभृंग, वानरोत्तम, वेदात्मा, मधुपायियों में सर्वश्रेष्ठ, उपेन्द्र, मधुसूदन, सहस्त्रचरण, सहस्त्रवीर्य, शरण्य...।' और ऐसी ही बातें। कवि व्यस्त हैं। वस्तुतः जो स्तुतियां उन्होंने कभी पादुकामंत्री से लेकर मंथरा तक के लिए रची थीं, उन्हीं में किंचित् सा परिवर्तन करके वे आश्वस्त हैं कि प्रभाव अपेक्षित रहेगा। स्तुतियों का रहता ही है। उनका वर्षों का व्यक्तिगत अनुभव है।

पुखराजजी को यह कर्तव्य भी दिया गया है कि वे प्रसन्नजित को कारागार से निकालकर तुरंत ही प्रमुख राजकवि के पद पर आसीन करवायें और स्वागत समिति का प्रमुख सदस्य भी बनायें। जिस प्रहरी ने उनको बंदी बनाया था, उस प्रहरी को उनके ही सामने उसी स्थान पर लटकवा दें और इस प्रकार उन्हें बतायें कि इस गड़बड़ में हमारा कोई हाथ नहीं था, जो हुआ, भ्रमवश हुआ...। क्या प्रसन्नजित मान जायेंगे? ठीक पूछा आपने। यह प्रश्न हमारे मन में भी उठा है। हमारा तो यही विश्वास है कि वे ठोकर मार देंगे इनके प्रस्ताव को। किसी सामंत ने यह संदेह व्यक्त भी किया है। परंतु पुखराज को विश्वास है कि वे प्रसन्नजित को मना लेंगे। पुखराज का कहना है कि ऐसे प्रखर कवियों तथा ऐसे खांटी साहित्यजीवियों की भी कुछ दुर्बल नसें होती हैं और यदि उन्हें ठीक से दबाया जाये तो ये सध जाते हैं।

इधर पद्माजी भी अपनी मंडली के साथ राम आगमन हेतु उत्साहपूर्वक तत्पर हैं। उन्होंने निश्चित किया है कि वे एक वृहद अखिल अयोध्या नारी-सम्मेलन का आयोजन करेंगी। मुख्य अतिथि माता जानकी रहेंगी, यह बताने की आवश्यकता नहीं। सुग्रीव की पत्नियां विशिष्ट अतिथि। पद्माजी को विश्वास है कि वे शीघ्र ही माता जानकी की अंतरंग हो जायेंगी।

और अपना राजमार्ग वाला वणिक्? वह कहां है?

वह तो सर्वाधिक व्यस्त है। उसने उचित समय पर सटीक टोह लेकर नंदिग्राम से अयोध्या तक के मार्ग को समतल करने, स्वागत-भोज का प्रबंध करने, अयोध्या की साज-सज्जा आदि के अनगिन राजकीय अनुबंध प्राप्त कर लिये हैं। वह तो संप्रति ऐसा व्यस्त चल रहा है कि उसे भिश्ती आदि को पीटने तक का अवकाश नहीं मिल रहा।

तो यह है संपूर्ण चित्र, राम आगमन के ठीक पूर्व के पादुकाराज का।

इसका अर्थ तो यह हुआ कि रामराज आयेगा, तो इन कुटिल पात्रों का कुछ भी नहीं

बिगड़ेगा? क्या राम के आने पर भी ये महत्त्वपूर्ण बने रहेंगे? और यदि ये यथास्थान ही बने रहे तो राम के आने पर भी रामराज कैसे स्थापित हो सकेगा?...बहुत से प्रश्न एक साथ पूछ डाले आपने। खलबली सी मची है आपके मन में। होता है। स्वप्न देखने वालों के मन में ऐसा होता रहता है। और एक कोंण से आपके प्रश्न पूर्णतः उचित भी हैं। परंतु हम क्या कहें, इनके उत्तर तो कदाचित् भगवान राम के पास भी नहीं हैं।...

परंतु ये पल निराश होने के भी नहीं हैं मित्र। राम आ रहे हैं। सारी अयोध्या उल्लसित है कि अब दिन बहुरेंगे। और वस्तुतः जब रामराज्य आयेगा, तो अग्निमुख जैसे सामान्य जन के दिन भी बदलेंगे। अवश्य बदलेंगे।

अहो, स्मरण हुआ कि यह तो बतायें कि अग्निमुख अभी कहां है? देखिए, कैसी हैरानी की बात हुई कि हमने सबका तो उल्लेख किया परंतु दरिद्र अग्निमुख को ही विस्मृत कर बैठे थे। यह तो अच्छा रहा कि यूं ही उसका नाम वार्तालाप के बीच में आ गया और आपने पूछ लिया कि जब राम आ रहे हैं, तब अग्निमुख कहां है?

कहां है अग्निमुख?

बताना कठिन है।

वस्तुतः बंदी बनाये जाने के पश्चात् से ही वह लापता है।

कहते हैं कि थाने में लटके-लटके ही वह गोलोकवासी हुआ। वस्तुतः मारा भी उसे ऐसा कुछ विशेष नहीं था। परंतु इन दरिद्रों का तो आपको पता ही है। शरीर दुर्बल होता है। खाते-पीते कुछ हैं नहीं और बाद में दोष डंडे का माना जाता है। अस्तु।...उस रात जब बहुत से अनाम-अनाथ शव प्रहरियों ने रथों पर लादकर दूर सरयू में फेंके थे, तब उनमें एक शव कदाचित् अग्निमुख का भी था। वैसे अग्निमुख जैसों की मृत्यु के अपराध में रत्नेशजी बंदी बना लिये गये हैं। उस समय वे ही कारागार में कर्तव्यस्थ थे, सो दंड तो मिलेगा ही। रामराज आनेवाला है और उसमें रत्नेश जैसे निष्ठुर हत्यारे बचकर नहीं जा सकते!

इस प्रकार अंततः दृश्य यह है कि रत्नेश कारागार में हैं, अग्निमुख सरयू की तलहटी में, पादुकामंत्री सिंहासन पर और अयोध्या की प्रजा वहीं, जहां उसे होना चाहिए।...और राम आ रहे हैं।

रामराज आ रहा है।

रामराज आने की प्रतीक्षा में पादुकाराज चल रहा है। सदियों से।...

●●●